U0505825

文
景

Horizon

蓝 登 传

[英] 斯末莱特 著

杨周翰 译

上海人民出版社

出版说明

　　杨周翰先生（1915—1989）是中国杰出的外国文学和比较文学学者，卓尔不群的西方文学翻译家，学贯中西，博通古今。杨先生提出的"研究外国文学的中国人，尤其要有一个中国人的灵魂"，深深影响了后辈几代外国文学和比较文学研究者。在东西方文明越来越多地注重彼此交流、互相借鉴的当下，杨周翰先生前瞻性的眼光和恢宏的视野，其价值愈发凸显。

　　《杨周翰作品集》（全六卷）是杨先生一生学术研究的重要结晶，共收入著作4种，译作8种。卷目如下：

　　第一卷　《埃涅阿斯纪　特洛亚妇女》

　　第二卷　《变形记　诗艺》

　　第三卷　《蓝登传》

　　第四卷　《亨利八世　情敌　我的国家》

　　第五卷　《十七世纪英国文学》

　　第六卷　《攻玉集　镜子和七巧板　The Mirror and the Jigsaw》

　　杨先生精通英、法、拉丁等多种语言，第一至四卷收录的是他从拉丁文、英文译出的经典译作，优雅流畅的译笔，纯粹古典的文学趣味，几十年来哺育了一代又一代年轻人的灵魂；第五、六两卷是他在英国文学与比较文学领域的重要论述，从中国学者的独特视角出发提出诸多鲜明创见，奠定了中国当代比较文学、英国文学和莎士比亚研究的坚实基础。杨周翰先生不畏艰辛的学术热情、究本求源的治学态度，令后辈学人感佩。

杨先生的作品译作、著作兼有，中文、外文错杂，题材广泛，写作和出版时间跨度大，编辑体例亦不统一，我们此次整理，以依循底本、尊重原作为基本原则重新编排，对明显的排印错误予以改正，并对格式、标点、数字用法等做了技术性的统一。

目　录

斯末莱特

蓝登传

据上海译文出版社 1980 年 1 月初版《蓝登传》整理；中文本译自 Tobias Smollett: *The Adventures of Roderick Random*, London: Oxford University Press, 1952

作者序

在各种各样的讽刺之中，最能引人入胜、最能普遍使人获得教益的，无过于在讲述一个情节处处生动有趣的故事时信手穿插进去的那种讽刺；这类故事之所以会达到这种讽刺的效果，还因为它能把常见的情景写得稀奇可笑，既使其中每一细节都以现实为根据，又能具有优美的新奇感。

读者在阅读他所偏爱的人物的经历之时，不仅满足了自己的好奇心，而且也会站到人物的一边，同情他的不幸，对于陷害他的人感到强烈的愤懑，心中燃起人道的激情；坏人无礼，好人受欺，两相对照，更能激起读者的不平；因此，每个故事在读者心中就产生两种效果：故事的情景既保存在记忆里，同时内心也从这事例中吸取了教训。人物既然不仅仅是一系列的姓名，而是丰富多彩的创造，因此读者就不会感觉厌倦，相反，他会感到愉快；作者从各种不同的具体情况表现生活的变化，也就有了充分的机会表现自己的才智与幽默。

传奇文学无疑是愚昧、虚妄和迷信的产物。在世界的黑暗时代[1]，如果有人因自己的智慧或勇敢而出了名，那么他的家人和从

---

[1] 当指原始时代。——译者注，下同

属就利用他的这种优良品质，加以夸大，把他和他的特点说成是神圣的、超人的。普通人很容易就上了当，求他保佑，尊敬他，赞美他，以至于崇拜他。他的事迹传到后代，已经被人夸大了千百次；人们一次又一次地叙述他的事迹，借以促进道德；人们把他当天神一样看待，立庙纪念他，以资鼓励那些想要效法他的人。这样就产生了基督教以前的神话，而神话无非就是一部荒诞传奇的总汇。等到知识进步了，天才也获得了培育，这时人们又把这些故事用优美的诗歌加以美化；同时为了更能引起注意，人们就在节日，在公共场所歌唱这些故事，使听众既获得娱乐，又受到教育；有时，在战斗之前重述这些故事，来激励人们去作出光荣的事迹。由此就产生了悲剧和史诗；随着修养的提高，悲剧和史诗的发展也到达了完美的境地。古代的人们听到他们最优秀的诗人用诗歌赞咏了这些奇事之后，自然就不爱听散文的故事了。因此在古代文学的全盛时期，我们并没有发现什么传奇文学，也许色诺芬的《库洛斯的教育》[1]一书可以算作例外；直到野蛮人入侵欧洲之后，艺术和科学开始复兴了，这一类的东西[2]才出现。但是当人们的头脑受到僧侣巫术的蒙蔽和腐蚀，遇事轻信，以至达到最荒唐的程度，这时传奇作家就出现了，这些作家完全不顾情理，满篇写的都是些最荒唐的奇谈。论天才，他们是无法和古代诗人媲美，因此他们决心想在虚构方面超过古人，想引起读者的惊叹，而不去诉诸读者的理性判断。因此他们就乞援于魔术；不用庄严的情操和实践去充实人物的性格，徒然用体力、活跃的动作和荒诞的行为使人物显得与众不同。

---

[1] 色诺芬（Xenophon）：公元前四世纪希腊历史家。《库洛斯的教育》（Cyropaedia）一书是波斯皇帝库洛斯的传记，其中有些片断是传奇式的描写。

[2] 按指传奇文学。所谓艺术科学的复兴，应指蛮族入侵以后查理大帝的"文艺复兴"或拜占庭的"文艺复兴"。

虽然他们所描绘的形象是无比地可笑或不近人情，但是仍然有人赞成，有人欣赏，而世人也就居然受了骑士冒险故事的精神流毒了。这时，塞万提斯[1] 起来用他那不可摹拟的嘲讽的妙笔，纠正了人类这种癖好。他以正确的观点，揭示了骑士道，改变了浪漫传奇的目的，使它成为有用而又有趣的文学，使它成为喜剧，并揭露日常生活中的愚蠢。

其他西班牙作家和法国作家也都曾经用过这个方法，但是其中最成功的要算勒萨日[2] 先生。勒萨日先生在他写的《吉尔·布拉斯》中，以无穷的幽默和智慧描写了生活中的无赖行为和缺点。我的这部作品就是仿照他的规模而写的，不过在具体写作的过程中我大胆采取了不同的作法，因为我认为在有些地方他所写的情景太离奇，太过分，或者只有在故事发生的国家才可能出现。吉尔·布拉斯的丑事大部分只能引起人的讪笑，却不能引起人的同情。连他自己都讥笑自己作的事情。他从苦难过渡到幸福，或者，虽然算不得幸福，至少也算得安适吧；但是他这变化来得太快了，读者要可怜他也来不及，连他自己也还没有来得及和痛苦混熟呢。在我看来，这种写法不仅有所牵强，而且不能引起读者对肮脏的、险恶的世道人心，激起应有的、充分的愤慨。

我所要表现的是关于一个谦卑而有品德的人如何和各种困难挣扎，是关于一个无亲无友的孤儿，一方面由于自己缺乏经验，另一方面由于人类[3] 的自私、忌妒、恶意和卑鄙的漠然态度，因而遭受到各种困难。为了使读者能够处处袒护他，所以我给了他一个比

---

[1] 斯末莱特曾译过他的《唐·吉诃德》。
[2] 勒萨日（Le Sage，1668—1747）：法国小说家；《吉尔·布拉斯》（Gil Blas）是他写的著名的"骗子小说"。斯末莱特受他影响很大。
[3] 十八世纪启蒙作家惯用"人类"一词表示贵族、资产阶级。

较好的出身和教育，我希望借此使心地坦率的读者对他的一系列的不幸遭遇能够寄予更热烈的同情；我固然预料到有人读到他陷入一些下流的场合时会感觉不快，但是我相信，有判断力的读者不仅能够了解这种场面的描写是不可避免的，由于他地位的低贱，他必然只能在这种场合里活动，而且在浏览这一部分生活的时候也会发现一些癖好和欲望往往披上正当的喜好、礼节或者教养的外衣，因而感觉好笑；此外，他的脾气中的一些怪僻之处我是这样处理的：他是怎样我便怎样把它表现出来。不过我想也没有必要为这种写作方法多加辩护，在这方面，最优秀的作家早已开了先例，其中有几个的名字我已经提到过了。

任何聪明的读者一看就知道我在叙述事实方面并没有违反真实；这些事实大体说来，无一不是真实的，不过具体的环境是经过改变、经过伪装了，为的是避免人身讽刺。

最后我想说一说我何以要把一个北方的不列颠人作为这部作品的主角。原因主要是这些：我只要用一点点的花费就能使他得到教育，这种教育，我认为按他的出身、地位和人品而论，他是应该受到的，但是按我计划的规定，他的力量终究是菲薄的，不可能在英国受到教育。其次，在王国的边远地区描写一些有欠文雅的举止还比较恰当，若在京畿附近就不恰当了。最后，苏格兰人性喜游历，因此我把这冒险家写成来自苏格兰，也说得过去。

高雅的读者读到这部稗史里有些人物口中说出一些无聊的骂人话来，也许会感觉不快，请允许我预先声明，我当初是这样想的：要揭露这种无聊的咒骂之荒唐可鄙，最有效的办法莫过于把这些咒骂连同当时的整个谈话，如实地、一字不漏地记录下来。

寓言一则

有一位青年画师一时高兴，画了一幅类似人物画的图画，上面画的是一只狗熊，一只猫头鹰，一只猴子，一头毛驴；为了使这幅画更加醒目、更加幽默、更加有意义，他又从人的生活中摘出几样不同的标志加在每个形象身上。

狗熊布鲁因[1]的打扮和神气就象个老得掉了牙的、醉醺醺的军人；猫头鹰停落在一把咖啡壶的壶柄上，鼻梁上架着一副眼镜，好象在出神地看报；毛驴头上点缀了一顶其大无比的、后面扎着小辫的假发（但是还盖不住它的一对长耳朵），端坐着让猴子画他的肖象；猴子手里就拿着画具。这一幅古怪的人物画提供了一些笑料，获得了普遍的赞许；忽然有人恶作剧，暗示说，整个这幅画是画家在讽刺他的朋友。他这话一传出去，当初鼓掌赞成这幅画的人就嘀咕起来了，甚至以为画中人物是在暗指自己。

其中有一位上了年纪的体面人，在军队里服务过，名誉很好；他认为这是在侮辱他，一怒之下就闯到画家的住所，画家正巧在家，他就说道："喂，猴先生，我很想叫你明白明白：狗熊虽然掉

---

[1] "布鲁因"（Bruin）：意谓棕色，指狗熊，典出《列那狐》。

了牙，他还有脚掌；而且他还没有醉得连你那无理取闹都看不出来。我凭耶稣流的血发誓，先生，你画的那副没牙的嘴脸是一种该死的、可耻的人身诽谤；你不要以为我一点骨气都没有，我还能挺直腰板，表示愤怒呢。"他说到这里，进来了一位很有学问的医生，把他话头打断。这位医生满脸怒气，冲到被告（指画家）面前，喊道："你把毛驴的耳朵画得这样长，假如我们来把大马猴的耳朵削短，你看如何？等等，你不必躲躲闪闪地说话；我以伊斯库来撒斯 [1] 的胡子起誓，我这顶假发上根根头发都会站起来审判你，定你个人身侮辱罪。——军官先生，请你来看一看，连我这头发鬈儿都让这下贱的坏子画上去了；不错，颜色不一样，不过式样和前顶却是十分相似呢。"他正在不住大声喊叫的当儿，一位令人肃然起敬的上议员踱了进来，摇摇摆摆地走到犯人面前，叫道："你这猴崽子，我现在要叫你明白：除了报纸以外，别的东西我也看得懂，而且还不必戴眼镜。过来，这是你亲笔写的借据，我若不借钱给你，恐怕你自己早象一只猫头鹰了，你还敢在光天化日之下露面吗？你这忘恩负义、败坏名誉的小人！"

画家惊讶不已，他说他并没有想要得罪谁，也没有想要画某某人，但是他说了半天，毫无用处。他们都说画得太象了，谁都看得出来；他们骂他傲慢无礼、恶意伤人、忘恩负义；他们吵嚷的声音被外面的人听见了，从此人人都知道军官是狗熊，医生是毛驴，上议员是猫头鹰了，一直到他们死的那天为止。

善良的读者，我请求你看仁慈的主的面上，在你浏览下面这部书的时候，要记住这个事例，不要把五百人共有的特点划归你自己一个人。你如果看见一个人物有些不太美妙的特征很象你，不

---

[1] Æsculapius：拉丁文，即希腊文的 Asclepius。按希腊神话，系日神之子，司医药之神。

要声张；你要想一想，五官只有一官，凑不成一张脸，你的特点也许是你的圆肿鼻子，但是也可能有二十位邻居和你有同样的苦衷呢。

卷一

第一章

我的出生，我的父母。

　　我出生于联合王国北部，生在我祖父的宅子里。我的祖父是个相当有钱有势的绅士，屡次为国立功，声誉卓著。他在作法官任内，表现了出色的司法才干，对付乞丐的立法执行得尤其出色，他对这种人是深恶痛绝的。

　　我父亲是我祖父最小的儿子。老先生宅里住着一位穷亲戚，担任管家职务，我父亲爱上了她，私自娶了她，我就是他们头胎生的儿子。我母亲怀我的时候，作了一个梦，她惊慌得不得了，一天到晚缠着她丈夫，她丈夫没有办法，最后只好去求高地[1]上的一位算命先生算算。他满想事先花几个钱贿赂贿赂算命的，让他把梦往好处圆就完了，不料这位算命先生却非常廉直。我母亲作的梦是这样的：她梦见她生了一个网球，而使她大吃一惊的是，接生婆是魔鬼，拿起球拍用力把球一打，那球立刻就无影无踪了。亲生骨肉不见了，她伤心了半天，劝不过来；忽然间她看见网球和方才一样猛可地又回来了，落在她脚下，钻进地里，于是这块地上立刻长出了一棵极美的树，开满了花儿，浓烈的花香刺激了她的神经，她就醒了。算命先生留心细听，想了一想，叫我父母尽管放心，说是他们这头生儿子将来一定会周游四方，历尽艰险，最后才回到家乡；他

---

[1]　指苏格兰北部高原山区。

一定会既有福分，又有名望。这番话究竟有几成应验，请看下文自然明白。事隔不久，有个好事之徒告诉我祖父说，他的儿子和管家过从甚密；我祖父听了，大吃一惊，过了几天就对我父亲说，他到了应该想到成家立业的时候了，并且说已经给他找了一门亲事；而这门亲事，平心而论，他是没有理由反对的。我父亲发现自己的事再也隐瞒不下去了，就老老实实讲了出来，并且让他父亲原谅他没有事先征求他的同意，还说，他明知道征求他的同意也没有用处；如果把自己的心愿说了出来，祖父一定会采取有效措施，使他根本不可能达到目的。他还说，他妻子的品德、出身、容貌、贤慧等等是绝对不容非议的；至于她的经济情况，他根本不屑计较。老先生从头到尾听他说完，克制了内心的各种情感，惟有愤怒之情克制不住；最后他不动声色地问我父亲道，他和他的妻子打算如何维持生活呢？我父亲回答说，有慈父在堂，他和妻子绝不会有饥寒之虞，他们一定始终恪尽孝道，好获得父亲的怜爱，他相信他父亲给他的费用一定符合大户人家的家境和排场的，而且他的兄弟姊妹也都托他父亲的荫庇得到一分家产，心满意足，可以引为先例。我祖父说，"你的兄弟姊妹在婚姻大事上还没有认为不屑和我商量；你若是没有一笔私房存在手里，我想你决不会忘记这件分所应作的事；你去享受你的私房吧。此外，我还要求你和你妻子今天晚上就另找住所，不久我会派人给你送一笔帐目清单，开列我花在你身上的教育费，希望你归还。先生，[1] 你也曾到大陆上游历过了，是个懂得礼节的上等人了，很不错的上等人了，[2] 我祝你福乐无边，再会。"他说完就走了，剩下我父亲一人，他当时的情景不难想见。

---

[1] 父亲在盛怒之时，往往这样尊称自己的儿子。
[2] 以前英国上流子弟都周游法国、瑞士、意大利，最后返回英国，他们把这种旅行看做一项重要的教育。

不过他并没有迟疑多久；他早就摸熟了他父亲的脾气，知道他父亲很高兴拿这个借口把他撵走；而且他也知道他父亲下了决心就决不更改，和米底亚人、[1] 波斯人的法律一样；他知道再去乞怜苦求也没有用处；因此，他也就不再去求他，带着哭哭啼啼的新媳妇住到了一户农舍人家去，那原是他母亲的一个老家人。他们是大户人家出身，又是新婚燕尔，在这农户人家住了一阵，当然觉得不合适，但是他们宁可这样忍着，也不肯去求那不念父子之情、毫无通融余地的父亲。但是我母亲眼看产期不远，在这种地方分娩何等不便，自己拿定主意，不和丈夫说明，便乔装改扮，来到我祖父家中，希望用眼泪和她目前怀孕的情况打动他的恻隐之心，让他回心转意，不再计较那件已经无法挽回的旧事。她鉴于我祖父的职责是专判伤风败俗的案件，便想了一个办法，先瞒过了仆役人等，说她是婚姻受骗来喊冤的。家人把她带了进去，她马上卸却伪装，一头跪倒在我祖父跟前，苦苦求饶；此外还说，不光她自己性命难保，他的亲孙子眼看就要出世，也难保全。他对她说，他很抱歉，她和他儿子这种不检点的行为逼得他不得不赌咒发誓，既然话已出口，他是爱莫能助了。他还说，他早已把他对这个问题的看法对他儿子说过；他觉得很奇怪，怎么他们居然还来哓哓不休，吵得他不得安宁。他说完就退入内室。我的母亲悲痛到了极点，竟然影响到她的身体，立刻感到腹痛，幸亏一位非常钟爱她的老女仆可怜她，豁上主人不高兴，帮了她一把，否则她跟她肚里那无辜的胎儿早在他的严厉而又违反人道的气焰之下作了冤鬼了。这位穷苦的老婆婆一片好心，把她扶上顶楼，她立刻生下了一个男孩。这孩子的这段不幸的出生的经历，现在正由他自己在亲口叙述。我父亲知道了，飞也似的跑

---

[1] 米底亚（Media）：公元前七至六世纪里海西南的帝国，后为波斯帝国所灭。

来爱妻身边，一头倒在她怀里，然后又抱起自己的后代亲个不住；他看见亲爱的伴侣（为了她，牺牲东方的财宝，他也在所不惜），直挺挺躺在一张棉褥床上；屋子又破烂不堪，怎能抵挡那无情的风雨；看到这里他不禁泪如雨下。各位不要以为老先生不知道这回事情，他是装不知道罢了；在他孙儿孙女中有一个孙子是已故长子所出，留在他跟前，等候继承遗产，把这件事报告了他，他竟假装吓了一跳，打定主意决不通融，便在我母亲分娩第三天立刻下了一道蛮不讲理的命令，逼她出去，还把救她性命的老仆也撵走了。这种行为使我父亲非常恼怒，逼得他发了一个骇人听闻的誓愿：他跪在地上，口呼苍天，说是如果他此生竟会忘怀或原谅他父亲的这番野蛮行为，他就愿受天诛地灭。我那可怜的母亲在这种情况之下被迫搬走，身体吃了亏，住的地方又是要什么没有什么，加上心里悲痛交集，不消多久就一病不起，日见憔悴，竟致断送了性命。我父亲一向对她疼爱备至，见她一死，自然悲伤过度，足足一个半月如癫如痴。他的居停主人这时候就把婴儿抱去见老法官，老法官听说儿媳死得悲惨，儿子又落到这般地步，动了一点怜悯之心，就命人把孩子送出去找人喂养，又命人把我父亲抬回家来，到家不久，他的理智就渐渐恢复了。也不知这位铁石心肠的老法官对待儿子、媳妇太凶狠了因此有点后悔呢，还是他怕自己在本地的名誉会受到损失（后面这点的可能性更大些），他终于对我父亲表示了深深的歉意。我父亲疯病是好了，然而又变得极端忧郁寡言，最后竟失踪了，到处寻访，毫无着落。大家认为一定是他一时想不开，寻了短见；久无音讯，更加证实了这种看法。至于我怎么知道我自己出世的详情，下文自有交代。

第二章

我长大了——我的亲戚都厌恶我——入
学——祖父对我不加照顾——老师虐待
我——我久处逆境，不以为意——我纠
集党羽反对冬烘——求见祖父，无门可
入——祖父的继承人把我当打猎的对
象——我把他师傅的牙齿打落。

颇有些人疑心我的父亲是我的几位伯父害死的，他们认为我父
亲一死，我的几位伯父就可以瓜分他名下那分家产了。再者，在我
父亲处境极其困难的时候，这几位伯父不仅自始至终丝毫没有表示
愿意帮忙的意思，反而施展各种伎俩在他们父亲面前火上加油，赞
成让我父亲苦死穷死，这就更叫大家觉得他们的揣测是确凿有据
了。但是有些明眼人，却把这种揣测当作无稽之谈，因为，如果
我的这几位长辈当真心怀叵测，只顾自己利益，犯下这等弥天大
罪，那我父亲一死，我岂不成了他们的眼中钉，让他们给拔掉？
这且不提，只说我一天天长大了，长得极象父亲。佃户们原来最喜
欢我父亲，他们虽然穷苦，倒也肯抚养我，叫我衣食不缺。但他们
对我虽好，无奈我的那些堂兄弟堂姊妹却嫉妒我，痛恨我。我长得
愈有出息，他们愈对我切齿痛恨。在我还不到六岁的时候，他们就
把我祖父包围得水泄不通，使我从来见不着祖父一面，只有他到
地里坐着看长工干活的时候，我才偶尔偷偷溜到他椅子旁边去；

他用手摸摸我的头，嘱咐我要作个好孩子，还答应照料我。过了不久，祖父叫人把我送到邻村一家学堂去念书。在这所学堂里，从开天辟地起，只要他说一句话，谁敢不俯首贴耳。但是他从来不替我付膳宿费，也不供给我衣服、书籍以及其他种种少不了的用品，因此我的处境就象个叫化子，非常给人瞧不起。学堂的教师因为怕我祖父，所以免费教我；至于在他教导之下我有无进步，他却不闻不问。我虽然受尽困难、受尽屈辱，但是居然把拉丁文学得很好。后来我又学会了写作，勉强能够成文，我就接连不断给祖父写信，向他噜苏，弄得祖父实在按捺不住，把老师叫了去，狠狠地骂了一顿，骂他不该花这许多气力教育我；还告诉他说，如果我以后竟然捏造文书，犯下绞罪，我这条命是要他负责的。这位冬烘先生最怕东家发火，连忙对法官老爷说，这孩子学的本事全靠他自己的聪明勤奋，并没有得到多少指导或鼓励；他固然不能把他已经吸收的知识剥夺，但是，靠上帝帮助，他一定尽力使他以后不再进步，希望法官老爷授权给他让那孩子不能使用自己的手指头。果然，他说到作到，丝毫不爽；他借口我写信给祖父无理取闹，叫人在一块木板上挖了五个洞，把我右手的五个指头套进这五个洞里，然后把这块木板用粗绳子紧紧绑在我手腕上，使我完全不能执笔。但是过了几天，我就摆脱了这种约束。原来我跟另外一个学童发生了口角，他竟然大放厥词，骂我穷苦，气得我心头火起，举起手上的器械向他脑袋上只一砍，把他头皮砍破，露出了骷髅骨；我和我的学伴们都吓得要命；他们把他撇下，让他躺在地上流血，飞也似的跑去报告老师说，出了事了。为了这次的过失，我受到了严厉的处分，这次事件给我的印象之深，我纵使活到一千岁，也不会淡忘；惩罚我的老师简直象个铁石心肠的恶霸，引起我莫大的反感和厌恶。我的外貌寒酸，凡是看见我的人自然产生藐视我的心情，我又是经常缺这样、少那样，再加上我生性高傲，不吃顶撞，这一切给我带来了无穷的麻烦，但是久处逆境，后来倒也习以为常了，而且胆子也大了起来，不是我这样年纪的人能作得出的事，我也敢作了。我没有作错事情，也时常挨到无情的鞭打；因为在村子里我已经有了流氓的名声，凡是查不出是谁干的坏事，都推在我身上。人家的果园我压根儿没有进去，也说是我抢的；人家的猫儿我连碰都没有碰过，也说是我害死的；人家作的生姜糖糕，我连沾都没沾，也说是我偷的；人家的老太太，我连见都没见过，也说我骂了她了。甚至连一个口吃的木匠也居然口若悬河，在我老师面前告状，说我拿着一柄装着小颗子弹的手枪射穿了他的窗户，虽然我寄宿人家的大娘全家出来作证，说在出事的时候，我还在床上呼呼大睡呢。有一次我去渡河，摆渡船沉了，我好不容易才逃脱了性命，没有淹死，因此挨了一顿鞭笞。还有一次，一辆载重马车把我轧伤，我养好了伤，因此又挨了一顿鞭笞。还有一次，面包师傅的狗把我咬了，也打了我一顿。我作错了事也好，倒霉也好，这位蛮横的教书先生惩罚我也好，对我表示同情也好，总之都是一顿鞭子。但是这种地狱般的待遇丝毫没有令我气馁；以前我象奴才似的怕他，不得不事事听从他，现在我的愤恨之心占了上风；我的年纪愈大，知识愈长，也就愈是懂得他的行为是不近情理，野蛮之极。我的天赋不比寻常，学堂里有位助教先生，他曾经跟随我父亲出过门，加意给我指点教导，因此我在古典文学、书写、算术上的进步很是惊人；还不满十二岁，我已经是学堂里人人公认的最优秀的学童了。我的成绩既好，加上天生大胆，体力过人，同辈学童几乎全都服我，我在他们之间拥有极大的威信，于是我便纠集党羽希图反抗那个迫害我的老师，希望不久之后就能和他较量较量。我的党羽共有三十个学童，大都和我一般年纪，我是首领。我有心想试试他们的骨气，在我没有发动大事之前，先看看他们究竟有几分可靠。正巧游戏场上划归我们的一角，让一群精壮的学徒占据了，正在那里滚木球、打木瓶玩耍，我们就向他们进攻。不料我的党徒经不起一击，早都四下逃散，真把我活活气死，其中有一个在逃跑的时候被敌人赶上飞来一球还把他的腿砸断了。这次虽然出兵失利，以后我们可还是照样时常跟他们进行小规模的战斗，离着老远向他们扔石头；有一次我有好几处受了伤，至今还留有疤痕。我们的敌人经不起我们多次的骚扰，他们的游戏被我们的袭击给打断，他们到底放弃了他们征服的土地，让我们安安静静享受我们自己的领土。全村的人没有一个不怕我们的联盟；我们在联盟期内所完成的事业，数也数不清。村子里的人因为争权夺利，分成了两党，其中有一党常常来请罗德利克·蓝登（大家都这么称呼我）去帮忙，以便举足轻重，使敌党望而生畏。这且按下不提。每逢学堂放假，我必利用机会去看看祖父。祖父是很难得见到的，因为他有一大群孙女儿把他团团包围，她们彼此之间虽然争吵不休，但是只要我一到，她们总是团结起来对付我，把我当作她们大家的共同敌人。继承遗产的那个孙子，年纪多半有十八岁了，什么都不爱，光爱打狐狸。祖父虽然溺爱他，请了一位师傅在家教他念书（一方面也担任教区管事的职务），他照样还是什么本事都没有，只会打猎。这位青年猎人继承了祖父的脾性，对于人家的苦难，一概表示反感；他不看见我便罢，只要一看见我，必定把猎狗身上拴的皮带解开，让它来追我，我只得逃跑，常常躲进农舍人家去避难。他的师傅也鼓励他这种文明娱乐，不用说，师傅这种作法无非想借机讨好红人，因为他看出老绅士年近八旬，按照自然规律来说，眼看活不了多久了。这无赖的拍马行为，令我非常气愤；有一天，他又带着猎狗把我包围在我避难的一家农民家里，我便拿起一块大鹅卵石，对准他砍去；我的瞄准技术是很高明的，一下子打落了他四颗门牙，他那教区管事的差使从此干不成了。

第三章

我的舅父来到——解救了我——他是
怎样一个人——他和我同到祖父家里
去——遇狗——血战一场，把狗打
败——老绅士接见了他——他们之间的
一席对话。

　　大约在这时候，我母亲的哥哥回国了。我母亲只有这么一位弟
兄，他在军舰上当一名上尉，长期在国外。他回国后，听到我的情
况，便来看望我。他手头并不宽裕，可是他不但供给了我眼前生活
必需的一切，而且还决定去说服我祖父，让他划出一分相当可观的
产业为我将来使用；这事办不成功，他决不出国。但是这件事情他
是绝对办不成的；他不但对我祖父的脾气全然不了解，而且对于一
般的世道人心，他也全然不了解，他在船上生活久了，对这种事情
当然是个大外行。他这人身材魁梧，稍微有点罗圈腿；头颈长得象
牛脖子；一张脸，一看就知道是饱经风吹日晒的。他身上穿一件军
装大衣，是船上的裁缝改过的；里面穿一件花道法兰绒短袄；一条
红裤子，上过一道油亮的黑漆；一双干净的灰色羊毛袜；每只鞋上
一个大银扣襻，足足盖住了鞋面的四分之三，头上戴一顶银色花边
帽子，帽筒只高出帽檐一寸半光景；还戴了一顶黑色短假发，后面
用夹针拢住；格子衬衣，绸手绢；大腿边挂着一把铜柄短刀，用一
根发乌的绦带系着；腋下还挟了一根粗壮的橡木棍。他就这样装束

打扮，和我一块儿出发到我祖父的宅子去；多亏他的慷慨我也穿戴得体体面面。出来迎接我们的有"大下巴"和"凯撒皇帝"。原来是我的堂兄，这宅子里的少主人，看见我们来了特意放出来的。我深知这两头畜牲桀骜不驯，正想拔腿往回跑，我舅父一只手把我一把揪住，另外那只手挥动棍子，一下就把"凯撒皇帝"打趴在地上；可是这时候他发现"大下巴"从后面朝他进攻，他又怕"凯撒皇帝"苏醒过来，就抽出刀子，前后左右抢了一阵，说也运气，竟让"大下巴"的狗头和身体分了家。这时候，那位少年主人、狐狸猎手，带领三名仆从拿着草叉和打谷棒，出来给狗帮忙，但是这两条狗早已躺倒在地，断了气了。我这位堂兄看见爱犬死了，立时大怒，喝令家丁进攻，替狗报仇。他在盛怒之下，还破口大骂什么人敢把他的狗打死了。我舅父听见，便迈步向前，神态之间丝毫没有被他慑服。家人见他提着血淋淋的一把刀，连忙抱头缩了回去。我舅父走到他们主人面前说道："我说，兄弟，你的狗，我也没有招它们，也没有惹它们，蹿上来就咬我，我为了防身才把它们打死。我看你还是放客气些好，躲开一边，让我们进去。"我不知道这位少爷是误解了我舅父求和的意思呢，还是看见狗死了气恼不过，居然作出了平常不敢作的事来；一句话，他顺手从家人手里夺过一根打谷棒，冲上前来，作出要打上尉的模样。上尉一面摆出防卫的姿势，一面说道："我说，你这婊子养的笨儿子，你敢在我头上动土，小心你这生姜糖糕作的身体。[1] 他妈的，我不撞你的船尾巴才怪。"[2] 他一面说，一面亮了亮刀子。这位少爷的怒气似乎打了一个折扣；他往后一看，三名家丁早已溜回宅里去，把大门关上，留

---

[1] 意谓"一捏就碎"。
[2] 他是海员，爱用航海术语。意谓"踢你臀部"。

他一人去打个水落石出。接着，谈判开始。我这位堂兄问道："你这家伙到底是什么人？你来作什么？我看你的样子准是个海船上的流氓，开了小差，作了贼。可是小子，你别想逃跑，我不把你这条狗命绞死才怪呢。好个混蛋，我这两条狗死了，要你偿命。你这无赖，你们这一帮人都给绞死了也抵不上我这两条狗，知道吗？"我的舅父回答说："闭上你那张狗嘴，蠢东西；闭上你那张狗嘴，留神我剥你的花边短袄。[1] 孩子，我非用橡木手巾给你浑身上下擦一遍不可。"[2] 说着，他把短刀纳入刀鞘，拿起他那根棍子。这时早已惊动了阖宅大小，有一位堂姊妹打开楼窗，问是怎么回事。上尉回答说："怎么回事？姑娘，不是什么了不得的事。我有事要见你家老爷，可是看样子这位小白脸不让我上他跟前去。就是这么回事。"停了半刻，有人把我们请进宅子，把我们带进我祖父的屋里。我们一路走，两面站满了我的堂姊妹，就象走过一条胡同一样；她们用意味深长的目光望着我，真是礼貌隆重！我们到了老法官面前，我舅父对他鞠了两三个海员式的躬，就说道："请安、请安。你好哇，老人家？你好哇？我瞧你大概不认得我吧，你大概是不认得我的。我的名字叫汤姆·包凌；[3] 这孩子，看样子你也不认得，你大概是不认得他了。是啊，他就象一条新装配好的船一样；他的衣裳不象从前那样一见风儿就乱飘了。他是我的外甥，你明白吗？名叫罗德利克·蓝登，他是你的亲骨肉啊，老先生。——别躲在船尾巴上啊，你这小狗儿。"他一面说，一面把我拖到前边。我的祖父正害风湿病，躺在床上，他虽然许久不曾看见这位亲戚了，但是他照旧用他特有的那种敬而远之的冷淡态度接待他，对他说，他很

---

[1] "剥短袄"：意谓鞭笞。
[2] "橡木手巾"：意谓棍棒，全句即"打你一顿"之意。
[3] "包凌"的原文是Bowling，意谓滚木球，撞倒障碍物，喻其性情耿直，勇往直前。

高兴见着他，还请他坐下。我舅父说："多谢老先生，多谢，我还是站着好！我自己不跟你求什么；你要是还有一点点良心的话，帮帮这孩子的忙吧。你待他太不文明啦！为什么说你不文明呢？我敢说，北非洲的黑人也要更讲些人道，他们也不会把自己的孩子丢下不管，让他们挨饿挨冻。"他说到这里，用手指着和我的堂姊妹们一起跟进屋来的那位少爷，继续说道："我倒想知道为什么你单照顾这个只会在好天开船的水手，可是不照顾我妹妹的儿子呢？他跟他还不一样都是你的亲骨肉吗？难道他不比那大笨蛋长得漂亮得多、魁伟得多吗？算了，算了，老先生，你想想，你不久就要到上帝面前去坦白你干过的坏事；你要记住你作过多少对不起他父亲的事，趁现在还不太晚，赶快尽力弥补弥补吧。至少有一件事儿你是能够办到的——把他父亲那分产业给了他吧。"小姐们一听这事关系到她们切身利益，立刻忍耐不下，一齐扯起喉咙向我舅父大吵大嚷。她们骂他是无耻的伴当、无礼的臭水手、猖狂放肆的家伙。"难道他也配指点我们爷爷，要他东就东、西就西吗？我们对他妹妹的小崽子照顾太周到了。我们爷爷从来公正，他知道谁是忤逆儿子，谁是孝顺儿子，孝顺儿子是件件事情都听他的吩咐的。"她们就用这一类的言语对着我舅父泼口大骂。最后老法官喝令她们不许作声，她们才住了口。他平心静气地责备我舅父举动没有礼貌，他说这是由于教育不够，他可以原谅。他又对我舅父说，他一直待这孩子很好，送他进学堂也已经有七八年了，可惜他在学习方面没有一点进步，反而沾染上各种恶劣的习气。他相信这孩子确实行为恶劣，因为他有一次亲眼看见他对准了牧师的下巴干了一件极其野蛮的把戏。但是，尽管如此，他还是愿意观察一下这孩子究竟干哪一行最合适，然后选一种老老实实的行业，送他去作学徒，只要他能改过学好，往后的一举一动能够注意检点，不致有失体统。这位诚实的水手心里就象热油煎沸一样，他觉得这是侮辱他的自尊心，感到莫大的气愤；他回答我祖父说，不错，他把这孩子送进了学堂，但是在吃饭、穿衣、买书以及其他日用必需品上，他是一个大钱都没有破费过，他连一个先令的费用都没有出过。因此这孩子没有很大的进步，也就不足为奇了。但是，谁说这孩子没有进步，谁就是个撒谎、愚蠢的混蛋，该罚他"拖船尾巴"。[1] 他自己（也就是说，上尉自己）虽然不懂得这套玩艺儿，但是他确实知道，在全乡同样学龄的孩子里头；要数罗利[2] 学问最好。若是大家不信，他敢拿出整整半年的饷银打个赌注（他一面说，一面掏出钱袋，向大家挑战）。他又说："再说，他也不象你说的，天生是个坏坯子。他倒象是条没人管的破船，任凭风吹雨打，你可明白？老先生，你太不照顾他了。至于你们那位牧师，他本来是个坏蛋，他只打落了他几个牙齿，便宜了他，把他脑浆打出来才称我意呢。上帝在上，他别让我碰见，干脆一句话，他是最好躲到格陵兰去。你答应把这孩子送去学一行手艺，谢谢你的好意。你也许要他学裁缝吧？那我还不如绞死他算了，你明白吗？——走，罗利，我知道这是块什么样的陆地；[3] 孩子，转过帆来，往回开。只要我身上还剩一个先令，我决不让你缺'大头'[4] 使唤。——上帝保佑你，老先生，你的船正在往阴间开呢，可是我敢说，船上的粮食装备还他妈差得远呢。"[5]我们的访问到此结束，我们回到村子上，一路我舅父嘟嘟囔囔直骂那老沙鱼[6] 和包围着他的那些小鱼崽子。

---

[1] 把人系在船底，浸在水中，拖着走。是一种刑罚。
[2] 罗德利克之爱称。
[3] 意谓情势如何。包凌喜欢用航海词汇。
[4] Tester，古币，上刻亨利八世头象，值一先令。
[5] 按基督教义，富人进天堂象骆驼穿针眼那样难。包凌在这里讽刺罗利祖父行将就木还如此吝啬。
[6] 贪婪、欺骗之徒。

第四章

我祖父立了遗嘱——我们再度访问——
祖父逝世——当着全体遗族宣读遗
嘱——我的堂姊妹们大失所望——我舅
父的行为。

　　我们初次访问以后，过了不多几个礼拜，就听说老法官经过了
三天的沉思之后，派人去请了一位写状人来，立了遗嘱了。据说他
的病从两条腿上升到了肚子，他自知寿终在即，表示要见见他所有
的儿孙，不要漏了一个。我舅父接到传见的通知，就带领着我再度
登门造访，去接受我祖父临终的祝福。我舅父一路上再三说道：
"哈哈，我们总算让这条破旧的船壳子抛了锚了。你瞧着吧，你瞧
着吧，我警告他的那番话一定有了效验了。"我们走进了他的卧房，
屋里挤满了他的儿孙。我们一直挤到床边一看，他正在垂死的痛苦
中挣扎呢。床上一边坐着一个孙女儿，搀扶着他，哭得和泪人儿似
的，一面把他嘴角边淌出来的唾沫抹掉，不时还去亲他的嘴唇，装
模作样地表示她们的悲恸和孝忱。我舅父对他说道："怎么？他还
没有起锚开船哪！——老先生，你好啊？你好啊？上帝可怜你这罪
恶的灵魂！"说到这里，那垂危的老人睁开眼睛，有气无力地望着
我们。包凌先生接着说道："罗利看你来了，趁你没死，求你给他
祝福呢。喂，拿出个人样儿来！不要泄气！你造的孽，的确不小，
可是这又算什么？天上的法官是公平讲理的，不是吗？——我是条

海豚鱼站在这儿，他也照样认不出我是谁。他快不中用了，快不中用了。我看得出来，他快叫旱螃蟹夹住了。[1] 他果然已经起了锚啦！"他这一番不太考究的、安慰老法官的话，大家一听，觉得简直要不得；牧师听了，更其觉得这俨然是侵犯了他的权限。我们一看情形不妙，只得退入邻室。过了不多几分钟，只听祖父寝室里小姐们嚎啕大哭，声调凄厉，我们猜想祖父一定已经去世了。我们立刻赶进屋子。祖父的继承人方才走进里面套间，假意说要进去痛哭一场，这时又走了出来，满脸湿泪纵横，直问人他祖父可是当真死了。我舅父望望死尸说道："是啊、是啊！死了、死了！我担保；他已经跟一条断了气的青鱼一样啦。上帝的鱼！今天我可该把我作的一个梦说给大伙儿听听了。我梦见我站在前甲板上，看见一群吃肉的老鸦对船旁边漂着的一条死沙鱼直扑。魔鬼扮了一只蓝色的狗熊落在一根横桅杆上，他又从这根横桅杆一跳，跳下了船，落在沙鱼的尸首上，抓住沙鱼沉到海底去了。"牧师听了，大声喊道："给我滚出去，你这业障，滚出去，你这侮辱神明的恶棍！你以为法官阁下的灵魂让魔鬼摄去了吗？"大家立刻吵嚷开了，把我舅父从屋子这头推搡到那头，可怜他要保卫自己，不得不用力挣扎；赌咒说，谁也撵不走他，他先要看看谁有资格叫他漂出去。他说："别在我作客的人身上要你们的花招，也许老家伙把产业留给我这儿这位外甥了呢。果其如此的话，他死后的灵魂就不至于那么倒霉了。我假头发上头的上帝作证，这是我最欢迎的消息 [2] 了。我担保一定宣布他是条付过税的船。"在场有一位执行我祖父遗嘱的人，他怕再滋生事端，就对包凌先生保证说，他外甥一定会受到最公平的

---

[1] 意谓"行将死去"，显系海员的"同行语"。
[2] 指老法官灵魂能入天堂。

待遇；等到出了殡，就可以择定日期，当着全体亲属，把死人的文书拿出来检查一遍；在此以前，宅子里的书桌橱柜，一律贴上封条，打上印，不准启开；等到启封的时候，欢迎我舅父亲自前来观礼，一定要把这件事办得叫他满意。当下，传出话来，令全体亲属一律服孝，我也包括在内。但是我舅父不准我戴孝，他说先要弄清楚，到目前为止，究竟有没有理由要我戴孝尽礼。在这期间，大家对老头子的遗嘱纷纷猜测。人人都知道他有地产，每年收入七百镑，除此而外他还有六七千镑现款放出去生利。有些人就猜想老头子的房地产生前颇有扩充，一定归给那位一向看作是他继承人的孙少爷；至于现款呢，一定由我的堂姊妹（一共五名）和我平分。还有些人则认为，这些孙女都早已分得了产业，所以至多不过每人再分上二三百镑，其余的款子一定全部归我，补偿他亏待了我父亲的过失。紧要的时刻终于到来，当众把遗嘱取了出来，大家的盼望心情都在眉宇举动之间毕露无遗；局外人如果冷眼旁观一下这一伙人的神情，倒是极其有趣的。这时律师大声宣布说，老法官的孙少爷是唯一的继承人，无论是动产或不动产，一律由他继承。大家的惊讶失望是读者万难想象到的。我的舅父吸吮着打狗棒的一头，集中注意倾听律师宣布遗嘱；他一听律师的话，马上两眼一瞪，"嗬唷"一声，全场的人都吃了一惊。和我竞争的堂姊妹之中，年岁最长的一位，最没有规矩，在祖父生前，饮食寒暖方面，她最会献殷勤，她一听律师的话，脸色变得和橘子一样黄，带着哆里哆嗦的声音问起可有什么钱财衣物留下送人没有，律师回答说："一概没有。"她一听，立刻晕厥过去。其他的人，也许他们不象她那样热衷厚望，倒还镇定，经得起失望的打击，不过脸上究竟也还是很明显地挂着愤慨的神情，而他们的悲痛心情至少也和老法官临终时一样真诚。我舅父拿脚跟在木头套壁上踢上半晌，开口说道："哈，朋友，钱财衣物什么都没有，是不是？他可真算得是敲骨吸髓的老妖精了。不定哪个死鬼的魂灵在喊痛呢！该死！"教区牧师是遗嘱执行人之一，又是老法官临终的神父，一听我舅父的话，立刻大声喊道："开步走！你这血口喷人的异教徒！开步走！你不让法官先生的灵魂得到安息吗？"但是这一回，这位热心的牧师没有得到小姐们的支持；她们和我舅父联合起来反对他，骂他多管闲事，一定在爷爷面前搬弄是非，说她们的坏话来着，不然爷爷怎么会这么不近人情，把她们忘得一干二净！孙少爷见此情景，觉得很是有趣，低声对我舅父说，当初他若没把他的狗害死，今天他一定叫它们好好乐一场，叫它们去追捕一头黑毛獾子（他指的是那位牧师）。上尉这时本来无心欣赏这种玩笑，粗声大气地回答说："你跟你的狗都是该死的坏子。你若要找它们，我看你上地狱那一带地方去找吧，它们跟你的老爸爸在一块儿呢。——走吧，罗利！孩子，掉转船头；我瞧我们得换个方向开了。"说着，我们就走了。

第五章

老师待我野蛮——我制定报复计划，并
得舅父帮助——我离开本村——靠舅父
的慷慨，我进了大学堂。

　　在我们回村子的路上，我舅父足足有一个钟点，一语不发，只管狠命吹口哨，吹的调子是《我们何必为钱财争吵？》。一路上他一直是横眉怒目，脸色委实令人害怕。他愈走愈快，后来竟使我落在后面一大段路，于是停下来等我。我快要赶到他跟前了，他粗声粗气地喊道："该死的东西，帮帮忙吧！难道你要我走一步停一停等你这条懒狗吗？"他说着，便一把揪住我的臂膊，拖着我就走。但是他到底是个心肠极好的人，一阵脾气过去，恢复了理智，就对我说："得了，孩子，不用愁眉苦脸的了，老混蛋已经进了地狱，总算令人满意。孩子，你跟我去航海吧。轻松的心儿，薄薄的裤儿，小伙子们，游遍天下。你听过这支歌儿么？"我舅父这项建议，对我的性情说来，很不合适，但是我不敢透露出反对的意思，因我举目无亲，只有他一个是我的朋友，决不能惹得他不喜欢。况且他一辈子当海员，作梦也想不到我会反对他的计划，因此也就不考虑征求征求我的同意。但是后来因为我学堂里的助教先生提了一个意见，便中途打消了他的计划。这位助教对我舅父说，我有天才，如果抑制了我的天才，那是万分可惜的；他敢担保，只要对我妥加培养，有一天我一定会靠我的才能在陆地上发财致富。我舅父秉性慷慨，听了这话决定叫我进大学堂去受教育。虽然这笔负担对他颇为困难，但是他说到作到，拿出了一笔费用来供给我住宿和其他开支；过了不久，就送我到几哩外的一座城市去，因为那里有许多有名的学院。但是在我们出发的前一天，我学堂里的那位老师，眼看没有了我祖父，毫无忌惮，竟丝毫不顾体面地放肆起来；由于他满腹怨恨，他便用最粗野的话骂我是坏人，浪子，笨蛋，叫化子，恶棍；他完全是为了作好事才肯教我读书的。不但如此，他还怨气冲天地骂那已经去世的老法官，（要知道没有老法官他如何能谋得这样一个教席？）毫不含糊地暗示说，老法官没有付我的学费，太不公道，所以他的灵魂早入了地狱，永劫不复了。他这种野蛮的行为，再加上我以前在他手里吃过的苦头，使我想起，若要在这个无礼的冬烘头上报仇，正是其时了。我就和我的党羽商议，他们都坚决答应支持我。我们就制定了下面这个计划：在我出发去进大学堂的前一天下午，在四点钟的时候，那位助教先生照例要到大门外去小解的，我们就趁此机会把大门关闭，让他不能进来帮他上司的忙。然后我们就开始进攻，我先上去，对准老师的脸啐他一口唾沫。我的助手是学堂里两个最有气力的学童，他们对我最忠心。他们的任务是帮助我把那土皇帝拖上一条板凳，把他翻倒在板凳上，然后我们打算在和他挣扎的时候从他手里夺过他的鞭子，剥掉他的裤子，用他自己的鞭子在他屁股上狠狠抽他一顿。假如我们发现我们三个都敌不过他一个人，我们再叫别人来帮忙。很有人想抢着干我们干的活儿呢。我们事前和他们约好，叫他们准备好支援我们，并且看到有什么声援老师的动静也必须前去阻挡。我的两个主要助手，一个叫耶利米·葛奇，[1] 是附近一位阔乡绅的儿子，也是

---

[1] "葛奇"（Gawky）：意谓"笨拙"。

他的继承人；还有一个叫休·斯特拉普，[1] 他家里世世代代都作本村的鞋匠，他就是这鞋匠人家的小儿子。有一次葛奇险些淹死，我一头扎进河里，把他拖上了岸，救了他的性命。他为人十分傲慢无礼，令人不能忍受，因此常常引起别人的愤恨，别人一怒，他又消受不了；我也时常从这些人手里把他救出来。在学堂里我也常常替他作功课，挽救了他的名誉，也挽救了他的臀部。因此，他自然对我特别尊重，并且特别尊重我的利益。斯特拉普对我的感情就完全出于他的自愿，出于他那种不计个人得失的天性。他在这方面的表现是很多的，他有一次冒着自己生命危险救了我的生命，就象我去搭救葛奇一样；他时常把我犯的过错揽到自己头上，因而受到严重处分；他宁愿这样，却不愿看我受到我应该受的重罚。这两位战士都愿意这次和我共举大事，再者，他们跟我一样，第二天也要离开学堂了，因此更加情愿。葛奇是奉了他父亲的命令要回乡去，斯特拉普要到附近镇上去跟一位理发师做学徒。

　　这时我舅父也听说我老师待我无礼，很是恼怒，狠狠地赌咒发誓，说是一定要报仇，我就忍不住把我制定的计划告诉了他；他一听非常满意，我说一句他溅一口唾沫，唾沫里带着烟草的颜色，因为他总是嚼着一大团烟草的。最后，他提提裤子，叫道："不行，不行，狗×的，太便宜他了。话又说回来，孩子，你干的事儿很有胆量，这一点我得承认。可是我问你，我问你，你打算怎么脱身呢？敌人不开船追你吗，我的孩子？是啊，是啊，我敢说他一定追你，还要把岸上的人全给叫起来呢。罗利啊，上帝保佑你，你得多挂几张船帆才行，用不着许多压仓货了。[2] 让我一个人

---

[1] "斯特拉普"（Strap）：意谓（磨剃刀用的）"皮条"，因为他以后从事理发职业。
[2] 意即"你须要多长几条快腿才逃得脱呢"。

来办吧，全都交给我吧，我一定给他一点颜色看看，你放心。你那两个同船伙伴要是有骨气，不缩头，你瞧着吧，我不捉弄他一番才怪，叫他尝尝我们水手的滋味。我一定把他带到仓面，用一条九尾鞭好好抽他一顿，让他吃个二十下的整数，再把他捆起来，丢在一边，让他独自个儿去仔细想想吧。"我舅父愿作我们同党，我们很觉骄傲。他毫不怠慢，马上准备起来，把报仇的家伙作好，真是作得又好又快。然后，他命人把我们的行李打好，在我们举事的前一天先把行李送走，然后又备好马匹，只待一干完事，骑上就走。规定的时辰到了，我们的友军趁助教先生出去的当儿把大门从里面插上，顶住，说时迟那时快，一手把冬烘的领圈揪住，冬烘大声嘶喊道："强盗杀人喽！"声音洪亮，就象荷马史诗里的传令官斯丹托尔一样。我虽说吓得浑身打战，象风吹杨树叶一样，但是我还明白事不宜迟，马上振奋起来，把我的同党一一叫来。斯特拉普听我召唤，毫不犹豫就赶来了。他见我蹿到老师背上，马上跑去揪住他一条腿，用力死命地拉，把这可怕的敌人捺翻在地上。葛奇却是一直站在老地方，随着众人只顾打战，看见老师已经倒了，这才赶紧来到战场，对着倒在地上的老师大声辱骂，助威呐喊，学童们都随声附和起来。助教先生一听，大吃一惊，再一看，原来自己叫人关在门外了，就连哄带吓想要进来。我舅父请他少安毋躁，到时候自然放他进来；如果他敢擅自离开学堂，他那狗娘养的上司吃的苦头就要更加大些。我舅父说，冬烘先生对待罗利太野蛮，他无非只想稍稍教训他一顿，这对他会有好处的；还说，"他对罗利不好，你也不是不知道的。"这时我们早把犯人拖到一根柱子边，把他双手捆住，把他的上身剥光，我舅父拿出事先准备好的绳子把他绑在柱子上。他的模样非常好笑，学童们一见，大为开心，大家都围拢来，看这件新鲜事儿，只顾大声喝采。冬烘先生对着上尉泼口大骂，又骂学童们忤逆造反。这时大家把助教先生也放了进来，我舅父就对他这么说："文法先生，你听着，我相信你是个好人，你懂吗，我也尊敬你；不过，为了我们自个儿的安全，你懂吗，不得不稍微委屈你一下。"说着，他掏出了一根一两丈长的绳子。那位好人一看，马上认真地抗议起来；他说他决不允许谁用武力对待他，一面又骂我不守信义，忘恩负义。我舅父对他说，抵抗也是没用的；又说，他并没有打算对他动武，叫他难堪；他只想让他不能喊人追捕我们，我们好安全走掉。助教先生答应让人把他绑在书案旁边，他就坐在那儿看着他上司受处罚。我舅父先把蛮横的塾师骂了一顿，骂他对我太不人道，然后对他说，他想稍微地管教管教他，这对他灵魂是有好处的。他说到作到，立刻动起手来，力气用得很足，手法也非常灵巧。他在冬烘先生干瘪的臀部上狠命打了一顿，冬烘先生只觉痛入骨髓，就象一头发了疯的大雄牛似的吼叫起来，两腿乱跳，口里咒神骂鬼，活似疯人院里的疯子。我舅父觉得打得差不多了，就向他告辞道："朋友，这回你是一辈子也忘不了我了。我教训了你一顿，你大概懂得挨鞭子的滋味了吧？以后要更加同情别人才是。——孩子们，喊啊，喊啊！"一阵欢呼之后，我舅父提议大家都离开学堂，把他们的老战友罗利送到村子外面一哩多路地方的一家酒店去，他要款待款待他们大伙儿。大家都高高兴兴地接受了他的邀请。他又敦请文法先生陪我们一块儿去，但是他很傲慢地拒绝了我舅父的邀请，还对我舅父说，他完全把我舅父看错了。我舅父摇摇头，回答道："算了，算了，你这别扭鬼。可是你还不失为一个好人；哪天我当了船长，我一定请你来作我船上的老师，一定。"他说完，就把学童都放了，把学堂大门一锁，丢下两位老师去相互安慰。我们大队人马向前出发，我舅父如约款待了他们。我们大家挥泪作别，当夜就在路旁一家小店投宿，这里离我们要去的城镇大约还有十哩路光景。第二天我们到达城里，投奔我母亲的一门远亲，他在城里开设了一爿药材店，我就寄住在他家中，很是舒适，丝毫没有可以抱怨之处。过了几天我舅父给我留下了一笔款项，足够我生活和读书之用，就上船去了。

第六章

我的学业进步很快 —— 人人都钟爱
我 —— 我的堂姊妹注意我了 —— 我拒绝
了她们的邀请 —— 她们发了火，阴谋陷
害我 —— 我舅父出了意外，我失去了接
济 —— 葛奇的阴谋 —— 我的报复。

　　我现在渐渐懂事了，就开始考虑到我的处境，可以说是朝不保
夕：有责任保护我的人却把我完全丢在一边，只有一个人可以作我
的靠山，但是这位慷慨的君子不仅由于他的职业经常在冒着生命的
危险，也许有一天我竟然就得不到他的帮助了；而且一旦运气变好
了，他对我的态度一定就跟着会变，这本是人之常情，或者他对世
道人心更加了解了，那他的态度也一定会跟着变的。我总认为他对
我这样慈爱乃是因为他还没有跟人周旋过，善心未泯。我一想及
此，便惊惶万分，因此我抱定决心要勤苦学习，趁今天有学习的机
会便要好好利用。我的学业颇有成绩，三年之内学会了希腊文，我
的数学也相当精通，对于伦理哲学和自然哲学[1] 也不是门外汉了，
至于逻辑学我是毫不重视的，唯有对于文学我却极其嗜好，颇以此
自诩，自觉有作诗的天赋，并且也曾写了几首，为时人所称赏。我
既有这样的造诣，加以面貌身材又长得漂亮，便结识了城中那些

---

[1] 按即自然科学。

最有地位的人，得到他们的青睐，并且居然有些贵妇人对我也相当眷顾，真叫我满意极了。对我这种天性风流的人来说，这可真是幸运，使我陶醉。我之所以能够这样走运——至少没碰钉子吧——原因就是我替她们作过诗，嘲骂过她们的情敌，满足了她们喜欢诽谤的癖好。我有两位堂姊妹也住在这城里，她们自从父亲死后就跟母亲住在一块儿，父亲死的时候把全分家产平分给她们姊妹两人，因此纵使她们在城里算不得是最出色的美人，但是却可以算是最阔的红人。四乡里的纨袴少年、情场健将哪个不是天天来倾心求爱。以前，她们对我极其傲慢，极其鄙视，但是现在我有了名气，自然引起了她们的注意，并且我还从她们那儿得到这样的暗示：只要我愿意，她们也愿意赏脸和我交往。读者不难看出，她们屈身就我，不是希望利用我的诗才替她们去恶意诽谤别人，就是希望我至少不记旧仇，不要作诗嘲骂她们。这是我的胜利，我感觉非常满意；我不但傲然拒绝了她们的请求，而且在我所作的诗里，不论是讽刺诗也好，赞美诗也好，甚至在我写诗赞美她们最亲密的朋友的时候，我总是竭力避免提到她们的名字。我这样不把她们放在眼里，大大伤害了她们的自尊心，她们大为恼怒，就下定决心要叫我有一天懊悔不该对她们冷淡。她们开始报复，头一炮就是雇了学院里一位穷学生作诗骂我，诗的内容是说我是个穷酸，说我那不幸的父母曾经落到悲惨的下场。可是这首诗写得很坏（连她们也自觉丢脸），不但如此，这些不幸的遭遇原是她们自己跟她们的那帮亲戚加在我身上的，因此骂我穷酸等等对她们全无好处，反倒反映出她们自己的不光荣，贪财残忍，而我不过是无辜受了牺牲。她们发现这次的计划失败了，于是她们就设法激恼了一位少年子弟来跟我作对，她们对他说，我作诗骂了他的情妇了。她们就这样兴风作浪，居然成功了，那少年子弟听了大怒，决定第二天晚间在我从我常去的朋友家出来回到我寓所去的时候把我捉住。第二天他带着两名伴当在街上候我，事先他把他的计划告诉了他们，要把我挟到河边，尽管时令正在十二月中旬，天气严寒，他们却想叫我在水里尽兴地泡上一泡。但是这次的战略又归失败，因为我知道他们拦路埋伏，我回家之时另走了一条路；到家之后，我在房主人的学徒的协助之下，从顶楼的窗口向下开了一排石头，让他们受到了很大的损伤。第二天人人笑他们，他们觉得城里呆不下去了，非得离开不可，等到大家把这件事儿忘光了再回来。我的两位堂姊妹虽然两次扫兴，还是继续对我迫害，不肯罢休。我揭发了她们的恶毒使它不得再逞，因此她们把我恨之入骨，我向她们求饶是万万不可能的了。即令我有那么大的能耐，愿意忍受她们的狠毒，愿意忍受她们的不可理喻的切齿憎恨，毫无怨言，她们也决不会表示仁慈宽大，因为我的经验告诉我：给人小恩小惠，别人愿意公开承认；作了一件对人不起的小事，也容易补过；唯独受过别人大恩大惠的人，最容易忘恩负义，一如作过严重的对你不起的事的人，往往就成了最不容易跟你和解的仇人。所以这两位心地善良的人儿又想了一条诡计，在这以后不久我又收到一个很坏的消息，这两件事儿凑在一起，结果是叫她们完全称心如意了。她们的计划是去勾结我的一个最亲信的朋友，贿赂他，让他把我告诉过他的一些秘密泄露出来，把我一些偷香窃玉的小勾当告诉她们。她们得到这些消息之后，就大事渲染，声张出去，结果我在所有的人的心目中的身价就大大地打了个折扣，至于我那些心爱的人儿，她们的名誉既然发生了问题，也就把我抛得干干净净。我正在忙着追究是哪一个出卖了我，好向他报仇，并且也好在朋友面前洗刷我的名誉，不料有一天我回家吃饭，只见女主人神色大变；我问她是什么缘故，她把嘴一撅，眼睛望着地上，告诉我说，她男人收到包凌先生一封信，里面还附着一封给我的信。她说发生了这种事情，她为我、为他都觉得难过；人的一举一动应该多加小心；她早就知道他那粗鲁的行为迟早会叫他倒霉的。至于她自己呢？她是很愿意帮助我的，但是她只能维持她自己一家数口；她若是陷于贫困，天下人谁也不会来帮她一把的：俗语说，救人先救己。她说，我若是学了一行有用的手艺就好了，比如织布啊，缝鞋啊，也胜似荒废岁月，学了些不相干的玩艺儿；一个铜板也挣不到；但是世界上总是有聪明人，也总是有傻子的。我听了她这一番话，正摸不着头脑，忽然她的男人走了进来，一言不发，把两封信都塞在我手里。我哆里哆嗦接过信来，看见上面写道：

致罗杰·波兴[1] 先生

　　阁下：兹特函告我已脱离雷霆号战舰。在希斯班纽拉岛[2] 提伯隆角海滩上，船长欧克姆[3] 向我开枪，我当即还击，枪弹穿透其身体，他当场殒命，我因而不得不掉头逃逸。即使船上最好的好人打我，我也必如此对待他。我今安然无恙（感谢上帝），有法国人看守我，我虽不懂他们叽哩咕噜所说何事，但他们待我颇有礼貌。船长虽有许多朋友均是要人，他在议会中又有势力，但我希望不久即能获释。我已将出事详情连同械斗时之方位距离一并函告我在第尔[4] 的房主人，并求他奏明国王陛下（愿上帝保佑他），国王陛下当不愿使一诚实海员蒙受冤屈也。夫人前请代问候。

　　　　　　　　　　　　　　　　爱友多玛·包凌谨候。

---

[1] "波兴"（Potion）：意谓"一剂汤药或毒药"。
[2] 西印度群岛之一。
[3] "欧克姆"（Oakum）：意谓"旧麻绳"，用来填塞船缝，系囚犯或穷人的工作。
[4] 第尔（Deal）：英国东南海港。

致罗德利克·蓝登

亲爱的罗利：请勿以我的不幸遭遇为念，要专心读书。目前我无法寄钱与你，我的孩子。但这又何妨？波兴先生与我亲如手足，必能给你照料，使你样样不缺；如果诸事顺利，他日我必报答他。对你，我必尽我的责任，至死不渝。余不多赘。

舅多玛·包凌手泐。

这封信和致波兴先生的那封信一起，都是同一日期从希斯班纽拉岛的路易港寄出的。我刚看完这封信，只见药材店老板立刻摇摇头说道："我非常尊敬包凌先生，这一点是没有问题的，我对他很满意。可是这年成很不好过啊，想赚钱？就没有钱这么一件东西。你要问我的话，我认为钱都钻进地底下去了，没有影儿啦。再说，从本月月头起，我天天招待你吃住，连六个铜子都没有见你给过我，我是早已两袋空空了。你舅舅眼看要遭殃，天晓得，从此我再也别想从你那儿收得一文钱啦。还有一层，我方才也正想通知你，请你搬家呢；我从乡下新找来一个学徒，马上就到，我要收回你这间屋子让他住。所以，我要求你在这个礼拜之内另找住处。"他这一套长篇大论使我愤怒填膺，勇气倍增，既能忍受我的厄运，也敢于对他说，我鄙视他那种卑鄙、自私的性格到了极点，我宁可饿死也不愿意沾他一顿饭的光。说着，我就从我的零用钱里，把我欠他的钱一一付清，还对他说，我再也不在他家里多睡一夜。我说完这话，就冲了出来，心里是又气愤又悲伤，也不知飞向何处去找栖身之所；茫茫世界连一个能够解救我的朋友都没有，钱袋里只有三个先令。

我由着性子发了一阵脾气之后，就去租了一间睡觉的小屋子，租金是每礼拜一个半先令，而且要预付，不然房东就不租。我把我的行李搬了进去，第二天一清早，我起了床就想去找一个人，求他帮忙给我想个办法。这个人从前一向对我非常亲热，经常表示愿意和我交朋友，其实那时候我没有必要接受他的关注。今天他看见我，照例表现得和蔼可亲，死拉着我和他一块儿吃早饭，他这番美意我觉得却之不恭，就答应了。可是等我把来意说明，他就变了脸色，我还以为这是因为他听我叙述了我的悲惨的处境之后大为感触的缘故，因此把他当作了一个溥仁泛爱的君子。过了不多一会儿，我就恍然大悟了；原来他惊魂甫定，就对我说，他见我遭此不幸，着实难过，要我告诉他究竟我和我寄居的房主人波兴先生之间发生了什么纠葛，我就把波兴先生说的话又说了一遍；我又告诉他，我离开波兴家的时候，怎样回答他对我的那番卑鄙的责骂；这位假朋友一听，就装出一副吃惊的面孔，说道："他一向待你这么好，你怎么居然以怨报德起来了？"我听了他的话也大吃一惊；他会装出吃惊的面孔，可是我这一惊却决不是装出来的。我就气冲冲地对他说，我没想到他居然会站在这么一个败类的一边儿，这种败类应该从所有的人类社会里给驱逐出去才对。我这一发火性，他正求之不得，因此我们争吵了半晌之后，最后他表示他从此不愿意我再踏进他的家门，我表示同意，并且还对他说，如果我早知他的待人接物之道原来如此，他也就决计没有机会表示他方才那一番愿望了。我们就这么分了手。

在我回家的路上，我遇见我的朋友葛奇小乡绅。原来他父亲把他送进城里来深造，学作文章、学跳舞、学击剑以及其他时髦的本事，已经有些日子了。自从他进城以后，因为我们过去是老朋友，所以我们同住过一阵。我遇见他之后，毫不犹豫就把我现在困难的情况告诉他知道，并且求他借给我一点点钱，以应眼前的急需，他一听就掏出一把小钱来，尽是半便士的子儿，其中夹杂着一两个先令；他对着我发誓说，他袋里的钱都在这里，要等下一季度才会再有钱呢，这三个月的费用昨天晚上打弹子输去了一大半。他说的也许是实话，但是他那种漠不关心的样子使我非常气恼，他既不对我的不幸表示同情，也不表示愿意解除我的困难，所以我二话不说就和他分手了。但是后来我听说，当初在我堂姊妹面前搬弄是非的就是他，而且他又把我目前的困苦情况报告她们，让她们幸灾乐祸，因此我下定决心，一定要跟他毫不客气地算一笔细帐。为了达到我这个目的，我去借了一把剑，写了一封挑战书，要求他在某时某地和我会面，我一定要利用这个机会惩罚他的背信弃义的行为，要他付出鲜血的代价。他接受了我的挑战，我就去到野外；但是我心里对这场决斗相当觉得有些反感，一路上我一阵阵地冒出冷汗。但是我报仇心切，反悔又觉丢脸，而且我也有胜利的希望，想到这里，那种有愧于须眉男子的畏缩心理就被驱散了，欣然出现在田野之上。我在田野上等候他，时间已经过了一个钟点，还不见他到来，看样子他是不想来了，我倒也并不感到不高兴，因为这样一来，我就可以抓着他的把柄，暴露他的怯懦，宣扬我自己的勇敢，又可以见着他就把他痛痛快快打一顿，不必担心后果。我愈想愈高兴，早把我困苦的处境抛到九霄云外，径直找到葛奇的寓所。到了寓所，我才听说他已经匆匆打了退堂鼓，原来他接到我的信之后，不到一个钟点，就回乡去了。我一时得意洋洋，就把这件事从头到尾登在报上；只是我不得不把我一顶金花边的帽子不到半价出卖给房东，才付了登报费，剩下的用来维持生计。

第七章

克拉布先生接待了我——他的品貌——
我学会了外科手术——研究了克拉布
的脾气——他少我不得——发生了意
外——他劝我出外见见世面——助我费
用——我出发至伦敦去。

一肚子怒气消散了，得意了一阵之后也心平气和了，我这才发
现我已经到了穷途末路，人人见了都回避我，把我当作另外一种动
物看待，说得更确切一些，把我当作孤零零的一个人，在上帝创造
的世界里面没有我的分，也得不到上帝的保护。悲观失望的心情使
我几乎成了一个白痴。正在这个当儿，有一天有人来告诉我说，有
一位先生想约我到某某酒店去和他会个面。我马上就去到那儿，那
人把我引见给一位名叫郎塞洛·克拉布[1]的先生。他是本城的一个
外科郎中。这时他正在酒店和两个朋友喝酒，喝的是一种所谓"快
酒"，用四分之一瓶的白兰地掺上四分之一加仑的淡啤酒兑成的。
他为什么约我来会面，我暂且按下不表，先把这位找我的先生描写
一番，想必读者不致见怪。我来写写他的性格、行为的某些方面，
也许可以使下文平添不少生趣，并说明他对我的态度。

这位郎中年纪有五十岁了，约莫有五尺高的身材，十尺的腰

---

[1] "克拉布"（Grab）："螃蟹"，有"暴戾"的含意。

围；面如满月，颜若桑葚；鼻子就象个牛角的火药罐子，膨胀得硕大无比，上面长满了象铆钉似的酒刺；他的灰色小眼睛反射出一道斜光，因此当他正面对人看的时候，一双眼睛却象是在欣赏别人鞋上的扣襻。多年来，他和波兴之间存在着不可调解的仇隙。波兴虽然是个生手，可是生意比他兴隆；有一次波兴居然冒了大不韪，把一个病人治好了，使克拉布的诊断没有能够得到预期的结果，因而丢了脸。两人从此不和；其中有一度曾由双方的朋友出面调停，两人差不多言归于好了，但是最近旧仇又复煽起，再要和解是万万办不到的了。原来这两位冤家对头的老婆偶尔在别人家孩子命名的日子碰到了一块儿，为了尊卑先后的问题争吵起来，先是两下对骂，到后来竟然动了武，许多女眷好不容易才把她们劝住，这才使得一场喜事没有变成一场哭丧。

　　克拉布找我去的时候，他们这对仇人的怨隙正处在高潮。他还算客气地接待了我，我本来也没有希望他这种脾气的人对我会多么客气。他叫我坐下，详详细细地问我是怎样离开波兴家的。我向他叙述了一番，他露出一副恶意的笑容，说道："好一条鬼鬼祟祟的狗儿！我早就知道这家伙没有灵魂，妈的，他本是个骗人的大流氓，靠他招摇撞骗，偷偷摸摸地爬进了我们这一行，看见屁股就舔。"另外一个也说道："是啊，是啊，他经常上教堂就足见他没有丝毫诚实之心，这是眼睛眯着一条缝都可以看得出来的。"第三个人也同意这话，并且对他两位朋友说，波兴从来没有喝醉酒过，只有在一次宗教信徒的集会上醉过，醉前还很出色地临时作了一个长达一小时的祷告呢。这一段楔子说完之后，克拉布才对我说道："孩子，我听说你的品行不错，跟我干活吧。你哪时方便，就把你的铺盖搬到我家去好了。我已经吩咐家里，叫他们收留你。要死喽！你这傻瓜白白瞪着眼睛瞧什么呢？我这里客客气气地请你，你如果不打算领情，就滚你的蛋吧。"我低声下气地鞠了一躬，说道，我绝对不愿拒绝他的好意，我愿意立刻接受，不过请他告诉我他究竟给我一个什么样的职位。他大声叫道："他妈的，职位？你难道还想我给你预备个听差的和两匹马伺候你吗？"我回答道："先生，我绝对没有抱这么大的希望。我很愿意在您店里干活，我只希望我不给您增加太多的负担，我想我可以给您省下一笔请师傅[1]或者看门人的费用，因为药材这一道我略懂一二，过去我跟波兴先生住，有工夫的时候也学过这门学问，至于外科的医道，我也不完全是门外汉，我是下过一番苦工夫的。"克拉布说道："哈哈，你下过一番苦工夫哪？两位兄长，请看这位十全十美的郎中先生吧！他学过外科！想必是从书本本上学的喽！说不定哪天你还要跟我争辩争辩这行学问的一些问题吧！想必你已经能够解释肌肉的运动了，解释人脑、神经的奥秘了，哈哈哈！妈的，你的学问太大了，我受不了。这种话别再提啦。你会不会放血、灌肠、敷膏药、配药水呢？"我回答说我都能，他摇摇头，对我说他相信尽管我说样样都会，我对他一定没有多大用处；但是为了可怜我，他还是决定雇用我。当夜我就搬进他家，他在阁楼上腾出了一小间屋子让我住，这样的处境着实损害了我的自尊心，但是我也不得不委屈一下。过了不久，我就看透了克拉布把我接到店里的真正用意何在了。原来他是想借此暴露他的敌人波兴的自私心，好让他自己相形之下显得慷慨好义，以遂他报仇的宿愿；其次，他的大徒弟新近死去，他正想雇一个略通医道的青年小伙子来顶大徒弟的缺。说起这个徒弟，实在死得有些蹊跷，大家都疑心跟老板的野蛮作风有关系。我知道了

---

[1] 按中世纪手工业行会组织的习惯，店中除主人外，还有主要从事劳动生产的师傅和徒工。师傅地位比徒工高一等。

这种情况之后，又见他天天对待老婆和小徒弟的那种行径，我也实在说不上对我的新差使有多大的安心和快意。然而我又没有什么更好的办法，我就决定竭尽全力，下苦工夫，用我全部本领，去摸摸克拉布的脾气。过了不多几时，我果然发现他有一种怪脾气，他对他所有的下属全是这副态度。我发现他要是心里高兴，他最不舍得表现出来，他的老婆也好，仆人也好，如若稍微露出一点点苗头，表示你也和他一样高兴，那他必定大发脾气，怒不可遏，其后果他们常常是吃不消的。他一发脾气，愈是顺从他、对他说好话，他就越发大怒，一直到不可理喻，不近人情的程度。因此，我就采取了一种相反的对策。有一天，他赏脸骂了我一顿，骂我不懂事的小畜牲，骂我是懒汉、流氓，我就大胆回嘴道，我既不是不懂事，也不是懒汉，我不但懂得我这一行生意，也会作这行生意，拼了他那条命，他也不比我强。叫我流氓，那是更不公平，我身上穿的衣裳没有补钉；论出身，我比他来往的亲戚朋友都要高出一头。他见我这般大言不惭，表示大大吃了一惊，拿起拐杖在我头上乱晃，两只眼睛死钉着我，真是一副地道的魔鬼相。我见他那副盛气凌人的神情姿态，心里着实有些骇怕，但是我还是多少保持镇静，心想事已至此，不容退缩；我在他店中的前程全看这一霎那了，因此我就从药臼里抄起药杵，骂道，他若敢蛮不讲理打我的话，那就叫他看看到底是这药杵硬呢，还是他的脑袋壳硬？他一声不响，呆了片刻，然后喃喃说道："下人这样对待主人，真好！真好！妈的！没关系，饶不了你这条狗，瞧着吧！等我教教你，等我哪天有工夫教教你，怎么打人。"他说着，退回柜房去了，剩下我一个，心里非常嘀咕；但是等我第二回和他见面，他对我却非常和气，吃完饭还请我喝了一杯酒，我心中的畏惧也就烟消云散了。我用这种办法很快就驾驭住他了。每逢他喝酒的时候，生意都是我照顾；久而久之他就少我不得了，因此我的命运渐渐好转。我虽然得不到我舅父的照顾，但是我勤勤恳恳在店里工作，很是顺利，真是出乎我意料之外，每天都长进一些新知识，这也颇堪自慰。我和东家的老婆处得也很不错。我运用我天生一副善于挖苦人的本领，在她面前把波兴先生说成是个非常荒唐可笑的人物，有时候她受不了丈夫的野蛮行为，十分痛苦，常常借酒浇愁，以至喝得醉醺醺的，我也时常去照料她，很讨她喜欢，故而得到她的尊重。这样的生活过了两年，我舅父一直音信全无，我也没有交什么朋友，一则无心，二则也无力。原来我的东家是个啬刻鬼，他不给我工钱；年节的赏钱，在我这种地位，也没有多少，还不够买日用必需品呢。在这两年里，我也学乖了，不象从前那样冒失胡闹，别人一捧就冲昏了头脑，也不会因为存了一肚子的妄想就兴高采烈。我的不幸的处境教会了我不要把走运的时候世人向你表示的关心太看重了，一个人应当端庄持重，随机应变，不让那些倒霉事情落到你头上来。因此，我的外表，我是丝毫不加注意，一心只在储存一点学问本领，万一将来时乖运舛，也可以对付两手。我变得很是邋遢懒散，面无笑容，人人都说我惶惶如丧家之犬。这时葛奇回到城里来了，他也用不着怕我记起从前的仇隙，因为这时我的仇恨早已冷却，而且我的考虑也比较慎重了，报仇之心早已压了下去，因此我连想都没有想到他曾经作过对我不起的事，我应当报复。过了些时候，我觉得本行的门道已经学得差不多了，我就想着要找个机会出去见见世面，希望能挣些钱来补偿补偿这几年来的困苦日子；但是我先得弄一小笔钱置办一些行头，然后才能实现我的计划；怎奈我却完全不知道怎样弄到这笔钱，我明明知道克拉布为了他自己的利益是决不肯给我一些办法，让我能够离他而去，因为我的去留对他是有切身利害的。正在这当儿，出了一桩对我有利的事情。原来这时他的女仆忽然怀孕了。这位女仆把这情况向我宣布，并且还说，她的怀孕跟我有关系。她把这件事归到我头上，我当然也没有理由可以怀疑她说的不是真话，不过她跟她东家的往来，我也不是不知道的。于是我就利用这一点，对她说，她把这副担子放在我的肩上真是太傻，倒不如推给克拉布先生更有好处。她听了我的劝告，第二天就对克拉布扯谎说，他们两个共同干的好事，如今弄出名堂来了。这件事固然足以说明他的精力还没有衰竭，但是他听了并不十分快活，他知道这后果是不得了的。他倒也不是怕家里老婆骂他、埋怨他，因为他早已把老婆治得服服贴贴，他倒是怕万一事情声张出去，就会让他的对头波兴先生抓住这一个把柄来骂他，破坏他的名誉；在我们这岛国里他住的那一带地方，大家都认为这种肮脏勾当是最丢丑的事。因此，他就决定作一件只有他才作得出的事：他对那姑娘说，她肚子里并没有孩子，只不过是害了一种青年妇女爱害的病，他很容易把这种病症根除掉。他随即装作给她治病，给她开了一服药，吃下去他有把握准能达到堕胎的目的。但是他的诡计未能得逞，因为我把他的阴谋告诉了姑娘，她也自知自己怀孕的日子也不少了，故而不肯听从他的指使，并且还恐吓他，说要把自己的情况公之于世，他若不愿这么办，那就请他立刻想办法给临盆大事快作准备，眼看这几个月里就要生产了。有一天，他来找我；我马上猜到他经过深思熟虑之后打的是什么主意；他对我说："象你这么一个年纪轻轻的小伙子怎么一点都不想去闯闯世面，真叫我纳闷。我没到你这个岁数，早在几尼亚海岸跟人打架了。妈的！有谁拦着你，不让你去打仗发财吗？我看马上就要跟西班牙宣战了，你要愿意上国王的军舰上当一名军医，那还不容易吗？到了军舰上，不用说准可以大显一番身手，而且还有很好的机会赚赏钱呢。"我老早就盼着他这句话；他这一说，我立刻抓住他这句话，对他说，我很愿意照他的话办，可惜我力有不迨，只好放过这么好的机会；我也没有朋友肯预先借我一笔钱好置办一些必须要用的东西，开支我去伦敦一路上的盘缠。他对我说，我不需要什么东西，至于一路的盘缠，他愿意借我一笔钱，足够一路花销，并且还让我能在伦敦吃住都舒服，一直到我弄到一张上船的委任状为止。我连忙向他再三道谢，感谢他的体贴慷慨（当然我完全了解他的用心，他无非是想等我走后，把私生子的事都推在我身上罢了）。过了不多几个礼拜，我就动身到伦敦去了，带了我全部家当，计有：一套衣服，半打绉褶衬衫，半打素衬衫，两双羊毛袜，两双线袜，一匣袖珍外科用具，一小册罗马诗人霍莱斯的诗集，一本魏斯曼的《外科论》，还有十个几尼的现金。这是克拉布借给我的，他手里收着借据，写明息金五分；他还给我开了一封介绍信，叫我拿着去见代表本城的那位议员，他说有了这封信，就会马到成功。

第八章

我到达新堡城——遇见老同学斯特拉普——我们决定徒步到伦敦去——启程——投宿荒村野店——半夜怪事搅醒酣梦。

在我们那地方，出门的时候连个拉货的马车都坐不上；要雇一匹马吧，我的钱又不够开销，所以我就决定搭乘那种到各处运货的驮马队。我作出决定之后，随即付诸实施。在一七三九年十一月初一，我就骑上一匹驮马出发了。马的两边，一边一个筐子，我把我的行李包袱搁在一边的一个筐子里。等我们到了太因河上的新堡城，我是坐得又烦腻又疲倦，再加上天气寒冷，把我都冻僵了，我就决定徒步走完剩下的路程，不想再受这种苦罪了。

我们投宿的客栈老板听说我要上伦敦去，就劝我坐运煤船，说是又省钱又快当，总比大冬天踩着泥泞的道路徒步走三百多哩路强，他认为我的体力不够，一定吃不消。我听了他的劝告，很是动心，不料有一天偶然走进一家剃头店去刮脸，店里一个年轻剃头匠一面往我脸上涂肥皂一面对我说道："你老先生大概是苏格兰人吧。"我说是。他又接着说道："打苏格兰什么地方来的呀？"我对他说了，他立刻大动感情，他的手的动作就超出了我的下巴和上唇的范围，非常冲动地把肥皂沫抹了我一脸。他这种充沛的感情令我非常恼怒，我立时坐起，问他见了什么鬼，竟这么样对待我。他求我原谅，还对我说，遇见了同乡使他非常高兴，故而有些手足无措了，他还求我通个姓名。我说我姓蓝登，他一听，立刻狂欢大叫道："怎么说？罗利·蓝登吗？"我惊讶地望着他，回答道："正是。"他又叫道："难道你不认识你的老同学休·斯特拉普了吗？"一刹那间我想起来了，这面容正是他，我猛可地把他抱住，简直高兴得要发疯，把他涂了我一脸的肥皂沫子还了一半给他。我们两个的样子着实可笑，引得剃头店老板和其他的伙计都哈哈大笑。互相亲热拥抱了一番，我又坐下让他剃胡子，可怜他为了这一场出乎意外的相遇，兴奋得神经错乱，剃刀都拿不住了，但是他居然还给我剃了三刀，每刀都在我脸上割了一道口子。他的老板见他手脚忙乱，连忙唤了一人来替他，等把我脸刮光，老板放了他的假，剩下半天他就和我一起盘桓。我们马上来到我住的客栈，叫了些啤酒，我就问他何以到此；他说也没有什么，只不过是他的学徒期限还没满，师傅就死了，就在大约一年前的光景来到了新堡城，想在这儿找个伙计的事儿当当。跟他一块儿来的还有三个相识的青年，他们都在煤船上工作；他自己运气不错，遇到了一位很客气的东家，他打算在这家店里呆到开春；到了开春，他就想到伦敦去了，到了伦敦；就不愁没有前程。我也把我当前的情况和计划对他说了，但是他不赞成我走海路，因为冬天走海路，风险很大，沿着海岸还有危险；尤其海风欺人，可能会耽搁，钱力方面就会受到不小的损失。但是我若愿意起早，他愿意跟我搭伴，而且一路上还愿意给我扛行李。半路上我们若是疲乏了，那么在旱路上也不会有什么了不得的困难，也许有什么回去的驮马、货车等等，我们只消花一点钱就能搭坐。我一听他这种计划，高兴得简直要发疯，情不自禁地把他一把抱住，对他说，我愿意把我全部财产拿出来供他使用；他告诉我说，他自己攒的钱足够做盘费了，他有个朋友在伦敦，马上会在首都给他介绍职业，说不定还能给我介绍个事儿呢。

我们两个一同订了一个计划，当夜把事情都交代清楚，第二天，天蒙蒙亮就动身了。我们每人都携带一根粗壮的木棒，作为防身武器，把两个人的行李打成一个总包，由我的伙伴扛着。我们又把现款缝在裤腰的夹层里，只带些零散银子以备路上立时的花用。这一天我们走得很快，但是我们不晓得驿站的路程，因此看看天色晚了，却是错过了站头，前不巴村后不巴店，不得不在一条岔路上，离大路约有半哩光景，找了一家地头上的小店投宿。在这野店里，我们碰着一个同乡，是个小贩，我们跟他一起吃了晚饭，吃的是火腿鸡蛋，一杯很好的淡酒。我们坐在舒适的炉火前一面吃，一面跟店主人和店主人的闺女闲谈，很是融洽。这位姑娘身材很是结实健壮，对我们嘻嘻哈哈，非常和气，我自忖赢得了她几分喜爱，颇觉沾沾自喜。约莫八点钟光景，我们三个客人自动请店东引我们回房睡觉。屋子里一共摆着两张床，我跟斯特拉普合睡一张，小贩独睡一张。小贩临睡之前，临时诌了一段祷告，喃喃地说了半天，又在屋子各个角落巡查一通，把随身携带的一个大铁螺丝钻从里边把门钻紧，这才睡觉。我睡得很踏实，不料睡到半夜，我睡觉的床猛地地一动，把我从梦中惊醒，我睡在上面觉得这张床震个不停。这种现象使我大吃一惊，我连忙推了推我的伙伴，我发现他浑身浸透汗水，四肢乱抖，我这一惊却是非同小可。他哆哆嗦嗦低声对我说，我们完了，隔壁屋里有个杀人不眨眼的强盗，带着好几管手枪；说着，他叫我千万不要作声，把我引到板壁边一条小缝前面。我往里一张，只见一个浑身横肉的粗壮大汉，一脸凶相，跟店家的姑娘靠一张桌子坐着，他面前的桌子上摆着一瓶酒、一对手枪。我屏气凝神听他在说什么，只听得他操着令人骇怕的声调说道：

"好个狗娘养的赶车的斯马克，[1] 他敢在我头上动土！我不叫他后悔，我不是人！等我好好教训教训他，看他再把消息报告别人；他难道不知道他是给我干活吗？"我们那位店家姑娘直跟这位大发雷霆的强盗说好话，说是也许冤屈了斯马克，也许斯马克并没给抢车子的好汉通风报信；就算今天出了意外，没有干成这桩买卖，日后总有机会找补今天的损失。强盗回答道："我跟你说，好贝蒂，今天我丢的这笔买卖，只要我来福[2] 活一天，就别想再碰上这么好的啦；从前也没碰上过。妈的！四百镑现款！都是皇上征兵使的。外加上坐车客人的珠宝、金表、宝剑、银子。真不走运，我要是把这笔财宝都弄到了手，不出事，我准到军队上买他个一官半职，那你不就成了军官太太了吗？"贝蒂喊道："唉，唉。这事全靠老天爷照应我们啦！那位好汉抢完了，就没有剩下一点儿可拿的东西了么？"姑娘的情郎回答道："有也不多，我稍微拣了一两件。我拣了一对手枪，银把儿，就是这对；我是打那解银子的军官手里抢过来的，还装着子弹呢；他裤袋里还藏着一只金表，也叫我拿过来了。我还在一个教友派[3] 的鞋里找着十块葡萄牙洋钱，他受圣灵的感动，又狠毒又虔诚地骂了我一大顿。这些东西我都不稀罕，我最心爱的是这件玩艺儿。我的姑娘你瞧，这只金鼻烟盒怎么样？盖子里面还有一幅画儿呢。这是我打一位漂亮太太的衣服下摆上解下来的。"正在这时，好象是神差鬼使一般，那位小贩忽然鼾声大作，强盗听见，吓了一跳，立刻抄过手枪站了起来，叫道："他妈的，有人偷听。那边屋里是谁？"贝蒂姑娘对他说，他用不着害怕，那

---

[1] "斯马克"（Smack）：抽鞭声。

[2] "来福"（Rifle）：意谓"抢劫"，"抢光"（"来福枪"当时尚未发明）。

[3] "教友派"（Quaker）：十七世纪英国资产阶级革命时新教中比较和缓的一派，不主张用武力，而主张"内在的光明"，后来常常成为嘲笑的对象。

边屋里不过是三个赶路赶乏了的穷客人，他们走错了路，在这里投宿，老早就睡下了。强盗说道："赶路的客人！呸！准是侦探，你这母狗敢骗我。好，没关系，我这就把他们打发到阎罗王那儿去。"他说着就要往我们屋门口跑，他的姑娘直拦他，又跟他说，那边屋里住的不过是两个苏格兰来的穷小伙子，没见过世面，什么事都不懂，他用不着起疑心，还有一个是个长老派的小贩，也是苏格兰人，常常来这店里投宿。强盗听了这一番话，表示满意；一边骂一边说，既是小贩，那倒正好，他正要买件衬衣呢。说过这话，他便高高兴兴地斟起酒来，一面跟贝蒂说话，一面和她搂搂抱抱，亲亲热热，男欢女爱，好不快活。在强盗跟姑娘谈到我们的时候，斯特拉普早已吓得躲在床底下发慌，我费了很大气力，说了半天，他才相信现在已经没有危险了，可以去把小贩推醒，把刚才目睹耳闻的这一切告诉他。不料这位货郎儿觉得有人摇他肩膀，马上蹿起身来，扯直了喉咙大喊道："强盗来啦，强盗来啦！老天爷救命哇！"来福一听喊叫，大吃一惊，纵身一跳，扳好一管手枪，走到门口，谁敢先闯进去，他就先给谁一枪，原来他以为自己确实已经被人包围了。他的小情人儿见他这副样儿，直笑得前仰后合，笑了一阵这才对他说，一定是那小贩子梦见强盗，在睡梦中惊叫罢了。这时候，我的伙伴斯特拉普也把真实情况告诉了小贩，并且跟他说明刚才为什么把他推醒等情。小贩一听，轻轻从床上爬起来，往板壁缝里一张，这一张不要紧，直把他吓得光着两条腿跪倒在地上，对天祷告了好半晌，求老天爷救救他，别叫他遭强盗的毒手，并且还许愿说，今天他若能脱离险境，从此以后作买卖，就是针尖儿大的一件东西，也决不敢再欺骗顾客了。祷告以后，他又悄悄地溜上床去，一声不响地躺着；我不知道是否因为他把心上的话坦白出来以后，觉得心安了的缘故。过了一会儿，强盗跟他的女人睡下了，一唱一和地打着鼾，这位小贩这才又轻轻爬起，从行李上解下一根绳子，用一头把行李拴住，轻轻推开窗户，不让它出一点声音，很灵巧地把行李系到下边院子里，然后又蹑手蹑脚走到我们床前，和我们告辞，对我们说，我们没有什么危险，因此可以安心休息，并且叮嘱我们第二天早晨老板若问，只说不知。最后他和我们一一握手，祝我们百事如意，说完就从窗口跳到院子里，并未受伤，因为他用手扒着窗沿，两脚下垂，离开地面也不过三尺。我自己虽然觉得跟小贩一齐逃跑不太妥当，可是我心里总在嘀咕，那强盗是下定决心要跟小贩"作一笔买卖"，这下子他不能如愿以偿，那还了得！我的伙伴心里跟我一样，也很不踏实。他愈想来福，心里愈是害怕，直怂恿我学学我们同乡小贩的榜样，别让那杀人不眨眼的强盗在我们身上出气；他若看见小贩逃走了，准会把我们看成小贩的同谋，跟我们算帐报仇。但是我对他说道，我们要是也逃走了，来福一定觉得我们知道他干的是什么行业了，下次他在路上若是再碰见我们，准把我们当作危险朋友看待，并把我们干掉不可。我还跟他说，我相信贝蒂的心眼好，他也同意，这后半夜我们两个就商量着明天早晨应该采取什么样的态度，才不致引起人家的疑心。

天刚一亮，贝蒂就走进我们屋子，看见窗户是开的，大叫道："唉唷，我的妈呦！你们苏格兰人的火气可真不小啊，这么冷的天，整夜开着窗户睡觉。"我假装从睡梦中惊醒，拉开床帐，喊道："什么事情呀！"她对着窗户指了指，我又装出一副惊讶的神气，说道："我的老天爷！我们上床的时候，窗户关得好好的呀！"她说道："我看准是索尼·瓦德尔[1]那小贩子作梦起来开开的，我听见

---

[1] "瓦德尔"（Waddle）：意谓"鹅步而行"，形容小贩肩货，行步艰难。

他睡着了直打夯[1]呢。我明明放了一把便壶在他床下的。"她一面说，一面走到他睡的床前，一摸被窝是冷的，就大叫道："天公天母，这小子跑了！"我也假作吃惊，喊道："跑了！且慢，他别把我们的东西偷了吧！"我一跳跳了起来，拿起裤子，把裤袋里的零钱都倒在手心里，数了一遍，说道："谢天谢地，我们的钱倒都没丢。斯特拉普，去瞧瞧我们的行李。"他检查了一遍，发现什么都没动。我们就装作很关心的样子问道，他是否偷了店里什么东西没有。她回答说："没有，没有；他只是把该付的店钱拐走了。"看样子，这位笃信宗教的小贩，忙着祷告上帝，竟忘记付店钱了！贝蒂踌躇片刻之后就走了，紧接着我们听见她把来福唤醒；来福一听瓦德尔逃跑了，立刻跳下床来，穿上衣服，一面滔滔不绝地大骂瓦德尔，赌咒发誓说，下次碰见他，一定把他害死，因为，他说："这混蛋家伙这会儿早已到处在喊捉强盗了。"他匆匆忙忙穿好衣服，骑上马就跑了。这一来，我们就没法跟他作伴了，同时也解除了和他作伴必然给我们带来的千般恐惧。在我们吃早饭的时候，贝蒂用尽各种伎俩探听我们，要看看我们是否怀疑那位飞马而去的客人。我们看见他骑马逃走，但是我们心里早有提防。她问我们许多诡诈的问题，我们都傻里傻气地回答她，叫她没法子怀疑我们。这时猛然间我们听见门外一阵马蹄声，斯特拉普本来心里就在想着来福的可怕的形象，一听马蹄声，早吓得脸色发白，跟牛奶一样。他喊道："老天爷，强盗回来了！"姑娘一听他的话，也吓了一跳，问道："小伙子，什么强盗？你是说我们这儿窝藏强盗吗？"斯特拉普这句话太不检点，叫我不知所措，但是我也还能保持镇静，对姑

---

[1] 原文作 obstropulous，系 obstreperous 之误，正字太文雅，贝蒂不会说。译文也用"打夯"
代替较文的"打鼾"。

娘说，昨天我们在路上碰见一个骑马的，带着两管手枪，斯特拉普这傻瓜把他当作强盗了，所以他一听见马蹄子响就害怕。姑娘勉强微微一笑，好象是笑他的傻头傻脑、胆小如鼠的样子，但是我看出她对我这番解释丝毫不觉满意，这很叫我提心吊胆。

第九章

我们继续赶路——后面赶来一个强盗，
对着斯特拉普开枪，他正要向我射击，
又来了一队骑马的人追他，这才没有向
我开火——斯特拉普客栈养伤——栈中
奇遇。

我们付了帐，和店家姑娘告辞，在分别的时候，她热情地拥抱
了我一下。我们又继续登程，两个人都额手称庆，心想这次总算幸
免了。我们走了不到五哩路，只见一人骑马飞奔向我们追来，我们
顿时认出正是昨夜客店里搅得我们心神不宁的那位可怕的强人。他
来到我身旁，勒马停住，问我可认得他。我当时吓得魂飞魄散，根
本没听见他说什么。他连骂带吓唬又问了一遍，我还是一语不发。
斯特拉普见我这般慌张，就跪倒在泥地里，苦苦哀求道："来福先
生，看上帝面子，饶了我们吧！我们认得您。"那强盗喝道："哈
哈，你认得！狗畜牲，你这辈子别想在公堂上作证害我了！"说
着，他掏出手枪，对着这位倒霉的剃头匠就开了一枪，他一句话
没说，一头就栽倒在地上了。我一看伙伴死了，又见我自己这般处
境，两只脚就象钉住在地上一样，动弹不得，失去了知觉和思考能
力，丝毫没想到拔腿逃跑，强盗又要对我开枪，我也不知道想法子
消消他的怒火。但是正在他装火药的当儿，只见有一队人骑马驰
来，那强盗立刻上马逃逸，剩下我一个象一尊泥菩萨站在路上，一

动不动。幸亏这些人来到，才救了我性命。他们到了我跟前，我还是一动也不动地站着。来的人中有三名都是仆役打扮，武器带得很齐全，此外还有一名军官。后来我听说昨天来福抢的手枪正是这位军官的东西，后来这位军官在路上遇见一位贵族，就把他遭劫的事告诉了这位贵族，还对这位贵族说，他所以没有抵抗，完全是因为要顾全军中几位女客的缘故。这位贵族听说后，就答应派几名仆役帮他去追赶强盗。这位衣着华丽的军官神气十足，连忙走到我面前，说他方才听见枪声，问我是哪个放的。我当时还吓得没有恢复神志，没来得及回答他，他却早已一眼瞥见地上躺着一具死尸，立刻脸上变了颜色，颤颤巍巍地说道："各位，请看，杀人了！我们下马吧。"甲仆说道："不下马了，我们还是追那杀人的强盗吧。小伙子，他往哪边跑了？"这时我已清醒过来，告诉他们说，强盗跑到前面去了，最多不过才走了半哩路。我又求他们留下一位帮我把我朋友的尸首抬到附近人家，好入土埋葬。那位军官心里盘算道，他若是追赶强盗，追着了，势必一定要开火，想到这里他便勒紧马头，又用马刺踢马，那畜牲受到这等待遇，拱起前蹄，嘶叫起来。军官就大声喊道，他的马惊了，不肯前进。他一边喊，一边勒着马直打转，不住地拍着马颈，吹着口哨，哄它。他对马还说："嘿嘿，慢来，慢来。"乙仆这时喊道："妈的！我家老爷的红鬃马怎会惊呢！"他说完，在马屁股上抽了一鞭，这匹红鬃马，不顾勒紧的笼头，驮着那位军官就向前窜去，跑得飞快，不消片刻必然会赶上强盗的。也是活该那位军官走运，马身上的肚带忽然松了，把军官一交摔倒在尘埃地上。那甲乙两仆役也不顾他，一直向前追强盗去了。剩下丙仆应我邀请，留下没走。他把斯特拉普的尸首翻了个身，想看看他是怎么死的，伤口在何处，不料斯特拉普的身体还是温的，还没断气。我一见马上给他放血，看看他苏醒过来，心里真是说不出的高兴。其实他身上什么伤都没有，他是吓死过去的。我们把他扶起来，挽他走了半哩路，来到一家客店，他还没有完全恢复，便倒头睡下了。过了不大的工夫，那丙仆把军官所骑的马以及鞍辔等物牵了回来，剩下那军官，由他一步一步去爬回来。这位佩剑的上等人到来之后，按着摔伤的地方唉声叹气地直喊疼，丙仆把我推荐给他，说我能治病，他雇我给他放血，赏了我半个克郎。

晚饭以前，我闲着无事，看人斗牌。斗牌的有两个农夫，一个收税官，还有一个穿着古铜色长袍的青年。我后来听说这位青年是附近教区的助理牧师。这四把手一看就知道本领悬殊：两个农民是一家，对手是一对骗子，不消片刻他们早把农民的现金全部剥光。有一个农民疑心他们手脚不干净，那位传教士反倒反问他一句道："妈的，难道你疑心我不老实吗，我的朋友？"我听了很是惊讶。身穿僧衣干骗人的勾当，本不足为奇，在我家乡也是常有的事儿，不过象他那种不正派的行为，尽说些不干不净的话，唱些下流山歌，倒真叫我吓了一跳。最后，他想了个办法，多少弥补一下这两位大意的乡下佬的损失：他答应请他们吃顿晚饭，又从大襟底下掏出一把小提琴，拉了一只好听的曲子，一面拉，还一面唱。牧师的这种快活样子感染得在座的人也高兴起来，两位农夫早把输钱的事儿忘光了，大家都涌到院子里，跳起舞来。我们正在快活，那位演唱家忽然看见一人骑马向客店而来，突然把提琴停住，惊叫道："我的上帝！各位，请你们原谅；我那位狗屁上司到店里来啦。"说着，他连忙把提琴藏起，跑到客店门口，接过牧师的缰绳，扶他下了马，客客气气地向他请安问候。这位红光满面的教会骄子，年纪约莫五十上下，下了马，把马交给了助理，大模大样走到厨下，坐在炉火旁边，叫了一瓶酒，一根旱烟袋，大家恭而敬之地问他一家的好，他却带理不理，一语不答，只顾作出沉默寡言、莫测高深的样子。助理牧师走过来，恭恭敬敬问他可肯赏光和大家一同晚餐。他回答说，本布肯[1]乡绅在上次巡回法庭开庭期间喝醉了酒，发高热，他刚去看望他回来；他出门的时候，吩咐过女仆贝蒂，说他是要回家用晚饭的。因此之故，他喝完了一瓶酒，抽完了一袋烟，就站起身来，象位大主教似的走到客店门口，早有帮工牵马伺候。他刚一上马，那位爱开玩笑的助理牧师就走到厨下说道："老混蛋可滚蛋啦，魔鬼也跟着他滚了。各位，请看这世界是多么不公平。我的上帝，这位牧师根本是个流氓，不配活着，可是他反倒有两分差事，一年拿四百镑，可怜我倒替他干苦工，每礼拜天骑马走二十哩路，替他传教，为的是什么？还不是一年二十镑钱。我不愿意吹嘘我自己的资格，可是一比就叫人愤恨。我倒想知道为什么这位大腹便便的神学博士比起我来反倒应该享福呢？他凭什么懒洋洋地坐在安乐椅子里，呆在家里，吃好的，喝好的，跟他管家女仆说闲话儿？各位可明白我的意思吧。贝蒂是他的一个穷亲戚，挺漂亮的姑娘，这且不提；她很孝顺，每年总要去探望爹娘一回；不过我承认，我到今天也不知道他们住在哪一郡。我这些罗罗嗦嗦的话请各位多加原谅。"这时开上了晚饭，我把斯特拉普唤醒，大家用饭，很是高兴。晚饭吃罢，各人的饭钱都算了出来，忽然助理牧师推托有要紧事，竟骑上马走了，剩下他那份饭钱只有让那两个农夫想法去对付店主了。我们这才懂得原来这是他的脱身妙计。那位收税官半天一言不发，这时撇着嘴笑了一笑，开口说道："是啊，是啊，这是舍弗尔[2]的老花样。方才他说要请客，我禁不住暗中好笑，各位要晓得，他这人很怪。当初蔡福尔[3]少老爷在大学堂念书的时候，他当过他的书僮，

---

[1] "本布肯"（Bumpkin）：意谓"傻瓜"，"村汉"，牧师宣布自己刚刚拜候乡绅，以显示自己的地位。
[2] "舍弗尔"（Shuffle）：意谓"洗牌"，"变卦"，"闪避"。
[3] "蔡福尔"（Trifle）：意谓"儿戏"。

一星半点地学到点儿东西。但是他最拿手的是拉纤。我最了解他这方面的天赋，因为我当过塔特尔[1]乡绅的贴身家人，塔特尔乡绅又跟舍弗尔的东家最熟不过。他有一回把他少老爷的几件衣服偷偷当了，惹出了一场麻烦，被人家辞退。但是他少老爷有些私情事，他心里都知道，所以他少老爷也没有逼他太甚，反倒设法替他弄到一份牧师的资格，后来又荐他来这里当上了助理牧师，这就是他眼前这份职司。薪水虽然不多，但是他那种专会过舒服日子的本事真叫人五体投地。诸位方才听见他拉得一手好琴，跟他在一块儿混，也确乎很有意思。他既有这种长处，所以他无论到什么地方，大家都欢迎他。要说斗牌，附近三郡找不出他的对手。为什么呢？老实说，他全凭一副偷牌的鬼本领，他偷牌偷得真地道，谁也别想捉得住他。"甲农夫这时插嘴问道，在没有成局以前，他为什么不告诉他们一声呢，这太不对了。那收税官毫不迟疑回答说，他是向来不管闲事的，而且他也不知道两位农夫竟然不晓得舍弗尔的脾气，舍弗尔这种脾气在四乡里早已是臭名远扬的了。甲农夫认为这种回答不能使他满意，仍旧责备他不该容忍、不该伙同助理牧师骗人，并且坚持要收回他输的钱。收税官断然拒绝这一要求，并说道，舍弗尔在别处赌钱也许要花样，然而今天他敢说他的牌是打得规规矩矩的，任凭告到哪处官府，他也敢担保。说着他站起身来，付了自己的饭钱，偷偷地溜走了。店主把头伸到甬路上看看他可是真走了，又缩回来，摇摇头说道："唉，上天保佑，但愿恶人有恶报才好！我们这种开店卖饭的人千万不能得罪收税官呀。我是明白的，要把他跟舍弗尔牧师秤一秤，那简直是半斤八两，哪边多添一根毫毛，哪边就会往下坠。不过，各位客官，这话可只有咱们知道呀。"店家低声补充了这样一句。

---

[1] "塔特尔"（Tattle）：意谓"闲谈"，"乱扯"。

第十章

斯特拉普和我正要上路，忽见路上一群人向我们走来，一路走一路吆喝喊叫。待众人走近一看，人丛中一人骑在马上，双手反绑，正是来福。原来这强盗骑的马没有甲乙二仆的快，二仆不消多时就把他赶上，强盗弹药放完，只得束手就擒。大家真是兴高采烈，一大群乡下人也呐喊助兴，要把他解到邻村的治安法官府上去。到了客栈，二仆也正好要找得丙仆，就停下歇息，顺便解解饥渴。大家把来福扶下马来，安置在客栈院落里，周围站了一圈庄稼汉，手拿着草叉，我瞧着来福，很觉惊讶，想不到几点钟以前我看见他还觉得浑身害怕，可是现在却是一副垂头丧气的可怜样儿了。斯特拉普见他神情大变，就勇气百倍，走到他面前，捏起拳头对准他鼻子晃了晃，说道，他愿赌一个几尼跟来福比比棍棒或打一通拳，说着立刻掏出钱来，还要脱衣服，但是我把他劝住了，劝他不要干这种傻事，来福已经落进法网，我们这口气一定能出的。我多管了这桩闲事，使我很是后悔，因为众人因此就把我们扣留不放，要我们去作见证，证明他是强盗，因此我们刚要上路，却又走不成了。事到如今，别无他法，只得答应下来，随定马队前进，幸喜他们走的路跟我们要走的路是一个方向。约莫走到黄昏时分，我们总算到了目的地，但是治安法官却下乡去拜访一位乡绅去了，不在府中，还听说要在乡下过夜呢。众人就把强盗关在四层楼上一间空阁楼里，他想逃也逃不出来。不过他究竟还是逃走了，因为第二天一早，众人上去要带他去见治安法官，发现已是凤去楼空。原来那强盗从窗户出来，爬上屋顶，沿着屋顶一直爬到邻家的屋顶，钻进了邻家的阁楼，躲在暗处，等到人家都睡下了，他就仗着胆子溜到楼下，开开街门，一溜烟跑了，第二天才发现街门是开着的。捉强盗的人原想得赏，见此情景，大为失望，我却深为快活，因为我这番倒可以上路，不必再受折磨了。

　　到此为止，我们一共走了没有多少路程，因此决定要赶一段路才好弥补过来，于是这一天我们就加紧赶路；天色未黑就到了一处市镇，离早晨出发之地，也有二十哩路，一路上并未遇见什么可记之事。到了镇上，找了一家客栈，我这时已是筋疲力尽，看来是不能走完全程了，就叫斯特拉普去打听打听此处可有什么货车、回程的马匹等等便宜的代步工具第二天要发往伦敦的。他打听到有一辆货车从新堡前往伦敦，两天前曾在这里歇过脚，要赶上这辆车子倒是不难，明天赶不上，最迟后天一定能赶上。我们听了这消息，颇是高兴，当下痛痛快快地吃了晚饭，吃的是红烧羊肉丁；吃完，店家把我们领到睡觉的屋子，屋里摆着两张床，一张给我们两个睡，还有一张说是给一位很正派的客官睡的，这位客官正在下面喝酒呢。虽然我们没有此人作伴也成，但是既然如此安排，也就只好将就，因为店里已经没有空床了。我们把行李捆在枕头底下，上床安息。到深夜两三点钟，我睡得正甜，忽然屋里一阵怪声把我惊醒，吓得我心惊胆裂，只听得有人扯着叫人毛发倒竖的声调说道："要他们狗命！拿你的长戟扎进你身旁那人的肚肠里去，等我把这边这家伙的脑浆给砸出来。"这种怕人的寒暄话传到斯特拉普的耳中，他马上从床上一跃而起，漆黑之中和一人撞了个满怀，一霎那间把那人撞翻，并且扯着喉咙喊道："着火喽，杀人喽，着火喽！"他这一喊不要紧，立刻惊动了全店上下，一大群赤身露体的人都涌进了我们的房间。等到有人把灯烛拿来，这场骚乱的真相也就立时大白。我们发现和我们同住的客人坐在地当中直在搔头，显出全然莫明其妙的神气。原来这位正派的客人看样子是个征兵的军士，前一天晚上他抓着了两个乡下人，这会儿梦见这两个乡下人叛变了，并且声势汹汹，说是要把他和与他作伴的鼓手害死。这场梦给他的印象十分深刻，故此他从梦中起身，说了上面表过的那段话。我们的惊吓心情这才消逝，但是我们大家彼此一望，却是又吃惊又好笑。最引人注目的是我们的老板娘，她身上什么也没穿，只穿一件汗衣，一条肥大的牛皮裤，仓促之间还把屁股穿在前面；老板却把老板娘的裙子披在肩上。有的人拿毛毯裹住身子，也有人裹着被单，那位鼓手只有一件衬衣，正好拿出去浆洗了，赤着身体，拿一个长条枕头围在腰里。大家谈论一番之后，各自回房，军士又上床睡下，我和斯特拉普也一觉睡到天明，再没有其他干扰。第二天清晨，我们起来，吃过早饭，付了房钱，上路去了，希望能赶上那辆货车，但是这一天我们很失望，并没有赶上。这一天走路走得格外的紧，到了傍晚我走得十分疲乏，正好来到一处小小村落。我们即刻打听有无客店，有人就把我们引到一家极其寒伧的客店。一进店门，店东从火炉边一张桌子旁边站起相迎。原来这是一间厨房，地面铺得很是平整。店东看去是一位可敬的长者，一头修长的灰白头发，满脸堆笑，招呼我们道："孺子劳顿矣，权入将息。”[1] 我一听店主出口便是拉丁文，心里颇有几分高兴，我自己也懂得这文字，因想在他面前炫耀一番，便毫不迟疑，回答道：“愿傍君炭火，以消寒气，以解困倦。”[2] 我这句话刚一出口，老人急忙向我跑来，握着我的手，欢呼道：“童子，吾爱，汝何自而来乎？想来自上方[3] 也，然乎？”总而言之，他发现我们两个都是熟读古典文学的，高兴得他不知怎样表示情谊才好。旁边有个姑娘长得很讨人喜欢，脸蛋儿象一朵玫瑰花，她是老人的女儿，老人只有她一个帮助料理家务。老人便命她去取一瓶四年陈酒来给我们喝，一面吟唱着霍莱斯的诗句道：“四年醇佳酿，双环撒宾杯，吾友塔利克，倾注莫徘徊。”[4] 这四年陈酒是他自己酿制的，醇美无比。他说他经常存着一坛四年陈酒，有时自酌，有时飨客。我们谈话之中多夹杂着片言只语的拉丁文，谈着谈着，我们方知道这位诙谐老人原来是位教书先生，收入很是菲薄，因此就酿制些上好的美酒，招徕过往客商，挣些利息，一年两头才不致亏空。他说：“我今天可算王畿之内最快活的人了。我的老伴已经归天，愿她灵魂安息。我的女儿下礼拜就要出阁了。但是我一生最爱的只有两件事（他说着，指指桌上的酒瓶和一大册霍莱斯的诗集）。是啊，我老朽了。这又何妨呢？我更应该享享晚年的清福才是。我的朋友霍莱斯说得好：‘尔我归宿处，天神自安排，劝君休多问，强问事亦乖，饮尽今夕酒，明朝天一涯’。”[5]
他极想知道我们的底细，我们也毫无顾虑，就把我们的情形告诉他

---

[1] 原文用拉丁语，试译为古文，以表示说者的斯文。下仿此。
[2] 语出拉丁诗人霍莱斯（Q. Horatius Flaccus）《长短句集》（Odae）卷一，第九首。
[3] 上方指天界，此处指北方，苏格兰。
[4] 撒宾：地名，诗人庄园所在地，塔利克（Thaliarchus）：诗人挚友。此句亦见《长短句集》卷一，第九首。
[5] 见《长短句集》卷一，第九首。

知道；他听了之后，把出门在外应当如何小心之道对我交代了一番，增长了我们许多见识，还告诉我们说，对于人心的诡诈他是颇有阅历的。他又命他女儿烤一只鸡来当晚饭，决心要和两位知己共消良夜，"其他一切，抛诸九霄云外"。女儿准备酒饭，店东把自己的身世一一告诉了我们，其中并无奇特之事，可以按下不表。丰美晚饭吃罢，又喝了他几瓶四年陈酒，我们表示希望休息，店主苦留再多谈片刻，最后才勉强答应我们去睡，并且对我们说，明天中午一定能够赶上货车，货车上至少还有六个人的坐处，车上现在不过才坐了四位客商。我和斯特拉普临睡之前还谈了一会话，都说店东真好脾气，斯特拉普还说这种好人天下少有，明天的店饭钱是一定用不着出的了。他说，"你看见没有，他对我们的情谊确是与众不同，他拿出这么好的菜饭来款待我们；要我们自己点，我们是决不敢点的。"我觉得斯特拉普的话也有几分道理，但我对世道人心也略有经验，所以他的话，我也不敢全信，要等明天再看。第二天一早，我们起床，和店东父女吃过早饭，吃的是牛奶面糊，喝的是淡酒，吃完请店东算帐。店东道："我女儿贝弟自会算给二位，这种事情我是从不过问的。和霍莱斯同起居的人岂屑管这类铜臭之事。道高一尺，魔高一丈啊。"说时，贝弟早已查看了墙角上挂着的一块石板，把帐算了出来，对我们说一共是八先令七便士。斯特拉普一听大叫道："八先令七便士！哪有的事！姑娘你算错了吧。"她父亲故意说道："孩儿，你再算一遍罢，也许算错了。"她回答说，"爸爸，没错，我自己分内的事我还不知道？"我这时气得再也忍不住了，便道，这简直是一篇黑心帐，我还逼着她一笔一笔算给我看。老者也站起身来，喃喃说道："是啊是啊，仔细一笔一笔算算看，这也是理所应该的。"说着他取过笔墨纸张来，写出下面的项目：

	先令	便士
面包、啤酒		6
烤鸡、香肠	2	6
四年陈酒四瓶	2	
烤火费、烟草		7
店钱	2	
早饭	1	
共计	8 先令 7 便士	

老人的神气不似寻常店家，昨天的举止又在我心中引起一种尊敬之感，所以虽然应该骂他一顿，但又骂不出口，只得说道，这套敲诈的本领想必不是从熟读霍莱斯学来的了。他回答说，我初出茅庐，不谙世道，故此才骂他敲诈，他处世的宗旨唯"甘贫"二字而已，只想免于"饥寒之迫"。斯特拉普却没有我的涵养功夫，受不得他那骗人的勾当，说道只能三分付一分，否则一文不给。我们正在争执，只见店家女儿溜了出去，我一想不妙，即刻把这笔吓人帐付清，帐方付了，贝弟带来了两名壮汉回来，假作来喝一杯早酒，实则是要威逼我们付帐。我们正要出门上路，斯特拉普实在不甘心付这笔大钱，气得半疯，走到店东面前，狠狠对他一笑，一字一字地大声对他说道："贪者永匮乏。"[1] 这位腐儒咧着嘴恶意一笑，回答道："忿戾不惩窒，将为忿戾役。"[2]

---

[1] 见霍莱斯《信简集》卷一，第二首，第 56 行。
[2] 同上，卷一，第二首，第 63 行。

第十一章

我们望见了货车——登车——到达旅店——同车客人的形形色色——斯特拉普犯了差错，引起许多奇事。

我们走了半哩路，彼此默默无言。我一心想着世上的坏人坏事，我将来必然每天都会遭遇到这种坏人坏事；再又想到身上的盘缠眼看一天少似一天，因此便无心说话了。最后，斯特拉普实在忍不住了，开口说道："算了，算了，傻子跟金钱，转眼两分离。当初如果听从我的话，就给那老剥皮三分之一，拼了他老命也别想我们多给他一个钱。你把钱就这样流水也似的花了，不用说，这表明你的钱来路一定很容易。唉，老天爷保佑你。我得刮多少硬帮帮的胡须，才挣得上四先令三便士半呢，这钱都拿去喂狗了。我得花多少天的工夫坐着编假头发，坐得我脚趾头也冻麻了，手指头也冻僵了，鼻子也冻青了，就象门口招牌上那顶假发一样。你可真见鬼，怕的是哪一桩呢？我情愿赌一个几尼，进来的那两个家伙，任凭他哪一个我都敢跟他比比拳头。老实话，比他们更壮的汉子在我手下也吃过败仗。"不错，我这位伙伴，只要没有性命的危险，他敢跟任何一个人打一架，但是他最厌恶火器和一切凡是能够杀人的器具。我安慰他道，这次意外的开支全由我出了，用不着他负担一文钱。他听了十分生气，对我说道："你要知道，我虽然是个穷剃头匠，我花钱的气魄敢跟国内最阔绰的乡绅比比。"这一天我们加紧赶路，一直没有落脚打尖，走到傍晚时分远远望见前面有一辆货车，离我们约莫只有四分之一哩路，心里真是有说不出的高兴。待我们赶上这辆货车，已经是筋疲力尽，再要多走一哩路在我看来当真是办不到的了。赶车人名叫乔义，我们便和他讲价钱，愿出一个先令先把我们载到前面驿站，到了驿站再找货车主人和他议定其余路程的价钱。

　　货车随即停住，乔义落下梯子，斯特拉普背着我们两人的行李，因此让他先上。他刚钻进车里，忽听耳边有人大叫道："不要惹老子生气！车子里不准再上客人了。"斯特拉普一听有人这样喊叫，立时慌了手脚。那声音这般洪亮，我们两个都以为车上一定坐着个大妖怪呢。斯特拉普连忙又退了下来，脸吓得象一张白纸一样。乔义见我们那副吃惊的样子，对着车子里冷笑一声，喊道："娘的，你这军官，你为啥不让俺穷赶车的多挣一文钱？好了，好了，小伙子，上来吧，上来吧；甭管那军官。俺都不怕他。"斯特拉普听了，胆子还不够壮，还不敢上车，因此我只得去试一试，尽管我心里也卜冬卜冬直跳。我刚一上车，那人又大吼起来，就象远处隆隆的雷声。他骂道："活见鬼，你敢上来，看我不揍你一顿才怪！"我不理睬，照旧爬了进去，说也凑巧，在稻草堆上找到一席空地，立刻予以占领，在漆黑之中也分辨不出车上客人的面貌。斯特拉普背着行李随后跟了上来，他碰巧想要坐在对面，方要落坐，车子忽然颠簸一下，他一头正好撞在军官的肚子上，那军官就象风箱开了口，大吼一声，煞是怕人，他喊道："我的刀呢？杀死你这王八！"斯特拉普一听，吓得直蹿起来，一交撞倒在我身上，来势凶猛，我以为阿那克[1]的儿子压下来了，存心要把我压死呢。这

---

[1] 阿那克（Anak）：见《旧约》，他的三子皆巨人。

时忽然有一女子声音喊道："唉哟！怎么回事啊？我的好人儿。"那军官回答道："还问怎么回事！妈的！那苏格兰人一撞，把我肚肠都挤成薄饼了。"斯特拉普藏在我身后直抖，听见这话赶忙向他赔不是，直怪车子颠得太厉害，才把他撞了。方才开口的女人接着又说道："唉，好人哪，这都是我们自己的不是，我们受这种罪，只有怪我们自己。老天爷待我总算不错，我以前出门从来没坐过这种倒霉车。约翰老爷跟太太如果知道我们这会儿受这么大的罪，今天晚上定愁得睡不着觉呢。悔不该没坐四轮轿车；他们准得怪我们。"军官回答道："算了，算了，好人儿；这会儿犯愁也白费，笑一笑就过去了。我希望你身体不要吃亏才好。等我跟老爷坐上法国驿车，我一定把我们这一路的惊险告诉他，好让他乐一乐。"我听他两人你一言我一语，心想他们不定是多么不得了的人物呢，因此不敢搭腔。我还没有想完，便又听见一个女子说道："天下有些人总爱摆出一副神气，真叫多余，比我们车上出身更好的人也都坐过货车。就说我们车上也有人坐过四匹马的四轮大轿车，后边站三个跟班的，也没把它当回子事，逢人就说。坐过又怎样？我们这会儿不是都坐着货车么？不是都平等了么？既然如此，我们大家何妨和和气气、高高兴兴的呢？埃萨克，[1] 你说对不对？我这建议好不好，你这痴心的小流氓！说话呀，你这十足的老淫棍！你在想什么要命的债务事呢？你又在盘算什么抵押呢？埃萨克，你若不改过自新，重新作人，老老实实、正正派派过日子，我决不再和你相好了。这且不说，先亲我一下吧，你这老不正经的。"这番话说完了，跟着就听见咂地一声，很是响亮，那位名叫埃萨克的人立时活跃起来，他如醉如痴，略带抖颤的音调，叫道："好个浪货，你若再不

---

[1] 显然是犹太人的名字。

算是个淘气的丫头，别人欠我的款子我愿一笔勾销，嘻嘻嘻！"这一阵笑却勾起了他的咳嗽，咳得差一点没有把这放高利贷的给呛死（他以放高利贷为业，这是我们后来听说的）。约莫在这时候，我睡了一小忽，睡得很香，一觉醒来已到客栈，该投宿了。我下了货车，才有机会看看其余乘车的客人是怎样的人。他们鱼贯走进了客店。第一位进来的是个姑娘，手脚灵快，有些轻佻，年纪二十岁上下，头上戴的不是没边的小帽，却是一顶银色花边的帽子，身穿一件出门骑马用的天蓝色羊毛外罩，镶了一圈已经发乌的银边，手里还拿着一根马鞭。后面跟着一位跛脚的老头子，头戴一顶羊毛睡帽，帽带扣在下巴底下，睡帽上面歪戴着一顶宽边大帽；身上披着一件带领的破旧蓝外套，外套里面穿着一件茶色大衣，大衣里面穿着一件露了线的上衣带马甲，后来我们仔细一看，见他里面还穿了一件肮脏的法兰绒短衣。他眼窝深陷，眼圈上糊满了象树胶样的脓水，一张脸干瘪得总有上千条皱纹；牙床秃了，一颗牙齿都没有，鼻子尖尖的，向下搭拉着，下巴又尖又翘，他一嚼东西一说话，鼻尖和下巴就一张一闭，活象一把钳子；他手里拄着一根象牙柄的手杖；他那副样子作为寒冬、饥饿、贪婪的象征，那是再恰当不过的了。但是我见了那位军官，却是吃了一惊，他是又瘦又小，年纪约莫有四十岁，一张脸又长又干瘪，很象一条大马猴，上半截脸上长着一对灰色的小眼睛。头上是天生的头发，编成一条辫子，一直拖到屁股后头。他的头发养得这么长，所以头顶就光秃无毛，他偶尔脱帽便露出他那光秃秃的头顶来，他那顶帽子的大小和歪戴的方式就跟皮斯托尔[1]的帽子差不多。这位军官把大衣脱下，我看见他的身材，真是与众不同，不由得吃了一惊。此人身高五呎三吋，一

<hr />

[1] 皮斯托尔（Pistol）：莎士比亚《温莎风流妇人》及《亨利四世》中人物。

张脸跟那又细又长的脖子倒占了十六吋，大腿不过六吋长，两条小腿就象纺线轴，又象一对鼓槌，有两尺半长，其余的部分是身子，身子也不象是个身子，叫人看着倒象是头部的延展似的。所以他给人的总的印象象是直立的蜘蛛，又象是直立的蚱蜢，也可以说是"但闻其声，不见其人"。他穿的上衣即通常所谓熊皮上衣，下摆有半呎宽，里面穿一件轻骑兵马甲，大红裤子包住半截大腿，一双羊毛袜，快提到大腿根了；鞋上镶着木头跟，至少两吋高，一手拿一把剑，长短和他自己差不多，一手搀着他的夫人。这位夫人年纪和他相仿佛，当年的风韵，还留下了几许的残迹，但是摆着一副假模假样的神气，却很可笑，我当时如果阅历较深，不难看透她不过是伺候贵妇人的女仆，却在装腔作势，婢学夫人。我们这一伙人都挤到厨房，那位军官（他名叫魏泽尔）[1] 就要定一间有火的房间给自己和夫人住，并且还交代店家，他们两个要单开饭。店家回答说，小店没有单独房间；至于单独开饭，他已把全车客人的饭一律准备停当，无分尊卑，军官若能跟其余客人说通，只要他们答应他单开，店家自己一定听便。店家话未说完，我们都表示反对。另外那位女客，名叫珍妮小姐，说道，如果魏泽尔先生暨夫人打算单独开饭，那就请他们等我们吃完了再吃罢。魏泽尔一听这样的倡议，登时摆出军官架子，皱起眉头，威势逼人，却是一语不发，而他那位同槽的配偶，却把鼻子向上一挑，表示非常不齿，嘴里不干不净地说了些"畜生长畜生短"的话。这话却叫珍妮小姐听见了，迈步走到她面前说道："我的好娘姨，别乱骂人哪。你叫谁畜生？告诉你，我们不象你，我们不是畜生，我们不是偷钱的贼，我们也不是高等婊子。"军官一听，打断了她的话头，说道："小姐，别说这该死的

---

[1] "魏泽尔"（Weazel）：意谓黄鼠狼。

话，你这是什么意思？"珍妮小姐回答道："先生，你才该死呢，是谁把你封作军官的？你这下贱的、舔碟子的、拉纤的、给主子卷头发的奴才！要死喽！象你这种人却当了军官，难怪今天军队落到这么好的地步！怎么，你当我不认得你吗？你跟你那位贤内助，我是久仰的了。她是被主子丢出来的小老婆，你这秃子是你主子的贴身当差，天生是一个槽儿的马。"魏泽尔大叫道："小姐，你是要死要活？你怎么诽谤起我内人的人格来了！你这不得好死的人，全英国有谁敢对我说这种话？谁敢说，我剥他的皮，把他剥成一块一块的！老子一生气，他别想活命！我把他的肝挖出来当晚饭吃！"他说着，把佩刀抽出了鞘，挥刀威吓，把个斯特拉普吓得什么似的。珍妮却满不在乎，对着他弹了个榧子，对他说，她才不在乎他发脾气呢。大家正在争吵，货车主人来到了店中，得知大家为何争吵，怕军官和夫人当真生气，不坐车了，便想尽办法从中调停，最后他总算调停成功，我们大家才都坐下来一同吃了晚饭。到了该睡觉的时候，店家引我们各自归房。那放高利贷的老头儿，还有斯特拉普和我，住一间房；军官夫妇和珍妮小姐住一间房。到了半夜，斯特拉普忽然肚子痛，出去大解，回来的时候走错了房门，走进了魏泽尔的房间，毫不犹豫就睡到了魏泽尔老婆床上，魏泽尔老婆睡得正香，魏泽尔这时正巧在屋子角落上摸索有无空罐子好小解，因为他自己的便壶漏了。他小解完毕，便爬回自己床上；斯特拉普刚刚进来，他未曾看见。他只是伸手往床上摸，这一摸不要紧，却摸着一头硬头发，戴着一顶布睡帽，他马上认为自己走错了，走到了珍妮小姐床上来了，方才摸着的头乃是珍妮小姐私定幽会的情郎。他满心以为准是如此，心想自己卧榻之侧岂容他人干这种淫奔的勾当，一气之下，拿起方才撒满的罐子全倒在剃头匠斯特拉普和自己老婆的头上，斯特拉普大吃一惊，军官老婆也顿时给浇醒，大声喊叫，很是凄苦，不但把个丈夫吓得不知所措，也把斯特拉普吓得魂灵出了窍，以为是闹鬼了；偏偏这时魏泽尔盛怒之下又一把掐住了他的脖颈，骂不绝口，逼问他怎敢斗胆来强奸他人的妻子。可怜斯特拉普竟吓得一句话也说不出来，只迸出了这样一句："上帝作证，我实在没有奸污她。"魏泽尔太太觉得自己落到这么狼狈的境地，都是因为丈夫太冒失，气极了，从床底下摸出鞋子，拿鞋跟只管往丈夫的秃头上凿，凿得他直喊："杀人喽！"她也喊道："我得教训教训你，看你再把尿盆往我头上倒，你这三尺短命的乌龟王八。瞧你这柴火棍的样儿，你还吃醋呢？我瞧得起你才让你跟我睡觉，难道我喜欢你醋劲大吗？你呀，你简直是根一点劲儿都没有的干树枝子！"货车主人和我听见有人吵闹，也都走到屋门口，里边说的话都听见了，心里暗自高兴。正听着，忽听珍妮小姐高声大叫，我们大吃一惊。她叫道："强奸人了，杀人喽，强奸人了！你这下贱种子，老脏混蛋，你要葬送我这条清白的身子吗？你这老山羊，[1] 我不报仇才怪！决不饶你。救命呀，看老天爷的面子，救命呀！他要强奸我啦，他要把我毁了！救命呀！"店里几位伙计听见喊救命，连忙拿着灯火跑上楼来，还顺手带了几件武器。灯火一到，屋里的情景引得我们个个想笑。只见那位军官站在角落里，只穿一件衬衣，早已撕扯得稀烂，站着直在瑟缩，脸上让老婆抓得东一道西一条，其状可悯。他老婆早把床罩披在身上，坐在床沿上抽噎。在房间的另外一头，放印子钱的老头子，四肢张开，匍伏在珍妮小姐的床上，他穿一件衬衫，衬衫外面披了一件法兰绒上衣，下面露出一双又黄又瘦的腿，珍妮小姐两手紧紧揪住他的耳朵，对着他不绝口地骂。我们问她是怎么回事，她装出流泪哭泣的样子对我说道，

---

[1]　山羊性淫。

她只怕在睡着的时候已经被那不干好事的老流氓给糟蹋了，她还请我们记住今晚所见的情况，将来告他的时候，还想请我们作见证呢。那倒霉老头子吓得象是比死人只多一口气了，苦苦求她撒手，不料她刚一答应他的哀求，他顿时骂她不是好女人，是魔鬼化身，并说是她先勾引他，把他孽火勾引起来了，这会子又反咬一口。他还说："你这小妖精，你明知道是你自己布下了迷魂阵，把我勾进去的。你别想成功，我自己去吊死，你也别想打我这儿骗走半个铜板。"说着他一路哼哼唧唧爬回自己床上睡觉去了。我们这才走到军官跟前，他对我们说道："各位，这件事一定是出了差错了，我不知道是谁跟我开玩笑，我决不饶他。我想准是那扛着行李包的苏格兰人，我明天不把他弄死就不姓魏。我的好人儿，千错万错，都是我的不是；你也该明白，我怎么能叫你吃亏呢？"她叹了一口气，回答说："你愿意不愿意我吃亏，我不敢说，不过我敢说我这回吃的苦差点没把我气死过去。"最后他俩又复言归于好。夫人的床已经泛滥成灾，众人请她权与珍妮小姐共榻一宿，货车主人把魏泽尔请去同睡。我回到床上，发觉斯特拉普已经躺在床上吓得象个死人。原来军官夫妇正在争吵的时候，他趁着黑暗偷偷溜回来了。

第十二章

军官魏泽尔向斯特拉普挑战，斯特拉普敬谢不敏——魏泽尔和我发生纠葛——放高利贷的老头儿愿出五几尼请珍妮小姐放过他——我们险些吃不着饭——魏泽尔、珍妮、乔义等人当时的行为——魏泽尔暨夫人的身世——考验魏泽尔的胆量——埃萨克开了魏泽尔一个玩笑。

第二天早晨，我和货车主人商妥，付他十先令作为到伦敦去的车费，不过我若是想下车走走，他得让斯特拉普坐我的座位。此外，我还请他去劝劝那位怒气冲天的军官。原来魏泽尔提着出鞘的佩刀走进了厨房，嘴里乱骂，问是哪个昨天晚上奸污了他的夫人，他要拿他来开刀。货车主人再三解释，说昨天晚上的事全出于误会，并且还说斯特拉普那孩子是个规矩孩子。可惜他白白地说了这番话。可怜斯特拉普站在我身后直打哆嗦，他越是害怕、屈伏，魏泽尔的气就越大。他赌咒道，斯特拉普若是不和他决斗，他就立刻把他杀死。我见他这般无礼，好生气恼，对他说，他是个当军官的，斯特拉普是剃头店的一个小伙计，他怎能指望斯特拉普跟他比刀法呢。我说，他若愿意跟斯特拉普比打拳、摔交，我相信斯特拉普准愿意奉陪。斯特拉普一听，马上表示同意，还说他愿意赌一个几尼，跟魏泽尔比赛打拳。魏泽尔作出很不屑的样子，回答道，这种打法是门房干的；再说，跟斯特拉普这种人平起平坐，对他这样一个体面人来说，根本是有失身份。乔义这时插话道："军官大爷，你敢是要杀人吗？这可是无法无天了。这娃娃情愿给你赔不是，你不干；他又愿意跟你公公道道地比拳，你又不干。俺敢说，他还敢跟你比比棍棒呢。可是，孩子？"斯特拉普吞吞吐吐了半天，回答说："我——我——我愿意跟他比棍棒。"不料那军官又拒绝和斯特拉普比棍棒，我这时渐渐才把他看透了。我便对斯特拉普使了个眼色，因向众人说道：我总听人说，接受挑战的一方有选择武器的权利，这是体面人共同遵守的规矩，我敢拿斯特拉普的脑袋担保，他是愿意用刀子来决斗的，不过那得是用他最惯用的刀子，——剃头刀子。我一提剃头刀，就看见军官顿时脸色大变，斯特拉普也直扯我袖子，慌慌张张对我低声说道："使不得，使不得，看上帝面上，千万别撮合这桩买卖。"过了一会，魏泽尔才又壮起胆子，走到我面前，摆出一副凶狠的样子，问道："他妈的，你是什么人！你想跟我比刀吗？"说着，他便摆出姿势，把刀尖对准了我胸口，相去不到半吋；我倒有些着慌起来，连忙跳到一边，从壁炉旁拾起一根通条，总算把这位强敌抵挡住。他使用了许多回的半劈刺的刀法，我每次一挡开，他就往后一跳，最后我把他逼死在厨房的角落里，引得众人哈哈大笑。正在危急关头，他的老婆走了进来，见此情状，尖叫了一声；魏泽尔情急，要求停战，我也便马上答应停战。最后还是斯特拉普跪下给他赔了个不是，并说他心地是清白的，昨天犯的过失求他原谅，军官也便满意而去。这件纠纷总算没有酿成流血惨剧，安然结束，大家这才坐下来吃早饭。这时大家忽然发现少了两个人。这两个人不是别人，乃是珍妮小姐和放高利贷的老头儿。魏泽尔夫人对我们说，珍妮小姐昨晚哼唧了一晚上，吵得她不能睡觉，今天早上她一起来，才发现珍妮小姐病得很重，不能上路了。

正在这时，珍妮派人来请货车主人，货车主人立刻去到她卧房，我们众人也都跟了去。她哭哭啼啼地对货车主人说道，昨天晚上埃萨克对她太野蛮，她受了点惊，看样子怕是要小产，但是现在还说不定，所以她要求大家把埃萨克扣留住，万一出事，好叫他负责。众人一听，便四出去找那老淫棍，在货车里把他找着，原来他因为昨夜干了这件丢脸的事，所以躲到货车里去了。众人把他硬拖硬拉，拉到珍妮小姐面前。她一看见他，顿时又是哭又是叹气，情状极为可怜。她向我们众人说道：她若死了，这笔血债非落在老淫棍的头上不可。可怜那埃萨克两眼望着天，拱着手，祷告上帝，求上帝把他从那浪女人设下的网罗之中解救出来。他淌着眼泪对我们说道，昨天晚上众位发现我在她床上，这都是因为她请我去的。赶货车的了解其中情况，就劝埃萨克给她些钱，就完事了。埃萨克一听，气嘟嘟地回答道："给她钱！给那骚货一根绳，让她上吊去罢！"珍妮小姐说道："好哇，我看跟你这种铁石心肠的人说软话是白费。乔义，劳你驾去找一趟治安法官，跟他说，有个病人想见他，有要紧事跟他谈。"埃萨克一听要找治安法官，吓得直发抖，忙叫乔义不要去，哆哆嗦嗦问道："她要多少？"她说，姑念他恶念未遂，出一笔小款也罢了，虽然她将来身体吃的亏也许是没法补偿的，但是他若愿出一百几尼，她就饶了他。埃萨克一听，竟象疯子似的喊道："一百几尼？一百个屁！我这样一个穷光蛋哪有一百几尼？我要有一百几尼，我还坐货车出门，大冬天的？"珍妮答道："算了算了，你这啬刻鬼，别装穷。你别当我不认识你埃萨克·勒平，[1] 谁不知道你是伦敦市上放债人。你这老混蛋，我跟我的那些朋友押在你那儿有多少东西，哪件也没赎回来啊。"埃萨克眼看遮掩不住，只得答

---

[1] "勒平"（Rapine）：系强取豪夺之意。

应出二十先令，[1] 以求开脱。她说少过五十镑不必开口，最后左说右说，她总算落到五镑，埃萨克虽然满心不情愿，也只好出这五镑钱，总比判个强奸罪好些。调解停当，病人勉强挣扎着上了车，我们又上了路，相安无事。乔义自己愿意步行，把马让给斯特拉普骑乘。这天早晨和上午，魏泽尔给我们讲述他自己的英勇事迹，消遣旅途的沉闷。他说有一次有个当兵的跟他开玩笑，他就把那当兵的给打倒了；还有一次，他用吃饭的叉子剔牙，酒保挑他的眼，他就把酒保的鼻子拧了一把；还有一回，有个卖干奶酪的竟敢跟他争一个女人，他就要跟那卖干奶酪的决斗，大家如果不信，可以问他老婆。他老婆说确有此事，还说："他跟他挑战的那天，正是我接到乡绅戈伯尔[2] 一封情书的那天；好人儿，你还记得吗，那天晚上我吃了炸麻雀，难过得不得了，狄德尔[3] 老爷还说我脸色都变了，太太吓得差点儿晕过去呢？"军官回答道："我怎么不记得啊，好人儿。我告诉你，老爷还哼了一声跟我说道：'威廉，我看你老婆又要下小的啦。'我也学上等人那样挺不客气地回答说：'老爷过奖，但愿彼此彼此。'说得满屋子人都笑得前仰后合的。老爷就爱人说话俏皮，忙走过来拥抱我。"我们走了五天，没有间断，也没有遇见值得记载的事情。珍妮小姐精神已经恢复，每天唱歌儿给我们解闷。她会唱的曲子可真不少。她一路上还直逗她那老情人，可是他说什么也不跟她言归于好了。到了第六天，大家正要坐下吃饭，店家忽然走来对大家说，有三位刚到的客人要把酒饭开到他们房间去吃，他跟他们说货车上的客人早把酒饭定下了，但是他们还是不答应，还说："什么货车上的客人，去他娘的，老爷们还没吃呢，奴才们倒先吃；

---

[1] 一几尼合二十一先令，二十先令不及一百几尼的百分之一。
[2] "戈伯尔"（Gobble）：系狼吞虎咽之意。
[3] "狄德尔"（Diddle）：意谓欺骗。

这种客人吃一顿面包就干酪，也不能算委屈他们了。"众人一听，十分不自在，大家凑在一起想办法。珍妮小姐便道："魏泽尔既然身为军人，在这种情况下，应该保护我们，不让别人欺负我们。"魏泽尔却回答道，对不起，说什么他也不愿意让人知道他出门坐的是货车，这太伤体面了；如果这里面没有体面问题，那么那三位新来客人别想吃饭，先吃他一刀再说。珍妮小姐一听这话，把他的佩刀一把夺过，抽刀出鞘，提着直向厨下奔去，吓唬厨师道，若不把酒饭开到我们房间，她先把他杀死。这一吵闹不要紧，把三位新到的客人吵来了，其中有一位，一见珍妮就连忙喊道："原来是珍妮·烂婆儿[1]啊！什么阴风把你吹来了？"珍妮一见，也连忙跑过去，一头倒在他怀里，说道："杰克·赖头儿，[2]好亲人，原来是你呀。那我就跟你吃饭去吧，魏泽尔饿死也不干我事。"三人高高兴兴，一口答应。我们这些人眼看美好的酒饭吃不成了，正在为难，乔义知道其中情由，拿着一把草叉来到了厨房，说道，酒饭是货车客人定的，谁敢抢去吃，他先把他叉死。那三人一听，一齐拔出刀来，他们的随从也护着主子，我们众人就都站在乔义一边。眼看要酿成人命案子，幸亏店家出来调停，情愿把自己吃的饭捐出来，三个新来客人也答应了，我们这才坐下来吃饭，并未再发生其他捣乱事故。下午继续上路，我想跟乔义一同步行，斯特拉普就坐了我的席位。我一路和乔义谈话，发现他为人滑稽诙谐，天性善良，又极通达世故。他告诉我说，珍妮小姐本是个普通妓女，跟一个征兵的军官打得火热，军官便搭乘驿站马车把她从伦敦带到新堡，在新堡他因为负债被捕入狱，因此珍妮便搭乘这辆货车想回去重操旧日生涯。乔

---

[1] "烂婆儿"(Ramper)：意谓撒野者，行为不检点者。
[2] "赖头儿"(Rattle)：一种类似摇鼓之类的玩具，喻其语言聒噪刺耳。

义还和我说，昨天新到的三位客人带了几名仆从，其中有一名偶然与魏泽尔邂逅相遇，立刻认出了他是什么人，并且还把关于魏泽尔的某些底细告诉乔义知道。原来魏泽尔是贵族费利泽[1]老爷的贴身侍从，费利泽和他夫人分居了有好几年，这段时间里全仗魏泽尔服侍，后来费利泽和夫人又言归于好，夫人坚持非把魏泽尔撵走不可，不但把他撵走，还要把他养的女人也撵走。费利泽便把他两人辞退，但又不愿丢面子，故而便劝魏泽尔跟他所养的女人正式结婚，费利泽再替他在军队上找个军官的职位。双方同意这样安排，由于费利泽老爷的夤缘，魏泽尔现在就成了某团的旗官。[2]关于魏泽尔的胆量，乔义和我的看法毫无二致。他想等过一会儿，如有骑马过客出现，他一定喊叫"强盗来啦!"来考验一下魏泽尔的胆量如何。傍晚时分，果然远处有一个人骑着马向我们迎面而来，乔义便把这计划付诸实施。乔义走到车口，对货车中客人说道，看样子象是有强盗要来抢劫我们了，他话未说完，车中人早都个个惊惶起来。斯特拉普一下子便跳下车来，躲在路旁矮树篱笆后面。那放高利贷的连声叫"唉呀"，还在稻草堆里乱摸了一阵，这不得不令我们想到他也许在稻草里藏着什么东西呢。魏泽尔太太不住地搓手，哭哭啼啼直叫唤。魏泽尔却出乎我们意料之外，忽然鼾声大作，但是他这伎俩并没有得逞。原来珍妮小姐拼命推他肩膀，高声喊道："你要死喽，军官老爷，强盗要来抢我们了，你怎么倒在这时候打起呼来了? 羞死人了，起来。摆出个军人、体面人的样子来。"魏泽尔见有人竟敢扰他清梦，假装大怒，破口大骂，说什么即使全英国的强盗都来了，把他包围住，他也要等睡醒一觉再说。他又说道："胆

---

[1] "费利泽"（Frizzle）：鬈发之意。
[2] "旗官"是一种最低级的军官。

小鬼，你们怕的是什么？"他一边说一边打哆嗦，把个车子都震得直摇晃。魏泽尔这种行为惹起了珍妮小姐的脾气，她叫道："看你这副可怜相，军队里打着鼓开除出来的胆小鬼，恐怕算你最胆小啦。乔义，让车子停住，我要下车，可惜我不能出口成章，作惊人之语，不过我告诉你，我希望强盗不但把你的荷包抢去，还要剥你的皮呢。"说着，她轻身一纵，便跳下车来。说话之间，骑马的人早已来到我们跟前，乔义正巧认识此人，他是某乡绅的仆人，因此乔义便把他的计策告诉他知道，并且求他成全一下这条计策，要他骑到货车前面，盘问货车里坐着的客人。骑马人为了寻开心，便一口答应，果然骑到车前，打着怕人的腔调，问道："车子里面什么人？"埃萨克哭丧着回答道："我是个对不起上帝的可怜人哪，我一家几口人全靠我养活呀，我就有十五先令，除此以外什么都没有了，你要把这钱抢去了，那我们全家就只好饿死啦。"假强盗又问道："躲在角落里哭的是什么人？"魏泽尔太太回答道："我是个倒霉女人哪，看基督面上，我求你可怜可怜我吧。"他问道："你嫁人了没有？"她哭道："嫁人了，不嫁人还不这么倒霉呢。"他又问道："你的丈夫是谁？他在哪儿？"魏泽尔太太回答道："我的丈夫是个陆军军官，因为病了，留在方才我们打尖的客栈里了。"假强盗说道："夫人，你一定弄错了，今天下午我亲眼看见他登上这辆货车的。嘿，这是什么气味？你的小哈叭狗屙屎了吧，让我把这条脏狗提出来，教教它什么叫礼貌。"说到这里，他便捉住魏泽尔一条腿，把他从老婆的裙子底下拖了出来。魏泽尔被人从这种不体面的地方逮住了，又是害怕，又觉尴尬，只好假意儿揉揉眼睛，装作刚刚睡醒，叫道："怎么回事，怎么回事？"假强盗答道："没有什么要紧事。我来瞧瞧你罢了，看看你身体可好？再见吧，最尊贵的军官先生。"

说完，他拍马扬鞭而去，转眼之间便无影无踪了。过了半天，魏泽尔才如梦初醒，旋又摆出他那副骄傲的神气，说道："该死的家伙，他怎么这么快就跑了，我还没来得及问他家老爷太太身体可好呢？"他转向他老婆道："好人哪，你记得汤姆么？"那婆娘回答道："是啊，我仿佛记得有这么个人似的，你知道我是不常跟这等人交谈的。"乔义这时插嘴道："喂，老总，你可记得那小伙子？"魏泽尔回答道："怎么不认得？我跟崔丕德老爷吃饭的时候，总是他给我斟勃艮第酒，常见他。"乔义问道："俺请问，他叫啥名字？"魏泽尔回答道："他的名字吗？嗯，他叫汤姆·林赦。"[1] 乔义喊道："怪了！这么说，他改名字了。他从小就叫约翰·查特，[2] 你不信，俺打个赌。"他这句话引得众人都笑魏泽尔，魏泽尔也颇觉局促。众人都默不作声，埃萨克打破沉寂说道："管他是谁，管他是干什么的呢？只要他不是强盗就好了。我们虎口逃生，应该感谢上帝才是。"魏泽尔道："感谢什么上帝！感谢他妈的魔鬼吧！感谢上帝干吗？他若果真是强盗，看他敢抢我，看他敢抢咱们这法式轿车里哪一位，我不把他连骨头带血带肚肠都给吃了才怪。"珍妮小姐听了哈哈大笑道："军官先生，我敢说，你杀死什么，你是一定会把它吃掉的。"埃萨克因为这场惊险竟安然度过，心里十分高兴，因此他那刻薄的性格又不免故态复萌。他说道，魏泽尔军官这番并没使出他那副吃人的武器，反倒表现得很有涵养，达天知命，并采用了畏缩战栗的方式拯救了自己性命。这几句冷嘲热讽，引得众人只管讪笑魏泽尔。魏泽尔嘟嘟囔囔骂个不停，还说要抹埃萨克的脖子。埃萨克抓住这句恫吓话，向众人说道："列

---

[1] "林赦"（Rinser）：洗（酒）瓶的人。
[2] "查特"（Trotter）：为主人奔波者。

位，你们都听见了，请你们给我作见证，这个军人一心想杀人，我的性命不保。我非找人来把他绑去见治安法官不可。"埃萨克的揶揄又引起众人大笑，魏泽尔从此一路上再也抬不起头来了。

第十三章

我们到了客店，吃了晚饭，随即上床安寝。不想斯特拉普腹泻未愈，因此燃烛而眠，到了半夜，腹痛难熬，起来解手，他便拿起蜡烛，如厕去了。不一会工夫，他又匆匆忙忙逃了回来，头发倒竖，满面惊惶。他一言不发，把蜡烛放在桌上，跳到我身后，倒头便睡，浑身猛烈打战。我问他怎么回事，他却上气不接下气地回答道："老天爷可怜我们吧！我见鬼了！"我虽则不象他那般迷信，听他说见鬼倒也有些害怕，正在这时又有铃声由远而近，似乎要到我们的房间来，我也更加害怕起来。斯特拉普又紧紧把我抱住，说道："基督可怜我们吧！鬼来啦！"说时迟那时快，只见一只大乌鸦飞进房来，脚上系着几只铃铛，直向我们床上扑来。在我们苏格兰，我们都相信：魔鬼、巫婆要和人捣乱，总是骑着乌鸦来的，我想到这里，当真觉得是有鬼来了，猛可地一头便钻进了被窝。这只可怕的妖鸟一跳跳到床上，隔着被子用它那副尖嘴狠命凿了几下，便又跳走，霎时不见了。我和斯特拉普必恭必敬地感谢了上帝保佑之恩，等到外面一点动静都听不见了，我们才敢把头露出来张望张望，透一口气。但是一鬼方去，一鬼又来，这回差一点把我们的胆都吓破了。只见一老者走进屋来，白胡须飘到腰间，眉宇之间有一股妖野之气，不似阳世之人。他身穿一件茶色长袍，纽扣钉在背后，肘下也有纽扣，头上戴着一项怪帽，也是茶色布所制。我吓得两眼定住在这鬼怪身上，一动都动不得，眼看着他直向我们床前走来。他走到床前，搓弄双手，发出一种人间少有的声音，叫道："拉尔夫呢？"我不吱声；他又问了一遍，这回的声调更加阴森，他问道："拉尔夫呢？"他话未脱口，只听远处又响起了铃声。那鬼听到铃声，便走了，步履轻捷，而我这时早已吓得象一只木鸡了。过了好半晌，我才恢复神志，说出话来。我转过身去望望斯特拉普，他已晕厥过去，幸喜不久便又苏醒。我便问他刚才究竟是怎么回事，他说第一次出现的大乌鸦想必是什么人的魂灵，这人现在已是打入地狱了，乌鸦腿上的链条便是证据（原来他在惊惶之中把乌鸦看成大得象一匹马，把小铃铛听成是郎当的大铁链了）。至于那老人，他认为一定是以前此处人士，遭人暗害，因而显灵；那杀人犯一定名叫拉尔夫，因为杀人便变成了一只乌鸦，听凭老人的折磨。我虽然不十分相信他这番解释，但是我仍然心神不宁，再也睡不着了。后来我虽然历尽艰辛，从来没有象今夜这样睡得不踏实的了。次日早晨，斯特拉普将夜间所见种种，告诉了乔义，乔义一听，笑得前仰后合，笑了一大阵便解释道，那老人是店家的父亲，多年前变成了白痴，养了一只乌鸦消遣，想必昨夜这只乌鸦从他屋内逃走，他便追到我们屋里来，一面追一面叫着乌鸦的名字拉尔夫。

我们又赶了六七天路，一路平淡无奇。最后，进了伦敦，当夜便投宿在货车停车的客栈。次日清晨，乘客们各自分道扬镳，我与斯特拉普也离开客栈，出门访求我们本乡的议员，我身边还带着克拉布先生给我开的介绍信。我们出门以前，把店房辞退，因此我们的行李悉由斯特拉普一人扛着。他照例跟随在我身后；我们在街上一路行走，样子很是古怪。我身上穿的是一身最好的衣服，里面穿的是一件干净的卷边衬衫，脚上穿着一双最好的线袜，我的深红色的头发垂到两肩，又直又软，象一捆蜡烛；我穿的上衣，下摆直拖到小腿肚子，马甲和裤子也是一色的料子，一色的式样；我戴的帽子很浅，帽檐又狭，活象一只倒翻的剃头师傅的面盆。斯特拉普的装束却没有我那样难看，但是他戴的是一顶剪得很短的假发，很象戏里的斯格勒布，[1] 背上又扛着行李，长下巴，鹰钩鼻，高颧骨，更加使他显得奇形怪状，总而言之，恰好成为别人开玩笑的对象。我们走在路上，我就叫斯特拉普去问一个赶车的可知克林哲[2] 先生的住处，那人一怔，回答说："什么？"我走上前去，想要解释一下斯特拉普的问题，不幸说了半天，那人还是不懂，骂我们是下贱的苏格兰跟班的，说着口中吆喝一声"喔"，便扬鞭而去。我气得要死，斯特拉普也气得无可奈何，等那人走远了，他说道，就是赌半个铜板他也愿意跟他打一场。我们正在商议第二步该怎么办，街上悄悄来了一辆轿车，赶车的见我们站在阳沟边，便把车子赶到我们跟前，喊道："先生，要车吗？"说着，他巧妙地把缰绳一拉，那两匹马一下就绊进阳沟里，把我浑身都溅满了泥点。他完成这件功业之后，赶车而去，心里一高兴，便哈哈大笑起来，有些过路人见了也帮着他笑，真叫我啼笑皆非。有一个心地比较善良的人，见我们是外路人，便指点我们到一家酒馆去，好把衣服烤干。我谢了他；立刻照他的指点，走进一家酒馆，叫了一罐啤酒，在散

---

[1] "斯格勒布"（Scrub）：英国十七世纪末、十八世纪初喜剧作家法奎尔（George Farquhar）所著喜剧《美男的诡计》（*The Beaux' Stratagem*）中的仆役。

[2] "克林哲"（Cringer）：意谓"奴颜婢膝之流"，就是他们要寻找的议员。

座的壁炉边坐下烤衣服，一面尽力把衣服拂拭干净。这时有一专爱恶作剧的家伙坐在一间雅座里，衔着一根烟斗正在吸烟；他一听我们口音，知道是苏格兰人，便走到我面前，正正经经问我道："你被人捉住已经有多久了？"我不懂他问这句话的意思，便没有答理他。他又接着说，看光景不会很久，看你那条尾巴还没有割掉呢。他一面说，一面揪住我一把头发，向众人使个眼色，众人觉得他这句雅谑确实有趣。他这样对待我，我自然很是生气，但是我敢怒而不敢言，原因是我身在异乡，和我说话的那人又是身材粗壮，要打又打他不过。但是斯特拉普不知是比我胆子大呢，还是不及我小心，看我遭此侮辱，却早按捺不住，厉声呵责那人道："你这人好生无礼，怎敢侮慢尊长？"那位才子走到斯特拉普面前，问他行李袋中装的是什么东西，一面问，一面揪住斯特拉普的下巴，用力摇撼，说道："里面装的是燕麦，还是硫磺，老苏？"[1] 众人一见，个个乐不可支。斯特拉普感觉受到这种侮弄是无比的羞辱，立刻挣脱身子，对准对方脸上打了一个耳光，把那家伙打得踉踉跄跄倒退到对过的墙壁跟前；转眼之间，众人已围了一圈，准备看他两个厮斗了。我见斯特拉普开始脱衣服，我自己心里怒气沸腾，早把其他顾虑抛到九霄云外，也马上脱了赤膊，说道：他头一个侮辱的是我，因此引起这场争吵，就让我来跟他打个水落石出。人丛中有一两人附和道："这才是个勇敢的苏格兰小伙子呢，打吧，决不叫你吃亏。"他们这番话增加了我的勇气，我走到对方面前，见他面色苍白，似乎无心恋战，我照他肚皮狠狠地打了一拳，把他打得倒

---

[1] 燕麦（Oat）：按《约翰孙字典》定义，在苏格兰是人吃的，在英国是马吃的粮食。该汉借此侮辱斯特拉普。硫磺：地狱的燃料，也借此咒骂斯特拉普。老苏：原文 Sawney，苏格兰方言中简称亚历山大（一般男名之通称）曰"老苏"，英人即以此名称呼苏格兰人，含有侮辱之意，如谓"傻瓜"，今改译"老苏"。

在条凳上直打转，滚落在地上。我胜了还想胜，不甘就此罢休，便压住他，不准他起来，这原是我们苏格兰打架的规矩，但是众人都来劝阻，其中一人想把我的对手扶起，却是扶不起来，他说他不想打架，因为刚生过一场病，还没有完全复原。我听他推托，心里也暗自高兴，立刻把衣服穿起，这时众人都夸我英勇，斯特拉普也过来与我握手，祝我得胜，我也便不想打下去了。我们喝完酒，烘干了衣服，便问店家可知议员克林哲先生的住处，店家回说不知，我们甚是纳闷。我们猜想，象他这样一个人物，在伦敦一定和在本乡一样显耀，怎么店家竟然不知。店家又说道，你们到街上走走，也许打听得着。我们当即走到街巷之中，见一仆役模样的人站在一家门口，即向前问他可知某人住处。这位花制服行业[1]的成员，把我们两个上下仔细打量一番，说道他认得克林哲先生，说着便叫我们见巷先向左转，再向右转，再向左转，转过这几转以后，便见一小巷，走到巷底，又到一小巷，走过这条小巷便是一条大街，大街上有一爿客栈，挂着一个招牌，招牌上画的是一棵蓟草、三个小贩，克林哲先生便住在这里。我们谢过那人，照他指点的方向走去。斯特拉普对我说，他一见那人的相貌，不必开口，就知是个和善的正人君子，我也同意斯特拉普的看法，认为那人文质彬彬，想必是天天在主人家工作，耳濡目染，也变得斯文有礼了。我们照他指点，先左转，又向右转，再向左转，但是走到这里并不见有什么小巷，却来到了河边，这一来却把我们弄糊涂了。斯特拉普说，一定是我们走错路了。这时我们走得已有些疲乏，又不知该怎样走，只见旁边有一家鼻烟庄，招牌上画着个苏格兰人，我立刻增加了勇气，走进店中一看，店主原来是我们同乡，心中有说不出的高兴。

---

[1] 当时仆役由主人供给制服，制服常以各色不同衣料缝制。

我们告诉他，我们乃是远路到此，有一仆役模样的人指点我们如此行走等情，店主一听，立刻对我们说，我们受骗了。他说克林哲先生不住在本城这一头，而是住在那一头，今天去会他已是来不及了，待我们到那里，他必定已经到议会去了。我便问店主可给我们介绍一家旅店，他毫不怠慢，当即写了一张便笺，叫我们去找他一位相知，这位相知开着一爿油盐蜡烛店，离圣马丁巷不远。到得那里，我们便在三层楼上赁了一间屋睡觉，租金是每礼拜两先令。房间极小，得先把里面的家具挪出，才放得进一张床，用床沿权当坐椅。到了晚饭时刻，店主人问我准备怎样开伙，我们回答说，请他指教。他说道："好，我来告诉你们，象你们二位这路客人，在本城里吃饭，有两种吃法：第一种要体面些，价钱也要贵些，那就是下馆子，只有衣服阔绰的人才去这种地方；还有一种吃法，俗称'钻地缝'，凡是不得不省钱、或是爱省钱的人，都是这样吃法。"我婉言对他说，第二种吃法如果不太下流，对我们当前的处境来说该算是比较合适的。他嚷道："下流！没有那回事！多少体面人、阔人，嗨，上等人，都天天'钻地缝'呢。我常见许多穿得挺漂漂亮亮的绅士，里边是花边马甲，就是这么开伙的，花上三个半便士，吃得挺舒服，吃完再上咖啡馆[1]一坐，那副气派跟英国的头等贵族也不相上下呢。你自己亲眼去看看，便知我言不谬。今天我陪二位一同去走一遭，给二位带个路。"果然他引着我们来到一条小巷，到了这里他停下不走了，叫我们注意看他，他怎样我们也便怎样。他又向前行了几步，钻进一间地窖，霎那间便不见踪影。我也学他的样子，顺顺当当走了下去。进去一看，原来是爿小饭铺，一屋子都是白煮牛肉的蒸气。屋里挤满了人，有赶轿车的、抬轿子

---

[1] 十八世纪文人荟萃之所。

的、赶啤酒车的，也有几个解雇的仆役，和主人家不供伙食的仆役。大家围住几张条桌坐着，吃的是牛蹄子、肚子、牛脚跟、香肠等物。[1] 桌子上铺的布一看就叫我恶心。我正站着发怔，不知是坐下来吃好呢，还是走上去回到街上，不料斯特拉普正走下来，不小心一失足，踉踉跄跄一头跌进这地狱一般的饭铺，把个老板娘一头撞翻。她手里正端着一盆热汤，这一倒不要紧，正好把一盆热汤全倒在一位鼓手的腿上。这位鼓手是步兵近卫里的鼓手，他不巧正挡住老板娘的路，这一盆热汤把他烫得真够苦，他连蹿带跳在屋里乱转，口里一连串地咒骂，我听了吓得毛发倒竖。鼓手口若悬河，骂不绝口；他的骂法很是奇特，众人听了颇觉有趣。正在这时，老板娘从地上爬起，对着那闯祸的斯特拉普狠狠骂了一句，斯特拉普只管躺在桌下搔屁股，摆出一副哭丧面孔。老板娘把小盐罐里的盐都倒在手心，把鼓手的袜子捋下，（顺便把他的皮带也下了一块，）把一巴掌的盐全敷在烫伤的伤口。鼓手本来已经要住口不叫唤了，这副"末药"刚一敷上，便又哇哇大叫起来，叫得令人发指，在座众人无不惊骇。他顺手拿起一个大锡酒杯，只一捏便把杯子捏扁，象是牛皮作的一般，一面咬牙切齿，露出一副狞笑。我一看他那样子直是要发疯，便猜出其中缘故，急令老板娘把盐洗净，用油敷在伤口，她依言而行，那人果然立刻不痛了。但是一波未平，一波又起。老板娘见他把锡杯捏扁，不能用了，逼着要他赔偿，他说吃的东西他给钱，其余一概不管，他说他还算客气，不要老板娘赔偿损失，老板娘应当感谢他才是。斯特拉普一看这场大祸归终一定要他负责，便出来答应老板娘，捏扁的锡杯由他赔偿就是，又叫了一小壶烧酒请请鼓手，鼓手的气也便消了，各方面的仇隙也都调解了。

---

[1] 都是"上等人"所不吃的食品。

一场风波平息之后，我们才和房东捡了一副条桌落坐，叫了牛蹄吃了起来，其味鲜美无比，吃毕算帐，每人两个半便士，面包、淡啤酒都在内。

第十四章

拜会斯特拉普的友人——其人形状如何——他的建议——到克林哲先生住宅——闭门羹——斯特拉普的遭遇——他的反应——遇一奇事，使我丧失全部现款。

到了下午，斯特拉普提议去拜会他的友人。我们打听到他就住在附近不远的地方，我们去得很凑巧，正逢他在家里。这位先生大约三四年前从苏格兰迁来此地，开了一爿学馆，教授拉丁文、法文、意大利文。他特别擅长英语发音，他所用的方法，比起以前所有的发音教学法，据说成效都要快，而且更为新奇。但是自从我到英国，我听人说英语，几乎字字都很容易懂，唯独他说的英语，就象说阿剌伯、爱尔兰话一样，四句倒有三句听不懂，因此，如果他的生徒说话能够跟他说的一样，那他的教学法确乎是够地道的了。他是中等身材，背驼得很厉害，虽然年纪还不到四十。一脸麻子，一张嘴阔得两端够得着耳朵。身穿方格羊毛睡袍，用一条旧军官值日带拦腰一系。头戴一顶假发，后面有一条缎条束住，前顶足有三时高，还是查理二世[1]在位时的式样。他是斯特拉普的亲戚，一见斯特拉普，便很客气地招待他，又问他，我是何人。斯

---

[1] 英国复辟君主，其统治年代为 1660 至 1685 年。此处意谓七八十年前的式样。

特拉普告诉他我是谁，他便握住我手，对我说，他和我父亲还有同窗之谊呢。他听说我目前情况之后，便对我说，他一定尽一切努力，给我出主意或用其他办法帮助我，一面说一面只管注目打量我，在我前后左右打了一转，喃喃说道："基督，基督，这简直登不得大雅之堂呕！"我当即猜出他叹息的缘故，说道："先生，你一定是看我这身衣服不太顺眼吧？"他回答道："衣物[1]在你乡里，你爱喊它啥就喊它啥，在俺们这里，人家还当你是去化装舞会哩。哪个文明人愿意把你请进他宅啊？凭良心说，俺真纳闷，怎的没狗追着咬你。你可经过圣雅各市场了吧？你真是象个大人猿，见了你，俺眼里不长疗才怪。"我听他这番话，心里着实有点发慌，便问他，依他看，明天克林哲先生会不会在家里接待我，我想行医，全靠克林哲先生引荐才行呢。他搔着腮回答道："克林哲先生，克林哲先生也作兴为人正直，至少俺未听说他不正直。不过，你是否只有他这一位靠山呢？是哪个介绍你的？"我当即将克拉布先生的书信掏出，并且告诉他，我何以抱有希望。他瞪眼望着我，口中直叫"基督"不绝。他这种举动使我感觉兆头有些不妙，连忙求他给我出个主意，他说他一定很坦白地给我出主意。为了证明他的话，他介绍我到附近一家假发庄去换上一顶假发，千叮万嘱地对我说，我这顶象一捆胡萝卜似的假发不摘掉，千万不可去见克林哲先生；只要是个人，一见我这顶假发，都会起反感的。我立即遵照他的劝告出门去换，他又把我唤了回去，叮嘱我一定要把信亲自交到克林哲先生手里。我和斯特拉普一路走着，斯特拉普真是说不出地兴高采烈，他说他的朋友待我们真不错，看样子他的朋友还答应他一两天内给他找一位好东家呢。他说："好

---

[1] 原文系方言，译文希望尽量达出其与普通话不同之处。

了，现在你来看看我的本事吧，看我给你配一顶合适的假发吧。我倒要看看伦敦哪个理发匠能跟我比（这话的口气不小吧）？他们就会拿巴掌拍弄拍弄烂头发，他们整理的假头发称一称还不值一个铜板呢。"斯特拉普确是很热心，他跟假发商争价钱争了半天，假发商足足有二十次请他往别家去看看可能够买到一顶更便宜的假发。最后，我选定了一顶上好的假发，价钱十先令，拿着回到寓所，斯特拉普不消片刻就把我那顶教师看着不顺眼的旧发给打发掉了。

我们听说克林哲先生照例是在天未破晓还要点蜡烛的时候接见下属的，因为他自己还得在黎明时刻去给太利尔[1] 勋爵请早安，太利尔老爷又要在八九点钟的时候去给某大臣请早安，因此我们绝早便起身了。我们到了克林哲先生门首，斯特拉普要向我表示他懂得规矩，连忙跑去叩门环，他敲了半天，敲得又响，满街住户都被他惊动，旁边一家人家三层楼上打开了一扇窗户，把一盆尿全倾在他身上，把他一身淋得湿透，我幸喜站得远些，没有遭到臭洪水的袭击。正在这时，有克林哲家的一名仆役把街门打开，看见街上只有我等二人，板起面孔问道，刚才可是我大声敲门，问我要干什么。我对他说，我要见他主人，有事和他商量。他一听，对我说道，先去把规矩学好些，再来见他主人，说着把门一关，进去了。我吃了闭门羹，很是生气，便对斯特拉普出气，严厉责骂他不该如此冒昧，但是他把我这话只当耳边风，只顾把他假发里的尿拧干，又从地上拾起一块大石头对着方才开窗泼尿把他淋湿的那人家的大门砸去，把门锁砸断，大门打开，他却一溜烟跑了，把我丢下，我也只好尽力追他。这时我本来也没有时间多加思索，只好尽

---

[1] "太利尔"（Terrier）：一种狗名。

快把他赶上，我们两个一路逃跑，看着天色破晓，到了一条大街，也不知这是什么地方。信步前行，东张西望，有一衣冠颇为齐楚之人走过，骤然停住脚步，从地上拾起一物，察看了一番，转回身来，把那物交给我，并道："先生，您丢失了半克郎银钱了。"这人如此诚实，颇令我惊讶，我即对他说，此钱不是我的，他请我再仔细想想，看看我身上的钱财是否完整无缺，我便掏出钱袋（我到伦敦之后已买了一个钱袋），把钱倒在手中数了一遍，花剩的还有五几尼、七先令、两便士，我便告诉他，我并未失钱。他说道："如此说来，最好不过了。这钱真是意外之财，我拾得此钱，二位正好在场，俗话说见面分一半，我们就平分了吧。"我听他这么说，很是惊愕，心想这等正直君子真是人间少有，我抵死不肯分钱。他又说道："二位真是太客气了。我看二位不是此地人，今早天气寒冷，请赏光同饮一杯取暖，幸勿推辞。"我有心想谢绝他的好意，但是斯特拉普低声对我说，我们若不去只怕他要见怪，因此我便答应下来。那人便道："我们到哪里去呢？这一带地方我很不熟悉。"我对他说，我们也和他一样，他便道，既然如此我们何妨见到第一家酒店便走进去。我们一路走着，他又问道："听二位口音，象是苏格兰人。我的祖母也是苏格兰人，我对苏格兰一向抱有好感，我每遇苏格兰人，心中便觉温暖。苏格兰人是个非常勇敢的民族。苏格兰的世家几乎没有一家在几百年前没有出过几个干过轰轰烈烈大事业的祖先。譬如说达格拉斯、戈登、坎贝尔、汉密尔顿这些大族。在我们英国却找不出这样的世家。再说你们苏格兰人都受过上等教育。我认识一个苏格兰小贩，他的希腊文、希伯来文、跟他的苏格兰语说得一样熟练。若说到诚实，我从前用过一个仆人，名叫格雷格利·麦格雷格，我把数不清的金子交给他，我都没有什么不放心的。"他对苏格兰如此赞美，使我对他生了好感，纵使为他赴汤蹈火也在所不惜。斯特拉普更是两眼热泪汪汪了。说话之间，我们走过一条黑暗的小巷，只见有家酒馆，我们便走了进去，见有一人坐在壁炉边，衔着一根烟斗在吸烟，面前放着一大杯掺着烧酒的热啤酒。我们这位新交的朋友问我们可曾喝过掺鸡蛋花的热啤酒，我们说没有，他说那非得畅饮一回不可，即命店家准备一升来，又命店家取来烟斗和烟草。我们把酒拿来一尝，很觉适口，于是开怀畅饮，那人也便东拉西扯和我们闲谈，谈着谈着就谈到在伦敦这种大都会中，阅历不深的青年人如何常常容易受骗；这些青年人不知道有骗子，因此不加提防，天天都有受骗的人。他把成千成百的骗局向我们描写了一番，并且警戒我们不可上当；他这一片好心，无限关怀，真使我们深自庆幸，竟然有福分碰上这种好机会，遇到他这样的人。酒过数巡，我们那位朋友打起呵欠来，他说昨夜服侍一个病人，一夜未眠，因问我们是否有什么玩艺儿可以玩玩，借此驱除他的睡意。他说："我们打一会儿纸牌如何？且慢，打不成，我们是三缺一啊！别的玩艺儿我又不会玩。说老实话，我是轻易不打牌的，从来不打的，只有人家一定要我凑个热闹，我才打一回，再不就是象今天这样困得不得了的时候。"我虽然不喜赌博，但是偶尔和朋友玩上一两个钟点，我也不十分反对；我又知道斯特拉普和我的技术不相上下，因此便冒冒失失说道："谁要能凑个第四家就好了。"正在进退两难之际，方才在炉边吸烟的那人听见我们说的话，一本正经地把烟斗从口里取下，对我们说道："各位，我的烟已吸完，请看，"说着把烟灰敲在炉火里，"各位不能成局，很是可惜，我倒颇愿奉陪，不过我声明，大钱我是不赌的。"他既自荐，我们极表欢迎；大家翻牌，我和他一家，斯特拉普和我们那位朋友一家，说明一副牌的胜负是三便士。我们的手气很好，不消片刻我已赢了半克郎，我们那位朋友便说我们今天赌运不佳，便打算不打了，或者换边也可。我这时自恃手气好，又想多赢些，又见他们两人赌道并不太精，便同意换边，大家又重新翻牌，我和斯特拉普一家，他们两人一家；我和斯特拉普都感满意。我的手气一直很好，不到一小时，我们已经赢了他们三十先令，你道是何缘故？只因为他们愈输愈急，每次便加倍下注。然而赌运毕竟反复无常；不消多久，运气转了，我们把赢的钱全部输光不算，还倒输了四十先令的血本。我输了钱，极为难过，斯特拉普则更是露骨，连脸上的肌肉都绷紧了，脸也很快变长了。对面两家见我们这等情况，便好心让我们又赢了一些回来，心中稍觉宽慰。多亏斯特拉普脑子机灵，及时提出散场。方才吸烟的那位客人一听这话，便骂牌不好，还说我们赢回来的钱全靠运气，而不是因为牌打得好。我听了觉得有些刺耳，便说我愿和他两人打一牌，赌一克郎；他起先不肯，左说右说，他才答应。不到一点钟，打完一牌，结果我把身上的钱全部输光，一个先令不剩，其惨痛之状，难以言表。而斯特拉普又是抵死连六便士都不肯借我。这人赢了我的钱，站起身来就走；带我们进来的那人，见我一副苦脸，知道我心里悲恨交集，心都要碎了，便对我说道："你的运气不佳，我确实为你难过，我很愿意补偿你的损失，无奈心余力绌。不过你也太自恃了，好运气岂有经久不变之理？赌钱人总要记住这样一句格言：手气来时，勇往直前；稍一转风，立即收兵。你年纪还轻，感情易于冲动，以后要学会克制。但是，花钱买来的经验是最可宝贵的经验；这一次学了乖，终生受用无穷。至于赢你钱的那人，我实在不赏识他。你没见我给你使过眼色，叫你不要再赌下去吗？"我回答说，"没有哇。"他又继续说道："你全副心事都放在牌上，自然不会看见。"他又轻声在我耳边说道："你那年轻的伙伴是否诚实可靠呢？他的神色有些令人可疑，也许是我观察错误，不过他站在你身后直作鬼脸呢。在这城里，多的是坏人啊！"我对他说，我那伙伴为人正直，完全可以信得过；他作鬼脸，一定是因为看见我输了钱，心里发急。"原来如此，那我实在对他不起了。店家，算帐来。"帐单开来，共计十八便士；他付了帐，便和我们握手告别，临行还说他希望和我们他日再见，说完他便走了。

第十五章

斯特拉普大发议论——斯特拉普倾囊相助——我等将输钱之事告知房主人，房主人揭示了其中秘密——我拜会克林哲——克林哲将我介绍给斯太台普先生，把我的事转到斯太台普手里——我结识了另一位谋事者，他将克林哲和斯太台普之为人解释给我听，并告诉我在海军部和军医处应采取什么方法——斯特拉普就业了。

在我们回寓所的路上，我们两人都默然无语。过了半晌，斯特拉普叹了口气，声调极为凄厉。他叹过气，接着说道，我们赶猪上集，作的这桩买卖可真不错！我听了他的话也不答言，他又接着说道："但愿上帝把我们从这地方送走吧！我们到伦敦总共不过四十八小时，倒碰见了四万八千桩倒霉的事儿。人家笑我们，骂我们，冲撞我们，在我们头上撒尿，临了还把我们的钱给剥光了，我看再呆下去，非把我们的皮剥了不可。不错，破财的事情，原怪我们自己太傻。所罗门[1]说过'把傻子放在臼里捣烂，他也不会变聪明。'唉，上帝，一两智慧胜似一斤黄金啊！"我这时因为输了

---

[1] 见《圣经》。所罗门系以色列王，以智慧见称。

钱，正在气头上，又因为他连一个钱都不肯借我，让我捞本，更是气恼，他偏偏要在这时来虎口捋须，我便转过身来，声色俱厉地问他道："你管谁叫傻子？"他从来没有见我用这么严厉的脸色对待过他，瞪着眼睛望了我半天，才慌慌张张说道："傻子！我没有叫谁傻子，我说我自己是傻子，我们两个人之中要算我最傻了，我尽为别人的倒霉事耽心，还不傻吗？总而言之，智者千虑，也还必有一失呢。"他说完，一直到寓所，我俩都沉默无语。到了寓所，我心中难过万分，一头倒在床上，宁死也不愿向斯特拉普或其他任何人来求救。但是斯特拉普了解我的脾气，见我处境悲惨，他的心也碎了。过了片刻，他走到我床边，把一个牛皮钱袋塞在我手里，流下泪来，哭道："我知道你在想什么，不过你那种想头是我所不齿的。这口袋里是我全部家当，拿去吧，先花着，也许不等你花完，我又有钱给你了。即便没有，我愿意为你去讨，为你去偷，跟你一道流浪到天涯地角，跟你一块儿挨饿，我虽然是穷鞋匠的儿子，我决不亏负朋友。"斯特拉普这穷汉居然如此慷慨，使我极为感动，不由得落下泪来，两人相对而泣。过了半响，我打开钱袋一检查，其中有半个几尼的钱币两枚，还有半克郎的钱币一枚。我便要把这钱都还给他，并说他比我更缺钱用；但是他死也不肯收回，说是让我管着这笔钱，他要用就向我拿，这样才比较合适得体，因为我是上等人出身，不应该在金钱上受他节制。

我们两个推让了半天，心情也比较平和了，这才把我们的遭遇告知了房主人，只是把赌博输钱、几乎囊空如洗一节，瞒过不提。他一听马上说，我们大大受骗了，那两个骗子乃是串通一气的。那个很有礼貌、很老实、很友好、很近人情的家伙对我们很客气，但实在他是个专门假意丢荷包的流氓，他的行业就是靠丢荷包引人上钩，然后把人引到他常去的酒馆，在酒馆里总有一两个同党在伺候着，专等他把老羊赶来，就动手剥皮。说到这里，这位好心的房主人又叙述了许多故事，说有些人如何被这伙恶棍所引诱、欺骗、掠夺，有的还挨打，甚至被他们谋害。人类之中居然有这种骗人的坏蛋，真令我觉得有些惘然。而斯特拉普则竟然额手望天，祷告上帝把他从这种罪恶的地方解救出来，他认为伦敦简直是魔鬼的王国。房主人又好奇地问我们，克林哲先生是怎样接待我们的，我们便把详情告诉了他，他摇摇头，说我们走的路子不对头，他说你要和□议员[1]办事，不送贿赂，就休想办得成；议员的仆人也往往传染上主人的毛病，上头替人办事要钱，他也希望人家给他点钱，才肯替人家行个方便呢。他因此建议，下次我若想见议员，应当先塞给门房一个先令，否则我休想有机会把信交到议员手里。因此第二天清早，克林哲先生家的大门一开，我立刻把一个先令塞进门房手里，同时对他说，我有一封信要交给他家主人。果然我的慷慨行为产生了良好的效果，那家伙立刻把我请了进去，把信从我手里拿去，叫我在一个形似甬道之类的地方等候回复。我在那里站着等了三刻钟的工夫，见到许多我过去在苏格兰认识的青年人在这里来来往往，出入于克林哲先生的客厅，看他们那副神气，俨然是惯常出入于这种地方的。我呢，却站在这阴冷的去处，瑟缩一团，背转脸去，不愿意让他们看到我的落魄情景。等了半天，才见克林哲先生出来送一位青年客人。这位客人不是别人，正是小乡绅葛奇，穿了一身非常华丽的衣服。克林哲先生与他握手告别，并说今晚专候他来便餐。克林哲先生回过身来，看见了我，问我有何贵干。我告诉他，我便是持克拉布先生介绍信来求见的人，他便装模作样地回忆我的姓名，佯称想不起来了，说是让他再去

---

[1] 原文"议员"二字，故意缩写（m-b-r of p-m-t），译文亦以缺笔符号表达之，下仿此。

看看那封信再说。我为了免得他麻烦，便对他说，我的名字叫蓝登。他一听便又说道："可不是，可不是，蓝登，蓝登，蓝登——对了，我记得有这样一个名字的。"其实他岂有不记得之理呢？当初这位克林哲先生原是我祖父的仆人，我祖父出门的时候，他时常骑着马在前面押行李。他说道："嗯，你想要在军舰上当一名军医助手。"我深深鞠了一躬说，正是。他又说道："我看要弄得一张准许证很困难，海军部里已经去了好多苏格兰军医，象一窝蜂似的，都想候空补缺，那些管事的官员生怕被这群人五马分尸，当真把警察请来了。不过，有几条船上倒是不久就要委派，等到那时再看有无办法吧。"他说完就走了。我看他对我和对葛奇截然两副态度，感到无比气恼；我本来以为我家对他有过恩典，他一定很愿意借此机会报答，不料他当了议员，竟如暴发户一般骄傲起来，真是卑鄙。

我回到寓所，听说斯特拉普的事情成功了，又惊又喜，这事是由他的朋友，也即那位塾师介绍的。雇用他的是附近一家假发制造商，供吃供住，此外每礼拜还有五先令工资。我照旧每天到克林哲家去请早安，两个礼拜以来，天天如此。在克林哲家里我认识了一位青年同乡，也是学医的，他也靠克林哲替他介绍职业呢。但是克林哲主仆待他比待我要尊敬得多：仆人常常把他领到一间客座，里面有壁火，专供一些上流人物等待接见时取暖之用。我因为衣服穿得不讲究，从来没有允许我进入这奥秘的去处，只让我站在冰冷的甬道里，冻得我直呵手指；好容易等到克林哲先生出来送客，才能找到机会和他谈话。一日，我正在充分利用这样一次谈话的机会，忽然仆人引来一人，克林哲先生一见此人，马上跑过去一躬到地，向他施了一礼，然后又和他握手，极其热烈亲密，口口声声叫他好朋友，又很关心地问候斯太台普[1] 夫人和小姐们的起居，然后他又向他喊喊喳喳说了一会话，我侧耳听到他几次着重地提到"荣誉"二字，最后他把我介绍给此人，告诉我以后要仰仗他指教帮助；又把他的住址告我知道，然后把我送到大门口，对我说，"以后不必屈驾到舍下来了，斯太台普先生会替你张罗职业的"等等。正在这时，另外那位谋事的苏格兰青年也随我出来，把克林哲先生对我说的话都听在耳里了；我这时已到街上，他赶上我，客客气气招呼我。他这般招呼我，我实在感到荣幸，因为他可算得上一表人物哪，身穿蓝色大衣，配的是金纽扣，里面是绿缎子马甲，镶着金边，下面是黑丝绒裤子，白色丝袜，鞋上一对银鞋扣，头上戴的是金色花边帽，"斯本塞"式的假发，腰佩一把银柄宝剑，手持一根云纹手杖。他对我说："我看你样子，象是刚从苏格兰来的。请问你找克林哲先生有何贵干？我想恐怕也不是什么秘密吧，我也许能够给你出点有用的主意，也未可知。我曾在一条七十尊炮的军舰上当过军医的二副，所以颇有些阅历。"我毫不迟疑，把我的情况向他说明，他一听连连摇头，对我说，一年前他和我今天的处境，可以说是大同小异；克林哲也对他许过愿，他就一直等克林哲兑现，等来等去，他携带的一笔相当数目的现款都花光了，能借的债也都借了，事情还是没有下落。他便写信回家，请家里再寄些钱来接济他，回信非但无钱，而且把他责备了一通，诸如懒惰、浪荡子之类字眼都骂到了。他在海军部等候准许证等了好几个月，没有下文，只得典当一些衣物，当了些钱，贿赂部里的秘书先生，果然准许证马上就发了下来，虽然当天他还说没有缺额呢。他上了船，待了九个月；九个月后，船上的委任状撤销了，船上的人员可在明天

---

[1] "斯太台普"（Staytape）：裁缝用的条带，暗示此人职业是裁缝。

到宽街去领取遣散费。同时他已和家人和解，家人责成他必须经常到克林哲先生家去请安，因为克林哲曾写信给他家里说，他的准许证全靠他的力量才弄得的。他遵照家人嘱咐，每天早上来克林哲家请安（这一点我已亲眼看到），虽然如此，他仍认为克林哲是个最无耻的流氓。最后他问我可曾通过了军医处没有，我回答说，非通过军医处不可吗？我连知道都不知道。他大叫道："非要不可！我的天，我的天！看样子我非得教导你一番不可了。跟我来，待我把这件事的情况跟你谈谈。"说着，他把我带到一家酒馆，叫了些啤酒、面包、酪干做早餐；我们一面坐着吃，他便对我说道，我必须先到海军部，递一张呈文给部里的委员会，请求它替我发一份指令给军医处，叫军医处给我一次考试，审查一下我的医术；军医处各军医进行考查之后，即写一封鉴定信给人事官，密封后交给我，由我持交海军部委员会秘书，秘书即当面拆开，向我宣读信上内容。如系及格，那我就必须立刻设法预备一笔款项。三级二副的资格审查书是十三先令，准许证不在此内；准许证的价钱是半几尼半克郎，此外还要送秘书一份礼物，合三镑十二先令。我一听这笔帐，简直象晴天霹雳，我全部财产总共不过十二先令啊。我谢过他给我的这番报导和指示之后，又把我的贫困情况对他说了，他便安慰我，叫我不要沮丧，他说他很愿和我交朋友，一切问题愿意帮我解决。目前他的钱都已用罄，不过明后天他一定会得到一大笔遣散费，那时他一定借我一部分以应我迫切需要。他那样坦白，使我很高兴，我立刻掏出我的钱袋，当着他的面把袋里的钱都倒出来，请他随意拿些，权充零用之需，等他领到了自己的钱再说。我再三敦劝，他才勉强拿了五先令，并对我说，他实在是懒得到城里去，否则他是随时可以要取多少钱就取多少钱的；不过他既然遇见了我，那就不妨拖到明天再进城去吧。他还约我明天一道进城，他一定要指点我如何独立进行谋事，不必再看克林哲那流氓的眼色，更不必看那狗屁裁缝的眼色了。他说他听见克林哲把我的事转给那裁缝的。我说："什么！斯太台普先生难道是裁缝吗？"他回答道："我告诉你吧，正是个裁缝。而且我看他为你效命的分儿比起那位议员先生为你效命的分儿还多些呢。他特别爱谈政治和有关政治的怪论，你只要愿意跟他谈，我想你跟他爱赊多少套好衣服都不成问题。"我对他说，我对政治和有关政治的怪论都是一窍不通；此外，克林哲待我的态度非常使我生气，我是决定从此不登他的门了。我们两人又谈论了半天，方始分手，临别之前约好明天还在老地方会面，然后一同进城。我马上去找斯特拉普，把当天所遇的事一件一件都告诉他知道，他听我唐突把钱借给一个素昧生平的人，很不以为然，何况我们已经有好几次因为以貌相人而受人欺骗了。"不过，"他说，"如果你能断定他是苏格兰人，我想你是不致受骗的。"

第十六章

新友失约——我独自前往海军部——在
部里遇见一人，我向他请教，他给我帮
助与指导——写呈文给委员会——委员
会致文军医处——获悉前遇纨袴儿的姓
名与为人，并将他寻着——他将他的爱
情私事告我知道——求我典当衬衣供
他进行恋爱——我借给他的钱失而复
得——斯特拉普对此事所发怪论——斯
特拉普的虚荣心。

次日清晨，我起身后，即往约会地点，等候了两个钟点，不见
那人来到；他这种爽约的行为令我极为愤懑。一气之下，我即独自
动身进城，希望在城里找着那流氓，向他大兴问罪之师。到了城
里，好容易寻到海军部，走进去一看，只见下面有一大群青年人在
踱来踱去；其中很多人，就衣貌而论，与我也不相上下。我把每
人的面貌仔细端详一番，最后看见一人，那人相貌我颇喜欢，我
即走向前去问他请求委员会颁发考试令的呈文如何写法，可否请
他指点一二。他带着苏格兰口音回答我说，他身边有一份呈文是一
位内行人教他写的，可以借我参考。说着便从衣袋里取出呈文请
我过目，并说我若能勤快些，在午饭前缮好，还来得及送到委员
会，委员会下午是不办公的。当下他把我带到附近一家咖啡馆，我

写了一封呈文，立刻交给信差，信差对我说明天这个时候可能得到考试令。我办完这件事之后，心里大大踏实了一下。方才那人这样好心待我，我便想和他作进一步的攀谈，但同时我也抱定决心决不让他象昨天那纨袴子弟那样欺骗我，结果让我吃了亏。我便约他到我常去的饭铺吃午饭，他答应了。在去饭铺的路上，他把我带到交易所，我觉得在交易所有希望找到杰克逊先生（杰克逊就是今天爽约的那个人）。结果没有找到，我们便一路往城市的另一方向走去。一路走着，我便将杰克逊如何待我的情形对我同伴讲了一遍。我的同伴告诉我他虽然不认识这人，但这人的名字对他也并不是陌生的，在海军部人人叫他"花花公子杰克逊"，他为人和气、随便，只要有人肯借钱给他，他是当仁不让的；了解他的人，大部分都说他心地还善良，但是他喜欢挥霍放荡，因此他也无从表现他的诚实的本心。我一听他的话，身上冒了一阵冷汗，心想我那五个先令恐怕是一去不复返了，但是我又想，只要能把他找到，也还不是完全没有希望索回我那五个先令。此外，他还把杰克逊另外一件勾当叙述给我听。他说，杰克逊前次领到军医准许证之后，没钱置办上船的行头，有人介绍他去向一个人借一点钱，并且由他立好遗嘱和契约：他的薪水到期便由那债主去领，万一他死在海上，他的财产便归债主所有。他至今还在这位债主的操纵和控制之下，这位债主有了契约的担保，还不时借给他小笔现款，利息是百分之五十。但是目前，没有人愿意借钱给他了，因为他的资财仅仅刚够付还他已经欠的债，包括那公道的利息在内。这人把杰克逊的事迹对我讲述之后，又告诉我，他自己（他的名字叫汤姆逊）在四个月前考取了三等三副；四个月来，他经常到海军部去，希望能等得一张准许证，因为最初曾有一位苏格兰议员，还有这位苏格兰议员推荐他去找的一位人事官，都向他表示，只要一有缺额，一定补他；但是答应尽管答应，每个礼拜都有六七个这一级的缺额让别人补上，自己却没有份，他现在已是山穷水尽，把唯一希望寄托在一位新到伦敦的朋友身上；这位朋友答应借给他一小笔现款作为送给秘书先生的礼物，如果没有这份礼物，即便等上一千年，也断然等不出名堂来的。也许是因为我们两人遭遇相同，我不由得对汤姆逊发生了强烈的好感。这一天，我们整天在一起盘桓。他住在瓦坪，[1] 夜晚我便邀他和我同榻。次日我们又同到海军部；到了海军部，委员会传见我，委员们问明了我的籍贯和文化程度，即命人给我缮写一纸公文；公文写好，我付给书记半克郎代笔之资，便送书到军医处，交给军医处的职员，又给了他一先令的酒钱，他才把我的名字登在应试簿上。到此，我的钱已花剩两先令了，吃饭的钱都无处去觅，休说付军医处的考试费了；而再过两个礼拜，便须去应试。我不知道怎么办才好，便去找斯特拉普商议，他说他愿意把全部所有当光了，连剃刀也当了，也决不叫我短钱花。我抵死也不同意他这种作法，对他说，我宁愿去当兵，也决不愿给他增加累赘；说起来，我倒有几分想去当兵呢。他一听"兵"字，吓得面如土色，跪在地下求我千万不要再想这种事。他喊道："上帝保佑，不要叫我们神经错乱！你想当兵？也许把你派出去打西班牙；[2] 打西班牙人是要站得笔直，[3] 象只木鸡那样吃人家的子弹的呢！老天爷千万可不要让我尸首里嵌上几颗冰冷的铅弹吧！让我规规矩矩地死在自己床上吧，我的祖宗都是这么死的。一个人如果心里不得安宁，那么把今生的财富、荣誉都给他，那又有什么意思呢？到了阴间，阳间的地

---

[1] 瓦坪（Wapping）：伦敦东郊。
[2] 在这部小说出版（1748）以前，曾发生英、西争夺殖民地的战争（1739）；在奥地利王位继承战争（1740—1748）中，英国也帮助奥国和法、西等国作战。
[3] 指当时那种排列整齐、挺胸凸肚的冲锋战术。

位是得不到尊重的。我宁可老老实实作个穷剃头匠，心安理得，死在床上的时候，也有时间悔罪，总比被毛瑟枪弹把我的生命正当青春妙年的时候切断要来得好些，到那时追求金钱名誉又有何用？金钱算得了什么呢，我的好朋友？圣人说过，金钱会生翅膀。霍莱斯说的好：'广厦良田，金铜如山，难祛疾疢，难令心安。'[1] 我还能从《圣经》里和其他一些好书里，引证许多鄙视金钱的名言，但是我知道你最不喜欢引经据典，所以我也不说了。不过有一件事我要跟你说清楚，你如果真想当兵，那我就跟你一块儿去当兵；设若我俩都叫敌人杀死，那你就不仅得对你自己丧失性命要负责，而且你也得负我这条命的责任，也许还要你对战场上被你杀死的所有的人负杀害的责任呢。因此我请你考虑一下，还是坐下来，过个清贫的日子，安安静静地分享我的劳动果实，也落得个心地安静，等老天爷降下更好的福音再说。若照你那样办，一时心窄，那我们两人的肉体灵魂都要被你投入百劫不返的地狱的，无限仁慈的上帝决不允许这么作。"我听了他这番长篇大论，禁不住笑将起来，因为他讲的时候是一本正经，眼泪盈盈欲滴。我答应他，不得他同意首肯，我决不去当兵。他听了这话，才大大放心，告诉我说，再过几天，他就要领到本礼拜的工资，我只管拿去花，同时他也劝我去找找杰克逊，如果可能，把他问我借的钱讨回来。我听了他的话，从伦敦东头跑到西头，跑了好几天，怎么也打听不到杰克逊的下落。一日，我走得正饿，只见一家地窖饭铺里热气腾腾，香味直向我鼻孔袭来，我便下去想花两个便士买些牛肉充饥。谁料到一下去正撞着杰克逊先生和一位听差在吃饭，我大吃一惊；他一见我，马上立起，和我握手，口里直说巧遇巧遇，并说他正想今天下午到我寓所

---

[1] 见《信简集》，卷一，第二首，第47行。

去拜会我呢。我和他不期而遇，心里也正自高兴，他又因那日失约连连道歉，我早把一肚皮气恼忘得干干净净，坐下来一起吃饭，希望在分手之前不仅收回借款，而且还希望他能够实践那日答应借给我考试费的诺言。虽然我听了汤姆逊那日的一席话，不应抱偌大希望，但我乐天成性，仍然有所期待。华筵已毕，他和那仆人告辞，和我两个移步到附近一家酒馆；到了酒馆，他又和我握手，对我说道："蓝登先生，你也许以为我是个浪荡哥儿吧，从所有的表面现象看，我也无法否认。不过让我把那日为何爽约的缘故告诉你，我相信你一定会原谅我。我那天实在是因为接到一封火急的信，是一位女子寄给我的，告诉你，这可是个秘密，我即将和她结婚了。她值五千镑呢，告诉你，此外还有得遗产的希望。你也许觉得奇怪，但是不管它奇怪不奇怪，事实还是事实。至于我，魔鬼把我抢去，我也不懂女人们看上了我哪一点，也许是她一时欢喜吧，但是这样的好运是却之不恭的。方才你看见和我们一道吃饭的那个仆人，穿号衣这一行数他最老实。你要知道，我认识她，全靠他的帮助；他先让我跟她的女仆认识，因为这位女仆是他的姘头。他跟他的姘头不知道赚了我多少克郎了啊，但是这又算什么呢？事情已经有了苗头了。我已经——来来，过来点——我已经跟她求过婚，日子都定了。她真称得起是个迷人精！笔下的文采跟天使一样。我的天，英文悲剧哪一出她背不上来！可以跟朱瑞巷[1]的演员媲美！她真是爱看戏，就爱离戏园子近近的，所以就在戏园附近大院里租了房子住下了。等着，等着，你自会明白，请看这是她最近寄给我的一封信。"说着，他把信塞在我手中；现据我记忆所及，附抄如下：[2]

---

[1] 伦敦著名剧院所在地。
[2] 原文多拼错，以表示写信者文化程度很低，译文也尽可能用别字代替。但原文拼错、讹写而另有含意，以及滥调式的掌故则译文很难传达。

情狼啊，

　　你是我响念中的可爱的对相，不论在睡么把英素花带到人间的时候，仰或日神在当空的保坐上照要的时候，你的影相永远浮挡在我的换想前面；因此，你如再不来到忠实于你的克丽林达的相思的坏包中，我变将以为白发仓仓的时间老人丢失了翘榜，小爱神丢失了弓剪了。

　　　　　　　　　　　　　　　　　　　　克丽林达上。

　　正月十二。朱瑞巷，香醋大院。

　　我在念信的时候，他高兴得就象着了迷似的，不住地搓着手，一阵阵大笑，最后，揪起我的手，用力一捏，喊道："瞧这种文笔，多妙！你觉得这封'毕也毒'[1]写得怎样？"我回答说，这封信大概是神来之笔，因为简直崇高得非我理解所及。他说："对极，对极，在我看来是又温存又崇高，她真是天仙一般的人儿呢！而且爱我爱得都快发痴了。且慢，这笔钱到手之后；我应该怎么花呢？第一，我要帮你一把，我这人是不爱多说话的，该作的就作，你不必客气推辞，我已经决定了。你看我是买它个一官半职以图升迁好呢，还是用我夫人的钱置一块地，马上归隐田园好呢？"我毫不犹豫劝他最好置一份田产，好好经营，尤其因为他在世途上已经阅历够了。接着我便根据我读过的诗人的描写，把田园生活大加赞扬了一番。他似乎很赞成我的建议，但是他仍然对我说道，虽然他见过许多世面，海上陆上都跑过些地方，在英吉利海峡上便巡弋过三个月，但是他没有去过法国，总感觉遗憾，因此他打算在定居之前，携带夫人一同去法国游历一次。我没有理由反对他这打算，便

---

[1] 法语，意为"情书"。

问他好日子定在哪天。他回答道:"关于这点,要不是为了手头短少一小笔现款,我岂不是一帆风顺,马上就可以当上如意郎君了?不瞒你说,我城里那位朋友出外去了要一两礼拜才回来,不巧我又错过时候没有在宽街领到我的遣散费,因为被那迷人精缠住了不放。不过下礼拜我那条军舰将要在恰特姆港撤销委任状,舰上的帐目都已移交到恰特姆港去了,我已委托恰特姆的一位朋友去代我领遣散费。"我说:"假如只不过是个把礼拜的问题,你便迟几天结婚又有何妨。"他说:"好一个何妨!你不知道有多少人跟我争呢,这些人只怕没机会把我挤掉。再说,她已经等得情急难熬,我决不能再叫她失望,我稍微表现得冷淡一点,那一切就都完事大吉。这样有利的婚姻也不是天天可以碰得上的。"我同意他的话,问他打算怎么办?他摸摸下巴说道:"怎么办?那得看有没有朋友帮我忙了。你看有没有什么人愿意借我一笔钱啊?只借一两天。"我对他说,我在伦敦一个熟人没有,就是要我的命,连一个几尼我也都借不着。他说:"唉,这可苦啦,这可苦啦!我连能当的东西都没有!嘿,你身上穿的衬衫很不错啊(说着他用手直摸我的衬衫),这种衬衫你有多少件哪?"我回答说:"有六件带缲边的,有六件光的。"他一听,表现十分吃惊的样子,赌咒说,上等人只要有四件就够了,多了就不应该了。他又说:"你猜我有几件?我只有身上这件,另外还有一件,老天爷在上,我决不撒谎。我看,若把你多余的衬衫给当了,准能当一笔大钱呢。等我算算,等我算算,象这样的衬衣,每件就算估得低些,也值十六先令,拿去当总可以当出个半价,八八六十四,这就是三镑四先令,妈的,行了,来,握握手。"[1] 我说:"慢来慢来,杰克逊先生,你没得我同意,不可

---

[1] 握手以示成交。

随便开发我的衬衣啊。你先把欠我的一克郎还了我，再谈别的事。"他说他口袋里最多只有一先令，只要把衬衣当了，钱到手先还我一克郎。我见他这样大言不惭，心里冒火，赌咒说道，他若不把欠我的钱还我，我决不让他走，至于衬衫，哪怕眼看他要走上绞架，我也一件不当。他听我说得这样斩钉截铁，便哈哈大笑起来，接着又怨道，这点小事情我都不答应他，真是太狠了；答应了他，不但他准能发财，我也连带着能发一笔财。我说："你光说当我的衬衫，你何不当你这把宝剑呢，杰克逊先生？我看准能当一个整数呢。"他说："见鬼，当不得。不带宝剑还成什么体统，否则我早把它当了。"但是，他眼见衬衫之事，我毫无通融余地，最后只得把宝剑解下，指着那边挂着三个蓝色圆球的铺子，[1] 叫我把剑拿去当两几尼。我本来绝不愿意干这种差事，但是不干就别想讨回他欠我的钱。因此，我不愿错过这唯一的机会，便把这种虚假的体面放在一边，冒险走进了当铺。我对朝奉说，我这把剑要当两几尼，开多玛·威廉士 [2] 的名字。那朝奉望了望剑说道："两几尼！这件宝贝已经来过好几次了，都只当三十先令。不过我知道宝剑主人一定会赎，就依他的价钱吧。"他如数把钱付给了我，我拿着钱又回到原处去找杰克逊。我把钱破成小钱，数出三十七先令交给他，自己扣下了五先令。他望着钱看了半天说道："妈的，这点钱顶什么用，办不了事；你已经拿了五先令，你索性拿半几尼去吧，拿一几尼也行。"我谢过他的好意；但是我说，除了我应得的数目之外，绝不多取一文，因为我没有希望能够归还。我说完这话，他瞪着两眼直望着我，对我说，我真是个生手，毫无经验，否则我决不会说出这

---

[1] 当铺门外的招牌是三个球。
[2] 即张三或李四之意。

种话的。他说："该死的，一个青年人缺钱用，可是不肯向朋友借钱，这种人我是非常不赞成的，这种精神表示怯懦、不大方。算了，算了，蓝登，把那五先令还我，把这半几尼拿去，将来你若能还，我相信你一定会还我；如若还不了，我若向你讨，我不是人。"我一想我当前的处境很艰难，便领受了他这番好意。他又邀我去看戏，我辞谢了，径直回到寓所，这时我对他的看法比起早晨来大大的不同了。到了晚上，我把白昼的经过告诉斯特拉普，他听见我如此走运，非常高兴，并说："我早跟你说过，如果你遇到的是个苏格兰人，你就可以尽管放心。很难说他这桩婚姻不会让我们也发一笔财呢。你也许听说了，我们有个同乡，是个面包师傅，跟他本城一位大户人家的女子私奔了，今天不是还坐着马车，很阔气吗？我告诉你一件事，你可千万不要说出去。昨天早上我在一位绅士家里给他刮脸，屋子里有一位青年女子，这姑娘长得挺漂亮、挺丰满，她直向某君（姑隐其名）投媚眼，看得我的心扑通、扑通直跳，跟捣麦子的杵子似的，我的手直——直——直哆嗦，把这位绅士鼻子上一片肉皮给削下来了，他疼得狠命地骂我，想要拿马鞭子抽我一顿，还多亏那姑娘给我说情，把他拦住了。古人云，'恶兆匪恶'，就是这个意思。话又说回，难道剃头师傅比面包师傅就差些吗？只有这一点不同，面包师傅的粉跑到人肚子里去，剃头师傅的粉洒在人头上罢了。[1] 人没有头，还要肚子干吗？再者，我听说这位面包师傅既不识字，更不会动笔，我呢，你知道是能读善写的，而且还会说拉丁话。好了，我不多说了，我是最恨虚荣的人，还有比爱虚荣更无聊的事吗？"他说着就从口袋里掏出一根蜡烛头，往前额上抹，我仔细一看，才发现他把天生的头发，梳在遮盖秃顶的假发的

---

[1] 前者指作面包的面粉，后者指洒在假发上的扑粉。

上面，[1] 再看他浑身的打扮，确乎已经很象一个时髦理发师了。我带着讥讽的意味向他笑笑，祝贺他前程远大。他很懂得我是在嘲弄他，所以他摇摇头对我说，"你对我的前途似乎信心不大，但是不管你相信不相信，真实情况总有一天会昭然若揭的。"

---

[1] 使蜡大概为使前额头发光润；用一小块假发遮盖秃顶，表示他实在很好虚荣；假发不似真发，所以再用前额真发盖住，以见其双料虚荣。但这种虚荣心并非本质缺点，故作者予以善意嘲弄。

第十七章

我到军医处，邂逅杰克逊先生——考
试——两位考官激烈争辩——杰克逊改
扮装束，希图引起考官敬意——戳穿
隐秘——险些把他关进布莱威尔教养
院——他请我们酒馆饮酒——带我们狎
妓——妓馆闹事——关进看守所——押
见治安法官——法官的行为。

忠实的斯特拉普把他所挣的钱几乎全部供我使用，我靠他的资
助，才保全了我那半几尼，以备考试之用。到了考试那日，我怀着
惴惴不安的心情，到了军医处，准备去参加考试大典。在军医处的
外厅，我看见许多青年人踱来踱去，其中也有杰克逊先生。我一瞥
见他，立即迎上前去，问他婚事如何了。他告诉我尚未决定，因为
他城里的朋友还未回来，而恰特姆的那混蛋家伙又老是拖延，故而
他不能把婚事及时解决。我又问他到此何干，他答说他要脚踏两条
船，一条船沉了，还有一条可用，因此今晚来此想考得一个高等资
格。正在这时，有一青年从考场出来，面色苍白，嘴唇发抖，神色
惶惶，活象见了鬼似的。他一出来，大家都急忙把他围拢，问他考
得怎样，那人停了半晌，才把考试的情况向众人描写了一番，把问
他的问题以及他的答案一一告诉众人知道。经我们这样盘问过的考
生，不下有十二人之多，这些人已经过了关，个个轻松愉快地回答

我们的问题。最后轮到我进场了。考场的差役唱了我的名字，他的声音直象是末日审判的一声号角，早把我吓得魂飞天外，但是事到如今，已是欲罢不能了。那人把我领进一间敞厅，有五六位考官板着面孔坐在一条长案后面，其中有一位叫我走近些。他那种吓坏人的声调，简直吓得我魂灵出了窍，足足有一两分钟之久我才镇定下来。他问我的头一个问题是："你生在什么地方？"我回说，"苏格兰。"他说："我岂不知道你生在苏格兰，我们考问的考生，几乎是除了苏格兰人，还是苏格兰人，我们英国近来遍地都是你们苏格兰人，就象《圣经》里面所说的埃及闹的蝗灾一样。我要你回答的问题是：你出生在苏格兰哪一部分？"我把我出生的地点说了一遍，他说，他从来没听说过有这么个地方。他又问我年龄、我在哪个城市做学徒，做了几年学徒。我一一回答，并说只学过三年徒。他一听勃然大怒，骂道，乳臭未干的孩子就送出来当军医，真是可耻，真是荒谬；他骂我胆大妄为，骂我侮辱了英国人，说我才学了短短三年徒，便要冒充已经学会了足够的当行本领；他说在英国学徒的年份一律至少七年；他说我的父兄把我送去学织布作鞋，三年时光还差不多，不幸看样子我的父兄妄自尊大，想要把我培养成上等人，可惜又穷，出不起培养成上等人的教育费。他这番开场白非但丝毫不能帮助我恢复神志，我倒反而连站都站不直了。这时有一位胖考官坐在我对面，面前放着一颗骷髅骨，见我如此情状，便道：史那勒[1] 先生对这青年太严厉了些。他又转过身来对我说，我不必害怕，谁也不会害我的，又嘱咐我慢慢镇静下来，他才考问我如何用锯锯开头骨；我回答了他的问题，他很满意。第三个问我的考官是个爱说笑话的人，他问我可曾见过切断四肢的手术；我回说见

---

[1] "史那勒"（Snarler）：想要咬人的、嗥叫的狗。

过，他摇摇头说道："见过？恐怕你见过的是割断死人的四肢吧！"他又说："如果在海上作战，有人的脑袋被炮弹轰掉，你怎么治？"我迟疑了一会，承认道：我从来没注意到有过这种病例；我又说，在我学习过的各派外科医学中，我不记得有治疗这种暴症的医方。不知道是我的回答太直率呢，还是他故意要拿这种问题捉弄我？总之，各位考官脸上都微微露出一丝笑容，只有史那勒先生一个仍然绷着脸，似乎在他的身体里找不着一根"笑筋"似的。那爱戏谑的考官，见他方才的诙谐成功了，更加得意，便又问道："假如你遇到这么一种情况，有个长期患多血症的人，忽然跌了一交，跌青了，你怎么办？"我回答说，立即给他放血。他说："什么？难道你不先把他臂膀扎住么？"[1] 但是他这回的故作聪敏却出乎他的意料，并未引起同座的微笑，他便命我移向他旁边一位考官的面前。这位考官摆出一副蛮横无礼的神气问道，如果肚肠受伤，应如何治疗。我即按照第一流外科医生所开的治疗方案回答了他的问题，他从头到尾把我的话听完，极其傲慢地笑了一笑，说道："你认为这种治疗法就能把病人治好吗？"我对他说，没有理由使我认为这样的治疗法不行。他又说："也许如此吧，对你这种预见，我是不负责的；不过我要问你，你可曾听说过，这种病人，有哪一个被人治活过？"我承认我没有听说过。我正想告诉他，我也从来没有见过肠子受伤的病例，但是他打断了我的话头，突然说道："你将来也不会听到有这种事的。我认为，肠子受伤，不论伤大伤小，都是致命伤。"那位胖考官一听便说道："老兄，请原谅，根据第一流的权威……"他话未说完，先头那位把他打断，说道："大人，对不起，随你什么权威都不在我眼里；古人云：'尽信书则不如无书。'我立

---

[1] 这是放血常识，不须回答，其理自明，该考官故意追问，冀博同座一笑。

身天地间，全靠我自己两条腿。"对方又回答说："大人，大人，按
事情的道理，很明显……"那位自高自大的考官叫道："道理值个
屁，我最耻笑道理，除非让我亲眼看到，我才不相信呢。"那胖官
这时渐渐有些冒火，说道，只要稍微懂得一点人体各部分的解剖学
的人，决不会作出这样狂妄的论断。这句暗讽却把对方招恼，他嗖
地站了起来，怒声怒气地叫道："大人，你是否怀疑我不懂解剖学
吗？"这时，各位考官有的赞成一方，有的赞成另一方的意见，都
同时高声大叫起来，争执不休。这时主考官只得下令，不准他们作
声，又命我退出考场。不到一刻钟，又把我叫了进去，把一份封
好的及格证书交给我，并命我付五先令考试费。我把我的半个几
尼放在案上，站着不走。有一位考官说："你走吧。"我回说："把
钱找给我，我自然会走。"另一位考官一听，便丢给我五先令六便
士，并说我真不愧为苏格兰人，不找钱硬是不走。后来我还被逼付
给那几个唱名的差役三先令六便士，打扫考场的老婆子一先令。付
完这些款项以后，我的财政状况真是一落千丈，腰里仅剩了十三个
半便士，我正想怀着这几个钱偷偷溜走，偏巧又被杰克逊撞见，他
迎着我走来，求我等他一等，等他考完，他马上陪我一同穿过伦敦
城回家。他待我总算很够朋友，我也就不好意思不答应他。但是我
一看他那身打扮，便不由得不吃一惊，离我方才见他不到半小时光
景，他却变了一副非常荒唐怪诞的样子了。他头上戴一顶烟熏旧了
的假发，上面连一根鬈曲的头发都没有，背后用一条带子扎住。假
发上面又戴了一顶帽子，挡住了半张脸，这顶帽子又破又旧，就象
是扫烟囱或倒垃圾的人戴的一样。他脖子上系了一条黑纱，他把黑
纱的两端拧细，塞在大衣的纽扣眼里；这件大衣更是褴褛不堪，把
他周身裹住。他原来穿的白丝袜也换成了黑色羊毛袜。他脸上也有
了皱纹，样子很叫人敬重，胡子是他自己画的。我对他这种变形，

表示惊异，他却大笑，并且告诉我，这全靠对门一位朋友出主意帮他，才变成这样的，这样装扮一定会产生对他很有利的后果，因为这样打扮便显得苍老，只要有一把年纪，就必会引起人的尊敬。我对他这聪敏办法表示赞成，很想看看效果如何。终于差役把他传了进去，但是不知道是否因为他那副怪样子引起了考官们额外好奇呢，还是因为他的举动跟他假扮的形象不相称，总之，考官发现他是个骗徒，把他交给差役，准备送往布莱威尔教养院。因此我非但没见他满面笑容，手持军医及格证书走出来，相反我倒见人把他当囚犯似的架出了外厅。这一来我倒大吃一惊，不晓得这是为了什么缘故。他看见我和其他几位相知，便扯起悲哀的调子，摆出一副哭丧的脸，喊道："各位，看上天的面，请你们证明我不是别人，我乃约翰·杰克逊，在军舰'伊利莎伯号'上当过军医二副；你们不来作证，我就要进布莱威尔了。"哪怕是最严肃的修行人，看见他那样子，听见他那番话，也都不得不捧腹大笑，我们更不必说，对着他笑了个够。一阵笑罢，我们才和差役说情，给了他半克郎，居然马到成功，他把杰克逊释放了。杰克逊被释以后，不消片刻，早又和先前一样有说有笑。他赌咒骂道：既然考官不愿收他的钱，他就用来请朋友吧，不花得一个先令不剩，决不上床睡觉。他一面说，一面请我们赏光陪他一同去玩玩。这时已是夜间十点钟，回家的路又远，要走半天，伦敦的街道又完全不认得，但是我仍然答应和他们一起去玩，因为他答应我，玩过之后，陪我回到寓所。于是他领我们到对门开酒馆的朋友家里，喝起酒来，直喝到一个个酒气冲顶，昏头昏脑，真是快活得不得了。我更是喝得昏昏癫癫，非有女人简直不行了。我提出这要求之后，杰克逊表示很高兴，告诉我，不满足我的要求决不散场。我们便付了酒帐，口里喊着唱着，冲到街上。杰克逊带头把我们带到一个夜间行乐的去处。到了那里，我当即选定了一位姑娘，想要跟她过夜。不料她见了我的衣装仪表很不中意，并说除非我肯出多少多少钱，否则她便拒绝我的要求。她要的价钱，在当时情况下我是出不起的，这桩交易只得破裂，我是又懊丧又气恼，气的是这只知要钱的婆娘太小看我了，难道我配不上她？这时，杰克逊先生，因为他衣装华丽，早引得两三个姑娘向他大献殷勤了；他又请她们喝椰子酒，她们更是动手动脚和他亲热起来。时光不觉已是很晚，那几个迷人精尽管抖擞精神挑逗我们，但睡魔已在我们身上施展了威力，这时我们的带路人杰克逊便叫道："开帐来。"帐单开来，共计十二先令，他把手向口袋里摸去，但是他如果早知荷包已经失踪，便不须费这番手脚了。他一发现荷包没有了，愣了半晌，后来想了一下，就马上把坐在他身旁的两位娇娘捉住，一手抓一个，骂道，若不马上把钱交出来，他就要喊警察来逮捕她们。这时，那卖酒的婆娘见此情状，便在酒保耳边低声说了句话，酒保便出去了，然后她又若无其事似的问道："什么事情啊？"杰克逊告诉她，他的钱被偷了；又骂道，倘若她不肯赔偿他的损失，他就叫人来把她连同她养的那帮婊子统统关进布莱威尔教养院去。那婆娘一听，叫道："偷钱了？你的钱在我家里叫人偷了？各位，你们可给我作见证，这家伙败坏我的名誉哪。"这时她看见巡官和更夫走了进来，便又接着说道："你不但胡造谣言想败坏我的名誉，你还想殴打我家里的人。警官先生，我先把这无理取闹的家伙交给你，他在我这儿犯了聚众闹事的条例，我还要跟他打官司，告他败坏我的名誉呢。"我这时醉意全消，正在寻思这件事体弄得真是糟透，不料我想要和她相好的那姑娘，忽然想起我方才和她说的什么话，竟然冒起火来，也大叫道："他们都有份儿！"并要求警官把我们都捉去看管起来。警官马上执行了逮捕的手续，我们大家都大大吃了一惊，但也无可奈何。只有杰克逊一人毫不介意，因为这种事在他原是家常便饭，他反倒要求警官把老板娘和她那一窝婊子也都捉去。警官答应，把我们全部人马都带到巡逻房，到了巡逻房，杰克逊对我们说了一两句安慰我们的话之后，便告诉警官，他的钱被偷了，他说明天早晨他敢在治安法官面前发誓。那老鸨喊道："是哟，是哟，我们倒要看看谁发的誓算得了数。"过了不久，警官把杰克逊叫到另外一间屋里，对他说道："我看你跟你的朋友都是外地人，怎地竟落在这帮赖皮手里，这些人是不好惹的，我很替你们叫屈。那婆子我是老早就认得的，多少年来她就在附近开着这爿臭名远扬的买卖，虽然大家都嫌讨厌，怨声载道，但是她仍旧安然无恙，都因为她和几位治安法官都有关系，她跟她雇的婊子每季都给他们进贡，求他们保护。这回她先对我告你，明天到了法官面前，必定先听她的状子；她要找什么样的证人找不着？她叫他们发什么样的誓，他们就发什么样的誓。所以，别等天亮，赶紧跟她讲和，否则把你们关进布莱威尔，罚一个月的苦工，还算便宜你们呢。不但如此，她若竟发誓说你们抢了她的钱了，对她施行强暴，那就非把你们关进新门监狱不可，等到下次老顺城街刑事法庭开庭，准定判你们一个死罪。"警官最后这番话果然打动了杰克逊，他答应和那妇人讲和，不过她得把偷去的钱交还给他。警官对他说，休说丢的钱拿不回来，恐怕不再出几文，连这圆场都打不成呢。不过警官说，他很同情杰克逊，如果杰克逊愿意，他去想办法试探一下，她可肯互不起诉了事。杰克逊这位倒霉的花花公子千恩万谢，说他真够朋友，然后回来把他和警官所谈的话大要告诉我们知道。警官这时便去找那婆娘，说有句话要和她密谈，把她带到隔壁一间屋内，替我们说了许多好话，果然见效，她竟答应这事让警官来仲裁。警官便建议，我们也同意，由他罚我们两造各三先令，用这钱去买碗酒来，大家喝过，言归于好。我和我那两位新交，自从听到杰克逊提起什么布莱威尔、新门监狱，早已魂飞魄散，如今听说如此和解办法，心中自然高兴，难以名状。我也便把身上剩下的一个先令贡献出来买酒。待喝完酒，早已天光大亮了。我提议回家去吧，但是警官对我们说，没有治安法官的命令，他是不能随便释放人的，所以我们还得去见法官。我一听，又复悔恨起来，只恨自己当初不该答应杰克逊的邀请。约莫九点钟的光景，警官把我们护送到某治安法官宅里，离修道院花园不过几哩路程。法官一见警官带了一串犯人在屁股后面，便招呼他道："警官先生，你可真勤啊！你搜来了一窝什么流氓啊？"他看见我们垂头丧气的样子，又接着说道："啊，原来是贼啊！都是惯贼。哟，哈利丹太太，您好您好！这帮家伙一定在您家偷东西来着喽。果然，果然，这家伙我是很熟的。"他对我说道："刚把你判了个充军，你回来得倒快呀！你放心，下次就省得你麻烦了，下次你再充军，[1] 自有外科郎中肯自己花钱来把你接去。"我对法官先生说，他弄错了，我从来没有和他见过面。他听见我这话，便道："怎么？你这混蛋，好生无礼，胆敢当着我的面胡说。你打着北方苏格兰口音，以为我就会被你骗过不成？没有用，我比你住的还靠北些呢！来，书记官，写个状子把这家伙送进班房去，他的名字叫帕特立克·贾哈根。"杰克逊先生在这里打断了他的话头，告诉他说，我是苏格兰人，刚来伦敦不久，我的出身很好，名字叫蓝登，等情。治安法官认为杰克逊这话是批评他记性不好，可是他自己却认为自己的记性很好，所以就气势汹汹冲到杰克逊面前，两手叉腰说道："尊驾是谁，竟敢说我撒谎？各位，请注意，这家伙竟敢在我执行职责的时候侮辱我。你这家伙，我非把你关起来不可，你瞧着吧，

---

[1] 双关语，此处指绞死后尸首"运走"。

别看你穿的是花边上衣，你准是个出名的杀人犯。"我的朋友听他恐吓，声如雷震，着实有些胆怯，脸色都变了，一句话说不出来。法官先生见他这般慌张，当真以为他身犯重罪，故表现如此，因此想把他完全揭露，又恐吓道："我看你准是个强盗无疑，你的脸色早已招出来了，看你浑身发抖，必然是良心不安了。"说到这里，他提高喉咙叫道："非把你绞死不可，非把你绞死不可。可惜你刚一当强盗的时候没有人把你发现，一刀两断，世界既清静，你的灵魂也免得痛苦。书记官，过来，把他的口供记下来。"我这时真是又害怕又难过。这时警官把法官领到间壁屋里，把事实真相对他说知，法官这才明白，便又笑嘻嘻地回来向我们大家说道，凡是有人把年青小伙子带来见他，他总是要吓唬他们一阵，好让他们印象深刻，让他们不敢再打架闹事，聚赌宿娼，免得最后送到法庭去受苦。他就这样把自己的莽撞用父兄般的关心掩盖起来。然后他才把我们释放，我这时心才放下，就象在胸口上搬走了一座大山似的。

第十八章

我很想回家去睡觉，但是我的伙伴杰克逊对我说，我们得在一点钟以前把及格证书送到海军部才成。我们当即到了海军部，把证书呈交秘书，他把证书打开，朗诵一遍，我才知道我已考中三级二副，心中无限喜悦。他把证书插在签上归了档，我们一行中有人问他可有缺额可补，他回答说没有。我也仗着胆问他最近可有船只接受委派的可能。他听我一问，把我上下打量一番，真是有说不出的卑视之意，竟不再多发一语，就把我推到门外，把门呱嗒一锁。我们下得楼来，谈论着前途，在交谈之中我才明白他们个个都是有来历的，不是甲人事官推荐过，就是乙人事官推荐过，而且还答应过他们，有缺就补；虽则如此，他们尚且不敢光靠这点保证，还要给秘书送一份礼，以便他去和某某人□官平分秋色。为此缘故，他们都准备了一小笔钱，他们还问我打算出多少。我听了这问题，颇为烦恼，心想，我连买一顿饭的钱都没有，怎能满足那贪得无厌的秘书呢？我便回答他们道，我还没决定要给多少，说完便偷偷溜回寓所，一路上咒骂自己时运不济，痛恨我祖父太残忍，痛恨我的堂姊妹太卑鄙、太贪心，使我今天不得不忍受别人的鄙视，忍受困苦。我愈想愈不痛快，不觉回到居停主人的家里。主人见我回来，心里好象一块石头落了地，原来这位好心肠的主人以为我不定遇到什么不吉利的事，从此见不着面了呢。当天早晨，斯特拉普也曾来看我，听说我一夜未归，险些发了疯，他当即向东家请了假，四出访我，虽然对于伦敦的街道，他比我还不熟悉。我不愿把昨夜之事告诉房主人知道，只说在军医处遇见了一个朋友，和那朋友一起消磨了一晚，但是晚上臭虫很多，所以没有睡好，现在颇想睡一会儿。说着我便去睡了，并嘱咐他，若是在我睡着的时候斯特拉普来访，千万把我叫醒。我睡到下午三点多钟，果然被人唤醒，一看就是斯特拉普本人把我叫醒的。但是我一看他那样子，简直以为我还在作梦呢。原来这位好心肠的理发师先到军医处去打听我，没有结果，便从军医处又摸到海军部，在海军部也没有打听到我的消息，因为当时在那里的人没有一个认得我的。接着他又到了交易所，希望在"苏格兰廊"下遇到我，也没有成功。后来他简直有些绝望得要发疯了，决定在街道上逢人便问，希望万一有人知道我的所在。他不仅作出决定，而且付诸实施，虽然人家嘲笑他、骂他、责难他，他也不以为意。最后有一个铁匠的学徒见他揪住一个背上驮着东西的脚夫，听见他问脚夫，又挨脚夫一顿臭骂，便把他叫到面前，问他要寻找的人可是苏格兰人。斯特拉普抱着很大希望回答道："是啊，他穿的是一件古铜色外套，下摆很长。"铁匠学徒说道："正是他，我看见他一个钟头以前打这儿走过。"斯特拉普一听，摩拳擦掌叫道："是吗？妈的，那可太好了。他往哪边去啦？"学徒道："我见坐着犯人车往泰崩绞刑场那边去了，你赶快走还来得及看他上绞架呢。"学徒调侃逗趣,惹得斯特拉普满腔怒火,大骂学徒混蛋,还说哪怕打半个铜板的赌,他也肯跟他角斗一场。那学徒一面脱衣服,一面说道:"去、去,我不要你的钱,你们苏格兰人腰里很少有钱的,我愿意跟你白打。"街上人这时早已围成一圈,斯特拉普一见,心想,若是不打,岂不有失脸面,心里这时恨死那学徒,如同在熬煎一样,当即把衣服剥下,交给众人,气势汹汹,向对方开打起来。那人沉着应战,不到几分钟,斯特拉普早已喘气吁吁,斗志衰竭。对方又冷静抵挡,只见斯特拉普气力都已用尽,他才挥拳反攻,一拳还两拳,利上加利,把斯特拉普打倒在硬石头地上前后三次,最后倒在地上动弹不得,只得认输。胜负既定,众人建议到附近酒馆去休息,同饮一杯,言归于好。斯特拉普便去找他的衣服,不知哪位正人君子自作主张,把他的衬衫、领巾、帽子、假发等物一齐都拐走了。他的外衣、马甲如果值得一偷,怕也早已偷走了。他大吵大闹,也是白费,众人听了,反而都哈哈大笑。他费了九牛二虎之力,才挣脱众人,逃了回来。我见他浑身又是血迹,又是尘土,虽然如此,他看见我安全无恙,真是喜出望外,早把方才的倒霉事忘得干干净净,把我紧紧抱住,差一点没有把我闷死、熏死。他把身上洗干净了,穿上了我的一件衬衫,戴了一顶羊毛睡帽,我才把我昨夜的战绩详细告诉他听,他听了惊讶不已,使劲把一句他常常挂在嘴边的话说了一遍又说一遍,这句话是:"伦敦真是魔鬼的客厅啊。"我们两个都还未吃饭,他叫我快起来,正在这时牛奶婆在外面经过,我赶紧下楼,买了一夸特牛奶,又花了一便士买了一块长方面包,我们两个吃得很舒服。他腰里只有十八便士,拿出来和我分了,然后和我分手,打算去找他那教师朋友借一顶旧假发和一顶帽子。

斯特拉普走后,我就考虑我的处境,心里很是不安。我把我所能想到的各种计划，在脑子里盘来盘去，想挑选一个能挣钱吃饭的计划，予以实现，因为我一想到我现在全靠花一个贫苦青年理发师的钱过日子，多么可怜，心里便有说不出的痛苦。我的自尊心也觉醒了，想到在海军部方面获得成功已属无望，因此便决心次日去应征，当个步兵禁卫军，至于当兵以后的结果如何，也顾不得许多了。这个不着边际的计划正合我的脾胃，使我很觉满意，一时想得出了神，好象已领着全团人马在杀敌了。正在这时，斯特拉普回来打断了我的白日梦。我的教师朋友送了他一顶后面束辫的假发，这顶假发就是我初次会见他的时候他戴着的那顶。他还送给斯特拉普一顶旧帽子，帽檐宽得可以遮盖一座宝塔。虽然在黄昏摸黑的时候斯特拉普还敢戴这两件东西，但是在白天他决不肯戴来引起街头闲汉们讪笑的，所以他毫不迟疑动起手来，把两件东西都修小了，修到适中的尺寸。他一面修改，一面对我说道："蓝登先生，不必说，你是个上等人出身，满肚子学问，而且看来也象个上等人，论人品，你和最高等的人相比也是毫无愧色的。至于我，不错，我是个规规矩矩的人，但是我不过是个穷鞋匠的儿子。我娘素来勤谨，只要是个吃烟火食的人，哪个也不能说比她更勤谨，可惜后来她喝上了一口酒，这你是知道的，但是谁能没有过错呢？古人说得好：'孰能无过'。我自己是个剃头师傅，人品也还将就，懂得些拉丁文，也会一两句希腊文，这又有什么妨碍呢？我还可以说我对人情世故也懂得一些呢，不过这也不相干。你固然出身高贵，我只是个平民，但这不一定等于说，我这平民就不能帮助你这出身高贵的人了。情形是这样的，我的亲戚——那位教师——你也许不知道我跟他有多近的亲戚关系吧，我来告诉你：他的母亲跟我祖母的妹妹的外甥，不对不对，不是这么回事，跟我祖父的妹妹的女儿，咳！我也糊涂了！我把这里面的关系都忘了，不过这一点我是清楚的：我们是同七代祖的亲戚。"我听得有些不耐烦，他说了半天还没说出怎样帮助我，我有些捺不住脾气，打断他的话头，说道："管你是哪门子鸟亲呢！你跟你那朋友若能帮助我，何必来这套开场白，为什么不直接告诉我怎么帮助我呢？"我说这话多少带些愤激，他听过沉下脸来，半晌望着我不说话，最后他才开口道："我的祖宗八代虽不及你的高贵，但你不必泼口伤人呀。近来，我见你脾气变了，我很伤心。从前你虽然一向性子象烈火，不过你现在变得象刺毛栗子，完全碰不得了，有点象你我从前上学时——真不该！——常常恶意捉弄的那醉鬼补锅匠皮利温克。好了，我别再让你忐忑不安了，'过虑者恒戚戚'。这是古人说的话。好，我那位朋友，也就是我那位亲戚，朋友兼亲戚，或单叫朋友也好，单叫亲戚也好，总之，那位教师先生听说我对你十分关怀（你想我岂能不把你的好品德告诉他呢？这一点你是可以肯定的），他就答应教你练习英语发音，他说，发音不正就休想在英国找到事情作。其次，我这位亲戚听说有一家法国籍的药店老板要请一位伙计，他还替你去说过，由于他的推荐，你的事情已经成功了，只要你肯，每年工钱是十五镑，管吃管住。"我一听这消息，干系不小，决不能等闲视之，遂即跳起身来，逼着斯特拉普立刻陪我同去见他的朋友，免得稍有耽搁疏忽，坐失良机。我们到了他的朋友家里，知道他在左近酒馆会友小酌，当即赶到酒馆，见他果然正在和一人对酌，那人不是别个，正是那个法国籍的药店老板。我们把他叫到门口，他见我那副等不得的神气，便用他往常爱用的一套辞令表示惊叹道："我的耶稣基督！你是否听说有这件工作之后，等不得走下楼梯，就从窗户里跳出来了吗？一路上你没有把什么扛货脚行呀，卖牡蛎的婆子呀撞倒吗？你一路飞跑，没有把脑袋撞在路灯杆上撞开了花，这真是上帝开恩呢！凭良心说，我若是躲在我家中最里间的屋子里，躲在佛龛里，甚至和老婆在睡觉，也挡不住你来找我吧！你那急不可待的心情哪顾得什么门闩、门杠、礼貌，什么也挡不住你了。我即使躲到卡库斯[1]的洞里，教堂的神坛底下，也躲不过你去。闲话少说，过来吧，我谈过的那位先生就在这酒馆里，我现在就引你去见他。"我走入酒馆，只见有四五个人在吸烟，教师先生便向其中一人道："拉甫芒先生，这便是我对你说过的那个后生。"那药店老板身材瘦小，年老干瘪，上额只有一寸来高，鼻端上翘，颧骨高耸，因而眼窝深陷，里面藏着两只灰色小眼睛，眼下皮肉松弛，象两个皱皮大口袋，又象猿猴的腮囊，他嘴旁的肌肉，由于经常抽搐（如咧嘴嬉笑那样），因此只要一开口说话，便露出几颗落剩的牙齿，一共四颗，活象狗嘴里的黄牙，这便是医家所说的"犬齿"，这名词用在这里不可谓不恰当。此人拿眼睛盯了我一会，说道："吓好，吓好，[2]龚国堂先生。[3]小伙子，我吓欢迎你，来哈一杯啤儿酒，明天一早到我店里来，龚先生会把你带来的。"我向他鞠了一躬，退出店来，走到门口，耳闻他用法语说道："嘿，这小伙子真不坏，生龙活虎一样。"我在克拉布店中工作时，曾自己下过工夫学会了法语，用法语写的作品都能阅读，日常谈话中的词句，更是无不通晓，但是我决心在新东家面前只装不懂，好让他和家人（我想他家里也一定是法国人）在我面前无所顾忌，在谈话中泄露出一些秘密来，使我或作笑料来听，或者竟可从中得利。次日清晨，龚国堂先生把我领到药店，两下说妥，药店老板便命人立刻给我打扫出一间住房。在没有上工之前，龚先生又把我介绍给他熟识的裁缝，赊制

---

[1] 卡库斯（Cacus）：希腊神话中巨人，居山洞中，偷夺赫尔库列士的牛进洞，赫尔库列士不能觅到。

[2] 原文仿法人说英语，发音不确，译文仿之，以"吓"代"很"。下仿此。

[3] 龚国堂指教师。原交 Concordance 乃语法学上的名词（意谓"符合"），教师以授生徒语法为业，故作者以此名之。

了一套衣服，待我领到头半月工资再偿还（我的工资就从当天起算），他又设法给我赊了一顶帽子，也等发工资付款；我想，不出几天，我就要变成很时髦的人物了。这时，斯特拉普也将我的行李扛来，安置在我房里，这间房子是三层楼上一间后房，有一张草席床供我睡眠，一张铁背交椅，一把缺柄的瓦便壶，一个瓶子权当烛台，一块三角玻璃权当镜子，室中其他陈设早已搬上顶楼一间屋里，供二层楼住的一位爱尔兰军官的仆役使用。

第十九章

拉甫芒先生及其妻女的性格——这家人
家的几件轶事——母女争风——我作了
一件错事，当时甚为开心，但后果却很
麻烦。

次日，我正在店中工作，忽然蹦蹦跳跳地进来了一位穿得很漂亮的姑娘。她假意要找一个药瓶使用，其实是趁机仔细打量了我一番，还以为我没有注意呢；她一言不发，眼中露出非常看不起我的样子就走了。她心里的想法，早被我猜透，颇伤害了我的自尊心，便打定主意对她也采取淡漠不理的态度。到了吃饭时候，我到厨房和使女们一同用饭，使女们对我说，那便是我东家的独养女儿，将来她承继的那笔遗产相当可观，再加上长得俊俏，因此有许多少年郎君都追求她，有两回差一点出了阁，全因为父亲吝啬，一个先令的陪嫁都不肯出，因此婚事落空；为了此事，这位姑娘从此就不象一个作女儿的那样对她父亲表示应有的孝敬了。她对她父亲的同胞——法国人——尤其深恶痛绝，在这点上她很象她的英国籍的母亲。使女们你一言我一语，我才知道这老少两匹雌马，还是那匹老的比较好些。这位主母秉性好强，对待下人毫不吝啬，她又喜好玩乐，在各种宴会场所总和小姐争风，小姐之所以出阁不成功，真正原因在此，因为如果作母亲的真关心女儿幸福，作父亲的也不敢不答应女儿提出的陪嫁的要求的。除了使女们说的这些事情之外，我自己不消许久也发现一些其他的事情。拉甫芒先生只要看见老婆眼睛转到别人身上，就咧嘴一笑，这一笑里大有文章，我确信他对自己的处境丝毫不觉满意，当军官在场的时候，拉甫芒的举动更使我相信，折磨着他的主要是嫉妒。至于我呢，他们只不过把我当作个奴仆看待；在店里已经住了六天，母女两人从来没有赏脸和我说过一句话。我听使女们说，小姐有一天吃饭的时候，曾表示惊讶，说她父亲怎地雇用了这么个笨手笨脚、相貌可鄙的伙计。我一听这话，颇觉刺痛，等到礼拜日该轮到我出外游逛的日子，我穿上新衣服，打扮得漂漂亮亮；不是我自己吹嘘，颇显得一表人材呢。那天我出门和斯特拉普还有他的几位朋友盘桓了大半日，到了下午才回家，给我开门的正巧是小姐，她认不得是我，见我迈步进来，便深深给我请了个安，我也深深鞠了一躬还礼，随后把门关上。等我回过身来，她才发现自己认错人了，顿时脸色大变，但是却站着不走。甬路很狭，我不撞她是无法过去的，因此我只得也站着不动，眼睛低垂，望着脚下，脸上红得发烫。最后，她的虚荣心替她解了围，嘴里喊喊喳喳不知说些什么便走开了，我只听见她说什么"畜类"等样的字眼。从这天起，每天她总利用种种借口到店里来，早晚不下五十次之多，装出各种各样的可笑的神态，我一下就看透她对我的想法是有了改变了，她大概以为若能把我弄到手，也不能算是件完全不值得的事。但是我由于自尊和气愤，因此心如铁石，不为她的狐媚所动。自尊心和愤恨感乃是我性情中的两项主要构成因素，尽管她使出各种伎俩，我都无动于衷；尽管她向我有所表示，也未能使我对她表示任何好感。我这样冷落她，她对我的所有的好印象很快都消失了，心里充满了怨气，——女人受到冷淡，哪有不怨的呢。于是她在她父亲面前造我的谣言，恶意中伤我，来发泄胸中怨气，不但如此，她还想尽办法给我找些下贱的杂事叫我作，来杀我的骄气。尤其是有一天，她命令我把我东家的外衣拿去刷干净，我拒绝了，两人狠狠地争吵了一场，结果我把她气得直哭。她母亲来劝，研究了其中的是非，断定我有理。她母亲所以帮我，并非因为她尊重我、照顾我，只是为了要气她女儿。女儿当下说道，有些人不管多么有理，还是有人会对他们不公道的，不过他们这样对待他们是很有理由的，虽然那些人自己不晓得其中的理由是什么，虽然他们也看不起那些人的小花招。[1] 这种"有些人"，"那些人"的隐隐约约的说法，使我此后更加仔细观察我主母的行径，不久我就发现我有充分的理由相信她们母女两人都为要和房客欧唐纳军官相好而在争风吃醋。

这事暂且不表。我在店中勤恳工作，对于当行业务也很懂得，因此东家对我很有好感，他常常打着法国话说："嘿！这孩子真不错。"他的主顾很多，但是这些主顾多半是和他一样的受宗教迫害的法国难民，所以他获利不多。不过，他在进药上花的钱并不多，他专会找代用品，[2] 在伦敦药业界，他这一手是数一数二的。我常见他拿起药方，虽然上面有一味药店里没有，但是他照样毫不迟疑给人配上，我见了很是吃惊。人家开的是虾胆石，他给人家牡蛎壳；人家要甜杏仁油，他给人家普通的油；人家要香膏糖汁，他给人家糖稀；人家要肉桂水，他给人家泰晤士河水；松节油在他手里就变成了柯拜巴油。[3] 哪怕人家开了一百种最贵重的药品，他都能用最便宜、最劣等的药材，转眼之间给人配好。有时医生给病人

[1] 表示母女争风吃醋。"有些人不管多么有理"指母亲，"还是有人"指房客爱尔兰军官，"他们这样对待……"指爱尔兰军官不爱老板娘（其实这是"小姐"主观看法，爱尔兰军官对母女两人都是勾搭的），"那些人自己不晓得……"指其母，"他们看不起……"指军官看不起老板娘的偷情伎俩。
[2] 意谓骗人。
[3] 南美产的贵重树脂。

开了一味普通药，他也还是不忘记上点颜色，加点味道，甚至既上色又加味，使人无法辨认。在这种情况，他最常用的是洋红和丁香油。他还有许多"秘方"，其中有一种是专治花柳病的，他卖这药很赚钱，他把这秘方巧妙藏起，不让我看，因此我也没有学会配制这种药的方法，不过我在他店中工作了八个月，在这八个月里他很不走运，吃了他的花柳病药的人四个里倒有三个去找别家郎中用抽唾液的办法检查服药的效果。这种坏效果显然反倒使他更加抱住这偏方不放，而且我敢这样说：在我离开他的药店以前，他宁肯背叛圣父、圣子、圣灵（虽然他是个很虔诚的法国新教徒），他决不肯放弃他对这百验不爽的灵方的信心。他有好几次想叫家人吃素，大事赞扬萝卜青菜的好处，反对吃肉，他说吃肉既不卫生，又不合乎道德。但是尽管他说得天花乱坠，在家中却没有收得半个信徒，就连他最亲近的老婆也都反对他的倡议。是否因为她对丈夫这一倡议毫不重视呢，还是因为她天生热情，我不知道，总之这位太太一天比一天更加孽火攻心，最后她连廉耻也看成是不必要的约束，竟在某日下午趁丈夫出外，女儿也去访友的当儿，命我去雇了一辆出租马车，她和军官两个坐上去，驶向修道院花园去了。晚上小姐回家，按时吃过晚饭，安睡去了。约莫十一点钟左右，东家回来，便问他老婆可曾睡了，我告诉他说，老板娘下午出门去，还没有回来。这位可怜的药店老板一听，如同听见了晴天霹雳，向后倒退一步，喊道："该死该死！你会[1]我说什么？我太太不在家？"正在这时，有生病人家差遣仆役来店里配药，东家接过药方，走进配药间，亲手配起药来。他拿过玻璃药臼在里面捣药，一面问我，他老婆可是独自一个出门的；我告诉他，她是和军官一起出去的；他

---

[1] 原文仿法国人说英语，译文仿原文，意即"你对我说的是什么"，表示难以置信。

一听，立刻把药杵一捶，把只药臼捶得粉碎，咧着嘴一笑，就象大提琴头上雕的鬼脸，叫道："淫妇！"我真是一分钟都不能保持严肃的态度了，忍不住要笑出来，幸亏这时有人啪啪啪打门，我便去开门，只见我那老板娘刚在下马车，她立即一跳一蹦奔进店来，对她丈夫说道："你当我丢了吧，亲爱的？欧唐纳上尉真客气，他请我看戏去了。"他回答道："看戏，看戏？噢，我想戏一定吓好喽。"她道："唉呀，这是怎么回事呢？"他全不似往常那样依顺，说道："咋么回事？你简直是只野狗的老婆！妈的！你敢给我戴绿头巾，吾倒要你尝尝吾的厉害。天哪，欧唐纳上尉是个……"正说到这里，原来在门外开发车钱的欧唐纳上尉走了进来，声势吓人地叫道："他妈的，我是个什么？"拉甫芒一见，连忙改变口气，赶紧用法语招呼他道："上尉先生，您好，您真客气，我太太很感谢您。"他说完转身向我，低声用法语对我说道："我敢说，感谢得五体投地呢。"军官说道："拉甫芒先生，听我说，我是个讲荣誉的人，我相信你是个君子人，你不会因为我对你太太表示一点礼貌而生气吧。"他这几句话在这药店老板身上产生了很大效果，他立刻摆出法国人所能摆出的全部客套，鞠躬如也，满口恭维，并对军官说，他对他太太这般多礼，真是令他感激得无话可说。一场风波，就此平息，各自回房安息。第二天我从店里通到内客厅的一扇玻璃门往里一望，只见军官正在对小姐说话，样子很恳切，而小姐脸上挂着一团怒气，撇着嘴听他说。说着说着，他居然平服了小姐怒气，他吻了她一下，表示两人言归于好。看这情形，我当即知道他俩吵架的原因了，以后我虽然处处留心，但仍然没有发现他俩再有什么勾搭来往。在这时候，我觉得有一使女似乎看中了我，对我有了情意。一天晚上，我趁店中上下都已安寝，便想去采摘我的胜利果实，正好那使女的同床伙伴在头一天又到利赤蒙去看望她父母去了，因此我从床上爬起，赤身露体，在黑暗中摸索到她睡觉的阁楼。我发现她房门是开着的，高兴得直要发疯，便蹑手蹑脚摸到她床边，眼看宿愿将偿，颇有腾云驾雾之感。但是我一看，谁知她和一个男子紧紧搂抱在一起睡得正酣，那男子我不用猜便知道是军官的仆役，我真是又失望又妒恨又气恼。我正想鲁莽从事，忽然有老鼠抓板壁的声音，吓得我拔脚就跑，想安全回房睡觉。我不知道是因为吓昏了头脑，还是因为命运的力量把我引上歧途，总之我下到三层楼后本应向左转，而不知怎的，我走了个相反的方向，把小姐的卧房错当了自己的卧房。我不知道我自己走错了，一头撞着了床栏杆，这时想要悄悄退却，不让对方发觉，已经是力所不逮了，因为这时那位女妖精已经醒来，觉得我在她床边，便轻声叫我不要作声，不要让隔壁那个苏格兰猴崽子听见我们。我一听这话，心里明白原来她是和军官约好幽会的，我的欲火平常就旺盛，这时已经到达高潮，便想何不趁此好运占个便宜呢。因此便毫不客气，壮着胆钻进了迷人精的被窝，她如我所愿，好心好意接待了我。在交谈的时候我是尽量少说话。她把我当他的替身，大骂了一通，骂那人不该嫉妒我，并且出言极其粗暴，我听了真是怒不可遏，几次都险些暴露了身份。她虽然恨我，但是我得到了报复，颇觉安慰，因为她亲口向我透露，说若要保持名誉，现在该举行婚礼才是；否则，他们交往了这些日子，其后果恐怕是万难再遮掩下去了。我正在思索应如何答复她的建议，却听见我屋内有一阵响声，就象一件笨重的东西落在地板上似的，我当即惊起，蹑手蹑脚走到我屋门口，在月光中只见一个人影从屋内摸出来，我连忙闪到一边让他过去，只见他急急忙忙下楼去了。我一猜便知这人准是爱尔兰军官，想必是他睡过了时辰，醒来赶忙来赴幽会，见我屋门开着，误以为是他情妇的房门，便走了进去，不料我正在顶替他呢。他发现自己走错了，出来又把我椅子绊倒，怕那声音惊动全家，因此连忙溜走，只好等下次有机会再满足他的欲望了。情况已是了如指掌，因此我也不再回到原来的去处，径向我自己的堡垒退却，把屋门栓上，加意防御，庆幸自己交上这次好运，欣然入睡。但是这件意外事件的真相，若要长久瞒过小姐，是不可能的；她第二天见了军官，军官对昨夜爽约表示悔恨，又说起如何撞翻椅子，发出很大声响，对此表示歉意，于是真相大白。他们两人的懊恼是不难料想了，而各人的懊恼滋味又全然不同，远非对方所能体会。女方懊恼的是，她不仅在我面前泄露了她和军官的私情，而且因为她肆无忌惮地破口骂我，使我生气，要求与我和解已属无望了。男的方面，则是妒火中烧，因而猜疑她的伤心全是一派假惺惺，是她私自同意我去顶替他的。他们这种心情，后来证实果然如此，因为当天她趁我一人在店中的时候，走了进来，两只泪汪汪的眼睛直盯住我，只顾叹气，好不可怜。但我并没有被她的凄楚所动，因为我想起昨夜她赏脸骂我的那些话，而且明知她的盛情招待原是给别人预备的，因此我就不去理睬她，由她去伤心；她往常卑视我，今天我也不理她，给她个双倍的报复，她感觉很辱恼。从此她待我就比较和气了，她知道她的把柄落在我手里，我随时可以声张出去的。我用这种方法使我的生活过得比以前如意多了，虽然我从此也没有想再次冒险去和她夜游。我对于都市的知识日渐增长，渐渐摆脱了我那副乡气，变成了一个文明的药剂师了。

第二十章

我遇见拦路客，挨打受了重伤——疑心是欧唐纳所为，后来发现果然如此——设计报仇，执行报仇计划——欧唐纳偷盗仆人钱财，逃逸无踪——我向一小姐求婚——险些中了她的巧计，意外脱险。

某夜，约莫十二点钟左右，我从彻尔希的一家病人家回来，半路上忽然有人从隐蔽的地方伸出手来向我头部猛击一下，把我打晕，倒在地上，又在我身上扎了三刀，以为我死了，便把我丢下逃跑了。等我醒来，疼痛呼号，惊醒了近旁一家孤零零的酒家，他们居然慈悲为怀，把我抬了进去，请了个郎中来，给我治疗伤口；那郎中对我说，伤势并不危险，我才放心。有一刀刺穿了我肚皮侧面的皮肤和肌肉，显然凶手以为已把我肚肠戳穿了。第二刀是沿着我肋骨斜刺过来的；最后一刀，想来是要结果我的性命的，刺在我心口上，刀尖碰到我的胸骨，断了，就留在我的肉里了。我反复考虑这一事件，总不能相信是普通拦路强人干的，因为他们素来只抢人不伤人，尤其是挨抢的客人毫不抵抗的时候，他们是更不会伤人的；我又发现我身上除了我这副躯体以外，钱财和其他物件全都安然无恙。因此，我得出结论：今天的遭遇只可能是别人认错了人，要么是什么人暗中跟我结下了怨仇，在我身上泄私愤，但是除了军官欧唐纳和我东家的小姐之外，我哪里想得起有谁会和我过不去呢？因此我就疑心这事是他俩干的，不过我特别注意，决不透露我的疑心，这样才能及时证实我的疑窦。我抱着这念头，乃于次日上午十时，雇了一乘轿子回到店中；到了店门口，轿夫把我扶了进去，在甬道上正好遇见军官，他一见我立刻倒退了一步，看他那副神色，明摆着是做了什么亏心事，慌慌张张；他本可以掩盖过去，不露马脚，只说是见了我当时那种情状，由不得他不惊讶慌张。我的东家听我把昨夜的遭遇说了一遍，对我很表同情，并且安慰我。他知道我伤势并不严重，即命人把我抬上楼去睡下，可是他老婆颇为反对。依她的意思，我最好进医院将养，可以让人家服侍得好些。我一心只要想出一个报仇的计划，要惩治一下欧唐纳老爷和他的姘头，因为我认定他俩是陷害我的主使人。我回店时，小姐不在家；等我躺在床上想计划的时候，她走进我的房间，对我发生的意外表示很关心，并且问我可曾疑心谁是凶手。我听她这话，立即两眼死盯住她，回答道："疑心过。"她却一点没有流露出慌张的神情，连忙接话道："既然如此，你为什么不请官府拘捕那人呢？这花不了多少钱的；你如果没有钱，我借给你。"她这样光明磊落的态度消除了我对她的怀疑，甚至我对军官的怀疑也动摇了。我决定在我没有进行报仇之前，进一步找些他确要谋害我的证据，再有所举动。我谢过她慷慨的帮助；我既决定不鲁莽从事，暂时还无须接受她的帮助。我虽然明白看到袭击我的人是个兵士，他的脸我看着有些面善，但是我不敢贸然发誓说他一定是某某人。即使我很肯定，告状也没有太大用处，因为我怕军官从她那儿听说我已知道是谁把我刺伤，不等我和他算帐，便先自收兵逃遁了。过了两天，我起来了，可以作一点工作了，拉甫芒先生可以不必雇替工顶替我就能勉强照常开业。我一心想发现并证实我的暗藏敌人，因此我着手干的头一件事便是趁欧唐纳穿着便装军服[1]出门的时候，进到他屋内，检查了他的佩刀，果然刀尖是崩断的；我把身上取下来的断片往上一镶，完全吻合。这一来就毫无置疑的余地了，问题就是要想出一个报仇的办法来。我想了八天八夜，有时候我简直想仿照他对付我的办法，也给他一个袭击，当场把他杀死，但是我的荣誉感反对这种袭击的方式；这是一种野蛮、卑鄙的行为，我决不能模仿他。有时候我又想通过正当的办法解决问题，不过我又打消了这样的意图，因为我考虑到这样作的结果是靠不住的，[2]而他加在我身上的伤害，就其性质来说，用这种办法简直是便宜了他。最后我决定采取一个折衷办法，下面便是具体实施的经过：我先找了斯特拉普，又找了他两位可靠的朋友，我们大家都准备好一套伪装，然后我派遣其中一人，扮成仆役，在某星期日晚上把下面这封信送给欧唐纳。信上写道：

> 阁下：据我推测，我丈夫是到巴格肖特出诊去了，明晚以前是不会回来的，想必您很欢迎听到这消息。您若有求于我（从您多次表现看来，您似乎确曾流露过有求于我的意思），最好利用这次机会来和我相见。
>
> 某某启。

这封信的署名是住在彻尔希的一个药材店老板娘，我听说欧唐纳对她极为倾倒。一切进行得很顺利，如了我们的意。这位痴情的英雄果然匆匆忙忙奔向约定的地点而去，我们就在他袭击我的地方

---

[1] 穿便服毋须带佩刀。
[2] 意谓：打官司不一定能胜。

和他交上了锋。我们几个一齐蜂拥而上，夺过了他的佩刀，剥光了他的衣服，一丝不剩，用带刺的树枝只管鞭打他，打得他从头到脚都是水泡，随他哭喊求饶，也不去理会他。我打了他一阵，消了心头的气愤，便把他的衣服带走，藏在附近一排矮树篱笆底下，把他一个人赤身露体丢下，由他自己想办法摸回家去，我抢前赶回家里。后来我听说他一路向一位住在郊外的朋友家摸去，半路上撞到巡夜的，把他带到了看守所；他又从看守所派人回家取衣服；第二天早晨，他坐了一乘轿子回来，浑身裹着一条借来的毛毯，原来他遍体鳞伤，衣服太紧，穿上去疼痛难忍，只得借条毯子裹着回来。我那老板娘母女两个百般温存地调理他，争先恐后向他献殷勤，但是拉甫芒却忍不住心里高兴，他虽命我给军官配药治伤，但却屡次咧着嘴，直管恶意地笑。至于我自己，每天有机会看到我的仇人身上脓疮溃烂，日久不愈，这都是我报仇的结果，自然心满意足，不言而喻。不但活活剥了他一层皮，使我感到满意，而且还有一件我没有料到的事使我更觉满意。原来他在某某地方遭到袭击衣服被人剥光的消息在报上披露了，第二天，有人把他的衣服找到，见报后便将衣服送来，因此他所失落的东西除了几封信以外，又都全部找回；但是这几封信里有一封正是我冒名药店老板娘写的，这封信和其余各信的内容原来都是情书性质（这位爱尔兰英雄乃是专找有钱女人结婚之流），这些信落到了某女作家手中；她是专门以发表幕后新闻著称的，她把这些信拿来添油加酱润饰了一番，付印流传。我一见便想不妙，不要因为我写了一封假信而引起人家夫妻不和，那便如何是好，心里很是耽心害怕。后来我听说彻尔希那家药店老板以为这封信是个作家捏造的，这个作家现在已经在逃，因此告了印刷商一状，告他败坏他的名誉，我听了这才放心。药店老板虽然如此想法，但是我那老板娘母女两个却是另一种想法。这张报一出来以后，我很看到她们两个对病人的照顾就显然减少了，最后竟完全对他不加过问。她们这样改变态度，他当然不可能不理会；他自然明白其中的道理；但是他自知她们如此藐视他，其实并不为过，也乐得趁此和她们一刀两断，倒也便宜；他又以为是药店老板听到他和他老婆有约会的风声，才布置埋伏，对他报复的，因此把老板痛骂一顿，并且空喊一阵要报仇，也就算了。待他皮肉渐渐长全，他的声名已经更加狼藉不堪，不免私下自忖，拔营退却此其时矣。一夜，他把自己仆人的财物抢劫一光，只给他剩下身上穿的一身衣服，然后偃旗息鼓，逃之夭夭。他失踪以后，离了几天，拉甫芒先生为了保证自己不受损失，就把军官留下的一口大箱取来看管，这只箱子沉重无比，拉甫芒满以为箱中物件足够抵偿欧唐纳欠下的房金。过了一个月，这位冒险家依旧音讯全无，我的东家迫不及待想知道箱中究有何物，遂命我当他的面把箱子撬开，我用大药臼中的药杵把箱子打开，一看里面原来是一堆石头，我东家看了，真是说不出的惊讶气恼。

正在这时，我的朋友斯特拉普告诉我，他谋着了一个差使，充当某老爷的随身仆人，并且要随同老爷到外国去了。他又对我说，这件差使对他是很有前程的，但是他实在不忍和我分手，因为他非常关心我的命运。我虽然受过这老实穷汉不少好处，但是人心是天生忘恩负义的，我觉得和他往来已颇有些厌倦之意，而我现在又交上了一些比较体面的新朋友，因此我甚至感觉到一个剃头师傅老来找我，和我称兄道弟，是件很丢脸的事。所以我便口口声声推托说，他应以前途为重，硬叫他把差使答应下来，最后他才极其勉强地答应了；过了几天，他来和我告辞，眼泪哭成了河，我见了也不得不伤心。我从此就把自己当真看作是上等人了；我治好一个法国人的一种时髦病，因而跟他学习跳舞；放假的日子我常去看戏；在某酒店里作了执牛耳的盟主，凡有争执都由我仲裁；最后，我结识了一位小姐，她想了一些办法居然征服了我的心，我经常去陪伴她，向她请求，最后她答应和我结婚了。据说这位美人儿将来要继承一大笔遗产，我为自己走运而庆幸，而且我的结婚的希望眼看就要实现了。一天早晨，我到她寓所去拜访她，正巧女佣出门去了，我便仗着我自己是未来新郎的特权，径自走进她的绣房，一看，大吃一惊，原来她正和一个男人在睡觉。多亏上帝叫我忍耐一下，不要慌张，我才立刻退了出来；我也对执掌我命运的星宿表示千恩万谢，让我撞见，我才决心从中吸取教训，从此再也不想结婚的事了。

第二十一章

小乡绅葛奇在我东家家中赁房居住——他遇见了一件麻烦事，我替他解了围——他娶了我东家的女儿——他二人设计害我——他们说我犯了盗窃罪——我被东家解雇——朋友们也把我抛弃——我在圣·翟尔斯附近赁了一间房，碰巧又遇见我曾经求过婚的那个女子，她的情况极悲惨——我解救了她。

我这时的心情倒也无忧无虑，悠然自得，不料拉甫芒先生把第二层楼租给我的同乡朋友，小乡绅葛奇。葛奇这时已在陆军中捐了个少尉出身，而且脸上也捐出了一副当兵的凶相。我真怕他想起在苏格兰时我们之间发生的瓜葛。当时他固然爽约，但是千万他不要今天倒如期赴约起来了。但是，也不知道他是当真把我忘了呢，还是故意要我认为他是忘记了，总之他见了我并未透露半点认识我的神色，我的顾虑便也消失了。但是过了不久，从有些情况看来，我断定他的外表虽然有所改变，而骨子里他还是我从前所描写过的那个葛奇。有一天晚上，我从病人家看过病回来，走在街上，忽然听见一阵喧哗，走近一看，只见有三名更夫押着两个上等模样的人。两个被押的犯人浑身是泥土，简直不象个人样，口中苦苦抱怨说，他们的帽子和假发都丢了；其中有一个，我听他口音是苏格兰人，诉苦的声音最为悲切，愿出一几尼求更夫把他释放了，但是更夫不答应，并说他有一个同伴受伤很重，他应对后果负责。我对同乡人自然偏袒，决不忍看见本乡本土的人受欺侮，因此我就举起忠实的短棒，对准那个押着我所最关心的同乡的更夫打了一下，把他打倒。我那同乡得到了搭救，立刻拔脚就跑，把我丢下，由我相机去招架这场厮斗。结果我很狼狈，因为还没等我利用我那双快腿，我的眼睛早吃了另外一个更夫一棒，险些把我打瞎。我仓皇逃回家中，到家听说葛奇军官被一群拦路贼抢了，受到捉弄。东家还命我配制洗伤的药和内服的止痛药水，来安定他受劫后的惊魂，东家自己也赶忙给他放了十二两血。后来我打听他的被劫详情，他的仆人说，我回家的时候他也刚刚到家，我听了便再也不容置疑，断定他就是我搭救的那个人。在出事以前，对于他的口音，我是久违的了；后来我听见他说话，才更加证实了我的猜想。我的眼睛肿得很厉害，而且发红，我一想起那夜的事情，就骂自己太愚蠢，我甚至决定把全部真相宣布出去，我为这胆小的懦夫吃了这大的苦头，一定要报复。因此，第二天，我东家、东家的老婆和女儿去看望他，他当着他们的面撒下弥天大谎，说他如何如何英勇，才脱离险境，我便大胆把其中奥秘解释了一番，并且指着我打伤了的眼睛为证，骂他胆小如鼠、忘恩负义。葛奇听了我这番话，很是吃惊，一句话也答不出来，其余的人也都面面相觑，最后我的主母把我骂了一顿，说我这行为太没有规矩，我这样撒野，非把我撵走不可。葛奇这时也已清醒过来，听了这话便说，那小伙子也许认错了人了，他可以原谅他那些含沙射影的话，特别是看在他慷慨救人而吃了苦头的分上。他还劝我以后凡是遇到纯是揣测之词，最好先问问自己是否有把握，否则不要乱说，以免伤害好人。小姐见他对待一个恶言中伤他的人如此宽大仁恕，大加赞许。我开始感觉她称赞他决不是毫无用意的。但是药店老板也许比他老婆、女儿看得更透些，或者没有她们那样偏心，表示了和她们不同的意见。他在店里对我说道："我的好罗德利克，你热爱真理，但不够世故。我的老婆和女儿都是机灵鬼；至于军官先生，哼，他不过是冒充好汉罢了！"他对他妻女的夸奖虽然带有讥讽意味，但是的确字字正确。她们帮葛奇说话，母亲是为了讨好房客，女儿则是想在此危急之秋找一个丈夫以应眉急，因为这位青年女子发现自己和欧唐纳私通的结果，马脚愈来愈显露了，便千方百计向新房客献媚，不到半个月的光景，两人伴称出去看戏，[1] 却驱车到了舰队街，匹配成了夫妇，然后又到了一家妓馆成其好事，第二天早晨回到家里，求父母祝福。父母也很乖觉，虽然结婚举行得如此仓促，他们一看还是表示赞成的好。老板见自己女儿嫁了个很有前途的新郎，而新郎又没有开口向他说过一句有关妆奁的话，故而颇为满意；他老婆看见自己少了一个偷情的对手，也再没有人来暗中侦探她，因此也很满意。我自己也很高兴，因为我的仇人没有结婚就让我给他戴上了绿头巾；想到这里，就象我已经在无意中报了他的仇了。万想不到我正在得意非凡之际，却有人蓄意陷害我，酿着一场轩然大波。葛奇虽然对上述那件遭遇加以掩饰，但是我的揭发和我对他的责骂却刺痛了他的灵魂，使他怀恨在心，仇恨的种子在他心里日益茁壮。看来他还把一肚子的气愤向他老婆吐诉了，他老婆和他一样也很想陷害我，因为我不但没有理睬她对我的眷恋，而且我还能够随时揭露许多有损于她人品的详情细节，因此她立刻和丈夫串通一气，想要陷害我。如果他们的阴谋如预期那样实现，那我一定早就成了无名的冤鬼了。

我的东家屡次发现丢失了大量的药材，我也没法交代是怎么没

---

[1] 此处牧师给教民举行结婚，仪式极为随便。

有了的，最后他大发脾气，干脆骂我把药材拐走自己用了。我的辩白不过是一面之词，打消不了他的疑心。有一天他对我说："你对我说的话不能令我满意，我认为有必要搜查我的药材。对不起，我一定要搜。"说到这里，他怕我抗拒，便提高喉咙，来掩盖他自己的慌张，说道："是的，你这该死的家伙，我命令你把你箱子的钥匙交给我——交给我。我和你说话，你听见没有？"他对我这种辱骂，使我又愤恨又觉得他可鄙，气得我抱头大哭，他见我哭了，以为我是畏罪呢。我把钥匙掏了出来对他说他若高兴，可以马上去搜查，但是他这样无缘无故疑心我，损害了我的名誉，以后他再要使我高兴，就不是那么容易了。他拿起钥匙，便上楼到我的房间去，一家人都在后面跟着他，他一面走一面说，"好吧，我们且瞧瞧看吧。"不料他把箱子打开，掏出一把东西，正是丢失的药材，我可真是吓得发呆了。他大声叫道："啊哈！我没说'请'，你却自便了！我的上帝，罗德利克先生，你还说自己清白呢！"我这时一句替自己辩白的话也说不出来，只能站着一动不动，一言不发，在场的人你一言我一语都在谈论这件看来于我不利的事。仆人们说这事对我很不幸，他们很遗憾，连连说道："谁想得到呢！"我的主母趁此发现赃物的机会讪笑一般人爱雇用陌生人的习惯。葛奇夫人说道，她从来对我没有好印象，说我从来不老实，随后又建议把我送去见治安法官，立刻关进新门监狱去。她的丈夫葛奇听了，连忙下楼要去找巡捕，但是拉甫芒先生知道一打官司便不好脱身，又要花钱，又添麻烦，而且又怕一旦要我上堂招供，我会说出一些不利于他业务的话来，因此便喊道："姑爷，先别去，先别去！这小鬼干的勾当确实是滔天大罪，但是也许上帝会让他忏悔，那我的头上就不必顶着处死这罪人的罪孽了。"军官夫妇却非常热心，举出一切基督徒能想到的理由，想说服老板把我逼上死路，并说老板若放走一个恶棍，便是对不起他所属的社会；恶棍被他放走以后，必然会继续在世界上为非作歹，因为他会想到今天脱身如此容易，何不再作坏事呢？但是他们两位的三寸不烂之舌并没有打动我的东家。我的东家转过来对我说："走，走，你这可怜虫，快，快。你作了坏事，快去弥补弥补吧。"我呆立了半晌，这时心中的气愤使我醒转，便这样说道："东家，我承认，从表面看，我是犯了罪，但是我是受人陷害了，你也被人欺骗了。"我指着葛奇说道："那个混蛋家伙仇恨我。他不知想了什么办法，把你的货弄到这儿，好让人发现，摧毁我的名誉，把我葬送。他恨我，因为他自知在我们老家，他干了对我不起的事情，而且又那么怯懦，不肯拿出上等人的气派来和我决斗。此外，他也知道他在这地方干过一些什么怯懦的勾当，都瞒不过我，而且以前我也把这些事说出来过，因此他不愿意我这样一个能够证明他忘恩负义、小人心肠的人存在人间，因此他就使出这般的鬼蜮伎俩来陷害我。"我又转过去对葛奇夫人说："夫人，你太轻易同意你丈夫的意见啦。我常常发现你把我当仇人看待，我也深知其中的原委，现在我还不打算说，说出来还不是时候，但是我劝你不要逼得我走投无路，对你没有好处。"她听了我的话大怒，面孔涨得鲜红，眼里冒火，大摇大摆地走到我面前，两手往腰里一插，啐了我一口，骂我是无耻的流氓，说她才不怕我恫吓呢，并说爸爸如果不把我当贼办，她就当夜卷铺盖。葛奇这时也是气势凌人，对我说，他才不在乎我造的谎言呢，不过我若想诽谤中伤他的夫人，妈的，他非把我整死不可。我针对他的恐吓回答道："我求上帝让我能在沙漠里撞上你，那时我就可以有机会惩罚你对我不守信义的行为，把你这个混蛋从世界上清除出去。"我从旁边拿起一个旧瓶子，说道："我干吗不现在就出了这口气呢？"我刚拿起这件武器，葛奇翁婿两人慌忙退却，你撞我，我撞你，两人一同滚下楼梯去了。我的主母吓得晕厥过去，她的女儿问我是否想要害死她。我对她说，她要明白我决无此意，我要饶她一命，等她自己良心发现呢。但是，我又说，只要我运气好，一有机会，我是一定非把她丈夫的鼻子打出个缝来不可。说完，我便往楼下走去，正遇拉甫芒先生抖抖颤颤走上来，手里拿着根药杵，后面跟着葛奇，拿着他的宝剑作武器，推着他丈人向前行。我要求他们和我谈判，并且向他们保证愿意和平了结。葛奇听了大叫道："哈，混蛋，你把我亲爱的太太害死[1]了么？"老板也喊道："你这猪猡，我的女儿呢？"我说："少夫人在楼上呢，我没有把她碰坏，我相信，过不了几个月，你们对她的关心是会得到报偿的。"说到这里，她从楼上喊他们，叫他们把我这贼骨头放了吧，不必再和我纠缠。她父亲答应了她的要求，但是仍然说我方才说的话非常令他不解。我发现我无法证实我自己的清白，便立刻离开了这爿药店，投奔那位教师而去，想要向他吐诉真相，请他指教我将来怎么办，但是到了那里才知道他下乡了，要在乡下住两三天才回来；我听了，真是说不出的烦恼。我往回走，想去找几位我在药店附近所结识的朋友请教，但是，由于老板家里的仆人特别殷勤，我这件事早已传开，我所认识的朋友没有一个肯听我说句话的了。人心不古，使我的处境比起以前更加糟糕万倍；我以前虽然也和现在一样穷苦，但是我的名誉却是洁白无瑕的，我的身体没有受到损害。如今则不然，名誉破产了，钱也没有了，朋友也和我疏远了；身子也因为好色好出病来，世界上只有忠实于我的斯特拉普能给我同情和帮助，但是我又不知他在什么地方。

在这忧患之际，我首先决定把我的衣物先搬到我早先赁过房子

---

[1]　意谓："打了她，使她流产了"。

的那人的家中。我在那里住了两日，希望龚国堂先生能为我说项，谋得一个职业。我相信我解释一番之后，龚国堂先生是不会把我当成坏人看的。但是我心里如此推想，却没有估计到我的东家却抢前一步去截断我的后路，等我去向龚国堂老师解释的时候，他已经心有成见，不肯听我把话说完，只是等我辩解完毕，就连连摇头，照例喊出两声"基督"，说道："这种话，我是听不下去的。我不幸跟这件事发生了干连，我觉得很遗憾，将来我要小心一些了。从此我不再轻信人了，包括养我的父亲，我的一母所生的亲兄弟在内。即便但以理[1]死而复生，我也要把他当骗子看待。即便真理大仙出现，我也要怀疑他是不是真身。"我对他说，也许有一天他会相信我是受了冤枉，也许会后悔今天冒冒失失作出的决定。他回答说，如果日后水落石出，我果然无罪，那么他连肚肠都会欢笑得直跳的！他又说："不过，在那一天没有到来之前，我要求和你断绝一切往来，免得我的名誉受累。唉，我的好上帝，人家会以为我和你同谋，是我唆使你的呢！人家会说，华尔德[2]和我相比，不过是小巫见大巫罢了。孩子们见我走过，会'通'我，检煤核的女人也会对我泼口大骂，一嘴酒臭顺着风吹到我鼻子里。我就会臭名远扬，成了大家谩骂的靶子，臭名的阴沟了。"这位先生平素谈话，向来是越说越带劲，他颇以此自豪，我当时也无心欣赏，便不辞而别。我当时的处境引起他嫌恶我，我走了他还在后面骂我呢。我忧闷之余，也考虑到自己处境大大不利，必须量入为出，因此在圣·翟尔斯附近租了一间顶楼，每星期房租九便士。我决定在此自行疗养，当了三件衬衣，买了些药品食物，就此住了下来。

---

[1] 基督教《旧约》中的正直"士师"（法官）。

[2] 华尔德（Jonathan Wild）：十八世纪初伦敦的贼头。小说家狄孚（Defoe）曾记载其事迹；菲尔丁（Fielding）也曾借他写过同名政治讽刺小说。

一日，我正独坐斗室，悲叹命运多乖，忽听隔壁发出呻吟哀痛之声，我吃了一惊，立即跑去，见一女子直躺在一张破烂矮榻上，眼看奄奄待毙。我把提神药瓶放在她鼻孔边，她面颊上渐渐恢复血色，睁开了眼睛。老天爷！我一见她，顿时百感交集，原来她不是别人，正是一度征服了我的心、而且我几乎要和她共命运的那个妇人。她这种可怜的处境使我心里充满了怜恤之情，昔日的一派柔情蜜意，重新浮上我的心头，我便奔去把她抱住。她立刻认出是我，轻轻把我抱在怀里，眼泪象泉水一样涌了出来，我也忍不住陪她哭了一场。最后，她有气无力地望了我一眼，发出微弱的声音，说道："亲爱的蓝登先生，我是不配受到你这样的关怀的。我是个肮脏的人；我曾经对你的人身有过卑鄙的阴谋。我活不了几个时辰了，让我悲悲切切死去吧，只有一死才赎得了那一次我对你犯的罪行以及其他一切罪过。"我尽力安慰她，对她说，我可以原谅她对我的一切恶意。我还说，虽然我的处境极苦，但是哪怕只剩一个铜板我也愿意和她共用。我一面又请她告诉我为什么她方才晕厥了过去，好让我施展我的医道，防止她再度晕厥。她听了我的话，仿佛很感动，握住我的手，拿到唇边去吻，并说道："你的肚量太大了！我如果有命，我一定报答你，但是不幸，我眼看要饥寒至死了。"说完，闭上眼睛，又晕过去了。这种极端悲惨的景象，即是铁石心肠的人，看了也会同情怜悯。而我这人，天生一副软心肠，见此情景，其效果自然更不难想象。我跑下楼去，叫房东太太去药铺买一服肉桂露来；吩咐完毕，我又回到那可怜人的房里，用出我全副本领来恢复她的知觉；我费了好大力气，总算成功了，逼着她喝了一盅药，提提她的精神。然后我又烫了一小盏红酒，烤了一片面包，她吃了以后便完全恢复过来，并对我说，她已有两天两夜水米未曾沾唇了。我迫不及待问她何以落难到这步田地，她对我说，她原来是个妓女，妓女当久了，少不得染上了她这一行的那种危险的病症。她的病症后来日益沉重，她自己都厌恶起自己来了，别人见她也是掩鼻而过。这时她便决定躲到一个什么僻静的角落，尽量不声不响，尽量少花费，把病治好。因此她便挑了这个隐身之处，委托一个贴出广告的医生治她，这医生把她手里的钱和能弄到的钱象剥羊毛似的都剥光了，三天前竟把她抛下不顾，病情比以前反倒更加严重。她除了身上穿的衣服以外，她的衣物已卖尽当光，当卖的钱填饱了那强盗也似的医生的钱囊，堵住了房东太太的噪闹。房东太太到如今还威胁她，要把她赶出门去呢。关于这些事，我感叹了一番之后，就建议她搬到我房中去住，可以节省些钱。我又告诉她，我一定设法把她的病和我的病一起治好。我一面治她的病，一面把我自己能够得到的生活食用都和她分享。她接受了我的建议，诚心诚意向我道谢，我也便立刻付诸实施。我发现她不仅是个合得来的侣伴，她的谈吐大大减轻了我的愁苦，而且她还是个很细心的看护，服侍起我来真是一片忠心，体贴备至。一日，我对她说，以她这样一个女子，美貌、懂道理、又受过教育（她在这三方面都很出色），怎么竟堕落到作娼妓这条可耻可怜的生活道路上去的呢？这使我很奇怪。她叹了一口气，回答说："这些优越的条件正是我堕落的原因啊。"她这句奇怪的话更加煽起了我的好奇心，我恳求她把她的身世详细告诉我，她答应了，说出了下面一段话来。

第二十二章

威康斯女士的身世阅历。

　　我父亲是本城一个很有地位的商人，他在经商的过程中负了相当大的亏损，到了老年，夫妻两人便退隐到乡间，用亏剩下的一点资财，买了一座小小田庄住下。我那时不过八岁，为了上学，他们把我留在城里，寄住在一个姑母家里。这位姑母乃是个严格的长老会[1]的信徒，她总是拿她那套所谓宗教职责把我限制得死死的；久而久之，我对她那套教义生了厌倦之心，对她天天劝我读的那些善书，也发生了反感。我年纪一天天大了，也出落得一表人材，因而交上了不少女朋友。其中有一人见我受到姑母那套狭隘思想的束缚，表示惋惜，对我说，我现在应当抛弃在姑母影响和示范之下所形成的那一套偏见，应当独立思考。为要达到这目的，她劝我读莎甫茨伯利、汀代尔、霍布士[2]等人的著作以及其他以离经叛道著称的书籍，她叫我彼此加以比较，自然就会形成我自己的体系。我听从了她的建议。也不知道是因为我对早先读过的书有成见呢，还是因为我新读的书说理清晰，总而言之，我是津津有味地读着这

[1] 清教徒一派。
[2] 莎甫茨伯利（Anthony Ashley Cooper, Earl of Shaftesbury）：十八世纪初英国启蒙运动时期，具有保守观点的伦理哲学家。汀代尔（William Tyndale）：英国宗教改革时，积极拥护新教的"异端"信奉者，翻译过《圣经》。霍布士（Thomas Hobbes）：十七世纪下叶英国唯物哲学家。

些新书，不久我就变成了坚决的自由思想者[1]了。我以我新获得的学问为骄傲，到处和人争辩，而且无往不利，因此不久我便获得了哲学家的称誉，很少有人敢和我辩论。我的运气冲昏了我的头脑，最后竟妄想使姑母皈依我的教义。但是她很快就看穿了我的意图，马上敲起警钟，写信给我父亲，把我信奉异端的事一五一十告诉他知道，并且责成他说，他若爱惜我的灵魂，就应马上命令我搬下乡去，城里太危险，让我沾染上了这些罪恶的邪说。我父亲听了她的话，命令我搬下乡去，那时我正是十五岁。我父亲命我把我的信条一一详细讲给他听，他听了也并不觉得象人们所传说的那样不近情理。我这时突然孤单无侣，又无城市的享乐，便变得忧郁寡欢起来，过了许久才对环境有些好感。我一天一天习惯于孤独生活，幸喜家中藏书很富，凡是家务余暇（我母亲去世已有三年，家务由我掌管），或不去访亲问友、参加其他乡间娱乐的时候，便以读书消遣。我的判断力虽不佳，想象力却很丰富，因此专爱看些诗词传奇。总而言之，在我所居住的乡间，人人把我看作个怪人。一日黄昏，我拿了一本书，信步所之，到了离我父亲家不远、靠大路边上的一座小林，忽然有一醉醺醺的乡绅骑马走过，看见了我，喊道："妈的，好漂亮的妞儿！"他说着便下了马，一把把我抱住，要强行无礼，我吓得扯直喉咙尖声大叫；我那时气恨交加，使尽平生气力，死命抵抗他的强暴。正在挣扎之际，又有一人骑马走过，见我一个妇女受人如此欺凌，下马奔来救我。想要强奸我的乡绅，也许是因为没有成功，也许是因为吃那骑马客人责怪，气得要疯似的，把我抛掉，跑到马前，从马鞍边抽出手枪，便向我的救命恩人射击。他幸喜没有受伤，跑上前去，没有等乡绅抽出第二枝手枪，便

---

[1] 意谓在宗教上和"正统"派意见分歧。

用鞭柄把乡绅打倒在地上，把枪夺过，敲着乡绅的胸口骂他怯懦、反叛，要把他打死。正在僵持不下，我走过去劝解，求他饶那乡绅一命，那人答应了。那乡绅求我原谅，并且发誓说，他原意不过要吻我一下罢了。我的救命恩人把乡绅第二枝手枪中的子弹取出，把火石扔掉，才把乡绅放走。这位殷勤的陌生人把我护送回家，我父亲听说他这种不平凡的侠义行为，不停地拥抱他，坚请他当夜留宿在我们家里。他给我的恩惠赢得了我对他的正当的感激心情，而他的谈吐仪表，使我在感激之余，还对他抱有另外一些情感。他年纪大约二十二岁上下，中等身材，略偏高些，栗色头发，背后用缎带束住，上额很高很亮，鼻梁有几分象鹰钩形状，一对活泼的蓝眼睛，丰满的朱唇，牙齿雪白，面容开朗。咳，我何必这么絮絮叨叨地描写他的品貌音容呢！他和你长得真是一模一样，我并未夸张其辞，我希望你心平气和，相信我的话。如果我不是熟知他的身世门第，我简直会毫不迟疑认为你是他的同胞兄弟呢。他说话不多，看来他倒并不是城府深；他说起话来，可实在坦白直爽、入情入理、不落俗套。总之（她说到这里，痛哭失声），上天生下他来，就是为了来毁我们女人的。他为人谦虚有礼，但是他的眼光却是脉脉含情，我一下就看出，他认识了我，心中好不得意呢。我们从他的谈话中，了解到他是附近某乡绅的长子，这位乡绅说起来我们也还认得。那天他是出门访友去的，在回家的中途听见我呼救，便前来搭救。这一夜我整夜胡思乱想，我想到这位骑士式的郎君搭救我这落难的小姐，够多么豪迈啊！我想象他和小姐一见钟情的情景。总之，我读的爱情传奇故事，都涌进了我的脑海；我把自己当作什么传奇中的公主被贵公子从野蛮的巨人或半羊半人的怪物手中搭救出来，一来有恩当报，二来也是心怀爱慕，便毫无保留地把一颗心交付给他。我虽然试图往理智、严肃的方面去想，想把这种痴心梦想驱散，结果白费气力；我满脑里都盘踞着那种种逗人喜爱的形相，而且我还梦想我那英勇的骑士跪在我脚边叹息，倾诉着失意人的衷曲。次日清晨，吃罢早饭，他告辞要走，我父亲再三恳求他以后务必多多光临，他道谢答应，并且看了我一眼，这一眼真是包含了千言万语也难以形容的无限温情；这脉脉含情的一眼渗遍了我的灵魂。不久他又来作客。至于他怎样一步步达到他毁灭我的目的，说来话长，也毋庸絮说，总而言之，他用尽心机使我尊重他，使我相信他为人很懂道理，同时他也捧着我，使我显得格外聪明。关于这最后一着，他要的把戏是特别诡诈，他时常故意装作听错了我的话，来反对我的意见，因而使我有机会把我的话重新加以说明，以显出我的聪明来。从此他便获得了我对他的好感，跟着他就表示对我有某种情意；他说他所以会对我产生这番情意，是因为崇拜我的才情，同时他还随便提到，他是如何如何爱慕我的美貌。最后他肯定已把我征服了，这才选了个吉日良辰，把正题端了出来，用极其热烈诚恳的词句，表露了他对我的爱情，使我无法掩饰我心中的情感，只得答应；他听我答应了，真是欢天喜地。我们两下既已定情，私相会面便更加频繁了，彼此交谈，其乐无涯；加以相互倾慕，情意更笃，两情更觉急不可待。他说要和我正式结为夫妇，关于这点我毫不怀疑，但是他父亲性情贪婪，已给他说定一门亲事，使他非常伤心，但是他发誓终身只忠实于我；他说此话时，表现得极其坦率虔诚，因为我受了他的欺骗，于是在一个不幸的时刻，我让他的热切的欲望得到了完全的满足。只恨那天我贪图一时快活，竟抛弃了天真无邪与安宁恬静的心境，换来了悲愁和恐怖。只恨我天生美貌，叫这个好色之徒一下子就看中了我！只恨我知书达理，出落得情操高尚，因此愈发多情！只恨我太懂道理，专情在一个人身上，选中了一个人便得认命，痴情到底。假如我生得丑些，便无人会来引诱我；假如我一无所知，那么我的谈吐也必粗鄙，光靠美貌也无用；假如我喜爱虚荣，那我的爱情便不会专注，我自会三心两意，也不至于专听一个人甜言蜜语了！

好了，闲言少叙，接下去谈谈我的悲惨经历吧。我们纵情欲乐，为所欲为，把其他一切都抛在九霄云外。过了数月，他来的次数渐渐少了，他也不那样热情了。我看出他对我逐渐冷淡，心里有些恐慌，我用我的眼泪谴责他，坚持要他实践他和我正式结婚的诺言；无论如何，一结了婚，我的名誉总能保全了。他口上依从了我的建议，借口去寻找适当的牧师给我们举行结婚仪式，作别而去。但是，他这朝三暮四的人，从此一去不来！我等他等了整整一个礼拜，心里焦急万分，有时候怀疑他是否诚心诚意，有时候又替他找理由开脱，并且责骂我自己怎么居然会怀疑他对我不忠实。最后有一位乡绅到我家吃饭，我从他那里了解到我那失信的业障就快陪伴他的新娘出发到伦敦去买衣服结婚了。我听了这消息，简直要发疯，尤其因为我发现自己已经怀了几个月的身孕。我想这件丢丑的事是无法隐瞒的，一旦败露，不仅败坏了我在乡下赢得的名声，而且也会让我那白发苍苍的老父悲痛欲绝。真要气炸了；我一千遍、一万遍地骂他，心里盘算着一千条、一万条计策要向那葬送我的奸贼报仇！一阵痛恨的心情过去，接着是沉默的悲哀：我想起我失去了的宁静心境，我为我自己的痴情流泪，有时候似乎又出现一线希望，使我枯槁的心又得到片刻的兴奋。我尽往好处把他的为人加以反复思量，一遍又一遍地默诵着他的山盟海誓，把他的失约看成是因为他父亲多疑，看住了他，逼他和另一女子结婚，而他本人却是从心灵深处厌恶那女子的。我自己又安慰自己说，在他那桩婚姻没有达成协议之前，他一定会来看我的。咳，可惜这些全是空想啊！那贼子把我抛弃，是毫无内疚的。过了几天，果然乡下就传遍了他要结婚的消息。我这时的惊恐是难以想象的，如果不是我想报仇，我一定毫不迟疑结束了我的悲惨生命了。我的父亲看出我的哀愁，我相信他也猜着我所以哀愁的原因，但是他体谅我，费尽心机装作不知，只是一味向我表示慈父般的疼爱，来减轻我的忧伤。我也看出他对我是如何关切，这使我更加难过，使我更加仇恨那个把我害到这步田地的人，我恨他恨到了不可遏止的程度。于是我拿了一点钱，乘黑夜逃出愁肠欲断的慈父的家门，在黎明前后到了一座小镇，搭上赴伦敦的驿车，第二天到了伦敦。一路上全靠我报仇心切，这才抵消了其他一切顾虑，没有气馁。到了伦敦，第一件事情是赁住处，找了个房子，销声匿迹住下，用了个假名，以便隐瞒住我的出身和目前的处境。不久我就找着了诱奸我的那个人的住址，我马上怀着满心愤怒，奔到他家，决心要和他拼命，只有这样才解得我心头之恨。当然，我那时的心情迫不及待，没有时间把具体复仇计划考虑周详。我到了他家，只说要见罗萨里奥[1]（就让我们叫他这个名字吧），门房问我尊姓大名，有何贵干，要去禀报。我拒绝回答，只说我有事情要和他主人密谈。他便领我到一间客厅，他去禀报主人。我在客厅等了一刻钟，进来了一个仆人，对我说主人在陪客，请我改日再来。我一听满腔怒气，不可遏止，把藏在胸口的匕首嗖地拔出来，冲出客厅，象疯了似的往楼上奔去；口中喊道："失信的奸贼在哪里！我要把尖刀扎进他的黑良心，我死也心甘。"我这一喊，不仅惊动了所有的仆役，而且楼上的客人听见我要杀人，都涌到楼梯口要看看是怎么回事。当时我就被两名当差的抓住，他们把我的武器夺走，架住了我不放。正在危急之际，我看

---

[1] 罗萨里奥（Lothario）：采用十八世纪初剧作家娄（Nicholas Rowe）所作戏剧《忏悔的美人》（*The Fair Penitent*，1703）中的人物的名字。这人物的特点是乱搞男女关系。

见那让我失身的仇人和他的妙龄新娘向我走来，我这时真是心如刀割，痛苦难言，我实在看不下去，一时失去知觉，昏迷不省人事。我也不知他们是如何处置我的，总之待我醒转，我已睡在床上，在一间肮脏狭小的房间里，有一个老太婆在旁边服侍我。这老太婆很没规矩，左一遍右一遍尽问我一些关于我身世的问题。她还告诉我说，我方才的行为引起了阖宅不安，罗萨里奥说我是个疯婆子，建议要把我送到贝德伦疯人院去，但是太太觉得我的行径有些蹊跷，她相信一定是丈夫不愿暴露其中真相，因此她起了疑心，已病倒在床了，但是她在卧病之前叫人严密看守着我。我听了老太婆的话，一言不答，只劳她驾去雇一乘轿子来。她说不得主人允许，这是办不到的。但是主人很快答应了，我乘了轿子回到寓处，这时的心情真非笔墨所能形容。由于激动过度，引起了一场寒热，寒热又引起了小产。老天爷发慈悲卸下了我这副担子，解决了我的良心问题；因为我可以对你坦白说（虽然我这样说是不无内疚的），假如我足月生了个活孩子，我一定会听凭一时的疯狂，把这无辜的孩子牺牲了，以泄我胸中对他无情无义父亲的宿恨。

这件事情发生以后，我的怒气渐渐消退，仇恨之心也一变而为深思熟虑，恬淡平静。一天，房东妇人告诉我，楼下有一位先生想见我，有重要事要和我谈，并说这件事对我精神上的安宁有很大关系。我听了此话，大吃一惊，于是就胡思乱想起来；我还没有想出究竟是怎么回事，那人已经走进我的房中，连声道歉说，他既未事先通知，也未征得我同意，他便擅自撞了进来，请我原谅。我上下打量他一番，记不起是否和他曾有一面之缘，便哆哆嗦嗦地问他找我有什么事。他说他有话要和我密谈，他相信他要对我说的话一定会平息我的怨恨，令我满意。我心想，我也不怕他动武，就答应他的请求，并令房东妇人出去。那人走到我面前，对我说，关于我的事情，他原原本本都已知道，是罗萨里奥亲口对他说的。自从他听说我的不幸遭遇之后，他对于那个一手造成我不幸的罗萨里奥万分鄙弃。近来因为罗萨里奥作了一件对不起他的事，这种鄙弃的心情日益增涨，日益炽烈，已达到非要报复不可的程度。他听说我处境很凄苦，因此来看我，目的是想帮助我，安慰我。他表示愿意支持我对罗萨里奥喊怨报仇，立刻代我去向那诱奸我的恶棍报仇，只有一个条件，那便是要我答应考虑他的一个要求，他希望我不要找理由拒绝他的要求。他这番话在我心里马上产生了效果，我立刻同意，地狱的魔鬼使出全副伎俩来说服我，也不及他那样见效。我欣喜若狂，充满了恶意的快乐，我一把将那人抱住，对他发誓说，他若果真能实现他的诺言，我的灵魂、我的肉体都可以随他处置。我们当下成了交，他答应竭尽全力替我报仇，当夜就去把罗萨里奥害死，天明以前把他怎样送命的情况向我报告。大约清晨两点钟左右，他又回来了，对我说我那失信的情人已不在人间了。他说他先去向罗萨里奥挑战，要他到野外去决斗（虽然罗萨里奥本不配受到这种公平正当的待遇的），到了野外他责骂罗萨里奥不该亏待了我，并对罗萨里奥说，他之所以拔剑决斗正是为了我的缘故。没有一两个回合，罗萨里奥便倒在血泊中了。我受了罗萨里奥的虐待，早已象野蛮人一样狠心了，听了他的叙述，真是快活，逼着他把详细情况一遍又一遍地重复说给我听，贪婪地看着他衣服上和宝剑上的血迹，最后把我的身体奉献给他作为给他的报酬。我的脑子里想的尽是报仇的事，在睡眠之中梦见罗萨里奥出现在我面前，面色苍白，血肉模糊，责备我不该鲁莽从事，口口声声说自己无辜，替自己喊冤，非常悲切，以致我又不得不相信他对我是忠实的，醒来之后犹觉惊恐悔恨。我那枕边人尽力安慰我，对我说这是他罪所应得，我作得并未过分。于是我又睡去，罗萨里奥的鬼魂又出现在我梦中。

一句话，我那一夜过得极其痛苦，对我的报仇恩人感到极端厌恶。次日早晨，他看出我对他有反感，便暗示说可能罗萨里奥还有活命的希望。他说，不错，他离开罗萨里奥的时候，罗隆里奥负了伤倒在地上，但是还没有死透，也可能他受的不是致命之伤。我听了此话，大为惊愕，命他飞跑去探听消息，如果他发现罗萨里奥确已死了，不能回来复命，那他最低限度也应考虑自己的安全，从此不要再回来看我，因为我决定去自首，把这件事的本末巨细都坦白出来；如果可能，我要诚恳忏悔，愿受可耻的死刑，以赎我的罪愆。他很冷静地对我说，我对他抱着偏见是没有道理的，他干的事全出自一片爱我的真心，光明正大；他不惜冒生命的危险替我报了仇，如今我反倒要把他抛弃，把他看成一个卑鄙的雇佣凶手，用得着时便唤来，用不着就踢开；即便他运气好，罗萨里奥没有死，他把这消息报告给我，那么我过去对罗萨里奥的仇恨之心可能仍会复燃，那时我少不了又会骂他为我谋而不忠了。我对他说，如果罗萨里奥没有死，我非但不会骂他，反而只有更爱他，因为这一来就会使我相信他向罗萨里奥挑战乃是出于上等人的荣誉感，而不是什么雇佣凶手的行径，足以表示他不屑杀死一个偶然落在他手中的对手（即使这对手是个无可救药的歹徒）。他说，"好吧，太太，不管过去怎样，要为我自己的荣誉问题进行剖白，那还不容易？"他说罢，向我告辞，去打听决斗的结果。这时，我更加感觉到自己罪孽深重；我前此所遭受的一切苦难，都是因为我太轻信他人，太软弱，凭良心说，我并没有因为贪图钱财而干过什么罪恶勾当。如今眼看我自己变成了杀人犯，我心里的恐惧真是无法表达；死人的形象不断出现在我脑际，我的心痛苦难言，好象被什么刺痛了一样，而这痛苦又是看不到尽头的。最后霍莱休（我把养我的姘夫就叫霍莱休吧）回来了，对我说，我不必害怕了，并把一封信交在我手里，信上写道：

夫人：

　　为了使你放心，恕我冒昧向你声明，我在霍莱休手里受到的创伤并非致命的创伤。这一点，作为一个人，我是不能否认的，即使霍莱休想要扰乱我的安宁，摧毁我的性命。

　　　　　　　　　　　　　　　　　罗萨里奥上。

　　我很熟悉他的字迹，我没有理由怀疑这封信是捏造的；我念了一遍又一遍，快乐得了不得，抱着霍莱休亲昵；霍莱休这时也真是人间最幸福的人了。我的悲观绝望完全消失，但是又有祸殃逼来了，比以前更压得我喘不过气来。层出不穷的悲愁就象是一群争夺王位的人，谁的势力最大，谁就称王逞霸。我并没有欢乐多久；收到那封信，我的心情总算平静了一些，但是过了不久，也正是这封信又把我的平静驱散。罗萨里奥对我的无理谴责，一方面引起了我的旧恨，但同时也使我想起旧日的欢乐，便我心中充满了愤怒和悲伤。霍莱休看出我的心境，尽力开导我，带我到城里各处去游逛。我要什么，他就给我什么；他带我去会见了一些朋友——都是别人养的婊子，这些人对我特别尊敬，我也渐渐把旧日的情景淡忘了。这时忽然发生了一件事，又把我的旧事以及当时的有趣情景全部重新勾起。原来有一天我正在阅报消遣，忽然在一份以前没有读过的报上看到下面一则广告：

　　九月下旬，有一青年女子自某郡其父家中出走失踪。出走原因显系因事失意，至今杳无音信。仁人君子知其下落者，请速告葛雷斯因法学院某某先生，必有重酬。该女子如自愿回家以慰老父慈怀，其父当一本慈爱之心，推诚相纳，万勿疑惧，庶几老父风烛残年、悲痛余生得以苟延，不即奔赴九泉也。

这篇悲惨的广告立刻在我心里起了作用，我下了充分决心，象浪子回头一样，决定回家去，请求我亲生父亲的饶恕。但是，天啊！我一打听，他已在一个月以前寿尽归天了！为了我不在他身边，他临终还在伤心呢！他把他的遗产都送给了一个陌生人，以表示他对我的不仁不孝的行为不满。我心里的悔恨有如针刺，我陷入了一种无限忧郁的心境，我认为是我把他活活气死了。我无心会见朋友，事实上，我的朋友们见我性情大变，也都纷纷把我抛弃。霍莱休因为见我对他毫不表示好感，或者也许因为他的欲壑已经填满（这个可能性更大），也就逐日对我冷淡起来，最后他完全把我抛弃。对于他这种行为，他也没有对我说过一句道歉的话，也没有给我留下一点钱以保证我不受冻馁，这些本是上等人应该作的，而且我堕落到今天的地步，他也有一分责任。后来我才听说他和罗萨里奥决斗的事全属子虚乌有，目的在免得我叨絮不休，同时也好享受我的肉体。看上去，似乎他在罗萨里奥家里看见我之后就怀了这禽兽念头的。我落到这走投无路的境地，不觉咒骂我自己太无知识，我骂那不怀好意的霍莱休绝子绝孙。后来我渐渐也过惯这种失去贞节的生活了，遂决定向一切男性报复，就以男子欺人之道还诸一切男子之身。不久，来了个机会，有个老婆子来看望我，假意来对我表同情，说我可真不幸，安慰我，口口声声说她对我别无用心，她是个真诚的朋友，接着就要出她职业上的那一套把戏来，称赏我是如何如何美啦，并且泼口大骂抛弃我的那个坏蛋，言外之意似乎是说凭我这副上天赐予的出色姿容，如果不趁此时机发一笔财，那我可就千错万错了。我很快就了解她的话机，并且鼓励她把话说得更明白些，当下两人同意，她去拉客，我当妓女，获利两人平分。我第一次的装情卖笑的本领是施展在一个老鸨介绍来的法官身上的。我装作个刚从乡下来的不懂事的女子，他见我模样，果真以为我是个不懂事的孩子，快活得不得了，仅仅占有我一夜就给了我一百几尼，我曲意奉承，使他觉得这笔钱花得十分满意。

第二十三章

威廉斯女士的故事突然被一警官打断——警官把她拘捕，捉进玛绍西监狱——我陪她同去——我找来证人，证明她并非传票上所写的妇人——警官情愿成全她，将她释放——我们迁移住处——她继续把她的故事讲完——我对她的感想——她告诉我一般妓女的下场——她决心放弃这种生活方式。

　　威廉斯女士的故事讲到这里，忽听得叩门之声，我去把门开开，突然冲进来三四个彪形大汉，其中一人对威廉斯女士说："小姐，对不住，请你务必随我去走一遭，我这儿有一张捕你的拘票。"这说话的人是个警官；不等他说完，其余数人早把威廉斯女士围住，开始对她粗暴地动起手来。我看了他们这种行为，很是气愤，便夺过炉边一把通条，就想用它来保护威廉斯，也顾不得对方是否人多势众；但是威廉斯面色安详（我不懂她何以如此泰然自若），央求我不要因为她而与人动武，这对她不可能有好处，反而有害。她转身向那伙凶神的头目讨拘票看，看过之后，抖抖颤颤说道："拘票上的名字不是我，你若捕我，后果由你负责。"那小小警官回答道："好了，好了，小姐，我们会证明你是谁的。闲话少说，你愿意让我把你拘到我的家里去呢，[1]还是愿意我把你送到监狱去？"她说："你若是一定要把我关起来，我宁肯关在你家里，总比关在许多人呆的监狱里强些。"他回答说："好、好，你口袋里如果有钱，我一定把你当公主一样招待。"她告诉他说，她是一贫如洗；他便赌咒说，他是从不赊帐的。他当即命令手下的虾兵蟹将出去雇辆车来，把她立刻解到玛绍西监狱去。趁大家在等车的工夫，她把我掣到一旁，叮嘱我不要为她操心，她自有办法很快解脱困境，说不定还有所收获呢。她的话虽然听来很神秘，但是我见她满有信心，也便高兴。一会儿，车子雇到，我自动要求陪她到监狱去，请求了半天，她终于答应。我们到了玛绍西监狱门口，警官先下车，把门叫开，把拘票交给门官验过，门官见上面写着"伊利莎伯·凯利"的名字，便叫道："啊，啊，原来是我的老朋友贝特！[2]衷心欢迎你。"他说着，打开车门，把她搀下车来，但是他一望她的面孔，却向后倒退一步，说道："哎呀！这是谁呀？"警官一听，有些心慌，动气喊道："不是犯人伊利莎伯·凯利还会是哪个鬼？"门官回答道："伊利莎伯·凯利！这要是伊利莎伯·凯利，我把头输给你！你还不如说她是我奶奶呢！糊涂虫，我可认得伊利莎伯·凯利，她就好比我养的亲女儿一样，还有不认得她的道理？"威廉斯女士觉得这是该她插话的时候了，便对警官说，当初他若听她的话，他自己和她都省了许多麻烦。他回答道："也许是这样，不过我还要找些证据，证明你不是凯利，不然，嘿，我决不跟你分手。"她说，"是了，是了，你再去找证据吧，吃亏的是你自己。"我们到门房暂歇，叫了一瓶酒来，威廉斯写了两张便条，央求我送到她的

---

[1] 警官的家常常用作拘留所，留住在那里的犯人得交付房饭钱。
[2] "伊利莎伯"的简称。

两位相知家中，请她们立即来看她。我在朱瑞巷内大桥街上一家酒店里把她们两个一齐找到，我把事情的前后经过对她们说了，她们听说警官吃瘪，很想去看看，且喜无事，便毫不迟疑雇了一辆马车随我而去。原来娼妓和警官之间，就象老鼠与猫，天生存在着敌意的。她们到了监狱门房，见了威廉斯，走上前去亲热拥抱，口里叫她"南希·威廉斯"；并且问她被他们逮来多久了，为什么缘故等话。她把事情详细说了一遍，她们提议要去治安法官的面前宣誓，证明她不是拘票上写的那个人；拘票上写的那个人，她们似乎都认得的。警官这时也明知自己弄错了，便说不敢再劳她们的大驾了，他很过意不去，并说："姑娘们，她没受什么委屈，请你们赏光，我再去叫一瓶酒来，我们和和气气地喝一杯分手。"她们姊妹们对于这一建议，丝毫不表同意；威廉斯女士并对他说，恐怕他也不会相信一破瓶子酸酒就会令她满意的吧，难道他把她当傻子看待吗？说到这里，门官插了话，他赌咒说道，这酒管保是人舌头所尝到过的最好的酒。她说道："酒也许很好，但是即便是最好的香槟酒，也抵不过我受的损失；我被他无缘无故揪到监牢里，对我的名誉，对我的身体，都是损害。他身为执行法律的官员，竟出于一己的恶意、私愤或错误，便可以随意伤害压迫人，而不受惩罚，要照这样办事，凡是好人都得不到安全了。不过，感谢上帝，多亏有了法律的保护，法理决不容许这种污蔑行为横行无忌，不受处罚，我也知道应该用什么办法得到赔偿。"伏尔秋[1]（这是警官的名字）先生发现她不是什么好惹的人，便撅着嘴，表示不知道怎么办才好，一下子他又用手支着前额，若有所思，过了几分钟，忽然泼口大骂房东妇人是老母狗，不该对他瞎说，害得他弄错了人。大家你争我

---

[1] "伏尔秋"（Vulture）：意谓鹰隼。

骂，吵了一阵，最后还是请门官裁判。门官命人把那瓶酒取来，罚警官为大家付出所有的酒钱，罚他付车钱，还罚他拿出两几尼给原告使用。警官当时把钱付出，威廉斯女士拿一半送给了两位证人，其余一半自己放进荷包，和我同车回家去，撇下警官，由他去嘟囔；警官虽然破了财，但是总的说来还是高兴的，因为这件事如此了结总算便宜了他，否则他的损失恐怕要十倍于此，而且还许连职位都不保呢。警官先生这一几尼对我们两人来说是非常及时的赒济，因为我们这时已处于极端穷困的境地，我的六件衬衫，我的衣服，除了身上穿的，几乎全都非当即卖，维持生活用了。我们对房东妇人的行为也很是不满，因此第一件事就是找房搬家，第二天我们就迁入新居，一心想着安安定定住下来，把我们的病调养好。我们在新居住定之后，我又求她把她生平的故事继续讲完。下面便是她继续讲的。

"我们用那法官作实验，很是成功，得到很大鼓舞，便想用同样方法去骗别人。我五次冒充黄花闺女，都达到了目的。但是好收成并没有持久，我已经声名狼籍了，我那鸨母也就把我抛弃，另找新鸟儿去了。我当时住在切林克洛斯附近，房租每星期两几尼，并且公开接客，但是我的收入很少，花费太大，不能相抵，因此不得不一方面节缩开支，一方面和一些酒馆的仆役订立合同，由他们去给我拉主顾，收入和他们分拆。从此，客人源源而来，几乎夜不虚席。客人有的是醉醺醺的，有的和禽兽一样野蛮，有的有病，使我遭受到各种各样的苦恼、危险、虐待。一个当妓女的不论客人多疯狂、无礼、淫乱，她的任务就是满足他们、忍受、服从，这种处境是多么可怜啊！我的血性很强，不肯服从我的意志，我的脾气天生也和那些嫖客合不来，因此我不可能克服我自己对我的职业的反感。我脸上经常挂着一副郁郁不乐的神气，那些花花公子看了很不高兴，我常常受他们虐待，有时他们把我一脚踢下楼去，受尽他们的屈辱。拉纤人看见我不能讨主顾的喜欢，也就不常找到我门上来，我就渐渐发现自己几乎完全被人冷落遗忘了。为了要生活，我不得不卖掉我的表、戒指、首饰以及我的最漂亮的衣服等物。一天晚上，我正在一个人发呆，不知前途何日是了，忽然有人来叫我去一处妓馆，我雇了一顶轿子到了那里，有人把我引见一位打扮得象军官模样的客人。我和他一起吃了一顿丰盛的晚餐，又尽情喝了一杯香槟酒，上床就寝。清早醒来，我发现他已起床，掠开帐子一看，屋内不见他的踪影。我心里感觉有些不安，但是我想也许他有什么要紧事非去不可吧，因此就等他回来，等了一个钟点，他还不回来，我只得起床，心里感觉非常怅惘。我拉铃叫堂役，堂役到了我门口，发现房门锁上了，要我开门让他进来。我说'好吧'，但是一看，大吃一惊，原来房门是从里边锁的，昨夜上床前锁了，钥匙一直还在门上。我马上便问军官何在，那堂役听了也是一怔，瞪着眼睛问道：'怎么，姑娘，他没在床上吗？'我告诉他不在床上，他一看果然，就连忙跑到套间一看，窗户是开的。原来他从窗户一跳跳到对面墙上，从墙上落到下面院子，溜了，把我丢下，不但要我付帐，而且还要我赔出他从妓馆里偷走的一个大银酒杯和大酒碗。众人把我扣留，当作贼人的同伙来办；我当时的慌乱是无法形容的。他们简直就拿我当贼看待，把我拖去见治安法官，法官错把我的慌乱表情当作是畏罪，随便问了几句，就把我押到布莱威尔教养院，临走还劝我出来作证人，告发我的同党，只有这样才能挽救我自己。到了这时，我明白了，原来上天的报应临到了我的头上，不久我就要结束我的历程，可耻地死去。这个念头深深地沉入我的心底，有好几天我完全失去理性，当真以为自己身在地狱，受着魔鬼的折磨。事实上，我心里产生这种感觉，并不需要太多的想象力，世界上任何场合，只有布莱威尔教养院最接近于我心目中一向想到的地狱。我在这里只看到疯狂、痛苦、咒天骂地的人群，只听到呻吟、诟骂、诽谤神明的话。我便生活在这地狱般的人群之中，并且受到野蛮的狱卒的虐待，他把我力不胜任的劳役强加在我身上，我作不好，他就用最严厉、最不人道的办法惩罚我。他常常用鞭子抽我，把我抽得晕过去，又把我抽醒。在半昏半醒的状况之中，同监狱的囚犯又把我的东西统统偷光，包括我的帽子鞋袜。我不但没有日用必需之物，连口饭都吃不上，我的痛苦是无以复加了。我把我的情况报告给我的朋友们，但是没有一个肯帮助我或看看我，只推说我是贼。我的房东竟连我自己的衣服都不肯给我送来，因为我还欠着他一个星期的房租。我的灾难使我不能忍受，因此萌了短见，决定了结我这苦恼残生。有一天半夜里，我趁众人都已睡着，偷偷起来，站在一张椅子上把手帕的一端系在天花板上垂下来的一个大钩子上，这大钩原是用来挂麻绳绞人用的；我把手帕的另一端拴成个套子，把脖子伸进去，准备自缢。但是我还没有把套子弄正，就有两个女犯突然把我抱住，使我未能遂愿。原来她们两个并未睡着，看我的行径便疑心我要上吊。到了早晨，我寻死的事在犯人中就传开了，狱卒抽了我三十鞭子，以示惩罚，我又是痛，又是失望、丢丑，就失去了理智，发了疯；我用牙齿咬肉，把骨头都咬了出来，我一头撞在石头地上，要寻死，众人不得不派人看守我，怕我再害己害人。我一疯疯了三天，过了三天我渐渐平静，发呆发闷。但是我心里还存着自杀的念头，我便决定绝食，想饿死自己，因此我拒绝吃饭。我也不知是因为没有人来劝阻我，还是因为人的天生弱点，总之，我在绝食的第二天上，发现自己的决心有些动摇，肚子里饿得难以忍受。正在这紧急关头，我从前和霍莱休同居时认识的一位女友忽然也关进了监狱来。她和我当日的情况完全一样，不过后来她和姘夫口角，另外又找不到合适的人，便改弦易辙，在朱瑞巷开上一爿咖啡店，和原有的几百家凑热闹，专门招徕一些有钱人，卖着各种名酒，养了五六个姑娘在店里，随客人选择。这位善于逢迎的中年妇人后来得罪了一个法官，法官也就不再睁一只眼闭一只眼了，等到法庭开庭的日期就告了她一状。从此她那一窝姑娘也就风流云散，她自己也被关进了布莱威尔教养院。她来后不久，便听说我自缢未遂而吃了苦头，因此过来看我，先安慰我一番，又仔细问我落难的经过。我们正在谈着，忽然教养院主管走来对我说偷了东西害我入狱的那人已经捉住了，他已经承认偷东西的事，证明我与此事无干，为此原因他已下令将我释放，从现在起我已自由了。我听了这消息，便打消了寻死的念头，而且我脸上也立刻显得容光焕发了。柯普乐[1]太太（我这位女友）见了，灵机一动，想把我当摇钱树，便表示愿意慷慨相助，给我赒济，等她和法官的事调解成功了，愿意接我到她家去住。她的条件是：我每星期出三几尼的房饭钱，此外，她还供给我衣服首饰，从我接客以后的头几次的收入中拿出一个合理的数目作为抵偿。条件是很苛刻，但是他们把我赶出了监狱，走进茫茫世界，无依无靠，缺衣短食，没有一个朋友可怜我，资助我，我怎么能拒绝她的条件呢？于是我只得接受了她的建议。过了几小时，她取保获释，雇了一辆马车，把我接回她家。我知道我过去为人太沉默傲慢，使那些趋奉我的客人不欢而去，今后我决计努力克制这种脾气，加以这一次突然有了转机，精神也倍加振奋，因此我便尽力摆出一副快活的样子，以讨人喜欢。我的歌喉又好，又受过良好教育，我便把这些天赋加以充分发挥，很快就成了游客中的红人。我的成功损害了柯普乐太太的自尊心，引起了她的嫉妒。她本是个

---

[1] "柯普乐"（Coupler）："拉纤人"。

经不起别人夺去她光彩的人，为了发泄她的嫉妒，她在顾客中散布谣言，说我有病。这种话一传出去，我的名誉岂有不败坏之理，我的幸运岂能不受到摧残呢？凡是见到我的人，莫不退避三舍，用厌弃鄙夷的眼光看我。不须多久，我又和以前一样形单影只了。我既无嫖客，当然没有收入，不能满足恶毒的房主婆。她在此以前又故意借给我十一镑钱，等我无钱还她，她竟拿出一纸拘票，就在她家把我逮捕起来。警官来捕我的时候，屋里挤满了人，可是谁也不肯可怜可怜我，去劝劝控告我的房主婆，更不必说替我还债了。甚至在我哭泣的时候，有人还笑我，其中有一人调侃我道，'不要难过，新门监狱里有的是喜欢你的人呢。'正在这时，有一位海军军官踱了进来，见我可怜的情状，便问我何以落到这步田地。方才调侃我的那人却又插言，劝他离开我远远的，我是条放火船。[1] 那海军军官回答道：'放火船！我看她倒象条荡桨船，遭到你这条放火船的袭击，遇到了困难。既是如此，她倒更需要帮助才是。姑娘，你听我说，你欠这官长多少钱？'我告诉他，我的债务是十一镑钱，此外还有拘票钱没付。他说，'就这些吗？那你用不着为这点事坐牢啊。'他说着，掏出钱荷包，付了钱，把警官打发了，又对我说，'你靠错了码头了，'劝我再找一个更合适的港口，安全拢岸，说着他又掏出五几尼送给我。他如此慷慨，真叫我感动，我连一句道谢的话都说不出来了。等我感情平复，我请求他答应陪我去邻近一家酒店喝一杯酒，到了酒店我才向他解释我所受的祸害的性质，使他相信那些不利于我的谣传全是假话。我的话产生了效果，他立刻和我发生感情，我们从此和好生活在一起。最后，他迫不得已又去航海，在风暴中丧了性命。

---

[1] 海战火攻时，遣入敌人舰队去的、载有易燃物的船只。

"我失去恩人，用尽了他馈赠我的钱财之后，发现我自己又有回落到原来穷困境地的危险，瞻望前途，等待着我的只是些警官和牢狱，便感到万分不安。姊妹丛中有个专门去勾引雇客的姊妹，就劝我搬到城里另一区去，没有人认识我，便可冒充阔小姐，引人上钩，结为夫妇，也许他会给我一笔很大的私房钱，即使不行，至少可以保护我，欠了债有他还，使我不致陷入囹圄。我赞同她的计划；为了实现此项计划，她贡献出她的衣服，并安排和我住在一处，冒充我的女仆，不过有个条件，如果我获利成功，我必把欠她的钱还她，外加丰厚的利息。她当即离去，寻找合适的地方，当天在公园街租到一所漂亮的住宅，我就连同她的行李和我自己的行李装上一辆马车，坐着搬进新宅。我第一次出现在公共场所时，穿的是一套蓝色骑马装，镶着银边，我的女仆也扮得真是再象不过了。不消一两天，我的名声在附近早已传遍，人人说我是个刚从乡下来的阔小姐。消息一传出去，那些阔少爷象一窝蜂似的都拥到我周围，但是很快我就发现这些人和我一样，都不过是些本地的地痞流氓，他们象老鸦围着一块臭肉打转，只是贪图我的家当。我尽力摆出一副阔排场，希望能够引上一个合乎我目的的男人。最后我果然引起了一个人的注意，这人看样子是会满足我的希望的。一切进行得非常顺利，甚至连结婚的日期都已定了。在这以前，他要求我允许他介绍给我一个好朋友，我当然不能拒绝他的要求，但是第二天晚上我一见他的朋友，却是大吃一惊，狼狈不堪。那人不是别个，正是我的老姘夫霍莱休。他一看见我，也大惊失色，但仍强作镇静，走上前来，向我致意，并低声对我说，我不必害怕，他决不泄露我的秘密。虽然他对我提了保证，但是我一直惊魂不定，不能和他们作伴，推说头痛，回自己房中去了。我的情郎耽心的不得了，极尽温柔地和我告别，同他的朋友一齐走了。

"我把这情况告诉了我的女伴，她认为我们应当立即拔营迁移，而且一点都不能声张，因为我们不仅欠着房主妇的房金，而且也欠着附近店铺许多钱。所以，我们便采取了下述方式退却。我们先把衣服和可以携带的东西打成许多小包袱，她便假称去给我抓药，分几次把包袱运到一个朋友家里。她又在这朋友家里租了房子，我们趁半夜我房东家中上下均已安寝，偷偷溜到新租的房子去了。我从此不得不把胃口放小些，只在一些小商人中间撒我的网，但是我使尽我的伎俩，卖尽我的风情，那些小商人不是痴重心滞，就是小心谨慎，不来上钩。最后，我才认识了你，我也在你身上施展了我全副手段，倒不是因为我看你有钱，或是你有致富的希望，而是想把我已负或未负的债务从我肩上转移到你肩上，同时想把你毁了，因为你很象毁了我的那个坏蛋。我想把你毁了，来向你们男子报仇。但是老天保佑了你，你发现了，没有落进我的圈套；你所以能发现，是因为我的女仆不好，她出去买白糖，预备早点，把房门敞着，没有锁上的缘故。和我睡觉的那男人，是头天晚上，喝得轻飘飘的，正往家走时，被我勾引上的。那时候我又到了山穷水尽的地步，所以不得不在黄昏时候，到街上去拉客。后来我发现你已经发觉我的秘密，把我抛弃，我又不得不搬家，又往上迁移了两层。我那女伴见我这棵摇钱树没有什么希望，也把我丢了，去出卖自己的下体去了。我这时有什么办法呢？只好仗着胆子，象猫头鹰似的，黑夜里跑出去，找点生计，过个朝不保夕、饥寒交迫的生活。在冬天，我时常在勒德门山与切林克洛斯之间整夜整夜徘徊，不仅受着无情寒风的吹打，而且受着饥渴的煎熬，也没有傻瓜来上我的钩。我只好没精打采，拖着沉重脚步，偷偷摸回我的顶楼，钻进床上，想把我的饥饿与悲愁埋进睡乡。有时候我也偶尔碰见个把酒气冲天的流氓或小贩，也只得忍受他们对我的禽兽般的待遇，还得强颜为欢，但是我的灵魂却感到刺痛，感到厌恶、鄙弃，我的心感到沉重的悲哀和苦痛。这种夜生活经过了一个时期，我就染上了病，不久我就变成了连我自己都厌弃的对象。迫不得已，只好退到偏僻的角落，再不露面，幸亏遇见了你，大发慈悲，把我从九死一生中挽救出来。"

她这一席话，说得既坦白又合情合理；她说的每一句话，我都毫不迟疑地相信了，并且对于她在这样短短时期内经历了这么许多种类的灾难表示惊讶；这些不幸的遭遇，连头带尾也不过经历了短短两年时间。我把她的身世和我自己的身世比较，我觉得她比我何止可怜一千倍。我固然也曾迭受困苦，一辈子就是苦上加苦，而前途也未必就会时来运转，但是我已经苦惯了，忍受得了，不象她那样难以忍受。如果一种谋生之道不成功，我可以找另外一种谋生之道，甚至于第三种，可以随命运的反复无常而千变万化，决不会让我人格的尊严丧失到无可挽回的地步，也不致于受尽世人的捉弄或野蛮的待遇。她则不然，她是尝到过好日子的滋味和甜头的，她在慈父的荫庇之下长大成人。她是个女子，出身又好，从小娇生惯养长大的。她希望将来一辈子过着幸福快乐的生活，这也并非什么奢望。因此，一旦命运和她作对，她无异于受到致命的一击，其痛苦难受，是不难想象的。乖戾的命运不仅夺去她身外的安逸，使她受尽了穷困的苦楚，而且使她的心灵再也休想安宁，使她蒙受恶名和无穷的诅咒。我着重指出，在所有的职业之中，最可怜的莫过于妓女，而妓女之中，最不幸的又莫过于她。她承认，我说的话大致是正确的，但同时又说，虽然她不幸过着可耻的妓女生活，但是她还算是比较运气的，有许多妓女还不如她呢。她说："我午夜在街上徘徊，常看见许多赤身露体的可怜虫，穿的又破又脏，象一窝猪似的，在黑暗的小巷子里，挤在一个角落里。其中有一些我知道仅仅一年半以前还是花柳界的红人，车马衣饰，盛极一时，在富贵场中摇来摆去呢。"其间的盛衰递遭，自然不难想见。不论是多么时髦的女人，比起低她几等的女人来，也一样会感染上疾病，她得了病又把病传给嫖客，从此人人知道她有病了，便都躲避她、疏远她，她也就没有法子摆出平常的排场，但是她还是要想尽办法摆旧日的排场，无奈，再也没有人愿意借款给她，她便不得不撤退，只好晚上上街拉客。于是她的病愈来愈重，胡乱吃药，结果把身体毁了。她的脸失去了红晕，人人掩鼻而过；她沦落到饿肚皮没饭吃的地步，只好试作小偷，被人发现，关进新门监狱，在监狱里过着痛苦的生活，最后原告不愿出庭控告她，她才获得释放。但是谁也不愿意租房子给她住，她的症候已经发展到了不可收拾的地步，她请求医院容纳她，疾治好了，鼻子也塌了，医院把她赶了出来，身上一件衣服没有，只好靠一些最穷苦的人的好心维持生活，生活又逼得她去买酒来浇肚里的难熬的饥寒，于是一天天堕落，竟成了无知无觉的牲畜了，最后变成了朽木，倒毙在那粪堆上。威廉斯女士道："我也是个苦命人啊！也许我命中也注定要遭到这样凄惨的下场呢！"歇了一会，她又喊道："不行，我决不能等到这种山穷水尽的地步，在我没有到达那样绝望的一天以前，我一定要亲手给自己开辟一条得救的道路。"她的处境使我心里充满了同情和怜悯，我尊重她的品质，我把她看作是个不幸的女子，而不是什么有罪的人。我小心地服侍她，结果很好，不到两个月，她和我又都恢复了健康。我们时常谈论彼此共同的事情，交换意见，制订了千百种不同的计划，但是仔细一筹划，又发现这些计划都是行不通的。我们很希望能去当仆役，但是没人介绍，谁肯雇我们呢？最后，她忽然想到一条计策，打算依此行事。这条计策是这样的：她去挣点钱，一挣到钱就去买一套乡下姑娘穿的衣服，然后去到一个远离城市的乡村，再坐车回到城里，冒充刚从乡下来找事的姑娘；她希望用这个办法得到一个职业，总比现在的生活方式更符合于她的愿望。

第二十四章

我的处境日趋穷困——在伦敦塔山上遭
遇到一伙强拉壮丁的人，把我拖上驳
船——在驳船上我所受到的待遇——我
到了"雷霆"号军舰，上了镣铐，后来
由汤姆逊先生说情，我才得到开释——
汤姆逊先生介绍我作军医的助手——他
叙述了他自己的生平，并将舰长、军医
和大副的为人向我介绍了一番。

    我对威廉斯女士的决心，表示赞成。过了不多几天，她果然在一家酒店找到了工作，掌管酒吧，雇她的人正是那日在玛绍西监狱替她作证人的那个女子。这女子自从那日以后，曾向一位知心的酒商借了一笔本钱，自己开设了一爿宽敞的酒店。威廉斯女士和我挥泪告别，千恩万谢，搬到酒店去了，临行对我说，这一职业她是不会久干的，只要攒足了钱就要去实现她那另一个计划。

    至于我自己，不是去当陆军，就是去当海军，此外别无出路。我在这二者之间犹疑了良久；时日迁延，眼看钱已花光，到了饥饿的边缘。我的高傲的脾气到此也不得不迁就一下我行将沦为乞丐的处境，只好卑躬屈节到瓦坪去走一遭，想去打听一下一位老同学的下落；据说他是一艘小船的船长，专门往来沿海各地，现在正停泊在泰晤士河上，我有心想去求助于他。这原是件不体面的事，但是命运竟然还要从中作梗。正当我走过伦敦塔码头时，对面走来一个汉子，五短身材，面色黑黄，腰里挂着一柄短刀，手里拿着一根短棒，对我喊道："吆呵，大哥，跟我走吧。"我看他那样子很不顺眼，便不理他的招呼，加快脚步，想要把他甩脱。他见我如此，便大声吹起口哨，当时就在我面前又出现了一个水手模样的人，一把抓住我的衣领，拖着我就走。我当时正没好气，无意于这种恶作剧，便挣脱身体，用我的短棒只一击，早把他打倒在地，动弹不得。霎那之间，只见有十几个人已把我团团围住，我当即运用我的武艺，把我的对手打得只好拔出刀子来跟我斗。我们苦战了很久，我头上吃了一刀，左腮上也吃了一刀，我的武装被他们解除，作了俘虏，被他们掳上捉壮丁的驳船。在船上，他们把我当成歹徒，给我上了手铐，把我推入仓里。仓里已经有一撮可怜的苦人，我看见他们那种神气，几乎要发疯。管船的军官毫无人道，也不令人医治我的伤口，我自己一双手又动弹不得，只好请仓里另外一个没戴手铐的壮丁从我衣袋里掏出一条手帕来，扎在我头上，好止住血。他果然把我手帕掏出，但是并没照我嘱咐去作，却拿着手帕走到船仓口的棚栏边，当着我的面，神色自若地把它卖给了正在船上兜售吃食的杂货船[1] 船娘，换了一夸特白酒，遍请仓里的伙伴，也不顾我伤势如何，也不顾我再三请求，只是置之不理。

我把被抢的情况向甲板上值班的准尉诉了一通苦，同时对他说，若不赶快医治我的伤口，任其血流不止，我便没有活命了。谁若是责备这家伙，说他的弱点就在于有恻隐之心，那是不公道的。他把嘴里嚼烂了的烟叶，对准棚栏一吐，溅了我一脸，还说，我是条反叛的恶狗，由我去死，活该。我一看没有别的办法可想，只好

---

[1] 附在大船边的小船，专售面包、干酪、青菜、酒、鲜货等给水手。

忍耐，心里暗暗记住他这手段，等到适当时机，再和他算帐。眼前，我却因流血过多，心中烦恼，肚皮饥饿，加以仓里臭气冲天，不觉晕了过去。半晌，那看守我们的水兵忽然把我鼻子拧了一把，把我拧醒，给我灌了一杯热啤酒，安慰我说，明天就把我送上"雷霆"号去，那时自然会把我手铐解除，有医生来医治我的伤口。我听他提到"雷霆"号的名字，立即问他可是老早就在这条军舰上当兵的；他告诉我，他在这条军舰上已有五年了；我就又问他可知有一包凌大尉，他说，"怎的不知有包凌大尉呢！当然知道。他可是个好海员哩！嚼硬饼干的海员里，很少有他那么勇敢的！他可不是什么土拨鼠，什么提不起来的淡水鸭。汤姆·包凌可真算得一条好汉，我们两个什么风险没有一块儿经历过。不管他现在人在何处，水面上也好，水底下也好，天堂上也好，地狱里也好，都没有关系，来！干一杯，我全心全意祝他健康。他到哪儿，也不愧是个堂堂男子汉。"他赞不绝口，我很感动，不由得告诉他说，我就是包凌大尉的亲戚；他一听我是包凌大尉的亲戚，就表示愿意帮助我。他的值班时间过后，便去端来一盘冷的白煮牛肉、饼干等物，我们两个饱餐了一顿，又一起喝了一杯热啤酒。我们一面吃喝，他一面把我舅父的事迹一一对我说知，我才知道，船上的人无一不喜爱他，对他在希斯班纽拉岛上遭到的不幸无不表示同情。我听说那次事情损害并不象我想象那么大，我也便放心了。原来欧克姆船长已经养好了伤，那时正是那条船的船长。正巧我衣袋里带着我舅父从路易港寄给我的那封信，我便取出给他看（这位救我的恩人名叫杰克·拉特林）[1]。杰克为人很老实，他坦白告诉我说，他是目不识丁的，要我告诉他信上说的是什么，我立即把信的内容讲给他听

---

[1] "拉特林"（Rattlin）：船上联系若干桅索的横索。

了。信上有一段是说他已写信给第尔的房主人，杰克听说便叹道："咳，那说的是本·布洛克[1]老头，信没到，他就死了！咳，布洛克老头儿不死，包凌大尉还不至于躲藏这么久呢。布洛克是个老实人，他是包凌的头一位师父，他教他驾船的种种本事。算了，算了，我们早晚都是一死，跑不了，俗话说，我们早晚得靠岸，不管你在海上也好，不在海上也好，总有一天得把船牢牢缆住，俗话说，死就象一挂铁锚，我们都有一天要抛锚的。"杰克的话说得很有道理，我不得不表同意。我又问他欧克姆船长和我舅父争吵的缘故，他把前因后果对我说道："欧克姆船长这人，要说也还不错，他又是我的上司。但是这些都跟我不相干。我干我的活，别人生气，关我屁事。不过大家都传说欧克姆是个贵族的弟弟，又说是个子爵的弟弟，所以，你懂吗，他总是板着面孔，对待下属冷冰冰的，尽管他的下属比起他来大体上也不见得就不如他。我们那时候正在提伯隆湾抛锚，夜里三班值更，包凌大尉值中班，他守夜总是非常警惕，忽然他看见外海上有三点灯光，连忙跑下大仓请船长发令，船长正在睡觉，他只得把船长叫醒，船长正在好睡，被人叫醒，便大发雷霆，对着大尉泼口大骂，骂他瘟死的苏格兰仔，婊子养的，蠢猪，笨驴等等（我正在掌舵间站岗，故此都听见了）。大尉也就和他回顶起来，你一言我一语，顶了许久，最后船长起来，抓起一根藤鞭，便抽大尉，大尉对他说，若不看在他是上司分上，他一定把他操下水去，又说，一定要到岸上去和他算帐。等到早更时分，船长乘了条小船上岸去了，过了不久大尉也乘了条快艇到了岸上，他们抛下船和摇船的水手，一径向岸上一同走去；不到一刻钟工夫，我们便听见枪响，我们急忙向枪声的方向走去，发现船长

---

[1] 包凌的房主人，事见第六章。

负伤，躺在海滩上，我们便把他抬回大船，找到医生，将近一个半月才把他治好。包凌大尉早把帆篷统统扯起，不等我们知道，已把船开远，从此我们就没有见他的踪影，我们倒也不觉惋惜，因为船长气得不可开交，若看见他一定会害他。何以见得？后来船长可不是命人把包凌大尉的名字登在军舰的纪录簿上，这下他就领不到饷了，而且如果他被捉住，还要按逃兵治罪。"

他把船长的行为对我如此描写一番之后，我对船长自然不会有什么好印象了，我不禁为自己的苦命而伤心，怎么就碰上这么一个船主。但是我也只好逆来顺受，宽慰自己一番。第一天我和其他被抓的壮丁被押送上"雷霆"号军舰。"雷霆"号军舰这时正停泊在泰晤士河上，诺尔河口。我们小船靠拢军舰，押送我们的大副便命人把我手铐解除，上大船的时候可以行动方便些。大船进口处跳板边站着几个船上人，看我们上船。有一个人看见杰克·拉特林正在好心好意忙着给我除手铐，就向杰克喊道："嘿，杰克，你们来的时候，在河上抢了条囚犯船了吗？我们船上的贼已经够多的了。"有一个看见我露在外面没有包扎的伤口，对我说，你怎么裂缝了，该涂点腻子了。有一个看见我的淤血在头发上凝结了，把我头发清清楚楚地结成一条条粗绳子似的，对我说，喝，红绳子怎么系在船头上了，怎么不系在船边上啊。还有一个问我说，难道不用铁环[1]子就不能把撑帆杆子弄直溜了吗？总而言之，我还没有走上大船边，我总听见了上千句这种俏皮话。等到我们全部登上纪录簿以后，我问船上人军医在何处，好去医治我的伤口；我打听到了，是在后底仓，[2]我便走去，正走到中层甲板的时候（我们这条

---

[1] 讥笑他戴手铐。
[2] 大军舰一般有三四层，后底仓，在船尾最底层，下级军官所住，战时用为医室。

军舰装有八十门炮），[1] 恰巧撞见昨天在驳船上对待我很野蛮的那个准尉，他见我已解除了锁链，便用很傲慢的神气，问我是谁把我释放的。我很傻，毫不遮掩我心里的情绪，也摆起一副面孔，回答他说："不管是谁把我释放的，我相信他决没有去征求你的意见。"我话还没说完，他便叫道："狗娘养的，你对长官这么说话，我不给你个教训才怪。"说着，他便举起手中拿着的一根弹性很大的杠杆，狠狠地照我抽了几下，又到统领官那里告了我一状，军法官马上又把我锁了起来，并派卫兵一名监守着我。诚实的拉特林听说我的情况，立刻来看我，尽力安慰我一番，又去给我找军医，军医派了他的一名助手来替我治伤。这位助手不是别人，正巧是我的好友汤姆逊，他是我在海军部里认识的，上文已经提到。我一眼就认得是他，但是他却没有一下子就认出是我，因为我身上又是血迹又是泥土，我的不幸的遭遇使我完全变了样子。他虽然没有认出我是谁，但是他脸上露出同情的神气，把我上下检查一遍，小心翼翼地治疗我的伤口。他把应该敷的药敷好，正要走，我便问他说，我的不幸怎的就把我变得连他都认不得我了呢。他听我这么一说，很注意地对我端详了半天，最后他说，看我的面容，一点也想不起我是谁来。我免得他尽自纳闷，便把我的姓名告诉了他；他一听，热情地把我拥抱住，对我当前的处境表示难过。我把我的事情又对他说了一遍，他听说我在驳船里遭到这样非人的待遇，转身就走，并且说我们马上就会再见的。他走得这样突然，正使我惊疑不定，忽然军法官来到囚禁我的地方，命我随他到上层甲板去。到了那里，第一上尉因为舰长不在船上而代替舰长执行职权；他审问我在驳船上我的那位准尉朋友是如何对待我的，这时这位准尉也在场，准备批

---

[1] 意谓大船。

驳我。我不但把在驳船上他如何对待我的情况，而且把到了大船上以后的情况都详详细细地说了一遍，其中有一部分情况，杰克·拉特林和其他的人都出来作了证明，他们对我那位冤家原本也没有多大好感。上尉判决把我开释，命那准尉去顶替我的空子，并把他交给军法官锁起来。我不仅在这一点上感到满意，而且军医还替我说情，免除了我其他的劳役，只叫我帮助军医的几位副手配制药剂，调理病人。这件好事全靠汤姆逊先生的义气，才能成全，多亏他在军医面前给我说了好话，军医才找上尉调我，去填补他手下一位死去不久的三副的空额。这个请求也批准了，我的朋友汤姆逊就把我带下尾仓，军医的副手都规定在这儿住宿。汤姆逊把他所谓的床位指给我看，我不看还好，一看大吃一惊。原来我们沿着各式各样扶梯走下了尾仓，到了尾仓，却是个漆黑一片，活象个土牢的去处，我知道这个地方是浸没在水底下好几尺深，再下去就是货仓了。我一落进这凄惨的深渊，鼻孔里就嗅到发霉的干酪、腐臭的牛油的气味从扶梯下面一间仓房里发出来，其臭难当。下面那间仓房看样子活象爿油盐店，里面点着一支微弱的蜡烛，我看见蜡烛光下有一个人面色苍白消瘦，坐在一张象是书桌似的桌子旁边，鼻梁上架着一副眼镜，手里还拿着一管笔。汤姆逊先生告诉我，这位便是船上的总管，他就坐在这里分发各厨房的粮食，把各厨房所领去的东西登记下来。汤姆逊把我的名字告诉了总管，求他把我登在汤姆逊吃饭的伙食团上。汤姆逊办完手续，拿起一支蜡烛，把我领到他住的地方，那地方总共也不过六呎见方，四周还围着许多东西：一面放着药箱，一个是大副的，一个是他自己的；一面还架着一块木板，一边钉在隔壁后仓火药房的板壁上，权当桌子使用；一面又挂着一块帆布，用钉子钉在船梁上，一方面挡住冷风，一方面免得让左右邻近缆房里住着的准尉们和舵手们看见。桌子上安着一个小橱，他从小橱里取出了一些冰冷的咸猪肉，于是就在这间幽暗的厅堂里，他请我吃起饭来。他又叫厨房的小孩去取来一罐啤酒，加了些白酒和糖，两人喝了，结束了筵席。原先周围的一事一物都使我不快，因此精神极端沮丧，吃完之后，我的精神渐渐恢复，不由得便问汤姆逊先生，自从我和他在伦敦一别之后，他的详细情况如何。他对我说，当时他本想举一笔债来满足海军部那位贪婪的秘书先生，但是没有成功，而且在伦敦也简直活不下去了，于是就找到一条到几内亚贩卖奴隶的商船，和商船讲妥，到船上充当船医的副手；正在这时，忽然一天早晨，他认得的一位青年到他寓所来拜访他，并说在海军部他曾见到汤姆逊的委任状已经批下来了，批准他作军医的三级二副。这个好消息真是出乎他意料之外，他几乎不敢置信，特别因为他在军医处只考取了三副的资格。但是去看看总不吃亏的，所以他决定亲自去海军部走一遭，到了海军部，发现果然属实。他便讨得了委任状，当时宣誓受职。当日下午，他便搭了篷船到格雷福斯恩得，改乘了一条趁潮船，到了罗彻斯特，第二天一早，上了委派他去的、停泊在恰特姆军港的"雷霆"号军舰，当天他的名字便上了簿。幸亏他办事快，因为不料他上船不到半天工夫，又来了一个也叫威廉·汤姆逊的人，自称委任状是发给他的，先前来的是个骗子。我的朋友惊惶万分，特别因为后来那人态度肯定、衣服整齐，条件比他好。但是我的朋友为了免得人家疑心他是骗子，便取出几封从苏格兰寄给他的信，信上有他的姓名；他又想起学徒时期的契约以及其他一些契约也在船上一口箱子里，便也取了出来，才把众人说服，相信他并未假冒别人姓名。后来那人见众人竟然迟疑，不讲公道（事实上，委任状确实是发给他的），便勃然大怒，并且出言不逊，结果舰上的统领（就是我见过的那人）和军医也因为他无礼，感觉很生气，当即和伦敦的朋友接洽，坚决要保留先来的那人（即我的朋友）。不到一星期，果然疏通成功。[1] 我的朋友接着说："从那天起，我一直就在船上，对船上生活也习惯了，对我的职位也无怨言。军医是个好心肠的懒人。大副正在岸上值班，是个威尔士人；象所有的威尔士人一样，确实有些傲慢、暴躁，但总的说来还算和气、诚实。至于那些尉官，我和他们没有往来；至于舰长，他出身太高贵，对我这种军医副手，他是不屑一顾的。"

---

[1] 这里体现了英国资产阶级政权的腐败、颠倒黑白，把两个同姓名的人弄混了，竟又徇私不予更正。

第二十五章

摩根先生的行为——他骄傲、爱发脾气、但很慷慨——我们吃的伙食的寒酸情况——汤姆逊再度对我表示友爱——关于我的职务的性质——病号的情况。

他正在和我谈话，我们忽然听见尾仓扶梯上有人说话，怒气冲冲，口音很特别。只听那人说道："我肚皮没有吃东西，决不去看他，任凭魔鬼和他娘把我从蒙赤丹尼山顶上攫去好了。尽管他的鼻子黄得跟蜡一样，青得跟蓝铃花一样，绿得跟大葱一样，活该，不干我事。"又听有人答言道："好哇，如此说来，没有人肯给我的伙伴帮个小小的忙了，他非撒缆不可了。[1] 他的上前帆已经都松了！再说，医生命令你把他仔细检修一遍，但是据我看，上司的命令全不在你心上。"说到这里，先前那人把他话头打断，说道："呸、呸！你这脏狗，你所谓我的上司是谁？你给我滚到医生那里去、把我的出身、教育、才干说给他听听；再说，我的举动跟他比比，跟全世界随便哪个出身好的人比比（这总不亏负他了吧），哪一点比不上？上帝保佑！难道他认为，难道他觉得，难道他以为我是头马、我是头驴、我是头羊，随他的心、随他的意，给他上、下、前、后跑腿，要陆上就陆上，要水上就水上吗？滚你的，你这

---

[1] 水手俗语，指"非死不可了"。下同此。

混帐东西，去告诉阿特金斯医生，我要求他、我请求他，去看看那快死的病人，不管是死是活，给他开一服药，等一会儿，等我肚皮吃饱了，我负责让他吃下去，懂了吗？"第二个听了这话便走了，一面走一面说，如果他自己快死的时候，人们也这样对待他，他到了阴间也决不饶他们的。听到这里，汤姆逊先生告诉我说，方才先说话的那人是大副摩根先生，他早晨到医院去看病人去了，刚回到船上来。正在这时，我见他已走入仓来。这人五短身材，脸上点缀着许多小疙瘩，短鼻子，鼻尖朝上，一张嘴阔得出奇，一对小眼睛象是在冒火，眼圈周围长满了皱纹。我的朋友汤姆逊马上把我为什么也在仓里的缘故对他讲过，他很高傲地向我看了一眼，但是一句话不说，把手中一包东西放下，走到橱柜边，打开橱柜，怒叫一声道："上帝救我！猪肉全吃了！"汤姆逊连忙向他解释道，因为我上船的时候已经饿得快半死了，他怎能不把橱里的东西拿出来给我吃呢，再说，他已经请总管把我的名字登记在伙食簿上了。摩根先生也许因为很失望，所以比平常更加爱生气，也许他当真以为他的同事汤姆逊太不把他放在眼里了，究竟为何，我不知道，总而言之，他停了片刻，这样说道："汤姆逊先生，你对待我恐怕太不礼貌、太不客气、太不尊敬了吧，你这种行为很不合乎你的身份；你把肉吃了，都不肯先招呼我一声；你要知道，当初我也是个有相当地位、有相当财产、相当重要的人物；我也有家有户，也出过捐、纳过税，也交过皇帝的赋税，而且也还养过一家人呢。再说，我也还比你多活几岁，比你年长，比你出身高些呢，汤姆逊先生。"汤姆逊也带着气回答道："你说你比我年长，我承认，可是我不承认你比我出身高。"摩根听了，大为激动，说道："上帝救我！上帝给我作证！我比你可是多活好几岁呢，所以也就要高你一等。"我怕他俩争辩下去会惹出是非来，便出来劝解，并对摩根先生表示我很抱歉，他俩之间的争执全是由我引起，我不愿他们两人之间发生嫌隙，所以决定以后我自己吃我自己的一份伙食，要不就和别人去搭伙也成。但是汤姆逊却坚持要我按照他原来分派我的位子吃饭，我觉得他这一着未免太火气了，不够聪明。汤姆逊还说，只要是个慷慨恻隐的人，想到我的出身和本领以及我最近遭受到的不公正的待遇，都决不会反对的。这句话正击中摩根先生的要害，他慌忙说道，他丝毫不反对我参加他们的伙食，他只觉得没有征求他同意，于理不合，稍有不满而已。他又和我握手，并说："我一听说出身好的人遭遇到不幸，我是万分同情他的，就象我自己受了苦一样。上帝保佑我！我自己也是从苦难里活过来的。"后来我听说了才知道，他这番话原来是实话，因为最初他在葛拉摩根郡[1]生活得很好，但是由于给朋友作保，才把家产都耗光了。我们之间的争执到此全部和解，他把他带来的那包东西打开，里面包的是三把大蒜，一大块彻舍尔郡的干酪，用一块手帕包着。他从橱柜里取出几块饼干，很香甜地吃了起来，一面吃一面让我们。他吃完这顿家常饭之后，用一只椰子壳作的大杯子，盛满了一杯白兰地，一饮而尽，对我们说，"要消化大蒜和干酪，最好喝拍兰地"。[2]他的肚皮已经吃饱，脾气也便好了些。他很想了解我的出身究竟怎样，后来他知道我的家世很好，因此之故，对我特别表示好感；他自己也说他是著名的不列颠王，卡拉·克塔卡斯的嫡系子孙，也就是先作了罗马皇帝克劳迪斯俘虏，后来又成了他的朋友的那位不列颠王。[3]他见我缺乏衬衣，便赠送我两件上好的卷边衬衫，

---

[1] 在威尔士。
[2] 原文处处表现这一人物的威尔士方音。
[3] 卡拉·克塔卡斯（Caractacus）：不列颠人的领袖，抵抗过罗马人的侵略（公元一世纪中叶），被罗马人俘往罗马。

汤姆逊先生也送了我两件方格衬衫，因此我才免于寒酸相。方才那水手要摩根先生去替他一个伙伴看病，被摩根先生打发到医生那里，如今拿了医生开的药方来了；摩根先生拿起药方一念，马上站起来配药，并问病人死了没有。水手答道："死了？死了就用不着医生开的货色了。感谢上帝，他还没死呢，死神还没有上他那条船呢，不过总有三个沙漏的时辰，两条船总是不即不离的。"[1] 摩根又问道："他的眼睛还睁着吗？"水手答道："右舷的眼还睁着，但是好象钉死在脑袋上似的；他的下巴已经象一根松散了的短桅杆了。"摩根听了喊道："可怜、可怜！不能比这情况再糟糕咧！你摸过他的脉没有？"那水手回答道："没有，我就去！"摩根当即表示极其关切同情，命那水手赶快去看守他那同伴，不要让他咽气，等候摩根去医治他，并对水手说："你去看看便知端的了。"那水手不解摩根何意，竟跑到病人那里去了，不到一分钟又跑了回来，满面愁容，对我们说，他的伙伴已经投降了。摩根听说，便道："上帝慈悲！你为什么不拦阻他，等我到了再说呢？"水手道："拦住他？我向他打了好几次旗号，但是他已经走得很远了，敌人早已占领了他的船腰了，所以他就没理我。"摩根说："罢了，罢了，我们都欠老天爷一条命。去吧，你这坏蛋，你要吸取这次的教训、接受这次的警告，作错的事，统统要悔过才是。"说着，他把水手推出了仓外。

　　摩根就这件事讲了一番道理，我们正听他说着，忽然水手长吹起了吃饭号，我们伙食团的小童马上飞跑进来，从橱柜里取出一个大木菜盘，不到几分钟就盛回来一大盘烧牛肉，一路走一路喊道："烫着，烫着！"我们马上把一块旧船帆铺起来当作桌布，上面摆

---

[1] 一沙漏约半小时，即一个半小时以来。两条船指该卧病水手和死神。

上三个碟子，光看碟子的颜色很难看出是金属制成的；又摆了三把羹匙，也是金属制成的，其中两把，匙柄已断，还有一把匙尖上也缺了一个口。摩根从一口药罐里掘出一块咸黄油，又取出一把剥了皮的大蒜，和一些胡椒末，给自己佐餐。我一看端来的菜饭，实在不太想吃，但是同伙的两位却津津有味地大嚼起来，并且招呼我，也让我吃，还说吃完这顿就是"戒杀日"了，要吃肉得等到明天中午了。但是我这时肚子里已有足够的存货，便请他们原谅我不能奉陪之罪。他们提起"戒杀日"，我便问他们何谓"戒杀日"。他们对我说，每逢星期一、星期三、星期五，船上的人一律不发肉吃，这几个吃素的日子便叫作"戒杀日"，至于为什么叫"戒杀日"，他们不知道。但是我后来听说，这个名称乃是从（东）印度来的，在（东）印度的某些地区有一种不吃肉的教门，这教门的信徒主张"戒杀"，船上人就把这名词用来称呼无肉吃的日子。

吃完饭，汤姆逊带我在船上四周看了一遍，把船上各个部分指给我看，把每个部分的用途也解释给我听，并且尽他所能把船上的纪律和节约的措施详详细细给我指点了一番。他又去问水手长给我讨了一张吊床，我的朋友拉特林替我整整齐齐地张挂了起来；汤姆逊见我没有被褥，又从帐房那里去替我借了一张褥子，两床毛毯。晚上七点钟，摩根照例要走病房，给每个病号开了应用的药方，我就帮助汤姆逊配药。然后我就跟着他到病仓，也就是船上的医院，去送药；我看到病人的情况，才明白为什么人在船上会病死的道理，病人在船上要能够治好，那倒是怪事了。我在"医院"里看见约莫有五十个苦难、可怜的病号，躺在一排一排的吊床上，吊床是一个迭着一个，上下两床之间的距离是十四吋，床上还有被褥；仓里既看不见天光，又不通新鲜空气，鼻子里闻到的是一股难以容忍的恶毒的臭气，是从病人自己的排泄物和腐烂的肉体上发出来的，这些脏东西在病人的周围孵出了蛆虫，腐蚀着病人的躯体，病房里又找不到一点点必要的设备来适应这类一筹莫展的病人的急需。

第二十六章

在我执行职务的时候，发生了一件不愉快的事情——摩根的鼻子闻见一股臭味——他和船上总管的一段对话——我仔细检查才发现可抱怨的原因不只一桩——我把头发剪去——摩根的烹调术——船上睡眠的情况——半夜一声怪响把我惊醒。

我不懂医生怎样能够接近躺在里面一排的病人，也就是靠近船边的病人，去给他们治病，因为躺在外面一排的病人挡住了路，所以医生简直无法接触到他们。后来我听见我的朋友汤姆逊命人取来灌肠用具，要给里面一个病人灌肠，我便更加迷惘了。用具取来后，我见汤姆逊把假发往衣袋里一塞，迅速脱下外衣，只剩件坎肩，连手带脚爬了上去，用光秃的脑袋和一只肩膀把上面一张吊床顶住，就这样一直支持到作完手术。我一见也很热心要学习他这一套当行本领，因此要求他下次再有这种手术，请他允许我来作；他一口答应，我也便学他榜样，把外衣脱下，爬了上去，不巧这时船身忽然摇晃起来，这一摇不要紧，使我大为惊惶，我连忙顺手抓住一样东西防备倾倒，不想用力过猛，把抓住的那样东西拉翻了。我马上闻到我身上有一股味道，原来我倒翻的是一罐子香料，不过这种香料不是最芬芳馥郁的那种罢了，幸亏我的嗅觉并非属于最灵敏的那一类，不然我真不知这种气味会使我作如何的反应。这气味飞得满船都是，停留在这层甲板的人个个感觉到实在无法忍受。这件事情的结果不仅使我的嗅觉难堪，更难堪的结果还在后头。这是我第一次的尝试，我不愿表现得仓皇失措，因此我又站起来，把两张吊床向中央推去，推到再也推不动的位置，果然露出了一段空隙来，但是我却不懂得窍门，不知道用肩膀顶住，来保持这段空隙，反被吊床卡住，就象戴了一顶枷一样，两边都有三四个人的重量把我的颈部压住，险些把我卡断了气。我正在无可奈何之际，有一个病人，因为生病，本来脾气暴躁，又闻见我倒翻的臭味，更加恼火，加上我把床推开又使他吃了一惊，因此他一面痛骂我，一面揪住我的鼻子，无情地拧着，痛得我直吼。汤姆逊见我的情况，急命一个侍役来救我，那人费了九牛二虎之力才把我从这尴尬的处境中解救了出来，我本想向那病人出出气，他虽是有病也挡不住我的愤怒，但是那侍役终于把我拦住了。

　　我们这次看完病之后，回到后仓，我的朋友向我说了一句家常的格言，来安慰我，但是我不想重复这句格言了。我们正走到扶梯半中腰，遇见了摩根先生。他还没有撞着我们，鼻子早已嗅到一股特别的味道，便喊道："上帝可怜我的鼻子吧！一定是敌人把我们抛到粪坑里去了！"接着他便骂起那个总管来。原来他以为臭味是总管放出来的，所以他严词呵责了他一番，骂他竟敢在上等人之中这样放肆，并说如果他再敢放这种气味打扰他的邻居，他非象熏黄鼠狼一样拿硫磺熏他不可。总管明知自己没有错，便也粗声粗气地回答说："是你自己放的臭味，倒怪起我来了！"两人你一言我一语，便骂了起来。摩根的话是想要证明，他闻见的臭味虽然不是从总管身上发出来的，但是臭味仍然是他制造的，因为他一味地只把臭东西给船上的人员吃，特别是他尽发臭干酪，只有吃了这种发臭的干酪才可能散出这种不是滋味的气体。说罢，摩根又长篇大论地赞美上等干酪有什么好处，并且分析了其中的原因。他把各种不同的干酪解释了一遍，又把怎样制造、怎样保存的方法讲了一遍，最后他说，论出产干酪的地方，格勒摩根郡比起彻夏郡[1]也不相上下，至于说到羊乳产品和黄油，格勒摩根比彻夏郡要好得多呢。我听他们两人你来我去地说着，心想，照我现在这样不体面的样子贸然走进去，必然不受他们欢迎，因此我便请汤姆逊先生先走，把我受到的灾难向他们先表述一遍。大副摩根一听汤姆逊的话，颇有些局促不安的神气，立刻走上甲板去了，走的时候还特别绕过我，从船缆圈和正扶梯门走上去的，怕和我撞个对面。他还叫我马上去洗干净，他说他还想吃一盘碎肉拼盘，抽一袋烟呢。我当即动手清理身上，我发现可恼的事并不象我最初所想象的只有一桩：我还发现有许多贵客光临到了我的身上，我认为它们在这个时候来访问我真是不识时务；不但如此，它们似乎暂时还没有告辞的打算，因为它们已经占领了我的首脑部分，就在那里开怀畅饮，喝着我的血液，一个钱也不出。我心想，这是一群凶暴的殖民者，不如趁它们刚刚定居，把它们消灭，若等到它们繁殖了后代，惯服了水土再消灭它们，怕是不容易了，所以我便听从我的朋友的劝告，为了避免不幸的后果，象他一样，把头发剃光。我便叫来伙房的小童把我的头发剪光；我的头发说来也该剪了，自从离开拉甫芒，我一直养着它，养得很长了。船上二副借给我一顶旧假发，来替补头上刚被揭去的复盖。这件事情就这样结束了，一切都尽量整理清楚，那位卡拉·克塔卡斯的后人才转来，命小童去从盐水里取出一块腌牛肉来，

---

[1] 彻夏郡（Cheshire）：以产干酪著称，在英格兰。格勒摩根在威尔士，摩根乃威尔士人，所以夸耀本乡的产物。这里也反映了民族矛盾。

从上面切下一片，用分量相等的大蒜揉在一起，又加上少量的胡椒和盐，再加上些油和醋，作成了一盘菜。他尝了一口，对我们说他作的碎肉拼盘，以这盘为最好，死命地让我们尝尝，弄得我实在不好意思不尝他一口。不料一口还没有咽完，便觉五脏如焚，赶紧拿起淡啤酒咕嘟咕嘟喝了一阵，才把肚子里的火压住。等到摩根先生吃罢晚饭，又抽了两袋烟，火在肚子里把滋润的湿气烘干，他又喝了好几罐壮啤酒补充一下，我们大家也陪着他喝了一阵，这时我的瞌睡便上来了，该到睡觉的时候了，昨夜少睡吃了亏，今天正好补补。在座的人见我想睡，他们自己也到了睡觉的时候，便提议"进去吧"，换句话说，就是上床吧。我们的吊床并排挂着，靠近仓位的外边；大家解开了挡住吊床的绳索，我看他们一个个非常敏捷地跳进自己的窠里，就象隐蔽起来了一样，非常舒适。但是我却迟疑了半天，不敢把我这副躯体装进那只狭长口袋似的吊床里，离地那么远，万一睡梦之中翻个身，岂不要掉下来把骨头都摔散吗。但是最后我只得硬着头皮，一纵身想跳进去，不料用力过猛，蹿得太远了，幸亏我一把抓住了汤姆逊的吊床，否则我的头一定撞到对面，把头颅撞碎。我试了几次都不成功，最后总算爬了进去，但是我一心只怕摔下来，虽然睡魔屡次来袭，都被我抵抗住了，直到五更天气，实在支持不住，才忘记骇怕，昏昏睡去。刚刚醋睡不久，忽然一阵又尖又大的声音把我惊醒，我觉得耳鼓都要震破了；一阵声音过后，接着又是一声粗哑的命令，听来很可怕，可是又听不懂。我正在犹豫是否要把我同伴推醒，问问他这究竟是什么乱子，正好有个舵手，手里拿盏灯从我旁边走过，他告诉我，这是水手长的副手在集合左舷的守卫；他还说每天清早这个时辰都要喊叫一遍，扰我睡梦，我应该习惯才好。我这才明白没有出乱子，才又安然入睡，一直睡到八点钟，起床和伙伴们一同吃过早饭，吃的是饼干和白兰地。吃完早饭又照昨天那样去巡视病人。巡视完毕，我的朋友汤姆逊把一天的第二项任务交代给我听，并又执行给我看。原来每天早晨在一定的时间，伙房的小童手里摇着小铃要在船上各层甲板走一遍，嘴里随口编个小调，叫那些凡是有什么病痛的人都集合到桅杆前面来，有一位医生的副手携带各种药品、用具，来替他们治病。

第二十七章

我和医生交上了朋友,他替我弄到一纸委任状,并赠我衣服——某准尉和我之间的一场战斗——医生离职——船长上船,带来一位新医生——船长和摩根的一段对话——船长命人把病号召集到上层甲板,他要检查他们——命令执行后的后果——有疯人控告摩根,船长下令释放疯人,疯人立即挥拳将船长痛打一顿。

我和我的朋友摩根正在忙着看病的时候,医生可巧从我们这儿走过,便停下来观察我的治疗方法,他看了一会,好象很满意似的。过了不久,他派人把我叫到他的仓房里,考问我的医疗本领,又详细问了我的出身和家境,对我深表关怀,答应设法帮助我弄一张委任状,他知道我在军医处考试及格,故而有资格担任我现在在船上担任的职务。后来他又听说我是包凌上尉的外甥,他很敬重包凌上尉,所以更加热心要帮助我。同时,从他的谈话之中我又了解原来他不想再跟欧克姆船长出航了,因为他认为上次航海的时候欧克姆待他很不好。

我一方面等待提升,生活也还差强人意,但是另一方面也还不是完全没有苦处。船上的水手和小军官对我都很蛮横无礼,他们管我叫"稀粥"。[1] 摩根的脾气也令人难忍，一般说来，他对我还算友好，但是他很骄傲自大，令人讨厌，他希望我处处服从他，总喜欢把我受到他的好处挂在嘴上。

我上船一个半月光景，有一天，医生叫我跟他到他的仓房去，把一分委任状交给我，上面写着委任我为"雷霆"号军医的三副。这是他在海军部托了人情弄到的，他同时也给他自己弄了一张提升为二级的委任状。我当时真是感激不尽，千恩万谢，并说象他这样一个好朋友，眼看就要升迁，却又使我感觉凄楚，我本想用恭敬勤劳的行为以表现我的感激，如今也不能够了。但是他对我的恩德还不止此，在他离船之前，他还赠送我一只衣箱和几件衣服；多亏这几件衣服，否则我的品级虽然升了，却无衣服作陪衬。我的运气总算不坏，精神也随着好起来。我现在既已是军官，便决心要维持我作军官的身份，不许别人随便顶撞我。不久，我便得到了表现我决心的机会。我的仇人——就是那个准尉（他的名字叫克兰普利），上次因为我的缘故丢了面子，所以对我简直象有百世不解之仇似的，抓住机会便谩骂、嘲笑我，虽然我并没有得罪他。甚至我的品级已经登录在船上的花名册上之后，他还是对我百般无礼。特别是有一天我正在给一个水手治腿伤，他在旁边唱起小调来，里面带有侮辱我祖国苏格兰的字句，我听了表示很不高兴，对他说，只有那帮怀有恶意的无知小人才总跟我们苏格兰人结冤家。我的回骂却出乎他意料之外，使他勃然大怒，抬起手来就给了我一个耳光，打得我好象颧骨都当真给他打碎了似的。我也礼尚往来，马上回敬他一拳，眼看情况很严重了，可巧摩根先生和一位副手走过，把我们两个拦住，问我们为什么打架，想要促使我们和解；不料我两个

---

[1] 意谓"军医的副手"。

已到了要拼命的阶段，怎肯和解，他们就说，现在不要打，要打等找个机会到岸上去打个水落石出，那才不失身份；要不然也得在船上找个适宜于打架的地方，用摔交比赛的方法来打出个名堂来。我们两个都热烈拥护第二条办法，因此他们便把我们带到决定好了的场所；不消一刻，我们两个早把衣服脱光，狠狠地斗了起来。交手不久，我便发现对方比我厉害，倒不是他的气力大，身体灵巧，而是他的技术比我高明，因为他曾经在赫克利和托登恩两个地方[1]学过几手的。我不知道被他摔了多少屁股蹲，肚子上也不知道被他凿了多少拳，打得我几乎上气不接下气，这时我也急了，拼了死命，鼓足气力，把脑袋、手、脚全都用上，猛然向对方一撞，把他撞得倒退三步，撞到正扶梯口，踉踉跄跄跌下了扶梯，头部和右肩撞在地下，早已一动不动，人事不省了。摩根走到扶梯口，朝下一看，看见他那情况，便喊道："凭良心说——我虽不是圣人，不过我也还有良心——我看他一生的战斗从此结束了，不过你们大伙都亲眼看见没人给他使坏着，他这回纯是战斗失利。"他说着走到下一层甲板去查看我敌手的情况，我这时虽然得胜，反觉很不自在，一则我自己身上青一块紫一块，二则又怕传我，要我承担克兰普利致死的后果。但是，摩根下去割开了他的颈部的静脉给他放血，他便又苏醒过来，摩根又把他身体检查一遍，对我喊话，叫我不必着急克兰普利受伤不重，只是肩胛骨脱了节，一点关系没有。我听了才打消忧虑，连忙爬进尾仓，把这件事告诉汤姆逊知道，汤姆逊一听，赶紧寻着一些绷带之类的必需品，跑到上层甲板帮助摩根先生去替他接骨。骨头接好，他们祝贺我这次战斗胜利；摩根还说，

---

[1] 皆盗贼聚会之处。

古代的苏格兰人和不列颠人[1]大概是一族，他叫我感谢上帝在我肚皮里灌注了勇气，在我的四肢里灌注了力量。这次交锋前后一共二十分钟，胜利之后，我声名远扬，人人对我都再也不敢造次了，只有克兰普利一只手臂挂在吊带里，还是满口大话，声称一有机会一定到岸上恢复他偶然失去的荣誉，我的胜利全靠运气，并非靠真本事云云。

就在此事发生前后，欧克姆船长接到开船的命令，他便回到船上，并带来一位新军医，也是爱尔兰人。这位医生和离职的阿特金斯一比，真令人万分想念阿特金斯。这位新医生不仅一无所知，而且傲慢虚伪，专门记人仇隙，令人难以容忍；他对下属极其残暴，对上司则又奴颜婢膝。船长上船以后，第二天早晨，我们的大副摩根按照船上的习惯，把一张病人的名单拿去呈给船长看，船长绷着脸看过之后，铁板着脸喊道："妈的！我的船上怎么出了六十一个病号！注意，我决不能让我船上有一个病号，告诉你！"摩根大副回答道，他也愿意船上没有一个病号，但是船上既然有病号，他就有责任把名单呈给船长看。船长听了，拿起名单就往摩根脸上一摔，说道："连你的名单一块儿给我滚开。我当一天船长，船上就不准有病号。"摩根见船长这样对待他，心中激怒，便对船长说，船长的脾气应向老天爷去发，是老天爷把疾病降在他的人民头上的；船长不应该对他摩根发脾气，他是在竭尽一切能力给人治病的。这位土皇帝似的船长从来没有遇到自己的下属如此顶撞过他，从来没受过这种冷嘲热讽，便不禁勃然大怒，顿足大骂，把摩根唤作没有规矩的流氓，声言如果摩根再敢开口，他就要给他上手

---

[1] 指威尔士人，摩根自己即威尔士人。蓝登打败准尉之后，摩根很佩服他，愿意和他拉关系。

铐，锁在甲板上了。但是摩根不愧为卡拉·克塔卡斯的后代，血性很强，船长这种威吓岂能拦得住他；他的性子一发作起来，哪里肯示弱！他说："欧克姆船长，你要注意，我是出身高贵的人，也许我还——"他正要长篇大论讲下去，船上的总管来到，打断了他的话头，他和摩根本是同乡，不愿摩根吃亏，遂不等他进一步激怒船长，匆匆忙忙地把他推出仓房去了。摩根气得哪里肯依，直骂欧克姆，多亏总管死劝活劝，才把摩根劝出了船长的金銮殿，否则，真是会把船长招恼的。最后摩根总算气平了，他走下自己的仓位，看见我和汤姆逊在配药，便叫我们不要工作了，只顾去玩吧，因为船长的金口已经颁布了命令，让疾病一股脑儿都滚到魔鬼那儿去了，船上已经没有疾病的踪迹。他一面说一面倒了一大盅白兰地一饮而尽，叹了三口气，嘟嘟囔囔地说："上帝祝福我的心、肝、肺吧！"说罢，又唱起一支威尔士的歌儿，唱的时候，脸色、声调、动作都极其严肃。这种奇怪的现象使我颇为莫明其妙，我望了望汤姆逊，汤姆逊摇摇头，意思是说，这位威尔士人的神经有些错乱了。摩根见我们二人面有惊讶之色，便说让他给我们解释解释，我们的疑团便能打消，但是在他没有解释之前，他要请我们注意，他从作小孩子时候起，到耍光棍，娶老婆，断弦为止，活了快四十年了，一辈子可还从来没见过世界上有哪一个女人养的儿子敢象欧克姆船长那样对待他。他说完这句话，才把他和船长之间的口角告诉我们知道，上文已经表过的了。他的话还没说完，便收到医生一道命令，叫他把名单上的病人都集中到上层甲板去，因为船长下令，要全体病号到那儿去接受检阅。这命令简直太不人道了，我们都大为震惊。我们知道有些病人弄到上层甲板上，马上就会送命。但是我们也知道抗命也是无用，因此我们全体都上了上层甲板，倒要看看这次奇怪的操演。摩根这时插口道，船长这是在把大批人证送往阴间，将来好给他自己的罪状作证。我们走到上层甲板的时候，只见那新医生站在船长身旁鞠躬如也，船长正在请他看那些狗娘养的懒王八；还说，要他们在船上有屁用，就会吃国王的粮饷，专给那些偷懒汉作好榜样呢！医生咧着嘴笑嘻嘻地表示同意，并取过名单来，叫那些病人一个个挣扎着爬到指定的地点，好让医生检查他们的病情。第一个受医生检查的是个可怜虫，他得过热病，刚好，但是身子很弱，站都站不起来。医生（他的名字叫麦克贤）摸了摸他的脉，说道，这人一点病都没有，跟好人一样。船长就把他交给水手长的副手，命令他把他带往入口处，狠狠地抽他十二鞭，作为没病装病的处罚。但是没有等到执行处罚，那人早倒在甲板上了。若真挨了鞭子，怕不送命才怪。第二个受检查的病号患的是"四日热"，这时正好是热病间歇时期，看不出患病的征候，只是面颊苍白清瘦，身体虚弱罢了。医生认为他可以工作，也把他交了水手长；但是这个病人好象抱定决心要叫医生丢丑，第二天便在前甲板执行任务时，一阵发冷，呜呼哀哉了。第三名病号患的是肋膜疼痛，而且吐血，麦克贤医生便对症下药，命他去操作抽水机，这样可以帮助他咳唾得痛快些；但是我不知道是因为这道方子对于病到这步田地的人不合适呢，还是方子用得太猛了些，总之，不到半小时，一股血从他肺里象洪水似的涌出来，塞在喉咙里，把那人呛死了。第四名病号好不容易才爬到后甲板，他患的是水肿病，感觉身体沉重得不得了，患病的地方又是胸部，呼吸很困难。但是医生却认为他是发胖，原因是好吃懒作，所以就命令他爬桅杆，要他出汗，并扩大胸围。这个臃肿不堪的可怜虫说，桅杆是绝对爬不上去的，但是说也等于白说，水手长的下手接到命令，用九尾鞭把那病人抽了一顿，他一痛，便拼了死命往桅杆上爬，居然爬到了主桅的缆索，但是他身体沉重，两臂无力，不知是因为意图违抗，还是实在没有办法了，总之，他把手一松，跌进海里去了。幸亏有一水手坐着一条小船，正好靠在大船边，把他救了，不然一定淹死。小船上的水手把他揪住，不让他沉下去，后来大船上落下滑车才把他又吊了上去。既残忍又无知的船长和医生就这样随随便便草菅人命，残害同类。要把那些受到他们摧残的可怜的病人的悲惨命运一个一个加以叙述，那是不胜其烦，而且是不愉快的。许多病人都是正在发高烧的时候被拖出来，一路备受折磨，以致昏迷发狂。有些人当着船长和医生的面就一命归阴；有的带病工作，不到几天工夫，人们就眼睁睁地看着他们油干灯熄，溘然长逝。总的说来，病号已减少到不到一打的数目，而促成病号减少的两位主谋正在庆祝他们自己为国王和国家立下的功劳；正在这时，水手长的副手向船长大人报告说，下面有个疯子，于是医生的副手摩根命人把他捆住在他的吊床上，但是他拼命央求把他放了，还说他受到这种虐待都是因为摩根先生对他有私仇，其实他跟船上任何人一样，一点没有疯。船长一听，用严峻的眼色望了摩根一眼，下令把那人立刻带上来。摩根听说，竭力分辩说，那人已是疯得不成样子了，央求船长看在上帝面上，如果一定要把他带来查问，至少得把他两臂捆住，否则就要出乱子。船长为了自己的安全，答应了摩根这项请求。疯人到了，他坚持说自己一点也不疯；他的态度安详，理由充分，在座的人都难免相信他的话，只有摩根一人是例外，因为两天前那疯子的态度就是如此，摩根还亲手解开了他的绑，费了这许多事，结果把摩根骗了，还险些遭了疯子的杀害。有一个侍者也出来为摩根作证，说那疯子曾把摩根打倒在地上，要把他掐死，幸亏有他在场，才把摩根从疯子手里夺出来的。那疯子答辩道，侍者是摩根手下的走卒，摩根买通了他出来作假见证的，摩根和他自己有仇，因为他当着船上众人揭发过摩根的老婆在旧货市场开酒馆的事。这件故事引起大家对摩根哄堂大笑，摩根很生气地摇头说："没关系，没关系，上帝知道，这都是造谣。"欧克姆船长听了疯子的话，不再犹豫，命人去掉疯子的手铐，还威吓摩根说，如果摩根再以私情为借口，便要把摩根当疯子锁起来了。摩根听到船长竟然信了疯子的话，作出这种决定来，马上爬上了后桅杆，还招呼汤姆逊和我躲开那疯子，并说那疯子快要玩地地道道的鬼把戏了。我们认为不应该忽视他的警告，便也爬上了船尾。只见那疯人一解开手铐之后，便飞也似的向船长冲去，口中喊道："混蛋，我要叫你明白，我才是这条船上的船长。"说完，他便无情地用拳头只管向船长凿去。医生过去救他的主子，也分享了几下，最后费了九牛二虎之力，才制服了疯子；凡是去拦阻他的人都吃了很大的亏。

第二十八章

船长在盛怒之下，声言要亲手将疯人杀死——经上尉及医生百般劝阻，始作罢论——我们启程向圣海伦进发，参加了欧格尔[1]爵士所指挥的舰队，又向西印度群岛进发——途中遇大风暴——我的朋友拉特林从大桅上摔下来，摔断了腿——麦克贤医生的行为——拉特林拒绝锯腿，摩根和我也反对，我们两个张罗着治他的腿，并把腿治好。

大家把船长扶进他的仓房。他气得不得了，命人把疯子带进来，他要亲手用手枪把他枪毙了。这时上尉上来劝解道，那家伙未必是真疯，倒怕是个挺而走险之徒，受了船长的什么仇人之雇，前来暗杀船长的。因此，他建议应该把他锁起，等将来到军事法庭去审他，那时一定能够弄个水落石出（也许还会揭发些重要的阴谋也未可知），然后按其应得之罪处以死刑。尽管这个建议很难自圆其说，但是在船长身上居然还产生了效果，因为船长的智力本来很有限，特别是他看见麦克贤医生也赞成这意见，而麦克贤之所以赞

---

[1] 1741 年英国在中部美洲进行殖民地掠夺战争，由恰勒纳·欧格尔（Challoner Ogle）任统帅，率领舰队，从英国出发。

成，只是因为他以前说过这人不是疯子。摩根看见并没有发生什么乱子，满脸露出高高兴兴的神色。当他在给医生脸上抹药的时候，他冒冒失失问医生说不知道这条船上究竟疯子多些呢，还是傻子多些。摩根说了这么一句挖苦话，可算大大失策，因为医生暗暗把这句话记在心里，专等将来有机会和盘托出。这时，我们这条船起锚了，从肯特郡向东往道恩斯[1]出发，那疯子就象犯人一样有人监视着他，但是他竟趁守卫背朝着他的时候，跳下海去了，船长想要报仇也不可能了。我们在道恩斯停留不久，乘第一阵东风之便，掉转方向，到了斯卑特亥德，[2]我们在这儿装了六个月的粮食，然后在圣海伦[3]会齐了大舰队，一同向西印度群岛出发，参加了那永远不能令人忘记的卡塔吉纳大远征。[4]

我眼看自己即将被他们运往那遥远的蛮荒地带，一路上要什么缺什么，休想舒舒齐齐过日子；上面又有那暴君般的船长作威作福，使人几乎无法容忍；想到这里，颇有悔恨之意。但是，船上有很多人都和我有同感，因此我也决心忍耐命运的折磨，尽可能处之泰然。我们一路顺风，驶出了英吉利海峡，但是行到蜥蜴角[5]西约一百五十海里的地方，风忽然停了。但是风停的时间并不久，当天夜里便刮起大风来，把上面的主帆吹断。第二天清晨，大风转为飓风。甲板上的炮座把甲板撞得山响，我正睡在这层甲板下，炮座发出的可怕的声音把我震醒。仓房也嘎啦嘎啦好象在爆裂，水手长和他的许多副手拼命吹口笛，各尉官也都拼命吹号，抽水机上的铁

---

[1] 在肯特郡东，位于英吉利海峡，由此向西绕，沿英国南岸向西前进。

[2] 在英国正南岸朴资茅斯口外。

[3] 朴资茅斯附近怀特岛上的港口。

[4] 在南美北岸，靠近哥伦比亚。1741 年，英国政府派魏尔能（Edward Vernon）海军上将前去进行掠夺战争，遭到可耻的失败。作者这时正二十岁，当船上医生的助手，亲自参加过这次战争。

[5] 在英国的西南端。

链也丁当乱响，更使我睡不着。摩根是第一次航海，吓得赶快往外跑，直喊："上帝救我们，上帝可怜我们吧！我看我们已经到阴间的边界了！"汤姆逊吓得躺在吊床里浑身战栗，直向老天呼救。我从床上爬起来，跑到摩根那儿，我们两个一块儿喝了点白兰地，壮了壮胆子，我便独自走上甲板去。起先我还只听见一些声响，便感觉有些怕，如今一上甲板，用眼睛一看，只见风暴肆虐到这般地步，直吓得我目瞪口呆！海上的浪头涌得山一样高，把我们的船推向浪头的峰顶，眼看就象要栽到下面深渊里去！有时候我们的船又沉落到两浪之间的凹处，左右的浪头耸得比主桅还高，好象要从两面在一霎那间把我们的船压没似的！我们的舰队一共有一百五十条船，看得到的还不到十二条，而这十几条船也都只吹剩了光桅杆，一任暴风摆布。其中有一条船，桅杆实在支持不住，只听嘎啦一响，吹到海里去了。我们自己这条船的情况也不见得好多少；许多军官、水兵来回乱跑，脸上的表情就象发了疯似的，彼此互相嘶喊，也不知道先作哪件事情是好。有的人就拼命揪住支帆的横杆，想把已经吹成千百条碎布在风中飘打的船帆卸下来；有的人想把没吹破的整帆卷起来；每当船身向前一栽，船上的各色桅杆就给风吹弯了，象小树枝一样直哆嗦，仿佛要散成无数根碎木条。我见此情况，惊骇交集，正在这时，有一条系帆的主缆忽然断了，随风一抽，把支帆桅杆边上两个水手抽到海里去了，淹死在海里，又把杰克·拉特林抽倒在甲板上，摔断了一条腿。摩根和我马上跑去帮助他，发现他这一交跌得很猛，小腿骨折断，断头戳穿了肉，露出肉外。情况很严重，但是不得军医同意，不能随便处置，我便走下仓房向医生报告，并想取些裹伤的用品（这些东西，我们是随时准备好了的）。我来不及敲门便走进医生的船仓，只见仓内点着一盏灯，医生跪在微弱的灯光下，在对着一个象是耶稣钉在十字架的雕象祷告呢。至于究竟是不是耶稣钉在十字架上的雕象，我不断言，免得别人说我听信流言，而一般的流言都说这位麦克贤医生信的是罗马天主教，我不想根据这一点便乱猜那是耶稣钉十字架的雕象。总而言之，麦克贤医生站起了身，形色有些慌张，这也许是因为他正在祷告而有人来打扰了他的缘故吧。他站起来以后，嚓的一下把我所怀疑的物件藏了起来。我首先请他原谅我没有礼貌，撞进他的房间，然后又把拉特林的情况对他说了，但是他死也不肯到甲板上去治拉特林的伤，而是要我吩咐水手长叫几名水手把拉特林抬下仓来。他又说："你们抬的时候，我可以叫汤姆逊把治伤用品准备好。"我把医生的吩咐转告了水手长，但是水手长泼口大骂，并说道："我不能派人，一个也腾不出手来，桅杆随时都有翻到海里去的可能。"他这话丝毫没有使我心里感觉安定，而我的朋友拉特林又不住地直喊痛，我只好和摩根两人扶着他到了下层甲板；我们死求活求，麦克贤先生才算冒了险来到伤员身旁，汤姆逊提着一箱药品跟在后面，医生自己的随身仆人提着一套大手术的器具。他把拉特林的断骨和伤口检查了一遍，看见腿上蔓延着一种青黑的颜色，便断定这一定会导致坏疽病，所以主张立即把腿锯断。这对拉特林来讲，就象是法官的判决，他很怕，他连忙嚼了一口烟叶，提提精神，愁眉苦脸地说道："医生，难道没有别的办法了么？你非让我进船坞不可吗？[1] 你不能拼接[2]一下吗？"摩根大副也说："麦克贤医生，请您原谅，请您恕罪，您的医道高明，经验丰富，我极为钦佩，您又是我上司，但是我确实害怕，我猜，我认为，也许没有理由，也许没有必要，把他的腿剁掉吧。"拉特林听见此话，便

---

[1] 自比为船，入坞后即失去作为船舶的功能。
[2] 一种接绳法，此处意谓接榫补骨。

叫道，"亲爱的摩根先生，上帝祝福你，祝你不论到哪儿都是一帆风顺，祝你最后在天堂的海路上能够驻泊安息。"麦克贤听得摩根大副居然公开提出异议，不禁大为生气，便说，他作手术用不着向他的副手交代，说罢便带着强迫的口吻命令摩根使用绞压器，停止血液流通。拉特林一见这外科用具，吓得坐了起来，喊道："停住，停住，你们若把偌大的镊子夹我，也不告诉我理由，真是伤我的心哪！蓝登先生，你怎么也不帮帮我，救救我这条宝贝的腿呢。咳，包凌大尉若是在这儿，他决不让人把杰克·拉特林的腿象填船缝的烂绳子一样砍掉的。"拉特林这段凄惨的话是对我说的，我心里本来也打算助他一臂之力，我又认为暂时不动手术并无危险，因此我也发表意见，同意摩根的话，并说皮肤上的奇怪的颜色乃是由于撞伤发炎而引起的，这本是常见的事，并不表明是坏疽病的征候。摩根是很佩服我的医术的，见我同意他的意见，非常高兴，遂问汤姆逊对这事看法如何，希望他也同意，那么就可以使我们的意见更有力量。但是汤姆逊天性软弱，我也不知道是由于他怕和医生结仇呢，还是他自己真是如此判断，总之他很客气地表示同意麦克贤的意见。麦克贤这时早已在肚子里盘算了一遍，决定采取一种行动，其结果既可以使他自己不受批评，同时又可以发泄私忿，因为我们对他不恭，顶撞了他。他抱着这一目的，便问我们说，我们可敢负责把拉特林的腿治好。摩根回答说，人的生死完全操纵在创造人的上帝手里，生死大权是要由创造主决定的，如果担保他不死，岂不是篡夺上帝的大权，那是大大的不敬；医生治病也不能个个都包治好；但是伤员如果肯叫我们医疗，我们愿意尽一切努力使他的伤势好转；我们认为，照目前情形看来，这一点未必办不到。我对摩根的话也表示同意。拉特林一听，真是万分高兴，忙着和我们握手，他表示决不让别人医治他，如果他真是死了，他愿意自己负责。麦克贤先生认为我们一定失败，便走开了，随我们怎样医治拉特林，他一概不闻不问。我们便把露在肉外的一段骨片锯下，平复了骨伤，在伤口上涂了药，然后用十八股的绷带给他包扎好，把腿按照科学方法放在一个木箱内。样样都如我们所希望；进展得很顺利，我们不仅保全了他的腿，而且使麦克贤医生在船员中变成了一个人人看不起的家伙。船员们的眼睛都注视我们这次的手术，果然在六个星期内我们把拉特林的腿治愈了。

第二十九章

麦克贤恶意中伤——把我当奸细看待，把我锁了起来——摩根也遭到同样的命运——有人唆使汤姆逊出来证明我们是奸细——汤姆逊不肯，受到虐待——与法国军舰开战，释放摩根，好叫他帮助医生处理伤员——我仍然被锁在船尾，受到敌舰的炮火，吓得我发昏——战役完毕，摩根来安慰我，大骂船长，被哨兵偷听了去，哨兵去报告，又把摩根关起来——汤姆逊忍受不住了，不听摩根和我的劝戒，在夜间投海自尽。

这时，暴风减弱了些，我们随风飘到了热带，天气热得令人难以忍受，船员都感觉不适。医生则想尽各种办法，要向摩根和我报仇。他假装关心病人，问他们有无疾苦，而实际上他想在病员中搜集一些不利于我们的意见。但是我们以勤恳谦虚的态度对待病人，病人对我们都很好，医生抓不着什么把柄，便决定采取偷听我们谈话的办法，躲藏在围住我们仓位的帆布帷的后面，但是就连这样一个办法也被伙食房的小童给发现了，并把这事告诉了我们。一天晚上，我们正在啃一块腌牛肉的骨头，摩根忽然发现帷幕外面有什么东西在动，他立刻猜出这是医生在偷听，便对我使了个眼色，向那地方指了指，我一看就看出后面有个人站着，当即拿起骨头，对准那地方，用尽生平力气砍去，说道："不管你是谁，且吃我这一下，谁叫你偷听别人秘密。"这一掷果然产生了预期的效果：我们听见那偷听者扑通摔倒，爬回自己仓房去了。这一着使我非常高兴，但是后来却变成了我一生中最倒霉的一件事，因为麦克贤从此把我看成了眼中钉，非把我置之死地而后快。过了一个星期，我正在巡视病员，忽然军法官把我捉住，带到船尾，给我加上锁链，锁在船尾甲板上，理由是：我是隐藏在船上的奸细，图谋暗害船长的性命。这条罪状固然是荒唐得无以复加，但是我还是照样吃足苦头，他们对待我比对最严重的罪犯还要严厉；他们把我锁在那地方，白天火热的太阳烤着我，夜晚则又有湿瘴侵袭着我，如此过了十二天，也不审我，也不问我究竟我犯的罪是否属实。这件事把我弄得昏头昏脑，等我恢复了思考能力之后，我便把汤姆逊请来；汤姆逊来了，先安慰我一番，又向我透露，这件事是由医生恨我而引起的，医生向船长作了个报告，结果就把我逮捕了，并把我所有的证件都搜了去。我只好自叹命乖；正在这时，摩根走上了船尾，一边一个班长架着，上来之后，这两个班长按着他坐在我的旁边，把他也和我一样锁在甲板上。我这时也忘了自己的处境，看着摩根的脸，不觉好笑起来。摩根一语不发，任凭那两个班长把他的脚锁在铁环里，但是接着那两人要把他的背也锁住，他忽然大发脾气，从口袋里掏出一把大匕首，说道谁敢先走近他，强加无礼，他便先把谁的肚子破了。两个班长正想动武，忽然大尉在上甲板喊道："随他去吧。"摩根爬到我身旁，握住我的手，叫我相信上帝，然后又看着汤姆逊；汤姆逊这时坐在我们旁边，面色苍白，浑身发抖，摩根便对他说，还有一副铁环给他预备着呢，他应该很高兴来和我们这两个好伴当作伴才是。但是我们的仇人倒并未打算让汤姆逊分享我们的命运，因为他还想把看病的麻烦事让汤姆逊代劳呢；而且也想尽可能利用汤姆逊作证人来判我们的罪。为了达到这个目的，医生非常婉转地试探汤姆逊，但是他发现汤姆逊很正直，不受他腐蚀，便又记恨在心，多方折磨他，过了不久，这位心地温和的汤姆逊便萌了厌世之心。

我和摩根同为囚犯，一起受罪，只有彼此安慰。正在这时，海军上将所乘的军舰发现在下风方向有四条船，便向我们的船和其他四条船打信号，叫我们去追。我们的船上便整理干净，准备作战；麦克贤预料他的帮手恐怕要不够，得到船长批准，把摩根释放了，而我则仍然留在原处，冒着炮火的危险。直到天黑，我们才把那四条船追到船尾炮射程之内，便向他们打招呼，问他们是什么船。他们回答是法国军舰，[1] 欧克姆船长便命令他们派人乘小艇到他的船上来，他们拒绝了，并说，如有事，可以上他们的船去谈。欧克姆威吓说，要把朝他们那边的炮全部开火，向他们轰击了，他们回答说一定回击。双方倒都是说得到作得到，凶恶的战斗开始了。读者大概可以猜想到我是怎样度过这段时间的！我的处境非常被动，在这场吓人的海战之中，我随时都会叫敌人的炮弹打成两截，或粉身碎骨的！我想尽一切办法使自己镇静；我想，我比起在我上面的那些作战的人也不见得更加暴露，但是继而看到他们不停地忙着给敌人苦头吃，彼此并肩作战，彼此的英勇行为使彼此得到鼓励，我这才看到我和他们的处境是有很大分别的。但是我仍然尽力掩藏我内心的不安。可是不一会儿，站在我身旁的一个水兵军官被敌人一炮轰掉了脑袋，脑袋在地上一弹，弹到了我的脸上，脑浆把我的眼睛都糊瞎了。我这会儿实在安心不下了，鼓足了气，开始哇哇大喊。

---

[1] 在奥地利王位战争时期（1741 至 1748），英、法处在战争状态中。

这时有一个鼓手走过我身旁，问我可是受伤了，但是没等我回答，一颗大炮弹正打中他的肚皮，把他肚肠都打出来，他面朝下趴在地上了。这情景使我完全失去了理智，我喊得加倍地响，但是我的呼喊全淹没在战斗的声响里了。人们对我不闻不问，我忍无可忍，到了疯狂程度，便泼口乱骂，骂得筋疲力尽，这才安静下来，才不感觉我心头沉重的负担。战斗一直持续到白昼，欧克姆船长一看，再打下去既得不到荣誉，也没有什么益处，便假装看到了对方的旗帜，说是昨天黑夜弄错了，便向交战了一夜的敌船打招呼，认定敌船不是法国船，而是西班牙船。双方炮火已停，欧克姆便令人把小艇降到海面，自己乘艇驶上法国主舰去了。我方计阵亡十名，受伤十八名，其中大部分后来也都死去。各位军医助手在尾仓里治疗伤员完毕以后，都来看我，表示友好和关心。第一个上来的是摩根，他见我脸上沾满了脑浆和鲜血，便认定我已不是人间的人了，他激动地喊叫汤姆逊，叫他上来和他的同伴、同乡（指我）永诀，说我正在首途到一个比人间好的地方去呢，在那地方既无麦克贤这样的人，也没有欧克姆这样的人，在那里他是不会受这种人的污蔑和折磨了。他牵着我的手对我说："是啊，你去的那地方，人们对于不走运的好人是尊敬的，你会在那儿满意地看到你的仇人在燃烧的硫磺里辗转反侧。"汤姆逊一听他这样唉声叹气，大为惊讶，慌忙走到我躺着的地方，坐在我旁边，流着眼泪，问我究竟受到了什么性质的灾难。这时我已大致恢复神志，能和他们清醒地谈话，我便立刻向他们解释，他们才明白我没有受到致命伤，因而也便表示很高兴。接着我便从堆在我周围的断肢残躯中挣脱出来，和他们一块儿吃了他们带来的食物，然后我们就谈论起我所受的苦难，并且毫无顾忌地指名道姓说是某某人给我们带来这些灾难的。不想我们的谈话被看守我的哨兵听了去，等到他换班的时候，他便立即去向船长一五一十报告了我们所说的话，因为这原是船长交给他的命令。哨兵的报告很快就产生了效果，军法官来了，把摩根又照旧上了脚镣，并且还对二副汤姆逊说，如果他不严格管束自己的嘴，他也会象我们两个一样被锁起来，和我们去作伴。汤姆逊预见到照顾伤病员的苦工，麦克贤的残暴等重担现在都一定得落到他肩上了，一想前途，便觉忍受不了，虽然我没听见他用恶毒的语言咒骂迫害他的人，但是他说了这么一句话：他说，他情愿抛弃生命，不愿再在野蛮的暴力之下苟延残喘了。他说这话时，气很大，确有些使我吃惊，我便设法安慰劝解他，还把我自己的处境略加夸大，向他描写了一番，把我的处境和他一比，显然我的处境要比他不利得多；我叫他仿效我的刚毅和忍耐，总有一天我们的冤仇会得解的；我希望这日子快到了，因为我知道不消三天工夫，我们也许就要进港了，那时我们就有机会可以向海军上将去诉冤了。摩根也插进来劝他，并且费尽心机想证明每个人为何应该听命于上帝的意志，这是每个人的义务，也是对每个人有利的事；并说，每个人应当把自己看作是值班的哨兵，没有人来接班，无论如何不可离开岗位。[1]汤姆逊集中注意力听我们说话，最后他忽然涕泪滂沱，连连摇头，一言不发就走了。约莫晚上十一点钟光景，他又来看我们，脸上带着深沉的忧郁，他对我们说，方才离开我们之后，干了半天非常吃力的活儿，结果反而还被医生臭骂一顿，骂他是和我们一伙儿的，都是想谋害他和船长性命的。我们彼此勉励一番之后，他站了起来，紧紧握住我的手，热烈的情状是往常所没有的，然后他说道："愿上帝保佑你们两个！"这种告别方式很奇特，使我们心里纳闷，并且在我们脑子里留下了深刻的印象。

---

[1] 谓自杀，自寻短见。

第二天早晨，又该到巡视病人的时候了，谁也找不到汤姆逊在什么地方，大家四处搜寻，没有结果，一致认为是夜间落进海里去了。那一定是这么回事了。

第三十章

我们哀悼我们的伙伴汤姆逊之死——船长建议释放摩根，摩根拒绝他的建议——船长把我们叫去，审问我们——又把摩根送回原处看守，经过一番奇怪的审问之后，也把我押了回去。

汤姆逊的噩耗使摩根和我这两个被监禁的囚徒非常难过。汤姆逊是我们的伙伴，他天性和善，我们两人都非常爱戴他，如今他竟落得如此不幸的下场！这显然是那坏蛋医生逼出来的；我们愈是惋惜汤姆逊的夭折，也就愈是对医生存着恐怖。医生自己也知道他虐待汤姆逊，把汤姆逊逼得走投无路，寻了短见，但是他丝毫也不表示关切，却去要求船长把摩根开释，叫摩根去照管病人。船长便叫一个班长去解除摩根的镣铐，但是摩根不准班长动手，要他先回答当初为什么把他拘押起来，又说不许天下随便哪个船长把他当个皮球，毽子，叫化子，学徒那样踢来踢去。欧克姆发现摩根竟如此固执，又想到如今想要畅所欲为，对他施加暴力恐怕有困难，因此便假意摆出大公无私的样子，命人把我们两个都带到前甲板上；在前甲板上，他升了堂，一面是书记官，一面是他的军师麦克贤医生。我们到了他面前，他赏我们脸，向我们招呼，说道："两位，海军里有多少船长早他妈把你们绞死在桅杆子上了，谁还有闲工夫审问你们？你们犯的罪过还用审吗？我他妈是好说话，才给你们这两个畜类替自己辩护的机会。"摩根说道："欧克姆船长，你当然有权利把我们都绞死，你爱干吗、喜欢干吗、高兴干吗，就干吗（但愿上帝保佑你老能这样儿）！我看我们这些人有的还是让你绞死了的好，比活受罪强。农民为了好玩、高兴、快活，可以把自己的孩子勒死，但是人间虽然没有公道，天上自有公道，谁要无缘无故犯野蛮，害死无辜的人的性命，老天一定惩罚他，用火焰、硫磺烧他，你知道吗？这且不说，我倒想知道我犯了什么罪，我也想见见控告我的人。"船长说："好。医生，你说吧。"麦克贤站出来，哼哈了半晌，清理喉咙，刚要开口，被摩根抢先说道："麦克贤医生，请你正眼看我，请你正眼看看我这诚实人的面孔。作假见证的人，和魔鬼一样，都是我所深恶痛绝的。你我谁是谁非，上帝自有裁判。"麦克贤听了，毫不介意，却说了一番话，我就我记忆所及，记录于下。他说："摩根先生，我告诉你说，关于诚实人这一点，不错，你说得很正确，既然假如[1]你是诚实人，我的意见是：你既是诚实人，自然应该宣判你无罪。让我再告诉你，欧克姆船长抱定决心对任何人都将一秉大公，一视同仁。不过就鄙人自己来说，我想要提的只有一点，即是：我听说你曾出言不逊，辱骂过你的船长，而这位船长乃是国王海军中最可敬仰、最为仁厚的将领，不论妇人孺子，早已有口皆碑。"麦克贤说了这番文绉绉的话之后，颇有洋洋得意之感，摩根便回答道："你的意思，我也猜着了、懂得了、了解了几分，你不如直说了更好些。但是我认为你们总不能仅仅根据道听途说就定我的罪吧，即使我出言不逊，辱骂了欧克姆船长，我想我的话里并没有造反的意思吧。"欧克姆船长叫道："妈的！没造反！你反抗长官了！按军法，反抗长官就得处死。好，把证人带

---

[1] 原文故意调侃麦克贤的咬文嚼字，实则文理不通。

来。"有人就把麦克贤的仆人和伙食房的小童带上来，那小童是受了他们的诱骗的，并且他们还教了他一套话。麦克贤的仆人先说话，他声称有一天摩根走下后仓扶梯的时候曾经咒骂船长，骂他是野兽，应该当作人类的敌人追捕。书记官说道："这便足以假定他蓄意要图谋船长的性命。何以故？因为这说明他有恶毒的预谋，先验的犯罪意图。"书记官本来是个律师的书僮，是条可鄙的蛆虫，他的话全是拾来的牙慧。船长听了他这话，便说："对，你若需要法律条文，这里有的是，这是柯克和利特章编的法典。"书记官作证以后，他的证词又为小童所肯定，小童说他听见摩根说过，船长的心肠比狗熊还狠，医生的聪明还比不上一头驴。接着他们讯问了在船尾听见我们谈话的哨兵，哨兵对法庭上的官长报告道，威尔士人摩根曾对我说，欧克姆船长和麦克贤医生实在野蛮，他俩到了地狱一定会在焚烧着的硫磺海上受折磨。书记官插嘴道，这完全可以证明他在预谋杀害欧克姆船长，因为除非在船长和医生没有时间来得及忏悔以前[1]摩根就把他们干掉，他怎么能这么肯定地说他们会落到地狱里去呢？这个解释非常有道理，很受我们那位高贵的首长看重，他说道："威尔士崽子，你怎么答复？老兄，你好象完全手足无措了似的，哈哈！"摩根为人正直，当然不屑否认他说过的话，但是对于那些加油加醋的话，他是矢口不承认的。船长见此情况，气势汹汹地走到摩根面前，一脸凶狠的样子对他说道："啊，狗崽子先生，你也承认你赏给我狗熊和野兽的称号，并且咒我下地狱啊！我真想把你送到军事法庭，绞死你这条狗命，才解我心头之恨！"麦克贤怕丢了助手，便插言劝阻，请求船长本着一向仁慈为怀的宗旨，饶恕摩根先生这一回，要他按罪情的轻重向船长请罪求

---

[1] 一般"善终"的人，临终前须作忏悔———一种宗教仪式。"横死"的人当然来不及了。

饶就是了。摩根为人，在这种情况下，即使当着禁卫森严的蒙古可汗的面也是不会求饶的。他对医生的斡旋表示感谢，并说他把上帝创造的人叫作野兽是极大的错误，"但是，"他接着说道，"我不过是用比方、比喻、比较、类比的说法，既然我们用羔羊比作柔顺，用山羊比淫荡，用狐狸比奸诈，我们也可以用驴子比愚蠢，狗熊比残忍，老虎比凶暴。所以，请你们注意，我也就用了这些譬喻来表达我的情感。我在上帝面前说过的话，我也决不在人、畜面前否认。"欧克姆说，这话说得简直太无礼貌，他听了很生气，命人立刻把摩根带回原处拘押，又命书记官接下去审问我。他首先问我籍贯，我说我出生在苏格兰北部。船长道，"我看你倒更象是出生在爱尔兰北部的，[1] 不过暂时不谈这点吧。"他接着问我信仰什么宗教，我回答说"新教"。他便骂我是个作弥撒的罗马天主教坏蛋，又说"书记官，来，来，问他新教的几个信条，让他回答"。书记官果然问起来了，他的具体问题我且不表，我想先向读者声明，我们那位船长自己正是爱尔兰北部的人，而且如果他没有捣鬼冒充新教徒，他自己还是个罗马天主教徒。那书记官问道："你说你是新教徒，你用手指画个十字给我看，象这样，再发誓证明。"我正要作这仪式，船长忽然很激动地喊道："妈的，不许，不许，我不许别人侮辱宗教。请你接着审问吧。"书记官便又问道："好，教会里一共有多少圣礼？ [2] 我回答说，"两种。"他说，"哪两种？"我回答说，"洗礼和圣餐。"欧克姆说道："你把坚信礼和婚礼[3] 全都爆破了吗？我早就说这家伙是个臭罗马天主教徒。"书记官虽然在

---

[1] 以下一段文章一方面表示船长自己是个天主教徒（在资产阶级新教徒看来是可恨的），而且隐瞒了自己这身份，另一方面也表示他的无知，甚至对天主教的信条也无所知。爱尔兰人信奉天主教。

[2] 新、旧教不同，新教只有两种。

[3] 旧教的圣礼。

律师手下受过教导，[1] 但是听见船长说错了话，也不由得涨红了脸；为了掩饰羞赧，便说我这种圈套是骗不了人的，又说我是个惯犯。他接着问我可相信耶稣化体[2] 的教义，我便把这种耶稣现身的说法嘲弄了一番。他的主子见我如此大不敬，感觉很愤慨，便命令他接着审问阴谋的事。那无耻的小人——书记官——便对我说，他们有充分理由怀疑我是藏在船上的奸细，和汤姆逊同谋，想要谋害欧克姆船长的性命，此外还有些同谋没有被发现。他们还故作姿态，拿出证据，证明他们控告我是有根据的。他们的证人是伙房小童，他说他常听见我和汤姆逊窃窃私语，在我们的谈话中他辨出有"欧克姆、混蛋、下毒、手枪"等字眼，这种字眼显然说明我是想用恐怖的手段完成毁灭船长的阴谋，而且汤姆逊的自尽更加证实了这一点，汤姆逊显然是出于悔恨和良心的谴责，不愿再参预这种杀人的阴谋，也许又怕一旦被人发觉，必然会走上可耻的死路，因此便自己了结了自己的生命。但是最强有力的证据是在我的文件里发现的一本用密码写的簿子，这本簿子和汤姆逊失踪以后在他箱箧里发现的一本簿子如出一辙。这件东西使我的罪状不仅只有假设作根据，而已接近证据确凿了，任何文明国家的陪审官都会据此而决定我有罪的。我便替我自己辩护道，我当初是被人强拉上船的，我自己很不情愿，船上现在还有许多人可以证明；由此可见，我不可能在那时候有作间谍的意图。自从我上船之后，我又和外界完全断绝来往，因此怀疑我是奸细，是完全没有理由的。至于阴谋暗害船长性命一节，我认为任何头脑清醒的人都绝不会想到干这种事情，因为纵使他一心情愿，干了出来，他也必然会遭到众人唾骂，身败名

---

[1] 意谓原是厚颜无耻的。
[2] 按旧教教义，宗教仪式上食用的面包与酒乃耶稣的肉和血。

裂。我又说，即使伙房小童的证词属实（实际上，我认为他的话乃是一派胡言，恶意中伤），也不能从这么几个毫不连贯的字句中得出什么结论来。至于汤姆逊先生的自尽这一情节也并不能证明我有罪，相反，我口袋里还有他写的一封信，可以充分解释他自寻短见的疑团；根据这封信，他自尽的原因和大家所想象的原因是颇有出入的。说着，我把汤姆逊的信掏了出来，这封信是在他失踪后第二天由拉特林交给我的，拉特林把信交给我的时候对我说，这是死者委托他转交给我的，死者并千叮万嘱叫他不要当天交给我。书记官把信从我手中拿去，高声朗读道：

亲爱的朋友，

我日日夜夜地疲劳着，使我心里感觉万分压抑；麦克贤医生待我非常野蛮，他一心一意想把你我置于死地。因此，我决心想从这苦难生活中求解脱；在你收到此信之前，我已不在人间了。我本来希望我的一生能博得你的好评，[1] 但是我恐怕我一自尽便得不到你的好评了。但是即使你不能宽恕我，我知道你至少也还会经常想念我这热爱你的、不幸的青年的。我劝告你，必须警惕麦克贤，他最爱记仇，决不饶人。我祝你和摩根先生幸福，请代我向他致以最后一次的敬意，我并请求你不要忘记我是你的不幸的朋友和同乡。

威廉·汤姆逊

书记官读完此信，麦克贤登时勃然大怒，把信从书记官手中夺去，扯成千百块碎片，并说这全是捏造的混帐话，是我想出来的鬼

---

[1] 自杀是一种怯懦行为。

主意，是我自己写的。船长和书记官也都同意麦克贤的说法。虽然我坚决要求他们把这封撕烂了的信和他们搜去的汤姆逊的其他文件的笔迹比一比，但是他们不听，反命令我就我的最后一条罪状进行解答，这条罪状便是在我的文件中搜出来的密码簿子。我回答道："这很好办，你们所谓的密码，实际上是希腊字母；我为了消遣，用希腊文记日记；从我开始航海起，直到我被锁起来那天止，我所见到的一切值得记录的事都记在上面；汤姆逊也学我的样，采用我的办法。"麦克贤喊道："谁信你这套胡诌！你要不怕别人发现你写的内容，你有什么理由要用希腊字母写呢。你以为我不学无术吗？你以为我希腊文都不懂吗？你写的这些是希腊文？你还不如说这是中国文呢！不行，不行，你是唬不倒我的希腊文的，你们苏格兰人，哪个也唬我不倒的。"他说完，带着不可一世的神气，叽哩咕噜地讲了几句话，我听去象是爱尔兰话，但是他却在船长面前冒称是希腊话。船长满脸挂着鄙视我的神气，撇着嘴对我说："哈哈，这回你可是'棋逢敌手'了！"船长这种绝顶的无知不禁令我发笑，我建议请船上懂得希腊字母的任何人来裁判一下，大家便又把摩根找了回来，把这件事对他讲了一遍，他便拿起簿子，把其中一页的内容口译成为英语，毫不迟疑地宣称在这场争辩中胜利属于我这一方。医生的底细就此被摩根揭穿，大丢面子；因此他硬说摩根和我是一伙，他方才念的全是他编出来的。欧克姆也说道："对，对，他们两个一定是通同一气的。"我建议让摩根和我拿他的那部希腊文《圣经》来，从中选出任何一段，由我们两个分别诵读并翻译出来，自然可以看出究竟是麦克贤还是我们说的是实话，但是欧克姆不同意，硬把摩根遣回尾仓。我是一个没有辩才的人，不能说服船长，叫他相信我们并未玩弄花样，也并未共同策划，我便恳求他在船上找一个与此事毫无干系而又懂得希腊文的人来考考我。船长答应把全船官兵上上下下都召集到甲板上，当众宣布，如有人能操希腊话的，可以立刻到前甲板来。停了一会，有两名前桅兵走了上来，自称熟谙希腊话，因为他们几次到过近东一带，和希腊人、摩利亚人交往过，学会了他们的语言。船长一听，大为高兴，便将我的日记簿交付给其中一人，那人接过，坦白地回道，他既不能读希腊文，也不能写，另一个也承认自己读、写俱不能，但是能说两句，敢和船上任何人较量一下。他说着便转身朝我，说出几句不三不四的蛮子话，我简直听不懂。我便声明道，当代的希腊语和古人所说、所写的希腊话，其中出入很大，正如今天的英语和亨吉斯特[1] 时代的古撒克逊语之间有很大的出入；我所学的只是真正的、原来的希腊语，也就是荷马、品达、《福音书》的作者和其他古代伟人所用的希腊语，因此不能以为我也懂得现在的不完备的希腊方言，这种方言乃是在残缺不全的古语基础上成长起来的，其中简直没有什么古语的痕迹了。我又说，既然麦克贤医生自称通晓希腊语，如果他肯和这两名水兵用希腊语交谈，那我便收回我方才的话，他愿意给我什么处罚我都情愿接受。我的话未说完，麦克贤医生（他知道有一个水手是爱尔兰人）便用爱尔兰话和他谈起话来，那水手也用爱尔兰话回答，他们彼此说了一阵，声称说的是希腊语。当然这水手先和另外那水手用摩利亚话打了招呼，否则他们也不敢在光天化日之下扯这弥天大谎。接着，欧克姆说道："我早知诡计最终是会揭穿的。把那混帐东西带回去，关起来。我看非叫他晃荡晃荡[2] 不可。"我眼看在场的审判官们对我有偏见、有仇恨，而且冥顽无知、不顾真理，我还有什么申辩的话可说，便毫不

---

[1] 五世纪中叶，首批入侵英国的撒克逊领袖。
[2] 意谓绞死，吊死。

反抗地由他们把我带回囚禁的地方，和摩根作伴去。摩根听到我受审的详情，两手伸向苍天，两眼望着苍天，狠狠地叹了口气，但是他心里有话却不敢说出来，怕叫哨兵听去，但又憋不住，便唱出了一支威尔士歌曲，发泄一腔闷气，一面唱，一面脸上表现出千种愁苦，身体也剧烈地扭动着。

第三十一章

两个证人发生口角，使我发现原来他们是受了贿赂才出来证明我有罪的；因此我才获得了自由，并劝摩根也接受同样条件，重获自由——麦克贤的狠毒——我们抵达牙买加，停泊不久又会同西印度舰队趱程到达希斯班纽拉——我们在此加水后，启程到卡塔吉纳[1]——对这次出征的感想。

正在这时，那两个会操现代希腊语的水兵发生了口角，其中一个想要向另一个报复，便来找我和摩根，把麦克贤和那水兵的那一段对话的真相向我们吐诉了，他说的话我在上文已经交代了。这件事让麦克贤医生听见了，他心想，眼看快到牙买加了，我们可能会上岸去到军事法庭告状、以开脱我们自己的罪状，揭穿他的恶毒和无知，因此他便到船长跟前替我们去说了一套好话，船长很听话，过了不到几个小时，便命人把我们释放，照旧工作。我自然很高兴，因为我浑身叫太阳晒得起满了水疱，四肢不能活动，早已麻木了。我劝摩根也接受船长的宽大，但是死劝活劝，他总不答应，

---

[1] 牙买加、希斯班纽拉都是英国占领的西印度群岛岛屿，卡塔吉纳则是靠近哥伦比亚海岸的城市，是西班牙的属地。

非常执拗，一定不肯摆脱那副镣铐，一定要告到军事法庭，要由军事法庭开释他，他相信军事法庭会主持公道，惩罚他的仇人的。最后，我对他说，军事法庭审判的结果究竟如何，是很没有把握的，他的对手又有权有势；然后我又哄他说，不如等我们回到英国之后，我们亲自动手报仇。我这样劝他，无非是使他报仇的希望有所寄托。我最后这一论点果然起了作用，说服了他，他跟着我回到了我们居住的尾仓。我一进仓房，立刻就想起了我的亡友汤姆逊，眼睛里涌出一股热泪。我们把伙食房的小童打发走了，不要他伺候我们，因为他作的事情太对不起我们，虽然他哭哭啼啼恳求我，又说自己后悔不迭，但是我们也不听。最后，他坦白出来，说医生贿赂过他，送给他一双袜子，两件旧方格衬衫，要他出来作证，这些东西后来又叫医生的仆人给抢去了。他既然坦白了，我们便又把他留下。

随后，医生又命人把我们箱笼的钥匙送还给我们。我们扣住来人不放，要他等我们检查完箱里的衣物之后再走。摩根打开箱子一看，他带的彻夏郡干酪全部变成了硬帮帮的一块；他带的大蒜也都不翼而飞；他顿时勃然大怒，对着麦克贤派来的仆人骂不绝口，骂他是贼强盗，要告他一状。那仆人也回骂，并说钥匙从来不掌握在他手里，他主人方才才交给他，叫他拿来送还给我们。摩根就叫道："上帝是我的裁判；是我的救星，是我的见证，谁把我的食粮偷了，谁就是不要脸的叫化子、混蛋！我的祖宗在天有灵，我要是知道偷东西的混帐是谁，我一定告他一状，我一定控诉，起诉，告他个盗窃罪。"幸亏我们这时已将靠岸，摩根的损失有机会补救了，否则我看这位卡拉·克塔卡斯的后裔必然会发疯的。我说，丢了这点东西算不得什么，到岸就可以买的，他才逐渐平静下来，甘认倒霉。过了不多一会儿，麦克贤医生走进我们仓房来，佯称要在药箱里找点东西，他满脸堆笑，祝贺我们获释。他说他费了好大一番唇舌，才把船长说通，本来我们这种行为是不对的，难怪船长生气，但是他（指医生自己）在船长面前替我们作了保证的，希望我们不要辜负他的一片好心。显然他的用意是想要我们感谢他替我们说了好话，也希望我们把过去的事抛在脑后。但是他的算盘打错了，我们是不那么轻易把仇恨忘掉的，纵使是他说了好话才把我们释放，但是把我们关起来却是由于他的恶意中伤啊。因此，我就坐着，一言不发，只听摩根回答道："对，对，上帝自然知道我们心里的事，古人说，到什么时候办什么事，有时候要把石头扔掉，有时候又要把石头捡回来。"医生听了此话，好象有些不自在，撅着嘴走了，嘴里嘟囔着什么"忘恩负义"，"家伙"等字眼。我们认为这种话无足挂齿，便随他去了。

我们的舰队和另一支等候我们的舰队会师之后，在牙买加的皇家港驻泊了将近一个月。这期间一定是在进行一些重要的磋商。有人暗地里怀疑干吗在这地方停留这么久，西印度舰队早就听说我们要来了，就应该带着粮食给养在希斯班纽拉西面迎我们，这样才能得天时之利，有便于进军，因为从希斯班纽拉的西头正好一直驶向卡塔吉纳，给敌人一个措手不及，来个迅雷不及掩耳。究竟停泊在牙买加的奥妙何在，不得而知，总之后来我们从牙买加出发了，逆着风走了约莫十天到半个月的光景就到了伐式岛，目的是要打法国舰队，据说法国舰队就在伐式岛附近呢。但是还没等我们到达那儿，法国舰队早已驶回欧洲去了，临去之前还派了一艘船到卡塔吉纳去报信，告诉卡塔吉纳守军，说我们在这一带的海面，并将我们的军力、动向都告诉了他们。我们在伐式岛又停留了几天，装了些木柴和半咸不咸的饮水。尽管是这种水，我们的统帅还限制我们每天每人只能用一夸特，据说他是好心，怕我们喝了得病。最后，我们开航，抵达卡塔吉纳附近一处港湾，抛了锚，逍逍遥遥地过了十天。在这儿，竟也有一些刻薄恶毒的人责备起长官来了，说他们不该停这么久，白耽误宝贵的时光，因为眼看雨季就快来了，同时，我们的舰队比起西班牙人的舰队来足有三倍大，是这一带少有的大舰队，敌人听见早已丧胆，但是我们这一耽误，使他们的胆子又壮了起来，岂不失策。但是如果读者允许我发表一点管见的话，我认为我们的耽延时刻完全是出自我们统帅们的宽洪的器量，他们是不屑利用天赐的时机来打败敌人的。最后我们总算起锚了，但是却在一个更加靠近港口的地方抛了锚，从这儿我们设法把水兵输送到海岸，他们就在岸边冒着敌人炮火，搭起营幕，伤亡很重。这种在敌人堡垒脚下搭营幕的作法，我认为是史无前例的，我猜想统帅们所以决定这么作，原因是要兵士们熟悉一下炮火的滋味，因为这些兵士从来没有经过炮火的锻炼，很多人几个月以前还在扶着犁把耕地呢。这件事使很多人对海军部提出了批评，批评海军部不该派这批生手来参加这么重要的战役，而在国内明明有许多老兵闲呆着无事可作。不过我们的大官们决定这样作，一定有他们的道理，其中的奥妙一定会象海底的奥秘一样总有一天会揭露的。[1] 也许他们不愿意把精锐的部队送出来冒这么大的危险；也许那些校官、指挥官们给国王办了些家务私事，国王赏了他们一笔干薪干俸，他们正在享受，拒绝出海干这种危险的事吧。无疑，他们拒绝这样作是极其值得赞许的。

---

[1] 意谓"不可能"。

第三十二章

我们的陆战队上了岸，建立了炮位——
我们的船和其他四艘奉命向波卡齐卡炮
台开炮——麦克贤的怯懦——牧师发了
疯——诚实的拉特林打掉了一只手——
拉特林的勇敢，他对战役的感想——
克兰普利在战斗最激烈的时候对我的
行为。

我们的部队上了岸，进入了阵地，上文已经交代。随后他们即
用木杆建立了炮位，准备轰击敌人的主要炮台，但是用了三个多星
期的时间才准备妥当。然后又召开了军事会议，决定尽量赏西班牙
人一个面子，派我们五条最大的军舰从一面向西班牙炮台轰击；陆
地上的排炮再加上两门迫击炮，二十四门小榴弹迫击炮，从另一面
进攻。

我们的船在前一天晚上就接到命令叫我们作准备，次日我们和
其他军舰接到进攻的信号。但是在没有接到信号之前，我们的欧克
姆船长和他心爱的兄弟、心爱的军师——麦克贤——忽然发生了争
执，险些闹成公开决裂。原来麦克贤医生以为在后仓里医治伤员很
安全，受不到敌人炮火的轰击，好象比在地球中心还安全似的；但
是不多久以前，有人告诉他说，某船一位医生助理，就是在后仓里
被敌人从两道小壕沟里开炮打死的（这两道小壕沟已经在我们登陆

那天给我们击毁了）。因此麦克贤听了，便坚决要求在后仓下面的仓底里搭一个医疗台，他才肯医治伤病员；他认为更下一层才更安全些。欧克姆船长认为他的建议太奇怪，很是气恼，骂他是个胆小鬼，告诉他仓底下没有地方；即使有地方，他也不能答应，因为海军里的军医一律都是在后仓治病的。麦克贤心里愈害怕，表现得也就愈固执。他坚持他的要求，并且拿出军医处的训令给船长看，船长看了大骂道，这都是一群懒王八定出来的训令，这些人从来没有到过海上。但是最后，船长也不得不依了麦克贤的话，命木匠去给他在仓底作医疗台。但是没有来得及作，进攻信号已经发布，医生只得呆在后仓里等死，看着摩根和我忙着把器皿、药物安排停当。

我们的船和其他奉命参战的船，接到信号马上起锚，不到半个钟点，在波卡齐卡炮台前面又猛然落了锚，停得很骤，绳索都抖动了。停船之后，立刻发炮，情势着实怕人。麦克贤医生吓得在胸前画了个十字，便趴在甲板上了；船上的牧师和会计本来也是来给我们帮忙的，也学了医生的榜样；摩根和我坐在药箱上，你看着我，我看着你，很不自在，也很想匍伏在甲板上。我们为什么吓成这样？读者有所不知。原因确是不平常，原来我们听到了一阵震天巨响，待我来作一番交代。原来西班牙人从波卡齐卡炮台发了八十四门大炮，外加一门迫击炮和许多小型火器；从圣雅各炮台又发了三十六门炮，从两个平地的炮兵阵地又发了二十门炮，此外还有四条军舰，每条军舰又发了六十四门炮。我方回击，共发了陆地炮兵阵地二十门炮，两门迫击炮，二十四门榴弹小迫击炮，五条军舰，每条八十或七十炮，这些炮都是连续不断地放，所以炮声震天，把我们吓坏了。开战之后没有几分钟，就有一个水兵背了一个受伤水兵进入后仓；他就象卸下一袋粮食似的，把背上的伤兵往地上一摔，然后从口袋里掏出一个烟荷包，捏出一大块烟草就往嘴里塞，一句话也不说。摩根当即检查了伤兵的伤势，叫道："我敢担保，他跟我祖宗一样——死了。"那嚼烟的水兵说道："死啦？这会儿也许死了，我抬他起来的时候，天晓得，他还没断气哪。"他说完，正要回到他的岗位去，我叫他站住，要他把尸首背走扔到海里去。他回答说："我还管得了死尸不死尸，我先小心我自己这条命吧。"摩根拿起手术刀赶了上去，赶到半扶梯，喊道："你这王八羔子，我们这儿不是教堂墓地，也不是停尸场，也不是皇陵，也不是万人冢。"他的话没说完，只听有人答言说："哈哈，住嘴，冒什么火？"摩根回答说："冒火？天晓得，够热的了，你是谁？"那人道："我这儿也疼得冒火哪！"我一听就知道这是我的诚实朋友杰克·拉特林的声音。他走到我跟前郑重其事地告诉我说，他到底开进了船坞了，说着他拿出一只被榴弹打得粉碎的残废的手来。我看他遭遇这样的不幸，心里真是为他难过，但是他却勇敢地忍着疼痛，还开玩笑地说，每颗炮弹都有它的使命的。他说，幸喜那颗炮弹没有打中他的脑袋；但是假如打中了，又怎么样呢？那岂不是落个为国王、为祖国英勇牺牲了吗？谁都欠死亡一笔债，早晚要还的；现在还，将来还，全一样。不要看他是个海员，他还颇懂哲理，我听了他这几句名言很高兴，很感觉自豪。我们当即要麦克贤医生来治，好不容易他才算从甲板抬起头来，他一看便说这只手非割掉不可，拉特林听说便请求我来割，我便开始动手术把他那只残废的左手割掉，他毫不畏缩，忍痛让我割。割去之后，我替他包扎断臂，一面问他对战斗的意见；他摇摇头，很坦白地对我说，他认为我们是打不赢的，为什么？因为我们应当靠岸很近抛锚，这样我们便只消对付波卡齐卡炮台的一角，但是我们没这么办，却在港口正面抛了锚，这样一来，我们不仅受到波卡齐卡方面敌人的炮火，而且也吃着敌人从舰队和圣雅各炮台方面的炮火。这还不说，我们的船离岸太远，打不毁炮台的墙，而且炮弹有四分之三都没有命中，因为船上简直没有人懂得怎么瞄准。他又接着说道："咳！上帝保佑我们吧！你舅舅包凌大尉若在船上，我就不必这么发愁、嘀咕了。"说话之间，伤员的数目已经大大增加，我们简直不知道先给谁治才好了；大副摩根便对麦克贤医生老实不客气地说，如果他不马上爬起来执行他的任务，摩根一定到海军统帅处去报告，并请海军统帅委任他自己作军医了。摩根的警告果然生了效，麦克贤只要听到和自己利害有关的问题，他是决不装聋卖傻的。他果然爬了起来，但是他不只一次掏出酒瓶来喝一口酒，为的是壮壮胆子；他自己喝完，又把酒瓶递给牧师和会计，这两人也很需要这种特种的壮胆剂的。他喝了几口酒，才开始工作，伤员的胳膊和腿不知道被他无情地割落多少！牧师喝了几口酒之后，酒的力量冲进了他的头脑，加上方才精神太紧张，他竟发起疯来了。他把衣服脱得光光的，浑身涂满了鲜血，在甲板上乱跑，简直拦他不住。拉特林见他这种举动，非常吃惊，就想和他说理，但是随他说什么，都不产生效果。牧师这种疯疯癫癫的胡闹造成了很大的混乱，拉特林只好举起右手一拳把他打倒，恐吓他，叫他安静，躺在地下不准动。至于那位会计喝了酒并没有能够提起他的精神来，他坐在甲板上拧着双手，口里直骂自己不该离开罗彻斯特，抛弃那安静的酿酒行业，来过这种可怕的、乱嘈嘈的生活。正当我们拿这胆小鬼开玩笑的时候，忽然飞来一颗炮弹，打中了我们的要害（我指的是炮弹打穿了会计的货仓），把仓里的瓶子、罐子打得落花流水，乒乓乱响，把麦克贤吓得丢下了手术刀，跪倒在地，大声祷告天父，把那会计吓得向后栽倒，躺在甲板上一动不动，象是死了一般；至于那位牧师更是吓疯了，拉特林一只胳膊简直按他不住，我们只好把他关在医生的仓房里，他在仓房里一定又不知干了多少荒谬绝伦的事呢。约莫就在这时候，我的旧仇人克兰普利下来了，说是奉了命令要我到前甲板去，船长被弹片打着，受了轻伤，要我去医治。船长为什么特别赏我脸，要我去办这事呢？我想他的理由不外乎是这样：如果我在半途中被炮弹打死或打伤，对船上人员来说，比起麦克贤医生和医生大副摩根被打死或打伤，关系要小些。若是别的时候，我也许就不听从这命令了，因为我丝毫没有这责任；但是我想这回去不去和我的名誉有关；既然我的仇人克兰普利敢冒着炮火的危险下来叫我，我也不甘示弱。因此我就准备了必要的药物，立刻跟他到前甲板去。一路上我看见的屠杀、炮火、浓烟和厮喊，真象地狱一般！欧克姆船长倚在后桅上，看见来的是我，两只袖子挽到腋下，两只手沾满了血，他便皱皱眉头，表示不高兴，问道为什么医生本人不来。我对他说，克兰普利特别挑我来，好象是奉了命令要我来的。船长一听，显出吃惊的样子，便说，等到战斗结束，要惩罚胆大妄为的水手长克兰普利，并又把我遣回，叫我立刻把医生请去。我安全地回到后仓，把船长的话告诉了医生，医生干脆拒绝接受船长的命令。这时摩根看来有些嫉妒我胆子大的名声，自告奋勇，毫不犹豫走了上去。船长见医生坚不肯来，只得让摩根治他的伤；他发誓说，等战事完毕，一定把麦克贤禁闭起来。

第三十三章

炮台的墙垣打开了一道缺口，我们的兵士开始进攻，没有遇到任何抵抗就占领了炮台——我们的水兵同时也占领了波卡齐卡附近所有其他的炮垒和港口——胜利所产生的良好后果——我们向市区移进——发现敌人放弃了两处港口，并沉船把水路堵塞，我们设法清除了这些障碍——我们的兵士在拉昆塔登陆——击退了一股敌人的民兵——向圣拉扎堡垒进攻，我军伤亡很重，被迫撤退——残余部队重新登船——海军统帅想夺取城市——处理尸首的经济办法。

我们对准敌人炮台轰击了四个钟点之后，就接到命令，叫我们解缆离开阵地；但是第二天，战斗又重新开始，从早晨一直延续到下午；到了下午，波卡齐卡的敌人的炮火就逐渐减弱；到了傍晚，竟无声无息了。我们陆地上的炮火从另外一面，把波卡齐卡的城墙轰开了一条缝，缝的大小大概可以容一个中等身材的猿猴挤进去，只要它能够想法子爬上去的话。但是我们的统帅打算当夜就进攻，并且当真还派遣了一队兵士去执行这一任务。多亏上天保佑了我们，不知怎的，西班牙人竟放弃了这座炮垒，否则他们只消留几个人坚决守住，就可以守到世界末日，任凭我们竭尽全力去攻，也是攻不下来的。正在我们陆战部队丝毫没有遇到抵抗就占领了城堡的时候，我们有一支海军也碰上了好运气，占领了圣雅各炮台，占领了壕沟里的敌人炮兵阵地，并且夺获了敌人一艘战舰（其他三艘，敌人怕落到我们手里，早被他们自己焚烧沉没）。西班牙人主要靠这几座炮台，现在已经被我们夺来，因此我们也便控制了外港，非常快活；而且我们预料敌人是不会从城里派兵来抵抗的。我们突然胜利，敌人则兵慌马乱；我们如果能趁敌人惊魂未定之时，立刻派几艘主力舰来，很可能我们不必再流血就可以满意地结束这场战斗。但是我们的将领们要逞英雄，不屑这样办，认为乘胜追击乃是乘敌人之危，是一种野蛮的、侮辱敌人的行为。结果，敌人得到了他们所希望得到的重整旗鼓的喘气机会。

麦克贤医生趁大家都在兴高采烈之际，恭恭敬敬地去找船长，向船长求情，效果很好，船长对他又复宠信如初。至于克兰普利在作战时对我的那种行为，再也没有人提起了。胜利的果实，最受人欢迎的是大家都能喝到充分的淡水。在过去五个星期，船上的总管每人每天只发一夸特水，弄得人人无精打采。我们所在的地方正当热带，太阳笔直地晒下来，二十四小时之内身上出的汗不知多少，一加仑水也不能补偿每天的消耗。再加上我们吃的是腐烂了的咸牛肉（水手们管它叫"爱尔兰马"），新英格兰的咸猪肉（这种猪肉既不象肉又不象鱼，可是吃着又有肉味又有鱼味，真是不伦不类），新英格兰的饼干（当面包吃，但是每块饼干都象个钟表，有东西在里面动，原来里面已经长了千千万万的蛆了），上面抹的是稀黄油，味道就象用盐巴和稠了的鲸鱼油一样。每个人每天早上领的饮料不是淡啤酒，而是一个半夸特的白兰地或甜烈酒，每人只好用他分内的水把它冲淡，里面既不放糖，又不放水果，简直无法下咽，因此水手们给它起了个很恰当的名字，叫作"非它不可"。水本来是件平常的东西，却限制很严，但是船上并不是缺水，船上带的水若按每人每天半加仑计算，足够用半年的。但是船长却不准我们多喝，好象斋戒一样，推测原因，大概是要我们借此忏悔自己的罪孽，更可能是要训练我们对生活采取鄙视的态度，从而更能不避艰险，坚决赴死。但是自有一批头脑简单的人却说道，我们的死亡率这样高，都是因为粮食坏，水源不足的缘故；还说那些闲着不用的运输船若是用来从牙买加和邻近岛屿运新鲜粮食，甲鱼，水果和其他食品供应陆海军，很多宝贵生命就不致于丧失了。这批糊涂人不了解死去的人可能是到福地去了，而活着的人也不致有那许多人和他抢东西吃了。总之，活着的人也还不少，足够到圣拉扎炮台前去送死的，这样，人就象他们自己国内的猛犬一样，闭着眼睛直向狗熊的血盆大口冲去，[1] 固然勇猛，却落得个脑浆迸裂。

闲话少说，言归正传。我们耽误了一个礼拜的时间，才把守军安插到夺获的堡垒，把我们陆军和炮重新又装上战船，然后才冒险向内港港口挺进。这港口一边有一座大炮台，另外一边有一座小碉堡。早在我们开到之前，敌人已把这两处放弃。港口入口的地方，敌人在航道上也沉没了几条旧的小战船和两艘大战舰，挡住了去路。我们设法开辟了一条路，开进了几条船，在一个便于登陆的地方，叫作拉昆塔，上了岸。这地方离市镇不算远，有西班牙人略略抵抗了我们一阵，想要阻挠我们登陆，但是我们终于登了陆，扎了营，目的是想包围那座控制市镇的圣拉扎炮台。我们的统帅当即召开军事会议，决定只用步枪去攻克炮台。我真不明白，是否我们统帅的营中竟连一个懂得军事的人都没有了？难道他想光靠他的威

---

[1] 指一种残酷的斗熊戏。

名去夺下城堡吗？怎么作出这种决定来了呢？既然这样决定，就这样办，结果很成功，敌人给我们来了个热烈欢迎，我们大部分的部队都在堡垒下找到了永久的归宿。西班牙人这种不在乎的态度，很不合我们统帅的口味，但是他还算聪明，马上收拾残军，逃回船上。在波卡齐卡海滩登陆时，共有八千名精壮兵士，现在只剩下一千五百名能作战的兵士了。伤兵病号都挤在少数几条船上，这些船后来还美其名曰"疗养船"，但是依我看来，简直不配叫疗养船，船上根本找不出一个好医生、护士或厨师，而每层甲板之间又狭隘不堪，那些可怜的病员躺在床上都直不起腰来。根本没有人照管他们的伤口和残臂断腿，染上脏东西就溃烂了，成百万的蛆虫就在脓疮里滋长着。这种惨无人道的冷漠态度据说是由于医生不够的缘故，但是大家都知道全舰队每条大船上都可以至少腾出一名医生来照顾伤病员，如果这样办，就不会发生这种令人发指的惨痛现象。但是也许我们的统帅非常注重体面，不愿去恳求友帅帮忙，[1] 而友帅也不愿意丢面子，没等人家来请，就自动去帮助别人。我敢大胆说，这时有个魔鬼名叫"不和"，正在作祟呢。它扑着烟灰似的黑翅膀在蛊惑着我们的两位统帅，因此我可以这样说，这两位伟大的人物（我希望他们原谅我的比喻不伦），就好比凯撒和庞沛，一个是唯我独尊，一个是目中无人；他们两个你自高我自大不要紧，整个的事业却失败了，这正应了一句俗话："坐在两条板凳当中，屁股落了空"。我倒并非想把国家大事和人体上这样不体面的一部分相比，虽然老实说（恕我又用一句粗话）全国上下为此事很感失望，失望得直翘屁股。我也并不敢把我们英勇的统帅和木头板凳或

---

[1] 一个统领海军，一个统领陆军。

马桶[1] 这种日常用品相比，我打这比方，无非是想说明人民犯了一个错误，他们不该轻易把两件从来不能合在一起的家伙[2] 硬合在一起。

自从圣拉扎失利以后，不到一两日，我们的海军元帅又下令，命令我们将俘获来的一艘西班牙军舰安装上十六门大炮，从我们的大船上调去一些队伍，准备攻打市镇。当夜便将这艘军舰拖到内港，离城墙不到半哩处系了缆。次日拂晓便开始发炮攻城，敌人那边却至少有六十门大炮向我们反击，足足打了我们六个小时，最后我们的兵士迫于形势，不得不放火烧毁军舰，纷纷乘小舢舨逃命。这次战役被海军和陆军中爱说俏皮话的人听了去，便乱加推测起来，猜来猜去，最后不得不承认这是一着高明的策略，他们实在不能领略。有的人对这位海军元帅的脑筋发表了很欠恭敬的意见，说他怎么竟然希望用十六门漂在水上的大炮就想打下一座城池；也有人说，恐怕他唯一的目的无非是要试探敌人的力量，然后他就可以算出究竟须要多少大船才能攻下这座城池。最后的这种揣测很快就证明是毫无根据的，因为后来并没有调遣任何船舰去攻城。还有第三种人很肯定地说，这其间没有什么理由，就和唐·吉诃德攻打风车一样。第四种人（这种人最多，当然这种人也是最粗暴、最恶毒的）干脆就骂这位元帅既不老实而又愚蠢，说他应该牺牲个人恩怨，顾全国家的利益，这件事牵涉到多少英勇同胞的性命，他应该不等别人的建议和要求便去征求陆军统帅的同意，共筹如何有利于保全他们的生命的办法；如果陆军统帅不能说服他，那他自己也至少有责任想个切实可行的办法，不应冒极端的危险；即使决定攻

---

[1] 原文和"板凳"是同一个字。
[2] 指板凳与马桶，以讽刺两个统帅。

城，要有成功的把握，要派上五六艘大船去攻城，同时要由陆地部队去攻打堡垒。如果照这样办，敌人就不致于集中注意于我们的部队；而实际上我们的部队，不论是进攻还是退却的时候，不是吃了堡垒的炮火的亏，倒是吃了城里炮火的亏。如果照那样办，城里的守兵发现自己四面受敌，就必然会招架不及，陷于混乱，很可能就无法抵抗我们的进攻。但是这些说法显然都是出于无知或恶意，不然的话，何以这位海军大将在回到伦敦之后，在正直而明察秋毫的海军部首长面前，能够毫无困难地替自己的行为辩解呢？不错，在作战地点也有人替他辩护说，城市附近的水不够深，大船开不进来，但是这种话说得不太聪明，因为舰队里有些领航员清清楚楚知道港口里的水有多深；他们说，港口足能容五条八门炮的大船并排停泊，一直到城墙脚下，水都这么深。我们当时吃了败仗，人人垂头丧气，每天，时时刻刻看到的一些景象更加增加了我们的沮丧情绪；我们如果在这里再停留下去，那简直不堪设想。许多船上实行了节约，为了免除埋葬死人的麻烦，司令官们下令把死尸都抛进海里，许多尸体上也不压块石头，也不裹块布，结果港口里的海面上就漂起了许许多多的人尸，等鲨鱼、老鸦来吃光完事；活的人眼看这种情景，心里是不大好受的。正巧这时雨季又开始了，从日出到日落，大雨滂沱，毫无间歇；雨一停止，紧跟着就是雷电交加，电光不停地闪着，借着电光人们可以清楚地阅读蝇头小字的书籍。

第三十四章

流行热病在我们中间爆发——我们放弃
了占领的城堡——我也染上了时症；
我给船长上了陈情表，被船长驳了回
来——由于克兰普利的恶毒，我险些窒
死；有一位下士把我解救了——我的病
情遽增——牧师要我作临终忏悔——我
的病有了起色——摩根对我的感情证
实了——麦克贤和克兰普利对我的态
度——欧克姆船长带着他的亲信医生
调到另一条船上去了——新船长的种
种——摩根的遭遇。

由于雷电、大雨等等现象，大气起了变化，加上我们周围散发
出来的臭气，气候的炎热，以及由于营养不足而引起的身体虚弱，
再加上我们心情的沮丧——这一切在我们中间引起了猖獗而猛烈的
胆性热病，患病的人四个当中倒有三个悲惨地死去，死者的皮肤由
于胆汁败坏变成了锅底的颜色。

我们的统帅们见此情况，认为放弃我们占领的城堡，此其时
矣，于是便将自己的大炮毁坏，用火药把城墙轰塌，离开占领地。
在我们离开波卡齐卡回到牙买加的途中，我发现我自己有得了热病
的征兆；我心想，天气这么热，船尾堆着的食物已经腐烂发臭，好

人在这里都呆不住，我这病人如果呆在这里，一定性命难保，我就写了一道陈情表呈给船长，把我的情况叙述一遍，恳切请求他允许我在中甲板上和兵士们卧在一起，好呼吸些新鲜空气。但是我算是枉费了心机，船长毫无人性，竟然拒绝了我的请求，命令我呆在指定给医生助手居住的船尾，否则就上"疗养船"去躺着，但是"疗养船"上臭味和窒息的程度比起我们的尾仓来，还要高出三级。别人在我这种情况下也许就认命了，也许就赌气一死算了，但是我想到自己经历了这么许多命运的风险，竟落得这样悲惨的下场，心里很不服气，因此不顾欧克姆的命令，说通了兵士（他们对我一向很有好感的），允许我把我的吊床挂在他们睡觉的地方。正当我找到了这么一个舒适的地方、颇为庆幸的时候，却被克兰普利知道了，他马上去向船长报信，说我竟敢渺视他的法令；船长便授权给他，叫他把我赶下去，赶回我原来的仓位。克兰普利这种野蛮的报复行为非常令我生气，我痛骂他，并且发誓说，只要我有机会，一定狠狠地和他算帐。我心中的气愤加重了我的病情，我躺在地狱般的仓房里，喘得上气不接下气；正在这时，忽然有位下士来看望我，这位下士在上次战斗中被弹片打掉了鼻子，是我把他的鼻梁骨锉齐整好的。他听说我眼前的处境，便要把他自己在中甲板的铺位让给我，他的铺位四面有帆布围住，而且有个窗眼可以通空气。我很高兴地接受了他的建议，他便立刻把我带到他的铺位，一直到我病好我都躺在他的铺位上。他无微不至地照顾着我，以表示他对我的谢意，而他自己在整个这段航行时期却没有床位可睡，只在一只鸡笼里栖身。我就这样躺在他床上养病，呼吸着新鲜空气，但是虽然如此，我的病情却是愈来愈沉重，最后大家都觉得我没有希望了，虽然我自己还希望能恢复。每天我从窗口可以望见总有六七个得了我这种病而死去的人被人扔到海里。但是我对恢复健康还是很有信心，我认为也就是这点信心在很大程度上保全了我的性命。此外还有一个原因，那就是从一开始我就决定什么药都不吃，因为我相信药一定会助长我的病，不能制止胆脏的腐坏的，反而会完全败坏胆汁。所以，当我的朋友摩根给我送来发汗的药丸，我就把药丸往嘴里一塞，但是不吞下去，等他一走，又把药丸吐出来，用米汤把口漱干净。我当他的面不得不假装吃他的药丸，我怕惹起这位卡拉·克塔卡斯后裔的血性，我怕他会以为我不相信他的医道，而且这时麦克贤对我根本不闻不问，甚至都不知道我在什么地方，而照顾我的医生只有摩根，因此我决不能惹他生气。我的病愈来愈严重，摩根也认为我没有希望了，他便在我后颈贴了一块膏药，希望把毒液吸出来；他敷完之后，紧紧地捏着我的手，满面愁容，叫我向上帝和耶稣请罪，然后他就向我告别，去请牧师来给我行临终的仪式，但是没有等牧师来到，我就把那副讨厌的膏药从后颈上扯了下来。牧师来了，他按了我的脉，问我患的是什么病，哼哈了一阵，便开言说道："蓝登先生，无限仁慈的上帝开恩，赏给了你这样一种可怕的病症，究竟结果怎样，谁也不知道；也许上帝会允许你恢复健康，在世界上活很久，但是我看十有八九上帝要把你夺回去，要你在青春妙年的时候凋谢。因此你务必准备迎接这一伟大的变化，诚恳地悔罪。怎样才能表示你诚恳悔罪呢？那只有老老实实把你的罪行坦白出来。因此我命令你赶快坦白，不得犹疑，不得有任何内心的保留。等我确实认为你的坦白是诚恳的了，那时我自然会按照你灵魂的罪孽的深浅，给你安慰。你年纪很轻，想必犯过无数青年人爱犯的罪孽，例如骂人啦，喝酒啦，宿娼啦，奸淫啦。因此，你务必毫无保留地把每件事情详详细细地告诉我，特别是在奸淫方面犯的罪孽，使我能够了解你的良心究竟堕落到了什么程度。医生治病一定要先知道病人的病情，才好对症下药啊。"我当时并不觉得我快死了，听了这位学问渊博的牧师这样寻根追底的劝戒，不由得笑了起来，并且对他说，他劝我向他当面忏悔，这有点罗马天主教的味道，不象新教；在我看来，不一定要忏悔后，灵魂才能得救，因此我拒绝忏悔。他听了我的回答，有些不自在，便引经据典地解释道：有些事情是绝对必要的，有些事情却只不过是权宜之计，接着又问我信什么宗教。我回答说，我至今还没有考虑各种宗教究竟区别何在，因此还没有决定信仰哪个教门，不过从小受的是长老派[1]的教育。牧师听了大吃一惊，说道，他不了解怎么一个信奉长老派的人竟能在英国政府治下得到职位。他又问我受过天主教的圣礼没有，就职的时候宣过誓没有？我回答说没有，他一听，举起双手，对我说道：这可真是爱莫能助了；并且咒我说，你是不会得救的。说罢他就走了，又回到他同伙吃饭的人们那里，这些人正在官长仓里围着一张桌子，桌子上面堆满了各种酒，在寻欢作乐呢。牧师的警告虽然怕人，却并不叫我耽心，我耽心的倒是我的病，他一走，我的病又发作得厉害起来了。我只觉得昏昏沉沉，眼前看到许多怪影，我想恐怕已经到昏迷的边缘了。这时，我只感到窒息、气闷，简直有闷死的危险，我一下子坐了起来，象发了疯似的，想要投海自尽。这时我那位下士朋友恰巧不在身边；正当我挣扎着从吊床上爬下来，我忽然发现我大腿湿漉漉的，这一来我又有了希望，否则我一定就投进凉凉快快的海水里自尽了。我想大腿湿润是好兆头，决心要利用这个良机，于是我从身上把衬衫剥下，把床单从床上扯下，把自己裹在一床厚厚的毯子里，整整一刻钟，我只觉浑身难过，象下了地狱一般，但是不久就苦尽甘来，痛痛快快地出了一身大汗，汗水从浑身的皮肤里冒出来，不到两个钟

---

[1] 新教教派，流行于苏格兰。

头，我的病霍然而愈，只觉得身子有些软，肚子里饿得象好久没得食的老鹰。我舒舒服服睡了一觉，睡醒之后我就躺在床上瞎想未来将是多么幸福等等舒服事儿；正在这时，忽听布帘外面摩根在问下士我还活着没有。下士回答说："活着没有！谁让他死来着？他安安稳稳地睡了五个钟头的觉了，我不愿意去吵他，睡觉对他有很大的好处。"又听摩根说道："对啊，他睡得太安稳了，世界末日的号角也吹不醒他了。上帝保佑他的灵魂！他把欠上帝的债老老实实地还清了。对啊，再说，他已经安息了，什么迫害啊，灾难啊，痛苦啊，他都受不着了。上帝知道，我也知道，这些苦他是受够了的！耶稣、耶稣，他是个很有出息的青年啊。"他一面说，一面痛苦地叹息，竟哼哼唧唧地嘤泣了起来，使我听了不得不相信他对我的友谊是真实的。下士听了他的话，有些惊惶，连忙走到我床边，对我望望，我对他一笑，并且对他使了个眼色，他马上会意，仍旧一言不发；摩根见他如此，便更加肯定我确实已经断了气了。他眼睛里含着两包眼泪，想看看我，尽情恸哭一番，便也走到我床边，我便把眼睛瞪得定定的，把下巴往下一搭拉，装出一副死人的样子。他一见就又说道："咳，死了，变成了一堆泥土了。"他看我脸面变了形状，又说，我临死前一定有过一番痛苦的挣扎。接着，他因为和我作了一场朋友，要尽一尽最后的情谊，便用手把我的眼睛和我的嘴合上，我这时实在忍不住了，就啪嚓一下把他手指咬住，把他吓得往后蹿了一步，脸白得象一张纸，样子就象画上画的鬼一样。我虽然心里想笑，但是我也怕真把他吓坏了，便伸出手，对他说道，我还不想死呢，我还想回到英国吃一回他自己作的碎肉拼盘呢。呆了半天，他才算恢复了神志，用手按了按我的脉，详细地问了我的病情。我告诉他，病情已有好转，他表示祝贺，说我的运气不错，他说这固然是上帝的意志，但是他敷在我背上拔水份的膏药也有功劳。他说："提到膏药的事，这张膏药，现在该取下来换药了。"说着，他果然要去取药来换，我便装出吃惊的样子说道："哎啊，你从来也没有给我贴过什么膏药呀；你若不信，请看我背上什么也没有。"他把我的后背检查一番，才相信了我的话，但是为了掩盖他的惶惑不解的心情，他故意装出吃惊的样子，说膏药没有贴到肉皮上却怎么又不见了呢？我不愿意明白对他说我没有把他的膏药当一回事，便假意说一定是贴膏药的时候我没有觉得，后来一阵昏迷，我把它撕下来了。他听了此话，便也信以为真，这回他倒并不象往常那样认真斤斤计较了。这时幸喜我们已经安全抵达牙买加，我吃到了新鲜的食物和其他补品，气力日渐恢复，不久我便完全和以前一样健壮了。当我刚刚能下地，慢慢地扶墙摸壁在甲板上走动的时候，就撞见了麦克贤医生，他走过我身旁，用鄙视的眼光瞟了我一下，摆足了架子，连一句招呼的话都没有。他后面跟着克兰普利；克兰普利雄赳赳地一脸凶气，走到我面前，吼道："船上的规矩哪里去了，竟让象你这种狗娘养的懒王八，躲躲藏藏，假装生病，落得逍遥自在，任事不干，却让老子们干苦差事！"我一看见这坏心眼的恶棍这种行为，就一肚子的气，很想用拐杖敲破他的脑袋，但是继而一想，我现在身体很软，船上的仇人又多，他们巴不得有个借口把我毁了，我便抑制了一腔愤怒，仅仅对克兰普利说，我并没有忘记他对我的无礼和中伤，希望有一天到岸上跟他较量较量。他咧着嘴笑了笑，伸出个拳头，赌咒说，他就盼望有这么个好机会呢。

　　这时，我们的船接到命令，要我们侧转船身，装粮食，装水，准备驶回英国。我们的船长不知为了什么缘故觉得这时重返故国有些不方便，便和另外一位船长交换了职位，而这位新船长呢，他正不愿呆在赤道地带；他感觉在这里不安全，虽然用尽心思，加意保护，他还是怕自己的皮肤经不起这一带的日晒风吹，受到损伤，因此有机会作我们的船长，正是他求之不得的事。

凶暴的旧船长带着他的亲信麦克贤离开了我们的船，我心里真是说不出地高兴。我们的新船长便乘了一艇十桨画舫，上面罩了一顶遮阳的大伞，来到了船上。这人处处和旧船长相反；他身材细长，年纪很轻，头上戴一顶白帽，上面装饰着一根红色羽毛；帽子下面，头发一直披到肩上，都是一绺一绺的鬈发，背后用一根缎带束住，他的外衣是粉红色缎子作的，里子是素白的，裁得非常优美，下面稍稍往后岔开，露出一件绣金的白缎马甲，马甲上面的纽扣没有扣住，露出里面镶着比利时花边的细白麻纱衬衫，衬衫当胸的地方别着一根镶有红宝石的别针。他下身穿着一条深红色的天鹅绒裤子，裤腿刚刚遮过膝盖，再下面两条瘦腿上穿的是一双丝袜，没有一点斑点和绉纹，脚上穿一双蓝色摩洛哥皮制的皮鞋，鞋扣上嵌着金刚钻，在阳光里闪闪发光，和太阳一样亮！他腰间挂着一把铜柄的宝剑，上面镶着金，系着一条打着结的缎带，拖到下面，蓬蓬地散成一个穗子；手腕上还套着一根琥珀镶头的手杖，甩来甩去。但是他浑身打扮最引人注意的却是脸上戴着的一副面罩，和手上戴着的一副白手套；这副手套每只小指外面都套着一只精巧绝伦的指环，似乎是让手套戴在手上以后便再也不预备脱下来了似的。这位船长名叫魏弗尔，[1] 他就这样穿装打扮，接管了我们这条船，并且带了许多侍从，前呼后拥，这些侍从个个似乎都和他们的主子性格相同，只是程度上略有差别。船上的空气弥漫着馥郁的芬芳，我敢说盛产香草的阿剌伯乐园也发散不出一半的香气。我的伙伴摩根发现这位新船长虽然带了许多人来，却没有带来军医，心想，如

---

[1] 原文 Whiffle，意谓"轻风"，讽喻其轻浮的性格。

此良机，岂可坐失，他想起有句老话说，"省了唇舌，丢了好处"，便决定不等别的医生派到船上来，先去引起新船长对他的注意。他抱定这个主意，便到新船长的仓房去了。他去见新船长的时候，身上穿的是一套普通衣服：方格子衬衫、裤子、棕色麻纱马甲，头上戴一顶睡帽，也是棕色麻纱作的，这些东西都已经不很干净，而且活该他要倒霉，上面沾满了浓厚的烟叶味道。他不待通禀，一撞就撞进了新船长的神圣不可侵犯的仓房，新船长正在榻上休息，身上裹着一件细花布的长睡衣，戴着一顶镶着花边的纱布便帽。摩根连连鞠了几躬，开口说道："长官，我希望您能原谅、饶恕、宽宥我的冒昧，我还没有荣幸求得引见的机会，但是我的出身教育不愧是个上等人，而且，上帝可怜我，生平走过不少背运。"他说到这里，魏弗尔船长才把他阻挡住了，原来船长一见摩根那副怪诞的神气，以为是鬼出现了，吓得惊魂失魄，半晌才说出话来。他带着一种鄙视、好奇而又惊讶的神气，问道："混帐，你是什么人？"摩根回答说："我是这船上军医的大副，我万分热诚地、万分恭敬地请求您，恳求您赏我光、赏我脸，向众人打听一下我的性格，我的为人，我的品质，上帝作证，我希望我可以补上军医的缺额，我是可以当之无愧的。"摩根一面说话，一面不住向船长挪近，船长的鼻孔闻到了从他身上散发出来的淡芭菰的"香味"，立刻感情激动地大声吼叫道："老天保佑我！要熏死我了！你这家伙，快给我滚、滚！该死的，还不给我滚出去！我要让你的臭味熏死了！"船长的仆人们听见他大声疾呼，连忙跑了进来，他对他们说："你们这些恶棍，杀人凶手，奸臣，你们要陷害我吗？你们要牺牲我吗？还不给我把那怪物架走？非要把我熏死才成吗？唉！唉！"话刚说完，他就晕倒在榻上了。他的贴身侍从连忙把一瓶解药放在他鼻子边让他闻，当差又用香油揉他的太阳穴，另外一个又在地板上洒起香水，再一个把摩根推出了船长的仓房。摩根一走就走到我呆的地方，若无其事地一屁股坐下，唱了起来。他有个习惯，凡是遭到别人辱没了他又不敢报复的时候，便哼起威尔士小调来。我见他如此，猜到他心里定有几分不如意的事，便问他缘故，他不直接回答我的问题，却很激动地反问我道，我可认为他是个怪物，是个浑身发臭的人。我惊讶地回答道："怪物？浑身发臭的人？谁这么骂你来着吗？"他回答道："上帝作证，非弗尔[1]船长不但骂我是怪物，还说我臭，陶威河[2]的水全拿来也不能从我的记忆里把这两句话洗掉。我肯定说，赌咒说，坚决地说，我还用我的灵魂、肉体、鲜血担保，请你注意，我身上只有文明人应该有的味儿，此外只有一些淡芭菰散发出来的气味，可是淡芭菰乃是一种能治头痛、芬芳馥郁的香草啊，谁不同意，谁就是山羊养的畜牲。至于说我是怪物，该是什么就是什么，上帝愿意把我造成什么样就是什么样，我看骂我是怪物的人也许还不配当怪物呢，我敢当着全世界宣布，就凭他那种荒唐造作，那种稀奇古怪的打扮，简直是沐猴而冠，哪里还有个人样儿呢？"

---

[1] 摩根气头上忘记了新船长的姓名或根本没弄清楚新船长姓名。
[2] 邻近他故乡的一条河。

第三十五章

魏弗尔船长召见我——他的情况——
他的军医进来，给他处方，服侍他睡
下——人们给辛波先生在船长的特等仓
房旁边设了一张榻床——船长住了特等
仓房，以及他的其他行为，全船人员心
目中对他产生了很坏的印象——海军统
帅把我留在西印度群岛，当了炮舰"蜥
蜴号"的军医大副，我去拜见军医，他
待我非常和蔼——我到岸上，卖了我的
二副委任状，买了一些必需品，回到船
上，忽然发现克兰普利，大吃一惊，原
来他被委任为这条炮舰的大尉——我们
出外巡弋——捕到一艘船，在我同伙吃
饭的伙伴的押送下，我们抵达摩浪港，
我和这位伙伴处得很好。

　　摩根正在用这样"赞不绝口"的口吻谈论魏弗尔船长，我忽
然接到命令，叫我浑身上下收拾干净，到大仓去见船长。我立刻
遵照命令，从药箱内取出玫瑰香水，把我身上洒得香喷喷的。我
走进大仓，船长叫我先站在门口不要动，他先要用小望远镜从远
处把我侦察一番。他用视觉把我考查了一番之后，命我慢步前进，

以便他的嗅觉继续给我鉴定，不要把他熏坏。因此，我便小心翼翼地慢步前移，他闻过之后，很满意地说道，"唉，这家伙还凑合。"我见他懒洋洋地斜倚在榻上，有气无力、弱不禁风的样子，他的贴身仆人捧着他的头，不时把香药瓶送到他鼻子边，让他闻。他扯着尖嗓门对他的贴身法国仆人说道："维尔谢特，你看这家伙那破破烂烂的样儿（这是指我说的），你觉得他会把我治好吗？我把胳膊交给他放血，[1] 不太冒险吗？"那仆人用半英半法的话回答说："我认为您有充分的理由应该放一点血，我看那小伙子还算体面。"船长说："既然如此，那我只好冒险了。"他又对我说道："你一向只给畜生放血，你给人放过血吗？问你也是多余，你总是不会说真话的。"我一面把他手套褪下，好按他的脉搏，一面说道："您说畜生吗？我可从来没有和畜生打过交道。"他忽然大喊道："你这家伙要干吗？你要把我的手拧断吗？天杀的！我的胳膊给你弄得一直麻到肩膀啦！老天救救命吧，难道我的命要葬送在蛮子手里了吗？咳，真倒霉！可惜我自己的医生辛波先生不在身边。"我连忙向他道歉，说不该粗手粗脚，然后特别小心谨慎地、轻轻地用一条丝带把他臂膊扎住。我正在摸他的脉管，他忽然问道，我打算放多少血，我回答说："不超过十二两。"他一听，瞪着两只眼睛大吃了一惊，叫我立刻滚蛋，骂我是要谋害他的性命。好不容易维尔谢特才算把他劝住，从书桌抽屉里取出了一副天平，两个称盘，有一个放着一只小杯子，他把天平交在我手里，对我说，船长放血每次从来没有超过一两三钱。我正在准备这件重要的放血工作的当儿，忽然走进了一位青年，他的衣服穿得非常华美，皮肤很娇嫩，脸上露出一副有气无力的笑容，看样子是长期

---

[1] 早期的一种极普通的治疗法。

以来矫揉造作养成的习惯。船长一见他进来，连忙起身，一下向他扑去，拥抱起来，叫道："亲爱的辛波！我都快病死啦。我的佣人们不管我，把我害了，让我受惊，简直是要我的命，你看他们让这么一头畜生、笨驴、狗熊来捉弄我，他那一股臭烟味，熏得我都要抽风了！"我这时仔细观察辛波，发现他的细嫩皮肤原来是化妆的结果，并非天生。辛波听船长这么一说，马上摆出一副柔和、同情的神气，用温存的语气感叹道，船长今天的遭遇真是万分的不幸。然后，他把船长的脉隔着手套摸了一摸，发表诊断的意见道，这完全是神经方面的毛病，与其放血，不如喝几滴海狸香药酒[1]和鸦片药水反倒更有效些，这些药可以克制精神过度冲动，并起舒肝的作用。因此他们便派我去把这药配来，配好之后，倒在一只玻璃杯里，用白酒冲服。大家把船长服侍睡下，传令各军官不准让任何人在前甲板上走来走去，不要惊动下面安寝的船长。

　　船长安眠的时候，他的医生在一旁守着他，看样子非继续守下去不可，因此他便在隔壁仓房安排了睡处，万一晚上船长出了什么事情，可以就近过来服侍。第二天船长的病幸喜痊可，便下了一道命令，叫船上所有的尉官凡是在甲板上行走的时候，都一律要戴好假发、宝剑，并穿上花边衬衫；所有准尉以及准尉以下的士兵在甲板上行走的时候，一律不准穿日常穿的格子布衬衫，也不准穿脏衬衫。除了辛波和他的随身仆从以外，要来见他的人必须先通禀，得到允许才能进入他的仓房。这种新奇的规矩并没有引起船上人对他有任何好感，反而给人一个机会造他的谣言，说他和辛波之间有不可言传的暧昧关系。

---

[1] 相当于我国的麝香之类的名贵药材。

过了几天，我们的船接到开船的命令，眼看不久就又要见到故乡了，心里很是高兴。正在这时，海军上将的军医忽然光临我们的船，在前甲板上召见摩根和我，对我们说，西印度群岛方面现在很缺军医，他奉了上级命令要从每艘回到英国去的大船上扣留下一名军医副手；他要我们两个商议一下，谁愿意留下，在二十四小时以内给他答复。这消息真象晴天霹雳，我们两个彼此面面相觑，说不出话来。最后摩根开了口，他说他愿意呆在西印度群岛，不过要海军上将马上委任他作军医，但是那位官员对他说，西印度群岛并不缺军医，缺的是副手，因此要干就只有当副手，也许过了一定时期，可以升为军医。摩根听了，便老实不客气地拒绝留下，并说他在这条船上是海军部委任的，他还不愿离开呢。那医官听了，也老实不客气地对摩根说，如果明天早晨以前，我们两个不能商量出一个决定来，那他就只好用抽签的办法，抽着谁，谁就得留下。我当时就回想起我在英国的生活很苦，没有一个朋友能够提拔我，也没有希望能在海军部里活动到一官半职的情形；我又想到眼前西印度既然缺少军医，这地方气候又非常恶劣，几乎每天都有军医感染时症而死；因此我就想，留在这地方比回到欧洲去，前途更有把握，比较得计。因此我就决定，不如作个好人，答应下来。第二天，我们接到命令，要我们去掷骰子决定谁去谁留，我便对摩根说，他不必去了，我自愿接受海军上将的决定留在西印度。那医官听我如此坦率，大大称赞我一番，对我说，我这样听话，自有我的好处。果然，他说的话兑了现，当天下午就给了我一张委任状，派我为"蜥蜴号"炮舰的军医大副，这样我就升作了海军里的堂堂大副了。

　　证明文件都已办妥，我便收拾好箱子、铺盖，把这几件东西运上靠拢在大船边的一个小划子上，然后我就和我的忠实的朋友——那位上士，和到格林威治医院去的诚实的杰克·拉特林，——握手告别，然后又和摩根挥泪而别，临别前彼此还交换了袖扣作为纪念。我到了"蜥蜴号"炮舰，便将我新得到的委任状呈交船长，又打听到军医在什么地方，我便去见军医，我一见他，马上就认出原来这家伙便是和杰克逊一起胡闹的那个人，后来我们还一起关进拘留所呢（这段故事前面已经表过了）。他非常客气地接待我，我提醒他我们过去曾经会过面，他也非常高兴我们这回又碰到一块了，并介绍我和炮长和舰长的大副一同搭伙，吃得很好。船上可巧没有病号，第二天我便请假和炮长一同上岸，炮长把我介绍给一个犹太人，打了个六折把我的二副委任状卖给了那犹太人，我便买了需用的东西，晚间回到船上，不防发现我的老对头克兰普利也在这条船上！我固然不怕他和我作对，但是看见他在船上出现却也使我吃惊，我便把我的感觉对医生托姆林斯说了，托姆林斯告诉我，克兰普利托朋友向海军统帅买通了人情，委派到这条船上来当大尉；他并劝我道，克兰普利如今既是我的上司，最好对他恭敬些，不然他是会千方百计陷害我的。我听了他的劝告，就象喝了苦口的毒药一般，拿我的自尊心和我对他的愤恨来说，我怎能甘心屈居在他的手下，即连叫我和他言归于好也是不可能的，这家伙过去多少次待我太不人道了！但我也无可奈何，只好决定尽少和他打交道，尽力和船上其他军官拉交情，这样便能给我自己建筑防线，免受克兰普利恶毒的攻击。

还没过一个礼拜，我们便开船出洋巡弋。我们翻过岛的东头，运气很好，捉到了一条西班牙的大渔船。这条渔船后面还拖着一条被它捉住的、开往英国不利斯托去的英国船；这条英国船是半个月前并无护航船只、独自从牙买加开出的，也被我们一并捉住。凡是不生病的俘虏，我们都安置在岛的北边，两条船都换了英国人驾驶，其中那条西班牙大渔船由我的朋友，也即船长的大副驾驶，他接到的命令是把两条船都开往摩浪港，在摩浪港等候"蜥蜴号"巡弋回来，然后一同开回皇家港。船长派我跟着大副去，替两条船上的西班牙和英国籍的病人，共约十六人治伤，到了岸上可以赁一所房子作医院，好好照顾他们。我很愉快地接受了这一任务，其原因是，这样一来，我就可以有一阵子不受那傲慢的克兰普利的闲气了（自从他在船上当了大尉以来，他那改不了的脾气已经对我发作了两三次了）。驾船的大副，外表和脾气都很象我的舅父，待我非常和蔼，而且很信任我，处处对我都很好，还送了我一把银柄的短刀，这是他从抢来的赃物中分到的。我们安全抵达摩浪港后，便登岸找到一所空库房，把它租了，第二天运来病号和床铺等物，把他们都安置停当，并指派船上四个人服侍病号，听我指挥。

第三十六章

我遇到一件奇事，结果令我非常快活——克兰普利在船长面前说我的坏话，但是由于医官的善心和友情，克兰普利未能得逞——我们回到皇家港——船长奉命调往另一艘大船，继任的船长是个老头儿——布莱尔得到了职位——我们奉命驶回英国。

　　船上的军医名叫布莱尔，他是我的上司，也是我的伴当。我们医治的病人都已有了起色，不须十分照顾，因此一天布莱尔便带我去访问一个他认识的、很有钱的种植园主。种植园主招待我们非常丰盛，到了傍晚，我们才告辞回船。我们两个借着月色走了约莫一哩路的光景，忽听后面有人骑马而来，向我们道过晚安，问我们到什么地方去。我一听那人口音非常熟悉，我尽力保持镇静，努力回想，但是我仍然情不自禁地毛骨悚然，浑身战栗起来。布莱尔错会了我的意思，叫我不必紧张；我对他说，他错会了我的意思；然后转过来对那骑马的客人说道："我有一个亡友，和你口音一模一样，若不是我确知他已逝世，我真会把你当作是他。"那人停了一会，回答道："世界上有很多人长得一模一样，也有很多人口音一模一样，请问贵友姓名为何？"我说我的亡友叫汤姆逊，并把汤姆逊的悲惨下场约略说了一下，我一面说一面叹息落泪。我说完之后，大家默然无语，足有几分钟之久。此后，大家便又闲扯些别的事情，言谈之间走到了路边一所宅子，骑马客人下了马，万分殷勤地邀我们进去喝一杯酒，我们碍难推却，便和他一齐走了进去。在灯光之下我看了看那骑马客人，更加惊愕，原来那人正是我的亡友！他见我那种万分惊惶的样子，一把就把我拥抱在怀里，眼泪洒了我一脸。过了好半晌我才清醒过来，又过了很久我才说得出话来。但是当我激动的时候，我却一句话也说不出来，只能也热烈地拥抱着他，我俩洋溢着欢乐心情，彼此的快乐交融在一起了。这时，诚实的布莱尔见我两个的情景，也大为感动，欢乐的眼泪也和我们两个一样直淌下来；他一把把我们两个拥抱住，来表示他也和我们一样快乐，而且在屋子里蹦蹦跳跳，简直快活得象个疯子似的。过了半天，我才说出话来，我说："真有这等事吗？你当真是我的朋友汤姆逊吗？绝对不可能！他早已淹死了啊！我一定是在作梦呢！"他费了很多唇舌要我相信他确是我所悼念的"亡友"，要我坐定，安静下来，然后再解释给我听他怎样从"雷霆号"上忽然失踪，怎样现在还活在人间。我喝了一盅酒，恢复了神志，他便开始讲道：自从他发觉生活太苦恼，下定决心要自杀之后，便趁着夜晚走到船头，沿着船头轻轻地溜下了海，这时船还在行驶；他落到海里之后，浸了个够，便开始后悔自己不该如此轻生；他是精于泅水的，因此便保持身体漂浮在水面，希望后面的来船能够把他救起来。果然来了一艘大船，他便向大船求救，但是大船回答说，船上载的东西太重，不愿耽误时间掉转方向去救他，只把一只破木箱投给他，让他抓住木箱等后面来的船自然会搭救他。但是他漂了三个钟点，也不见有船来，只身一人漂泊在汪洋大海上，除了这歪歪扭扭的破木箱以外别无他物可以支持躯体，或使身体略得休息。过了很久，他才看见远处一条小小独帆船向他驶来，他便扯开喉咙喊去，那船上的人果然听见他呼喊，便放下小舢版来，把他从这荒凉的大海上救了起来。谈到这里，他又接着说道："他们把我救上船之后，我立刻晕了过去，待我恢复知觉，我发现自己躺在床上，一股大蒜和酪干的臭味扑鼻而来，我还以为自己躺在自己旧日的吊床上，旁边躺着诚实的摩根，方才一幕情景不过是南柯一梦呢。后来我一问，才知道我坐的是一条罗得岛的船，开往牙买加，船上运的是鹅、猪、大蒜和酪干，船长叫罗勃逊，是个苏格兰人；我一见那人便认出是我的一个老同学。我当即告诉他我是谁，他听了又惊又喜，问我何以落到今天这个地步，但是我心想不能告诉他真情，因为我知道他是非常严格地、狭隘地遵守宗教信条的，[1] 因此只说我偶一不慎，落进了大海，但是我却把我在'雷霆号'上痛苦的境遇毫无顾虑地告诉他，并说我已下定决心决不再回那军舰去了。关于这一点，他不同意，他认为我不回去复职，那么我的衣物就算丢了，我的薪俸也便得不到了。我便把在'雷霆号'上的地狱般的生活，欧克姆和麦克贤怎样横行霸道，详细描写了一番；除了这些不能令人满意的事情之外，我还轻轻点到军舰上人员的行为如何违反宗教，如何缺乏真正长老会的教义精神，他一听此话就改变了看法，慷慨激昂，赌咒发誓，要我千万打消在海军里往上爬的念头，并表示对我的前程非常关心，答应我在离开牙买加之前一定好歹给我想个办法。他果然说到作到，这一点真是令我衷心满意。他把我介绍给当地一个阔人，当他的私人医生，并在他的种植园上当了总管，一直到现在。我的主人和他的夫人现在在金斯敦城，所以暂时我就是一家之主了，我从心底向你们表示欢迎，希望你们能够赏光在这里共同消磨一晚。"我不等他再请便立刻答应，但是布莱尔先生作事一

---

[1] 基督教反对自杀。

向勤谨地道，说什么也不肯离开船，在外渡夜，他只和我们一同吃了晚饭，欢欢喜喜地喝了一盅酒，汤姆逊先生便派了两名强健的黑人护送他回到不到三哩路以外的船上去了，剩下我和汤姆逊两个，旧友重逢，交谈起来真是说不尽的快乐，一直说了一夜。我们在卡塔吉纳的战役他是略有所闻的，我又把这次战役原原本本和他讲述了一遍；他也把我们分别以后的生活详详细细地告诉我。他说他和我和摩根分别以后，得不到我们的消息，很想到皇家港来看望我们，但是又怕到了那里被人当逃兵捉去，因此未能如愿。他又告诉我，当他在黑暗之中听见我的声音，他也大吃一惊，就和我后来在亮处看见他而大吃一惊一样。他把我当老朋友看待，把最体己的事儿也对我说了：他说他爱上了东家的独养女儿；据他的描写，这位姑娘非常可亲可爱，他向她求爱，并未遭她的白眼，她的父母对他也颇有好感，看样子父母是会答应他们结婚的，如果婚姻成功，那他就立刻可以经济独立，无求于世。我祝贺他的时来运转，他慌忙回答道，即使他青云直上，他也决不会把旧友置诸脑后的。我们一直谈到黎明，才各自安寝。

次日，他陪我回船，布莱尔先生留他吃饭，我们一起盘桓了一下午，傍晚时候他才告辞而去，临行强迫我收下十块金币，来略微表示他对我的情谊。总之，我们的船停泊在这里的时候，我们几乎每天会面，每次他总以丰盛的酒席招待我，吃的是各种家禽、鲜肉、柑桔、柠檬、菠萝蜜、麦地拉的白酒和上好的甜酒，这短短的十天是我一辈子最舒服的日子了。

最后，"蜥蜴号"回来了，我的病号都已复原，我和他们都接到命令回"蜥蜴号"去。到了这军舰上，托姆林斯告诉我，为了我的缘故，他和大尉克兰普利关系搞得很僵。克兰普利这个专爱记仇的小人，趁我不在船上的时候，在船长耳边唧唧哝哝说了我无数坏话，说我一度犯过盗窃案充过军，在"雷霆号"军舰上我也因为盗窃而挨过鞭子。但是托姆林斯曾经听我亲口讲过我的身世，便极力替我辩护，一本好心帮我的忙，把我在"雷霆号"上如何受到克兰普利的陷害一五一十都说了出来，船长听了便相信我确实没有干过那种坏事，但是这一来却把克兰普利恼翻，医官和他结成了冤家。克兰普利这种阴险的勾当使我听了之后恨上加恨，有时候我真宁可拼了性命，不光彩地被判死刑，也要在前甲板上给他一枪，方泄我胸中的怨气。但是我的密友托姆林斯劝我不可造次，他的劝告产生了效果，我当时压下了心中的怒火，决心等待更有利的时机。我怕托姆林斯还不相信我在克兰普利手中吃过苦头，便请他去拜访汤姆逊先生，去问问汤姆逊先生我和他相处的时候我的为人如何。托姆林斯说他对我的印象很好，这是坚定不移的，但是他还是答应了我的请求，去拜访汤姆逊，目的倒是为了好奇，想再去看看这位遭遇离奇的汤姆逊先生。因此，他便拿了我的一封介绍信，到了汤姆逊的宅子；果然如我所料，汤姆逊非常客气地接待了他，回到船上，他不仅对我的为人正派丝毫没有怀疑，而且对汤姆逊的和蔼可亲的态度和谈吐赞不绝口。此外，汤姆逊还送给他和我许多新鲜食物、酒果，使他满载而归。我们开船的日期快到了，汤姆逊不愿意冒险来船上看我们，怕让克兰普利发现，被他扣留，我便请假上岸去向他告别。我们彼此发誓要永远保持友谊，他又送给我一袋钱，里面有四块双料金洋，我略为推辞，但是我怕他生气终于收下了，彼此又亲密地拥抱了一回，我便回船去。回到船上，我发现有人转托托姆林斯先生交给我一个小箱子，还附了一封信。我一看下面的名款，便认出是汤姆逊的字迹，我打开箱子一看，颇为吃惊，才知道我的这位慷慨的朋友汤姆逊送了我上述的许多礼物之后还不满意，还派人给我送来一箱衣物，让我收用，这里面有半打上好衬衫，半打麻布马甲和便帽，和十二双新线袜。这一来，我又有了钱，又有了生活舒适的必需品，我便开始把我自己看作是一个相当有地位的上等人了，我感觉我自己的骄气很快地在伸张。

次日，我们携带着战利品启碇，开赴皇家港，不久，安全到达；我看见船上没有什么事可做，便趁机上岸去，在一家拍卖行买了一件花边马甲和其他衣物穿上，出入酒馆，招摇起来，有时也小小地赌上一赌，赢了五十块金币，装进了荷包。如此者数日，这时我们的船长升任为二十门大炮的大船船长；"蜥蜴号"上派来了一位老年船长，这船长已经年逾八旬，从威廉王时期[1]起就一直当一名上尉，如今好容易才升为船长的；他服役年龄虽长，却久久不得升迁，若不是最近他把一些战利品变卖，用这笔钱贿赂了长官，恐怕到死也还只是个上尉呢！大约也在这时期，我的朋友布莱尔在干了二十五年的水手长和大副之后，也居然升了军官了。这些人事的更动发生后不久，海军元帅命令我们的船携带一批公文回国，呈交部里，我们便把船底刷刮干净，装上了水和粮食，开船回英国去了。

---

[1] 威廉王死于1702年；意谓这位老船长已经当了四五十年的大副了。

卷二

第一章

我们启程返欧洲——由于克兰普利的
无耻谰言，引起船长与医官之间的误
解——船长亡故——克兰普利虐待医
官，也虐待我——触礁——克兰普利和
海员们在触礁后的行径——我登岸后和
克兰普利决斗——水手们把我打倒、打
伤并抢去了我的财物。

　　我现在既已比较富裕，又能回返家乡，永远离开这埋葬了多少
欧洲人的岛屿，心里非常高兴。所需要的一切我都有了，旅途上一
定可以比较逍遥舒适，因此我决心一路上享享福；至于克兰普利的
无礼，我也在所不计了。不料这个诡谲而爱滥造谣言的克兰普利，
竟已在船长和医官之间制造下了误解。我们这位船长年老体弱，脾
气非常不好，加以多年以来境遇舛塞，脾气更加古怪。他非常不喜
欢青年，特别不喜欢军医，他认为军医是军舰上毫无用处的两脚畜
牲，因此即使他患了严重的关节炎或肾脏病，他也决不请教军医，
却自己去拿一大瓶荷兰白酒来喝，他认为这种酒是医治百病的灵
药。有一次，也不知是他喝这种酒喝得太多了呢，还是舍不得喝，
没有喝够，总之，不知怎的，他竟破例不声不响，呜呼哀哉了。第
二天早晨大家发现他的尸首已经挺得僵直了。克兰普利见此情状，
心中颇为高兴，船长死了，职位自然由他继承了。克兰普利继任船

长不要紧，却是苦了托姆林斯先生和我两个人。我们生怕他作了船长，掌了生杀之权以后，一定会大发淫威的。果然我们所耽心的事在他就任的头一天就发生了。他借口甲板太拥挤，命人把托姆林斯医官所养的鸡连笼子都抛到海里，并且禁止托姆林斯和我到前甲板去。托姆林斯先生遭受这样的损失，难免有些怨言，在埋怨的同时就说了两句重话，传到了克兰普利耳中，克兰普利就把他监禁在仓房里，不准他出来。仓房里非常气闷，过了不几天，他便染上了热病，眼看不济事了，他便立下遗嘱，将他全部动产、不动产遗赠给他的妹子，把他的表和医疗用具都赠给了我，以资纪念，便与世长辞了。他一死，我真是悲痛攒心，特别是船上并无一人可以让我向他吐诉我心中的伤感，可以给我安慰，给我指导。克兰普利听见医官的死讯，丝毫没有表示悔恨，表示不该对他如此野蛮，反而在他死后还要尽力侮辱他，说他由于畏罪，怕坐叛变罪名，怕到军事法庭受审，因而服毒自杀了，为此缘故，他命人立即把他的尸首丢下海去，不准举行宗教仪式。

这位暴君的淫威也使我求生不得，求死不得。他还嫌把我折磨得不够，便示意我的同伙们不要和我一起吃饭，他们马上应命，因此我便被迫独自一个吃饭，一路上都是如此，不过所幸余下的路程已不很长了。

我们在海上行了七周，一日炮长向船长报告说，根据他的估计，我们大概离岸不远了，要求船长允许他下令把测水铅锤抛下去测量水深。克兰普利船长一听便骂炮长，骂他不懂航海技术，并说我们离浅水地区还有好几百哩路呢，用不着抛铅锤，找麻烦。因此，当天下午和当天晚上，我们继续开行，尽管炮长说他看到了席利群岛[1]的灯光，帆的数目也没减少。[2]第二天早晨，炮长对船长这种行为正式提出抗议；克兰普利为此把他禁闭起来。当天并未见到陆地，但是克兰普利仍然一意孤行，不肯测量海水的深度。到了半夜三点钟，我们的船搁浅了，牢牢地陷进了沙滩里。全船的人立刻慌成一团，连忙把舢舨落下，但是由于天黑，看不见岸在哪个方向，只好坐以待旦；这时候海风愈刮愈大，海浪猛打我们的船，看样子，船要让海浪打烂了。船长不得已命人把炮长释放出来，向他请教，他便劝船长把主桅砍掉，以减轻船身的重量，但是这个办法并不见效。水手们一见情势不妙，便按照老规矩动起手来，把船上官长们的箱笼撬开，穿上官长们的衣服，不客气地把官长们的酒也给喝了，结果个个酩酊大醉，船上弄得一团混乱。在嘈杂的叫喊声中，我走下我的仓房，去保护我自己的财物，发现船上木工长的副手正在用一把斧头砍开总管的仓门，一面砍，一面神色自若地吹着口哨。我问他在干什么，他安详回答道："我不过是想尝尝总管的酒，没有别的事情。"正在这时，总管走了下来，看见自己的财产快要遭到损害，便大声叫起屈来，并问那家伙，再过一会儿可能就要与世长辞了，有什么事情值得喝酒庆贺的。但是那抢财的家伙回答道："这有什么关系，活一刻算一刻。"总管又说："你这下贱东西，你如果在抢人东西的时候死去，那你死后的命运又该怎样呢？"那人非常郑重其事地回答道："我想总是下地狱喽！"总管一听，扑通跪倒地上，恳求上帝不要因为船上有了这样一个不祥的倒霉鬼，让全船的人也都遭殃。我趁他们两个谈话的时候，把一套最好的衣服穿在身上，把短剑挂在腰里，把我两把手枪装好枪弹插

[1] 在英国西南岸外。
[2] 意谓照原速行驶。

入腰带，把一切细软都放在身上，然后走上甲板，以便一有机会就上岸去。等到天明，大约在三哩路外，果然看见有岸。这时克兰普利眼看要把大船开动是没有希望了，便想维护自身安全为要，溜下舢舨，想逃之夭夭；不料他刚一下舢舨，船上的人都要跟上来，若不是有人聪敏，把缆绳砍断，舢舨开走，那么这条舢舨也必然会沉没在大船边上的。当大家都想挤上舢舨的时候，我也试了好几次，每次都被克兰普利挡回来，他一心只想把我排挤，却没注意别人都挤上舢舨了。克兰普利对我的这种偏见和不人道的行为，使我非常激怒；我又见有人把缆绳砍断，我一急，便把手枪从腰带里拔出来，扳着扳机，大叫谁敢拦阻我上船，我就打死谁。我一面说，一面用足气力一跳，跳上了舢舨，腿上擦破了一点皮。我跳下去的时候，恰巧把克兰普利撞倒；他一爬起来，立即挥动短刀，接连砍了我几下，命人把我推进海里；但是这时各人自顾逃命不暇，哪里顾得到执行他的命令呢。舢舨里虽然载的人是满满的，海浪又非常汹涌，我们总算在离开大船后不到一小时就登上了陆地。我的脚刚一踏上陆地，心里对克兰普利的怨气又沸腾起来，立即向他挑战，要他和我决斗。我拔出我那两管手枪，叫他先选一管，他毫不犹豫拿起一管，还没有等我扳好扳机，便对我脸放了枪，放完把枪往地上一扔。我似乎感觉一阵麻木，心想也许子弹打中了我的脑子，于是也连忙向他射击，要死也得先报仇啊！我放完以后，又猛向克兰普利扑去，用枪柄把他的门牙敲落了好几颗，跟看就要把他打死，不想他竟挣脱了，并且还从他仆人手里拿过他那把短刀，要来砍我。我也抽出我的短剑，把手枪照准他的头扔去，发疯也似的和他交起手来。我把短剑往他嘴里一戳，向一边一划，划开了一条豁口。不知他是感觉疼痛呢，还是因为地面坎坷不平，总之，他跌跌撞撞向后倒退了几步，我紧逼上去，又是一刀，砍断了他手背上的筋；他的短刀便撒手落地，失去了武器。眼看在我盛怒之下他的性命就将不保，不料正在此刻，忽然有人对我后脑猛砍一下，把我砍倒在地，不省人事。我不知道我这种昏迷状态持续了多久，我也不知道这帮毫无人性的水手如何趁我昏迷，耍起野蛮，把我身上的钱财衣物抢光，说不定他们在分赃的时候还争吵过一番呢；总之，待我醒转，我发现在一个问题上他们的意见是一致的，并且行动也既敏捷又快当，那便是抢我的财物。所以，待我醒来，但觉四周荒凉，只有我独自一人，身上衣服全被剥光，除了袜子、裤子和衬衣鞋子以外，钱、表、鞋扣，和其他一切也都给他们抢光抢尽。一小时以前，我身上还有值六十块金洋的财物，转眼之间一扫而空，我的心情可想而知。我骂我爹娘不该养我，我骂大海不该没有把我给吞了，我骂敌人不该没有一刀子扎进我的心脏，把我杀死，我骂那些混蛋不该把我陷害到这步田地。在极端绝望的心情下，我决心就地躺下等死。

第二章

我起身爬进一座粮仓，我骇怕本地人，眼看要活不成——本地人的不人道行为——有一个据说是巫婆的人把我搭救了——她的身世——她给我的建议——她把我介绍给一位独身的妇人当仆人，并告诉我那妇人的性格。

我躺在地上回想着过去的事，心里的怒气不知不觉就消了。我对我目前处境的看法也和最初的想法有了出入。我思量了半天，结果决定如果能起来就起来，爬到附近有人烟的地方去求救吧。

我费了相当大的力气，总算站了起来；我把浑身上下检查了一下，发现只有头上有两大块青紫的伤痕，一块在前头，一块在脑后，都是手枪柄打出来的。我向海上望了望，那条船连影子都没有了，我想一定是破了，沉了，船上的人一定都淹死了。但是后来我听说船上的炮长比克兰普利聪敏些，没有下船，因为他发现当时正是涨潮时候，他想等潮水来了，船一定会漂起来，然后把它安全开进港口，那样一来，船长放弃了船，他却把船救了，岂不可以大大讨一笔赏吗？他想到这里，便照计行事，后来海军部听说他挽救了政府的一条船，答应重重赏他，可是我后来并没听说他领到了赏。

现在回过来谈我自己。我望见远处有一所茅屋，便往那方向走去，路上拾到了一件海员的旧短袄，我想一定是剥我衣裳的那个家伙穿了我的好衣服，把这件脱下扔了。但是我拾到这件旧衣服，对我很有用处，因为这时我已几乎快冻僵了，因此我便把它披上，身体渐渐恢复了温暖。但是身体一暖，方才已出血的伤口却又流出血来，使我感到非常虚弱，眼看体力不支，正想躺在田地里，忽然发现左方几步路外有一座粮仓。我便跟跟跄跄走到仓前，只见仓门大开，便走了进去。里面阒无一人，我一头倒在一堆干草垛子上，希望过一会儿有人来搭救我。果然，我躺下还没有几分钟，就看见有个乡下人拿着一把大草叉走了进来，随手把草叉就要往草垛里插。草垛把我埋住，所以他没有看见；我想说话，又说不出来，好容易哼了一声。幸亏我哼了一声，否则一定断送了性命。那乡下人听见一声悲惨的哼叫，吓了一跳，一看草垛里有人，浑身是血，吓得他直打哆嗦，一把草叉拄在前面，头发也倒竖起来了，眼睛瞪得滴溜滚圆，鼻孔也张得老大，嘴巴也张着。他保持这样的姿态足有十分钟之久；若换一个境地，我早忍不住要笑了，但在当时的情况下，我无心讪笑他，我只想请求他可怜我、帮助我，但是心里有话，嘴里却说不出来，只能接连发出呻吟之声。最后来了一个老人，看见那乡下人这样的架势，便说道："老天爷，这孩子让鬼迷住了吧！喂，狄克，你着了迷吗？"狄克眼睛一动也不动，还死盯着我，一面回答老者说："爸爸，爸爸，这东西不是魔鬼就准是死人，我也不知道是哪一个，他叫得才可怜呢！"那作父亲的眼睛花了，看不清楚，连忙拿出眼镜，架在鼻梁上，从儿子身后对我侦察。他这一看不要紧，却吓得比他儿子还紧张，前言不搭后语地对我说道："我的圣父、圣子、圣灵啊！你若是魔鬼，我命令你滚到红海里去；你若是个被人谋害了的死人，那你说话，我好把你正式埋葬。"在我当时的情况下，根本说不上话来，他于是又把他的话重复了一遍，我还是不能回答；如此者约有半晌之久，他俩一直是在骇怕、紧张。最后，父亲建议让儿子再走近几步，仔细看看我到底是人是鬼；但是儿子认为父亲应该先上去，因为他年纪老了，不能劳动了，万一有个差错，损失不大，而他自己若是能够逃命，还是个有用的人呢。这个理由想得很周到，但是并没有能说服父亲，他还是把儿子推在前面。这时我挣扎着想举起一只手来表示痛苦，但是气力不支，只能把手在草堆里挪动一下，手一动把草碰得沙沙作响，那儿子听见这声音又吃了一惊，一窜就窜到了仓门口，把个父亲也给撞倒了。那老者也顾不得站起来，却象螃蟹一样迅速倒退着爬到门坎边，爬出门去了，一边爬一边口中还念念有词地念着咒。这两个乡下佬又无知又怯懦，眼看我只有束手待毙，心里急得不得了，只觉得身上的气力迅速在减弱。正在这时，有个老太婆走进了粮仓，后面跟着那父子两个。那老太婆毫无惧意，照直走到我面前，说道："如果你是魔鬼，我不怕；如果你是死人，死人更起不了什么祸害。"接着她向我仔细一看，看见我受伤的情况，便又说道："这哪里是什么魔鬼，你们这两个傻瓜昏了头了。他是个人啊！流血流得太多了，都快死了，可怜的！他要是死了，埋他的钱可就出在我们身上了。狄克，快去把手推车给推来，把他装上车，推到哈治家的后门去，哈治比我们阔，他有钱埋流浪汉。"大家觉得这个建议很好，立即执行，把我推到农夫哈治的后门，把我象一车粪似的往地上一倒。刚把我倒在地上，马上招来了一群猪，险些把我当粪给吃了，幸亏我发出了叫痛的声音，被哈治家人听见，出来一群人才把猪赶走。但是哈治为人与其说是乐善好施，倒不如说是个十足的犹太。他命人把我抬到当地牧师家去，因为牧师的责任不仅是要劝人救难济贫，而且也应当以身作则的。哈治还说，教区里的救贫费用他也出了一份，这就是够他受的，再也出不起额外开支了。等他们把我放在牧师家的大门口，牧师看见，勃然大怒，说道，如果不把我立刻从他家门口搬走，他就要把主使的人和抬运的人统统开除教籍。这时，我因为筋疲力尽，已经昏迷不省人事，后来我才听说，我被他们抬来抬去，走遍全村，没有一家肯收容我，没有一个善心人肯费一点力气解救我的痛苦。最后，村子里有个老婆婆，大家都说她是会作法的巫婆，她把我收下了，给我治好伤口，并且亲手配药给我喝。这位老婆婆很严肃，尽心体贴地看护着我，等我稍有起色，便问我怎么会落到这样狼狈的地步。她是我的救命恩人，我怎能拒绝她的要求呢？因此，我便一五一十把我的经历告诉了她，既不夸张，也不保留。她听了我这一番变迁多端的遭遇，表示惊讶，并且说，凡事总是否极泰来，我前途一定有福。接着她又说不要把逆运看作是坏事等语。她讲得很诚恳，很有道理，我听了她的话，心想她过去一定是过过好日子来的，不觉产生了好奇心，很想知道她的身世，言谈之间不觉露出了我的心意。她看出这一点，便笑着对我说，她的身世是平淡无奇的，但是我既然把她引为知己，她也不妨对我谈谈。

她说道："我的父母姓甚名谁，没有什么要紧，他们已经死了好多年了，不过你可以相信我，他们在世的时候是相当富有的。膝下只我一个孩儿，长大了要承继家业，因此求亲的人是接踵而来。在这些求婚人当中，有一位落魄的大家子弟，没有多大前程，在陆军里当一名少尉，唯一的希望就是升上一官半职。他为人和蔼可亲，我爱上了他，不消多久，我爱他爱得真是难舍难分，其中详情也不必细讲，最后我和他私下结了婚。从此我们暗中时常往来，但是好景不长，他所属的队伍不久就奉命开拔到弗兰德尔[1] 去了。

<hr>

[1] 即现在的比利时。

在我们分别之前，我们约好要他书面向我父亲宣布我们俩的婚事，请他原谅我俩未得他同意便私定终身。我父亲接到此信时，我正巧出门不在家中；在我正要启程回家的时候，我父亲写信给我说道，我私自嫁给了一个一文不名的乞丐，既未和他商量又未征得他的同意，这种行为有失人子之道，而且也很卑鄙，玷辱了门风，令他万分失望，因此他决定和我断绝父女关系，我自愿过苦日子，与他无干，并且命令我不准再踏进他家门一步。我母亲也同意我父亲的这个严厉的判决，她在信后附笔写道，她和父亲的意见完全一致，劝我不必向她求情，那是徒劳无益的，她的决心是不能动摇的。这意外的厄运来得就象晴天霹雳，我连忙雇了一辆车子到我丈夫的寓所，我丈夫正在等候写信以后的结果呢，见我来到，从我的神色一望就知道事情不妙，但是他保持镇静，把我父亲的信看了一遍，看完露出温柔的微笑（这是我永远不会忘记的），拥抱住我说道："令堂老太太最后添的那几笔，我看是大可不必。好了，亲爱的贝蒂，等我当了团长，才有坐马车的希望啦。"他这种毫不在乎的表现，一方面给我勇气使我能够抵挡厄运，同时也使我更加爱他，因为这证明他和我结婚并非贪图我的钱财。我丈夫有个知心的朋友，也是位军官，住在离伦敦不远的一个村子里，第二天上，我丈夫便把我带到他朋友家，与他朋友的妻子搭伙住在一起，然后他们两个和我们两个妇女洒泪告别到弗兰德尔去打仗了，在伍德战役中两人相继阵亡。我们得到噩耗，悲痛欲绝，当时的情况也不必多提了，你听着一定会感到厌烦，我现在回想起来老眼都不禁落泪。我们悲伤一阵之后，头脑渐渐清醒过来，才发现我们当时的处境是举目无亲，无法活命。当时我们便去申请抚恤金，官家把我们的名字登记了，领了恤金。我俩立誓终身要互助友爱，把我们的珠宝和多余的衣服变卖了，退隐到这个地方（这是属苏塞克斯郡地面），买了这所小房子，在这里我们住了很多年，不和人来往，相傍着，在忧患中度日，两年前上帝把我的伴侣召唤去了，只剩我一个孤苦零仃，苟延岁月，但求早日物化，超脱这个苦海。"

说到这里，她又接着说道："现在让我对你说说这一带地方邻居们对我的看法吧。我的举止行动和村里人很不一样，我的生活方式颇象隐士。自从我定居在这里以后，我从书本上学到了医道，再加上我这么大一把年纪，于是使得一般人把我看成有些仙妖气，现在有人还当真把我看成是个巫婆呢。本处有个牧师，我很懒得和他交朋友，他认为我对他很不尊敬，便在众人之中讽言讽语，说我的坏话，于是众人更加把我当巫婆看待了。我养了一只小花猫，这原是我的亡友心爱的猫，我在它脖子上套了一个圈，这下更加引起了众人的诧异。"[1]

这位可尊敬的老婆婆一举一动都非常纯朴、天真、合理、近乎人情，我心里不觉油然起了敬佩之心，象儿女对母亲一样。我当时便向她求教，问她待我体力恢复之后，应该干些什么才好。我从报上看到我那条船已经安全到达了泰晤士河，我本想上伦敦去，回到船上，去追回我的衣物和薪俸，但是她劝我不可如此，她说道，"你若去伦敦，危险很大，他们不仅会把你当逃员看待，而且会说你背叛长官，图谋造反，长官对你进行恶毒报复，那你可就吃亏了。"她答应把我介绍给附近她认识的一位单身老姑娘去当仆人。这位老姑娘有个年青侄儿和她住在一块儿，那侄儿专爱打猎，很有钱。这位老姑娘的脾气有些古怪、特别，我如果不在乎这一点，那么在她家当仆人倒是很不错的。她特别关照我不可把我的真实历史告诉老姑娘，如果说了，那老姑娘就决不会待我很好，因为在有钱人当中流行着这样一句话：不可收容破落的大家子弟作奴仆，怕的是他会娇纵、偷懒、不听使

---

[1] 古时欧洲人认为猫是巫婆所驱使的精灵。

唤。我当时的情况非常窘急，给人家作奴仆当然有失身份，但是也顾不得许多，过了不几天，我便受了雇，当了那老姑娘的仆人。老婆婆把我介绍给她的时候，只说我是个青年，父母强迫我去当海员，船沉了，我便更加不愿再过海员的生活，宁肯在陆地当差，再也不想到船上去了。在我没有上任以前，老婆婆又把我新主人的性格对我简略描写了一番，好让我心中有数，知道怎样行事。她说："你那位女主人是位四十岁的老姑娘，长得不能算美，但是很有学问，有很高尚的嗜好，这一点是远近驰名的。她的确也可以算是个女学究，一心想追求知识，把穿衣打扮完全置之度外，已经发展到了邋遢的地步。此外，她对上帝创造的另一部分人类——男子——是非常鄙视的。她侄儿面对这些事情并不着急，因为姑姑不打扮、不出嫁最好，偌大家财便不致于转入他姓之手。因此她爱生活得怎样怪诞，他都由着她，她有什么荒唐的要求，他也都满足她。她住的地方是在住宅的一端，和别人离得很远，有一间饭厅、一间卧室和一间书房，用着一个厨娘、一个女仆、一个男仆。平常除了侄女以外，和家中其他的人从不交谈，从不共食。这位侄女长得非常漂亮，处处顺从姑姑，时常和姑姑在一起熬夜，以致自己健康受到损害也在所不惜。你这位女主人醉心哲理，不甘为俗套所左右，饮食起居都和常人不一样。她有许多怪诞的想法，她信奉'玫瑰花环教派'[1]，她相信陆地、空中、海上都有肉眼看不见的神灵存在，一个人只要不结婚就可以和他们往来，而且可以和他们亲密无间，她本人就希望有一天能够和这些神灵交往，因此她听到有我这样一个人并还听说我养了一只猫，便立刻来拜访我，拜访我的目的，她后来告诉我，

---

[1] 十七、八世纪欧洲流行的一种神秘宗教教门，据说教祖名叫 Rosenkreutz，意为玫瑰花环，因以为派名，并予以拉丁化，遂为 Rosicrucius。

是想见见我的小猫，但是她见了我的小猫却大感失望。她既然如此迷神迷鬼，超然物外，因此极不注意身边的琐事，常常心不在焉，作出许多可笑的怪事，你以后应当随时注意，纠正她的错误。"

第三章

女主人接见了我——我爱上了水仙——
我详细追述了我最近一次不幸的遭
遇——女主人对我颇为赞赏——关于佟
少爷——我更具体地了解到水仙的处
境——我痛恨提摩太爵士——我参观了
女主人的藏书,看到她的著作——女主
人的怪性格。

　　我记住老婆婆关照我的一番话,到了新女主人的住宅,当下有
一女仆领我去见她,因为她还没有看见过我。她这时正在书房里坐
着,一只脚踏在地上,一只脚搁在一张高凳子上,离开座位很远。
她的头发呈沙土色,零乱地从头上垂下来,样子不能说美;头上没
有戴帽子,为的是搔痒方便;她一只手用来搔痒,另外一只手里握
着一管粗笔。她的前额很高,满是皱纹。她的眼睛很大,很凸,颜
色是灰的。她的鼻子很长、很尖,象鹰嘴。她的嘴又宽又大。她的
脸很瘦,尽是斑点。她的下巴尖尖的就象鞋匠用的旋皮刀。她的上
唇沾满了大量的便宜西班牙鼻烟,还不住地往下落,洒在她天然不
很白的脖子上和衣服的前襟上,就象绣了花似的。她的衣服很肥
大,松松地、随便披在身上,真象个诗人;衣服底下露出里面穿的
衬衣,料子非常精致,但是看来似乎从来没有浆洗过,除非在诗神

的川流[1]里浆洗过。她的四周围堆满了书籍，地球仪，象限仪，望远镜，以及其他科学仪器。她的右手边放着个鼻烟壶，左手边搁着一条手帕，已经用得相当久了，此外在椅子旁边还放着一个痰盂。我们进去的时候，她正在闭目苦思，并未看见我们，女仆知道不能打断她的灵感，我们便在一边静静等候着。在这一段时间里，她把一管笔咬了又咬，身子时而转过来，时而转过去，作出许多鬼脸，最后忽然露出得意的神气，连声大呼，念出一句诗来：

> 不朽的天神也不敢抗拒我的豪兴。

她连忙把这句得意的诗写在纸上，然后转身向屋门，看见了我们，便问道："什么事？"女仆回说："赛治利夫人介绍来给您当差的那个人来了。"她听了之后，用力瞪了我半天，然后问我叫什么名字，我不愿吐露真名实姓，便说叫约翰·布朗。她又用询问的眼光看了我半天，然后恍然说道："喔喔，是了，我想起来了，你是那沉了船的人呀。你是怎么上岸的啊？是乘长鲸而来的呢？还是跨龙背而来的？"我回答说，我是自己泅水上岸的。她又问我可曾到过赫勒斯庞特，[2] 可曾从塞斯托斯泅水到过阿比多斯。我回答说没有。接着，她便吩咐女仆去给我定制一套新制服，又吩咐她把我的职务一一向我交代。她一面说，一面往鼻烟罐里吐了口痰，又随手从桌子上拿起帽子揩揩鼻子，却不用手帕。我和女仆回到厨下，女仆们纷纷端出东西给我吃，好象有些争风吃醋，个个都想表示对我

---

[1] 意谓醉心于吟诗作赋，以致不修边幅。
[2] 黑海与地中海之间的海峡。据希腊神话，李安德居海峡边上的阿比多斯，他的情人希洛居对岸塞斯托斯，李安德常泅水赴对岸与希洛幽会，一次在风暴中溺毙。这一传说常为诗人吟颂。

关心。我从女仆们口中得知我的职务是擦刀叉，铺桌布，伺候吃饭，送信，女主人出门时跟班。家里现有一套很好的制服，原是我已故的前任的遗物，我穿着正合适，用不着再为我雇裁缝来作了。我刚穿上衣服不久，女主人便拉铃叫我，我连忙跑上楼去，见她只穿着一件短衬衫和一条衬裙，在房里踱来踱去。按礼说我应当立即退出，但是女主人却叫我进去，让我给她烘一件干净衬衣，我只好笨手笨脚地替她烘热了衬衫，她接过去不避嫌疑当着我的面就换了，在我看来，她必定是在苦思诗句，根本忘记了我是男是女了。下午四点钟，我得到通知，叫我摆桌子开饭，要摆两副餐具，我想一副是女主人自用，另一副一定是她的侄女所用（我还没有见过这位侄小姐呢）。我对摆桌子这种事情天生手笨，但是虽然这是生平第一次，却还摆得不错。等到把菜摆好，只见女主人来了，陪她一起来的还有那位侄小姐。侄小姐的真名实姓姑且不表，权且叫她水仙吧。她那一派仪表举止，真象天仙一般可爱，我这是第一次和她见面，我的心就给她俘虏去了，我的两只眼睛直盯了她整整一顿饭的工夫。她的年纪大约十七八岁，身材很高，长得分外苗条，头发黑得象墨玉一般，一鬈一鬈地垂在如同象牙一般的白颈边；两钩弯弯的眉毛也是乌黑的；她的眼光，尖利之中又透出温柔；她的两片嘴唇就象樱桃那样又嫩又红；她的皮肤晶莹细嫩而又健康；她的神气高贵、自然，而又宽厚；就她整个人来说简直是太可爱了，只要是略有感觉的人就不可能见了她而不赞美她，赞美了她而不爱她爱得如醉如痴。她成了我崇拜的偶象，但是我的地位却是个奴仆的地位，因此我便暗暗咒骂我自己的卑贱的身份。但是另一方面，我能够这样天天饱餐秀色，心里又不觉庆幸我的运气。我听她开口说话，心里便感觉高兴；但是当她开口和我说话的时候，我的魂灵儿早就悠悠荡荡起来，活象着了迷一般，连她们谈论我的时候，我心里都感觉高兴。原来水仙姑娘注意到我之后，便对姑姑说道，"我注意到您那新来的当差的已经来了。"她说完这话便转过来用无法形容的温存的声气问我道，"你可是那位遭到强徒无情折磨的人吗？"我回答说是，她便要求我把军舰失事前后我所受到的遭遇对她讲述一遍，我便按照赛治利夫人的指点，对她说道，我原是在船上给船长当学徒，心里并不情愿，不料船在航海的时候沉没了，我和四个其他的船手正好在甲板上，便设法游泳到了陆地，谁知我的四个同伴不怀好心，四个人打我一个，把我打晕过去，把我身上的衣服剥光，把我丢下，他们以为我已在保卫我自己和他们厮打的时候负了重伤死了。然后我又把我如何到了一座粮仓，如何受到村汉和牧师的残酷待遇等情况仔细讲述了一番。我说完之后，只见美人儿两眼热泪盈眶，我的女主人也用法语说道："说真的，这孩子很不错呢。"水仙小姐也同意姑姑的看法，并且也用法语称赞了我几句，这几句法语我是懂得的，听了感觉非常舒服。

随后她们又谈了些别的事情，谈着谈着就谈到了侄少爷，她们都把他叫作"野人"。女主人便问侄女儿，"野人"怎样了；侄女回答说，他还在睡觉，因为昨天晚上干了荒唐事，现在须要养精蓄锐，好等明天一早出发去打狐狸，并且还约好了提摩太·席克特[1]爵士，班波[2]乡绅等等一大批狐朋狗友呢，明天天一亮满宅子都将闹得鸡犬不宁。我那位文雅的女主人一听这消息，心里自然不很自在，说道，那她睡觉的时候，只好把棉花堵住耳朵，再吃一服鸦片，睡得死死的，好不叫那群猎狗吵醒。

姑侄二人吃完饭后，我和其他仆人才在厨房里吃我们的饭。我

---

[1] 意谓"丛林"，喻其好猎。
[2] 意谓"满杯"，喻其好酒。

从大家的谈话之中，了解到原来提摩太·席克特爵士乃是本地一位财主，有爵位，水仙小姐的哥哥想要把爵士和小姐撮合成夫妇，他自己也想讨爵士的妹妹为妻，这两家称得起门当户对，两位姑娘都可以有丰富的陪嫁，而两位哥哥又可以落个家财不外溢，算盘打得很好，怎奈两位姑娘不乐意，对人家给她们挑选的对象从心眼里就瞧不上。我听这消息之后，不用提多么讨厌提摩太爵士了，我把他当作我的情敌，心里暗暗骂他癞蛤蟆想吃天鹅肉。第二天清早我被那帮打猎的人和猎狗的吵闹声惊醒，便起来观看那帮骑士，看见了我的对头；在我看来，除了他有产业以外，他的人品不论外表或心灵都并不怎样出众，我和他争夺水仙小姐也不一定就输给他。我的女主人虽然隔夜作了种种准备，但是第二天清晨还是被侄儿吵醒，所以直到下午五点钟才起床，我本来很想看看女主人藏了些什么书，便趁她大睡的机会从从容容地在她书房里大翻特翻。我发现书房里有成千成百的零碎诗笺，有的上面写了三四句，有的写了十句、八句，或十二句、二十句不等，写的是各种的题目，没有一定的宗旨，全看她兴之所至，但是没有一篇是完全成章的。诗词虽多，却没有一篇是咏爱情的，这对于一位女诗人来说倒也是很奇怪的。我还发现了五部未完成的悲剧，题目是：《严峻的哲学家》，《双命案》，《叛教徒》，《魔王的堕落》以及《末日》等等。从这些剧目看来，我肯定她的性情一定很阴郁，她的心思专爱想到恐怖可怕的事物。她的藏书包括英国最优秀的历史家、诗人、哲学家的著作，包括全部法国批评家和诗人的著作，此外还有几本意大利文的书籍，主要是以塔索和阿利阿斯托[1]为首的诗人们的作品，已经翻阅得相当烂了。除此以外，还有译成法语的古典作品，但是希腊

---

[1] 两人都是意大利文艺复兴时期诗人，都著有史诗。

语或拉丁语的作品却一部都没有，这说明她对这两种古典语言是完全无知的。我把她的藏书从头到尾浏览了一遍，退出书房，到了该开饭的时候，我正要摆桌子，女仆忽然对我说，主人还在睡觉，早晨猎狗叫得太凶，把主人魂灵吓出了窍，自以为已经变成了一只兔子，四面受猎人的包围，她不想吃别的，只想吃些青菜当早饭。对于主人这种离奇的想法，我表示十分惊讶；但是女仆又对我说，主人常常犯这种奇怪的毛病，有时候她以为自己变成了野兽，有时候又以为自己变成了桌椅板凳，凡是在她犯疯病的时候，最好不要走近她的身旁，走近她身旁便会发生危险，最近有一次她忽然自以为变成了猫，女仆走到她身边，她便窜到她身上，把她的脸抓得稀烂；几个月以前，她曾预言世界末日的大火即将来临，要扑灭这场大火，别的东西都不成，只有用她的尿，为此缘故她就把尿憋在肚子里，眼看憋得太厉害，性命将要不保，大家才想了个办法，在她卧房窗口下燃起一堆篝火，骗她说大火把房子烧着了，她这才郑重其事地命令众人把所有的盆呀、罐呀等等家具都搬来，好救火，她马上把这些家具尿满，尿出来了，才算保全了她的性命。女仆又对我说，主人一犯疯病，最好的办法就是用音乐来治她，凡遇这种情况，总是水仙小姐来奏乐，因为她弹得一手好钢琴，眼前女仆正要去告诉水仙小姐，说她姑姑又在犯病了呢。女仆走后，我听见主人房里发出叫人铃的声音，我走去一看，只见主人就象一只兔子那样蹲在地上，象是在倾听搜索它的猎人的脚步声。我一进去，她就一惊，窜了起来，跳到一边躲我，我想她一定把我当成猎狗要把她咬死呢。我见她如此惊慌，便退了出来，在楼梯口遇到美人儿水仙小姐；她见了我，一言不发，却对我启齿一笑，美妙难以形容，走进姑姑房里去了。须臾之间，我便听见房里发出她弹奏的仙乐。她一面弹，一面歌喉婉转地唱了起来，歌声甜蜜悦耳，无怪乎她姑姑听了，精神很快就安定下来，神志也变得清明了。

约莫七点钟光景，打猎的人回来了，抬回来三件胜利品：两条狐狸皮，一条獾皮。到家后，他们就坐下吃晚饭（或者说，午饭），提摩太·席克特爵士想邀请水仙小姐光临，陪他一起吃饭；她哥哥也从旁软劝硬逼，但是水仙小姐一口拒绝，说是姑姑身体欠安，须要她陪伴。我的情敌碰了一鼻子灰，我心里好生高兴。提摩太爵士虽然吃瘪，倒也并不在意，反而开怀畅饮，借酒浇愁，大家也跟着他狂饮，又是笑，又是唱，又是骂街，又是跳舞，又是厮打，闹得天翻地覆，一个个醉得不省人事，最后还是由别人把他们抬到床上去睡觉的。我是女主人雇的人，佟少爷和他手下的人使唤不着我，我过的日子倒也逍遥自在，每日享受水仙小姐的妩媚，就似饮了爱情的甘露，心灵感到陶醉；我自认为希望一天大似一天，早忘记了自己的卑贱地位，水仙小姐待我又非常和善，更加大大地鼓舞了我的妄想，我甚至奢望有一天可以和美人儿终成眷属呢。

第四章

我的学问使女主人吃惊——她把她的作
品拿给我看——我也把我的作品给她过
目——她不十分赞赏，我颇不怿——水
仙小姐赏识我的诗词——无意中我被厨
娘和挤牛奶姑娘爱上了——她们之间的
冷言讽语——她们的情人有些醋意。

在这一时期，我生活在爱情与恬静之中，久已沉睡的诗兴又复
勃发，写了几首短诗，以抒胸中情思。但是这些赞美他人的情诗只
好留着自个儿浏览欣赏，不敢出以示人，怕泄露了自己的身份和情
思，那就非同小可了。同时，我作事勤恳负责，尽量设法讨主人和
小姐的欢心，果然不消多久，我便成了她们的宠仆；不但如此，我
还常常听见我心爱的小姐用法语或意大利话，带着热情和惊讶的口
吻谈论我，说我的仪表谈吐倒象是个上等人，她无论如何不能把我
当个普通当差的对待。她这样夸奖我，使我神魂颠倒，本该小心谦
虚的地方，不久也就不加小心，不再谦虚了。有一天，我正服侍她
们吃饭，她们谈着谈着就谈到塔索的史诗《耶路撒冷》中一段费解
的诗，两人似乎被这一段诗难倒了，主人东猜西猜，猜了半天也猜
不出是什么意思，便从口袋里把书拿出来，把那段诗翻了出来，把
那句话念了又念，百思不得其解，悟不出其中的道理来；她失望之

余，转过身来对我说："布鲁诺，[1] 过来，让我们来碰碰运气，我把这段晦涩的诗的前后文对你讲一遍，然后再把这段诗每个单字的意思讲给你听，请你前后对照，看看这段诗到底是什么意思。"我当时太好胜，不肯放过这个表现才能的好机会，立即把她们看不懂的那段诗全部念了一遍，又讲了一遍，她们听了惊讶不已，水仙小姐的脸庞和娇嫩的脖子涨得通红（我一看就知道这是好兆），女主人两眼瞪了我半天，显出惊愕的神情，对我说："老天爷在上，你到底是谁？"我回说：我有一次航海到直布罗陀海峡，学会了几句意大利话；但是她听了连连摇头道，学会几句意大利话的人决不会念得象我那样好。她又问我可懂得法语，我回说懂得。她又问我可懂拉丁文、希腊文，我回说："懂得一点。"她便道："可了不起！那你一定也懂哲学、数学喽？"我回说，哲学、数学也懂一些。她听了之后，不停地瞪着我，追问我。我这时才后悔自己不该逞能，应该赶快弥补过失，便说道，我好歹受过一点教育，但此事并不足奇，在我家乡，上学很便宜，随便哪个乡下佬都上过学。我又说，我希望主人不要因为我会读几句书，便认为我的人品有问题才好。她勉强回答道："不会，不会，上帝作证。"但是话虽如此，一顿饭吃完，她们再也没有在我面前畅所欲言了。

　　这一场变化使我很不安心，一夜睡不着觉，闷闷地思念何以年轻人就这么爱逞能，作出这种愚蠢的事儿来；自己头脑清醒一些就好了。但是第二天，我并没有吸取教训，反而更进一步陷入本来想消灭的错误，若不是运气好，一定会受到应得的奚落的。原来在吃过早饭以后，我那位热爱写作的女主人叫我跟她到书房去，对我说

---

[1] 主人公隐瞒真名实姓，自称叫约翰·布朗（见前），"布鲁诺"即意大利文的"布朗"，女主人正在读意大利诗，顺口用意大利语叫他。

道："你既然很有学问，想必也精于品评，我近来写了一些小诗，倒要向你请教一二呢。你大概知道我计划要写一出悲剧，内容是写一位国君正在神坛前祈祷的时候被人谋杀的故事。国君被害以后，弑君的角色手里拿着沾满鲜血的匕首要向人民演说，我已经把这段演辞写好，在我看来很合他的身份，我来念给你听听。"说着便取出一张破纸来，激昂高亢、手舞足蹈地朗诵道：

> 我把愚蠢的君主送进了坟墓，
> 棺椁、衣衾、鼓乐，一概皆无。
> 天理、人情，都不在我的眼里！
> 只要自家高兴，不求他人同意！
> 奸淫、掠夺、叛国，最叫我开心，
> 屠杀人命，我干起来最起劲，
> 白发苍苍的老人，我揪起就走，
> 地上爬的婴儿，我挑在枪头，
> 作妈妈的哭啊喊啊，我乐在心头。
> 不论敌友，我一律斩绝杀尽，
> 不朽的天神也不敢抗拒我的豪兴。

我虽然本意并不想赞美这种违反人性的狂诗，但是我还是称赞了几句，说这几句诗本身就是不朽之作，要求她老人家能够不辜负上天赋给她的卓越的才华，把她的精心杰作公诸当世。她听了颇为得意，微微一笑，我的话好象火上添油，她竟把全部诗作都拿出来要我过目，我一一拜读，每一篇都昧着良心称赞了几句。我身为奴仆，不得不奉承，她听了真是满心高兴。等到该轮到我表现一番的时候，她也就不好意思不答应了。她夸奖我的品评能力很强，趣味很高，说我一定也是此中能手，可否取来一阅。这句话的引诱力是绝对无法抗拒的。我说道，在学校读书的时候，曾零零星星写过一些诗，都是应朋友邀请而写的一些情诗。她要我念几首，我便把寄水仙小姐的几首情诗背诵一遍，题目是：

听希丽雅抚琴清歌有感

诗的辞句是：

其一

莎芙[1] 弹琴琴弦颤，
聆者心弦如火爝；
莎芙歌声高入云，
聆者失魄又迷魂！

其二

莎芙歌唱亦弹琴，
温存贞静不如君；
青春活泼美风姿，
天生笑靥无猜疑。

其三

莎芙能与君媲美，

---

[1] 希腊女诗人，传说殉情而死。

何愁心事成块垒？
有情眷属早成双，
何必殉情矶石旁？

女主人听了我读过诗后，冷冷地赞扬了几句，说道诗写得还算雅致，可惜这种题目是真正的诗家所不屑写的。我听她冷淡的评语，很是气恼，望了望水仙小姐，希望她加以赞赏，但是她却不肯发表意见，说道自己对于吟诗一道乃是外行。一般说来，我好存奢望，这次照例大失所望，只得引退。但是到了下午侍女来告诉我说，水仙小姐对我的诗热烈赞许，要叫她来抄一份拿去仔细玩味呢。我听到这好消息，高兴得简直到了疯狂程度，立刻工工整整誊录了一份给美人儿送去，此外还就原题加了四首：

其一

情网自古不虚掷，
屈膝求爱我何痴！
爱火温柔难抗衡，
我身倏忽炙如焚！

其二

方谛视间心如炽，
热血奔腾如潮汐；
五情六欲来复往，
魂魄何其太迷惘。

其三

欲吐衷情诉哀怨，
张口结舌难为言；
神鬼封舌徒鸣咽，
欲言复止长太息。

其四

苦恨绵绵无绝期，
向隅无语泪私垂，
叹息流涕无人问，
生无良朋死何吝？

水仙小姐是否知道我钟情于她，从她的表现看来，我是无法猜透的。她虽然待我非常和气，但是自那日以后却日渐拘谨，不那么活泼了。我正在妄想高攀水仙小姐之际，却在无意之中被厨娘和挤牛奶的丫头看中了，两个人竟为我而争风吃醋起来，幸亏她们没有受过什么教育，否则的话，很可能彼此会用毒药或钢刀害死对方的性命以解心头之恨；由于她们出身卑微，所以彼此只会用骂街、挥拳等方式泄忿，在这方面她们还算训练有素，颇为精通。她们两个经常为我吵闹，吵闹起来又不是斯斯文文的，因此我的左拥右抱的好运气不久也就不成其为秘密了。车夫和园丁原来是追求她俩的，见我从中得利，颇感惊惶，于是聚在一起，商议要设法报仇，车夫是托腾能柯特学校[1]出身，向我下战书，要我单独和他决斗。他对着我骂街，向我挑衅，愿意赌二十块几尼打我的耳光。我对他说，要讲打，我保证打得过他，但是这种脚夫的行径，我这种上等人是不屑干的，如果他想和我较量，我愿用短铳、长铳、手枪、剑、斧、刀、屠刀、叉子或针等武器和他较量一番。我还骂道，如果他继续出言不逊，血口喷人，那我就要不客气，把他耳朵剁下来了。我这样绷着脸用斩钉截铁的声调乱吹了一气，居然产生效果，我的对方居然有些惊惶，偷偷溜开，回去把这情况告诉了园丁。后来这件事便在仆人中间传开了，从此大家都叫我"上等人约翰"。女仆把这事告知了我的主人和水仙小姐，有时她们也管我叫"上等人约翰"了。另一方面，厨娘和挤牛奶姑娘仍然争先恐后讨我的欢心，用尽各种方法表示她们对我的爱情：厨娘专把好菜留给我吃；挤奶姑娘专把最后挤的牛奶留给我喝。厨娘又多方怂恿我把我的身世对她讲，夸我有胆量有学问，她说如果能嫁到象我这样一个丈夫，她一定到伦敦去开个饭铺，专门作大人家不管饭的仆人的生意，有了我不怕饭铺里有人来闹事，并且还能替她管帐，一定能发财。挤牛奶的姑娘却一味夸耀自己，来赢得我的欢心；她告诉我，附近有许多富裕农民都想娶她，但是她说她不嫁人便罢，如要嫁人，一定得嫁个漂亮的人。接着她便夸奖我人品如何出众，说我脾气如何善良，一定是个好丈夫。这两位堕入情网的女人向我夹攻，使我开始感觉不安；换一个环境，只要她们不叫我吃结婚的苦水，我也许可以满足她们的欲望，但是今天，我整个的心都在水仙小姐身上，不忍瞎转念头作出对她不起的事。

---

[1] 伦敦脚行聚会之所，作者称此地为"学校"，意谓车夫在此干过脚行，对于打架素有训练。

第五章

提摩太爵士撒野，威胁水仙小姐，我救了小姐，惩治了我的情敌提摩太——我向小姐求爱，逃到海滨——走私客人把我包围，架到法国布隆港——遇见舅父包凌大尉，舅父落魄途穷，我给他赒济——我俩的谈话。

在这期间，我的个人野心还不时地死灰复燃；我鄙视我自己这种甘居下流的没出息的生活，千方百计想再作个上等人，按我出身和教育来说，作个上等人原是我的本分。胡思乱想，毫无结果，但是大好光阴却偷偷逝去，我当仆人倏忽已又八个月了。就在这当儿发生了一件意外的事儿，结束了我作奴仆的生涯，我在爱情上存着的希望也暂时烟消云散。

原来一日水仙小姐去到席克特小姐家串门。席克特小姐和她哥哥住在一处，离我家不及一哩。回家的时候已近夜凉天气，提摩太爵士一定要送她回来，她不好推辞；提摩太为人和畜牲差不多，趁路上四野无人，便想对水仙小姐强行无礼。小姐见他无礼，勃然大怒，狠狠地骂了他一顿，他却老羞成怒，一发不顾礼貌，对这位天真美貌的姑娘竟动起手来。好人受欺，上天看了也不能容许，冥冥中好象有神差鬼使一样，我偏偏在这附近盘桓，听见小姐呼救之声，急忙前去援助，只见水仙小姐在这畜牲手下只有招架之力，立刻怒火攻心，象闪电一般，蹿了上去。提摩太一见，撇下小姐，拔出短刀，好象我冲撞了他，他要动武惩罚我似的。我当时义愤填膺，也顾不得危险，直向他冲去，一拳把他的短刀打落，挥动我手中短棒，把他打倒在地，看样子象是打死了。水仙小姐早已晕倒，我连忙坐到她身旁，把她的头扶起来，倚在我胸前，一只手抱住她的腰，就这样呆着。我拥抱着最心爱的人，心里快乐的感觉就象浪潮一样汹涌澎湃，看着她那昏迷过去的情态，情不自禁地把面颊凑到她的面颊旁边，并且吻了她一下。不久，她脸上又呈现出血色，睁开了迷人的双眸，看到她自己的处境，用温存感激的眼光望着我说道："亲爱的约翰，你对我的恩情，真叫我终身感激不尽！"说着，她便想站起身来，我急忙帮她，她一路倚傍着我走回家去。我屡次想利用这机会向她吐诉我的爱情，但是怕她恼我，不敢启口。我们走了不到百步的路程，看见提摩太爵士从地上爬起来，回家去了。我心里一方面高兴痛快，一方面又怕那家伙怀恨在心，向我报复，那我就无法招架了；我特别想到他和佟少爷是莫逆之交，他可以在佟少爷面前辩护他自己的行为，把它说成是热爱水仙小姐的表现，甚至会叫佟少爷也放大胆去对他自己的妹妹干些无礼的勾当。我们到家之后，水仙小姐再三对我说，她一定尽她的力量保护我，不让提摩太爵士在我身上出气，并且要在姑妈面前替我说好话。她一面这么说，一面掏出一个钱荷包交给我，说这是表示她一点谢意的。但是我所追求的是严格的爱情，绝不能叫她疑心我在追求金钱，因此谢绝收她的礼物，并说我救她是我分内应尽的责任，并非什么功劳。她见我不收她的钱，表示有些吃惊，脸上红了一下。我觉得自己的脸也红了一下；我垂下眼帘，支支吾吾地对她说，我只求她答应一件事，如果她惠然首肯，我即使受一辈子折磨也不以为苦。她听了我这几句引子，脸上变了颜色，惊慌地说道，我是个通达情理的人，想必不致于提出无理的要求，有损她的荣誉，并且叫我赶快把我的要求说出来。我当即跪下，要求吻她的手，她马上背过脸去，把手伸出来，我热烈地吻了一下，两行热泪把她的手都浸湿了。我说道："亲爱的小姐，我爱你已经爱到了疯狂的程度，我本来是良家子弟，遭了不幸，但是如今我沦为奴仆，那也只好任凭残酷的命运摆布，只好逃避你那天仙一般的风姿，把我一番痴心妄想埋葬在永恒的缄默之中，我宁肯死一千遍，也不愿以奴仆的身份来表白我对你的爱慕。"我说完，不等她安定惊魂给我回答，站起身来就走了。我头一件想到的事，就是去请教赛治利夫人。自从我离开她家之后，我一直和她通讯往来，保持友谊关系。我把我的处境告诉她之后，她真诚地表示关心，并且对我的乖运表示同情，她也赞成我离开此地，因为她知道我的对头提摩太性情非常野蛮。她说，"那家伙此时一定在策划报仇的计划呢。在我看来，你是无法逃出他的魔掌的：他自己是本地的治安法官，可以立刻发拘票把你拘捕起来；本地的人不是他的下属也多半是他的朋友，你想躲到他们家里也办不到。他如果把你拘捕了，一定把你往监狱一送，你就等吧，可有苦日子过呢，好容易等到巡回法庭开庭，一审，问你个触犯官长的罪名，充军到外国完事。"正在说话之际，忽听有人打门，我俩大吃一惊，想必是追捕我的人来了。赛治利夫人原是慷慨好义的人，这时两眼含泪，取出两块几尼来放在我手里，说道，"事不宜迟，赶紧从后门逃命吧，性命要紧，上天自会保佑。"这时我也顾不得仔细考虑，采纳了她的意见，趁着黑夜逃到海滨。到了海滨，心里盘算着下一步该怎么走的事儿，忽然四面涌出一股武装强人，把我捉住，捆住手脚，不准我作声，如果喊叫，先吃一枪，就这样我被他们一带就带到了一条船上，我一看这船原来是一条贩私货的小艇子。起初我心里暗暗觉得高兴，因为上了这船，提摩太爵士便捉我不着了；但是继而一看，这帮贩私货的人个个都象强盗，都把我当奸细看待，声言要把我杀死，我心想这还不如坐一年监牢，甚至还不如充军好些呢。我说我不是奸细，他们哪里肯听我分辩；我说我夜间独自一个出来散步解闷，误入好汉们的地界，并非有心，他们也不相信。我想当然不能把我的真情实况对他们说，因为一说实话，他们一定把我解交官府法办，立上一功，正好赎他们自己的罪。开船以后，忽然发现有一条海关的巡逻船在追他们，这一来他们更加肯定我是政府派出的侦探了。眼看海关巡逻船就要把他们撵上，忽然海上起了浓雾，把他们掩蔽起来，才算安然开到法国的布隆港。还在巡逻船追赶的时候，这帮走私客人便开了个军事会议，讨论我的问题，其中有些特别凶狠的家伙就主张把我当奸细处置，说我招来官府的巡逻船，要把我抛到海里。还有些人考虑得比较周到些，说是如果把我处死，那么以后他们被捕，越货的罪名之上再加上杀人，那可就万无活命之理了。因此他们就采取多数表决的办法，决定把我丢在法国的海岸上，听凭我自己设法回英国去，他们认为我犯的罪虽不该死，但极可恶，这样的惩治办法倒也恰当。这一决定对我很有利，我听了自然高兴，但是我又怕身上的钱财被人抢劫，因此心里并非完全笃定。为了避免挨抢的灾难，我就在获释以后，在我一只袜子上扯了一个洞，把六块几尼丢进袜子里，口袋里只留半块几尼和一些零碎银子，万一有人抢我，抢到了这些零碎钱，便不致于再进一步搜我了。我幸亏事先作了这样的防备，因为船还没有到法国，船上的走私客人就要我出船钱。我回答他说，我自己并不想坐船，是他们把我强拉到船上开到外国的，跟我要不着船钱。那强徒说，"他妈的，不要嚼舌根，让我看看你身上有多少钱吧。"说罢，他毫不客气，伸手就向我袋里去摸，把袋里的零钱都掏了出来，又望了望我的帽子和假发，好象很中他的意，也给摘了下来，戴在自己头上，说道这叫作公平交易，[1] 不是抢劫。这种交易，吃亏的当然是我，但是只好自认倒霉，过了不久，我们就都上岸去了。

上岸以后，我便打算不辞而别，与这伙强徒分手；强徒知道我要走，便警告我道，我回到英国，如果敢告发的话，他们一定不客气，把我干掉。他还说，有的是职业凶手，干掉我这样一个人是再容易不过的。我说我接受他的劝告，决不告发他们，说完便向布隆城里走去，想找个饭馆吃一顿饭。我找到了一家饭馆，里面有五个荷兰水手在吃早饭，桌上摆着一大块面包，一小碗黄油，一小桶白兰地酒，他俩不时用嘴就着桶塞咕嘟咕嘟大喝一阵，好象非常满意的样子。离他们不远的地方，我看见有一个人，穿着和他们一样的衣服，独自一个若有所思地坐着，拿着一根漆黑的烟斗，只管吸烟。我看到落难的人总是注意的，总是同情。因此我便向那水手走去，心想也许可以给他一些帮助。我走近一看，那人不是别人，正是我那久别的恩人，终日思念的舅父，包凌上尉。尽管他满面胡须，衣服变了样，我还是认出他来了。我当时真是悲喜交集，喜的是又找着了这样一个宝贵的朋友，悲的是他竟落魄到这步田地。眼泪沿着我两颊涌下，半晌我一动也不动，一句话也说不出来，呆了很久，我才喊出一声："舅舅啊！"我舅舅听见有人叫他，惊愕地抬起头来叫道，"谁啊？"他定睛把我看了又看，只是想不起我是谁来，便又问道，"兄弟，你叫我来着吗？"我对他说我有句要紧话和他说，请他和我到隔壁屋子里和他谈几分钟；我左说右说，他只是不肯，说道，"朋友，打住，别跟我出门人耍花招！你要是

---

[1] 意谓用帽子、假发折船钱。

有话跟我说，在甲板上[1]跟我说，别人听见，也不必害怕，这儿的人都不懂得我们的话。"我虽然不愿当着人面揭露自己的身份，但是我怎么也按捺不住了，便告诉他说，我是他的亲外甥罗德利克·蓝登。他听说我是他外甥，便非常正经又非常惊讶地把我打量了一番，好象在回忆我的模样。我虽然比前次他看见我的时候长大了，但是样子并没有大变。他认出是我之后，便走到我身旁，热烈地和我握手，连说见我身体很好，心里很高兴。呆了一会，他又说道，"孩子啊，可惜你不象是走运的样子，使我特别难过的是，我现在也是无能为力，不能帮助你，我自己也尽走背运呢。"我见他一面说，一面流泪，泪珠顺着他那长满皱纹的面颊往下流，我心里也很难受，哭了出来。他以为我在哭我自己的苦命，便安慰我道，生活就象航海，会遭遇到各式各样的气候，有时候风平浪静，有时候风急浪高，往往暴风过后接着刮一阵和风，风总不会顺着一边刮的，失望是一点用处没有的；与其乘一条坚固的船，不如炼出一颗刚毅的心，练会一身本领的好，怎见得？因为刚毅的心和本领不需要匠人修补，而且经的风险越多，越变得坚强。我擦干了眼泪，对他说，我不是哭我自己受的苦，我哭的是他；我又求他跟我到隔壁屋子去，好痛痛快快地谈谈。到了隔壁屋子，我便先告诉他波兴先生怎样待我无情；他听了站起身来，在屋里急急忙忙地来回转了三四遍，抓起短棍叫道，"别的不说，我只希望他就在我眼前，我只希望他就在我眼前。"我接着又把我经历的事情和苦难全部对他说了，他那种愤慨，真是出乎我意料之外。最后，我对他说，欧克姆船长还活着呢，他（指我舅父）如果愿意回英国办理自己的事，现在尽可以回去，绝没有危险，也没有人会伤害他。他听了这

---

[1] 包凌说话喜欢打航海生活的比喻，此处意谓"当着人前说话"。

话，真是说不出的高兴，但是他说他现在不能回伦敦去，因为手里缺少盘缠钱。我说这不要紧，便把五块几尼塞在他手里，并说我现在有这样好的报恩机会，为他雪里送炭，心里真是万分高兴。但是他坚决推辞不收，我费了九牛二虎之力，他才算收了两块，他说两块就足够打发盘缠了。推让完毕，他建议我们该吃点东西了，并说，"我好久没开荤了。你知道，五天前我们的船在一个叫利费欧的地方附近沉了，下面喝酒的那些荷兰人也和我一船；我上了岸，身上的钱本来不多，就和他们伙着用，一用两用很快就用光了。千不该万不该，我不该把一句老话给忘了：'猪吃自己食'。[1] 所以，他们一见我的仓里没了货，就成群的出去伸手讨饭，我不愿意搭他们的伙要饭，他们就拒绝给我任何帮助，所以我已经有两天没吃着面包了。"我见他到了这种山穷水尽的地步，非常难过，当下叫了些面包、干酪和酒，先拿来充饥，然后又叫了一碗炖块鸡。这顿家常便饭吃过了之后，他的精神恢复了，我便请他将提伯隆角出事之后 [2] 经历的详情讲给我听听。现将这一段经历简要叙述如下：他身上带的钱在路易港都花光了，法国人就不那么客客气气招待他了，对他就渐渐冷淡了，他便不得不在法国国王的军舰上找了个普通水兵的差使，以免在岸上饿死。普通水兵一干干了两年，学会了说法国话，人人都夸他是个能干的水兵。后来军舰奉命开回法国，由于不适于服役，政府撤回了该舰的委任状；我舅父便转到党旦侯爵 [3] 的舰队里当了一名小军官，并到过西印度群岛，在西印度群岛还和我们交过锋，前面已经交代。但是他给自己祖国的敌人服务，良心受到谴责，便在应征的地方退了伍，乘了一条荷兰船到了

---

[1] 意谓不可与人共享。
[2] 见第一卷第六章。
[3] 十八世纪法国贵族、海军将领。

库拉索亚，[1] 在这里他找到一条开往欧洲去的船，和船主讲妥搭船到荷兰，在船上用工作来抵偿旅费。他想，到了荷兰就好打听英国朋友的消息了，但是前面他已讲过，他被船上人丢在法国海岸，如果不是上天指使我和他遭遇，把他救出苦难，那他只好一路讨饭，徒步走到荷兰，要不然就再到法国舰队上去找事，但这很危险，可能被人家当逃兵处理。他又接着说道："孩子，我看我现在，不如照直开回伦敦去吧。到了伦敦我递一个呈子，把我的情况说一说，我想一定能够重新得到我的差使，海军部的长官们也一定会免去我'在逃'的罪名。如果这事办成，我就有钱可以帮助你了，因为我脱离本国舰队的时候，政府还欠着我两年的薪俸呢。你现在打算上哪儿去啊？我将来会在船上找着个事，也许可以托人给你弄一张军医副手的委任状也说不定。海军部的号房是我的好朋友，他和部里的二等录事是拜把兄弟，二等录事在某位一等录事面前说话很有力量；这位一等录事又和海军部副司长很熟；只要他和副司长一说，副司长就会把我的事提给司长，司长就会替我在海军部的总长或次长面前说话，你看我在海军部里不是有的是朋友吗？至于克兰普利那家伙，我虽然不认识他，根据你所谈的，我敢说他既不配称为水兵，也不配叫作军官，不然的话，他怎么会一点计算都不懂，不知道自己的船是否开进了已经测量过深度的海水，还把船往苏塞克斯郡的岸上开呢？怎么会等到出了事情，不等船全部破碎，特别是在高潮的时候，就弃船而逃呢？我相信他现在已经因为这事受到军事法庭的审判，并且因为他这种怯懦失职的行为而被法庭处死了。"我舅父给自己搭了一把梯子，想要顺着这把梯子往上爬，爬到海军部的长官们面前去，仰仗他们提携，我听了不觉心里好笑。对于世

---

[1] 荷兰殖民地，在西印度群岛。

道人情，我是非常熟悉的，靠人是没有把握的，但是我不愿意对舅父的幻想表示怀疑，泼他的冷水。我便问他在伦敦可有什么朋友可以商量借一小笔钱，买一两件体面衣服，备一份礼物送给副司长，也许副司长可以替他把事情办得快些。他搔搔头，想了一回，回答道："我想起来了，在瓦坪镇有个但以理·惠普柯，[1] 专作船上干粮杂货生意，问他借一小笔钱，不会不答应。至于住房、喝酒、穿衣，都可以赊帐。不过，关于借钱的问题，我不敢太肯定；大好人布洛克要还活着，我就有办法了。"我舅舅这么一个好人在需要朋友的时候，竟落到无朋少友的地步，我见了这种情况，衷心替他抱憾；我对于人类的自私和无赖认识得比他清楚些，因此不会象他那样容易失望，容易受骗，因此我觉得我的处境和他相比，便不那么可悲了。

[1] 原文意为"鞭绳"，喻其擅长勒索。

第六章

舅父商妥乘帆船赴第尔[1]——我们遇
见一位神父,自称是苏格兰人——他表
示愿意和我们作朋友——舅父冲撞了
他,向他赔不是——舅父上船——神父
把我介绍给一位棕衣僧侣,[2] 我和他
一同赴巴黎——棕衣僧侣的性格——途
中的遭遇——他的行为使我吃惊。

我们吃完饭,向码头走去,找到了一条帆船,这条帆船当晚就
要开赴第尔,舅父便和船上人商妥搭乘此船。谈妥之后,我俩即到
城里闲逛,看看有什么热闹,我们一面走一面谈着我的计划。我的
计划迄今为止还没有决定,因为我身上一文不名,置身异国,举目
无亲,又没有人可以商量或求援,因此我的心情可以说是很不安
定。我舅父也了解我处境凄凉,便硬叫我陪他一同回英国去,他说
回到英国他一定能想办法让我生活。但是我很不情愿回去,我有很
多理由,其中有一个理由尤其要紧:原来我当时认为天地之大,唯
有在英国这个国家,老实的穷人最难生存,因此不管怎样,我决心
留在法国。后来我又遇见了一位神父,于是我的决心就更加坚定不

---

[1] 英国东南岸市镇。
[2] 一种天主教僧侣。

移了。却说我们在闲逛，正好有一位神父从我们身旁走过；他听见我们说英语，也便用英语向我们招呼；他说他也是英国人，愿意尽他力之所及帮助我们。我们谢过这位庄严的神父的厚谊，便邀请他与我们一同去喝一杯酒，他也并不推辞，便介绍我们到一家酒馆。我们要了三大杯勃艮第红酒，他举杯祝我们健康，又问我们是作什么的，特别问我们家乡是何处。我们说是苏格兰人，他一听马上跳了起来，热烈地和我们握手，眼泪象决了口一样往下流，并且说渣："我也是从苏格兰来的啊！也许你们跟我还有亲戚关系呢。"他这种热情使我想起骗钱的骗子，引起我极大怀疑，便警惕起来，但是我脸上却不露声色，说道，他既然也是苏格兰人，那一定认识我们家的人，我们两人现在虽然是一副穷愁落魄的样子，但是我们的门第倒也不是什么没没无闻的小门小户呢。然后我又把我们的姓名告诉他，他说他认识这两姓的人，他和我的祖父还有过来往；他虽然离开苏格兰已经有五十年了，但是对我们家乡各家各户的事情说得头头是道，使我大释疑团，庆幸自己遇到了这样一个朋友。在谈话之中我便毫无保留地把我的处境对他说了，而且也把自己的本领渲染了一番，老神父对我颇加赞赏，对我说，我如果呆在法国，服从理性，[1] 他一定尽力帮助我，使我能够春风得意。

神父的暗示使我舅父非常起疑，他便极为莽撞地说道，如果我一旦背叛了我的宗教，他便和我断绝一切关系、一切来往；他认为一个正派的人生下来信什么教，不管是土耳其教、新教还是天主教，便不该叛离那个教。神父听了此话，觉得是在冲撞他，便激昂慷慨、滔滔不绝地大讲固执一偏之见、闭眼不看光明便有如何如何的危害。他说，既然有人把道理讲明白了，你还执拗，偏说不懂这

---

[1] 意谓"不要倔强，随和一些，改信天主教"。

种道理，那便无可饶恕；如果人人都是死心眼，不接受别的宗教，那基督教怎么会在天下传播开来呢？那我们到今天还生活在没有基督教的黑暗、野蛮世界呢！他又引了《圣经》上一些话，还引了古代神父们的许多话，来证明教皇是圣彼得的继承人，是耶稣基督的代理人，罗马的教会是真正的、神圣的、正统教会，新教的教义是背叛上帝的异端，是该遭诅咒的分裂主义，使得千千万万人的灵魂遭受永劫不复的沦丧。他这篇宗教演说，我认为热情有余，而稳重不足。他讲完之后，便对我舅父说话，问我舅父对他方才所说的话有何反对意见。我舅父一心只在想他自己的事，听神父问他，便把烟斗从口里取下，回答道："朋友，你问我的意见？我不反对你方才说的话，你的话也许也许不对，我不敢说。我只管我自己的事，向来不多管闲事。俗话说得好：'炮手点炮，舵手掌舵'。我是什么教义都不相信，只相信罗盘；我遵守'己所不欲勿施于人'的信条。我专反抗教皇、魔鬼和想篡夺王位的人；我和别人一样希望灵魂得救。"神父听我舅舅把这些人相提并论，勃然大怒，怒气冲冲地说道，如果包凌先生不是他的同乡，他一定找人来把他捉去关监，惩罚他的无礼。我也壮着胆批评了舅父不该说话鲁莽，向老神父说好话，说我舅父并没有要冒犯他的意思；我舅父这时也自知作错，过去和神父握手，连说自己太放肆了，请神父原谅。大家又复言归于好，神父便约我们下午到他寺院里去找他，说罢告辞而去。神父走后，我舅舅千叮万嘱，叫我一定要坚持祖先信奉的宗教，改变信仰即使对我有百利，终究是一件有辱门楣、对自己不体面的事。我告诉他说，请他放心，我无论如何也不会为了自己利益，甘愿丧失他对我的友情和好评；他听了这话，表示非常满意，提醒我说，该吃饭了，我们当下点了饭菜；饭菜端来，我俩便一齐吃了起来。

我心里暗忖，和那位苏格兰神父来往，如果处理得恰当，结果可能对我有好处，因此决心尽力和他拉拢关系。怀着这样的目的，我们便在吃过饭之后，应他的邀请，到他寺院去拜访他。他拿出酒和一些甜食来招待我们，并引我们参观寺院里各种值得参观的东西。他招待了我们一番之后，我们便向他告辞；行前我答应他第二天再去看他。这时已经到了我舅父该上船的时候了，我把他送到码头，送上了船。舅甥分别，难免落泪，我俩互相拥抱，彼此祝福，他又叮嘱我一定要时常写信，寄到"伦敦隐士居'联邦旗'客栈"就能收到。

我回到遇见舅父的那个客店，独自一个过了一夜，想到命运多舛，想到前途应作如何打算，只是想不出什么办法。前途困难重重，不可逾越，越往前看，越加悲伤失望。我决定只要有机会就不放过，因此第二天清早我起身后，即径直去见神父，求他指点、帮助。他极为和蔼地接待了我，对我说，具有我这样才能的人，有一条路可走，必然可以出人头地。我一猜便知他的用意，即坚决果断地说道，我已下定决心，决不能改变我的宗教信仰，如果神父的建议牵涉到信仰问题，那就请他不必多费唇舌了。他听了摇摇头，叹口气，说道："孩子！孩子！你固执偏见，大好前程就付之东流了！你应当服从理性，固然应该考虑到死后的灵魂问题，但也应考虑到今世的幸福。我在这寺院里是有些影响的，我能够叫本寺收你为新徒，由我来监督指导你，我会象慈父那样真正爱护你。"接着，他又把寺院僧侣的生活大加赞扬一番。他说，寺院远离尘嚣，住在里面无忧无虑，极是安全，那七情六欲早被你降伏，心中便无七情六欲的挂念，灵魂乘着冥想的长翼，翱翔于哲学和真理的圣境。但是尽管他说得天花乱坠，对我全是白费；我从两方面加以考虑，结果就抵制住了他的引诱。第一，我已答应舅父决不改信宗教；其次，我对僧侣生活有反感。至于信仰的不同，若与美好的前程相较，我认为倒是无足轻重。他见我在这问题上不可动摇，便对我说，他倒也并不因此生气，反而替我抱憾，并说虽然我不听从他的忠告，他还是愿意帮我的忙。他说，"由于你对宗教有这种错误的看法，不仅阻塞了你在教会里的上进之途，而且也必然使你在军队里得不到前程。不过，如果你不嫌委屈，愿意当仆役，我倒在凡尔赛宫里认识一些有权位的人，我可以写信推荐你，也许有人愿意请你去当管家也说不定；我相信，凭你的资历，你会很快就得到更好的职务。"我立即热诚地接受了他的建议；他叫我当天下午再来找他，让他写好几封推荐信交给我随身带去，而且还要把我介绍给一位棕衣僧侣，这位棕衣僧侣第二天一早就要去巴黎，我可以随他一起前去，一路盘缠不必我付出分文。我听了他这番话，真是欢天喜地。我以万分感激的语言向这位仁慈的神父表示我的谢意。到了下午，他果然说到做到，当面把几封推荐信交给我，把我介绍给那位棕衣僧侣。第二天，天一破晓，我便和棕衣僧侣出发了。

走了不久，我便发现同行的那位僧人原来是个诙谐有趣的快活人，他虽然出家为僧，貌似苦修，实则不爱念经，一味讲究吃喝；他不怎么崇拜圣母玛利亚或圣吉尼维芙，而崇拜的却是俊俏的姑娘。他名叫巴尔塞沙，年纪很轻，长得筋骨粗壮，两条红眉毛，鹰钩鼻子，满脸雀斑。他所属的宗教团体不准许成员穿衬衣，于是他的外衣也就无法脱下身来，以致弄得他在芸芸众生之中算不上最清洁的一类；岂止如此，他身上天生来就有一股气味，所以我一路上不得不总是设法走在他的上风一头。一路上谁都认识他，所以他到处有吃有喝，不付一文。他又爱说个笑话，一肚子尽是些小调儿，唱的全是醇酒妇人，所以我们倒也不觉旅途劳顿。头一夜我们投宿在一个农民家里，离阿布维尔城不远。农民请我们吃了一顿非常丰富的炖肉，是农民的两个女儿亲手烹调的，其中有一个女儿长得特别秀气。我们饱餐了一顿，又喝了大量的淡酒，就有人把我带到粮仓；到了粮仓一看，已经有人在干净的麦柴上铺了几张毛毡供我们睡宿。我们躺下还不到半点钟，就听见有人轻轻敲门；巴尔塞沙听见，就起来开门，进来的是我们主人的两位姑娘，要趁着黑夜和巴尔塞沙密谈几句话。他们叽叽咕咕谈了一阵，巴尔塞沙便过来问我关于男女之事我是否全然无动于衷，问我是不是铁石心肠，问我愿意不愿意和一个钟情于我的漂亮姑娘睡一夜。我现在回想起来，颇觉惭愧，不过我不得不承认我在当时竟任凭情欲支配；我又听说要和我同睡的是个和气的姑娘安妮，便急切抓住这机会，不肯错过；尽管我的理智提醒我应该忠实于水仙小姐，可惜都是白费，我面对着这么个迷人的姑娘，不仅不能平息我心中的孽火，反倒火上加油了。以后，这位年轻的农家姑娘如果还想到我，她是没有理由感觉不满意的。第二天天一亮，两位好客的姑娘就走了，我们一直安眠到八点钟才起来，我们的情人早给我们备好早饭。喝了朱古力和白酒，棕衣僧便听她们忏悔，释免了她们淫乱的罪孽！然后我们告辞而去。我们一路走，一路谈；棕衣僧又扯到昨夜的事情，他问我是否喜欢昨夜住宿的地方，我说我非常满意，安妮对我非常好，一面说一面欢欣雀跃。他听了我的话，摇摇头，面露微笑，用法语说道，她真是一块肥肉呢。随后他又说道，"我也占过有过安妮，我认为这是我一辈子干的最了不起的事，也不是我吹嘘，我和她偷情，十有八九是顺利的。"我本来以为他和安妮的姊姊有私，听了这话，吃惊不小，我有心要骂他乱伦，继而一想，也就算了，只说他既然钟情于安妮，何以昨夜又选了安妮的姊姊，这一点颇使我惊讶。他回答说，其中自有道理：第一，他天生喜欢讨女人的欢心；其次，他愿意把他的情谊在姊妹之间平均分配，以免姊妹失和，只有这样才能免去手足间的纷争；第三，安妮爱上了我，他又非常爱安妮，不忍违拂她的意愿；最后，还有个尤其重要的理由，那就是说，他既然有这个好机会对朋友（指我）稍尽情义，那又何乐不为呢？我说，他真够朋友，叫我衷心感谢；但是我心里却认为他的行为无耻，非常鄙视他，懊悔自己跟他搭上了伴。我自己虽然也贪色，但是看到他表面上俨然是个道貌岸然的僧侣，暗地里却干出这种完全不相称的勾当来，实在看不下去；我认为他太下流了，太不正派了，我也许还得当心我的钱荷包，保不住他也会想偷钱呢。但是我想来想去，想不出棕衣僧要了钱有什么用；按照他们教派的清规，他们穿的衣服应该象乞丐，生活的必需品都可以不费一钱去讨来；此外，我这位旅伴看来又是个坦坦荡荡、乐天安命的人，不必耽心他会偷钱。这样一想，我便毫无顾虑，放胆上路，只望早日到达旅途的终点。

第七章

我们在阿棉城一户人家投宿——棕衣僧偷了我的钱，趁我熟睡，私自逃走——我到努阿庸城搜索他，但无结果——我把我的情况告知许多人，但也没有得到帮助——走投无路——遇见一队兵士——参加了毕卡迪团——奉命开往德国——行军的疲倦难以忍受——和同伍兵士谈政治争吵起来——他要我和他决斗，把我打伤，解除了我的武装。

　　我们走了三天，到第三夜头上，我们在阿棉城附近一户人家投宿。这户人家并不认识巴尔塞沙，所以我们吃的晚饭并不怎么好：喝的是发酸的酒，睡的地方只是顶楼，身子底下垫的是张旧褥子，里面我看总有几千万跳蚤长期占据着，我们侵犯了它们的地盘，结果大吃其亏。不到一分钟，我们浑身都被跳蚤咬遍，但是咬尽管咬，我们睡得还是很香，因为走了一天，身子困乏了。第二天早晨九点钟我才醒来，睁眼一看，只剩了我一个，大吓一跳，赶紧起身检查我的衣袋，一检查，完全证实了我的预感。我的同伴不告而去，把我的现钱都拿走了，由我自己想办法到巴黎去吧。我当即奔下楼去，满面愁苦惊慌，打听那僧人在哪里。有人说他已经走了四个钟点了，走的时候还说我有些不舒服，关照不要去惊动我，等我醒来，再告诉我，就说他已经起程赴努阿庸去了，在努阿庸的金鸡客栈等候我呢。我听了，二话不说，怀着沉重的心情，急往努阿庸方向走去，下午到了努阿庸，又累又饿，几乎要晕倒。一打听才知道并没有那么个人，我可真是不知道怎么办才好了。幸亏我本性是个很爱记仇的人，每逢这种场合，我并不灰心，反倒更加憎恨人们的这种混帐行为，借此忍受得住那无法忍受的不幸。我满腔沸腾着愤懑的情绪，把我的狼狈情形告知客栈主人，把居心不良的巴尔塞沙痛骂了一顿。客栈主人听了耸耸肩膀，脸上露出一丝怪笑，说道，他很同情我的不幸，但是最好的补救办法就是"忍耐"。正在这时，客栈里来了一批客人，他赶紧过去招呼，把我丢在一边，由我一个人去感叹那炎凉的世态。我当时想到，天下的店主都是一丘之貉，这一点完全可以肯定。我一个人站在客栈门口，形单影只，不知下一步该怎么走，口里嘟嘟囔囔地骂着偷钱的窃贼，骂着把我介绍给他的老神父。正在这时，客栈里来了一位年轻绅士，衣服穿得非常阔绰，后面跟着一名贴身当差，和两名穿着制服的仆役。我觉得他的相貌似乎很文雅和善，所以他刚一下车，我便走过去把他拦住，三言两语把我的情况对他说了，他很客气地听着，等我把话说完，他说道："但是，先生，这事和我有什么相干呢？"我认为稍有常识的人，稍具义气的人，决不会出此一问，我真是不知如何对答，只得一语不发，深深鞠了一躬。他连忙还礼，比我还深，然后迈着轻盈的步子走进一间客房去了。店主人走过来对我说，我把客人的路挡住了，客人生了气，他的生意还作不作了呢？他的话说得十分明白，我不必让他再说一遍，立刻离开店家走了。我心里又是悲伤，又是生气，又是愤恨，不觉鼻孔里涌出一股血来。我就这样如痴如癫离开了努阿庸，向田野走去，象个疯人一样在田野间徘徊踯躅，走到后来，浑身有气无力，只得在一棵树脚下倒下来，使疲惫的肢体休息一回。这时，我的气已经消了，只觉肚里饥肠辘辘，一声不响，满心悲痛，低沉地左思右想起来。我把过去犯的过错翻来复去在脑子里想了一遍，发现这些过错为数不多，并且也非什么大错，我真不懂上天为什么这样惩罚我，让我经历多少痛苦和危险，最后把我抛在他乡异国，凭白饿死我，既无亲又无友来阖上我的眼皮，使我死而瞑目，或者发些慈悲，最后作件好事，把我这具可怜的尸首掩埋。我想来想去不如作一只狗熊好些，可以逃到树林里或荒原地带，远离冷酷的人寰，靠我自己的才能谋生活，不必依赖滑头朋友，也不必看人傲慢的眼色了。

　　正当我这样躺着为我的不幸而呻吟的时候，我听见有人拉提琴的声音，抬头一看，只见有一群男女在离我不远的地方一片草地上舞蹈呢。我想人们在高兴头上最有恻隐之心，这正是我引起他们注意的好时光。我当即站起身来，走向欢乐的人群。走近一看，原来是一队兵士和他们的老婆孩子[1] 行军一程，正在作乐歇乏呢。我一看，个个骨瘦如柴，象一群稻草人，我从来没有一次见过这么多这样可怜相的人；特别使我惶惑不解的是，他们的形容嶙峋枯瘦，衣服褴褛肮脏，外貌是最凄苦不过的人了，却摆出了寻欢作乐的样子。我心里虽然纳闷，脚下走了过去和他们打招呼。他们也非常客气地接待我，在我周围围起一个圈圈，跳起舞来。他们的欢乐在我精神上产生了非常良好的效果，我也被他们的快乐所感染；我虽然处境悲惨，却也暂时忘忧，和他们一起狂欢起来了。我们消遣了半天之后，那些妇女就把自己的斗篷铺在地上，从背包里倒出几个大蒜，几块粗面包，还有几罐水酒。他们请我分享他们的盛筵，我便和他们一同坐下，我有生以来没有吃过这么舒服的一顿饭。吃完

---

[1] 当时军队士兵携带家眷同行。

饭，我们又站起来跳舞，我吃饱了饭，跳起舞来就得劲了，人人夸奖，赞不绝口，都说愿意和我作朋友。男人们夸奖我身材好，跳得灵便，妇女们争先恐后说我雅致。他们的排长对我特别表示关心，又把当兵的生活有多么快活说得天花乱坠，所以他劝我也入伍当兵，我倒颇有些动心。我想到我自己的处境，越想越觉得我非得赶紧决定下一步怎么走不可。我在心里把利弊得失盘算了半天，酝酿成熟，便对排长说，我愿意入伍当兵；当下他便把我编进"毕卡迪团"，[1] 据说这是欧洲资格最老的军团。该排所属的连驻扎在离此不远的一个村庄，第二天我们便向那村庄前进，到了庄上，排长把我引见给连长，连长看见我的样子，似乎表示满意，给了我一个克郎[2] 喝酒，命我制办衣服、武器和其他装备。我就把我那当差的制服卖了，买了几件衬衣，加紧操练，不久就百分之百地成了个军人了。

不久，我们就接到命令，叫我们和其他几团军队会齐，火速开往德国，去增援戴诺阿伊公爵元帅。戴诺阿伊元帅的军队正驻扎在麦因河畔，窥伺斯代尔伯爵所指挥的英国、汉诺佛、奥国和赫赛军队的行动。[3] 我们当即开始行军；行军之后我才接触到以前完全不晓得的军人生活的另一面。行军几百哩，一路上我忍受的饥渴和疲劳是无法形容的。又是热，又是两脚不停地走，走了没有多久，我的大腿和小腿的里面的皮就都磨掉了，一路走，一路就痛得象受了肉刑一样。这件倒霉事情全是因为我身上肉太多了些；我大骂我自己不该长这么多肉，反倒羡慕骨瘦如柴的战友们，把他们身上的油

---

[1] 军队都按地区命名，毕卡迪是法国的一省。

[2] 钱币名。

[3] 指十八世纪四十年代奥地利帝位继承战争，反映了法王路易十五和奥国哈布斯堡王族间的矛盾。战争的一方是法国，另一方是奥、英等国，戴诺阿伊是法国的统帅，斯代尔（英国人）是联军的统帅。

水都榨出来也不够普通烧一顿饭用，因此就决不可能把腿裆里的皮都磨掉。不住的疼痛使我一阵阵发脾气，看到我同伴们那副可怜相，一阵风吹过来就会把他们象麸皮一样吹个七零八落，却轻松愉快地干着行军的苦活，我反倒经受不住，要倒下了，这大大损害了我的自尊心，更增加了我的不快。

有一天，我们停止行军，进行休息，兵士和他们老婆按照老规矩，又出去跳舞去了，只有一个同伴呆在家里和我作伴。他说他呆在家里，是因为跟我特别有交情，又是可怜我，又是安慰我。我认为这简直是对于我的一种侮辱。他对我说，我现在虽然年纪轻，身心都稚弱，但是当兵当久了，自然就会锻炼出来的，他相信我一定能够为法国国王的荣誉多少立点功劳。他又接着说道，"因此，我的孩子，你应当鼓足勇气，祷告善心的上帝，让他把你变得和我一样幸福。我曾经荣幸地为路易大王[1]效劳过，为了建立他的荣誉，我也受过不少次的伤。"我觉得他说出这种话来，真是卑鄙之极了。他怎么竟然这样冥顽不灵，真使我纳罕。他分明是个有理性的人，却让自己遭受赤贫、压迫、饥饿、疾病、残废甚至死亡，只为满足某某国王一己的贪欲，反倒把这事认为是自己无上的荣耀，自己吃了苦，国王根本没有看在眼里，而且国王连他的姓名都不知道，这岂非荒谬？我对他说，假如他今天的处境是由于别人逼迫，那我自会称赞他的耐性和刚毅；如果他从军是因为祖国受到侵略、要去保护它，那我必夸奖他的爱国心；如果他犯了大罪，当兵为的是逃避惩罚，那么当兵这事在他自己良心上也是说得过去的，虽然我认为即使在这些情况下，他受的苦也是极大的了。但是，为了使国王获得荣誉，才来吃苦，那我就认为这无异公开承认自己是个十足的奴

[1] 指法国国王路易十四。

才，甘心情愿吃苦冒险，干那罪恶昭彰的杀人勾当，满足那国王的毫无人道的野心；那国王也不过是个人，除了有权力以外，并不高他一等；而国王的权力又是哪里来的？还不是象他这种奴才甘心屈服于国王，国王才有权力吗？那兵士见我乱骂他的国王，非常恼怒，他说姑且恕我无知，否则决不饶我。他还说，国王的人格是神圣的，臣民不得随便批评他，亵渎他，臣民应当忠于国王，有义务服从他的命令，不管命令的性质如何，都必须毫不犹豫地、愉快地服从，并劝我必须纠正我从英国人那里吸取来的叛逆观点；英国人对待国王之无理，[1] 那是臭名远扬的，几乎是家喻户晓的了。

为了替我本国人辩护，我把普通人都知道的道理全都讲给他听一遍，例如，每个人天生就有享受自由的权利；国王要人民效忠，他就得保护他们；如果因为国王暴虐而破坏了这种相互的关系，破坏君民之间的契约，那国王就应该负责任，并受法律的处罚；英国人的历次起义被专制淫威下的奴才们污蔑为"反叛"。实际上乃是从篡夺权力的野心家的鹰爪下挽救天赋予人民的自由的壮举。那法国兵见我对国王毫无尊敬之意，再也沉不住气，大怒起来，并且对我泼口大骂，我也大发脾气，捏紧拳头，想扎扎实实打他几下耳光。他见我要打他，倒退几步，要求和谈，我也遏止了怒气。他对我说，法国人挨了打，是决不饶人的，如果我不是活得不耐烦了，我就不要打他；不如接受他的邀请，两个人象上等人那样比剑决斗吧。我接受了他的建议，跟着他走到附近一片田地。我看着他那副可怜相，又瘦小，又干瘪，老态龙钟，一目失明，心里颇觉不齿。但是人不可以貌相，我的判断太鲁莽了。我俩正斗到第二回合，他一刀砍伤了我执刀的手，我登时好象骨头脱了节似的，把手一甩，

---

[1] 如一百年前英国资产阶级革命时，国王查理一世被处死。

刀落了地，解除了我的武装。我是又气又不知道怎么办才好，特别是对方获得了胜利之后，又要得寸进尺，要我认错，承认不该得罪法国国王和他本人。这种要求，我是无法接受的，我说这是对我的侮辱，他作为一个上等人，在胜利之后，不应该提出这种要求，他在我的处境也不能答应。我说，他如果坚持这种卑鄙的要求，那就等我们用步枪决斗的时候瞧吧，我一定也提出同样的要求，现在他的刀法好，我当然是比他不过的。

第八章

我要报复，学习自卫术——我们和戴诺
阿伊元帅会师——在德汀根地方和盟军
遭遇，我军溃败——法国士兵这一回的
行为——我不懈地向那加斯孔老兵寻
衅，这回是我把他战胜了——我团驻扎
黎姆斯，准备过冬——在黎姆斯我遇见
老友斯特拉普——几乎互不相识——他
借钱给我，并使我脱离军籍——我俩
赴巴黎游历，从巴黎经弗兰德尔回伦
敦——安全抵达伦敦。

我这么一说，他倒有些慌乱，也不回答我的话，便到跳舞的人群那儿去了。他对跳舞的人大吹大擂，说他如何把我打败等情。我呢，拾起了我的刀，回到营地，检查一下我的伤势，发现并不严重。这一天，有个爱尔兰鼓手听到我的不幸，来看望我，安慰我说，打仗受伤是在所难免的，又对我说，他自己的刀法很高明，能够很快地教会我耍刀的艺术，学会了好向那加斯孔[1]老兵报仇，惩罚他对我的无礼。他说，他看在我们俩是同乡的面上，愿意给我友谊的援助；但是后来我听说他的真正的动机不是这么回事，而是

---

[1] 加斯孔是法国古时一省，加斯孔人据说爱说大话。

因为那法国老兵和他（指爱尔兰鼓手）的老婆有私，他很嫉妒，却又不愿自己亲自去向那老兵报复，所以想利用我。不管他真正动机为何，我接受了他帮助，他教我刀法，我就勤学苦练，不久我就觉得我的工夫可以和老兵拼一拼了。

我们继续行军，某日夜晚到了戴诺阿伊元帅的帐下，这天晚上正是德汀根战役[1]发生的前夕。虽然我们行军非常疲乏，但是我们这团和其他几团仍然奉命在德格拉孟公爵指挥下第二天渡河去占领一条咽喉小路，敌人要来就必须经过这条路，这对他们是很不利的，如不经此路，就只有裹足不前，绝粮待毙，或乖乖投降。[2] 敌人怎么竟陷入如在瓮中的形势，我不准备在此赘述；我只想说，待我们占领了那块地方后，我听见一个老军官和另外一个军官闲谈，他说斯代尔伯爵以善于用兵出名，怎么这回竟走了这么一着，他感觉非常惊讶。但是看样子好象那时候在斯代尔伯爵上面还有更高级的人[3]在指挥，他不过是个下属的身份，不能责备他，他本人是反对这一着的。这一着使盟军全军处于极端危险的境地，但是老天爷帮了他们一把，制造了一个奇迹；他让德格拉孟公爵忽然异想天开放弃有利地势，走过咽喉路，去进攻英国军队，英国军队便在平原上摆开阵势，狠狠地揍了我们一顿。我们伤亡惨重，残余部队只好不客气向后转，拼命逃窜，又怕又乱，淹死在河里的就有几百人之众。敌人对我们是相当宽大的，他们一步都没有追赶我们；如果我们不那么惊惶，我们至少可以很有计划、很有秩序地退却。这次战役中，大不列颠的国王亲自领导同盟军，虽然他以慈悲为怀，不

---

[1] 发生于1743年6月27日。一方面是英、奥军队，一方面是法国军队，结果，法军败绩。
[2] 以下的战役的描写基本符合史实。
[3] 指英王乔治二世。

让盟军屠杀我们，但是我们这面还是死了五千人，其中包括许多卓越的将领。我方失利，给敌方打开通向哈脑的路，他们也便立刻向哈脑进军，把伤病号全丢下让法国人去处理，法国人第二天占领了战场，把死尸掩埋了，医治了还活着的人，表现了人道精神。这一点对我们来说是颇足自慰的；我们不放松这机会，公开宣称这次是我们胜利了；我们大吹大擂说，自己如何宽大，如何勇敢，每个人都自己说自己英勇无敌，古代英雄也都相形见绌。这种乱吹牛皮，突出地表现了法国人的天才。有人自比为雄狮，被怯懦的猎人追赶，猎人战战兢兢地远远跟在后面，只敢用梭镖把它打伤，听凭那雄狮悠悠闲闲地退去。又有人自比为大熊，面朝着敌人退却，敌人不敢攻他。又有人自比为被人穷追的梅花鹿，返过身来面对猎犬，使猎犬逡巡不前。就连每个小兵也都自以为大显威力，一排一排地把敌人歼灭，一队一队地把敌人骑兵驱散。其中以那个加斯孔的老瘦兵吹嘘得最厉害，他把自己的战绩说得比希腊神话里的英雄赫尔库列士，比查理大帝，都要辉煌。我对他的旧仇，记忆犹新，又学会了刀法，见他乱吹，便想抓住这机会恢复我的荣誉。我便以我所能想到的极度夸张的语言把英国人的英勇夸大一番，又用同样的语言嘲笑法国人的胆怯，把法国人比作被猎犬追逐的兔子，猫儿追赶的老鼠，并带着嘲弄的口气夸奖那法国老兵逃跑得多么快；我说，这一点，考虑到他的年纪和衰弱的身体，更使我惊叹。我的揶揄刺痛了他的心，他带着恐吓和鄙视的神气叫我不可不自量力，叫我回忆一下，上次我对他无礼已经被他教训过一顿了，我若再欺负他这个好人，他是不会再饶我这坏蛋的。对于他的暗示，我不多费话，抬起腿就朝他屁股上踢了一脚，当时把他踢翻，他极其敏捷地跳起来，拔出刀，向我凶猛袭击，许多人过来劝阻，他对他们说这件事关系到他的荣誉，那些人也便退去，尽我们两个去决斗。他对我的袭击没有使我蒙受很大的损伤，只把我右肩擦伤了一处，我见他气力渐渐不支，便开始我这方面的进攻，愈来愈逼近他，两相厮杀，最后我从他手里把刀扭了下来。我胜利了，要他求饶命，他不答理，只把肩膀耸得耳朵那么高，两手一张，把眉毛往上一挑，把嘴往下一搭，活象个丑八怪，我不由得哈哈大笑起来。但是我想起当初他那种狂妄，一个劲欺负我倒霉，我也想杀杀他的威风，便把他的刀插在平地上一堆冒热气的东西[1]上——不是鸡蛋糕——一直插到刀柄，然后安详而若无其事地去找其他兵士去了。

这次战斗除了上述一役以外，双方都没有再作什么重大的企图。战斗结束后，英国人回到了尼德兰，我军一部分派往法属弗兰德尔，我们那一团奉命到上班尼[2]过冬。我所属的榴弹连则被派到黎姆斯城。到了黎姆斯，我已经一贫如洗；我的饷是一天五索耳，远远不够买我所需要的东西，只够维持一个饿不死的生活，肚子又饿，职务又重，到后来我也和其他兵士一样消瘦了。我本来有三件凑合能穿的衬衣，现在穿剩了两件，这两件也只剩了领子和袖子了，前后襟早作了裹腿用了；但是，尽管如此，我穿的衣服比团里其他小兵还要好得多呢。在我这样极端窘迫的情况下，我写了一封信给我舅父，寄到英国，当然，根据我前面交代过的缘故，我也并不抱太大的希望。同时，我就用我的老方子治我的穷病，那就是"忍耐"，每当我到山穷水尽的时候，我总爱幻想一些美景，来安慰自己。

一天我正在将军的辕门外站岗，忽然有一位贵族从里面走出来，后面跟着一位戴孝的绅士；贵族在送别那绅士的时候对他说

---

[1] 粪便。
[2] 法国当时一省。

道："请你放心，我一定帮忙。"那位戴孝的人听了此话，深深一鞠躬，回身告辞了，就在这一霎那我发现戴孝的人不是别个，正是我的老朋友老伴当斯特拉普。我见了他，惊愕得一句话都说不出来，但是不等我平静下来，他已走了，并没有注意我是谁。话又说回来，即使他没有走，我也不敢招呼他，因为虽然我认识他的脸，但是他浑身上下比起我们在伦敦分别时已大不相同，使我不敢肯定这人就是他。此外，在我们作朋友的时候，他从来没有妄想要爬到绅士那样高的阶层，所以我也无从想象他是怎样爬上来的。但是，我非常关心这件事，一定要深入了解一下；我抓住了一个机会问那瑞士籍的门房可认得方才侯爵送走的客人。门房说，那人叫德·斯特拉普先生，是最近故去的一位英国贵族的贴身仆人，他对主人非常忠心，侯爵和他的主人是莫逆之交，所以很器重他。我听了这消息，心中无限愉快，我知道这一定是我的老友斯特拉普无疑，他一定是在我们分手以后，想办法不仅使自己的举动法国化，而且还把姓名也法国化[1] 了。下班以后，我立即按照瑞士门房所说的地址找了去，正巧他在家；为了增加他的惊讶，我不说我的真姓名和来意，只请门房通报德·斯特拉普先生说，我想和他谈半小时的话。他听了门房的通报，说是有个当兵的要见他，又疑虑，又不知怎么办；他虽然自知没有犯过法，但是他听人讲过巴士底狱，巴士底狱的一切恐怖情况都呈现在他的眼前了。我等了半天，他才决定叫门房把我引上楼去。我走进他的房间，向他一鞠躬，他也非常客气地鞠躬还礼，脸上强摆出一副笑容，想借此掩盖心里的恐惧，但是他脸色苍白，两眼慌张，四肢打颤，哪里掩盖得住。我见他惶恐的样子，心里暗暗好笑。我用法语对他说，我有话要和他密谈，请

---

[1] "德"是法国贵族姓氏的特征。

把左右打发出去，他一听更加惊恐了。仆人退出之后，我又用法语问他是否叫德·斯特拉普，他哆哆嗦嗦地说，"是，贱姓德·斯特拉普。"我又问道，"你是法国人吗？"他回答说，"我没有造化，我的父母不是法国人，但是我对法国却有说不尽的敬爱。"我请他赏光仔细把我端详一下，他把我打量一番之后，吓得倒退了一步，用英语大叫道："耶稣啊！不可能！不会是的！"我笑道，"我看你变成了上等人了，岂肯再认穷朋友呢？"他听我也说英语，简直要乐疯了，一扑扑到我身上，搂住我的脖子，把我的脸从这只耳朵吻到那只耳朵，就象个挨了鞭子的小学生一把鼻涕一把眼泪哭了起来。他看见我身上穿的衣服，便又提高喉咙叫道，"天啊，天啊！我还活个什么？看，我最知己的朋友都穷得只好在法国军队里当小兵了！当初你干吗答应我跟你分手呢？我知道你的道理，你以为你有阔朋友了，跟我交朋友太寒伧了。咳，虽然我有点近视，我可还没有完全瞎了眼睛；我虽然没有埋怨，我可是感觉到你的无情；就因为这个，我才到外国，天南地北流浪啊！可是我也得承认，我的运气不错，所以我原谅你，但愿上帝也原谅你。天啊，天啊！怎么事情变成了今天这个样子了！"我听了他的谴责，心里有些不痛快；他的话虽然对，但是我认为说得不适时，便很尖锐地对他说，不论他怀疑得有根据没有根据，他应该找个更恰当的时机谈出来，现在的问题是，他愿意不愿意帮我一个忙。他感情激动地回答道："愿意不愿意！你难道还不了解我吗？还用问吗？我所有的一切，连我本人，都随你支配。你先跟我吃了饭再说。我还有一件事要跟你谈谈，你听了也许不会不乐意的。"说完，他使劲攥住我的手又说道，"看你穿的这身衣服，真让我心里难过！"我谢过他留我吃饭的盛情，我说，我七个月来没有吃过一顿舒服饭了，很欢迎好好吃一顿；此外，我还要向他提出一个请求，务必请他在吃饭以前就答应，这请求便是：他能否借我一件衬衣；虽然我的身体已有几个星期失去了穿衬衣的享受，但是皮肉还没有能够习惯。他听了这话，愁眉苦脸地望着我，似乎不敢相信。我就解开外衣，露出赤裸的身体给他看。他本来是个软心肠的人，看了大吃一惊，流着眼泪跑到衣柜前，抽出一叠内衣，选了一件捧到我面前交给我。这是一件很细的花边荷兰麻布衫，还带一条细麻布领带。他对我说，这种衬衫他有三打，随我使用。我听了欢喜欲狂，不消片刻，换上了新衣，拥抱起斯特拉普，感谢他的友情，并说，我非常高兴，他现在虽然阔了，但是并不势利；一般说来，人变阔了，一定会变成势利眼的。他叫人把饭开来，有汤和炖肉，有一对烤子鸡，还有一盘龙须菜。在两道菜之间他还请我吃饼干，喝勃艮第酒。吃完饭，他恳求我把他离开伦敦以后我所遭遇的每一件事都讲给他听，满足他热切的要求。我应了他的请求，从和葛奇的纠纷开始一直说到当前，把每一件和我有关的事情都告诉他。我讲什么，他都有相应的强烈反应。当他吃惊的时候，他就跳起来；听到不平之事，他就横眉怒目；听到奇怪的事，他便张开了大嘴；听到可喜的事，他便笑容满面；听到可怕的事，他便战栗；听到悲惨处，他便流泪。待我把我的故事讲完，他把眉毛一挑，双手一举，表示对我经历的整个过程感觉惊讶，直说，我年纪虽然不大，可是比所有神圣的殉教者受的苦难还多。

吃过饭，我也问他经历的详情，他简略地叙述了一遍。他说他和主人在巴黎住了一年，主人不但学会了法国人的时髦风俗也学会了法国话，都学得完美无缺；就在法国和荷兰游历了一遭；在途中不幸遇到了三位本国人，也在游历，便和他主人结伴漫游，胡作非为，把他主人身体搞坏，得了痨病，经医生嘱告，他到蒙柏里埃休养，呼吸些清新的空气；过了一个半月，他就恢复了，又回到黎姆斯；表面看来好象很健康了，但是没有住上一个月就得了一场痢疾，不到十天就送了命；凡是认识他的人无不感到悲痛，特别是斯特拉普，他们主仆之间的关系很融洽，主人对他很感满意，因此在临终前把他推荐给好几位有地位的人，说他如何勤奋、头脑清醒、爱护主人等，并且立了遗嘱，把他的衣服，金表，宝剑，戒指，现款以及他在法国的全部动产，都留给了斯特拉普，共值三百镑。斯特拉普对我说，"所有这一切，我现在都转让给你，由你完全支配，我说这话，天人共鉴。给你，这是我的钥匙；我请求你，拿着吧；愿上帝降福于你，好好享用！"我突然之间转了好运，大有飘飘然之感，简直不敢信以为真。但是，好友的这种过分的馈赠，我是坚决不能接受的；我还提醒他，我现在身在军籍，更不方便。他听了，猛然惊醒，叫道："哎啊，可不是吗！得赶快让你脱离军籍，我认识一位贵族大人，他一定肯帮我的忙的。"我们两个商量一下，决定由德·斯特拉普先生次日早晨去拜见侯爵大人，只说自己遇见了多年不见的亲兄弟，现在正在"毕卡迪团"里当兵，务必请侯爵大人说情让他退伍等情。当夜我俩继续自由自在地喝酒，商量万一我真能摆脱部队，那么我俩将来的计划应是怎样。我们的目的是想利用这笔遗产过个舒服日子，但是事情不那么容易，按照普通投资的办法，那是完全行不通的。这一晚，我们想来想去，只是作不出一个主张来，我们分手之际，彼此关照还要仔细考虑一下这个问题。我自己左思右想，得不出个结论；作生意吧，本钱小，海上有风险，有仇人，还有市场上的竞争，这条路不能走。回到苏格兰挂牌行医吧，医生这一行在苏格兰已经有人满之患。到英国去挂牌吧，困难很多，没有朋友，竞争激烈，即使你有天大本领，也难克服这些障碍。作官吧，我既不善逢迎拍马，又不肯鬻笔为腐败可耻的政府写文章辩护。想来想去，想不出一个切实可行的办法，就睡着了，作了一个好梦，梦见我心爱的水仙小姐，好象在笑我太热衷名利，伸出手来安慰我的苦思。

第二天一早，我就去找斯特拉普，我发现他正在一个人高兴，因为他想出了一个好主意，所以我刚一踏进门，他便露出满脸得意的微笑，对我说道："傻子有时候也会有一得之见；我想着个办法了，我敢打赌，虽然你念了不少的书，我的办法一定比你想的办法要高明。你愿意不愿意这么办，我完全不勉强。好了，你先说说你想出了什么办法吧，然后我再谈我的。"我说我想了一夜，但是没有一个办法是值得一提的，我表示急于想知道他的办法。他说，"我们要等机会的话，可能要等很久很久，我们这点钱是不够维持很久的，所以我认为我们应当大胆地干一下，依我看，最容易成功的办法就是把你打扮成个绅士（你本来也应该是个绅士嘛），向一个有钱的女子去求婚，求婚成功那你岂不马上就有了钱了吗。唉，别瞪我，我告诉你这条计策既不冒失，也无损荣誉。我不是叫你去找个吼吼发喘的没牙老太婆，满嘴臭味，不到三个月就把你熏出痨病；我也不是叫你打扮成个土财主，象普通的骗钱的穷小子那样，去骗有钱的女子，结了婚，她非但享受不着当初许下的阔绰豪华生活，反倒眼看着自己的陪嫁叫丈夫的债主们如狼似虎地夺去，自己落个穷愁的绝路。我不是这意思，我知道你从心底里就憎恶这种骗人勾当，你在身心两方面都有高尚的品质，就凭这一点你就有资格娶一个高贵女子，使你的地位远远超出众人之上。我这儿有些衣服，就是公爵大人当初穿着也不显寒伧，我看你穿上不用改就挺合适；不合适，法国有的是裁缝。我提议上巴黎去几天，把我们要买的东西都买上，然后回英国去，我自己呢，打算不揣冒昧，当您的贴身当差，一来可以给你省下一笔雇人的费用，二来还可以给你刮脸，穿衣。老天爷如果帮忙，我相信这个办法一定能达到又快又好的结果。"这个主意固然有些荒唐,但是我听着很高兴,觉着很光彩,而且可笑地幻想着:这样一来,水仙小姐见了我也就会爱我,不至于只是我单方面爱她了。

吃完早饭,斯特拉普以德·斯特拉普先生的身份去给侯爵请安,并且替我说项;侯爵答应,不消几天,我就得到遣散,有可能和斯特拉普到巴黎去了。我趁斯特拉普出门的工夫,回味了我的运气的突然转变,感到庆幸,即使有几分哲学修养和克制精神的人也不会不感到快乐已极。要证明这一点,我只消把我不动声色悄悄地就占有的衣物开个清单就可以了。我原来是个人人唾弃的可怜虫,转眼之间,这些东西就把我的地位提高了。且看是一些什么:五件时髦短外衣,上面各色装饰俱全,其中两件是素的,一件是镂空天鹅绒的,一件镶金滚边,一件镶银花边;两件长外套,其中一件是白麻布的,钉着大银扁扣子,一件是蓝色的,镶着金丝绞边;一件金锦坎肩;一件蓝缎绣银花的坎肩;一件绿绸坎肩,镶着镂空人物的金宽花边;一件黑绸坎肩,带穗边,一件白缎子的,一件黑布的,还有一件猩红色的;六条齐膝的布裤;一双朱红色的,一双黑丝绒的;十二双白丝袜,十二双黑丝袜,十二双细棉纱袜;一顶镶着西班牙金花边的帽子,一顶镶贝纹银花边的帽子,一顶金绞边的帽子,还有一顶素帽子;三打细绉花衬衫,三打领带;一打细白麻布手帕,一打绸手帕。此外,我靠我的朋友斯特拉普的慷慨,还获得了一些动产,其中有一只凸花壳子金表;两个贵重的钻石戒指;两把服孝用的礼剑;一把银柄剑;一把嵌金纯钢剑;一个钻石带扣;一套扎裤脚的玉石带扣和玉石鞋扣;一对精工雕镂的银壳手枪;一根金头手杖;一个玳瑁鼻烟盒,盒盖上还有个美女象。斯特拉普的主人还留给他许多其他贵重物品,在我没有遇见他之前,他已变卖成现款,所以除了那些衣物之外,我们的现款大约也有二百多镑。

有了衣服和钱，我便装扮成一个时髦的上流人物，带着我的朋友作我随身仆人，访问了卢佛宫，[1] 到卢森堡画院[2] 观画，也出现在凡尔赛宫[3] 看到最虔诚的国王大吃橄榄。我在巴黎居住了一月，几次进宫，看意大利喜剧，歌剧，和话剧；参加过假面舞会；一句话，巴黎城内外值得看的东西都看过了。然后我们取道弗兰德尔，过布鲁塞尔、根特、布鲁日，到奥斯登搭船到英国，上船后十四小时就到了第尔；在第尔雇了一辆马车，又走了十二小时，安抵伦敦，笨重的行李都由货车随后转运。

---

[1] 巴黎王宫。
[2] 在巴黎。
[3] 巴黎近郊别宫。

第九章

我们一到客栈，我就派斯特拉普到瓦坪联邦旗客栈去打听我舅
父的下落；没有多久，斯特拉普回来说，包凌先生和海军部打了很
久的交道，没有结果，便在一条商船上当了大副，现在又航海去
了。看样子，他在海军部的人情吃不开，没有拿到他离开"雷霆
号"军舰时应该发给他的薪俸。

第二天我在切林克洛斯附近租了几间非常漂亮的房子，晚上我
穿上一套巴黎式样的素衣服，出现在戏园子的前排包厢里，看见许
多人，我也相信许多人特别注意到我，喝我的采，我心里颇觉沾沾
自喜。我陶醉于这种可笑的想法之中，作出千般荒唐的丑态，我相
信，尽管第一次出现的时候我给大家的印象还不错，但是很快大家
的态度就改变了，对我表示怜悯和鄙视。我一会儿站起来，一会儿
又坐下，一个儿戴上帽子，一会儿又摘下，如此的举动在两幕之间
足有二十次。我把我的表掏出来，放到耳朵边听，听了又上弦，上
了弦又对表，对完表又听。我把鼻烟盒也亮了出来，假装用手指捏
一撮闻，目的是借机会显一显我的钻石戒指。我又用香喷喷的手帕

擦鼻子，把我的手杖荡来荡去，把我的剑带整理整理，还作出了许多类似的无意识的动作，无非是想叫人称赞一句"好漂亮啊"。要达到这目的，我发现要克服两重不小的障碍：第一是我天生的矜持，第二是我的极端敏感。我很想和周围的人攀谈，但是我怕他们批评我冒失，同时我也认为人家应该来恭维我，而我初来此地岂可先去和人搭腔，有失身份。我周围有许多和我一样的时髦男子，时而耳语，时而高声大笑，我以为这都是我引起的，我常常为此脸红；还有那些高人一等的人，看着舞台上演出的悲惨情景，也不表示赞成，也不表示关心，而是完全无动于衷，对于这种人，我又非常羡慕。我想不看舞台上的戏，但是我情不自禁，眼睛就往台上看，看到女主角的遭遇，眼泪直流，这个弱点是上流社会所不允许的，我想尽办法不叫人看见。散戏的时候，我坐着等机会，看看有没有需要人搀扶上车的小姐太太，好献个殷勤，但是每位小姐太太后面早都跟着一大堆漂亮殷勤的男人；我等了许久，没有希望。但是我忽然发现离我不远的一个包厢里，孤孤零零地坐着一位装束象个小家碧玉似的美人儿，我连忙走过去，表示愿意侍候她。她一听，好象不知怎么办才好，向我道了一声谢，温柔地望着我说，不敢麻烦我，一面直看表，说她事先命令当差的在这个时候准备一顶轿子，怎么这么糊涂，还没有到来，真奇怪。我使出十分的口才，用尽了我的客套话，再三敦请，最后她总算答应让我的当差去给她雇一顶轿或者喊一辆马车来。我就命斯特拉普去办这事，斯特拉普回来说，车、轿都没有了。这时戏园里的人都已散完，我们只好离开戏园。我领她走出戏园的时候，我看见角落里站着五六个时髦男子，其中有一个好象向那美人儿挤了挤眼睛，我们走过之后，听见他们哈哈大笑。他们的笑声唤醒了我的注意。我就决定先要把这女子的底细弄个清楚，才能进一步和她交往。路上车辆俱无，我便建议先去一家酒馆坐几分钟，等我的当差到河岸[1]去叫辆车来。她听见我这样一个陌生人邀她上酒馆，好象表示特别胆怯，我恳切求她劝她，要保重身体，不可在通衢大道这种又潮又冷的地久待，她最后总算首肯。这一步已经成功，我便问她愿意喝一杯什么酒，她说她最讨厌喝烈酒；不管是哪一种的，我费了九牛二虎之力才算说服她吃一块玻璃甜糕。这时她表现得非常局促不安，我就想法子宽慰她，把我想得到的好听的话都说了，她听了不时叹息，用一副懒洋洋的眼睛直望我，那样子简直活象个妓女。我本来就有些疑心，又看她这神情，于是一方面提防她要花招，一方面也就把规规矩矩的态度放到一边，谈笑也比较随便和放肆。我再三逼她，一定要答应我第二天到她家去拜访她，她百般推托，不肯答应，说是怕她丈夫约翰爵士起疑心，又说她丈夫最喜欢因为一点子小事发脾气。她说这话的目的，是要我知道她丈夫是骑士阶级，但是我却不管那一套，越逼得她紧，甚至于硬逼着她接了个吻。她那天仙般的美貌，和她接吻原应象赴蟠桃宴喝仙露一般才是，谁想到，老天爷，那股日内瓦酒的酒臭差点没把我熏死！她刚说烈酒是一滴也不沾唇的，却自己满嘴酒臭，我早先的疑窦现在完全肯定，不但如此，一时的快活反变成作呕之感，这时若不是斯特拉普把车子叫来，那简直要我和她客客气气再多呆五分钟也是不可能的了。我便趁此机会抬起手臂，准备搀她上车，这时她就使出了全部迷人的本事，什么送秋波啦，装懒撒娇啦，叹气啦，捏我啦，毫无忌惮；斯特拉普见她这般娇媚，跟在我们后面直摩拳擦掌为我高兴，但是她的亲昵没有打动我，我把她送上车，便打算立刻和她告别。她猜着了我心里的念头，便请我到她家去，低声和我说，约翰爵士现在已经睡了，

---

[1] 伦敦街名。

她可以和我再谈半点钟的话，不会有人打扰的。我对她说，世上的磨难我一概不怕，但是要我耽误她老人家睡觉，死也不敢，我向她请了晚安，叫车夫赶快上路。她见我丝毫不动情，便勃然大怒，车子走出二十码后她连叫停车，把头伸出车窗，就象个卖鱼婆似的使尽吃奶气力高声骂道，"他妈的，好个畜生，你连车钱都不给吗？"我不答话，她就越发泼口大骂起来，骂我是破要饭的、混蛋等等脏话，不计其数，临了还骂我说，别看我穿的挺体面，大概我身上一个铜子也找不出来。

　　她出完气，就命车夫开车走了，我回到客栈要了晚饭吃了，对于这番遭遇的结局感到很满意。在吃饭的时候，叫客栈的伙计不要伺候我，推托我自己有当差的伺候。伙计走后，剩下我和斯特拉普两个，我便对他说："怎么样，德·斯特拉普先生，你觉得那女人如何？"我的朋友自从那女人走后，一张嘴一直吓得闭不上，听我问他，仍然答不上来，只说，"觉得？"从这两个字里还可以听出他的恐惧、惊讶的心情。我听他只回答了两个字，有些纳闷，把他上下打量了一番，见他两眼发直，便问他是否看见他爷爷的鬼。他说道，"鬼？死鬼没看见，我倒看见了有血有肉的魔鬼了！脸蛋儿这么标致，一举一动又这么腼腆，谁料到这后面还藏着这么许多魔鬼般的恶毒，鱼婆子的行径啊？上帝救救我吧！古人说的好，'人不可以貌相，知人知面不知心'啊！我说，我们应该跪下感谢上帝把我们从那画皮的魔鬼爪下救出来了。"我很同意他的看法，我虽然相信我自己不会受这帮婊子的迷惑，但是我决定以后行动要多加小心，决不和这种人打交道，不仅伤财，而且也劳命。

　　我下一步的问题就是怎样去结识一些体面的朋友。为了达到这个目的，我常到一家体面人聚集的咖啡馆去。客人里面有英国人，也有外国人，大家待我非常客气，我的地位也如我所希望，得到了提高。咖啡馆楼上有一家便饭馆，我常和一些客人上楼去吃饭，同桌的一共有十三人，其中大部分比我穿得还要讲究。大家谈话一般都用法语，谈话的内容主要是政治。我发现除了我和另外一位脾气不好的老先生以外，全都是站在法国一边的。每逢大家恭维虔诚的法国国王路易十五的时候，那位有脾气的老先生必然反对，他的态度是地地道道的英国人的不客气的态度。他是忠实地热爱自己的国家，但是他从来没有离开国门一步，他的那一套理论、观念都是从道听途说得来，有些偏颇，而对方那些人比他有学问，见过世面，仗着自己游历过许多地方，便随意无中生有地瞎说，不怕有人点穿，因此老先生总是辩他们不过。在我对面坐着一位人，样子非常庄重，衣服又非常阔绰，看样子象是位外国的大使，他就替西班牙王后辩护，原原本本地把她为什么有权利占有奥国人在意大利的领土解释给大家听。[1] 这个问题又引起关于"国本诏书"[2] 的讨论。在我右手坐着一位少年贵族，穿一件镶金边的绿大衣，谈到这个问题，非常激动，他说法国国王破坏"国本诏书"的协议是完全有理由的，法国国王如果遵守协议，便不可能不损害自己的荣誉。他的理由虽然没有说服我，我不得不佩服他生动活泼的口才；我想这一定是由于他出身名门，又受过高尚的教育的结果，因此我猜想他一定是位王子王孙，出门游历呢。谈着谈着，话题又转到最近的德汀根战役。这是一位军人模样的老先生提起来的，他把这次战役从头到尾描写了一番，活象这次战役又重演了一回，有许多地方是偏袒

---

[1] 西班牙王后指西班牙王腓力五世之妻法内塞。奥国皇帝查理六世死后（1740），王位由其女玛丽·铁列莎继承，发生了奥国王位战争（1741 至 1748），各国争夺奥国皇帝的广大版图，西班牙也想占有一份，作者写这部小说时，正是这一历史事件发生的时候。

[2] 奥国皇帝查理六世于 1713 年宣布，奥国的"世袭领地"是永远不能分割的，如没有男嗣，就传给长女。这项法令称为"国本诏书"。欧洲许多国家都承认。其后帝位由长女玛丽·铁列莎继承；玛丽登位时，虽有这样的承认，法国等国仍发动了"奥国王位战争"。

法国，污蔑盟军的，但是他说得活龙活现，我都有些怀疑我自己是否亲身参加过这场战斗了。因此我就大胆提出一些反对他的看法，引起了长时间的争论，举座为之不欢，最后大家建议这场争论最好由在座的一位他们称为"博士"的人来解决。这人相貌严肃，作出一番非常谦虚的样子，断定说我不对。他这种丝毫不顾真理的态度使我不得不用相当严厉的话批评他有所偏袒。那位热爱英国的老先生听了，颇觉高兴，因为他三番两次为英国辩护都没有成功，所以我为英国辩护，他也非常快活。我的对方自以为辩论胜利，装出一副坦率的模样，对我说，他曾经用过一番功夫仔细考证过这次战役，否则他是不敢这么肯定的。他又说，"我完全相信，我们如果把事先的步骤考虑进去，这次战役只可能是象我所说的那样，我们作过将领的人有经验，我们无需身临其境，只需略知阵容，便能断定双方的胜负。"他说完之后，愈加放肆地批评盟军将领的每一个军事部署；批评了盟军将领，他又转而批评军部。他赏给军部许多难听的评语，骂它不该雇用既无经验又无才能的人，却放着经验、才能双全的老军官不用；他又多次暗示自己是个极其重要的人物，最后他说法国人、西班牙人知道怎样器重他们的有才能的将领，产生了好结果，他们出师胜利便是证明；此外，他们的军队纪律严明，穿的好，饷也发的足，普天下的军队在这两点上没有能和他们相比的。这些话又给了绿衣贵族少年一个机会，夸奖法国人不论在管理政务或军事方面都是有才能的，却把英国人说成是一钱不值的臭东西。大家几乎毫无例外都同意他的说法；那位博士也同意，并说，作个法国臣民真是天下最幸福不过的事情了。我听了他们一方面阿谀、一方面污蔑的话，又惊又气，一句反驳的话都说不出来，但是那位爱国的老先生听了侮辱英国的话，却按捺不住，冷笑了一声，对那将军说道："先生，先生，我常听人说'把自己的窠拉脏了的鸟儿一定是个坏鸟。'他们都是外国人，爱说什么说什么，我不管；他们本来就愚昧无知，但是阁下是在英国生长的，吃的是英国政府的饭，你批评你的祖国不要紧，千万不能忘了这哺育之恩，也不能不看真相就瞎说。如果陆军部认为应当把你闲起来，我想他们一定有他们的理由，你自己也应该记住你还是在靠国家的恩典过活啊。至于这两位（指王子和大使），他们随便嘲弄我们的宪法、法律和人民的才能，我认为他们应当对他们的恩人恭敬一些，我不得不坦率地说，我们不该窝藏、保护、鼓励他们这帮忘恩负义的浪人。"那绿衣骑士一听此话，勃然大怒，站了起来，一手握着短刀柄骂道："哈，你这天打雷劈的！"那老先生也捏着手杖，喊道："好小子，别冲我说什么天打雷劈，我不把你打倒了才怪！"大家连忙劝阻，那法国人才又坐下，但是他的对方还接着说道："法国先生，你自己也知道，你如果敢在巴黎这样放肆地批评你自己国家的政府，就象你现在在我们伦敦批评我们的政府那样，那早就不客气把你送进巴士底监狱去了，早在地牢烂死，再也见不着阳光了。先生，虽然我们的宪法保障我们不受这种迫害，但是我们也有法律惩罚那些制造叛国言论的人。我这话可不是乱说的。如果我再听见从你嘴里迸出一句侮辱我国、损害我国的话，那我就把我的话证明给你看，我一定叫人把你关进监牢，看你还敢放肆。"他这话一说，立见功效，大家都很惊恐。那少年贵族乖乖的就象条哈叭狗儿一样；那大使浑身发抖；那位将军默默坐着，神色不安；那位博士也好象感觉到威力的鞭挞，面如死灰，对我们大家说，他并没有要冲撞什么人的意图。英国老先生又接着说道："博士先生，你的信仰，[1] 人人知道，已经不是秘密，关于这一点，我没有什么话说。不过，使我吃惊

---

[1] 天主教。

的是，象你这么个鄙视我们的人，为什么还要住在我们国内，我看不出有什么理由。你为什么不住到你心爱的法国去呢，那你就可以随便骂英国，没人反驳你了。"博士听到他这样责备他，感觉还是不回答的好。大家都觉尴尬，一语不发。我见此情状，便想道，这原是些无谓的争吵，人们常常会因为一些怪想头或者因为寻开心，引起这种争吵；但是这不应该叫一些懂得道理的上等人彼此发生误会，因此建议我们再喝它一瓶酒，言归于好。大家都赞成我的倡议。酒来之后，英国老先生举杯说道，意见不同犹如人的脸色不同，他并不气恼那些和他意见不同的人，因此他祝全体在座的人健康；大家都回敬他。从此，大家便又都无拘无束地谈起话来，但是谈的却是更加一般性的题目了。谈着谈着，谈到战争的问题，将军便滔滔不绝大谈起来，并举了他自己的许多战斗事迹作为说明。在他高谈阔论的过程中，他偶然用了一个叫作"肩墙[1]"的名词，那位爱发脾气的老先生便问他此字何解。将军回答说，"等我来告诉你。我也只见过一次，是在那慕尔[2]围城战的时候。在一次军事会议上，著名工程家柯荷恩[3]子爵肯定说，盟军是拿不下那慕尔的。但是伏德芒王子[4]说：'可以拿下，只要用肩墙就可以拿下。'当下筑起肩墙，不到一昼夜，守卫那慕尔的法国元帅布弗乐公爵就投降了。"他说到此处就打住了。但是英国老先生又追问道："但是请问这肩墙究竟是什么呢？"那将军且不回答，只见他拉了拉铃，把伙计叫来，要他开帐。伙计把帐单拿来，他把他那份饭钱付了，对在座众人说道，至于什么叫"肩墙"，等国王下次再拜他为帅、领兵到国外作战的时

[1] 一种军事工事，临时筑垒的墙，以防敌人侧面的火力。
[2] 指路易十四和盟国（英、荷、德、西等）战争中，1695年盟国围攻（并占领）那慕尔城（今比利时）的战役。
[3] 当时荷兰的军事工程家。他的话是在盟军军事会议上说的。
[4] 盟军将领。

候，再指给大家看看吧；说罢，昂首阔步而去。为什么这样一个简单的工事名词他却如此怯于解释，我真有些想不通；当下我便解释道，肩墙乃是一种用土或柳条编的圆筒或木桩筑成的辅翼工事。后来我才知道他不说的缘故是他并不知道肩墙是什么，这很使我吃惊。我们付过饭帐，移往咖啡室，老先生硬要请我吃点东西，还对我说，我给他的印象极好，因为我坚持原则，通达事理。我谢过他的夸奖，对他说，我在此人地生疏，请他告诉我方才在楼上吃饭的都是些甚等样人。他为人既好打听，又爱多话，非常欢迎我这一问，很满意地答应了我的要求。我听了他的介绍，却非常惊讶。他说那位所谓的少年王子乃是在戏园子里跳舞的，大使则是歌剧院里拉提琴的。他又说，"那位博士乃是信奉罗马天主教的神父，他有时候打扮成军官，自称是上尉；通常则打扮成医生，自称某某大夫，并且摆出一副医生的架势，借此撞骗，自有那些傻瓜相信他。他会讲一套词令，表面很象回事，实际上是一派胡言，但是竟然也能骗取一些人改信天主教，背叛自己的祖国。因为他干这种勾当，几次被捉进官府，但是他极端狡猾，颇能玩弄手段，关了几天总能想办法又跑出来。至于那位将军，你大概也可以看出来，他是一点本领没有，全靠拉关系才爬到将军的地位，当前陆军部的眼睛擦亮了，他的有势力的朋友死的死了，倒的倒了，他自己的名字也从花名册上杠掉了，只好靠每年的养老金过生活。因为收入减少，所以他处处不满，逢人就发政府的牢骚，毫无忌惮，想不到政府竟然宽大，任他去谩骂，不过我想他之所以安然无事，其中真正的缘故乃是他这个人已经没有什么力量了，没有什么重要性了。他也打过几回仗，不多，可是照他自己的吹嘘，那就从革命[1]以来，没有一次大战役他没有参

---

[1] 指1688年的所谓"光荣革命"。

加过，而且发挥过主要作用。谁要是谈到哪位大将军立过什么功，他必然马上举出自己作过的一件事来对比，可是他的捏造往往露出马脚，破绽百出，大家听了都替他害臊。他满口都是古代名将，什么凯撒啊，庞沛啊，亚历山大帝啊。他读过不少书，然而都是食而不化，不辨是非，所以思想就象一团乱麻，说出来的话絮絮不休，难以理解。他一开口，便滔滔不绝，哪怕只剩下一个人听他，他也只管说下去。要叫他住嘴，唯一的办法就是抓住他一个漏洞，要他解释，或者问他，他所用的某个道听途说得来的生僻名词是什么意思。只有这样，才能叫他打住；有时他答不上来，象方才我问他'肩墙'是什么意思，他就溜之乎也。如果他知道'肩墙'是什么的话，那他那种得意忘形的气势可就够你受的；你如果不愿受他那一套，那你就只好先退出战场了。"我想要知道的东西，他都告诉我了。他也想要知道关于我的事情，问了我几个问题，我含含混混地作了回答。他问道："先生，我想您大概游历过不少地方吧。"我说"不错"。他说，"我想您一定发现游历是很费钱的喽。"我说，"可不是，没有钱是不能游历的。"他说，"我的经验也是如此。每年我都要到巴斯或吞布利治[1]去逛逛，一路上都得花销，国外如此，国内还不也是如此。您手上戴的宝石戒指不错啊，您赏给我瞧瞧行吧。法国人镶首饰的手艺可真不错。哎啊，这简直和金刚钻差不多啊。"我说，"差不多？先生，您为什么不说它就是一颗金刚钻呢？您要是对珠宝在行，一瞧就一定瞧出来这是真正的金刚钻，而且还是质量很高的金刚钻呢。搁在您手里，仔细瞧瞧吧。"他很不好意思接了过去，看完还给我道，"对不起，不错，这确是很值钱的地道的金刚钻。"我觉得自从他研究了金刚钻以后，他对我愈加

---

[1] 巴斯在英国西南，有温泉名胜；吞布利治是英国东南一个温泉胜地。

尊敬起来。我想要在他眼里更加抬高自己，便说我还有一个镶好的图章请他过目，是仿照古印刻的。说着，我便把怀表掏出来，表上系着一条金链，金链上系了三块镶金的图章，还系着一个白玉指环。他很仔细地一件一件观赏，又掂掂金链，又夸奖雕花表壳，说道，这一套一定花了我一笔大钱的。我故作毫不介意的样子，漫不经心地回答道："没有几个钱，不过六七十几尼罢了。"他瞪着眼看了我半晌，问我可是英国人，我说不是。他说，"那么，我想您大概是爱尔兰人吧。"我又回说不是。他说，"这么说起来，您大半是在我们殖民地出生的吧。"我还是说"不对"。他听了很是吃惊，说道，他肯定我总不会是个外国人。我不作声，让他心里去七上八下，胡猜乱想。但是他实在熬不住了，向我道歉说，他不应如此冒昧乱问，并且把他自己的身世和盘托出，借此引诱我暴露我的身份。他说道，"我是个单身汉，每年的收入颇不少，生活倒也自由自在，一年到头过得挺舒服。我没有什么产业可以在身后留下，所以也没有亲戚或其他看中我的遗产的人来啰唣拍马。我认为世界是为我存在，而不是我为世界存在。我的处世箴言是'今朝有酒今朝醉，莫管明朝饥与寒'。"他正在滔滔不绝地扯着，并且希望我也接腔，这时忽然进来了一位青年男子，穿着一身黑天鹅绒的衣服，戴着一顶其大无比的假发，看他神情，既有几分天生的轻佻，又有几分假作的庄重，总的看来，给人的印象是庄重得可笑。这个怪物跳跳蹦蹦就到了我们桌子边，作出千般丑态向老先生问话，叫他麦德勒[1] 先生，并问我们两位是不是在谈要紧的事。老先生摆出一副傲慢的面孔回答说："没有什么要紧的事，大夫；不过……"那医生听了连忙喊道，"既然如此，请原谅我打扰一下；两位，对不起

---

[1] "麦德勒"（Medler）：意谓好管闲事的人。

啊。"说到这里，又对我说，"先生，您好，请您原谅。先生，请您允许我坐下。先生，我有句要紧的话要和我的朋友麦德勒先生说呢。先生，我得轻轻地跟他说，先生，请您包涵。"我还没来得及回答这位万分客气的来者，让他请便，只听麦德勒先生叫道："用不着轻轻地说，有话只管大声说好了。"那医生听了，颇有些不自在，又转过来连连向我道歉，说不该故意把事情弄得挺神秘似的，他说他不知道我是麦德勒先生的朋友，所以他不得不小心一二，现在既知我是麦德勒先生的朋友，那他就可以把话说出来也不怕我听见了。然后他又装腔作势，哼啊哈啊一阵，才说道："先生，首先我必须告诉你，我刚从弗莱利特[1]夫人那里吃过饭来。"又向我解释道："弗莱利特夫人是很有地位的，我很荣幸，常常到她家吃饭。"然后又对麦德勒先生说，"在座的还有斯太特利[2]夫人，莱勒姆[3]夫人，丹提[4]太太和比弟·吉格勒[5]小姐。吉格勒小姐，请你们相信我，脾气可好呢，又有钱。此外，还有斯特拉德尔[6]爵爷，约翰·舒勒格[7]爵士，和比利·恰特[8]少爷。这位少爷的确是位很会开玩笑的公子哥儿呢。弗莱利特夫人见我今天上午已经看过了十四位病人（先生，都是些显贵的人物啊），又来给她看病，其实已经疲惫不堪了，死乞白赖拉住我要我吃饭，我说我不饿，怎么说也不行，我只好顺从她老人家坐了下来，大家东拉西扯谈了起来。谈话之间，恰特少爷就问我什么时候见过麦德勒先生的。我就

[1] 有"显赫"，"发光"之意。
[2] 意为"庄严"，"神气"。
[3] 意为"警报"，喻其说话聒噪。
[4] 意为"娇弱"。
[5] 意为"喜欢咯咯的笑"。
[6] 意为"骑跨"，喻其好骑马打猎。
[7] 意为"耸肩"，喻其情态。
[8] 意为"嚼舌"。

对他说，我已经有十九个半小时没有看见您了。先生，您大概还记得，差不多有这么久了吧，当然，是否精确到分秒不差，我就不敢说了。恰特少爷说，'怎么会这么久没见他呢！既然如此，我请你吃过饭马上到他家去，看看他到底是怎么回事了，一定是昨晚吃生牡蛎吃得太多吃病了。'"老先生听他一本正经的说话，以为有什么要紧的事呢，谁想却是件全不相干的事，便发起脾气来，说道："呸呸，什么牡蛎不牡蛎！"说完向我简单地说了一句，"先生，再会。"就起身走了。大夫也站起身来，嘴里念叨着："真叫怪，真叫怪，这是怎么回事啊？我真不明白！"跟着麦德勒先生走到离座位不远的柜台边，去付咖啡钱，低声和麦德勒说话，但是声音仍然很大，我还可以听得见。只听见大夫问道："请问，那位是什么人？"麦德勒生气地回答说，"都是你来混起哄，要不我早就可以弄清楚他是谁了。"麦德勒说完非常失望地走了。那位鞠躬如也的大夫马上又走了回来，坐到我身旁，向我连声道歉，说不该丢下我一个人坐着，方才是去告诉麦德勒先生一句非常要紧的话，是一件刻不容缓的事。他又叫了点咖啡，顺口就谈起咖啡的功效，说什么凡是体质近寒而又多痰的人，象他自己，喝了咖啡可以克水提神。古人不知道用咖啡，咖啡这两个字原是阿剌伯字，只要从字音字尾来看，便一望而知。从咖啡他又谈到"喝"字，他说咖啡不可用"喝"字，我们不"喝"咖啡，我们只"呷"咖啡，"哑"咖啡；"喝"者解渴之谓也，或狂饮之谓也，在拉丁文里"喝"作 bibere 或作 potare，在希腊文里作 pinein 或作 poteein，[1] 他认为这几个字，义虽同而用法不一。例如"豪饮"或俗语所谓"牛饮"，拉丁文用 potare，希腊文用 poteein；普通所谓的"饮"，拉丁文用 bibere，希

---

[1] 关于此字，见下文。

腊文用 pinein。他说，这虽不过是他的揣度，但是他是有佐证的，例如，拉丁字 bibulous[1] 专用来描写皮肤上的汗毛孔，指汗毛孔直径小、只能吸收极少量的周围的潮气；又如希腊文名词 potamos，意为"河流"、"酒海"，乃从动词 poteein[2] 演变而来。我见他这样卖弄博学，仔细考证，禁不住好笑，我这时也摸着了他的脾气，为了在他眼中更显显我自己的身手，便说道，他方才谈的一席话，据我的记忆所及，在古人的著作里并不如此，[3] 罗马诗人贺拉斯用 bibere 和 potare，即不加区别，例如他的《短歌集》卷一，第二十首就有这么两句：

> Vile potabis modicis Sabinum cantharis，
>
> Et praelo domitam caleno tu bibes uvam.[4]

至于希腊文动词 poteein，我从来没有听说过；我只听说 potamos，potema，potos 等名词乃自 pino，poso，pepoka[5] 等动词形式演变而来，因此希腊诗人写节日宴饮，只用此字。荷马写涅斯托尔[6]喝酒，就是这样写的：

> Nestora d'ouk elathen jache pinonta perempes.[7]

---

[1] 应作 bibulus，意为"吸水的"，与 bibere 同出一源。

[2] 见下文。

[3] 意谓用法并非如此区别。

[4] 原诗中相连的两句。首句："（和我）用粗碗喝一点廉价的萨宾酒"；次句："你再喝一点用卡列斯的压榨器压出来的葡萄汁。"都有"喝"字，首句用 potare，次句用 bibere。

[5] 都是动词 pino 的各种不同形式。

[6] 荷马史诗《伊利亚特》中希腊军中的将领。

[7] "涅斯托尔虽在饮酒，但是他仍然听见了杀喊的声音。"（见《伊利亚特》十四章开始）

希腊诗人安那克列翁[1]几乎在每一页上都把这个字用在这种场合：

Pinonti de oinon bedun.

Otan pino ton oinon.

Opliz'ego de pino.[2]

在成千成百的其他地方也都用此字。医生最初说的那番考证显然是在我面前炫耀他的学问的渊博，不料却被我这样模样的人纠正了，真是使他无限惊讶，停了好半晌他才说道，"先生，您说得有理，有理，在这一点上，我确实没有能够作到象我平常那样精确。"然后他又和我用拉丁语谈了半天，谈着各种题目。他的拉丁话确实讲得不错，而且用字非常斟酌，我从此得出结论，他虽然举止有些荒唐，专门注意琐事，但是他的书本知识却是很广博的。后来我从麦德勒先生处听说，他也认为我的学问之大真是奇迹。当下他约我，如果我今晚无事，和他一同到贝德福咖啡馆去会会几位时髦的阔公子，他已经和他们约会好了。

---

[1] 纪元前五世纪享乐派诗人。
[2] 第一句："喝甜酒"，第二句："当我喝酒的时候"，最后一句："我准备喝酒"。

第十章

瓦格太尔引我去会见一伙高雅的绅士，
同在酒店消磨一夕——我们的谈话——
新结识的朋友们的性格——瓦格太尔大
夫当场出丑——一夜荒唐的结局。

我很高兴地接受了他的邀请，我们雇了一辆马车去了。到了
那里，只见有许多衣服华丽的人翩翩往来，大多数的人见了瓦格
太尔[1]都是称兄道弟的。有一伙人围在炉边站着，我一看立刻认
出原来正是昨天晚上我陪那女子走出戏园的时候在我背后高声大
笑引起我对那女子怀疑的那一伙人。他们一见我和瓦格太尔走进
来，就喊喊喳喳，交头接耳议论起来。而瓦格太尔想给我引见的恰
恰就是这伙人。他看见了这些人，便告诉我谁叫什么名字，并问我
贵姓，应如何介绍。我把姓名告诉了他，他便摆出一副非常庄严
的样子，走向前去，说道："各位，晚安。请允许我把蓝登先生介
绍给各位。"他又转向我道："蓝登先生，这位是布拉格威尔[2]先
生，这位是班特[3]先生，这位是恰特先生，这位是我的朋友斯赖
布特[4]先生，这位是蓝特[5]先生。"我一一和他们见过礼。我和

---

[1] 医生的姓，意为"摇尾"。
[2] 意谓"善于吹嘘的人"。
[3] 意谓"嘲笑者"。
[4] 意谓"机灵鬼"。
[5] 意谓"台词念得太过分的演员"。

斯赖布特握手的时候，看见他把舌头往腮里一顶，[1] 引起大家哄堂大笑，但是我当时认为也不必把此事挂在心上。蓝特先生也显了显身手（后来我知道他是个戏子），在和我答礼的时候，学我的神气、举动和声调。这件事我本来也不会注意的，不过在瓦格太尔最初迎上去见他们的时候，他也学过瓦格太尔，所以我才注意。当时我让他去玩弄他那一套把戏，不加责难，不加阻止，但是我心里打定主意等到适当时机来到一定要惩罚他的无礼。斯赖布特先生一猜就知道我是外路人，便问我最近是否到法国游历过，我说不错，他又问道，我可曾参观过巴黎的卢森堡画院。我告诉他，我仔细参观过不止一次，谈着谈着，我才知道原来他是位画师。我们正在谈论绘画上一些问题的时候，我听见班特先生问瓦格太尔在什么地方把那位蓝登先生找着的，只听瓦格太尔回答说，"这位先生可是了不起呢，有的是钱哪，先生，游历过欧洲大陆，会见过欧洲最有名望的人。"又听得班特说，"我看这是他自己的话吧！在我看来，他不过是个不折不扣法国听差罢了。"瓦格太尔叫道，"别放肆，别放肆，你这话是从哪里说起！先生，我对他家里人个个都熟悉得很，他是北方的有名的蓝登家族的一员，而且他还是我的远亲呢。"我听了班特的话，心里很不高兴，使我对当时所有在座的众人都产生了一个很不好的印象。但是我当时决定只要我的人格的尊严不受到损害，就暂且容忍一下这些小小的不愉快，希望通过他们来扩大我的交游，找到更投机的朋友。我们又谈了一会天气、戏剧、政治等咖啡馆常谈的题目，就有人建议去附近一家著名的酒馆去消磨一夜，于是一股脑就都去了。我们占了一间雅座，叫了法国酒，定了菜饭，便传杯递盏，尽情喝了起来。酒一喝得多了，在座各人的性

---

[1] 表示讽笑。

情也就愈加暴露得多了。不难看出，瓦格太尔医生乃是画师斯赖布特和戏子蓝特的靶垛子，用来练习他们的锋利的口才，以博得哄堂一笑的。蓝特先问他嗓子哑，精神不振，消化不良，应该吃什么药才好，他现在正闹这几种病呢，而且闹得很厉害。瓦格太尔当即把这些病的性质解释了一番，接着又滔滔不绝地大讲其什么叫征候、症状、表征、治疗、虚弱、积食等等问题，然后又计算胃和肺活动时的力量，断定蓝特的病在胃和肺，乃是饮酒、说话太多而起，他的处方是要先舒胃，不能吃肉、吃酒，不得大声谈话、大笑、咳嗽、打嚏、呼叫。蓝特把他的话打断道，"去，去，吃你的方子比害病还难受，要能找点'火绒水'就好了。"瓦格太尔说，"什么？'火绒水'？说实话，蓝特先生，你说的话我不懂。"蓝特说，"'火绒水'就是从打火用的火绒里取出来的水，只要是人生的病，都能治。是一位很有学问的德国和尚发明的，帕拉塞尔素斯[1] 花了很大价钱才买了这个秘方。"画师斯赖布特插口道，"请原谅，你说错了，这方子是所罗门[2] 先用的，有希腊手抄文献为证，这文献乃是所罗门亲手抄录的，最近在黎巴嫩山脚下有个农民挖土豆发现了它。"瓦格太尔说道："这可奇了，我也算得学富五车，却从没见过这个偏方；此外，若不是方才你这么说，我起先也不知道所罗门懂希腊语，土豆生长在巴勒斯坦呢。"班特插嘴道，怎么瓦格太尔大夫竟然怀疑起所罗门是否懂希腊语起来了；人人都知道所罗门乃是世界上最有智慧、受过最好的教育的君主；至于土豆，乃是在十字军东征之时，有些爱尔兰骑士运去的。瓦格太尔说道，"我承认，这是非常可能的，我愿意出一笔大钱瞻仰一下那手抄文献，如果我

[1] 十六世纪瑞士科学家。
[2] 公元前十世纪以色列王，以智慧见称。以下画师及班特所说，全是张冠李戴，先后错置。

能读通，一定立即用它。"戏子蓝特对他说，这方子极简单，只要把一百斤的干火绒压进一只曲颈玻璃瓶，用动物身上的体温烤它，使它蒸馏，能蒸出半钱淡水，一滴水就是一剂药。瓦格太尔信以为真，说道，"说实话，这可真是奇事，太怪了！破布渣子居然能出水！老实说，我一向反对吃药，药品和动物身体的组织我以为是不相容的，但是既有所罗门的权威作根据，那就不容置疑了。不过，什么地方去弄一个大的玻璃蒸馏器装这么许多火绒呢？要用这么多的火绒，纸价怕要大涨了。再说，这么一大堆火绒，哪里去找足够的动物体温去烘它呢？"斯赖布特对他说，要想找个玻璃蒸馏器不难，吹一个象房子那么大的都有办法；至于动物体温，只要把蒸馏器放在许多发高烧的病人的病房当中，把病人的床围住它，让病人的身体贴住它就行了。他刚讲完，瓦格太尔大喜道，"这办法太好了！亏你想出来！我一定实行。"大家见瓦格太尔这般愚蠢，都感觉非常好笑，并且用讥讽的口吻赞扬他。他专爱别人捧他，竟相信别人真心在赞扬他，那些冷嘲热讽，他都一一领受。

恰特先生半晌插不进嘴，有些熬不住了，这时开了口，把上次汉姆斯特德[1]会上跳舞的人全部名单都背诵了一遍给我们听，并仔细描写了每个人的衣服和装饰，从小姐太太们帽子上的飘带，一直到先生们的鞋扣，历历如数家珍，最后他还和布拉格威尔说，他（指布拉格威尔）的情妇美林达也去了，还好象在找他呢，请他下次务必去和她会面。布拉格威尔说道："不去，不去，我还有事呢，谁有工夫去跟在一撮没有头脑的小丫头屁股后头转？你知道我的脾气是暴躁的，一沾上女人，我就很爱跟人打架。上次我去的时候，就跟汤姆·屈佩特闹了一场。"班特插嘴道，"可不是，我记得

---

[1] 当时伦敦近郊一个高地，仕女游集之所。

你当着小姐太太们的面就把剑拔出来了，这一着很好，因为你既可表示勇敢，又不冒危险。"布拉格威尔露出一副凶相说道，"危险！我才不怕危险呢！只要是有脑袋瓜子的人，我都敢拔出剑来跟他斗斗。谁不知道我杀伤过人不止一回，自己也流过血，这又算得了什么？"戏子蓝特就说，下次他（指布拉格威尔）想杀人[1]的时候，务必叫他去作副手，因为他想看看一个人被人用剑刺死时的情况，将来他在舞台上演戏就知道怎样演得更自然些。大英雄布拉格威尔说道，"刺死？我才不干呢，陪审官判我死罪怎么办？教我击剑的老师是干吗的，他教会了我向对方身上哪一部分刺去可以把他刺残废了，但是刺不死的办法。"斯赖布特连忙叫道，"你有这分本领，太好了。我求你一件事，你知道我现在正在画一幅耶稣钉在十字架上的画，我想画的是枪刺刚扎进他腹侧那一霎那的情景，我希望你能在我面前把个什么混蛋家伙刺得浑身抽搐，又不危害他的性命，那我就可以趁这绝妙的机会写生，把他那痛苦的情状画下来，瓦格太尔大夫可以指点你刺什么地方，刺多深，不过最好刺肚皮的左边。"瓦格太尔听了这话又认起真来，说道，刺身体的左边要不碰到心脏却是件很难的事，弄不好就伤了病人的性命；不过他相信，只要手巧，对于器官部位有准确的知识，就能只刺伤横膈膜的边缘，使病人打嗝，而不致导致死亡。他愿意证明给布拉格威尔看肌肉是怎样连起来的，但要他真正试验一下，他可不干，他怕万一把人刺死，那他的名誉就完全扫地了。那画家原是在瞎吹，布拉格威尔和瓦格太尔却都信以为真。布拉格威尔也说，画家的要求，他不能如命；他对画家虽然很尊重，但是他有一条原则：除非遇到与他荣誉有关的问题，他决不和人决斗。这一类的笑

---

[1] 指决斗。

话谈了总有成千上百，饮酒之间，端来菜饭，大家饱吃一顿，吃完又喝酒。布拉格威尔的话响起来了，不那么安分了；班特愈来愈严厉了；蓝特演起戏来了；斯赖布特对着大家直作鬼脸；我唱起法国曲子来了；恰特非常亲热地吻我；只有瓦格太尔哭丧着脸，一声不响地坐着，象个毕达哥拉斯的门徒。[1] 最后，布拉格威尔建议我们到各坊去溜一圈，让巡官出点汗，[2] 把更夫打一顿，然后带着清醒的头脑跟跟跄跄倒在床上睡它一大觉。

　　我们正在权衡是否要出去跑这么一趟，忽然堂倌走进雅座，问有没有一位瓦格太尔大夫。众人说有，他道楼下有位女客找他。瓦格太尔一听，立刻打断了沉思，显出慌乱的样子，对在座众人说，一定是找错了，他是一个女客都不认识的，叫堂倌下去把她打发了。班特插嘴道："这太不象话了，难道你一点礼貌没有，怎么有女客来找连见都不见呢？她也许是来看病的吧。一位女客黑天半夜到酒馆找人总是有要紧的事。喂，蓝特先生，请你代劳替大夫去迎一迎，把她请上来吧。"蓝特马上一脚高一脚低的去了，不一会，郑重其事地领进来一个又高又胖的大娘们，一看就知道她是干什么的。我们隆重地向她表示欢迎，左请右请，她总算肯坐下了。她坐下之后，大家鸦雀无声，只见她两眼死盯住瓦格太尔，把个瓦格太尔盯得手足无措，摆出一副双倍哭丧的脸对着她。呆了半天，她叹了几口令人伤心的气，抹抹眼角，对他说道："怎么？一句安慰的话都没有？什么东西才能叫你那铁石心肠软下来呢？我流了多少眼泪，受了多少苦楚，全白费了！我还有什么前途啊？都叫你毁了！可是你的心还是铁打的一样！你这个无情无义的人啊，你起的誓都

---

[1] 公元前六世纪希腊唯心哲学家，倡灵魂轮回的神秘学说，此处喻其神秘莫测。
[2] 奔跑、追赶、驱逐他们这帮闹事酒徒而出汗。

上哪儿去了？你对我背信弃义，可你就不知道什么叫荣誉，什么叫良心，什么叫悔恨吗？你愿意不愿意还我个公道呢？你是不是要我呼天唤地来为我自己报仇啊？回答我吧！"瓦格太尔在她没有开口以前已经有几分胆虚，她这一骂更使他不知所措。他本来苍白的脸色一变而为死灰一般的颜色，他的眼睛滴溜打转，他的嘴唇上下打战，他用一种难以形容的声调回答道："我用我的信用、荣誉和灵魂担保，太太，您一定认错人了。我对妇女一向特别尊重，我绝对不会作出一星对她们有损害的事情。此外，太太，我是想了又想，怎也想不起来我什么时候曾经荣幸地和您会过面。太太，我敢用我的灵魂担保。"那妇人又大叫道："怎么说？你这负心贼，你胆敢不承认我吗？认错人了！你那迷人的白脸蛋我还不熟悉吗？你那张天花乱坠的嘴我还不知道吗？——咳！各位，既然这强盗这么无情，逼着我把他和我的事都抖搂出来，那我向各位说了吧。这个骗子用满口的漂亮话赚去了我的心，并且利用这一点，夺去了我的珍贵的童贞，完了就把我抛弃，任凭命运摆布我！我现在已经怀了四个月的身孕，我家里人把我赶出了门，受尽了饥寒苦楚——（接着她又对瓦格太尔说）是啊，都是你这野蛮种，你这恶虎，你这吃人精髓的死鬼干的好事。你明明知道我现在的处境。唉，我不跟你多费唇舌了，我要把你的狼心狗肺给挖出来，替世界上除一害。"说着，她便向瓦格太尔窜去，那瓦格太尔却以出人意料的敏捷，跳过桌面，跑到布拉格威尔背后一躲，其余众人连忙去安慰那位盛怒的女将。虽然大家都装出一副非常吃惊的表情，但是我一看就知道这是这帮人想出来的一条诡计，要拿瓦格太尔开玩笑，博得大家一乐。我一想，反正也不会出什么大乱子，便也加入他们的同盟，乐得看瓦格太尔吃瘪。只见瓦格太尔两眼汪汪，直求大家保护他，直说这罪名与他一点不相干，他和没出娘胎的婴儿一样纯洁无辜，并且还隐隐约约地说他天生就没有干这种坏事的能力。那女子听了又大叫道："天生？这不是天生不天生的问题，他是用妖法把我糟蹋了的啊，否则的话，哪个女人会听他那种稻草人说的话呢？请看他那双猫头鹰似的眼睛，难道是生来为传情的吗？他那死尸般的皮肤会引起人的美感吗？他那马掌般的嘴会惹人去亲吗？你怎么得逞的？还不是靠春药、符咒吗？你天生有什么本事？你那天生本事从哪方面看都是值不得一提的呀。"瓦格太尔一听，就抓住这机会给自己有力地辩解一番，并求那妇人安静半个小时，他好利用这时间证明，世人相信符咒乃是极其荒唐的事。他说符咒乃是痴人说梦，乃是迷信，接着他便旁征博引，论述起思想的性质，人类头脑的功能和独立性，刺激性药物的性能，又论述药物所引起的淫欲，与感官和思维共同引起的专一的情欲，两者之间的区别；最后他又悲悲切切地辩解道，这位女子无故责难他，使他无比难过；他和她素昧生平，更不必说损害过她，想必她的不幸的遭遇使她丧失了理性，发了疯病，使他这样一个无辜的人蒙受身败名裂的危险。他这席话刚说完，那位可怜的高贵女子又开始哭哭啼啼起来，警告大家不要听他那三寸不烂之舌，文明国家里最公正的法官听了也会受他影响的。班特就劝他马上和女子结婚，只有这样才能挽救他的名誉，并且自告奋勇愿意陪他们去舰队街完成结婚手续。斯赖布特却劝他说，既然人家有了孩子，就得花点钱，给孩子的娘一份赡养费好了。蓝特说，他愿意不受任何津贴收养这孩子。瓦格太尔见他如此慷慨好义，差点没有把他当菩萨膜拜，他虽然一直说自己无辜，但是只要他的名誉不受污损，他是什么事情都肯答应的。但那女子只是不肯，一定要和他正式结婚。布拉格威尔这时便起来保卫瓦格太尔，说只要有半个几尼，他就能把那刺刺不休的女子打发走。瓦格太尔立即掏出钱荷包交给布拉格威尔，布拉格威尔从里面摸出半个几尼给那女子，对她说，"你这回运气不错，快去感谢上帝吧。"她拿着这分赏钱，装着哭哭啼啼的样子恳求道，既然瓦格太尔医生把她抛弃，她希望他至少在临别之际吻她一次。大家都催他答应，他只好无可奈何地答应下来，摆出一副平常爱摆的庄严架子走上前去和她亲吻，不料那女子却咬住了他的面颊不放，痛得他直嚷直叫，引得众人哈哈大笑。她把他捉弄够了才松了口把他放了，向众人深深道了万福，起身走了，把个瓦格太尔吓得神魂不定。这倒不是因为他被那女子咬疼了，而是他认定那女子害了疯病，被疯子咬了一口，后果是颇堪忧虑的。班特说，这应该用灸法来医治，说着便把通条插进壁炉里烘热，好把伤口烫焦。戏子蓝特又说，布拉格威尔可以用他的刀尖把咬伤的肉挖去。这时画师连忙出来拦阻，提议不要用这种可怕的治疗方法，他说他口袋里有一种药膏专治疯狗咬伤等症，说着便掏出一个小尿泡，里面装着一种黑颜料，用这黑色颜料不但敷在瓦格太尔的伤口上，而且还涂了他大半张脸，看去真是三分象人、七分象鬼。那可怜的瓦格太尔心里又是害怕又是焦急，使我非常同情他，我违反了众人的意愿，叫了一顶轿子把他抬回家去了。

我自作主张把瓦格太尔打发走了，引起布拉格威尔的不快，骂了几句，却并不动手。斯赖布特坐在我旁边瞥见这情况，就想兴风作浪，对我低声耳语道，他觉得布拉格威尔对我太无礼了，这事儿我自己瞧着办吧。我大声回答道，布拉格威尔先生也好，他也好，如果对我无礼，我都一定要还击的，我的行动由我自己决定，不消他出主意。他倒也知趣，连声道歉，并说他原没有要冲撞我的意思。布拉格威尔这时一味假寐，只装没有听见。但是戏子蓝特却不象斯赖布特那样识趣，恶作剧的劲道最大，不情愿让事件仅仅到此为止，便用手推搡布拉格威尔，轻轻对他说，我骂他了，我还威胁着要打他呢。布拉格威尔突然坐起，我见了立即明白一定是蓝特捣的鬼；只听布拉格威尔大声喊道，"胡说八道，谁敢在我太岁头上动土。蓝登先生，你骂我来着吗？还说要揍我吗？"我否认说过这话，建议把那挑拨是非的家伙找出来惩罚他一顿。布拉格威尔表示同意，还把宝剑拔了出来。我也拔出宝剑，对着戏子说道，"蓝特先生，我知道你的猢狲本领，专会学舌捣鬼，今天晚上我不只一次见你对我、对在座其他各位把你这套本领都使出来了。现在我倒想看看你是否跟猴子一样灵巧，我要你毫不迟疑跳过我这把宝剑去。"说着，我便把宝剑平举，离地约有三呎，叫道，"来，一、二、三，跳！"不料他并不照我吩咐的去作，却拿起帽子和短刀，装出皮斯托尔[1]那种大摇大摆的样子，模仿皮斯托尔的台词，高声朗诵道："难道要我来表演那山林中捉来的猿猴的把戏吗？死神啊，把我摇入睡乡吧，缩短我的悲凉的日子吧，让复仇女神握住我的手吧。[2]依莲不是在这儿吗？"[3]他想用这种戏子逗趣的办法逃避跳跃，但是在座众人看他这种表演已经看腻了，要看他演个别的角色，所以不答应。班特先生还叫我把剑再举高一二呎，要让蓝特多卖些力气。画师也对他说，他若是跳得好，他一定把他推荐给萨得勒斯·威尔斯戏院的老板去当武丑去。布拉格威尔也叫道，"跳！"一面用剑尖刺他臀部，霎那之间他竟跳了过去，看见大门无人把守，一溜烟逃之夭夭，捡了一顿便宜饭吃。

　　这时已快深夜两点钟了，我们付了帐，冲到街上。画师不告辞便偷偷溜了。恰特已经喝得话也说不出，站也站不稳，我们就把他

---

[1] 莎士比亚，《亨利四世》中的滑稽人物。

[2] 三句都是用浮夸词藻表示求死。

[3] 莎剧中原句。"依莲"意为"娼妓"，与"铁"字谐音，故也有"宝剑"的意思。此处在表现他的"戏子腔"。

送进一家妓院去了。班特和我陪着布拉格威尔到了金茉莉的咖啡馆，五六个饿肚皮的妓女过来缠他，都被他踢跑；他一头倒在凳子上，我们由他去睡，自向切林克洛斯方向走去，我和他都在这附近。

　　班特天生是个干巴巴的人，灌了一肚子酒就不那么干巴巴了，一路上他直恭维我，表示愿意和我交朋友，我也不卑不亢，表示感谢。我对他说，我很高兴，我的行为已经解除了我最初给他的不良印象。他听了颇为惊奇，请我加以解释。我就把我在咖啡馆里听到他对瓦格太尔讲到关于我的话。他听了大笑，连声道歉，直说，"太冒昧了。"他又说，他一看我的样子，便对我有个很好的印象，至于他对瓦格太尔说的话，无非是要揶揄瓦格太尔的庄严模样。他这么一解释，我自然非常高兴，以他这样聪明的人居然器重我，又使我颇觉骄傲。我俩分别之时，他伸手和我握手，并约定第二天在饭馆和我会面。

第十一章

斯特拉普告诉我，他赢得了一个寡妇的爱情，她的丈夫生前是作杂货生意的——他发现自己被骗了——我上歌剧院——爱上美林达——班特警告我——我到汉姆斯特德——和美林达跳舞——布拉格威尔托人警告我，我很快就使这无礼的冒失鬼冷静了下来——我得到美林达的垂青——次日我去拜访她，在打牌的时候，被骗去了十八几尼——斯特拉普为我的爱情成功而高兴，但对我的破费表示吃惊——班特来到我寓所，揶揄了我一番，为了证明他对我友好，向我借去五几尼。

第二天早上，我还没起床，斯特拉普跑进我的卧室，见我已醒，嗯哼嗯哼咳嗽了几声，搔搔头，眼睛瞧着地上，脸上挂着一副傻笑的神气，对我说，他有句话要和我谈谈。我对他说，"看你脸上的表情，想必是件喜事。"他嘻嘻嘻地笑道，"说不上，看以后发展吧。不过我可以告诉你，我倒是有心改变我现在打光棍的情况。"我大吃一惊，叫道，"什么? 想结婚吗? 你可了不起哇，比我还走快了一步。"他带着自满的心情哈哈大笑道，"嗯，就是比你走快了一步啊。在附近有个卖蜡烛等物的杂货铺，掌柜的死了，留下个寡妇，她看上我了。这女的长得很不错，肥嘟嘟的就象只小母鸡。她手里有一所房子，陈设很讲究，生意挺兴旺，现款一堆一堆的，只要我一开口，她就是我的人啦。她和我的一个朋友说（我这朋友也是个当差的），'他怎么还穿那套臭制服[1]哪？让我给他换下来吧。'我还没有给她最后的答复，我要先听听你的意见。"我首先向德·斯特拉普祝贺，祝贺他爱情成功，我对他的计划也表示赞同，不过要他肯定一下她的财产究竟是否有那么多，我劝他切不可鲁莽从事，要他给我一个机会见见那女子，再作决定。他说他一定要先得我的同意再有所行动，就在当天早上我还在吃早饭的时候，把他的情妇带来见我了。她长得五短身材，很厚实，约莫有三十六岁光景，肚皮特别凸出，我一看顿时疑心其中可能有诈。我请她坐下，递过一杯茶去，谈话之间就谈到斯特拉普的许多优点，我说斯特拉普头脑清醒，勤恳，道德品质很高，真算得天下少有。最后她告辞了，斯特拉普把她送到门口，回来呷着嘴唇问我道，"又肥又美吧？"我很坦率地把我的疑虑对他说了，又毫无保留地把我对她的看法也说了。他听了并不惊奇，对我说，他也发现她肚皮很大，他的朋友说这只是一种肝病，过几个月就会缩小，显出原来的腰身来。我说，"不错。我相信也许几个星期就行了。斯特拉普，总而言之，我认为你是从头到尾受人家欺骗了，他那朋友根本就是个坏蛋，他想把自己玩过的女人推在你身上，免得女人生了孩子对他聒噪不休，又省了养活小畜牲的一笔开销。因此，你决不可轻信那家伙说她多么有钱等等的鬼话，她若有钱，他为什么不娶她呢，其中不是有破绽吗？你也别把自己的脑袋往人家的圈套里乱伸，到后来

---

[1] 指仆役的服装。

你会发现钻进这个圈套还不如伸进刽子手的绞索套呢。"他听了我这一席话，显得很吃惊的样子，他说他一定要谨慎从事，接着他又很生气地说："妈的，如果他是蓄意陷害我，那我倒要跟他较量较量。"不到半个月我的预言果然证实，她那大肚子养出了一个娃娃，斯特拉普本来还以为我挑剔得太过分了一些，此时也吓呆了。他那位所谓的朋友也不照面了，又过了几天，法院把她的货物和家具全部判归了债主，都由债主们瓜分去了。

再说我到了饭馆，会见了我的朋友班特，晚上我俩又约同恰特先生到歌剧院看戏。在戏园子里，恰特先生指着一个包厢里一位女子对我说，那就是美林达，并自告奋勇要把我介绍给她，还说她是挂在人人嘴边上的一个红人，有一万镑陪嫁。我一听，心里乐得直跳，热烈希望他把我介绍给美林达。他说，他包我下次集会[1]的时候可以和她跳舞，他在她面前说的话是颇起作用的。说着，他便走了过去，和她谈了几分钟的话，我觉得他好象还把我指点给她看，回来对我说，他许的愿成功了，她从此就成了我的舞伴了，我听了真有说不出的快活。班特又对我耳语道，美林达可是专门喜欢玩弄男人的，英国的年青小伙子只要相貌还过得去，她都一律报以青睐，唯一的目的就是要增加崇拜她的人的数目，她看着这一大群人数目一天天增多，心里就高兴；其实她那颗心却是冷酷无情的，除了虚荣以外什么东西都不能打动她；别人的长处，她也看不见，他敢打赌，最后她一定是让个什么有钱的傻瓜把她弄到手完事。我朋友的这番话，我认为是出于他天生爱讽刺的脾气，或是由于他自己被美林达拒绝怀恨在心，以致口出此言，总之，我对我自己的人品是有充分信心的，只要我热烈地倾吐衷情，任何女人都无法抗

---

[1] 指伦敦及近郊名胜地方季节性的娱乐集会。

拒我。

我就这样充满了信心，到了汉姆斯特德，陪我同去的还有恰特，贺布尔勋爵和瓦格太尔大夫。到会的都是些王孙公子、名媛闺秀，我很荣幸地在这些人面前和美林达跳了一次小步舞，她那种坦率的神情，大方的举止，使我倾倒。在将要跳农家舞之前，忽然有一个不相识的人替在场的布拉格威尔传给我一句话，说道凡是知道他的为人的人都不敢当他也在场的时候和美林达跳舞，叫我乖乖地把美林达交出来，因为他想跟美林达跳农家舞呢。这话来得非常突兀，而且还叫美林达听见了，但是我这时对布拉格威尔的为人已经摸着一些底细，故也不以为意，因此毫不在乎地请那人转告布拉格威尔先生，说我已荣幸地得到了美林达小姐的同意，布拉格威尔先生同意不同意，不干我的事；并且还对那人本人说，以后不要再向我传递这种狂妄无礼的消息了。美林达装出一副不知怎么办的样子，对布拉格威尔这种放肆，假意表示惊讶，并说，她和那家伙丝毫没有关系。我抓住这个机会想表示一下我的勇气，提出要和他算帐，惩罚他的无礼；美林达说什么也不答应，假意说，这样对我的安全是很不利的；但是我从她闪闪发亮的眼睛里似乎看出，假如为了她，我和布拉格威尔决斗，她是绝对不会恼怒的。我发现了她有这种心思，心里颇为不快，因为这不仅说明这是一种没有道理的虚荣心，而且说明这是一种最缺乏同情的野蛮性格。但是我受了她的家当的引诱，决定满足她的欲望，决定为了她当着大庭广众向布拉格威尔挑战。我当然也明知布拉格威尔是个决不会挺而走险的人。

在我和美林达跳舞的时候，我就注意到我那不可一世的情敌站在那一头，周围站着一圈花花公子，他正在向他们指手划脚地谈话，不时向我投以傲慢的眼色。我一猜就知道他是在谈论我，因此我就在跳完舞把美林达送回座位之后，傲然走到他站立的地方，对着他把我的帽子向后一推，大声问他可有什么话要对我讲。他带着一种赌气的声调回答说，"先生，眼下还没有，"说完回身就走。我说，"好吧，什么时候你要找我，就请你来吧，你知道我在什么地方。"他的同伴们彼此面面相觑，我转身去找美林达，美林达见我回来，笑逐颜开，全场立刻都窃窃私语起来，一双双眼睛都看着我，看得我恨不得找个地缝钻进去。舞会散场后，我把美林达送上车，本想学法国男子的榜样跟她上去，好一路保护她，免得遭到暴力袭击，但是她说什么也不答应，并且表示车厢里已经没有空位子了，没有办法容我。

第二天下午，我得到她的允许，到她的寓所去拜访她，同去的还有恰特。和她同住的有她的母亲，她母亲很客气地招待我们。在座还有许多时髦人物，多半是些少年郎君。吃过茶点以后，立即摆了两桌牌，我很荣幸地和美林达同在一桌上打牌，但不到三个钟点，她竟想出办法赢了我八个几尼去。高高兴兴地输一点钱，在我倒也觉得满意，因为这正是给我一个软语温存的好机会，只要运气好，软语温存总是会受到欢迎的。但是她那种赌钱捣鬼的行径却颇令我吃惊，不能使我完全满意。我原来认为她是清高纯洁的，现在我把这种看法大大地作了修改。但是，我决定利用她的这种行为，也来比较放肆地对待她，因此我一步紧似一步地逼她，我发现在她面前烧粗香[1]并没引起她的反感，当夜我便干脆对她说我爱她，她嘻嘻哈哈地听我求爱，故意表示一种"一笑置之"的神气，但是同时她又非常殷勤地对待我，使我确信我已经征服了她的心，我已是世界上最幸福的人了。我心里越想越高兴，吃过晚饭又坐下来打牌，兴高采烈地让她又骗去了十个几尼。

---

[1] 以粗俗的行动向她"献礼"，奉承。

我告辞的时候，天色已经很晚，主人们对我说，"无事常来玩。"我睡到床上，白天的事在我脑子里翻来复去，使我睡不着。一忽儿想到美人儿眼看到手，还有一万镑钱，心里充满了希望；一忽儿又想起班特讲的话，说她为人如何如何，又比照了一下她对我的行径，颇觉得班特的话有点近真。我一想到此，又想到已经破费了不少钱，身边的存款又不多，再说就连这点存款也还不是我的，想到这里，心里就发愁，焦虑惶惑，使我大半夜睡不着觉。

我和斯特拉普已有两天没有交谈。第二天一早，他拿着刮脸家伙要来给我刮脸，我便问他，那天他见我在汉姆斯特德把一位小姐送上车，他对这位小姐的看法如何。他回答说，"哎呀，那可是位甜人儿啊，我听说她还很有钱呢。你那天没有坚持送她回去，我很替你惋惜。我看她是不会拒绝你陪送她的，她好象是个脾气很随和的人。"我说，"作事情得看时机，斯特拉普，我告诉你，昨晚我一直陪她陪到深夜一点钟呢。"我的话还没说完，只见他满屋子乱跳起来，手指头打着榧子，欣喜若狂地叫道，"我们胜利了，我们胜利了。"我对他说，他高兴得过早了一点，还有许多他所不知道的困难要克服，我就把从班特那里听来的话对他说了一遍。他听了，顿时脸色大变，摇摇头说道，女人是决不能相信的。我对他说，虽然如此，我还是决定大胆地冲一下，纵使我已经预见到这里面的花费一定很可观。我还让他猜猜昨天打牌我输了多少钱，他搔搔下巴说，他最厌恶打牌，一听见打牌两个字他就厌烦得浑身冒汗，因为这使他回想起受人欺骗的事。"但是，"他说，"和你相处的那些人当然不是骗子喽。据我看，你昨天晚上运气一定不好，输的钱恐怕十几个先令[1] 打不住。"我见他这样头脑简单，真是啼笑皆非，当

---

[1] 二十一先令为一几尼。

时我还认为他是故意装的，目的在责备我荒唐，因此气势汹汹地问他说，难道他以为我是在地窖[1]里跟一些轿夫和捡破烂的女人混了一夜吗？同时我也对他说，我昨晚花的钱不多不少是十八个几尼。他听了之后，那副惊讶关切的神情，真是要侯迦斯[2]的画笔才能表达出来：他手里拿着的肥皂罐，本来预备搅出皂沫涂在我下巴上的，从手里落到了地上，嘴张着，眼睛从原来的部位凸出相当距离，摆出一副滑稽姿态，一言不发，站了半晌。后来他才想起我很爱发脾气，不会控制自己，这才压下他心头的痛苦，努力恢复正常。为此，他勉强自己笑了一笑，但是牙齿虽然露出来了，发出来的却是呜咽的声音。他一手拿起肥皂球就往我胡子上乱抹，一手拿起锡脸盆就把水往我脸上倒。我不理睬他，由他去慌乱，且等他完全恢复了正常，我才对他说，我的财物原是他的，他有权支配，他什么时候要，我随时准备交还。他一听我在讽言讽语，很不自在，以为我这是不相信他的友谊，直求我以后不准再说这种话，再说，他的心就要碎了。

斯特拉普这家伙的好心肠，他对我的始终不渝的友谊，使我非常感动，非常感激，更加刺激我决心去发财，那我才有力量也向他表示我的慷慨。为此目的，我决定加快完成我和美林达的结合，此外我也考虑到象昨晚那种情况再重演几次，那我便根本没有力量进行这种或任何其他的有利可图的恋爱了。

我正在忙着思索此后如何行动，忽然班特先生光临了，他和我一起吃了早饭，问我昨夜过得怎样。我回答说，昨夜我在某公馆过了很愉快的一晚，他听了一笑，讽刺地说道，"是的，你付出了那

---

[1] "下等"饭馆。
[2] 十八世纪英国大画家。

样大的代价，应该得到不寻常的收获才对啊。"我听了很吃惊，假装不懂他的话。他说，"算了，算了，蓝登啊，你用不着瞒我，满城人都知道了。你和布拉格威尔在汉姆斯特德那场无谓的争吵若是没有当着那么许多人的面，也好一些。从那回以后，那些爱管闲事的人个个忙了起来，到处打听你到底是谁；你恐怕想不到他们已经造了你多少谣言了吧。有人说你是'耶稣会士'[1]扮的，有人说你是被废黜的王朝[2]派来的特务，有人以为你是个暴发的赌棍，因为谁也不知道你的出身和底细；也还有人认为你是爱尔兰来的一个想发财的穷光蛋。"最后这种揣测倒真是"虽不中，不远矣"；为了掩饰我心中的慌乱，连忙打断他的话头，大骂那些人是在忌妒我，是在多管闲事，无故伤害别人，让好人活不下去。他不听我这套感叹，又接着说道，"至于我自己，我既不知道，也不想知道，你究竟是什么人。不过有一点可以肯定，凡是把自己的身世或身份秘而不宣的人，大半是因为宣布以后对他们没有好处。关于你的事，我个人的看法是，你出身低微，靠自己勤勉，提高了自己的地位，升到今天的地步，不过，你想通过和阔女人结婚来维持住你今天的地位。"说到这里，他两眼死盯住我，见我满脸涨得通红，便又说道，他现在已经确信不疑了。他接着说道，"蓝登啊，我已经猜透了你的计划，不过我相信你的计划是永远不会成功的。你这个人太老实了，对于大都市太无知了，想要欺骗的手段，但是要不来，别人联合起来骗你，你又不善于察觉。此外，你这个人太害羞了，咳，你还没有克服自己的廉耻之心就想发财！我相信，凭你的人品，你应该娶一个比美林达更阔更好的老婆，不过照现在这样子我敢保你是

[1] 天主教会派出的侦探。
[2] 1688 年政变以后，英国天主教王朝为新教王朝所代替。

得不到美林达的。即使你走运把她弄到手，这话可就是咱俩说说，你可就应了悌格[1]说的一句话：'我赚来了一件赔钱货了。'她的那份家当，你放心，准保霎那之间给你花光，她那种挥霍的作风很快就会叫你腻烦。"我听了他的话一方面很害怕，一方面又气他说话随便，便把心里的这种厌烦感觉说了出来。我说，我的意图并不是象他所想象的，我的行动可以由我自己的理智调节控制，不用他操心。他连忙道歉说，他不该说话太随便；他说，这都是出于他的热心和对我的友情。为了证明他对我的友情，他开口向我借贷五几尼，还说世界上很少有几个人他愿意和他们如此推心置腹，互通有无的。我把钱给了他，对他说，我完全相信他对我的友谊是真诚的，所以以后不必再用这种奇怪的方法来证明了。他说，"我本来想多借五几尼的，后来我听说你昨晚叫人骗去了十八几尼，恐怕你手边缺现钱，所以我把我的要求作了相应的调整。"我对这骗子的无礼行为不由得不钦佩，我又问他为什么他说我昨晚受"骗"了。他说，他到我这儿来以前，他遇见汤姆·陶赛尔，陶赛尔昨晚也在美林达那儿，陶赛尔就把昨晚发生的事一五一十告诉了他，还把我对美林达说的那些甜言蜜语也重复了一遍，还说要把这话到处宣传一番呢；除此以外，陶赛尔还对他说，美林达骗钱的本事实在太差，只有暴出窠的小雏儿才会上她的当。

我心想这一来，输了钱还不算，我岂不成了这帮蠢人的嘲笑对象了吗？这真是刺中了我的痛处；我便趁着怒气骂道，谁敢损害美林达的名誉，谁敢嘲笑我的行为，我决不饶他。他干巴巴地回答道，嘲笑我的人会是很多的，我使出大力士的劲儿也难个个都惩罚到；至于美林达的名誉，他看不出何以会因此而受到损害，打牌的

---

[1] "悌格"，系爱尔兰语，意谓"爱尔兰人"。

时候使用欺骗的手段，在时髦人眼中看来决不是什么污点，反而是很光彩的事，表明那人有高人一等的天才和手段。"算了，算了，不谈这问题了，"他说，"上咖啡馆去吧，看看能不能凑几个人一块吃饭。"

第十二章

我们到了咖啡馆，听见瓦格太尔和麦德勒因为一件怪事争吵，要请我们裁判——瓦格太尔进行的试验——班特在饭馆里捉弄麦德勒——麦德勒对我进忠言。

我很愿意不谈他所提起的问题，和他两个一同到了咖啡馆，只见瓦格太尔和麦德勒正在为"奶蛋浆"（Custard）这个词争辩呢。瓦格太尔认为这个词第一个字母应是 G，因为词源来自拉丁动词 gustare，意思是"尝"；但是麦德勒主张拼 C，这是习惯拼法，若按瓦格太尔的规则，则 pudding（"布丁"）一词应改为 budding 了，因为词源是法国字 boudin，既然如此，我们采用的外来语为什么不都保持原来的读法、写法呢？如果真这么办，那我们的语言岂不成诘屈聱牙的怪话，毫无好坏的标准了吗？他们要我们来裁判这场争论。班特原来认为麦德勒对，但是故意说瓦格太尔对，退休的麦德勒老先生一听很生气，使劲说了一声"放屁"，就挪到另外一张桌子上去了。

我们随后又问瓦格太尔，蒸馏火绒水的试验，进展得如何。他说城里所有的玻璃厂都问过了，连吹一个装规定火绒三分之一的容器都没有一家肯承担。但是他还是打算试验一下，哪怕只能蒸馏出五滴来也是好的，那就可以试验一下它究竟灵不灵了，如果真灵，那他就要呈报国会[1]去。他已经买了大量的破布，但是在把破布捣成火绒的过程中，发生了一件不幸的事，为此他还搬了家。原来他把破布堆在地板上，堆成一堆，借蜡烛火把它点着，以为火焰天生是向上升的，地板不会受到损害；不料事出意外，地板的木头居然燃着了，火势很猛，他在惊惶之中竟忘了呼救，幸亏黑烟从窗户涌出，惊动了附近住户，才喊人来把火扑灭，否则整座房屋连他自己在内都被烧光了。但是在匆忙之中他还是损失了一条黑丝绒的裤子，一顶假发，那堆破布也没用了，因为被救火的水浇湿了，地板烧坏了，他还得赔钱修理。房主人认为他犯了疯病，坚持要他立刻搬家，弄得他非常狼狈，最近总算搬进了舒适的寓所，有个挺大的院子可以制火绒，他希望不久就能够收获劳动的果实了。

我们祝他成功，看了一会儿报，走了。我们溜达到一家图画拍卖行，看了一两个钟点的画，又到马尔大街散步两三来回，回到饭馆吃饭。班特说，他打算在饭馆里捉弄麦德勒一番。果然我们刚坐下，他就开始行动，对着麦德勒老先生说，老先生气色很好，昨天晚上没睡什么觉，居然还有这样好气色。麦德勒并不回答他这种恭维话，却瞪了他一眼，而且意味深长地对他笑了笑。班特又接着说，"老先生身子非常硬朗，可是赶不上您那善良的心地。您不但作好事，而且我从来没见过作好事作得象您这样得体的！您的慈善心算是用在刀口上了，您所要求的报答不多不少正是她们所能给您的。"说到这里他对在座的人说，"各位也许不知道，这些天来，我每天晚上很晚才睡，因为要照顾一个发热病的朋友。今天一早我回家的时候，正打一家酒馆门口走过，酒馆还开着，从里面乱哄哄的发出一阵又笑又闹的声音，我探头往里一看，只见麦德勒先生光着

---

[1] 意谓请求国会订成法律，推行全国。

脑袋，四周围着一二十个穿得破破烂烂的下等女人，正在跳舞逗她们乐呢。不过，麦德勒先生，说实话，您心地善良固然很好，但也不该牺牲您的健康。应该想一想，您马上就要进入老年了，应该很珍重身体才对，这样整夜的胡闹对您身体是非常有害的。"老先生本来脾气不好，实在忍不住了，急忙叫道，"人人都知道你说话是向来不损人的……"班特抢着说，"我看您用不着说这话了，您明明知道我这张嘴在许多关节上屡次给您服务过。您大概还记得有一次您向那胖寡妇求爱——就是在伊斯林吞开酒店的那个胖寡妇——就有人造谣言把您说得简直不象个男子汉大丈夫了；这些谣言后来传到您那寡妇耳朵里，她马上把您撇在一边；多亏我从中调解，对她说这种事本不足为奇，您生过三个私生子，都寄养在乡下呢。后来您自己把事情弄糟，关于这点，不干我事，我不多说了，我也不想多说。"这一段故事根本没有事实根据，全是班特捏造的，在座的人听了个个好笑，麦德勒听了却气得忍耐不住，大发雷霆，而且忘记了自己嘴里含着一口饭，泼口大骂，把一口饭全喷在两旁的人身上。他骂班特是个不值一踢的小狗崽子，没有规矩的猴崽子，等等。他对众人说，那些假话都是班特捏造的，目的是要中伤他，因为他不愿意借钱给班特，供班特挥霍，供他去耍钱宿娼。班特说道，"这话大家能信吗？他自己还要想尽办法玩玩各种花样，才能让他每礼拜领的退休金支持到礼拜六晚上呢，我会问这种人借钱吗？有时候他一睡就是一个昼夜，用这种办法节省三顿饭和坐咖啡馆的开支；有时候，他只能买块黄油面包，吃杯淡啤酒当晚饭；有时候他就在地窖里买两便士的牛头肉吃一顿。"麦德勒听了，怒不可遏，大叫道，"你信口雌黄，不怕天打雷劈吗？我随时都拿得出钱来付你的裁缝帐，恐怕你欠裁缝的钱为数也很可观吧。小子，我倒很想告你一状，告你毁坏我的名誉，让你看看到底我的景况怎么样！"[1] 这时他已经气得胃口也没有了，一口饭也吃不下去，干坐着一言不发，而折磨他的班特却在欣赏着他的烦恼，并且为了增加他的烦恼，还劝他往肚子里多贮藏些粮食，省得明天挨饿。

吃完饭，我们下楼到咖啡室吃咖啡。班特说，他还有个约会，要走，临行对我和瓦格太尔说，晚上在贝德福咖啡馆会面吧。班特走后，老先生立刻把我拉到一边对我说，他见我和班特那家伙往来如此亲密，心里很难过；他说班特是伦敦的一个最下作的败家子，已经把一份家当嫖光，身体嫖坏，不但如此，他还引别人去胡搞，叫别人仿效他去干各式各样的坏事，已经有很多年轻人被他带毁了；我如果不小心，不久他一定把我的钱骗光，还会把我的名誉败坏了呢。我谢过他的好意，答应他，一定按照他的吩咐办事；我说，只可惜他的忠言领教得晚了几点钟，否则我还可以省下五几尼呢。尽管如此，我心里总觉得老先生的话带有几分报复的情绪，因为方才班特对他太不恭敬了；因此我摆脱了老先生之后，立即去找瓦格太尔，问问他对班特的看法如何，即使他们对班特都有偏见，至少可以把两人的看法彼此参照，得出我自己的结论，而不必尽信一面之辞。瓦格太尔说，班特乃是地道的世家子弟，很有钱，既有学问，又聪明，长于鉴别，熟悉上流社会，此人的荣誉和勇气是无容置疑的，当然他确实也有些荒唐的地方，而且善于挖苦人，因此得罪了不少人，许多人不敢和他来往。从这些不同的看法，我得出结论，认为班特大概是个颇有才气的青年，把家当挥霍光了，还想过好日子，但又不能如愿，所以就和别人作对。

到了晚上，我去到贝德福咖啡馆，会见了我的各位朋友，后来又到戏园，看完戏又把他们带到我的住处，大家欢欢喜喜地吃了一顿宵夜。

---

[1] 打官司要钱，敢打官司，证明他有钱。

第十三章

我接到一封决斗信——接信的后果——
和解以后，由于斯特拉普对我的爱护，
我被捕了——我把情况解释后，立即
获释——欧立干和他的两位朋友的行
为——我拜访美林达，把决斗之事对她
说了，让她开开心——我向她求婚——
她说要母亲作主，我便庄严地向她母亲
提出我的要求——老太太的行为——她
把我打发走了——我受到蔑视，心中忿
忿不平。

第二天我刚要出门，斯特拉普交给我一封信，信封上写着"蓝
登先生台启"等字样，我拆开一看，原来是一封决斗战书，措辞非
常奇怪：

阁下：

近闻阁下向美林达·顾思特拉普[1]女士求爱之事，因特
走笔奉告：女士已与鄙人订终身之好，鄙人此刻在蒙太玖大厦
后持手枪一对恭候。倘蒙阁下首肯前来，吾必毕君之命，届时

---

[1] "顾思特拉普"（Goosetrap）：意为"捉鹅笼"，鹅象征愚人，笨伯。

阁下将不得不承认吾二人相比，阁下实未足与顾思特拉普女士匹俦也。

鲁克·欧立干启。

　　我从此信的下款和称呼就猜到我这位情敌定然是位地道的爱尔兰人。我读了来信，心里颇有些不安，特别其中一句，说道我的情妇已和他订了百年之好，因此似乎权利已经属于他了，这一点更使我惶惑，因为以她这样通情达理的人物，怎么作得出这等事来？但是，此刻不是我拒绝挑战的时候，因为我的婚事成功与否在很大程度上可能取决于我应付挑战的态度。因此，我立即在我的两管手枪里装上子弹，雇了一辆马车，到了指定决斗的地点，只见有一个瘦骨嶙峋的大汉，满面风霜，一部又黑又浓的胡须，独自一个在走来走去，身上穿的是一件破旧的大衣，头上的头发就象一束皮条垂在脑后，戴着一顶又油又脏的帽子，上面镶着一条陈旧的西班牙花边。他一见我起来，就从怀里掏出一把手枪，对准了我，也没有一句寒暄话，咔吧一声就扳响了。我见他打招呼打得如此鲁莽，吃了一惊，便也立定姿势，不等他校正好第二支枪，也向他开了一枪，但没有把他打坏，这时他已经把第二支枪准备好，只见药膛里火光一闪，却没有把子弹打出来，他马上用地道的爱尔兰土腔喊道，"好亲亲，你倒是放呀！"一面喊，一面仔细敲打起火石来。我决定利用运气给我的这个好机会，举着枪走上前去，要他求饶，否则，我说，我就送他回老家去。但是这位顽强的爱尔兰人却不肯屈服，大声埋怨我不该不等他还枪就离开我的地位，还叫我回到我原来的地位，好让他再有一次均等的机会。我便向他分辩道，我已经给了他两次的机会，我决不应当再给他第三次机会，现在既然该轮到我打，那我就暂且要求停火谈判，要求知道他是什么样的人，为什么把我叫到野外来决斗，据我记忆所及，我从来没有伤害过他，也从来没有见过他。他告诉我说，他原本是个有钱人出身，但是钱都叫他花光了，听说美林达有一万镑家私，所以想娶她为妻，占有她那一万镑钱，但是谁要阻碍他实现他的希望，那他就决心用光明正大的办法把他干掉。我又问他，他的希望有什么根据没有。我自从当面见到此人落魄的情状以后，对于美林达答应和他结婚一事更感惊奇，故要他解释此中奥秘。他回答说，他把希望完全寄托在自己的出身和人品上面；他说他不止一次写过信给美林达，提出自己的要求，然而美林达却从来没有惠然答复，而他在给蓝登的挑战书中所提到的美林达许婚一事乃是根据他的朋友贾哈干的话说的；贾哈干说，什么女人都没法子抗拒我这样的一表人材。我这位情敌的头脑如此简单，不禁使我万分好笑，但是他却并不觉得好笑，态度却非常严肃认真。因此我便安慰他道，我愿以我的荣誉担保，一定帮他的忙，实事求是地把他的好处告诉美林达，使美林达对他发生好感；但是如果她依旧不理睬，那他也不必惊奇，因为女人的心最是变化多端，光靠高尚的人品未必能赢得女人的心。为了使我的话产生更好的效果，我指着他所穿的破旧衣服，表示很惋惜。他这样一个上等人如何竟至一贫如此，并把两个几尼塞进他手里，他一见钱立时扔掉手里的手枪，一把把我抱住，叫道，"哎哟，我的耶稣基督！我七年来从未遇到过象你这末好的朋友！"我让他拥抱了几分钟，他才把我松开！捡起已经上锈的武器，说道，他如果再因为女人而找我的麻烦，就让魔鬼来把他烧死。

　　一场争执就在这友善的气氛中结束。既然言归于好，我便要求看看他的手枪，只见那手枪破烂得简直不成样子，幸亏他没有放；如果他真放了，保管两管都会爆炸，把他的手炸伤。接着，我又仔细一看，两管手枪中一管上了子弹，没上炸药，还有一管上了炸药，没上子弹，这使我对他的性格了解的更深刻一层。

于是我俩一同回家，途中我要求这位新朋友把他的身世对我说说。他说，他在德国当过志愿兵，打过土耳其人，在贝尔格莱德围城战中，他表现得很好，封了个步兵准尉，后来又晋升少尉，不幸得罪了上尉，上尉向他挑战决斗，他把上尉打死了，不得不逃跑；后来他又在英国呆了几年，托朋友走门路，想在英国陆军里混口饭吃，一直没有成功；贾哈干先生就劝他找一个有钱女人结婚，因此他就找上了美林达，后来听见美林达家中一个爱尔兰仆人说，我是美林达心目中主要的情人，所以就向我挑战，希望把我杀死，除去他前途上的主要障碍；不过现在他认识我了，知道我为人正直慷慨，并指着圣母玛利亚发誓说，就是世界上女人都绝了种，他也不再想美林达了。我毫不怀疑他说的话句句属实，但是他为了证明这一点，还打开了一个破旧的铁鼻烟盒，从中取出德国皇军的委任状和上尉给他的挑战书给我看（这些东西他都一直保存着，以便随时证明他的身份）。我完全相信此人正直勇敢，有心把他的情况对我认识的一些朋友讲讲，也许他们能够把他推荐给有权位的人，找到一官半职，同时我又答应送他几件衣服，让他穿得体面些，也好亲自出去找找门路了。

我俩很和睦地一路谈着，忽然对面开来一排背枪的兵士，由斯特拉普率领着，一见我们，他便象发了疯似的大喊道，"把他们捉住，把他们捉住！"兵士们立即把我们包围住，排长把我逮捕了，但欧立干却挣脱了众人，飞也似的向托腾能柯特路方向跑去，霎那间便无影无踪了。他们把我缴了械，把我捉住，这时斯特拉普神情才稍为安定，忙向我道歉，说我受惊了，希望我原谅，这都是他的一番好意等等。然后他又向我解释道，他见我收到那封信（是欧立干亲自送来的），就疑心里面有蹊跷，便张着钥匙洞往我屋里看，见我在装子弹，他当即飞跑到白宫[1]请求值班军官派一排人去逮捕我；他带着兵回来的时候，我已雇车走了，便到处打听我往哪个方向去了，后来听说决斗一般都在蒙太玖大厦后面，他又领着警卫军向那方向走去，正遇见我，谢天谢地，我竟安然无恙。我对他说，我原谅他的多事，不过下不为例；而且用相当严厉的词句警告他以后不可再这样，免得把我变成别人闲谈的资料。然后我对排长说，麻烦他了，赏了他五个先令，让他去和兵士们喝杯酒吧，又说我和那人（指欧立干）的决斗在排长没有来到以前早已结束，一切都已和平解决，我俩一起同行便是证明，如果这一证据还不够，排长可以检查一下我的手枪，其中有一支是已经放过的。这位排长很客气，也不自找麻烦，也不再给我麻烦，鞠了一千个躬，满口道谢，接过钱去，把手枪交还给我，立刻把我释放了。

排长走了还没有一百码，我的朋友欧立干就带了两个乞丐模样的人回来营救我了。这两人是他特意从圣·翟尔斯教堂附近请来的，其中一个背着一挺毛瑟枪，但是没有保险，还有一个拿着一把生了锈的板刀，而他们穿的那身衣服更是无法形容。我对他说我已经被释放了；他也道歉说，方才不该突然跑掉，并介绍了他那两位朋友。一个是费兹克拉伯律师，他说这位朋友眼下正在根据一些爱尔兰手抄本编纂一部蒙斯特[2]历代国王的历史；另一个是他的朋友贾哈干先生，是一位很渊博的哲学家和政治学家，制定过许多有利于爱尔兰的出色的计划。不过看样子这两位文章能手虽然花费了许多心力却没有得到任何报酬。怎见得？两个人的衣服拼起来也拼不成一件衬衣，半条裤子啊！我对他们两个道过谢，感谢他们出力来

---

[1] 政府所在地，驻有警卫军，维持治安。
[2] 现在是爱尔兰共和国的一省。

营救我，以后一定报答，便向他们道了早安，把他们打发了，只叫欧立干跟我回家，从衣橱里取出一套体面的衣服给他穿上；他非常满意，赌咒发誓说他终身感戴不尽，并要和我作一辈子朋友，并且应我的请求，把他一生所有的遭遇对我讲了。

下午，我去拜访美林达。她非常和气而亲密地接待我；我把我和欧立干的故事对她说了，她大笑不止，说是早就知道欧立干的用心，她手头还存着他十几封信呢，都是求爱的信，并把信拿出来给我看，作为消遣。我们俩就这样取笑着可怜的欧立干，正在这时，美林达的母亲从屋里出去有事去了，我便抓住这个机会，向她吐诉了我的衷情。我用尽了一切热情和辞令，请她斟酌我的要求。我赞美她，我叹气，我发誓，我恳求，作出百般的丑态，想要打动她的心；她一一听着，只是不流露一丝情感；我还没听到她置以可否，只见陆陆续续就有人来了。吃过茶点，又照老规矩摆上了牌桌，我很幸运和美林达一家，因此一场下来，我非但没有输钱，还净赢了五个几尼。

不久我就结识了许多时髦人物。我的时间都花在伦敦的时髦消遣上了，什么看戏啊，看歌剧啊，蒙面舞会啊，茶会啊，郊区集会啊，看木偶戏啊等等，不一而足。多数场合，我总和美林达一道。我的希望鼓舞着我的热情，我受的教育使我颇善辞令；我就靠这些，极力去博得美林达的欢心。我不惜奔命，不计花费，务必要满足她的虚荣心与自尊心而后已。我的情敌们都被我吓倒，我比他们表现得更出色。我为什么要这样呢？因为我有些耽心这位美人儿的心很难打动。最后，我的钱也花的差不多了，无力再继续谈爱，我便决定把这件事弄个水落石出。某晚，我俩在一起，更无别人，我便埋怨她不该对我冷淡，把那相思病给我带来的折磨和提心吊胆的心情对她描写了一番，逼着她把她对我的印象和对结婚的看法说一说。我的话说得非常热诚迫切，尽管她善于耍花样，也无法不作出一个明确的表示。她摆出一副毫不在乎的样子说，她对我个人并无反感，如果我能够满足她母亲的要求，她本人也决不反对和我结婚，但是结婚乃是终身大事，不可草率，必须征求她母亲的意见，征得她母亲的同意。这番话并不十分投合我的心意；我的目的是先争取她本人的同意，然后私下和她结婚，这样胜利就有了保障，而且我的看法是，她不会不肯。现在当然不是完全没有希望，我也不想放弃，因此我就去拜见她母亲郑重其事地向她提出和她女儿结婚的事。这位老太太乃是一位不平常的老太太，举止非常庄重客气；她首先向我致谢，说我向她提亲乃是看得起她家，她毫不怀疑我在各方面都能令妻子幸福，但是身为母亲自然关心女儿福利，所以她有义务详细了解我的产业情况，问我准备拿出多少钱来归在她女儿名下。我事先早料到这一着，所以当场并未张皇失措，便毫不迟疑地回答道，我虽然家产不大，但是我也是上等人家出身，受过上等教育，一定能使她女儿保持上等妇女的地位，我想把她自己带来的那份陪嫁拨给她自己和她的女儿，永远归她支配，我不动用。这位老太太很细心，她不十分欣赏我的提法，摆出一副假客气的样子，说道，她女儿的陪嫁原本是属于她的，没有必要再拨给她了；不过如果我愿意这么办，那么可以由她的律师和我的律师去商量好了，而在没办这事以前，她求我把我的租户册赏给她看。我虽然满肚子的气，但是听说她要看我的租户册子，由不得当着她的面就笑了出来，这不是明明在挖苦我打肿脸充胖子吗。我坦白对她说，我没有什么地产，而且我具体有多少钱也说不上来，因为我现在的买卖比较乱，先得整理一下，希望不久就可能满足她的要求。

呆了一会，我告辞而去，回到寓所，心里非常沉闷，这方面的希望肯定是没有的了。第二天，我的这种想法果然证实。这天我打算再去见见老太太，把我的意思解释得更清楚一些，但是当差的对我说，太太小姐都不在家，但我刚走近大门时，明明看见美林达坐在客厅的窗口呢。这一挡驾令我非常气愤，一句话不说，就走了；等我再走过客厅时，美林达还坐在窗口，她以为有屏风挡着，我看不见她，我偏向她鞠了一躬，掉头而去。

婚姻失败，使我很不自在，这不自在倒不是完全为了我自己，多半还是为了斯特拉普。我自己还没有爱美林达爱到活不成的地步；相反，在我追求美林达的全部过程中，我经常想到我那甜蜜的水仙姑娘，我的良心经常克制着我，一方面控制着我，不让我纵情，一方面谴责我的婚姻计划，而也许正因如此，我的婚姻计划才没有成功。

我感觉有必要把所发生的一切都告诉斯特拉普知道，我也有这责任；因此我便假装生气的样子，骂道，我可不再作他的牛马了，他那份家当，他自己接过去管吧。我这一装，果然产生了我所希望的效果，斯特拉普非但不咕哩咕噜埋怨我的失败，反而倒害怕起来，千求万求，求我不要生气。他说，虽然我们的损失很大，但是这些损失并不是不能弥补，命运女神今天对我们瞪眼，明天也许就向我们微笑，也未可知。我装出一副无可奈何、只好勉强同意他的神情，赞美他的稳健温和的态度，表示决心从不幸中吸取教训。他呢，对我的这种表示也装出完全满意的样子，要我按照我自己的想法办事，但是他虽然多方掩饰，我还是可以看出他内心的痛苦。从那天起，他的脸显而易见地是愈拉愈长了。

第十四章

我很想向美林达报复——请求班特帮
助——他想了个计策来达到我的目的,
计策实行了,很成功——我想征服格莱
普威尔小姐的心,但失败了——失败
后,我心里非常沉闷,便借酒浇愁——
我收到一封情书——此书内容使我欣喜
欲狂——我原以为可以发财,不想堕入
了奸计——我的错误估计使我左右为
难——我放弃了一切结婚的想头。

　　这时,我一心一意都在盘算怎样再去找个女子,怎样向美林达
报复。在这两方面,我得到恰特不少帮助。女人们少了他是不行
的,所有私家舞会邀请男子的事,都得由他承办,因此我便请他留
心下次哪家开舞会时务必把我请去,给我介绍个舞伴,玩一玩,其
中目的,我以后自然会告诉他。恰特曾听到我与美林达不和,听
我此话立即猜到我的心意,认为我无非想借此引起美林达的一点妒
意,便答应满足我的要求;他说他可以给我找个有三万镑家当的舞
伴,这位小姐是他在本城这一带的贵妇们中间最近看中而想加以
照拂提拔的对象。我一问才知道她叫碧蒂·格莱普威尔,[1] 她的父

----

[1] "格莱普威尔"(Gripewell)是"善于攫获"的意思。

亲原是开典当的，死前没有立好遗嘱，因此一死之后，全部家产就由他女儿继承了下来。她父亲本来不喜欢她，只是因为爱财如命；连立遗嘱的钱都舍不得花，他女儿才叨了光；如果当时果然立了遗嘱，那她是连六分之一的家产都分不到的。在他生前，以碧蒂的地位来说，本应受到很好的教育，但是她父亲却把她当个丫头使唤，家里最卑贱的事都让她去作。但是她刚刚把她父亲的殡出了，就摆起小姐派头来了，许多人，也有男的，也有女的，都来捧她，哄她，教她，加上她本来就没有分寸，没有经验，所以就变得非常虚荣骄傲，令人难以忍受。她说不嫁人则已，要嫁人至少得嫁个公爵、伯爵什么的，但可惜英国贵族都不理睬她，只有个破落的苏格兰贵族想要认识她。另一方面，有一位很知名的妇人看上了她，已经私自把她定给了她的一个远亲，现在步兵中当少尉，小姐本人还不知道有这回事呢。恰特对我说，如果我想认她作舞伴，那么我必须答应他在介绍我的时候，说我是位爵士，或者至少是位外国的伯爵。我一听此话，欣喜如狂，同意冒充一个法国侯爵，以便更好地完成我的报仇计划，但是冒充只以一夜为限。

　　我和恰特约妥之后，即去找班特。我对班特的深入分析的能力以及他的丰富的经验，此时已有很高评价。我见了他，先要他绝对保守秘密，然后我把美林达如何侮辱我的详情告诉了他，又把我想如何惩治这位骄傲、玩弄男子的美林达的计划也告诉他知道，希望他能提出意见，使我的计划更加完善，并要求他协助我完成我的计划。我的这番话可以说最投合他的厌世的脾气了。他赞成我的决定，并且建议除了我自己找一个舞伴之外，也须给美林达找一个舞伴，这个舞伴必须要能降低美林达的身价，使她在她所有的朋友中成为笑柄，为此班特特别推荐他自己的理发师。他说这位理发师乃是刚从巴黎来的一个最爱打扮的蠢货，最爱装腔作势，嘻皮笑脸，不过这在美林达眼中，一定会看成是见过世面的上等人的伶俐活泼，彬彬有礼。我双手赞成他的建议。他又自动说他愿去对他的理发师说，美林达如何有一次偶尔看见过他，非常爱慕他的仪表，很想认识他。班特说，要叫理发师相信这套假话是不难的。后来他当真去把理发师找来，把那话跟他说了，把他和美林达结识以后的美好前途说得天花乱坠，这位可怜的理发师听了，竟乐得飘飘然起来了。班特立即把自己一套漂亮而廉价的衣服给他穿上，把他介绍给恰特，说他是位刚刚游历回来的时髦人。恰特原是个城里城外专门给妇女跑腿的人，立刻答应替理发师去约美林达。一切都进行得如我所愿。

到了约定的日期，我打扮得特别漂亮，扮成侯爵，和那位阔小姐一同主持了舞会开幕式。这位小姐满身珠宝，引起了全体到会的人的注意，其中我也看到有美林达。美林达见我春风得意，脸上露出掩饰不住的嫉妒和惊讶，加以她从来没见过格莱普威尔小姐，心里更憋着一层难熬的好奇心理；她本来可以问恰特，但恰特偏偏又在大厅的另一头。我见她那着急难过的样子，心里非常高兴。接着我便和我的舞伴跳起舞来，我利用这机会故意从她面前跳过，一面跳，一面微微向她鞠了一躬。这一着可以说是我的胜利的高峰，而她的愤怒也达到了顶点。她顿时脸色大变，把头一昂，露出极其傲慢的神气，一怒之下把扇子唰地打开，但用力太猛，把它扯碎了，坐在她旁边看见的人个个都笑她。

最后，化了装的理发师来邀请她了。他的举动极为荒唐可笑，到会的人都觉得好笑，美林达此时真是赧颜无地，所以农家舞还没有开始，她就推托忽然感觉不舒服，离场而去，理发师也跟她走了。无疑，理发师认为美林达的不舒服不是什么别的，正是爱情的表现，就抓住这机会，护送她回家，想去安慰她，并向她表示，他也爱她。他们两人走后，大家都低声地你问我我问你道："那人是谁？"恰特也说不出所以然，只知道他是个阔人，刚游历回来。只有我知道他的真正来历，但是我只推说不知道，因为我很了解恰特的那种一般性的回答是决不会满足女人们的好奇心的，她们一定会去追问，打听，与其从我嘴里透露出来，不如让别人去告诉她们，更加恰当一些。

至于我，格莱普威尔小姐的家产引诱着我，我一心想夺获它，所以就行动起来，要她爱上我。但是不久我就发现，这位小姐的心是充满了骄傲和淡漠，尽管我用尽心事，也无法攻克，而且我盗用的爵位只能用一晚，再长了，既不可能，我也不愿意。

第二天，果然如我所料，一切都暴露了。那理发师很天真地把自己真正的身份告诉了美林达，也把他自己的希望根据告诉了她。她认为这是对她的侮辱，难过得浑身象得了大病似的，好几个星期害臊得不敢在公共场所露面。恰特千方百计给自己解释，但是美林达还是不能认为满意。由于他把我冒充贵族介绍给了格莱普威尔小姐，所以在她面前他也完全失了宠，从此他在妇女丛中的声望和影响大大地消损了。

我发现我的钱已经花了一半多，我的计划比起我刚到伦敦那一天并没有进展多少，我感到成功是没有希望的了，眼看就要穷下来，心里非常苦闷。贫困就好比可怕的恶魔，必须驱除它，我便喝起酒来，结交了比往常更多的朋友。我特别爱逛戏园子，在后台和一些戏子鬼混，结识了一批法学院的学生，[1] 不久自己也居然作起文人和批评家来了。我可以毫不狂妄地说，我在这方面比我新结识的那帮朋友都强，这些人一般说来乃是我所交往过的最无知、最

---

[1] 伦敦的一些法学院离各剧场很近，学生和剧场历来关系很密切。

自高自大的家伙了。我就用这样一些消遣，克服了我的苦闷；我也学会了怎样调节我自己的思想，一遇到苦闷的思想来袭的时候，我就把它推往一边，转而想些高兴的事。但是斯特拉普的情况却不如是，他是千方百计地想法掩盖那困扰他躯体的忧愁，结果形容枯槁，活象一架骷髅。

我就这样对我的处境不加考虑，而事实上却在兼程奔向贫困。一天我忽然接到一封由邮差[1]送来的信，看笔迹是女人写的，下款是"隐名氏启"。信上写了许多许多夸张的恭维话，和表示热烈爱情的话，笔调非常富于诗意，热切地想要知道我是否已和什么人定情了，请我回答，并将复信寄交某处，信面可写"R．B．收"。我读完这封情书，欢喜得忘其所以，我认为这封信不愧为一部杰作，既温柔又典雅，我心里完全准备和寄信人谈恋爱了。我自己设想，她一定是位阔小姐，正在妙龄，相貌出众。我愈想兴致愈高，便行动起来。于是遍索枯肠，写了一封回信，颇配得上她的崇高的笔调和热烈的情感。我用了最华丽的词藻表达了我对她的爱慕，我一方面表示自愧不足承当她的美意，一方面又表示非常倾慕她的慧眼，然后又以发人怜惜的笔调要求和她一会。我把信写完，把此事向斯特拉普说了，他听了雀跃欢欣；我派他把信送到约定地点，这地点乃是一家女帽店，离邦德街[2]不远。我还叫他在帽店附近等候一会，看看是什么人来取信。不到一点钟，他欢欢喜喜地回来了，对我说，他把信交进去不久，店里人就叫来了一个轿夫，叫他把这封信送到附近一个阔人的公馆，斯特拉普也尾随着轿夫，看见轿夫把信交给了一个女仆，女仆赏了他一点钱，就把门关上了。斯

---

[1] 以区别于由仆役送来的信。
[2] 伦敦街名，其中店铺专卖女人服装、首饰等物。

特拉普就到附近一家酒馆，叫了一杯啤酒，向店家打听；店家说，那家阔人只有一个独生女儿，长得非常俊俏，将来全部家当都要由她继承。斯特拉普说，如此说来，给我寄情书的准是这位小姐无疑了，我也是这样看法，自喜前途幸福无边。我马上穿好衣服，到这位不知姓名的小姐家门口堂而皇之地走过。果然我这番存心炫耀并没有落空，只见一位绝色美女站在这家公馆的饭厅窗前，看她的样子好象是在非常仔细地打量我呢。我想她既想看我，不如让她看个够，便故意停下来，自己也正好饱餐一顿秀色。我就站在街头和她面对面的地方，假意交代斯特拉普去作这作那，目的是想把她看得更清楚一些。这样十全十美的女子居然被我征服，想到这里，心中无限庆幸。过了几分钟，她走了。我便进了一家饭馆，心里充满了希望和狂乐，叫了饭，也没有胃口去吃它，回到家里，一晚上都沉湎在幻想之中。

第二天一早，我又很荣幸地收到这位不知姓名的美人儿的一封信。信里说，收到我的信后，她是说不出地高兴，我的信不仅把我的心许给了她，而且使她确信我的心是货真价实的。她在信中又说，使她特别高兴的一点是，我给她的眼力以很高的评价，这一点不仅是她自己最引以为骄傲的一点，而且也说明了我的眼力。至于会晤一事，她比我更加热切地希望能有这样一个机缘，但是在没有答应我去会见她以前，她限于礼教，必须要我先证明我追求她的目的是光明正大的。她又在信里说道，虽然她必须征求某些人的意见，但婚姻乃是她自己终身幸福所系的大事，因此她决定首先服从她自己的意愿，其他一切人的劝告不必考虑，特别是因为她是在降格以求，并不是为财为利，她的资财是她自己的，别人无权限制她或干涉她。我很钦佩这位情人儿的处世哲学以及她那种牺牲自己地位的精神，她似乎全然不以自己长得娟美为意，特别是在读到她的资财全属她一己所有一段，我更是欣喜欲狂，因此我又执笔作书，把她的庄严的情操大大称颂了番。我佯称自己对外貌的美好无动于衷，而我之所以爱她，完全基于她的心灵的美，我埋怨她不该太拘于礼教，以致使我夙夜不寐，这未免太严峻了一些。然后我又以最庄严动人的词句，表明了我的纯洁的目的。我把这封杰作封好，写好地址，差斯特拉普送去。斯特拉普想再度证实我们揣测不误，又立在门边窥望了一会。不久，他回来了，报告的情况与前次相同，此外他还说斯巴克尔[1]小姐（这是小姐的姓名）一直站在窗口向外望，看见送信人来到，立即关上窗户，表现出极其可爱的慌张，霎那间无形无踪了；无疑，她是非常渴望读到自己情郎的消息的了。

我的一切疑虑如今都烟消云散，我久已希望达到的港口终于在望；我满以为长久以来所追求的幸福，已经牢牢地掌握在我手中了。饭后，我和瓦格太尔医生两个上街闲步，走到我情人住的那一区。瓦格太尔对于哪些是有钱的人可以说是了如指掌，我就指着我们所走过的那几条街上几户大人家，问他每家主人的姓名、为人、家财多少等问题。谈着谈着就谈到了约翰·斯巴克尔爵士。他说斯巴克尔的产业可以说是没有边，但是心胸却极狭窄，膝前唯有一女，一表人材，他却把她象一只鸟儿似的关在笼子里，不许她和外人接触，由一个老媪严格监视。这老媪也许很诚实吧，也许有些嫉妒吧，也许贪得无厌吧，总之，直到现在，谁也没有能够和她搞好关系，或通过她能一亲小姐的芳泽，虽然有这个打算的每天都大有人在。人们看中小姐倒不是因为她将来可能继承她父亲的遗产，因为她母亲已故，父亲很可能再娶，生出儿子来；主要倒是因为小姐

---

[1] "斯巴克尔"（Sparkle）系"闪光"之意。

的舅舅给她留了一笔一万二千镑的遗产，这是谁也不能夺走的。瓦格太尔这话和我今早很荣幸地收到的那封信中的最后一段话，恰恰吻合，我听了大为激动，除了瓦格太尔，随便什么人都会注意到我如何动容改色的；但瓦格太尔乃是个自以为了不起的人物，一心只想着自己，别人的举止如何，与他毫不相干，除非别人的行动格外突出，他才会注意到呢。

谈着谈着，我就觉得瓦格太尔的话越来越没有味道，便脱身离开了他，回到家里，把我打听到的结果告诉了斯特拉普。这位忠实的仆人听了，竟乐得透不过气来，后来简直就乐得哭了，至于他是由于想到他自己而乐哭了的呢，还是由于想到我而乐哭了的，那我就无从判断了。次日，我收到了第三封情书，信上说了许多温存的话，间或也提到男人的诡计多端，年青人的朝三暮四，真诚之中也往往不免含有嫉妒的成份等等怀疑的话，因此她请我原谅她再多考验我一些时候，然后再走那无可反悔的一步。这些有趣的考虑就象在我爱情的火焰上加了油，使我更加迫不及待地要达到我的希望。我在复信里就加倍埋怨她不该如此冷漠，热烈地请求并逼着她约定一个会面日期。果然不到几天，她回信答应和我在那传递信件的女帽店内会面。从接到她答应会面的信到真正会面这一段时期内，我真是趾高气扬，目空一切，难以理喻，难以形容；我把和善的水仙小姐早已抛到九霄云外，一心只筹划着如何在那些心怀恶意、势利熏心的人们面前摆一摆我的架子。

最后，幸福的时刻来到了。我飞也似的跑到了约会地点，有人把我引进一间屋里，我等候了不到十分钟，就听见有绸缎衣服窸窣的声音，和下楼梯的脚步声。我心里立刻紧张起来，心跳得很快，脸上发烧，神经抖颤，两膝动摇，如醉如痴。只见门开了，先露出一条金色织锦裙子来，我跳向前去，预备拥抱我那美人儿。皇天后土！我用什么话来描写我当时的情景呢？斯巴克尔小姐一变变成了一个七十开外、满脸皱纹的老太婆了。我惊愕得哑口无言，呆若木鸡。这位老妖婆见我慌乱，便双眉愁锁，走了过来，捉住我的手，发出老鼠叫似的声昔，问我是否病了。我刚一见她，已要呕心，这会儿看了她这般妖里妖气的造作，简直要吐出来了。过了许久，我才略略镇定，和她客套了一番；最后，我重新振奋精神，向她道歉道，方才我的表情乃是突然一阵头晕病引起的。我那位白发苍苍的情人儿方才见我惶惑的样子显然很吃惊，现在听我说明缘故，便转惊为喜，作出千般媚态，活泼得象个二八妙龄的女郎。一会儿用她那昏花涌泪的老眼向我送秋波，一会儿又觉得太放肆了，装出好似害羞的样子，头一低脸一红，玩弄着扇子，然后又把头一甩，掩盖住一阵突然袭来的痉挛。然后，她又用幼儿呀呀学语的调子问了几个孩气的问题，格格地闭着嘴尽笑，怕露出一副受尽时间损害的牙齿，然后又斜着眼看我，发出可怜的叹息声，在椅子里颠来倒去，表示她腰肢灵活，此外还作出许多荒唐的动作，这些动作只有年青美貌的人作来还可以原谅。我虽然由于失望而感到极大震动，但是我的脾气是不肯冲撞爱我的人的，因此目前我就努力摆出一副好看的面孔，待我把她摆脱了以后，再毅然一刀两断，再不与此事发生任何瓜葛。因此我就说了几句客气话，特别请求她告诉我她的姓名和身份。她说她叫韦泽斯，[1]是约翰·斯巴克尔爵士独养女的保姆，她手头颇有些积蓄，足够她维持优裕的生活，有一回在教堂里看见我，我的仪表、举止给她很深刻的印象，打动了她的心，她便日夜不安起来，到处打听我是什么人，性格如何，知道我性格各方面都很可亲近，于是对我的爱情便涌上她的

---

[1] "韦泽斯"（Withers）：意谓"枯萎"。

心头，也就顾不到妇道人家的礼节，把心中强烈的爱念表白出来了．她又请我原谅她的逾越礼教的行为；她说，在一定程度上我也应负责，她说这都是不可抗拒的爱情的力量所驱使，她才这样鲁莽从事的。我就好比病体衰朽的浪荡子吞药丸子，万分无可奈何地回答了她这番恭谁话。我原想求得的是一颗珍珠，而得到的却是装珍珠的烂盒子；但是我继而一想，我何妨表面上继续和这妖婆来往，也许还可以有接近小姐的机缘。想到这里，希望又复活了。这个想法给我很大的鼓励，我的脾气也平静下来了，我的缄默也打破了，我就象一个倜傥的骑士那样谈起话来，甚至还向这位古老的娇娘表示爱情呢。她也好象非常高兴，撒开了引诱我的网子，想要更加牢固地捉住她自以为已经捕获到手的猎物。女店东端出茶点来请我们吃，她是个很有经验很有礼貌的主妇，端来茶点以后便悄悄走了，留我们两个互相亲昵。韦泽斯小姐（她还没有出嫁过）谈到结婚之事，她一举一动无不表现急于想结婚，如果她年轻五十岁，我也许可能不通过教会手续就满足她的渴望，但是照目前看来，对我既无利，也有损我的道德。老处女如果看中了一个少年郎，那他就一定会被她缠住不放；如果他一旦答应了她，那就永远脱身不得，永远要他作这作那，要不就骂他。我的任务是用各种托辞，无限期地拖延答应和她结婚，希望在此同时能够结识斯巴克尔小姐。我想，如果我和这老妖婆继续来往，她总会有一次请我到她房里去坐坐，那我就有机会和斯巴克尔小姐交谈了。想到这里，我对前途还不是完全绝望，反而充满了喜悦。我的心花开放了，对着这位快要腐烂的保姆有说有笑，欢乐无涯，并且非常虔诚地吻了她那干瘪的手。她自庆走运，乐得忘其所以，就象一只雌老虎似的扑到我身上，直用那皮包骨的嘴唇亲我的嘴唇。也是她那倒霉鬼活该如此，她早上吃了一大头大蒜

（我猜是因为怕放屁），[1] 这时突然起了作用，打出个大嗝来，我虽然饱经世故，天性得到磨练，但也还是经不住这样的震动，因而就发起火来。我的耐性全消失了，我也顾不得仔细考虑，便立刻挣脱了她，抓起帽子和手杖，就往楼下跑，好象后面有鬼追赶似的；我的肚子受到那香味的严重侵袭，很不受用，直在痉挛，简直无法制止。斯特拉普一直在等待我，等得正不耐烦，见我来得如此慌张失措，吓得动也不动，也不敢问我缘故。

我漱了不止一次口，喝了一杯酒恢复了精神，才把发生的事情详详细细对斯特拉普说了；他听了，半晌答不出话来，只把眼睛向上吊着，两手攥在一起，发出低沉的呻吟之声。最后他才用愁闷的声调说道，太可惜了，怎么我的嘴这样娇嫩，连大蒜的气味都受不住。他又说，"咳，上帝保佑，别说大蒜气味，什么东西的气味也不会引起我任何不安之感，看，这就是当鞋匠儿子的好处。"我连忙回答说，"那我倒希望你去收拾我的残局吧。"他一听吓了一跳，勉强笑笑，摇着头走了出去。究竟老太太是因为我突然走掉而生气，因此变爱慕为卑弃呢，还是因为自愧风烛残年，羞于见我，我不得而知，不过总而言之，从此以后我再也没有受到她的恋情的纠缠了。

---

[1] 大蒜能助消化。

第十五章

我和两位贵族交上了朋友——引见斯触特威尔[1] 伯爵——他的善意的诺言和邀请——他的门房和当差的态度——他异常亲昵地接待我——答应替我在部长面前去疏通——他告诉我事情已成功，祝我幸福——他谈到"时髦风尚的品评家"彼特罗纽斯[2] ——他爱上了我的表，我再三求他收下——我把一只钻石戒指赠给斯特拉德尔[3] 少爷——我把我的好运气告诉了斯特拉普和班特，他们说我受骗了，我极度苦恼。

到此为止，我的结婚计划节节失利，我开始怀疑我是否有本领学得会猎取金钱这门科学，我就想还是在政府里找个差使干干吧。因此，我就结交了两位贵族少爷，一位叫斯特拉德尔，一位叫斯维尔帕特，[4] 他俩的父亲在朝廷都有些势力。这两位贵族少爷很高兴我去趋奉他们，我陪伴着他们半夜里东蹓西逛，一块儿在酒馆里吃

---

[1] "斯触特威尔"（Strutwell）：意谓"高视阔步"，表示虚伪。
[2] 彼特罗纽斯（Petronius）：据说是公元一世纪罗马皇帝尼禄朝廷中的廷臣，并写过一部描写意大利南部"上层"、富有阶级荒淫生活的小说。
[3] "斯特拉德尔"（Straddle）：意谓"骑跨"，亦即声色犬马之意。
[4] "斯维尔帕特"（Swillpot）：意谓"贪杯之徒"。

饭，我很荣幸地给他们付帐。

　　一天，他们都说非常愿意和我交朋友。我抓住这个机会，表示希望能得到个挂名差使什么的，希望他们能替我说项。斯维尔帕特攥住我的手说，上帝作证，这事包在他身上了。那一个也说，能替我办点事，他极其引为自豪。他们的话给我很大鼓舞，我便仗着胆表示希望他们能引我去见见他们的父亲，他们的父亲一定马上能替我把事情办到。斯维尔帕特很坦率地对我说，他和他父亲已经有整整三年没说过话了；斯特拉德尔则说，他的父亲最近在贵族院里，在一张抗议书上签了名，得罪了部长，目前无法替他的朋友们尽什么力量，不过他又说，他愿意引我去拜见斯触特威尔伯爵，这位伯爵与某某极有权势的人物是莫逆之交。我再三感谢他的盛意，并步步逼紧。他虽千方百计想逃避，最后不得不实践诺言，果真带我去伯爵家赴朝会。[1] 到了之后，他叫我呆在一大群寻求门路的人那边，当差把他领进一间内室去和伯爵谈话；不到几分钟，他和伯爵从内室出来，伯爵过来牵着我的手说，他一定尽他能力替我效劳，并说希望能常见我。他如此接待，我感觉不胜光彩，虽然也听说过朝廷里的人说的话不足为凭，但是我从这位伯爵的脸上看出他性情温柔坦率，毫不怀疑他一定会加意照顾我的。因此，我决定利用他对我的邀请，在第二次他接见宾客的日期去拜见他。他见了我，露出一副异乎寻常的笑容，捏着我的手，低声对我说，等他有工夫的时候，他想和我密谈半小时，问我是否明天早上能来和他一块喝一杯巧克力茶。他这一邀请大大引起了我的虚荣心和希望，我特意记在心里，好去赴约。到约定时候，我来到了他的府邸，叩门，门上人把门闩卸下，却只把门开了一半，把身体堵在这条门缝里，象

---

[1] 贵族上午接见宾客之谓。

堵住缺口的兵士，不让我通过。我问他，他家老爷可起来了。他绷着脸回答道："没有。"我说："他平常什么时候起床？"他说："有时候早，有时候晚。"说着就慢慢地要把门掩上。我对他说，我是他家老爷亲自约请来的，这位看家狗听了说道，"老爷没有传下话来。"说着又要把我关在门外；正在这时，我忽然想起来了，塞了五个先令在他手里，劳他大驾上去问一声伯爵老爷是否已经起来了。这位板面孔的门房一摸着钱便温和了些，但是就象个税官似的，收钱乃是理所当然，连个谢字都没有。他把我带进客厅，对我说，"你就在这儿消遣消遣吧，老爷还不知道什么时候才醒呢。"我坐下不到十分钟，进来了一个跟班的，一句话不说，用眼睛死盯住我，看他的意思好象是说，"先生，请问您到此有何贵干？"我便把我方才问门房的话也问了他一遍。跟班的回答和门房一模一样。我再要往下问，他已走了。过了不大一会儿，他又回来了，装着来通火的样子，又仔仔细细把我打量了一番。我渐渐明白了他的来意，赏了他两个半先令，请他想个办法通知伯爵老爷，我已经到了。他深深鞠了一躬，说道："是。"说完又走了。我的赏钱没有白给，转眼工夫他又来了，把我领进一间内室，伯爵老爷在这里非常和蔼亲昵地接待我。原来他刚刚起床，穿着一件长袍，脚上穿着拖鞋，正要吃早饭。早饭吃过，他和我亲密交谈，仔细问我到什么地方游历过，在国外有些什么见闻，并就我所知道的一切考了我一遍。我的回答似乎都能令他满意，他还不时捏我的手，直看我，那高兴的样子有些特别。他叫我放心，他一定会替我到部里去说项的。他说，"有你这样资历的年轻人，任何一个政府都应该视若瑰宝。就我本人来说，我就没有见过几个有才有德的人，因此我就立下了这么个座右铭：只要看到略有才德的人，我必尽我力之所及去鼓励他。你在德才两方面都很出色，如果我估计不差，有一天你一定会功成名就。但你也不可性急，要登上成功的峰顶，须一步一步走，常言说的好：'罗马不是一天盖起来的。'你不是懂许多外国话吗？到我们驻外国的大使馆当个秘书，怎么样哇？"我连忙告诉伯爵老爷，这是最合意不过的了。他说，那我放心，事情成了，他心目中正好有这么个差使。他这么慷慨，真令我感动极了，半晌说不出一句感谢的话，最后好容易才迸出了几句话，承认自己才疏德浅，而他老人家实在是恩泽无边。伯爵如此好心，我甚至情不自禁地落下泪来，他见我落泪，便一把抱住了我，用力搂我、吻我，就象慈父一样。他对我这样一个客人如此亲昵，颇使我惶惑不解。我红着脸半晌说不出话来。又呆了一会儿，我起身告辞。他说，他当天就去找部长替我说项，还说，以后不必在朝会的时候来见他了，太麻烦，最好是象今天早上他有工夫的这种时候来见他，换句话说，每星期可以有三次，希望我每回都来。

我虽然现在有充分的把握，但是决定不对任何人透露我的希望，甚至对斯特拉普也无例外。要等确实成功在望，我才肯透露；同时我决定在伯爵面前仍继续不断地催促。我第二次又去拜见伯爵的时候，好象有谁使了个妖法，大门不叩自开，我便径向伯爵屋子走去；半路上遇见伯爵的贴身仆人，他气愤愤地望了我几眼，我也不懂这是什么意思。伯爵正在屋子门口迎候我，见了我立即亲昵地拥抱我，向我庆贺，说是首相已经说通了，本来还有两位贵族推荐两个人，但首相却决定录用伯爵推荐的人。伯爵又说，首相已经肯定答应派我为驻外某使馆的秘书，几星期内即可随全权大使出发，交涉一件与全国有莫大关系的重要事务。天下竟然有这样好的运气，我真是乐呆了，一句话也回答不出，扑通跪倒在地，想去吻伯爵的手。他连忙制止我，把我搀起来，紧紧地搂在他胸前，感情激动得有些出奇。他说，让我飞黄腾达，这已经是他的责任了。他对他自己赐予我的恩典，似乎毫不介意，把话题一扯扯到别的问题上去，这一点使我感到我得到的好处更足珍贵了。我们谈着谈着，谈到了作文章上去。伯爵的见解表明他对此道既能鉴赏，又且渊博，对古之作者历历如数家珍。他从怀里摸出一本书来，说道，"这本书写得非常隽永精到，一些迂阔之辈自然会反对书中的内容，但是博学的才子是会永远珍爱它的。"他说着便把书递给我，我接过一看，是彼特罗纽斯的作品。他问我对于彼特罗纽斯的才华、文笔有什么意见。我说，依我管见看来，他的文笔流畅生动，但写的东西却是荒淫邪乱的，凡讲究道德风趣的人都应排斥他。伯爵答道，"他爱谈男色，这一点大家都是不赞成的，我们的法律因此也禁止南风。但是这其中的缘故也许多半因为偏见与误解，没有经过真正理智的考虑。最杰出的古人据说也不免有这种嗜好；古人中最明智的立法家也允许人们在他的国度里在这方面有所放纵；最有名的诗人也都乐此而不以为意；在今天不仅东方各国，此道无不通行，即以欧洲而论，多数国家也皆有之；在我们本国，此风日渐增长，我看不久即将蔚为风气，怕要比那寻常的通奸恶习更为时髦呢。这件事有它可取的一面，尽管法律从严惩治，但必须承认，这种情欲的实践并不给社会带来什么恶果和负担，反之，一般男女通奸则必然会产生一批一批无人照管的可怜的私生子，这些私生子不是被父母弄死，就是被弃置不顾，忍饥挨饿，要不就长大成为社会的蠹虫。此外，此风一开，多少少女可以免受蹂躏，多少好人家的妻室可以不必沦为娼妓，更不必说对人的健康的好处了。满足这种情欲，对于身体无大伤害，而通常男女之事，就会毁坏我们青年男子的健康，所生子息即会又弱又小，以致一代不如一代。最后，我听说还有一个好处，比以上所说的好处都大，那就是说，人们所以耽于此道，乃因事成之后，其乐无涯。"

我听了伯爵这一席话，心里想，这恐怕是伯爵知道我到外国游历过，可能沾染上这种荒唐卑鄙的嗜好，所以用这方法来试探我对这问题的看法。由这一假想出发，我热烈地驳斥了这种嗜好，认为这种欲望是违反自然的、荒谬的、危害性很大的，并且引了一段诗来表明我的卑弃厌恶的态度：

> 谁把这坏风习接嫁到英国土地，
> 这业障，定叫他臭名万年遗。
> 这勾当违常理、反自然，
> 毒害了夫妻的和好，玷污了男儿汉。

伯爵见我如此气愤，微笑道，我的意见和他的意见完全一致，他很高兴；又说，方才他所说的话无非是想激起我对这问题表示意见，他对我的意见表示完全满意。

我和伯爵谈了很久，偶尔取出表来看看时间，好安排我下一步的行动，伯爵看见了我的表的雕花表壳，想看看刻的是什么花，刻工是否精巧，他看过之后，颇为赞赏。我心想，我有今天，全靠伯爵的栽培，我如果想表示一下我的感戴之情，还有比现在更好的机会吗？我便求他赏我个面子，把这表收下，借此对伯爵的大恩聊表谢意。伯爵断然拒绝，并且责备我不该把他当作贪财之辈，同时他却又说，这只表的做工的确精美非凡，问我什么地方再能买着这样一只表。我连连道歉，口称冒昧，我求他把我的话看作是出于对他的无限尊敬；然后回答道，这只表是我在法国偶尔得来的，所以不知表工是谁，壳里也没有刻着表工的姓名；然后我再一次恳求他俯允代我用着吧。他依旧坚决加以拒绝，但对我的慷慨表示感谢；他说这样一件礼物，任何贵族收下，也不会丧失体面的。他说他和我之间已建立起特殊的友谊，所以他决不容许我们之间存在任何利害关系；又说，如果我愿意脱手，我一定得把价钱告诉他，他至少可以偿付表价，以免我受损失。但是我对他老人家说，他老人家不必多说了，把表拿去用吧，这就是对我格外赏脸，格外抬举了。他最后总算依从了我的请求，把表放进了他的口袋，我感觉非常满意。我当即告辞，他亲善地捏了捏我，说道一切都包在他身上了。

我受到这样的接待，颇觉轻飘飘的，心花也开放了。我赏了众当差一个几尼，让他们去分。他们把我护送到门口，我便飞也似的跑到斯特拉德尔少爷住处，逼着他收下我一只钻石戒指，以表我对他的帮助的谢意。我又从他那里急急忙忙回到家里，想把我的好运气告诉斯特拉普，好叫他也乐一乐。但是为了吊一吊他的胃口，我决定先给他点苦味尝尝，然后把好消息告诉他，他一定加倍快活。因此，我便装出垂头丧气、愁容满脸的样子，劈头就说我把表和钻石戒指丢了。这一类的消息已经快把他折磨出痨病来了，他听了我的话，简直不能控制自己，好象疯病发作了似的，哭道："我的老天爷啊！"这出戏我演不下去了，面对着他哈哈大笑，把上文交代的事情一一都对他说了。他脸上的表情立刻松弛下来，高兴得流出了眼泪，把斯触特威尔伯爵叫作"宝贝"、"凤凰"、"奇人"等等好听的名词儿，赞美上帝还在我们的贵族当中留下几个有道德的人。我们两个互相庆贺着，又开始遐想将来的幸福日子，想到我们将会如何步步高升，最后我如何登上首相的高位，他又如何作我的一等秘书。

我一路陶醉在这样的念头之中，就到了饭馆。在饭馆里，我遇见班特。班特是我的知己，我把这件事全都对他说了，最后还说，我一旦飞黄腾达，一定报答他对我的帮助。他非常耐心地听我把话说完，然后用卑视的眼光看了我好一会儿，说道，"那么说，你以为事情已经成了？”我说，“不成也差不多了。”他说，“最有效的成事办法就是——去上吊吧！假如我也是你这样一个傻货，竟然跟斯触特威尔和斯特拉德尔这么两个大流氓打交道，那我就二话不说，自己去吊死算了。”我听了此话，大吃一惊，不懂是什么意思，要求他解释。他说道，斯特拉德尔乃是个没出息的坏蛋，专靠借债和给其他贵族拉纤为生，所以他才把我介绍给斯触特威尔；斯触特威尔专门搞同性爱，已经是臭名远扬的了，怎么我居然会没有听说过。他又说，斯触特威尔才不会给我找着什么差使呢，在朝廷里他一点儿威望都没有，他就想一年一度推荐个告老的听差到海关厘卡上去当个差也都办不到；平常日子他的消遣就是派出一批走狗去给他搜人，搜来以后他就封官许愿，叫他们高兴，就象他对待我那样，最后把他们身上的现款、一切值钱的东西，有时甚至包括他们的童贞，都剥去，由他们去挨饿、受人耻笑，他都不管；他也不给仆人工钱，仆人们全要靠自己勤奋，从受骗人身上榨些油水，这就是他们的工钱了；他对待我的那种行为，一举一动，都十二分地明显；稍微懂得点人情世故的人，决不会受他那些花言巧语欺骗的。

我听了这席话之后，感觉上是个什么滋味，看官自己去判断吧。我从希望的高峰跌落到失望的深渊，真想听从班特的劝告去自缢，结束自己的悲痛。班特的话句句属实，这是无庸置疑的，因为我回想起来，斯触特威尔的一举一动都和班特所描绘的性格完全符合，他拥抱我，捏我的手，热切地看我，这些都有了解释；他捍卫彼特罗纽斯，他的贴身仆人由于嫉妒而对我皱眉（他想必曾经当过他老爷的情欲的对象），这些也得到了解释了。

第十六章

我想收复我的表和钻石戒指，但是没有成功——我决定用硬逼的办法对斯触特威尔进行报复——我花剩了最后一个几尼——我不得不把我的窘况告诉斯特拉普，他听了险些要发疯——我不得不把我最好的一把宝剑当了，维持眼前生活——当的钱不多，很快用罄，穷得不知怎么办才好——班特劝我去赌钱，我的赌运却意外的好——斯特拉普喜极了——葛奇太太来拜访我，对我表示忏悔，求我帮助她——我通过她，出了一口气，后来又调解了她和她父亲之间的关系。

我当时狼狈得简直不知道怎样回答班特才好。他非常气愤地责备我，说我不该把金表、戒指浪费在流氓身上，如果变卖成现款，足够一个上等人维持好几个月的生活，此外还可以资助朋友。我虽然当时难过得有些发昏，但是对于他为什么这么表示关心还是很快就猜透了，所以对他的责备不作答复，悄悄独自一个走了，开始自己盘算怎样才能收复我那样愚蠢地丧失了的财物。我当时想，如果我去强夺回来，也算不得是抢劫，但是总有被发觉的危险，同时这种机会也不可得。于是我便决定使用手腕，来达到目的。我立刻到斯特拉德尔住处去找他。运气不错，果然把他找着，我对他说，"斯特拉德尔少爷，我方才忽然想起我那天呈献给您的那只钻石戒指，框子有点松；现在刚从巴黎来了个青年匠人，据说是欧洲第一把镶珠宝的好手，我在法国就认识他，您如肯惠允，我就把戒指带去叫他整好如何。"他老人家却不肯堕入我的圈套；他谢过我的好意，对我说，他自己也发现戒指有此毛病，已经送到他自己熟识的珠宝店里修理去了。这话我也相信，这时候这只戒指也该送到珠宝店去了，但是送去当然不是为修理，因为这戒指并不需要修理。[1]

我的计策受到了挫折，便咒骂我自己脑筋太简单，决心想个更有把握的办法去对付伯爵。我的办法是这样的：我想再和他象以前那样亲密来往，他一定不会拒绝，然后设法把表再弄到手里，假意玩弄它，或上上发条，故意失手把它摔在地上，这样我就可以有个机会硬求他让我拿去修理，拿走以后，我就不忙着给他拿回来了。但可惜的是，这么一条好计却找不到实现的机会！当我再去拜见伯爵的时候，和以往一样，门上不加阻拦，我直趋客厅等候；但是等了一会儿之后，伯爵的贴身当差走了进来，说伯爵向我问候，请我明天早晨朝会的时候再来见他，他老人家现在很不舒服，不能见客。我认为这是个坏兆头，一路出来，一路骂伯爵耍官腔，想到自己受人家的明欺，又恨不得打自己一顿。但是我遭受到损失，总得找到些弥补才行，我便于次日朝会时间，紧紧逼着他，连续不断恳求他，总希望我费了这样大的力气，不要仅仅只叫他感觉不安才好。但是整个一早上我没有机会再和他单独谈一次话。我也没有勇气把真实情况告诉斯特拉普；近来斯特拉普的神气就象一把磨快了

---

[1] 变卖成现款使用了。

的刀子，发着急躁不安的光芒，我每次从外面回来，他那双眼睛就热切地注视着我，好象要把我吞进去似的。

但是最后我的钱只花剩了一个几尼了，迫不得已，只好把我的贫困情况告诉斯特拉普。当然在我的苦话里面我也设法掺进一点甜头，我说伯爵每天都对我说事情是有把握的。但是这些空话，效力并不大，不足以使斯特拉普精神振奋起来。他听说我的钱已经花得差不多了，很可怕地呻吟了一声，说道："天啊，这可怎么办呢？"我安慰他道，我有许多朋友，处境还不如我们，但是还照样能维持上等人的身份，他应当感谢上帝没有让我们背上一身债，岂不是便宜了我们。我建议把我一把嵌金刚钻剑当了，其余的事统由我来斟酌办理。我这办法对斯特拉普来说，简直象是黄连苦草，虽然他对我的感情是不可动摇的，但是他对什么叫节俭、什么叫浪费的观念，由于所受教育的关系，还是很狭隘的。虽然如此，他还是同意我的办法，霎那之间就去当来了七个几尼。钱数虽然微不足道，眼前总算不发愁了，银行里存着五百镑的心情也不过如是。我现在已经学会了一套本领，只顾眼前，不想明朝；即使眼看就要饿饭，也不在意。事实上，我当前的处境离饿饭的程度比我想象的要近得多了。我的房东想到要钱使唤，提醒我说，我已经拖欠他五个几尼的房金，他现在正要凑一笔钱，请我原谅他来向我逼帐，求我把房金清算了吧。我毫不在乎地把房金付了，他写了收据。我带着卑视愤懑的神气对他说，看样子他是逼着我搬家呢。斯特拉普站在旁边，知道我的境况，暗暗拧手，咬着下嘴唇，沮丧得脸色都发黄了。我的虚荣心主使我摆出一副漠然的态度，但是房东提出的要求对我实际上是个很大的打击。我满足了他的要求之后，马上出门去找朋友，想在谈话中把忧虑忘却，或共饮一杯，借酒浇愁。

吃过饭，在咖啡店里就有一帮人组织了起来，一同到酒馆去。

大家饮酒作乐，唯独我忧心忡忡，就象地狱里被诅咒的灵魂瞥见天堂时的心情一样。我一大杯一大杯地喝着酒，但是酒在我身上不起作用，不仅不能鼓起我低落的情绪，连催眠的作用都没有。除了斯特拉普之外，班特此时是我唯一的心腹朋友，他见我那样焦虑，在散场之后便责备我心胸太狭小，会让斯触特威尔这么个流氓弄得这么沮丧失望。我说，为什么斯触特威尔是个流氓，我的忧愁就应该减轻点呢？我又告诉他，我当前的忧闷并非由于上当，而是由于我的资财已经降落到低潮，手头的钱已经不到两个几尼了。他听了说道，"咳，就是这点缘故吗？"他又接着说道，没有资财也可以在伦敦城里找着成千上百的谋生之计，他自己就光靠聪明混了好多年了。我表示热烈希望他在成千上百条计策之中选几条告诉我，他不多讲话，叫我跟他走。他把我一领领到修道院花园[1]廊下一家门口。进了门，有个绷着脸的家伙站在楼梯口，要我们解下剑来交给他。我们上了楼，只见有一大群人，围着两张赌桌站着，上面堆着相当多的金币、银币。班特对我说，这房子的主人是位苏格兰贵族，他利用贵族特权，开了这个公开的赌场，他靠收利，过着很舒服的生活。他又向我解释什么叫"庄家"，什么叫"押家"，他把"庄家"都说成是老骗子，把"押家"都说成是傻瓜。他劝我先到"银桌"[2]上一次押五先令试试运气。我在没有冒险押注之前，更加仔细地打量了在场的众人，每个人都是一副恶棍的嘴脸，我看了真是又骇怕又惊奇。我把我的心情向班特表示了，他轻轻在我耳边说道，这些人大部分都是骗子、大路上的强盗、学徒之辈，这些学徒骗了老板的现款到这里来孤注一掷，希图赢了钱弥补不足。我听

---

[1] 伦敦一个花果菜市的名字。
[2] 以银币为赌注单位。

他这么一说，凉了半截，不愿把我的小小数目拿出来冒险，但是班特百般唆使，并安慰我说不必怕别人欺骗，赌场老板雇有专人，专看是否有人欺骗别人，决不让任何人吃亏。我开始先押一个先令，不到一点钟就赢了三十先令。这时我完全相信赌法是公道的，赢了钱，劲头也大了，不必别人敦促，我自动就继续赌下去了。班特身上很少带钱，我就借给他一几尼，他拿着钱到了"金桌"，[1]不消一会儿就把钱输了。他还想借一几尼，讲了许多理由，我都充耳不闻，他就赌气走了。我这时已经赢了六几尼了；赢得愈多就愈是想赢，我便换到"金桌"去赌，每次押半几尼。我的手气一直很好，竟做起"庄家"来了。我做庄一直做到大天光；这时经过多次胜负，口袋里已经装有一百五十几尼了。

我觉得现在该带着赢得的钱退场了，就问谁愿意接着我做庄，并站起身来。这时有个法国西南来的老头子（我从他手里赢过一点钱）怒目起立，用法国西南方言喊道，"呔，别走，别走，你得让我把钱赢回来才行。"同时，坐在他旁边有个犹太人，讽言道，我赢钱不是靠运气，靠的是捣鬼，他看见我老用手在牌桌上抹来抹去，有时候分的牌滑腻得很。他这一说不要紧，引得众人纷纷对我吵喊，输家吵得特别凶，骂我，恐吓我，说是要把我当骗子去告一状，只除非我愿意把我赢的钱大部分赔出来，才能平息群忿。大家对我责难，我当然感觉很不舒服，但是我自知并未捣鬼，因此有恃无恐，反过来恐吓那犹太人，说他败坏我的名誉，并且理直气壮地说，我敢在随便哪个西敏寺[2]的法官面前去递状子，请他检查。那些人知道自己是见不得官的，不敢告状，而且见我不怕恐吓、不

---

[1] 以金币为赌注，几尼是金币单位。
[2] 英国政权所在地。

肯让步，也就不提告状的话了，让出路来让我退席。但是我一定要那犹太人把污蔑我的话收回去，当众向我道歉之后，才从牌桌上退下。

我满载着胜利品扬长而去，不料走路不小心，误踏着一个汉子的脚趾。那汉子身体高大，瘦骨嶙峋，一弯鹰钩鼻子，两眼凶气，眉毛又黑又浓，头戴一顶黑色单辫假发，一顶大得怕人的帽子低低地压在前额上，站在众人中间啃着自己的手指头。他感觉我的鞋跟踩着了他，立刻高声吼叫道，"好个婊子养的，该死东西，这是干吗？"我连忙非常客气地向他道歉，连说我完全没有要踩痛他的意思。我越客气，他的脾气来得越大，坚持要按上等人的规矩^[1]解决纠纷；一面又象个卖鱼婆似的用极其肮脏的话骂我，使我无法忍受，我也发作起来，并且还骂，向他挑战，要他跟我到市场里来。我一生气，他的脾气倒冷下来了，他拒绝了我的邀请，推说现在不高兴和我决斗，一面嘟嘟囔囔地恐吓着我，走回牌桌去了。我既不怕他的恐吓，也没听清楚他嘟囔些什么，迈着方步，大模大样走下了楼，从看门人手里接过我的宝剑，按照这地方的规矩赏了他一个几尼，兴高采烈地回家去了。

我的仆人斯特拉普一夜没睡，等我回去，为我的缘故，他整夜不安。他开了门让我进去，我见他脸上淌满了眼泪，一直跟我到我的卧房，站在一边，一语不发，就象个判了罪的囚徒，满以为我这番回来，一定宣布钱都花光了，一个先令不剩。我猜透了他的心事，便也装出一副赌气的样子，叫他去给我打水来洗脸。他头也不抬地回答道，"依我管见，你还是休息的好，我看你总该有一天一夜没睡了吧。"我又用命令的口吻说，"给我打水来！"他耸耸肩膀

---

[1] 按即决斗。

蹭了出去。我没有等他回来，就将赢得的钱非常醒目地全部摊在桌上。他回来一看吓呆了，就象中了魔一样，频频用手去擦眼睛，不晓得自己是作梦呢，还是醒着呢，半晌他才开口说道，"上帝可怜我们！这么一大堆宝物！"我说，"斯特拉普，这都是咱们俩的，拿点钱去，马上把宝剑赎出来。"他向桌边走过来，走了一半又停住了，一会儿看看钱，一会儿看看我，一张脸就象疯人的脸，又高兴，又将信将疑。他说，"这钱的来路应该是光明正大的吧。"为了消除他的疑虑，我把我赌钱获胜的经过全部对他说了，他听了不觉手舞足蹈，围着房间狂跳起来，喊道，"感谢上帝，是块白石头！[1] 感谢上帝，是块白石头！"我深怕我们突然时来运转，把他的脑袋冲昏了，深怕他高兴得发起疯来，为此我十分耽心，向他讲道理，希望他摆脱疯魔；但是我随便怎样努力，都归无效，我说什么，他都听不见，只管在屋里蹿来跳去，嘴里狂喊着："感谢上帝，是块白石头！"最后我万分无奈，只得站起来，猛力抓住他，把他捺在屋里一张榻床上，制止了他的狂病。他这时才如大梦初醒，见我动武，大吃一惊，喊道，"这是怎么回事？"我把他使我耽心的情况对他说了，他颇觉羞愧，觉得不该如此狂喜。他解嘲地对我说道，他之所以提到白石头，乃是引证罗马人凡遇吉日都用白石在日历上标出来的典故。

我当时并不想睡，把现款锁起，穿好衣服，正要出门，忽然房东的仆人来说，门外有位妇人想和我说句话。我一听吃了一惊，就叫斯特拉普把她请上楼来，不到一分钟，进来了一个年青妇女，穿着一身破旧衣服，给我道了五六个万福，抽抽咽咽地哭了起来，口

---

[1] 罗马风俗，吉日用白石（白垩）标出，凶日用黑石标出。白石因此表示"庆祝"、"喜事"。见下。

称自己是葛奇太太。我一听，立刻认出这便是当初的拉甫芒小姐了，我遇到的倒霉事全是从她开始的，因此我有充分理由仇恨她，但是看她眼前如此落魄的样子，又不免有些心软，便对她说，她如今落到这般贫困地步，我很为她难过；我请她坐下，叫她把她的情况详细对我说说。她当即跪倒在地，求我饶恕她当初作出对不起我的事，并指着上帝发誓说，当初她全是听了丈夫葛奇的请求，违背了自己的本意，被迫干了那魔鬼的阴谋，使我险些丧了性命；因为她丈夫和她结了婚，她的公公就和她丈夫断绝了父子关系，她丈夫挣的钱，养不活一家人，就把她寄养在她父亲家里，自己跟着军队到了德国，在德汀根战役当中作战不力，从军队上开除了下来，从此就没有听到他的消息。她又带着忏悔的神情告诉我说，她和葛奇结婚以后，不幸到了第四个月就生了个孩子，她的父母大怒，把她连同孩子一起赶出了门，孩子不久就死了，她自己就专靠恳求几个朋友过日子，一直维持到现在；日子过得很苦，这几个朋友，现在也不愿意施舍了，第二天的生活何处去觅，怎样去觅，她全无把握；在这种不得已的情况下她只好来求我，而我在世人中间是最没理由要帮助她的了。她说，她把希望寄托在我的为人慷慨上面，她陷害过我；这时正是我报仇的好机会，只是她希望我用那最高尚的手段[1]来报仇。我听了她一席话，很受感动，我也没有理由可以怀疑她的悔恨是不真诚的，因此把她扶起，完全原谅了她过去的一切，并答应她尽我能力来帮助她。

自从我这次回到伦敦以后，我从来没去找过拉甫芒先生，因为我认为当初的圈套设得非常周密，我的罪名在他面前是无法洗刷的。不错，斯特拉普倒是在龚国堂老师面前费了很多力气替我开

---

[1] 意谓用赒济的方式。

脱，但是他非但没有成功，而且龚国堂还完全和他割断了来往，因为斯特拉普不愿和我断绝关系。我认为要恢复我的名誉，现在是最好不过的时机了，因此我便和葛奇太太约定，如果她要我给她任何帮助，她必须先还我一个公道，把我的名誉洗刷干净，要她去当着官宣誓，把当时如何策划阴谋陷害我的经过全部解释清楚才行。她果然照着我的指示办了，我送了她五个几尼，这个数目远远超过了她的希望，她接过钱去，简直不敢相信自己的五官双手了，恨不得把我当个大慈大悲的菩萨来膜拜。那份声明书由她亲自签了字，我就寄给了她的父亲，她的父亲又把当时诬赖我的情况回顾了一遍，比较了一番，也就确信我为人是正直的了。第二天他来拜访我。在拜访我之前，他把我的声辩告诉了龚国堂，龚国堂也陪他一同来拜访我。我们彼此寒暄之后，拉甫芒先生说，他过去待我太不公平了，并且讲了半天道歉的话，我见他滔滔不绝，很费气力，连忙打断他，并对他说，我对他毫无仇恨之意，相反，当时可疑之处似乎凿凿有据，对我非常不利，而他居然让我逃跑了，这表明他待我非常宽大，我倒要感谢他呢。龚国堂觉得这回该他说话了，便说道，蓝登先生非常坦率、懂道理，决不会见怪，考虑当时全部情况，凡是心地正直的人也只可能象他们那样办事。他又说："不错，如果当时有什么天神向我们戳穿那阴谋，有什么地上的仙人向我们耳器，或者给我们托个梦，或者什么天使下凡来告诉我们，我们就不致于光相信自己所见所闻，而铸下大错；但是事实上，我们都是凡人，两眼蒙在雾里，要我们不受蒙蔽，那就太奢望了。蓝登先生，请你相信，世界上没有一个人会比我更会为你名誉的恢复而感到高兴的了。关于你的不幸的遭遇的消息，我当初听了，痛苦得肠子都要断了；今天水落石出，你确是清白无辜，我知道了以后，快活得横膈膜都直在跳跃。"我谢过他对我的关注，要求他们在他们的朋友面前，凡是严厉责备过我的，都要解释一番；我又请拉甫芒喝过一杯酒，把他女儿的凄惨情况告诉了他，替她讲情，拉甫芒答应每年给她一笔钱，直到她逝世为止；至于把她接回家去，我怎么说，他也不肯，因为她母亲气得很，今生都不愿再见她了。

第十七章

这件事圆满结束以后，我感觉十分舒畅。我把赌钱看作是缺钱的上等人唯一可靠的收入来源，我的生活也就比以往更加放纵起来。虽然我的衣服还不能算旧，但是我穿着已感觉很寒伧，一天到晚只穿这几套，任何人都知道我一共有几套衣服了。因此我就把我大部分衣服半价变卖给蒙玛斯街一个商人，用这笔钱买了两套新衣服。我很愚蠢地送给斯触特威尔的那只表是没有希望收回的了，所以我就又买了一只素底金表。我还继续到斯触特威尔府上去赴朝会，但是那位大使后来也出发上任去了，带的是他自己遴选的秘书。看样子我是没有希望了，因此不妨骂骂伯爵，于是写了一封信，在信里我畅所欲言，骂他不该和我开玩笑，让我空欢喜一场，而实际上他既无力量也无心愿给我找什么差使。我对斯特拉德尔也很坦白，把他找来当面责备了他一通，骂他不该

---

[1] 本章正文中作"少尉"。

在我面前隐瞒斯触特威尔的真正面貌；我说我可以毫不犹疑地说，斯触特威尔无论在哪一方面都是无耻之尤。斯特拉德尔见我如此大胆，似乎很生气，讲了半天他自己怎样是个有地位、有荣誉的人，并且把他自己和我比较了一下，显然是说我不如他，我便很愤怒地要求他解释，但是他很无耻，竟躲躲闪闪说了一阵，而且还修正他刚说的话；我一气之下就走了，对他这种行为感觉非常可鄙。

约莫就在这时候，班特见我的衣着、嗜好突然改变，就非常仔细地打听其中的缘故，我想我最好不把真实情况告诉他，免得他借口说，多亏他献了赌钱之计，我的钱口袋才充实起来，因而就有理由随便花我的钱了。我只对他说，我从乡下一个亲戚处得了一小笔支援，这位亲戚同时还答应我运用他广大的神通去给我谋一职位，可以使我终生受用不尽呢。班特听了便道："既然如此，即使还有另外的发财之道，我看你也不愿去受那份罪了吧？我有个亲戚，她有个女儿，身体很坏、很虚弱，她们想下礼拜到巴斯温泉去，去喝点矿泉水恢复她的健康。这姑娘的父亲过去是和土耳其做买卖的，很有钱，大约一年以前故去了，留下了两万镑遗产给女儿，暂时由她母亲独自掌管。我和她母亲是亲戚，我自己也很想吃这块肥肉，但是目下我和老太太关系搞破裂了。前些时候我曾向老太太借过一小笔钱，我似乎答应过她，到某某日期我一定偿还，我是估计到时候乡下有一笔钱来，拿来还她；不料日子到了，乡下的钱没有来，所以就没能够还钱，她就写了封信给我，措词非常强硬，恐吓我说，若不立刻还钱，她就要逮捕我。她这种毫无情面的态度使我很生气，我也回了一封十分严厉的回信，她看了大怒，果然告了我一状。我看事情发展得严重了，就找了个朋友给我垫了一笔款，还了债，并且去到她家，大骂她一顿，说她这种作法太不够交情。她听了我的责难，越发恼怒，也骂起我来。她那小丑丫头也跟着她母亲出言不逊，泼口大骂，我只得退却。从她们使用的词汇看来，很明显我既不必希望母亲器重我，也不必希望女儿对我有什么好感了。她们母女两个对于人情世故是一窍不通的，如果我不给那女儿想点办法，我敢保准，到了巴斯就会让什么流氓给骗去完事。蓝登，你长得很漂亮，你也会摆庄重的姿态，象个奎克派[1]教友。你如果肯在你结婚半年以后贷我五百镑，我可以教你一套办法，不管有多少情敌，准能把她弄到手。"

他的建议对我太有利了，决不能拒绝，我们当即立好借据，签了字；班特告诉我驿车出发的时刻，是哪一辆驿车，我就定了一个位子，又给斯特拉普雇了一匹马；斯特拉普听到有这样好事，高兴得不得了。我们就这样出发了。

我们上车的时候，天还没亮，呆了好久我都没有看见斯那泼[2]小姐的模样（斯那泼就是我那情人的名字），同车的人共有多少，是男是女，我都不知道，但是我挤了半天才好容易坐下，由此我猜想车子一定是满堂堂的。先头五分钟，大家都不作声，忽然车子向一边侧了一下，我就听见有人发出狂暴的喊声叫道："向右转，向左转，掩护两翼，妈的，嘶——"听那声调和说话的内容，我就知道说话的人是个军人。坐在我对面一人也说道，在我们没有上车以前，首先应当在安全方面获得保证才行。我听了这话，也不难猜想这人是干哪一行的。[3]但是这两句俏皮话都没有获得预期的效果，大家还是照旧沉默不语。最后。那位军人按捺不住，再一

---

[1] 资产阶级教派，常办些"慈善"事业，外貌和善可亲。
[2] "斯那泼"（Snapper）：意谓"猛咬一口的人"，"强盗"。
[3] 律师。

次作了一番努力，打破沉默，骂道，这简直和奎克派教友开会[1]一样了。在我左边一个女子尖着喉咙说道："我也有这感觉，愚蠢的神灵[2]开始在动了。"那军人接言道，"那么，夫人，[3]让它出来吧。"那女子又接着说道，"你似乎没有什么必要要请收生婆[4]呀。"军人道："要命！男人要么别和女人说话，一说话她马上就会想到收生婆。"只听那女子又说道，"先生，不错，我真想摆脱这付重担[5]呢。"那军人说，"夫人，你想养个耗子[6]吗？"那女子说，"非也，我是想摆脱个傻瓜。"军人又说，"你是否怀这傻瓜已经怀得很长了？"她说，"已经有两哩多路了。"那军人道，"夫人啊，上帝作证，你可真好才气。"那女子回答道，"可惜我不能把这话回敬给你。"那军人道，"我没话说了。"那女子又道，"有句老话说得好，傻瓜的炮一放就完。"的确，那军人的弹药已经用得干干净净，律师就劝他不必再"起诉[7]"了，坐在舌战胜利的女子左边一位严肃的主妇也对那女子说，她不该在陌生人面前这样多嘴多舌。从主妇的责备口吻，以及她把女子叫作"孩儿"（用此来缓和严厉的责备），使我确信那刻薄女子不是别人，正是斯那泼小姐，我就决定我的举动也必须按照这情况来调整。那军人见自己被人收拾了一顿，改变了射击的目标，大谈起自己的战功来了。他说，"夫人，你方才谈到放炮，哼，当初我可吃过炮弹、枪弹，我也打

---

[1] 这派教徒相信每个人应该直接和上帝交往，礼拜时不要牧师讲道。只聚在一起沉默祷告。
[2] 奎克派教徒相信上帝的神灵会感动每个人的心。那女子的意思是，一车都是蠢人，现在开始说蠢话了。
[3] "夫人"一般对妇女的称呼，那说话女子实际是斯那泼小姐。
[4] 那女子故意误把军人的话解释作"把它养出来吧"。
[5] "不再和你们这些蠢人打交道。"
[6] "摆脱"一词原文本是一语双关，也有"生养"的意思，军人故意曲解女子的话。
[7] 作者写律师爱说"行话"。意谓"不必再和她为难了"。

过别人。在德汀根，我让敌人的手枪子弹打伤了肩膀。在德汀根，算了，我不说了，我的上帝，要不是亏得我，咳，说了又有什么用处，我最讨厌吹牛，哼，嘶——"他就这样"嘶"一声，"哼"一声地，唱起小调来了。过了一会儿，他又开始对律师说话，他说，"你拼了命把敌人夺去的团旗抢了回来，你费了气力，可是没升官，你说这是不是太他妈的不公平啦？哼，我也不想指名道姓，不过，我的上帝，有一点我愿意提一提，那就是：有个法国卫兵的毛瑟枪手把某团某旗官掌的旗子给夺去了，哼，夺了旗子以后骑着马飞也似的就逃跑了，我看见了，就从一个死人身上抢过一管火铳，朝着那人坐下的马就放了一枪，妈的，那家伙就跳下马来，要在平地上跟我抵抗；我一看就把刺刀举到齐胸高，上帝作证，我一下就把他的身体刺穿了。他有个同伴跑过来救他，对着我放了一枪，打中了我的肩膀，这我方才已经和你说过了；他另外一个同伴用马枪托子把我头打伤了；妈的，这都算不了什么，我把先头那个给干掉了，把后来那个给跑了，把我们的团旗捡起来，从从容容就走了。但是最滑稽的一点是那狗娘养的掌旗官，当初他吓得把团旗丢给了敌人，现在看见团旗在我手里，还在前线呢，就向我讨。'妈的，'他说，'你在什么地方捡着了我的旗子？''妈的，'我说；'你，'我说；'在什么地方，'我说；'丢的旗子？'他说，'这跟你没关系，'他说，'这是我的旗子。'他说，'说什么也得给我。'我说，'去你妈的蛋。'我说，'你别想要，'我说，'我先把它交给团长再说。'战役完毕以后，我果然就到了团总部，把团旗交给了斯台尔勋爵，他答应升我的官，但是，一直到现在我还是一个穷少尉，妈的！"

那军人连骂一通之后，律师表示同意，他说，军人没有得到他应得的报酬，又说，工人没有白挣工钱；又问道，团长许诺的时候有没有证人，如果有证人，法律就可以强迫他实践诺言。但是军人说，团长是在喝酒的时候许下的诺言，没有规定什么时候实践诺言，或具体升什么官。律师便道，这在法律上不能生效；接着他又询问战役的详细情况，他说，虽然英国军队一开始就布置好了防御，[1] 但是法国军队在作战过程中，打得也是非常泄气，所以如果他们不是得到了"不予起诉"[2] 的批示，那就肯定要"败诉"的。他们虽然说了这许多活跃气氛的话，但是看样子谈话又将长久中断，但是那位少尉军官非常想在这场合里表现自己的才能，不愿让它埋没，便自动说愿意给大家唱个歌，大家没有接言，他认为这是同意的表示，便扯开喉咙唱起一支时髦曲子来。头一段，他是这样唱的：[3]

> 你愿逼着月亮拴着的头发
> 到那边臭名美男子那儿去吗？
> 那好娃娃挥着丝织的盟誓，
> 会加意保护你的。

这歌儿其余的词儿，他一路唱下去，一路歪曲着原意，真可说是信手拈来。我不由得想道，这家伙一定花过许多工夫篡改过原词儿，目的是要取得个诙谐的效果。但是斯那泼小姐却把其中真正原委点破了，她道，这根本是因为他不知道怎么唱；所以他问她可爱听他唱的那调儿，她回答说，在她看来，调子和歌词儿配合得很好。但他却说，"哈，我认为，你这话是给我很高的评价呀，谁都承认歌词儿是美得要命呢。"那女子接道，"歌词儿也许很美，可惜超出了

---

[1] 原文用法律名词"预先拟出的辩辞"，以表明说话人的职业习惯。下同。
[2] 意谓敌人不追。
[3] 军官根本不会唱，唱词谬误百出，不成文义。

我的理解能力之外了。"他又说，"夫人，我没有必要要知道你的理解能力有多大呀。"那女子道，"你也没有必要知道唱的词儿通不通。"他道，"哼，我爱说什么就说什么。"律师把他话头打断，说道，有些话是不应该说的。军人逼他举例，他说，譬如叛君、损害别人名誉的话。军人便道，"要说国王，上帝保佑他，我吃的是他的口粮，为了他的事业也流过血，所以我也没什么话要跟他说。至于对别人，妈的，我什么话都敢说。"律师道，"不然，你就不敢骂我是'流氓'。"军人道，"嘿，为什么？"律师回答道，"因为你若敢叫我流氓，我就叫你好好吃场官司，恢复我的名誉。"那军人道，"惹你不起，但是，我虽不敢叫你一声'流氓'，我可敢把你想成是个流氓啊，哼！"他自以为这句话很俏皮，说完哈哈大笑，自我欣赏，但不幸听众却都没有反应。不过，从此律师足有一个钟点默默无声了，只有三回清理嗓子，咳嗽了几声，打破了沉默，但并没产生任何效果。

第十八章

天明后，我荣幸地瞻仰了斯那泼小姐的芳容，在这以前我从未看见过她——军人拿我调侃——他不高兴了——大谈自己如何勇敢——受到一位严肃妇人的责备——我们听见有人喊强盗来了——我下了驿车，进行自卫——强盗没有袭击我们，纵马而去——我追赶强盗——有一个强盗翻身落马，被停了——我回到驿车上——斯那泼小姐赞扬我——上厨的态度——那虚伪的妇人自言自语地责骂我——我也照样责骂她——斯那泼太太吃早饭时候的行为使我很不高兴——律师拿军官调侃，军官恫吓他。

正在此时，天色渐渐明亮，驿车中旅客彼此看清了面貌。我此时很幸运，也看见了我的情妇。她长的并不似人们所说那么丑陋、不讨人喜欢。不错，她的头长得就象一把斧头，她的脸是斧背，但是她的皮色很娇嫩，眼睛又黑又大，非常活泼。她的胸部凸出，如果只看胸部，似乎身体有点向前冲；但脊梁也是弓着的，倒也前后辉映，相互对称。总的说来，万一我命中果然该娶这么个拥有两万镑的累赘货，我也很有充足理由额手称庆的了。因此，我就开始盘算用什么最妥善的办法来赢得她，满心只考虑着这件事，默默地展望着未来，车里其余的人，我简直没有注意。车子里，和以前一样，只有我的对象、那军官和律师三个人，你一句我一句地谈着。那律师此时已经恢复正常，又用着满口法律名词在谈论了。谈着谈着，他们之间发生了争执，最后竟打起赌来，要我裁判，而我正在沉思，既没听见他们提到我，也没有听见他们每人向我提的问题。那军官以为我小看他，大不高兴，刮剌刮剌地骂我不是个哑巴，就是个聋子，要不就是又哑又聋，看样子连学鹅叫唤都不会。他这一说，倒把我唤醒，用眼睛死盯住他，使劲对他"嘎嘎"叫了两声。他一听就把帽子狠狠往后一推，喊道，"呔，先生，你这是什么意思？"我根本无心答理他，即使我有意，也早被斯那泼小姐抢了先。斯那泼小姐告诉他道，"他的意思是他见了鹅[1]就会学鹅叫。"说罢，想起我顶他顶得那么干脆，又哈哈大笑起来。斯那泼小姐的解释和笑，并没有平息军官的怒气，相反，他倒反而发作起来，说了那些暗喻自己是个军人的话，例如："我可不懂这种放肆话，我是个上等人，我是给国王服务的军官，哼，有些人也太没规矩。真该揪揪他们的鼻子才行呢。"我就向他皱皱眉，想要制止他这种鬼话，因为他老吹嘘自己勇敢，而其实我早看出他是个披着狮皮的驴子；但是皱眉的办法无效，他反倒借机骂道，别装不高兴，他不吃这一套，任你是谁，他都不怕。斯那泼小姐说，她很高兴，同行的各位当中有这么一位勇士，她毫不怀疑万一路上遇见强盗，我们所有人都会得到他保护的。那军官答道，"夫人，你可以完全放心，我带着一对手枪呢（就在这儿，你看），这是我在德汀根打仗的时候从一个骑兵军官手里夺过来的。这两支枪上着双料弹药，

---

[1] 象征愚人。

妈的，只要我荣幸地在你身边，看英国有哪个大路强盗敢抢去你的一根针。"军官说了这番话后，有个一直没说过话的一本正经的女人开了口，说道，什么人居然这样没有礼貌，敢当着女客的面拿出这种武器来。那军官说道，"哼，夫人，你看见手枪都怕，真要开起火来，你可怎么办呢？"那女人道，不管什么原因，只要他不讲礼貌，在她面前使用火器，她就立刻下车，走路到前边村子，也许可以独自雇一辆车子前进。军官还没答话，我那丑情人插了嘴，说道，男人家为了自卫，使用自家的武器，她并不觉得是失礼，她觉得和这样一个人同路很运气，他有勇气，可能保护她不挨强盗抢劫。那假正经的女人满怀鄙视，望了斯那泼小姐一眼，说道，没有什么东西可以被抢的人往往最怕挨抢。斯那泼小姐的母亲听了这句讽刺话，很生气，说道，一个人应该先仔细调查一下别人有多少家当再说风凉话，否则的话，无非是在表明自己羡慕别人，徒然令人好笑。她的女儿也说道，她并没有想和谁比家当，如果那位太太坚持遇见强盗也不准拿出武器来抵抗，并且答应赔偿我们的全部损失，那她自己也必首先劝军官在我们遇到袭击的时候不要抵抗。这个建议虽然尽情尽理，但是那架子很大的女人却不作任何答复，只鄙夷地看了一眼，把头一甩。斯那泼小姐这种无所畏惧的精神使我很高兴，我甚至希望能有机会在她面前表现一下我自己的勇敢，那她一定会对我发生好感。正在这时，斯特拉普突然骑马来到驿车门口，慌慌张张对我们说，有两个骑马人正在越过杭斯娄高地，直奔我们而来。斯那泼太太一听见这消息，立刻尖声嚷叫起来；她的女儿脸色发了白，那虚伪女子把钱袋掏了出来，作好准备；律师吓得上牙磕下牙，但嘴里还说，"不妨事，我们可以告政府一状，收复我们的损失。"那军官也很明显地露出惊慌的神色，而我自己则命令车夫停车，打开车门，跳下车去，并邀请军官跟我一道下来。但是军官尽往后缩，样子很害怕，我便拿过他的两管手枪，给了斯特拉普。斯特拉普此时已下马，抖得很厉害，我就骑上了他的马，从枪袋里取出我自己的两管手枪（我用自己的枪更有把握些），都扳上枪机，向强盗迎去。强盗此时已离我们很近了，见我骑着马准备和他们较量，此外还有一人步行，也有武器，就在远处停马不前，要打量我们一下；他们围着我们骑了两圈（我一直面对他们），由原路缓缓纵马而去。这时正好有个大人家的仆役模样的人骑马来到，我说我愿意给他五先令，要他帮我追强盗。他答应了，我忙把军官的手枪给了他，我们跃马追贼，强贼自恃马快，不以为意，停了下来，等着我们进入射程之内，他们就向我们开了枪，开完枪，纵马飞跑而去。我们拼命打马追赶，但是我们的马跑得没有那么快，眼看用力也是白费，不料正在此时，有一个强盗马失前蹄，把他摔倒在地，摔得很猛，头栽在地上，晕过去了，我们赶上不费吹灰之力就把他捉住了，他那伙伴只顾自己逃命，并不来救。我们刚解除了落马强盗的武装，把他的手捆起来，他就醒了，见自己被绑，故意装作很吃惊的样子，质问我们有什么权力这样对待一个上等人，并竟恬不知耻地恫吓我们说，要告我们抢劫。正在这时，我们看见斯特拉普领着一大群人，手执各色武器来了，其中有个农民，他一见我们捉住的强盗，便激动地大叫道，"就是这家伙一小时以前把我一个帆布口袋抢去了，里面有二十镑钱。"我们当时就搜他，果然搜出了钱来，与农民所说完全符合，我们立即把他交给农民，由农民把他带到杭斯娄镇；事先，农民早已报了盗，全镇都早已惊动了。我如约给了那仆役五先令，向他道了乏，便和斯特拉普回到驿车，只见军官和律师正在忙着用闻药和急救药救那严肃女人呢，原来她一听见枪声就晕厥过去了。

我归座以后，斯那泼小姐对我的行为大为恭维一番。方才的事，她都从车窗里看得一清二楚。她说，我安然无恙地回来了，她很高兴。她母亲也说，她非常感谢我的果敢行为。律师也对我说，我捉到了一名强盗，按议会通过的法令，有权领得四十镑钱的黄金。那军人脸上又傲慢又惭愧，有些慌乱；他说道，我不该那么慌慌张张跳下车去，否则他可以既不惊师动众，又不耽搁时间，用个计策就把强盗捉住了，都是由于我太鲁莽冒失，才败坏了他的妙计。他又接着说道，"就我个人来说，在这种场合，我总是保持极度镇静。"斯那泼小姐插言道，"就凭你那哆嗦劲儿，就可以看出你确是很镇静的了。"军人听了喊道，"哈，夫人，要不看你是个妇道人家，天下哪个男子敢跟我说这种话，我立刻叫他一命归西。"他一面说，一面用眼睛盯住我，问我可看见他发抖来着。我毫不迟疑地回答道，"看见了。"他说，"哼，先生，你怀疑我没有勇气吗？"我回答道，"我十分怀疑你的勇气。"我的话把他气得发昏，他的脸都发黑了，哆里哆嗦地说道，"好……好……哼，你等着瞧吧。"我把舌头往腮边一顶，表示对他无限轻蔑，他也感觉羞愧，从此一路上他没有再大声赌咒骂过人。

那假模假样的女人喝了点烈性药水以后，精神恢复了，开始自言自语起来。只听她说道，一个人既要装作是个上等人，却又为了几个臭钱，让有身份的人为难，甚至危及他们的性命，真令人费解；此外，也还有些女人竟会赞美这种野蛮行为，不以为耻，也真叫人奇怪。她又立誓以后如果能包一辆车或借一辆车一个人坐的话，决不再踏进驿车的车门了。

我听了这话很气愤，也指桑骂槐地说道，真奇怪，天下竟有一种女人，一点道理不讲，别人和她无亲无故，为什么一定要乖乖地挨抢挨打，来讨好她的怪癖性。我又说，更奇怪的是，她竟然傲慢无礼、忘恩负义，把她应该感谢称赞的人骂成野蛮。我也立誓说，她如果再遭强人打劫，我就由强人去抢她，倒要叫她知道一下我保护她究竟有无价值。

那位有地位的女子倒也知趣，不再和我顶嘴了，她和那垂头丧气的军官一道，咀嚼着碰钉子的苦味。我则和我的情妇谈起话来，她对我的谈吐倒是感到意外的满意，因为由于我以前不大说话，她还以为我的脑筋很笨呢。她的想象力非常丰富，可惜没有理智克制它一下，否则我对她的活泼的才情也会和她对我一样感到满意的。事实上，她花费了很大的精力，一个劲儿地说，我真耽心她有点管不住自己的嘴，深怕将来讨回去一个嚼不完舌根碎嘴子。话又说回来，我只要想到可以享受到两万镑钱，我就完全忘记了她的缺点，就象抓住人的头发一样，抓住眼前的机会，尽力讨她的欢心。她母亲处处留神，对女儿监视很严，虽然她对我还不得不保持客气的态度，但不时责骂女儿不该和陌生人这么随便，应该学会少说多想，借此来阻止我们交谈。我们既然不能用嘴交谈，就用眼睛交谈，我发现这位青年女子很擅长这种交谈方式。一句话，我有充分理由相信她对母亲的这种教导已经非常腻烦，而我若取她母亲之位而代之，也并非难事。

驿车到了该吃早饭的站头，我下了车，把我的情人以及她的母亲从车上搀扶下来，那老太太一到，就定了一间单间，准备两人独自用早点。她们母女两个去休息的时候，我瞥见小姐原来比我方才看见的样子还畸形，她的身体是向一边歪的，背后望去象个S字母，走起路来因此就颇似螃蟹。那假正经女人约了军人共进早餐，定了两份，也开到一个单间里去吃。剩下来只有律师和我，只好勉强彼此作个伴吧。斯那泼太太的架子，她的那种不愿和人往来的态度，使我非常难过，我认为她对我不够亲切的；那律师也说道，他走了二十年的路，象今天这样破坏驿车上的规矩，倒还少见。[1] 至于那位有地位的女人为什么看上了少尉，我实在不解，便问律师她究竟看上了军官哪一点好处。律师倒也诙谐，答道，"我看也许她知道他是个很能干的专立转让契约的律师，想请他立个字据，把财产限定给某个人吧。"我听了不由得大笑，觉得律师倒也聪敏。在吃早饭的时候，律师还讲了许多这一类的俏皮话，都是拿同车的人开玩笑；关于斯那泼小姐，他说，他很遗憾，怎么这么一位年青小姐竟背了这么一身负担。

我们吃毕早饭，付过帐，回到驿车，各自归位。这时我们贿赂车夫六便士，叫他去催其余的客人，让他们不得好好吃饭，借此来出出我们的气。这一任务，车夫执行得很令我们满意，他刺刺不休地一个劲催他们，使他们未能好好享受早餐。斯那泼母女被他先传唤出来，她们到了驿车没有人搀扶，因为律师和我商妥，故意不理她们，以表示我们的气愤。母女两个只得恳求车夫搀她们上车。她们刚一坐好，只见军官也出来了，其慌张情况就象被敌人追赶了一二十哩路似的；在他后面紧跟着就出现了那假正经的女子，也显得极为狼狈。军官把她扶上车后，自己也上了车，嘟嘟嚷嚷地骂那车夫无礼打扰，律师就安慰他道，假如由于被告的固执，他受到了陪审员缺席的审判，[2] 那么到下一站时，他可能还有机会再打官司。最后这句话气恼了假正经的女人，她对律师说，如果她是个男子汉，她一定给他个教训，叫他后悔说这种鬼话；她感谢上帝，以前还没有跟这种人同过车。军官听了此话，认为有必要支持她，因此恐吓律师说，如果律师以后再敢这样胡扯，他就要割律师的耳朵。可怜的律师只好道歉，接着，全车乘客一致沉默了下来。

---

[1] 指同车人一同进餐的习惯。
[2] 受到了不公平的处罚。

第十九章

我想讨好斯那泼小姐的母亲，果然得到一个好机会——假正经的女人找到了丈夫，下了驿车——军官没有吃到饭——我们抵达巴斯——我陪同斯那泼小姐到"长厅"，[1] 美男子纳喜[2] 捉弄斯那泼小姐，但反被她嘲笑了去——我向斯那泼小姐求爱，被她顶撞回来——我陪她参加集会，我幸福地看见了我的亲爱的水仙小姐，但我也感觉非常慌张，斯那泼小姐看出我的慌张，想追究其中缘故——她很不高兴，在我送她回家的路上，她讽刺地恭维我一番——我遇见威廉斯女士，她现在是水仙小姐的女仆和亲信——她告诉我，当我作仆人的时候水仙小姐已经对我有意，今番在集会上看到我已成了上等人，水仙小姐是极度快慰——我听说她姑母结了婚，很感惊异，和威廉斯女士约好次日再会。

[1] 巴斯在英国西南，十八世纪英国有闲阶级的疗养、社交场所，有许多建筑专供游憩、宴饮、舞蹈之用，"长厅"即其中之一。
[2] 当时巴斯有名的"司仪"，专门经营娱乐场所，接待游客。

在大家龃龉不语的期间，我想着斯那泼小姐的问题，我的自尊心和利害观念激烈地斗争着。我的自尊心告诉我，她是不值一顾的；我的利害观念又要求我把全部注意力都放在她身上。我觉得，我如果和她结婚，有利亦有弊，有得亦有失，实在叫我难于取舍；最后根据我的判断，我认为还是利多弊少，遂决定尽我生平的本领实现我的计划。我这时发现她眉宇之间好象有些不安的神色，我心想这是因为我不说话而引起的，而我之所以一言不发她一定认为乃是因为她母亲的行为招恼了我所致，而她母亲此时恐怕也是在这样想，因此我就决定继续绷着脸对她母亲，而对小姐则采取不同的态度以表示我对她的景仰。其实，我要作这种表示，倒也并非难事，我只要使个眼色，一方面表示谦恭，一方面表示爱慕，她便懂得我的情意了。我向她投了眼色之后，她也报我以我所期望的同情和赞许的眼色。但是我后来又想，如果我得不到机会进一步获得成功，那恐怕就要前功尽弃，而要获得机会，又必先打通她母亲；因此我决定必须一路以殷勤、尊敬的态度对待她，以消除她对我的冷淡和疑心，那么，到了巴斯之后她势必会请我去看望她，我就可以和她更进一步套交情，交情也不必太深，只要能达到我的目的就够了。果然，机缘凑巧，我得到了一个给她效劳的机会，只要她稍讲礼貌，我便能如愿以偿。

事情的经过是这样的：我们的驿车到一个打尖的站头，客栈里能吃的东西都被一位先我们而到的贵族包去了，看样子斯那泼太太母女只好和亨弗利公爵一起吃饭了，[1] 我就替她们想了个办法，贿赂了店东一杯酒，请他从贵族定的菜里抽出一对鸡和一些火腿来，让那贵族少吃一点，把这两件菜送去给她母女，就说是我送的。她

---

[1] 这是一句成语，意为"饿饭"。

们接过我的礼物，再三表示感谢，并请我和她们一同进餐。在吃饭的时候，我一方面表现得很客气，一方面又装作无求于她、泰然自若的神气。老太太心里很是喜欢，表示希望和我进一步交朋友，并邀请我到了巴斯之后，有工夫常去看望她。我正在高兴之际，那位假正经的女子也很走运，她在客栈里遇见了她的丈夫，她的丈夫果然是个"上等人"，[1] 换言之；正是那位车子停在门前的贵族的贴身仆人。她想表示一下她在这家贵族人家是很吃得开的，便把军官介绍给她丈夫，对丈夫说，他一路待她非常客气，她丈夫便请他一起吃饭。只有那位可怜的律师，谁也不理睬他，只得来求我，我替他讲了好话，才被请过来和我们一起吃饭。我们吃饱了，把那假正经的女子、客气的军官和那好说话的丈夫嘲笑够了，我便偷偷付了钱。我请的三位客人知道后，再三向我道歉致谢。我们刚一听到车夫招唤，便又上了车。驿车马上要开，军官还没吃上饭，只好吞几片面包和干酪充饥，匆匆忙忙带了一大瓶白兰地跑上车来喝，一路骂那贵族为什么肚皮不饿，把开饭时间推迟了整整一个钟点。

一路无话，次日到达巴斯。斯那泼太太母女打算住到一家亲戚家去，我把她们送去，当夜我自己权住在一家客栈，次日一早便租了房子住下。

当日上午我游历了巴斯所有值得看的名胜，陪我一起游逛的人是班特写信给我介绍的。当日下午我即去拜会斯那泼太太母女，小姐因为旅途劳累，有些不适。她们预见到将来到各公共场所需要有男子陪护，因此非常亲切地接待我，那位母亲还指派我明天带她们到"长厅"去。次日我们刚一走进"长厅"，在场众人的眼光就一齐向我们投来，我们被他们看了半天，感觉象殉教者受难时那么难

---

[1] 原文也有"仆人"的含意。

过，接着，人群中一阵耳语，似乎在嘲笑我们，人们的脸上还露出一种鄙视的微笑，大家喊喊喳喳的私语真是令我又羞愧又不知所措。我与其说引导着她们母女两位，不如说尾随着她们。走到一个坐处，小姐请母亲坐下，自己也坐下，尽管众人态度无礼，想要丢她的脸，但是她却神色自若，令我惊佩。经常在此的"司仪先生"纳喜看出大家的意图，也居然肩负起进一步满足大家这种劣根性的任务，想用他那张会说俏皮话的嘴嘲笑斯那泼小姐。他走到我们呆着的地方，连连鞠躬，并且嘻嘻地笑着说，欢迎斯那泼小姐到巴斯来玩，然后问她可知道木偶戏里那只小狗的名字叫什么。他说这话，声音很大，大家都听见了。我见他如此无礼，一股怒气冲了上来，正想当场踢他一脚，幸亏小姐开了口，我才没有发作。只听她非常轻快地回答道："它的名字叫纳喜，是一条极不懂规矩的狗。"这句回答来得真是出人意料，而又说得很对，引得人人大笑。那惹事的纳喜虽然脸皮厚，也受不了大家的讥笑。他竭力镇定一下，捏一撮鼻烟闻闻，勉强笑了一笑，很可笑地搭讪着走了。众人把我那位丑情人的光辉才华真是捧得天高，当场就有许多最高贵的男女表示愿意和她来往。这件事在最初使我感到无限高兴，但是继而一想，又不免令我担惊；我想，如果有地位的人愈是捧她，她也就会越发变得骄傲，我的成功也就会遭遇到愈来愈多的障碍。我的预感果然证实了。当天晚上我就看出由于大家把她当神仙似的崇拜，她颇有些陶醉，虽然她对我还是特别客气，但是我感到只要大家一知道她有多少家当，就会有一大群人来包围她，其中也必然有人比我有钱或比我更会奉承更会诽谤，就有可能把我排挤掉，把斯那泼小姐的母亲也争取过去。因此，我决定立刻行动。当晚母女两个正好约我到她们住处去消遣，尽管老太太监视颇严，我还是找了个机会向斯那泼小姐解释我在车中对她眉目传情的意思。我说那是表示我钦佩她的才智，表示我爱慕她。她听了脸上绯红，责备我不该如此乱说，但她说话的态度却是好意的。她提醒我说，我们两人彼此还不认识，以后不要再这样过早地表示对她的爱情，以免中断我们之间的友谊。她的责备很有效地遏止了我的热情，但是她的话说得非常婉转，所以我并不生气。不过我的处境总是尴尬的，我不知道该再说些什么，正好小姐的母亲又回到房间，算是替我解了围。但是我也不似初来时那样坦然了，小姐也比较缄默，大家的话也有些疲塌，老太太就把她的亲戚，也就是房东太太，请了来，建议凑一桌纸牌玩玩吧。

我们斗着纸牌，房东太太说道，明天晚上有个集会，我就邀请小姐赴会和我一起跳舞。小姐谢过我的好意，说道，她从来不跳舞，不过倒是愿意去看看；我说我愿意陪她去，她接受了。我倒也感觉高兴，因为如果真是和她跳舞，尽管我口头上说愿意，心里其实并不乐意；她既不跳舞，别人也就看不到我和她在一起跳舞的怪态了。

吃过宵夜，又接着玩牌，直玩到小姐的母亲连连打哈欠，我知道这是叫我走的信号了，便告辞回家。到了家里，我把我的成绩对斯特拉普说了，他很快活。第二天我穿上最漂亮的衣服如约到斯那泼太太住处去吃茶，发现她患牙痛，病倒了，我真是说不出地满意，这一来，小姐就可以完全由我一人来照料了。天刚黑，我们就出发到舞厅，选了个很宽敞的地方坐下。还不到一刻钟，只见有个人穿了一件绿大衣，走了进来，领着一位年轻小姐，我一看马上认出是我所崇拜的水仙小姐。天啊！我当时的心灵是多么兴奋啊！我的思想被一阵激动的洪流冲垮，我的心跳动得特别激烈，我眼前突然迷迷蒙蒙，一阵轰轰的声响冲进我的耳中，我喘不过气来，一句话，我有好几分钟，沉在如醉如痴的境界中。第一阶段的激动心情过去之后，我心中又涌出许许多多令我欢喜的想头：我想到这位亲爱的水仙小姐的性格是多么温柔，多么体贴，多么令人疼爱；我又反观自己，也把自己的优点大大夸张了一番，俨然大有希望。但是我的欢乐并不久长，我忽想到，她也许已经有了人家了，于是我又耽心起来，我的美梦也蒙上了一层阴影。我幻想她恐怕已被别人拥在怀里，那我就永远得不到她了。想到这里，我真如芒刺在背，并且错把领她进来的男子就当作是她的丈夫，打定主意要在他身上出我这口气，于是站起来仔细打量他一下，以便报复。但是我一看，原来他不是别人，乃是水仙小姐的专爱猎狐狸的哥哥。发现了这一点，我心里真有说不出的高兴。我的疑虑打消，便又死死盯着水仙小姐。她那不可抗拒的美，使我好象着了迷一样。水仙小姐也在人丛中认出了我，也立刻显得镇静不下，我觉得这对于我向她求爱是个好朕兆。水仙小姐看见我之后，先是有些惊愕，粉面上两朵红晕立刻消失，不一会儿红晕回转，加倍光彩，一直铺展到她那白颈上，而她那诱人的前胸被强烈的情感激动得起伏不定。这些都是对我有利的兆头。我候她又看我的时候，使了个眼色，表示对她的敬意。她脸上露出满意的神态，好象接受了我的敬意。她的这种表示，使我快活得要发疯了。我不止一次想走过去，当她的面向她吐诉我内心的激动，但是我一见到她，心里总是激发出一种深深的敬畏之感，因此便打消了方才那不适时的冲动。我既然满心只在想水仙小姐，可以想见，我对斯那泼小姐是多么冷淡了。我现在简直不愿再看她一眼，她怎能和水仙小姐相比呢？有时候，甚至她问我的问题我都无心回答，她当然也发现我心不在焉。她的眼睛很伶俐，就看我在看什么；我眼睛望到哪里，她的眼睛也跟到哪里，结果发现我所以心不在焉，原来是在看那天仙般的水仙小姐。但是她还想进一步证实她的猜测，便问我一些关于水仙小姐的问题。我尽力掩盖我的心思；但是由于我谈吐恍惚，她看出了我对水仙小姐的爱慕，便作出一副非常庄重的样子，直到散会，一言不发。不久，我心灵所钟的水仙小姐和她哥哥离开会场走了，我又表现得坐立不安。斯那泼小姐便提议她要回家去了，我把她送上了轿子，她对我说，她很尊重我，不愿再让我继续受折磨了。我假作不懂她说话的意思，把她送到家后，向她告别，兴奋地回到自己寓所，把今晚发生的事一件不漏都告诉了我那亲信而谦卑的仆人斯特拉普。但是出我意料，他听了并不赞成，说道，俗话就得好，"树上两只鸟儿不如手里一只鸟儿。"[1] 不过，他又说，"你是最知道该怎么办的，你是最知道该怎么办的。"第二天，我去到"矿泉厅",[2] 希望能见到水仙小姐，或听到一些她的消息。在这里我遇见一位妇人，她用力对我看了半天，喊道，"耶稣，你不是蓝登先生吗？"我也吃了一惊，仔细观察了她的模样，立即认出她原来正是我的旧情人，和我共过患难的威廉斯女士。

我发现这位不幸的女子如今穿得很是体面，心里大为高兴，便对她说我很高兴见她生活得这么好，并问她什么地方可以和她会面谈谈。她见我似乎很富裕的样子，也表示很快活，对我说，她现在还没有自己的住处，不过她愿意和我谈谈，地点由我随意指定。我听她说她现在就有工夫，便领她到了我的住处，彼此亲切寒暄一番以后，她告诉我，她现在在给一位年轻小姐当仆人；她说，当她和我住在伦敦阁楼里的时候，她曾用欺骗手段达到一个诚实目的，自己找上一家大户人家的门去作仆人，这家老太太去世时，把她推荐给了现在她伺候的这位小姐。她热切表示要知道我们分手以后

---

[1] 意思是应当紧紧抓住可靠而有把握的东西。
[2] 也是巴斯一所著名公共场所，有抽水机，抽出矿泉水，饮了可以疗疾。

我的生活变迁，她说她原不该乱问，不过她对我的幸福是很关心的。我答应了她的请求；当我谈到我在苏塞克斯郡的遭遇的时候，她特别注意倾听。我讲完这段经历，她插言道，"上帝，真有这事吗！"说完，她请我继续讲下去。我草草把其余情况说了，心里急于想知道她为什么对我在苏塞克斯一段经历特别感觉兴趣，虽然我已猜着了其中缘故。待我把我的经历一直讲到眼前，她对我变幻多端的命运似乎表示很感动，微笑对我说道，现在我的悲苦生活想必是结束了；然后她继续对我说，她现在服侍的小姐不是别人，正是水仙小姐。小姐的秘密心事老早都对她说过，小姐既然说出了这件秘密，所以她时常带着敬仰和关心在威廉斯女士面前谈到约翰·布朗的事情，并且经常谈到他人品的各个方面，毫无顾忌地承认她愿意接受布朗的爱情。我听了这些话，乐得几乎发昏，紧紧抱住威廉斯女士，把她叫作我的幸福天使。我这种狂乐的举动，如果她不是从前就知道我为人正派，至少足以使她相信我对水仙的爱情乃是至诚的。我逐渐由狂乐而清醒，她又继续把她小姐当前的情况向我描写。她说昨夜小姐刚回寓所，就把她拉到房内，又高兴又兴奋地说起她在舞会上看见了我，我的装束完全是个上等人的装束，她一向认为这原是我的本色，这套装束更衬托出我的人品；若不是我的形象早已深深铭刻在她的心上，她简直不能认出我原来就是她姑母当初的仆人；从我眼睛所传送的消息，她又肯定我对她还和以往一样情深，因此也可以肯定我还没有和别的女子定情；她虽然相信我会尽快设法和她相会，但是她更急于想知道我的一切，因此今晨派了威廉斯小姐出来，目的就是要打听我现在取的是什么姓名、地位如何。我的心上从来没有象今天这样汹涌着欢乐的狂涛，我的各个官能全被这狂涛所席卷，过了半晌我才能开口说话；又过了半晌，才能说一句完整的话。最后，我热烈地请求她立即引我去见我所崇拜的对象。但是她拒绝了我的恳请，并解释道，这种鲁莽行为是很危险的。她说，"不论我小姐对你是多么有情，但是她决不肯逾越礼教一步，决不会在你面前表露她的心意，也不会接受你的爱情方面的请求。虽然由于我对你的尊敬，使我把她私下对我说的话告诉了你，但是我知道她对于男女之事是非常严格的，如果她稍起疑心，那不但会把我赶走，认为我辜负了她对我的一片仁厚，而且你纵使想尽办法想要博得她的爱情，她必定断然加以回避。"我认为她的警告很有道理，求她指点我该怎么办。我两便商议道，目前只好让威廉斯对水仙小姐去说，她只打听到了我的姓名，如果一二日内我不能设法会见小姐，威廉斯便给我带封信去问候，只说在街上遇见我，我贿赂她把信带去的。我们这样安排好了之后，我便留威廉斯吃早饭，从她的话中我又知道提摩太爵士喝酒中了风，五个月前死了，小姐的野蛮哥哥还还娶老婆；他的姑姑忽然心血来潮，出他意料，和教区的教士结了婚，但是结婚生活对于她的体质颇不相宜，以致患了痨病和水肿病，长期不愈，因此来到巴斯想喝点矿泉水恢复健康；她的侄女应她邀请，陪同前来，侄女对她和以前一样关心，虽然姑母结婚是个错误；小姐的哥哥由于不能承继姑姑的产业，满心不快，因此并不乐意陪姑母，但是他也来了，目的纯是为了监视妹子，怕她不得他的同意，随便把自己许给了什么人。我们谈得很畅快，约好次日在某处会面，威廉斯便告辞而去。斯特拉普很想知道我们两人谈话的性质，我便把此事前前后后都对他说了；他听了，又是惊奇，又是快乐。

第二十章

我认识了水仙小姐的哥哥，他请我到他家，把我介绍给这位可爱的美人儿——饭后，她哥哥去睡午觉——傅立曼猜中我的心思，推说有事，走了——我向水仙小姐求爱——她接受我的请求——她的谈话使我陶醉——她哥哥留我们晚饭——我运用谋略，没有中他的计，清醒着回到家里。

下午我在傅立曼先生家里喝茶，这傅立曼就是班特介绍给我的朋友。我在他家坐了五分钟，那水仙小姐的爱打猎的哥哥便踱了进来。看他那随便的样子，一望而知他和傅立曼很熟识。起先我很耽心，怕他认出我来，但是傅立曼介绍我的时候，说我是从伦敦来的一位绅士，他却并未察觉。我暗自庆幸能得到这个机会和他交往，希望通过我们的交往他会请我到他家去。果然，我的希望并未落空，当我们在一起消磨夜晚的过程中，他对我的谈话非常感觉兴趣，问了我许多很幼稚的、关于法国和其他国家的问题，我的回答也使他感觉非常有趣，因此他一面喝酒一面不时和我握手，连声称赞我是个正派人，最后他邀请我们两人次日到他家午饭。当夜我一心直想次日的幸福，简直没有睡着。次日一早起床，到约会地点，见到威廉斯女士，把小姐的哥哥待我如何如何告诉她知道，她听了甚是快活，并说，小姐知道了也会高兴的，因为小姐虽然爱我，但是曾对威廉斯说她还有些顾虑，她不知道我真实的地位身份如何，她对男女之事是丝毫不肯苟且的，所以才有此顾虑；不过威廉斯相信我必定也会认为必须解除她的顾虑，至于如何解除，威廉斯也说不出来。我听了这话颇为吃惊，因为我可以预见到即使在她面前仅仅给自己讲句公道话也是很困难的，真是有口难辩；我虽然从来没想把自己装扮成有钱的阔人去欺骗任何女子，更不必说水仙小姐了，但是我却曾公开宣称过，无论就出身、教育或行为而论，我都是个上等人，然而只怪我命运不济，就连这几方面都很难自圆其说，特别是最后关于行为那一点，而这一点又是最重要的。威廉斯和我一样也了解我所处的不利地位；但她安慰我道，女子只要一旦钟情于男子，那么在判断他任何方面的时候都不由得不对他有些偏袒的。她又说，纵使我一生中干过一些卑贱的职业，但是没有一件是丢脸的；至于我的出身，罪不在我，那是命；我所经历过的苦难使我身心两方都得到锻炼，这正足以使我居高位而无愧，任何明理的女人都应当赏识我才对；因此她劝我无论小姐问我什么，都应当坦白诚恳回答，至于我作过的最卑微的事情不必毫无必要地自己泄露；能够作到这几点，其余一切就看她爱我的程度和她的判断如何了。这位明理的青年女子在这件事情上的看法，乃至几乎对所有其他问题的看法，都和我完全一致，我谢过她对我的关怀，答应她一定按她的指点办事；她回答说，她也一定在小姐面前替我效力，请我放心，如果得到什么关于我情人的消息，她一定经常通知我，说罢，我俩就告别了。我尽力装扮了一番之后，带着担惊而焦躁的心情等候应约赴宴的时刻，我的心跳动得越来越快，我的精神患了紊乱症，我怀疑自己的果断，甚至希望没有接到邀请。终于傅立曼先生来了，顺路邀我同往，我陪同着他到了我幸福所寄的水仙小姐住宅。小姐的哥哥亲切地接待了我们，他坐在客厅里，抽着长烟袋，问我们饭前可要喝点什么酒不。我当时虽然很需要喝点强心剂，但是羞于接受，我的朋友傅立曼也不想喝。我们坐了下来闲谈着，谈了约莫有半点钟，在这半点钟内，我争取时间，使自己镇定一下，甚至希望水仙小姐不要出来（我当时的思想就这样反复无常）。忽然仆人进来通知我们说，饭已经开在桌上了，我那纷乱的情绪又猛然回到我的心头。当我走上楼梯的时候，我简直无法掩饰我的心情而不使他们两位看出来。我走进饭厅，第一眼看见的就是那迷人的、神仙一般的水仙小姐，她那一张脸红得就象东方的朝霞，一股温柔、天真、妩媚的神态把她装点得婀娜多姿。我只觉一阵旋晕，两膝发软，几乎没有力气向她鞠躬行礼，这时她哥哥拍拍我的肩膀，说道，"喂，蓝登兄，那就是我妹妹。"我怀着热切而胆怯的心情走过去，和她拥抱了一下，在那一霎那间，我的灵魂真是感到无比的快乐。对我们来说，可喜的是主人的眼力天生并不怎么锐利，并未看出我和水仙小姐明显表现的慌乱情绪，但是却被傅立曼看在眼里，因此在回家的路上，他还祝贺我的幸运呢。但是小姐的傻哥哥却毫不疑心，反倒鼓励我和小姐讲他所不懂的外国语，并对她说，他请来的这位先生（指我）能够跟她扯法文，还有别的外国话，要多快有多快；又对我说，"嗨，可气人啦！我真希望你跟她说说法文啊，意大利文啊，看看她究竟是不是说得跟她自己吹的那么棒。她的姑妈跟她两个整天整天就扯外国话，我想方设法要插一句英文都办不到。"我看了看小姐的眼色，想征求她的意见，我发现她不赞成，但是她表示不赞成的神气却非常令人疼爱，是别人学不去的；她的意思是说，在不懂外国话的人面前说外国话，那是很不礼貌的事。我很幸运，正坐在小姐对面，她亲自用她那纤纤素手挑选最可口的菜，百般敦促，要我尝尝味道，但是盘中的珍肴我吃的并不多，我却饱餐了秀色。我的无底的爱壑把其他的欲望全吞没了，我目不转睛地望着她，想要填满这爱壑。饭还没吃完，她哥哥就有些瞌睡了，连连张着大口打了几个哈欠，站起身来，伸了伸懒腰，在饭厅里走两三个来回，向我道歉，说要去打个盹儿，临走时叮嘱他妹妹，叫她千万把我们留下，不等他睡醒不准放走，然后就径直去休息了。他走了没有几分钟，傅立曼猜透我的心事，他想，如果他走开，让我和水仙小姐谈谈心，那就是对我最大的帮忙了；因此便故意装作突然想起有个重要约会，必须马上赴约，站起身来，向水仙小姐道过歉，请她允许他出去半点钟，告辞走了，临走还说，吃茶以前准定回来。他这一走，倒使我们两个很尴尬。我现在有了机会来倾吐我心灵的渴望，反倒没有了力量来利用这机会了。我琢磨了好些热情的辞句，但是当我想表达的时候，一张嘴却又偏偏不听使唤。水仙小姐呢，她坐着一言不发，眼帘下垂，神色之间充满了焦急惊惶，胸部起伏不定，似在等待一件大事发生。过了半晌，我想这种严肃的沉默必须终止，便开口道："小姐，很奇怪……"说到这里，我的声舌又哑了，又说不出话来了。水仙小姐也很紧张，红着脸儿，颤颤巍巍地说道："怎么样呢？"她这一问，更使我发昏，羞羞怯怯地说道："小姐！"小姐回答道："对不起，你是跟我说话吗？"两人又沉默了半刻，我继续努了一把力，虽然开始的时候我的声音抖颤得厉害，但是我总算好好歹歹地说了下面的一篇话："小姐，很奇怪，爱情怎么专门跟自己过不去，一个信奉爱情的人最需要用嘴说话的时候，爱情就偏偏剥夺了他说话的能力。我很幸运，能有机会和你单独谈话，但是我试了好几次想要对你这样一个女子中最可爱的女子表示爱情，却都没有成功。我爱你，不自今天开始，还是在残酷的命运逼迫我穿上仆役的号衣的时候，我就爱你了。不过我要声明，我当时的奴仆身份和我的出身是很不相称的，是违反我自己的志向的，而且也不是我应得的。但是，它也有它有利的一面，它使我有机会能看到并且崇拜你的种种十全十美的品质。是的，小姐，也就是在那时候，你占有了我的心灵，它珍爱着你，想念着你，我虽然经历了无数忧患，你一直完整地活在我的心灵里，在千千万万危险和灾难中，你一直鼓舞着我！"我说这些话的时候，她把个脸儿用扇子遮住，表现出一副最可爱的慌张情态，我说完话，她才又恢复镇静，说道，我对她这样称赞，她很感谢；她听说我运舛命蹇，又很替我难过。她这温柔的回答给我很大鼓舞，我接着说道，我虽历尽艰苦，但是她对我表示的善意同情足以抵消这些艰苦的经历而有余，而我未来的幸福则完全由她决定了。她说："蓝登先生，你过去救过我的危难，如果在不十分降低我的身份的条件下我不肯为你的幸福作出点贡献的话，那我也太忘恩负义了。"我一听她对我表示感谢，快乐极了，跪倒在她脚下，恳求她务必接受我的爱情。她见我如此举动，大吃一惊，叫我赶快起来，不要让她哥哥看见，并且求我暂时不要让她为难，因为她心里毫无准备。她这么一说，我只好站起，并说我宁死也决不违命，但同时又请求她想一想现在这机会，对我来说，每一分钟都是宝贵的；我顺从了她的要求，遏制了自己的意志，这对我来说，又是多大的牺牲。她带着甜美得不可言传的微笑说道，只要我能保持她哥哥对我的好感，机会多得很。她的妩媚让我好象中了魔一样，我一下把她的手拉过来，拼命地吻，几乎要把它一口吞下。但是她忽然露出严肃的神色，阻止了我的狂妄，叫我不要在她面前太放肆，以免降低了她对我的尊敬。她还提醒我说，我们两人彼此还不熟识，她必须进一步对我有所了解，才能作出有利于我的决定。一句话，她对我的责备极有道理，而且说得非常亲切，我以前爱上了她的美貌，现在同样又爱上了她的通达情理，因此我请她原谅我的冒昧，一方面表示我对她的尊敬，一方面表示我完全相信她说得有道理。她和平常一样和蔼地原谅了我，为了证明这点，她还看了我一眼，那种温柔迷人的神态，使我半晌悠悠然如在梦幻之中。后来我就想遵照她的意旨来控制我的一举一动，谈话也想谈些不相干的题目，但是只要她在我面前，这一事实本身就是个不可逾越的障碍。我眼看着这么美的一个人，怎么能让我的心思转移到别的问题上去呢？我痴痴望着她，无法表达我的心情。我越看越爱，简直要发疯了，最后我大叫道，"我简直受不了了！我简直爱得要发疯了！你为什么这样出奇地美！你为什么好得这样令人心醉！为什么上天赋予你这样崇高的风韵，远远超出俗流女子；我真不幸，以我的菲才，怎敢奢望享受这样一个白璧无瑕的人儿？"

她听了我的疯话，很是吃惊，和我讲道理，想使我镇静。她用她那不可抗拒的口才安慰我的心灵，使它宁静下来。她怕我又犯疯病，煞费心思地想了许多话题转移我的注意力。她责备我不该忘记问候她的姑母，她说她的姑母虽然不爱动感情，虽然不过问俗事，但是时常很热情地谈到我。我说我很尊敬她老人家，我忘记问候她完全是因为强烈的爱情占据了我全部心灵；我问水仙小姐，她老人家近来身体如何。水仙小姐就把我已经知道的事又说了一遍，说她姑母结婚了（她说得尽量温和，怕损害了姑母的名誉），和她丈夫就住在附近，可惜害水肿病，很痛苦，痨病又消损着她，恐怕恢复健康的希望不大了。我对她的病表示关切，又问水仙小姐，我的好朋友赛治利夫人近况如何。她说赛治利夫人身体还是很健（我听了非常高兴），我走后她对我备加称赞，水仙小姐本来在我告别之时对我有良好的印象，听了赛治利的赞赏，更加肯定了。谈到这里，我就接着问起提摩太·席克特爵士，小姐说提摩太爵士在她哥哥面前说了她许多坏话，激恼了她哥哥，她不得不把真话对她哥哥说了，但是由于提摩太风言风语，蓄意诽谤，她自己的名誉也受到很大损害。这件事还惊动了全教区，教区的人竟四出追捕我，她十分为我担惊，因为她明知道，我的清白无辜和她的证明怎样也敌不过众人的无知、偏见、无理和粗暴，这些人如果真捉住我，定然会严厉审判我的。小姐又说，提摩太爵士后来得了中风病，费了九牛二虎之力才算治好，病好之后，自忖死期不远，死又是一件大事，因此作了些准备，还派人把小姐的哥哥请去，向她哥哥忏悔，自认对他妹妹萌过不良之念，并说他曾经诬赖我袭击抢劫水仙小姐，与小姐私下往来，其实这些事都与我无干。这次忏悔之后，他拖拖拉拉地又活了约莫一个月光景，中风复发死了。

亲爱的水仙小姐的话，每个字就象是个铆钉，把她用来"奴役"我的铁链钉得更加牢固。我心里又在打鬼主意了，我心里又刮起了爱欲的风暴，但是正在这时，傅立曼回来了，破坏了这个诱人的机会，使我又压下心中高涨的波涛。又过了一会儿，小姐的哥哥踉踉跄跄揉着眼睛走了进来，喊着要吃茶；茶拿来后，他用一只小碗，把茶掺了白兰地喝，我们大家则照普通办法喝着。水仙小姐要去看她姑母，告辞走了。傅立曼和我也张罗着要走，但是小姐哥哥哪里答应，死也不放我们走，硬留我们在他家吃晚饭。他如此热情，我们不好推却。至于我自己，我很高兴他邀我留下，使我有可能再和小姐相聚，但是我又怕和他一起纵酒，会使小姐不那么器重我，我知道小姐脾气，她是会这样的。但是事已至此，欲罢不能，我只好倚仗我的体魄健壮，希望她哥哥醉了，我还能撑住不醉，此外一切都看小姐的好脾性了，都由她去斟酌了。

主人打算早点开饭，命人吃过茶马上摆桌，桌上要摆酒和酒杯，但是我们坚决不肯这么早就喝起酒来，提议斗一两小时纸牌消遣。水仙小姐回来后，我们就开始斗牌。起先，我和野蛮的主人一家，我脑子里想的是更有趣的游戏，手里的牌打得很糟，这下可激恼了他，他气嘟嘟要挟着说，如果大家不答应他换边，他马上就叫人取酒来喝了。大家满足了他的要求，由水仙小姐和我作一家，这回他赢了，赢牌的原因和方才输牌的原因一样。我很满意，可爱的小姐也不后悔，时间很愉快地就溜过去了。不久，仆人进来说，晚饭已开在另外一间屋子里了。

主人觉得这一下午过得太没意思，很是恼怒，就拿纸牌出气，把它撕得稀烂，一面咒骂，一面把碎牌都丢在火炉里，并威胁说，非要大杯喝酒，非要快喝，才能弥补损失。果然饭刚吃完，小姐刚离开饭厅，他就实践了自己的话。桌子上摆了三瓶红葡萄酒（他只喝这种酒），三只喝水用的大玻璃杯，每人都照他样子把杯子斟得满满的，口中说声"为文明世界最美好的东西干杯"，一饮而尽。我饮过这杯，立即又斟满一杯，又一饮而尽，毫不犹豫，毫不踌躇，但是我心里却明白，再喝这么几大觥，我的头就要受不住了，而且我也很怕他那种喝酒的猛劲，怕他坚持喝下去，因此我决定既不能和他强拼，只有智取，才能弥补力之不足。只等第二次摆上几瓶酒来的时候，我就要把想好的计策付诸实施。这酒很厉害，吃了上头，我已经有些醉醺醺的了；傅立曼的眼睛也直打转；主人也象只狗熊似的高兴得吼起一只歌子来。这时第二批酒又送了上来，我就装出一副轻松快活的样子，唱了一支法国喝酒的小曲子给他听，他虽然一句也听不懂，但是听了很高兴。我对他说，巴黎的时髦人物从来不用玻璃杯喝酒的，我问他家里可有能装一公升多的碗。他嚷道，"可巧了，我正好有一只银汤碗能容一公升多。喂，来人啊，把银碗取来。"银碗取来后，我叫他把酒斟进去。酒斟好，我很郑重其事地向他点点头说道，"请吧。"他凝观着我半晌，嚷道，"什么？蓝登兄，一口气喝完吗？"我回答说，"对，一口气喝完。你又不是个吃奶的娃娃。我们决不叫你吃亏。"他握握我的手说，"是吗？好吧，就算这碗有一哩地深，我也要把它喝到见底。蓝登兄，愿我们友谊长存。"说着，他把碗送到唇边，一口气就把酒倒进了肚里。我知道这碗酒下去，他立刻会醉，所以我也拿起我的酒瓶只作往碗里倒酒，还对他说，这回他可有资格和鞑靼可汗喝酒了。我这话刚说完，他就恼了，挣扎着啐了几口唾沫以表示他生气，结结巴巴地骂道，"你你你那鞑靼可汗值个屁！我是个天生自由的英国人，值三千镑一年，谁也不在我眼里。"说罢，他的下巴往下一垂，眼睛一直，大声打了一个嗝，一头栽倒在地，象条鱼似的一声不响了。傅立曼见他败倒，满心高兴，帮着我把他抬到床上，由他的仆人们去照管他，我们两个各自回家，彼此庆贺着好运气。

第二十一章

威廉斯告诉我,水仙小姐乐于接受我的爱情——我向她哥哥讨好——我写信给小姐,小姐回信——我求她哥哥答应我在舞会上和她跳舞,我获得兄妹二人的同意——我得到和小姐密谈的机会——我越想越糊涂——舞会上我以小姐舞伴的身份出现——有一位贵族很称赞我们——他表现了喜爱小姐的迹象——我很忌妒——小姐惊惶退场——我在人丛中瞥见美林达——小姐的哥哥被美林达的美貌所迷。

第二天上午,我在老地方会见了威廉斯,她祝贺我成功,说小姐很喜爱我,并把小姐昨晚离开饭厅以后对她说的话都告诉了我。她说小姐提到我的时候非常热情、激动;这是我作梦都没有敢希望的,我听了几乎不敢相信。她又说,小姐很赞成昨天饭后我对待她哥哥的办法,我听了尤其高兴。心里一高兴,就把一只戒指赠给威廉斯,表示我的感激和满意。但是她并非财物所能打动,她愤愤地说道,我如此小看她,她很难过。我作了一些辩解;为了证明我对她的尊敬,我答应她,以后在小姐的问题上我完全听从她的指示,而小姐的问题又是我唯一的心事,此事不解决,我是一生都得不到安宁的。

我当时最大的希望是能和小姐再会一面，向她吐诉我的衷情而不受干扰，也许能从我梦寐以求的美人儿那里获得一些弥足珍贵的酬报。因此我便求威廉斯给我出个主意，帮我达到目的。但是她说，小姐决不会冒险允诺，我不如进一步结交她哥哥，久而久之，自然会有机会消除小姐的拘谨，目前我和小姐相知尚浅，小姐当然是拘谨的。此外，威廉斯答应我在小姐面前去说我如何送礼、说好话求她（指威廉斯）给小姐带封信去，但是她没有答应，因为不知小姐心意如何。威廉斯说，如此行事，必然能够达到文字交往的目的，有了文字交往，更进一步的关系便容易建立了。

我赞成她的建议，和她约好次日再见，彼此告别。我心里盘算着昨天我给小姐的哥哥开了个玩笑，他必然恼怒，用什么方法才能让他原谅我呢。我便去找傅立曼商议。傅立曼熟悉这位小财主的脾气，他说要想平他的气，只有一个办法，那就是牺牲一个晚上的工夫，陪他喝个痛快。为了达到爱情目的，我只得接受这个办法，决定这次狂饮在我的住所举行，免得被水仙小姐发现我那粗俗、堕落的丑态。傅立曼答应也来，我又请他去邀小姐哥哥，我自己就去作些准备。小姐的哥哥接受了我的邀请，到时候两位客人光临，狗熊哥哥对我说，他一辈子喝的酒也不知道有多少大桶了，但是从来没有象那天晚上那样受人欺骗过。我说我一定要赎罪的；便叫人在每人面前放一瓶酒，开始较量。头一大杯祝水仙小姐健康，接着正正经经地一杯一杯喝下去，酒力发作，声音愈来愈喧嚣。傅立曼和我喝的是法国淡葡萄酒，占了便宜，那野蛮的小财主在我们还丝毫没有醉意的时候就已经服服贴贴，象烂泥人一样用轿子给抬回家去了。

第二天上午，我那和蔼的亲信威廉斯照例又准时来拜访我。她说小姐准许她给我传信，我立即命笔，不假思索，写出了心中的恋情：

亲爱的小姐：

我自愧没有生花妙笔，不能倾吐胸中的柔情，我时而痴情焦虑，时而热烈希望，时而又五中悚然，若有所畏惧。让这张素笺来证明你的美貌在我心中燃起的爱火是多纯洁、多炽热吧！话虽如此，但是我的爱情是无法传达的，我的胸臆是语言所不能表述的。你的美貌使我心中充满了惊奇之感，你的通达事理使我倾倒，你的善良使我膜拜。情欲使我颠倒，疑虑使我迷惘，急躁的心情使我受尽折磨。亲爱的小姐，我的命运操在你手，请允许我和你会一面，低声向你耳中吐诉我的热情，把我洋溢着最纯洁、最真诚的爱情的心奉献给你，让我能凝视我那梦中的仙子而感觉陶醉，让我能谛听她那音乐一般迷人的语言。她如果答应我，报我双微笑，我就会欢欣鼓舞，把萦回在我胸际的难以忍受的疑虑驱逐到九霄云外。

罗·蓝启

写完了信，抒泄了心情，我把信交给我的忠实朋友威廉斯，嘱咐她利用她和小姐的交情替我说几句好话、帮我一把。然后，我穿好衣服，想去拜访斯那泼太太和小姐。自从亲爱的水仙小姐又占据了我的心灵以来，我完全疏忽了斯那泼母女，简直可以说把她们忘在脑后了。老太太很和气地接待我，小姐却装出一副很坦率、快活的神气，但是显而易见，这是勉强造作出来的。谈话之间，她还取笑我对水仙小姐的爱情，她说这件事已不是什么秘密，问我下次舞会是否想和水仙小姐跳舞。我发现全城的人都在谈论我，颇感不安，生怕小姐哥哥注意到我的意向，而从中作梗，拒绝和我交往，那我的机会岂不全被剥夺了吗？我决定必须趁我们的交情还没破裂的时候，利用机会，于是当夜偶然遇见他时，便求他允许我和他妹妹跳舞，他立即应允，我的高兴真是无法形容。

当夜，我越想越快活，大半夜没有睡着，次日一早起身，到达约会地点。过了一会，威廉斯到来，她脸上挂着微笑，看样子是个好兆头。果然，她把我的灵魂的偶象写给我的一封信交给我，我虔诚地把信吻过，迫不及待地把信拆开，方知她已答应我的请求，感觉无限幸福。原信写道：

蓝登先生：

　　若说我对你毫无情意，那是欺人之谈。从礼貌观点看，无需如此造作；从我们交往的久暂来看，那也不可能。我心里如果有所感触，我决不耻于口中道出，因此，我可以毫无顾忌地挽，我对于你所表示的情爱感觉高兴，对于你人品的正直表示信任，对于我自己行动的分寸也有把握。我毫不犹豫地对你说，我答应你和你会见，不过好事者多，人心阴险，我又怕别人看在眼里，恶意中伤，以致严重损害你的水仙的名誉，奈何？

　　　　　　　　　　　　　水仙手启。

这封信就是水仙小姐的坦率、慷慨、情谊的千真万确的证据，我吻了又吻，那种热诚的情况远甚于苦修人见了圣徒遗物所感到的陶醉与虔敬。我把这封信翻来复去读了不下一百遍；开头几句使我简直乐得发狂，而"你的水仙"一句更使我感到从来没有过的欢欣。我的幸福感还不止此，威廉斯还一再对我说，小姐读过我的信后如何用温柔的词句赞扬我。一句话，我有十足的理由相信小姐温存的心胸中也充满着对我的爱情，虽然不一定和我一样冲动，至少和我一样热烈。

我对威廉斯说，小姐的哥哥也答应我和她在舞会上跳舞，请她转告小姐，既然小姐哥哥已答应，我打算在舞会那天下午去拜访她，希望她象她和气的哥哥那样容许我去。威廉斯听说我和小姐哥哥处得这样好，也很快活；她竟毫无忌讳地说，她相信小姐一定会欢迎我去拜访她的，特别是因为那天她哥哥有个吃饭的约会。我听了这消息，不必说，心里是很高兴的。当下我就去到"长厅"，找到了他，假装不知他有约会，对他说，我想在舞会那天下午去拜会他，并把舞会的入场券送去给他妹子。他照例和我握过手，对我说那天他有饭局，不过还是请我过去和水仙小姐一起喝茶，还答应回去后通知水仙，好叫她有个准备。

一切都按照我的希望实现了，我怀着万分焦急的心情等待着舞会那天的到来。时间一到，我立即奔向我梦寐以求的地方而去。我会见了小姐，陪伴小姐的威廉斯见我来到，托辞去准备茶点，走开了。这样一个好机会使我整个灵魂感觉惊惶，而小姐也有些慌乱。我只感觉我内心里有一种不可抗拒的冲动。我怀着又热烈又敬畏的心情向小姐走去，趁她心里有些慌乱，一把把这美丽的天使拥抱住，在她的唇上火热地吻了一下，她那嘴唇比那含露初绽的玫瑰花苞还温软、还芳香。她的脸上立刻泛起了红晕，她的眼睛闪闪发出愤怒的光芒。我当即跪倒在她脚下，恳求她原谅。她原本对我有情意，所以一求便成，她的神色和缓了，表示原谅了我。她把我扶起来，半嗔半怜地责骂我，我真想再得罪她一回，可惜这时仆人把茶点端了进来，使我未能得逞。在有人打扰我们，或能够听见我们说的话的时候，我们就谈当晚的舞会，她答应作我的舞伴；等到仆人们走了，只剩我俩，我就又谈那更有兴趣的题目，用狂喜、激动的言词表达我的心意。小姐见我如此，生怕我又干出什么狂妄的事儿，赶忙摇铃把威廉斯唤来，把她留在屋里，好限制我，不叫我太活跃。她的戒备并未使我懊恼，因为威廉斯是我们两人的心腹，我可以毫无保留地在她面前倾吐我的情感。所以我仍旧畅所欲言，把心里的爱情话都说了，引起小姐的柔情蜜意，她也无拘无束，和我互道爱慕之情！她既对我如此怜爱，肯放下架子，我又怎能放过这大好时机呢？我又拥抱住她，她温存地由我拥抱。我拥抱着我最珍爱的人，预先尝到了我希望不久就能完全占有的天堂的快乐。我们彼此山盟海誓，难分难舍，希望着更大的幸福，就这样消磨了一下午。威廉斯看着我们这样天真的恋情，想到自己悲惨的身世，竟热泪盈眶，哭泣起来了。

天色已经不早，我无可奈何，只得和亲爱的小姐告辞。在分别时，她又任我温情地拥抱了她一回。我回到寓所，把我的幸福遭遇详细对我的朋友斯特拉普说了。他听了，心里充满快乐，眼泪直流，并且衷心祝祷，说千万不要叫什么嫉妒鬼象以前那样把这幸福之杯从我口边击落打碎。我心里想着已经发生的事，特别想到水仙小姐那种毫无保留的表示，不觉有些纳闷，她既然愿意委身于我，为什么不问问我究竟有多少资财呢？我也有些耽心，不知道她的产业有多少。我是非常爱她的，如果我和她结婚，而又没钱维持她应有的身份，那么，我岂不是给她带来了无法弥补的损害吗？我在她家当仆人的时候倒是听说她父亲给她留下相当大的一笔钱，大家也认为她姑母死后她会继承大部分遗产，但是我不知道她父亲遗嘱中在规定她继承遗产时有无约束性的条款；至于她姑母那方面，根据我所熟知的、最近的动态，小姐的希望不大。不过，我相信小姐是很懂事的、很有谋略的，她如果没有把结婚的后果考虑到，并早作了准备，她是不会经易和我互订终身的。

举行舞会的夜晚来到了。我穿上那套难得穿的出客衣服，和水仙小姐兄妹喝过茶，引着我的天使到了舞厅，不消一会儿，全场所有的美人都好比月蚀一样失去了光彩，水仙小姐成了全场注意的中心。我这时心花怒放，不可一世。我们跳过一回舞，有一衣装阔绰、在上流社会很有势力的贵族走来，当着大家，着实恭维了我们一番。但是，我的高兴很快就消失，原来那贵族一心只在小姐身上，并且对小姐说了几句话，其中含有很浓厚的爱恋意味。这时我才开始感到忌妒的苦味；对方又有势力、又善辞令，我颇有几分怕他；我听了他说的话，心里颇不自在，也有要呕吐之感。听到水仙小姐开口回答他，我的一颗心顿时死寂了；看到她微笑，我就象是在地狱里受折磨呢。他的骄纵令我愤怒，我暗暗咒骂小姐不该这样随和。好容易他才算抛下她走到大厅那面去了。水仙小姐丝毫没想到我内心燃烧着怒火，等他走后，问了我几句话，我是一句都不回答，绷着一张脸，一看就知道我心里很激动，小姐颇为吃惊，立刻变了脸色，问我可是不舒服了。还没等我回答，小姐哥哥忽然揪了一下我的袖子，叫我注意坐在我们对面的一位女客。我一看大吃一惊，原来不是别人，正是美林达，她母亲在旁边陪着她，还有一位我不认识的老先生。小姐哥哥嚷道，"你看，多么娇嫩的货色啊！蓝登先生！她如果还没嫁人，嘿，我真想——"我虽然惊魂未定，但还保持几分冷静，心想这女人一出现，保不定因为我当初侮辱过她，她要向我报复，散布我的谣言，那必将大大损坏我和水仙小姐的爱情。所以小姐哥哥表示爱慕美林达，更加使我惊惶；他问我美林达美不美，我是半响答不上话来。最后我才决定告诉他，她的名字叫美林达，有万镑家财，听说已许配某贵族，只等贵族成年，就要婚娶。这原是我瞎编的，只希望一下子打消他进一步转那美林达的念头，但是我的估计完全错误。小姐哥哥自信心非常强，任凭对手是谁，他也决不肯死心。所以他把她订婚之事一笑置之，自我赞赏地笑道："她也许会改变主意，也说不定。他是个贵族，那又算得什么？我看我比文明世界里哪个贵族也不差。我倒要看看象我这样一个没有爵位、一年收入有三千镑的人够不够她受用的了。"他这番决心颇令我惊恐，我怕他会发现我说的话与事实不符，而且我也相信美林达是会允许他向她求爱的，那么凭她那种坏心眼，什么花样想不出，她一定会操纵他，这么一来，我自己的婚事就一定会遇到各种各样的障碍了。我愈想愈痛苦。心中不快，形之于色，水仙小姐坚决要求立即回家。我把她领出门，正在这时，那贵族双眉愁锁，向她深深一鞠躬，我的心灵就如针刺一般。她在上轿子的时候很关切地问我到底什么地方不舒服，我什么话都回答不出来，只说了一句："我疯了！"

第二十二章

嫉妒折磨着我，我回家拿斯特拉普出气——接到水仙小姐的口信，我立即驰往她的住处，她的亲热的话驱散了我全部疑虑——我退出来的时候发现暗地里有个人影，我以为是暗探，想把他杀死，但出我意料，原来他是斯特拉普——美林达诽谤我——我认识了贵族奎佛韦特，他想探听我对水仙小姐的态度——小姐的哥哥也认识了这位贵族，开始对我冷淡——威廉斯告诉我，这位贵族想向小姐求婚，但是小姐还是忠实于我，虽然她也听到许多对我不利的谣言——我听说她的产权全操在她哥哥手中，感到万分沮丧——傅立曼先生为我的名誉扫地而感到惋惜，我进行辩解，他认为满意，并答应替我保卫我的名誉。

水仙小姐听我这样说，叹了一口气，走了。我回到家里，就象个刚从疯人院里出来的疯子，看见我屋子里炉子的火灭了，把一肚子怒气都发泄在斯特拉普身上。我使足劲，扭住他的耳朵，痛得他杀猪也似的嚎叫着。等我松手后，他傻傻地用两眼瞪住我，十分惊惧，若有不相干的人在旁边看见他，定会止不住大笑起来。当然，过了一会，我自知理屈，不该这样糟蹋他，向他道歉，他摇摇头说道："我原谅你，但愿上帝也原谅你！"我虽向他道歉，但终究对他太无情了，不免令他落了几滴眼泪。我自己也感到说不出的懊悔，骂我自己不该忘恩负义，他的眼泪就是对我的谴责。不过我目前心焦如焚，他的谴责着实叫我难以忍受，所以我的性子又复发作起来。我乱骂乱嚷，也不知道骂些什么，骂的是谁。我口角流出白沫，把椅子在屋里踢来踢去，玩出种种疯子似的把戏，把个斯特拉普吓得几乎魂灵出窍。半天，我的疯病才过去，却又变得阴郁沉默，哭得几乎昏迷过去。

在这种沮丧情况下，我忽然发现威廉斯出现在我面前，吃了一惊。原来斯特拉普并未通知我，已经一面一把鼻涕一把眼泪地哭着，一面把她领进我屋里来了。她已听斯特拉普谈到我的情状，很表关切，劝我要节制情感，不可胡猜乱想，并叫我跟她去见水仙小姐，因为小姐想立刻见我。小姐的名字就象一道符咒一样，立刻起了作用，我顿时站起，二话不说，跟着威廉斯从一个小门穿过花园直入小姐闺房。我一看，小姐也在哭呢！我的心立刻软了下来，我们俩半晌相对无言，我一肚子话说不出来，她那雪白的胸脯起伏不定，似乎对我表示又爱又恨。最后，她啜泣说道："我怎么得罪你了？"她这无限柔情的责难就象利剑一样刺透了我的心！我怀着无上的崇敬与爱恋，向她走去，跪倒在她面前，吻着她的手，说道："你太好了，你太完美了；我一无是处，此生休矣。我不配占有象你这样美好的人，上天原本是要把你配给它更宠爱的人的！"她猜出我为什么如此激动的缘故，温和地责备我不该乱疑心，而且一再说，她要终身忠实于我，于是我满怀的疑虑立刻烟消云散，心里感到十分宁静、满意。

一直到午夜，我才告别我的水仙仙子，好让她休息。威廉斯小姐把我带到方才进来的花园小门，放我出去，我就在黑暗之中一路摸着往家走，忽然听见背后有声音，就象是条大猩猩一会儿唔唔地叫，一会儿又喊喊喳喳。我马上转回身，瞥见一条黑影，心想这一定是什么人雇的密探来跟踪我的。我心想，如果当真如此，那对水仙小姐的名誉是非常不利的，不如把他杀死，以免小姐的美名受到损害。我拔出宝剑正想动手，忽然听见斯特拉普的声音，我住了手。他费了九牛二虎之力才迸出一句话来，说道："你你你要要杀杀我，就把我杀了吧！"原来他冻的下巴都僵了，两排牙齿就象一对响板一样敲得呱哒呱哒地响。真相大白，我很高兴，见他那慌张神气又不觉好笑，问他何以至此。他说因为他替我担心，所以跟踪至此，一直等我到此刻，并且坦率地说，他虽然很尊重威廉斯，但是想到我离开家时那种心情，他总有些放心不下，如果我再不出来，他就有心要去喊四邻了。我听了他最后这句话，颇不高兴，对他说，如果他真是冒冒失失把四邻喊醒，结果该多么糟糕。我严厉警告他以后不可再这样造次，如果下次再如此，我一定毫不迟疑地把他杀死。他悲切地说道，"耐心一点，你用不着杀死我，你只要一不高兴，我早已都吓死了。"他这几句怨言很使我感动，所以一到家，我就安慰他，向他解释我为什么发脾气，请他原谅我对他的粗暴言语。

第二天我又去"长厅"闲逛，刚一踏进门，就听见一阵喊喊喳喳的耳语，我知道一定是美林达多管闲事，给我散布过谣言了。但是我自己安慰自己道，我充分相信水仙小姐爱我，管他们说什么。我走到赌桌面前，赢了昨天我所怀疑的那贵族几个先令，他很自然、很有礼貌地和我攀谈起来，约我一同到咖啡馆，请我喝茶，喝可可。我这时想起了斯触特威尔，所以他虽然竭力向我讨好，我却存着戒心。幸亏如此，因为谈着谈着，他就谈到了水仙小姐，他假称自己也和女人发生过关系，所以也想知道我和水仙究竟是什么关系。但是不管他多诡诈，也只白费，我知道他是在装假，所以对他的问题，我只含糊其辞，最后他也只得不提此事，谈别的话了。

我们正在谈话，忽然小姐的野蛮哥哥闯了进来，还跟着一个人，这人把他介绍给贵族，贵族特别客气地招呼他，我心里想这贵族一定是想要利用他，这可不是什么好兆头。第二天情况更加不妙，我看见小姐的哥哥陪着美林达母女在一起，他还用鄙视的眼光看了我几眼。后来我就走上去，他不但不和我握手言欢，反而冷冷地对着我说："奴才，奴才。"口气不但冷淡，简直有些侮辱我，我若不是看在他是水仙小姐的哥哥分上，我一定当众辱骂他一番。

这些情况颇使我忐忑不安。我知道风暴就要到来，下定决心，作好准备。但是问题是水仙小姐的处境很危急，所以我决不能听之任之。生活中其他的享乐，我可以咬咬牙放弃，但是要我放弃水仙小姐，我无论如何也想不通，而且一想及此，我的心灵就折磨得要发疯。

次日早晨，威廉斯来看我，我正在焦急不安。她说奎佛韦特贵族表示要向小姐求婚，她哥哥便从中介绍了。她的话并没有减轻我的焦急之情。不但如此，她还说，小姐哥哥听了美林达的谣言，把我说成是个爱尔兰光棍，既没有高贵的出身，又没有产业，只靠一副绅士外表，在外面招摇撞骗来维持生活，又说我出身确实低贱，连我自己也不知道自己祖宗是谁。这些谰言固然是我意料中事，但是我听了仍压不住心头怒火，尤其是因为这些话真假参杂，无法分辨，使我难以替自己辩解。但是关于这问题，我一句话也不说，因为我急于想知道水仙小姐听了以后反应如何。水仙小姐为人非常开明，非但不相信这些鬼话，而且还和威廉斯私下非常激动地责骂世界上那批存心不良的坏人，她说那些不利于我的话全都是他们捏造出来的。小姐还回想了我在她面前的一举一动，她只觉我处处有礼貌、正派、毫无私心，所以她毫不怀疑我确是个表里一致的上等人。小姐还说："我有意不详细问他的身世，生怕他想起什么生活中的不幸遭遇会感到痛苦。至于他有无产业，我承认，我也怕问，而且我也怕暴露我自己的情况，惟恐一说清楚，反而引起我俩不快。咳，可恨哪，我能不能得到产业是有条件的，全看我是不是得到哥哥同意才结婚的。"

这话就似晴天霹雳，我听了之后，眼前一片漆黑，两颊苍白无色，浑身上下抖颤不已。威廉斯见我如此张惶，便安慰我道，小姐对我是忠贞不二的，运气总会来的，婚姻是有希望。她又更进一步安慰我道，她曾把我一生的梗概告诉过小姐，当然小姐对于我目前手头拮据的情况是知道的，不过她听了我的经历之后，对我的爱慕敬仰之忱非但没有减少，反而增强了。她这话使我大感安慰，免了我多少苦闷和急焦，因为总有一天我要把身世告诉水仙小姐的，如果我亲口告诉她，那我该多么羞愧、多么慌乱呢？

我知道美林达的恶意谰言已经传遍了全城，我决心用一切力量抵制她。为了向她报复，我决定把她和那假冒法国人的理发匠之间的关系揭穿，让大家知道。

再说威廉斯。她向我告辞，答应我午夜在花园门口等我，叮嘱我务必安心，她说小姐是十分爱我的，小姐的爱情是不可动摇的。说罢告辞而去。

我正要出门，傅立曼忽然来访。他特来告诉我，外面流传着许多关于我的谣言。我心平气和地听着，待他说完，也把我和美林达之间的瓜葛以及有关理发匠的故事一五一十都向他说了；并说他的朋友班特在这里面也作了很大贡献。他听了之后，完全相信我的名誉是受了歪曲，对于谣言来自何处，也不再有所怀疑了。他并且还自告奋勇，要在全城人面前替我洗刷，让谣言的狂澜倒流到策源地。但他同时也警告我，既然舆论对我非常不利，还是不要在公共场所露面为妙，以免遭受凌辱，产生不良后果。

第二十三章

我在"长厅"大门口接到一封不平常的信，但我还是闯了进去，和小姐哥哥去讲理，他恐吓我说，他要去告状——我责骂美林达不该恶意中伤我——她气得直哭——奎佛韦特贵族冷言嘲笑我——我驳斥他——水仙小姐十分温存地接待我，要我告诉她我的身世——我们立誓要终生彼此忠实——我回家安息——斯特拉普把我唤醒，说奎佛韦特派人送来挑战书，我当即和他相会决斗，把他击败。

我谢过他的劝告，但是我有自尊心，我又是一肚皮气，不能依照他的劝告办事，所以他一走，我就冲出门去，去到"长厅"，要到朋友们面前洗刷我的名誉。我到了"长厅"大门口，有个仆人模样的人把我拦住，递给我一封信，上面也没有署名，只写道：大家都不欢迎我来到此地，叫我知趣些，不要再捣乱，以后最好请到别处去走走吧。我读了这封命令式的信，非常生气，追上那递信的家伙，揪住他的领子，当着众人恐吓他道，如果他不说是哪个混蛋叫他送那封信的，我好让他得到他应得的惩罚，那我就把他（指那仆人）杀死。那送信仆人见我一脸杀气，吓慌了，赶忙跪下，说道，叫他送信的不是别人，正是水仙小姐的哥哥，他正在"长厅"那厢和美林达说话呢。我立刻走到他面前，当着他情人美林达的面，说道："小财主，你胆子可不小，送给我这么一封下流无耻的信！请你注意，若不是有一件事使我有所顾虑，我一定就地抽你几棍子，出出我心头怒火。"说罢，我把信扯得粉碎，向他脸上一扔；我又怒目向美林达一扫，对她说道，可惜她没给我个机会恭维一下她的造谣本领，否则她的善良的天性和热爱真理的美名就要受到损害了。那小财主本是怯懦之徒，只有吞了几口酒，才有些胆量，听了我的话并不想用上等人的所谓的"光荣方式"[1]来舒发胸中的气愤，却说要告我侮辱他，并且还指定了见证人。那女的见他如此胆怯，老大不高兴，又被我奚落了几句，就想引起众人的注意，赢得众人的同情，竟恶意地嚎啕大哭起来。女人家一流眼泪，必然会引起闲人的注意和关心，美林达便对这些好事之徒大诉其苦，骂我对她粗暴，还说，如果她是个男子汉，我绝不敢这样对待她。在场的人大部分对我已存偏见，从他们的眼色可以看出他们对我的放肆是很气愤的，但是他们也只不过对我怒目相看而已，只有奎佛韦特贵族竟然从鼻子里哼了一声，讥讽道，我要恢复名誉，这是件好事哇，而且对于我的名誉，他现在已经丝毫没有怀疑了。他这冷言冷语引起大家对我一阵讪笑，我一气回答道："在名誉这问题上，我可以很骄傲地说，你老人家是比不上我的。"他也不回答，只是用鄙视的神气对我一笑，走开去了，让我感到老大不痛快。我想去和几个认识的朋友谈谈，希望和他们谈谈话，把不痛快的心情岔开，不想这些人个个都躲着我，好象怕传染上什么瘟病似的。我真是丢尽了脸，幸好想到还有水仙小姐，她是爱我的，对我永远忠实的，否则当时的情况简直使

---

[1] 指决斗。

我无法忍受。我离开了这令我难受的场所，到街上闲逛，心里沉思着，忽然看见对面有一家珠宝店，便踱了进去，看见有一只戒指，当中嵌了一块鸡心红宝石，周围镶着闪闪的金刚钻，我花了十个几尼买下，预备送给我心坎上的情人水仙小姐。

到了约定的钟点，我便去拜会水仙小姐。她虽然听见过许多对我不利的话，但是仍旧非常亲密而温柔地接待我。关于我的身世，威廉斯早已跟她讲过一个梗概，她现在想进一步知道得更加详细一些，我也很坦白地告诉了她，不过略去了一些她听了会玷污她耳朵的事情，这些事情读者是不难想象的。我所讲的大半是我的不幸遭遇，所以我一路讲，她那双明眸一路流出同情之泪，哭个不停。待我讲完，她热情地向我保证她将终生爱我，以补偿我所受到的苦难。不过她说，她目前的处境受到限制，不能使我及早享受幸福，这一点使她非常伤心。她又告诉我，奎佛韦特贵族得到她哥哥的允许，这天下午曾来和她一起吃茶，而且居然向她求婚了。我听了感到十分不安，她又马上表示，她愿意和我私下结婚以证明她对我的爱心，后果如何，她是在所不计的。她如此爱我，我非常感动，因此也想表示一下我的度量。我说，她的好意虽然诱人，但是我却难以接受，我怕连累她的名誉，影响她的利益；不过同时我却把那戒指赠送给了她作为信念，以表示我对她的永不磨灭的爱心。我又跪在地上指天发誓道，如果我有丝毫变心，或者口是心非，我愿遭天谴。她把戒指收下，也把她自己一幅绘得非常精致、镶在金框里的袖珍肖象赠送给我，作为答酬，并也跪在地上，祈求上天作证，她若变心，也遭天罚。我们彼此盟誓完毕，希望的信心增强了，在礼教允许的范围之内，我们彼此表现得极为亲昵，不觉光阴如流，已到清晨，我才不得不勉强离开我心上的亲人。也是上帝有眼，让我多呆了些时光，因为我命中注定就要遭到厄运，从此要再也见不着她了。

我回到家里，立即上床睡下。睡了约莫两个钟点，斯特拉普把我唤醒，慌慌张张告诉我，下面有个当差的拿着一封信，说是要亲手交给我。我吃了一惊，就请我的朋友斯特拉普把那人带到我卧房来，那人把信给了我，并说立候回复。我拆信一看，只见信上写道：

阁下：

如果有人损害了我的荣誉，不论我们之间等级差别多大，我情愿抛弃我的特权身份，要和他站在同等地位，要求他补偿我的荣誉。昨夜在"长厅"你对我那种无礼的举动，我本来可以置之不顾，不过你竟敢在某个和我利害有关的问题上与我争衡，加以今早我又发现了一个情况，因此我决定必须用武力来惩治你的狂妄。如果你有胆量真敢作个上等人，而不仅仅装作是个上等人，那就请你立即跟随来人到个方便地方，来和我相会。

奎佛韦特。

我也不知道是因为我和水仙小姐缠绵眷恋而萎靡不振呢，还是怕奎佛韦特的贵族身份，总而言之，我当时实在不想决斗。不过，水仙小姐的名誉是必须保卫的，我自己的荣誉也必须坚持，所以我就立刻起身，匆忙穿好衣服，佩上宝剑，叫斯特拉普陪着我，跟随来人而去，一路直骂自己不走运，在从小姐家回来的时候被人发现了，若不是如此，奎佛韦特所给的"发现情况"又作何解呢？走着走着，我就看见了奎佛韦特。来人对我说，他主人命令他到此站住，我也命令斯特拉普停住，我独自走上前去，心里想如果可能，在没有决斗之前，最好能和奎佛韦特先解释一番：事有凑巧，我刚走过去，他先开了口，他板着面孔问我道，"你这么早在水仙小姐住宅花园里有何公干？"我说，"你这问题简直象是法官问案，太傲慢了，我不知怎样回答。请你老人家心平气和些，慢慢地说，礼贤下士，是不会吃亏的。否则的话，专靠恐吓，那是逼不出我的口供来的。"他回答说："你怎么还想抵赖，我亲眼看见你从花园出来的。"我说："还有别人看见我吗？"他说，"我不知道，我也管不着有没有别人看见，我有我自己的一双眼睛作证明就够了。"我一听原来只有他一个人知道我这秘密，放下了心，现在主要就是要打消他的嫉妒，便伪称我和小姐的女仆有私。但是他也很明白，坚决不受骗，并对我说，若要叫他相信，只除一个办法，那就是发誓放弃对水仙小姐的一切要求，并且答应以后永远不再和她交谈。我一听，怒从心头起，拔出宝剑，对他说道："我的天！你有什么权利把这种条件强加在我头上？不要说你，天下哪个人有这份权利？"他也拔出宝剑，皱紧眉梢，向我冲来，口里骂我是混蛋，说我污辱了水仙小姐。我也大怒，回答道："谁骂我混蛋，谁自己就是个没有廉耻的混蛋，水仙小姐比养你的亲娘要清白一万倍，我一定要用我心上的鲜血保卫她的荣誉！"我一面说，一面举剑向他刺去，但是我在气头上，却没顾得剑法，一心只想刺着他，不料却被他刺伤了我的脖颈，我益发暴怒起来。他不仅剑法比我好，而且比我沉着，我每次向他刺去，他都泰然把我的剑锋挑开，我气力渐渐有些不支了，他见此情况，就开始加紧向我进攻。我也不示弱，他见自己不能得逞，便使了个侧进法，向我紧逼上来，一剑刺透我的坎肩，刺着我的肋下，剑锋顺着衬衣和皮肉的夹缝，从左肩穿出。我以为他一定把我的肺刺穿了，受了这样的伤，那是非死不可的，所以想：要死也得报了仇再死，就趁他还没有拔出剑来的当儿，用左手揪住靠在我胸前的、他剑柄上的护手，牢牢不放，用右手抽回我自己的剑，对着他心口刺去，不想一刺只刺中了他的左臂，穿透了他的肩胛骨。我大失所望，同时又担心临死不能报仇，所以我就和他搏斗；我身体比他健壮，一下把他摔倒在地，从他手里拧落了他的宝剑，在一阵忙乱之中也顾不得刺杀他，竟用剑柄对着他乱凿，凿落了他三颗大门牙。这时，我们的两个仆人，见我们倒在地下扭成一团，忙跑过来想帮我们，把我们分开，但是没等他们跑到，我一纵身跳了起来，发现我自认为是致命的伤口，不过只是擦破了一层皮。我一看，生命是没有危险了，心里的怒气也消了一半，也有工夫去研究一下对方究竟伤势如何了。他一直还躺在地上，顺着嘴和臂膀流出一大滩血，我便和他的仆人相帮着把他扶起来，用我的手帕包扎好他的伤口，对他说伤势不重不必担惊，又把他的宝剑还给他，张罗着要扶他回去。他带着赌气而又庄严的声调谢过我，不要我送，并低声说，"你等着瞧吧"，说罢扶着他的仆人走了。

他这话很令我吃惊，我了解他是在向我进行恐吓呢，我就打了个主意，如果他再要和我较量，我必须相机行事，用别的办法制胜他。

我这时才有工夫注意到斯特拉普，原来他已吓呆了，我连忙安慰他道，我并没受伤，一路走回家时，我一路还向他解释这次纠纷的性质。到家以后，我才发现我的脖颈有些僵硬，很不舒服，衬衣上沾满了血块。我连忙把外套和坎肩脱掉，解开领口，准备包扎伤口。斯特拉普见我衬衫上血迹斑烂，以为我一定是千疮百孔，叫了一声"耶稣！"就晕倒在地了。我用一块干布擦干了伤口，止住了血，敷上药膏，把身上血迹洗净，又换上了干净衣服。斯特拉普一直躺在地上，昏迷不醒，待他醒来，见我又象没有受伤的好人一样，他又吃了一惊，简直不能相信他自己的眼睛。

危险已过，我对于方才的事情，倒也感觉高兴，希望这件事能够很快宣扬出去，那么我的身份就可以大大提高了。同时，我和奎佛韦特决斗也表明我爱水仙小姐，能促使小姐更加对我发生好感，因此我倒反而感到很骄傲。

第二十四章

傅立曼来看我，我和他一起出现在公共场所，众人对我表示敬爱——奎佛韦特派人把我叫去——怒别奎佛韦特——水仙小姐的哥哥把她劫持而去——我想追他，我的朋友劝阻我——我赌博，把钱输光——我回到伦敦——再试赌运，手气不佳——接到水仙一信——欺骗我的裁缝。

我正在这样想得得意，不知是什么人多嘴，把我和奎佛韦特决斗的消息传遍了全城。傅立曼当即前来看我，见我在寓，反倒吃了一惊，因为大家都谣传奎佛韦特已因伤致死，我怕吃官司，已逃之夭夭了。我问他，别人可知道我和奎佛韦特冲突的缘故，他说众人都说我和奎佛韦特冲突是因为我在"长厅"用语言冲撞了他，我一面就对他说，是的，就是为这缘故，一面心里暗暗为水仙小姐庆幸，因为她的名誉没有因此而受损。我又对他说，奎佛韦特虽然受伤，并无性命之忧。他即向我祝贺，并告诉我道，他在他的朋友们面前一向尽力维护我的名誉，这次决斗的事发生得恰得其时，正好证明他在他朋友面前并未妄言。

我见他如此说，心中有了把握，即与他一同出门赴咖啡馆闲坐，许多人前一天见了我还避之犹恐不及，今天都和我打起招呼来了。我又发现人人都在议论美林达的法国男友，引为笑谈。我正在咖啡馆中坐着，忽然接到奎佛韦特贵族一封信，要求我抽暇到他家去，他想见我一面。

我当即前去，仆人把我引入一间内室，奎佛韦特斜倚在床上接见了我。仆人退出后，他即非常客气地向我道谢，谢我虽然决斗时占了上风，却未杀害他性命，如果他在怒气头上冒犯了我，请我原谅。他又说道，"我很愿意和阁下交个朋友，但是我无法放弃对水仙小姐的爱情，我也深知你对她的情意，所以我们在这问题上是永远谈不拢的。因此，我冒昧把阁下请来，无非是要向阁下坦白说明，我不得不反对你和小姐的婚姻；不过我可以答应你，即使反对，我也决不用不公道或不名誉的手段来达到我的目的。不过，有一点我认为必须请阁下了解，那就是水仙小姐自己手中并无分文财产，即使阁下和她结成良缘，恐怕她的哥哥也不会给她一文钱，都要看阁下能否养活她了，不过我深知阁下在这方面是无能为力的。不仅如此，我还要向阁下坦白说明，由于我有这番考虑，所以我已告诉小姐哥哥说，我怕阁下和小姐之间的爱情程度已很深了，叫他多加防范。"我听了他这番话又惊又气，便问他道，他既说要待我公道，不放冷箭，却怎又对她哥哥说这种话，那他何以自圆其说？我说罢，拂袖而去。

我一路走回家去，希望和往常一样能通过威廉斯打听到一点小姐的消息，不期有一辆六匹马的大轿车从我身旁飞驰而过，从车窗里伸出一只手来，向我挥舞着手帕。我仔细一看，只见有一仆人骑马跟在车后，我认得那厮是小财主的当差，当即大惊，心想万事休矣！那挥动手帕的车中人分明是水仙小姐无疑了，一定是她哥哥接到奎佛韦特的信后和她匆忙离开此地，而她在仓促之中又无别法表示痛苦，求我解救，只好挥巾示意。想到这里，我心乱如麻，立即奔回寓所，抄起手枪，命斯特拉普火速去雇驿马。我的话是上气不接下气，颠三倒四，把个斯特拉普吓得以为我又要去和什么人决斗，赶紧奔出门去，且不去雇马，径赴傅立曼寓所，把我的情况对他说知。傅立曼立即来到我的住处，苦苦哀求我告诉他是什么事情把我弄得这样神魂颠倒。我见他如此苦求，只得说，水仙小姐跑掉了，我的幸福也不翼而飞了，我非得把她夺回来不可，否则只有死路一条。他说我这样作完全是丧失理性的作法。他用尽力气，讲交情，说道理，想打消我的意图，但都归无效，最后，他提醒我道，小姐对我的爱情是凿确可靠的，她的女仆威廉斯对我的感情也不错，一定会找机会把她们的情况通知我，我这才打消了原意。他又说道，如果我当真冒险从事，小姐的名誉也必然会受到损害的。这些话总算把我说服，我的心情也算平息下来了。我出现在公共场所时，神情亦颇泰然，城里的时髦人待我也亲密了，大家知道我的不幸，纷纷安慰我。我也很满意地看到美林达却处处遭人白眼，不得不返回伦敦，怕受巴斯上流妇女的嘲笑与非议。在这段时期里，我一直希望能听到我情人的消息，这个希望使我能撑持一个短时期，不过过了几个礼拜，小姐音信全无，我又开始忐忑不安起来。忧郁与沮丧占据了我的心灵，我恼恨上天待我就象后娘，不让我了却夙愿。失望之余，我决定到赌场去倾我所有，孤注一掷，希望能够赢一笔钱，终身不必求人，否则沉沦愁乡，终日苦想，远大的希望必然会粉碎无遗。

既下了走险的决心，我便大赌起来。我有时胜有时负，赌了三天，一结帐，却赢了一千镑之数。但是我志不在小，因此不把我赢钱的事告诉斯特拉普，继续赌下去，赌到后来输剩了五个几尼。我一赌气，本想也把这五个几尼押了，继而一想，我本来一押都是二百镑，区区五个几尼岂屑一押，才算没有把它也输掉。

我的赌博计划已经执行完毕，回到家里，心情反倒舒畅了些，心平气和地把我输钱的事告诉了斯特拉普，他还以为我是在和他戏言，听了也不以为意。不过，很快我们两人就发现了我们的真实处境，我原来自以为是心地坦然，而其实只说明我的愚蠢；而他呢，第二天早上见我忧愁暴躁，才知道我昨夜说的并非笑话，但是他极力安慰我，以减轻我的痛苦。

我时而如癫似痴，时而又清醒些。有一次正当我清醒的时候，我命斯特拉普到开赴伦敦的驿车上去给我订个座位，我一方面把在巴斯欠的帐付清了，总共不过三十先令。斯特拉普碰巧又雇着一匹回伦敦的马，我也不和朋友们告别，登车而去。一路无话，我们回到了伦敦。在车过巴格旭特高地的时候，我忽然心血来潮，想恢复我丧失的资财，办法是就在这地方强迫同车旅客捐助我。当地的情景使我萌此念头，我也认为我的计划是正当的，所以我几乎就要冒生命的危险干出抢劫的罪行了，不过又一想，如被发现有损名誉，才罢手没干。

我早先在伦敦住的房子现在没有人住，我就搬了进去。第二天出门去访问班特，找到了他，他张开两臂向我表示欢迎，以为我以前和他订的条约如今可以如愿兑现了[1] 但是我把经过的事情对他一说，他立刻变了脸色，干巴巴地，带着他那特有的不高兴的神气对我说，他如果是我的话，他决不让命运这样随便摆布他，一定要立刻惩罚自己的考虑不周。我问他这话怎讲，他用手指指自己的脖子，跺跺脚，一言不发就走了。我把他叫住，告诉他，我现在身上分文俱无，叫他把以前欠我的五几尼还我。他嚷道："五几尼！我的天，你赌钱时候稍微放聪明一些，现在你口袋里还怕没有两万镑

---

[1] 见本卷第十七章。

钱！我眼巴巴地指望你的五百镑钱，我以为这是很牢靠的，就好象已经存在银行里一样。说句公道话，这笔钱就好比是你欠我的一样啊。"我听了他算的帐，很不高兴，也没被他说服，我坚持要他还我那五个几尼，他不得不改变口气，求我不要吵嚷，并对我说，他现在身上连五个先令都没有啊。同病相怜，这是常情，我打消了向他讨债的念头，转而向他请教起来。我问他，我的损失应该如何弥补才好。他劝我不如把我的表卖了作赌本，再去碰碰赌运。我接受了他的指点，把表卖了，给了他几个先令，跑去一赌，又把所有的钱都输光了。

　　我回到家里，情急无奈，把我的情况告诉了斯特拉普，命他拿我的宝剑去当了，好再作孤注一掷。心地善良的斯特拉普了解了我的意图之后，直为我前途受苦的日子发愁，不觉流泪问道，当剑的一点点钱再花光了，我到底预备怎么办呢？他又说，"我倒不替我自己发愁，只要上帝不让我生病，只要我有这十个手指在，我到什么地方都能挣钱，过得挺舒服，可是你又不肯卑躬屈膝，又不甘清贫，那可怎么办呢？"我打断他的话头，愁眉苦脸对他说，只要我手里有手枪在，我就不会短钱花。我这一说，可把他吓坏了，半天说不出一句话来，最后才说道："上帝大慈大悲，千万别让你受魔鬼的这种引诱吧！你应当考虑一下你的灵魂，死后再忏悔，那可就晚了。上帝，我们怎么竟会落到这样的地步！人家不是直教导我们要服从上帝的意志吗？你的耐性上哪儿去啦？古语说得好：'忍耐则无坚不克'，你年轻还轻，好日子还在后头呢；古语又说，'想了一年都想不到的东西，顷刻之间就到了手'。你该记得你的舅父包凌先生吧，他现在也许正坐船回国呢，他正在希望能见到你，救济你呢，说不定他已经回来了，听说他的船这两天正该到。"我听了这话，心里顿时有了一线希望。我谢过他及时提醒我，并派他去瓦坪打听消息，我答应他不等他回来我决不采取任何行动。

斯特拉普走后，班特来访。他听说我赌钱失利，便对我说，命运女神虽然迫害我，但总有一天她会感到厌倦的。"不过，"他说，"那且不管，这里有一封寄给你的信，是附在傅立曼寄给我的一封信里的，我刚收到。"我从他手里赶忙抢过信来。一看信封上的字迹，就知道是水仙小姐写来的，我乐得把信吻了一遍，然后拆开，读道：

> 我费了很大力气，才躲开派来监视我的暗探，得到机会与你通信。让我告诉你，我哥哥听了奎佛韦特告诉他，我俩有来往，突然之间就把我挟带出巴斯城。后来我又听说你为了我曾和他决斗，还把他刺伤。我完全相信你有荣誉感，我完全相信你对我的爱情，不过我希望你以后千万不要为了证明这两点而冒险。我现在受到严密的监视，你要见我是不可能的，除非我哥哥打消了疑心，除非老天降福，帮助我们。不过你可以相信，我是永远忠实于你，永远爱你的。
>
> 你的水仙。

> 再者，威廉斯也请我代她向你致意，她也受到监视。我俩身体都很好，只是一想到你就感觉难受，尤其因为你不可能派人或写信到我们被监视的地方来，和我们通消息。正因如此，所以请你千万不要作此尝试，万一有失，反而使我们受监视的日子更要拖长了。
>
> 水仙又及。

我读完此信，大感安慰，把信的内容对班特说知，同时又把小姐的肖象给他看了。他称赞小姐美貌、通达事理，并且不得不承认我摆脱斯那泼小姐是可以原谅的，象水仙小姐这样一位美妙女子是值得我关注的。

我对我当前的贫困逐渐安之如素，心里想，如果我能维持到我舅父回来（也许他已经回来了，也说不定），他一定会极力帮助我，促成我的婚姻，解决我的金钱问题。因此，我便和班特商议，如何才能弄到一笔钱，度过目前这段青黄不接的时期。他听说我认得一个裁缝，并且可以向那裁缝赊欠衣服，便建议我到那裁缝处去赊两三套贵重衣服来，然后到蒙麦斯街[1]半价出卖，变成现款。我听了这建议，吃了一惊，我觉得这有点欺骗的味道，但是他说这完全切实可行，因为过不了几个月我就有钱了，再去还帐，谁也不吃亏，而我的动机既然纯正，眼前这么办也不算罪过。他这么一说，我觉得良心上倒也说得过去，虽然冷静一想，这是不应该作的，但是迫不得已，也不失为权宜之计。后来我一打听，我舅父乘的船消息全无，就果真把这计划付诸实行，得了二十五几尼；把尾数五几尼给了班特，以谢他献计之功。

---

[1] 这条街以估衣铺著名。

第二十五章

我被捕——被关进玛绍西监狱——在狱
中遇见老朋友美男子杰克逊——他对我
讲述他的经历——斯特拉普探监，我好
容易才把他安慰住——杰克逊把我介绍
给一位诗人——我很佩服他的谈吐和才
能——我深为我的不幸感到不安——斯
特拉普受雇当了理发师傅。

过了不多几个星期，我的计策产生了没有预料到的后果。我那
一套衣服卖掉之后被一个戏子在估衣铺看到买了去，穿着上了台，
恰巧又被裁缝看戏看见了，立刻认出是我向他赊买的那一套，就
仔细查究起来，结果发现了我整个计策的底细。一天他来到我住
所，对我说，他现在手头很紧，缺钱花，掏出帐单，共约五十镑
钱，要我还帐。这突如其来的话使我大吃一惊，我就故意装出一副
大模大样的神气，骂他道，"你是否怀疑我的信用吗？我以后再也
不和你交易了。"最后，我叫他过三天来听回话。过了三天，他果
然又来了，问我要钱，见我又拿空话哄骗他，他就通知官府当天就
在大街上把我逮捕了。我倒也并不惊奇，觉得这么一来反省得我一
天到晚心里总存着牵挂。不过我拒绝到债务人拘留所去，因为我知
道在这种地方，除了敲诈还是敲诈。我叫了一辆马车，叫警官和他
的随从把我送到玛绍西监狱，我这决定使他们两个感到十分失望

难过。

监狱的门官见我衣冠楚楚，知道我身上有油水，便再三用拉丁话招呼我道，"保你平安，"又对我说，"你可以随意选房子住，不过得预付房金。"我要求他让我看看他都有哪种房间。我看了一遍，租了一间又狭小又破烂的卧室，每星期租金一克郎，这种房间在外面租，是一半价钱都不消的。我住进了这间阴暗的房子之后，就请人去找斯特拉普，一面遍索枯肠，想他来后该用什么话安慰他才好。正在这时，忽然有人敲门。我把门打开，只见一个外衣褴褛、内衣肮脏得出奇的青年人，踱了进来。他向我深深一鞠躬，唤出我的名字来，并问我可把他忘记了。我一听他的口音很熟，一想原来正是我的老朋友杰克逊，这人是在本书的前半部已经交代过的了。我热烈接待他，庆贺他还在人间，对他目前的处境表示悼惜。但是他倒毫不在乎，哈哈大笑，认为在此邂逅，倒是出乎意料的事。彼此寒暄一番之后，我便问他有关他和那阔女人的婚姻的事，我以前和他分手的时候，这事似乎已经将近成功了。他听我问及，笑得前仰后合，笑过一阵，对我说道，那回他吃了亏了。他说："你多半还记得，我们跟那鸨母和窑姐打过交道以后不几天，我就跟你方才提起的那阔女人结婚了，在她家里过了一夜，她对我很满意。第二天一早，她却一把眼泪一把鼻涕哭个不停，最后向我坦白说，她并没有什么大宗遗产可以继承，她只不过是个普通妓女，诱我成婚，希望能作个'外室'；她又说，她一身是债，如果我不及早设法逃匿，债主一定会指使警官逮捕我。我一听，一骨碌就爬了起来，狠狠地骂了我'妻子'几句，就走了，找了个安全地方躲了起来，后来我在军舰上谋到一个军医副手的职位，星期日到了停驻在朴资茅斯的军舰上。不久，军舰开赴直布罗陀，我的运气不错，在一条小战船上当了军医，前几个月才回来；不过回来之后，职务就被裁了，回到伦敦，我满以为官府一定把我忘了，我的妻子和她的债主也一定不会来缠我了；不料回到伦敦还没有一个星期，就为了她欠下的二十镑债被捕了，被关在这里，关进来以后又因为另一案件，把我更加陷在这里了。不过，你知道我的脾气，我是最无忧无虑的，我现在还支一半薪水，也还将就过得。"我祝贺他能这样达观，又想起我曾欠过他的钱，即把这钱还了他，这钱对他来说不可谓不及时。我又问他在这地方伙食费用如何，他详细给我解释了一番，我们协议一起吃饭，而正在我们要叫饭的当儿，斯特拉普来了。

我这位诚实的朋友一脸愁容，我生平还没见过这种哭丧的神气呢。其实，他那张脸天生就带着这种神气，所以倒也调称。屋里剩下我们两人之后，我便把我遇到的倒霉事告诉他知道，并且用他自己以前对我说的话反过来安慰他，只是关于我舅父可能不久回来把我营救出去一节，并未提及。但是他还是一肚子的忧愁，眼睛看着我，耳朵里却没听见我说的话，默默地搓着双手。我也几乎受到他的感染，正在此时，杰克逊回来了，他见我对斯特拉普这样一个就衣装来说，不过是仆人的人很恭敬，所以他也有说有笑，很洒脱地东一句，西一句劝慰着斯特拉普，就象把面包渣施舍给小雀儿一样；斯特拉普听了，一脸愁云也渐渐消散，话也说得出来了，对我们当前的处境也不那么伤心了。我们从附近一家饭铺叫来午饭，有煮牛肉和蔬菜，三个人坐下一起吃了。这顿饭虽说比起我近日的奢华生活来，颇有距离，但时至今日也只得容忍一二，吃得还是很香甜。我并且还请两位朋友喝了一瓶酒，酒下肚后，正如我所预期，效果很好，我那同狱朋友兴致高涨，斯特拉普的精神也为之一振，对我当前的不幸也不那样在意了。

吃过饭，杰克逊走了，我便和斯特拉普谈我们的私事，我叫他把我们的细软打点一下，把租的房子退掉，所欠房金，我给了他，叫他付清，然后在玛绍西监狱附近典一间便宜房子住下。我又叫他不要在外面随便泄露我目前的不幸遭遇，如果房东或其他人问起，只说我搬到乡下去几个星期，同时我特别叮嘱他必须每日去找班特，看看他有没有从傅立曼那儿转来我的水仙的信。我又叫他务必到瓦坪我舅舅住处去一趟，把我的地址留下，等他回来，好知道何处寻我。

我的朋友走后，当夜就把这些事都办妥。我住在狱中，却很不习惯，怕一个人发闷，便去找杰克逊闲谈消遣，他问我想不想去听人谈文学修养问题，我同意。他便带我到了一个大家聚会的地方，在这地方我见到许多赤身露体、情状可悯的囚犯。我们待了不久，只见进来一人，衣服已经变成许多脏布条裹在身上，腰里扎着一根带子，是两条不同颜色的布条结起来的，脸上是一部又黑又浓的胡须，头上戴着一顶硕大无朋的古铜色假发，好象是从什么稻草人头上摘来的，真是三分象人，七分象鬼，迈着庄严的步伐踱了进来，向众人深深一鞠躬，大家都回礼道："博士先生，您好。"他又转向我们，特别过来和杰克逊招呼。杰克逊非常正式地把他介绍给我说，这位是麦洛波因[1]先生。介绍完毕，他又走回众人中间，众人把他围住，只听他哼了三声，用很有分量的声调，一边作着手势，讲出一篇文词优美、才气横溢的话来。我听了很是惊愕。他讲的题目是天才和修养的区别，讲的时候，旁征博引，遍举古今作家作为旁证。他讲了足足有一个钟点才完，讲完又向众人一鞠躬。后来我听说，他讲了一大篇，听的人一句也没听懂，但是他们对他又钦佩又尊敬，自动捐款帮助他，杰克逊说一个礼拜也能凑上十八便士呢。这数目虽不为大，但是他有时替人调解纷争，人家也送他一

---

[1] 意谓"抒情诗人"。

些小礼，这样他也能苟延残喘，过得象我方才所描写的那样。我又听说他的诗才很好，写过一部悲剧，凡是看过的人，都认为是出好戏。这人又是学识渊博，道德高尚，为人谦虚。这么一个人物当然引起我的注意，真想和他结成朋友，因请杰克逊去邀他今晚到我房中来消遣。麦洛波因答应了我的请求，光临我舍，在谈话之间他注意到我对于文学特别感兴趣，便大谈文学，谈得头头是道，引得我直要求他把他的作品赐给我一读。他答应次日将他所撰悲剧带到我房里来，当晚他又给我背诵一些他的作品的零碎片段，使我对他的诗才更有了很高的评价。我特别喜欢他拟罗马诗人提布鲁斯而作的几首挽歌，其中一首尤能说明他的性格与才华，愿录下与读者一同欣赏：

一

我的欢乐的梦都飞向了何处？
摩尼密雅，请你把安息还给我灵魂；
自从我看到你那娟美的风度，
相思一缕缠绕住我的身心。

二

快活的情侣尽管去追逐快活，
歌唱、作乐，消磨飞逝的流光；
和美人儿一起，曼舞婆娑，
或在玫瑰架边蝶浪蜂狂。

三

我不想在万紫千红的田野徘徊，
不爱听牧笛，不爱看牧羊女舞态翩翩；
我不想在芳香的林荫下往来，
不爱听珍禽异鸟歌声回啭。

四

我只想寻一处孤庙、空堂，
看阶下墙角湿漉漉苔痕如碧，
伴残灯一盏沉思冥想，
任午夜清露沾润冢中枯骨。

五

我愿与失望、悲哀为伍，
默默哀悼一番我的不幸；
生而悒悒，不如与死者同埋抔土，
永诀爱情，永断相思苦命。

六

摩尼密雅，你肯在我那凄凉的墓畔，
洒一滴清泪，把我的痛苦埋葬？

撒几片鲜花，赞美我虔诚的心念，
休让墓上青草压断我的愁肠！

　　这首充满忧伤的诗使我深深感动，我觉得简直是在为我失意的爱情写照；其中的摩尼密雅，我感觉简直就是水仙。我对我自己的前途也产生了一种忧戚的预感，心里一直宁静不下，于是不得不借酒浇愁，幸亏喝了几盅酒，倒昏昏沉沉地睡了一大觉。但是，也不知道是这首诗勾引起我一连串的愁思呢，还是我第一天入狱后用尽了心力以克服沉重的心情而感到筋疲力尽，总之，待我一觉醒来，只觉魂魄震惊，可怕的魅影萦回于脑际，我简直想寻短见，读者想也不难了解，我当时情况实在也是毫无乐趣可言。正在愁闷忧虑之际，斯特拉普忽然到来，带来了好消息，才又使我心里平静许多。他说他已找到一家理发店老板，愿意雇他作理发师傅，这样一来，不仅可以给我省去一大笔开销，而且还有可能积攒一点钱，如果我一时不能出狱，而手头的钱又用光了，那么也可以用这钱来维持生活了。

第二十六章

我读了麦洛波因的悲剧，对他的天才佩
服得五体投地——他述叙他的经历。

第二天清晨我们一起吃早饭，我跟他谈到诗人麦洛波因的为人以及他的境遇；正在此时，麦洛波因挟着他那部悲剧走了进来。他以为我俩正在谈什么正经事，说什么也不肯坐下，丢下作品，竟自走了。我的朋友斯特拉普心地善良，最钦佩正直的上等人，看见麦洛波因如此落魄，心肠早已软了，我就建议是否可以把我们多余的衣服拣几件赠送麦洛波因。这话正投斯特拉普心意，他立刻表示同意，并且说他愿意把衣服送去，说罢就去取衣服了。

他走后，我即把门锁上，坐下来读悲剧。我一口气读完，深感满意，想到舞台经理竟会拒绝上演这种剧本，倒真有些不解。我认为题材选择甚佳，布局自然，各场情节均饶有兴趣；对照美妙，突出有力，衬托的人物也很好；词藻富有诗意，活泼正确；全剧严格遵守三一律；起局缓慢，引人入胜，转局奇突，结局又极感人。总之，我以亚理斯多德和霍莱斯的规则衡量此剧，并未发现任何不合规格之处，若有之，也不过在某些地方修饰略嫌过分而已，不过，他引了亚理斯多德《诗学》上一句话道，作品枯燥之处，应饰以华丽、遒劲的词藻，以高其格，经此说明，我也就不再挑剔了。

我十分景仰他的天才，很想详细了解一下何以这么一个人竟落魄至此。正在此时，斯特拉普抱了一包衣服回来，我即遣他把衣服送去给麦洛波因，请他笑纳，聊表我的寸心，并邀请他来午餐。他答应了，不到半个钟点来到我的房间。他换过衣服之后，与前大不相同，真可说是一表人材。我看他脸色，知道他衷心感戴我，便不等他开口道谢，抢先请他恕我的冒昧不恭。他也不回答，只是满怀敬意，向我深深一躬到地，眼睛里早涌出两行热泪来。这是善良天性的表现，我也深受感动，连忙用话岔开，极力称赞他的悲剧写得好，我说拜读之余，深感快慰。他见我夸奖此剧，很是高兴。这时，饭开了上来，杰克逊也已来到，我就请他们允许斯特拉普和我们同桌吃饭，并向他们解释道，我有今天，都亏斯特拉普的帮助，他们完全同意，我们四个便和乐而满意地吃起午饭来。

吃过午饭，我表示惊讶道，以麦洛波因的才学，怎么竟未引起世人的注意。杰克逊曾告诉过我说，麦洛波因曾把自己写的悲剧送给舞台经理看过，但被退了回来，我便要求麦洛波因讲一讲那些舞台经理究竟怎么对待他的。麦洛波因说道，"我一生的遭遇平淡无奇，说出来徒然浪费你们的精神，不过既然各位愿意知道，那我也就义不容辞了。"

接着，他便讲出下面一段话来：

我父亲是个乡村牧师，家境清寒，无力送我入大学读书，只得费尽心力自己来教育我。我从父亲处得到很多教益，未入大学从师，倒也无可悔恨。他仔细研究我的天赋所在，很早就发现我对诗歌颇有爱好，遂推荐许多古典作家，让我熟读，并以慈父的热诚和渊博的学识帮助我培养这方面的爱好。等我精通了古代作家，他又指导我学习近代英国以及法国、意大利最杰出的作家，特别告诫我要掌握祖国语言。

约莫十八岁的时候，我雄心勃勃，想写一部比较有分量的作品。我父亲很赞成，我便拟出了你方才读过的那部悲剧，但是我还没有写完第四幕，我父亲就去世了，遗下母亲和我，无依无靠。幸有一位近亲见我母子情境凄惨，把我们收养了，我才把那部悲剧写完，不久我母亲也与世长辞。母亲故后，我自然不免伤心，悲痛之余，我便对我那务农的亲戚说，我把母亲送了终，已经尽了人子之道，如今乡间已无亲人，无须长留此地，决定去伦敦设法把我的戏拿到舞台演出，既可成名，又可得利，将来必定不会忘记恩人对我的好处。我的亲戚听了以后，大大为我庆幸，并且自动为我筹备一路需用的盘缠。

我搭了一辆货车到了伦敦，租了一间顶楼住下。我尽量省吃俭用，只等我的戏能上演，生活便可宽裕些。我对于这点是很有把握的，我认为剧院经理一定会非常欢迎我的剧本的，但是我只怕他们已经约好别人写脚本，那我可就要煞费周章了。因此我决定不宜迟延，第二天就去找剧院经理。我问房东（蜡烛店老板）他可知道什么剧院的经理，住在何处。他问我有什么事情要找剧院经理，我见他为人老实和蔼，便把我的计划向他谈了。他说我这作法很不对头，找剧院经理谈何容易，必须有人引荐，否则管保他连看都不看一眼。他又说：“你听我的劝告，才有成功的希望。有一位剧院经理是个虔诚的天主教徒，我也是个天主教徒，我们两个都跟同一神父忏悔，我现在把你介绍给这位善良的神父认识；他很有学问，如果他赞成你的剧本，那么他说一句话，苏波尔[1]先生（那位剧院经理）就很有可能演出你的剧本。”我赞成他这办法，他把我介绍给神父，神父读过我的悲剧，着实夸奖一番，他特别欣赏我的剧本里丝毫没有谈到宗教问题。他答应我尽其全力替我去游说苏波尔先生，并和苏波尔约定我什么时候可以携带剧本去拜访他。神父说到

---

[1] “苏波尔”（Supple）：意谓“柔顺”、“诡谲”。

作到，第二天一早就告诉我，他已和苏波尔提了我的事，上午随时都可以去见他，必然接纳。我听他的话，怀里揣着剧本，打听好了路线，径赴苏波尔家而去。到了那儿，一敲门，门中间有个小铁栅栏窗打开了，有个仆人从栅栏窗里向我上下打量了半天，问我有何贵干。我说我是神父欧伐尼施[1]介绍来的，要见苏波尔先生有事。他又打量我一番，说道主人很忙，没工夫见我。我当然很失望难过，不过我想可能苏波尔先生不知我来此的目的，所以不见我，所以第二次我就请欧伐尼施神父亲自领我去，以免再吃闭门羹。他答应了我的请求，果然苏波尔先生马上接见，而且待我非常客气，答应一有空闲必定先读我的剧本。我按照他亲口约定的时间，在半个月后又去拜访他，但是他不在家；过了一个星期，我又去找他，据说他病得很重，不能见客；又过了半个月，我第三次去见他，他说他的事情很忙，弄得他筋疲力尽，还没有空闲把我的剧本全部读完，不过一有机会一定把它看完，据他读过的一部分看来，他认为这部作品很有意思。他这一说，我心里很感安慰。不知不觉又过了几个星期，我又去叩门求见，仆人把我引进去，只见他正在患风湿病，卧床不起。他见我走进卧室，立即神色颓唐地对我说道："麦洛波因先生，在我卧病期间，忽然发生一件意外，使我万分难过。我拜读阁下的大作，一般都是在吃饭的时候；一天我的大儿子在饭桌上看见阁下的手稿，就把它带到厨房去读，读罢就丢在厨房，厨房里的小丫头不经心，以为是废纸，用来熛鸡毛，都烧掉了，还只剩下几页。不过，我想这损失不是不能弥补的，因为不用说您一定不止只有这么一份手稿。"

　　我的好朋友蓝登先生，我一听这话，真是吓得呆若木鸡啊。不

---

[1] "欧伐尼施"（O'Varnish）：意谓"表面光润"。

过那位善良的经理先生见我的不幸也非常难过，当时我只好压住心里的烦恼，对他说，我虽然并无副本，所幸我记性很好，我可以重写一遍，以补偿所失。苏波尔先生一听，你真想不到他是多么高兴呢。他求我立刻回去写出来，叫我先仔细回想剧本每一细节，然后再落笔，务使毫厘不差，与他读过的本子完全一样才好。他的话给我很大鼓舞，因为这证明他对我的剧本是非常关心的，于是我就穷思苦索，用了三个星期的时间，写了出来，和原来那本一模一样，由我的好友欧伐尼施先生给他送了去。第二天欧伐尼施对我说，苏波尔先生打算略作修改，以期符合原本，然后再给我最后答复。我想他修改修改，有一个星期总该够了，所以过了一个星期我又去求见，满心以为此剧不久就将搬上舞台了。但是就在这往复之间，不幸戏剧的季节已经不知不觉过去了，他说如果现在付排，也得等三月底才能上演，而三月底是"义演期"[1] 的开始，所以演我的戏，演员就损失了"义演期"应得的好处，那我岂能叫他们受损失呢？

所以我就不得不勉强接受这些理由，老实说，这些理由都是十分正当的。我只得等待明年演戏季节，只希望到了那时不要再如这次这样倒霉就好了。不过，我还是感觉万分失望。我初来伦敦的时候，满以为剧院一定会上演我的剧本，花钱不觉挥霍了一些，带来的一点钱都已花光，此时已经落得既无钱花，又缺衣食。说起来也令我惭愧，我原有的钱也不能算少；如果省吃俭用，足够舒舒服服过一年。不过，说来你也许会吃惊，我六个月里花了不多不少，整整十个几尼呢！[2] 住在这样一个大城市里，对一个青年来说，引诱是很多的，尤其象我这样一个人，喜欢游乐，钱花得这样快也就

---

[1] 收入归演员。如果演麦洛波因的戏，收入应归经理。
[2] 这原不算奢侈，作者让他用这种口吻说出，目的在表示他出身清贫，不知真正奢侈为何物。

不足为奇了。我耽心的还不仅是我自己的处境，我曾经写信告诉我在乡间的亲戚说，我在伦敦运气很好，二月里一定有把握能把他慷慨借助我的钱还清，我许下了愿，如今还不成，却是奈何？唯一的办法只有耐心等待。我的房东是个心地很善良的人，我就去向他请教，把我的困难处境，向他坦白说了，请他帮忙给我订个谋生的计划；他立刻答应去找神父商量，至于吃饭住房，暂时都包在他身上，等我运气好转，有力偿还时，再付也不迟。

欧伐尼施先生听说我境况很窘，就主动说愿意介绍我去见一位周报的作者；[1] 他相信，这位作者只要认为我合格，一定会用我的。但是我后来一打听，原来他那刊物是一种专门煽动国内分裂的刊物，我就婉言辞谢了。欧伐尼施先生又劝我写写诗歌，可以卖给书商，稿费很高，得一些现款，同时也许还能树立名声。这样一来，必然会结识许多朋友；有了朋友，有了名，下年戏剧季节，我的悲剧一上演，那一定可以叫座。我一听此话，心里有些悠悠然起来。我知道蒲伯[2] 先生写了田园诗就结识了许多显贵，所以我也决定写些这一类的诗，花了不到一个半月的时光，写成了六首田园诗，立即送给一位出名的书商求售，他叫我把诗留下，待他过目，过两天去听回话。过了两天，我去见他，他把诗退还给我，说用不上，不过他甜咪咪地加了一句，说有几行写得很好，很聪明。我遭到拒绝，心里颇有些沮丧；后来我听欧伐尼施先生说，书商之所以拒绝，是因为凡遇这种事，他总和某作家商量，拒绝你的诗稿是那位作家的意见。我接着又去找了另外一家书商，这位书商说现在市场上充斥着田园诗，他劝我如果想靠文字吃饭，不如写些讽刺的、

[1] 十八世纪刊物篇幅不大，往往仅由一二人执笔。
[2] 十八世纪初英国古典派诗人。

味道浓一点的作品，就好比《纽扣洞》、《绍奇与陶塞》、《漏水船》这类作品；[1] 这书商已经一把年纪，戴着一顶十分令人起敬的假发，就象个元老，经常上教堂，亏他说出这种话来！不管怎样，要我按照他的建议要笔杆出卖我的灵魂，我是不干的。于是我又挟着我的稿件第三次去兜售；这第三次找到的一位书商对我说，他是向来不刊印诗歌的，问我有没有什么用书信体裁写的秘史之类的作品，或者象《鲁滨孙飘流记》、《杰克上校》[2] 之类的冒险故事，或者供种植园中殖民者消遣的谜语集，他倒愿意出版。我并没有这位书商所要的货物，便又另外去找别的书商，也没成功，我从心底相信我已被整个出版界摒诸门外了。

后来有人劝我作些翻译。我听说有个人雇了许多人专门从事翻译，我便去找他；他说他手头的翻译作品已经多得无法处置了，他说翻译作品现在卖不出去，苏格兰人翻译的东西就象洪水泛滥一般充斥着市场。他又问我，如果叫我把拉丁文古典作品翻成英文，每页讨价若干。我不愿降低身价，决心以高价出卖我的本领，便说每页要半个几尼。他瞪着我叫道："半个几尼！"说完又顿了一顿，说道，他目前没有需我之处。我知道我的话说错了，决心补救一下，连忙把价钱落了一半，他又瞪了我一眼，说道他手头翻译作品太多，打发不完。我又找些别的包揽翻译的人，也没成功。我处境确实非常尴尬，就想，何不去找找那些专印廉价歌谣曲子、时兴小品的商人，鬻售我的文才呢？街上不尽是在叫卖这些作品吗？想到此处，我就去找一个名声最响的专作这行生意的商人，他告诉我去另外找一个人，这个人手下养活着一大群人，喂他们白酒、面包和

---

[1] 当时流行的一些低级趣味的作品。
[2] 均系十八世纪初小说家笛福的作品。

干酪。他把我叫进一间装饰得非常整洁的后厅，我向他表示愿意受雇于他。他就问我擅长何种体裁，我说我会写几句诗；他表示很满意，对我说，他所雇的一个诗人得了疯病，现在关进了贝德伦疯人院，另外一个喝酒喝得太凶，有些神志不清，近来几个星期没写出什么过得去的东西。我就建议我们是否可以订个合同，他说他订合同向来有条件，这条件便是：他所雇的作家得到的报酬要看作品卖得好坏而定。

我答应了他的条件，老实说，这条件对我是非常不利的。他给我出了一个歌谣的题目，要我两小时内交卷，我就回到我住的阁楼去作，正巧题目很合我的胃口，两小时之内就写出了一首很漂亮的长短句歌词，送去给他看，心里以为他一定会鼓掌称赞，并且能卖很多钱。他略一过目，对我说这诗不行，字迹固然很秀气，拼法也不差，可惜文字太古雅，不合他顾客的口味，也超出了他们理解能力之外。我说我可以纠正这些错误，又用了半小时，把诗格大大降低，以求符合庸俗读者的领会能力。他看了我的修改稿，表示赞成，他说我有成功的希望，不过我的诗还缺少一种众人所喜爱的怪诞的表达方式。为了鼓励我，他愿意冒险花费纸墨，把我的诗印出来。这回卖得的钱里我获得的部分，如果我没记错，只有四便士半。

从那时起，我便刻苦钻研廉价作品的文风，后来居然精通，什么轿夫、货车夫、马车夫、仆役、女佣之中比较通文墨的都十分爱看我的作品，不但如此，我还在酒馆、补鞋店看到有人把我的诗剪下来贴在墙上补壁，甚至还在殷实商人的俱乐部中听到有人歌唱。我当然很高兴，不过，朋友，你知道别人的空口夸奖是饱不了肚皮的；我声名固然很大，却有饿死的危险，而且我写十首诗碰巧也不过只有两首诗受人欢迎，所以卖钱不多。所以我想，不如写些散文吧，趁有一阵天气很坏，就写了一个鬼故事，卖得不错，使我舒舒服服地过了整整一个月。有时候我写神怪故事，也可以赚一顿美餐；写强奸妇女，收入也好；写谋杀案，出版及时，收入一定好。我实际上已成了我的雇主的奴隶，他要诗我就得写诗，要散文就得写散文，随时要随时就得写出来，也不管你有没有兴趣。老实和你说，蓝登先生，这些爱乱闯名声的孩子们。[1] 把我纠缠得不可开交，使我感觉到生活成了一个负担。

---

[1] 指书商。

第二十七章

麦洛波因继续谈完他的身世。

虽然如此，我还是设法维持住生活，直到初冬，我才又去求见苏波尔先生，他非常客气地接待了我。他对我就："麦洛波因先生，我一直在思考你的事情；为了表示我是怎样把你的事深深放在心上，我决定把你介绍给一位我认识的青年贵族，他对戏剧作品的品评力极高，而且他说话很有影响，只要他赞许你的作品，不怕有人嫉妒，不怕不懂行的人反对，他总会支持你的。我可以坦白对你说，光靠戏写得好是不会成功的。我已经把你的作品，向这位贵族提过，他的名字叫拉特尔。[1] 请你一二日内到我家来一趟，我一定给你写一封介绍信。"苏波尔先生的友情很叫我感动，我认为成功已经在望，于是回家把这好消息告诉了房东。他说，去见这样的人物，衣服得穿得体面些，便用自己的名义到外面去给我赊了一套新衣服来，让我穿上。

闲话少提，我携带着我那部悲剧到了贵族府上，请当差把这部作品连同苏波尔先生的介绍信呈交给主人。当差出来说，奉主人命令，叫我过一星期再来。过了一星期，我又去了，那贵族很有礼貌地接见了我，对我说，我那出戏他已读过，总的说来，他认为是他所读过的一部最优秀的尝试作品，不过他觉得有些地方还可以改

---

[1] "拉特尔"（Rattle）：一种发响的玩具。

进，他已经在旁边批注了。我听了他这种意见，着实高兴，千恩万谢地说，我一定要按照他老人家的指教办事。他说，"那么，好吧，就请你按照我的建议，修改一遍，尽快誊写清楚给我送来，我打算今冬就上演。"不用说，我连夜就着手修改起来，虽然这位贵族批注太多，而且都不是什么重要问题，但是我认为和他争辩对我没有什么好处，所以不到一个月工夫我就按照他的要求重新修改完毕。

于是我携带清稿去见他，我发现他正与一演员早餐，他当即将我介绍给演员，并请演员朗诵剧中一幕。演员的朗诵很使我满意，强弱、吐音，俱极考究。但是他在每一页上都指出几处缺点，言下很有些瞧不起我的样子。我正想分辩，拉特尔贵族向我使了个严峻的眼色说道，我不得和他争辩，他已有二十年的舞台经验，对于舞台上的节骨眼，比谁都懂得清楚。我只得屈服。贵族又建议当晚请几个熟朋友到他家来，再请那演员把全部剧本都念了，看看大家意见如何。

晚上朗诵时，我也在场。我的好朋友，我老实跟你说，我一辈子从来没有象那天晚上那样感到难熬。那位演员也许是个正人君子，也许演戏演得不错，但是可恨他肚子里一点墨水都没有，而且喜欢自作主张，挑了我上千个无关宏旨的毛病，还不准我答辩。不过，在场众人对我的剧本总的说来还是十分赞赏的，这些人都是阔佬，他们都答应尽力支持我，促成剧本上演，拉特尔贵族也说他一定要象奶娘一样爱护它，并叫我立即拿回去按照众人的意见再行修改。我只得应诺，尽快执行他的指示，但是还没有等我誊写完毕，我的朋友苏波尔先生忽然把戏园转手给一位布莱尔[1]先生，我就又得巴结这位新老板，幸亏拉特尔贵族认识他，再三推荐我的剧

---

[1] "布莱尔"（Brayer）：作驴鸣的人。

本，最后总算接受了。

我满以为多时辛苦，这回可该有所收获了。等了几天，心想总快该排演了吧，但是左等也不排，右等也不排，我就又去找拉特尔贵族，他老人家就说，想必布莱尔先生事情多，忙不过来，并且警告我不得去催促他。我很重视他的告戒，捺住焦虑，又等了三个星期，拉特尔贵族就告诉我，布莱尔先生已经阅过我的剧本，认为剧本无疑有许多优点，不过事先他已约定另外一位作家，所以这次戏剧季节不可能上演我的剧了。如果我肯保留到下一季节，同时按照布莱尔先生的眉批作些修改，那么他一定肯上演的。

这话就如晴天霹雳，我听了，几分钟说不出一句话来。最后，我恨恨地埋怨那经理太不诚恳，既然一开始就知道不能满足我的要求，那又何必拿我开心，拖延这么久呢？但是那贵族却把我骂了一顿，骂我不该如此放肆，布莱尔先生是位正人君子，关于我这件事，布莱尔先生不过健忘了一些罢了。这话说得倒也有些道理，因为自从那日起，我又有好几次领教了他的健忘的脾气。尽管他外表并不象健忘的人，但是我约束自己不把他的行为另作解释。拉特尔贵族见我深深失望，便张罗着把我的剧本介绍给另外一家剧院，我感激地接受了他的好意。他就写了一封介绍信给贝娄尔[1] 先生交给我。这位贝娄尔先生乃是那个剧院的演员，又是那个剧院老板范德尔[2] 先生的"首相"。拉特尔叫我立刻把信连同我的悲剧一齐送去。我赶紧到了贝娄尔先生家，在客厅里等了足足一小时，才得见他。他摆出一副了不起的架子，把我的剧本接了过去，对我说他现在非常之忙，不过一有工夫就会看我的作品，叫我过一个星期再

---

[1] "贝娄尔"（Bellower）：喊叫的人，意谓蹩脚演员。
[2] "范德尔"（Vandal）：毁灭文化、艺术的野蛮人。

去。我告辞出来，对这演员傲慢无礼的态度颇感惊讶，就联想到今天的作家真算得是尊严扫地了，不能和希腊悲剧家攸理匹迪斯和索福克里斯的时代相比了。但是这一切比起我此后的经历来，那还是小巫见大巫呢。

这且不说。到了指定的日子，我又去了。门上人对我说，贝娄尔先生现在有事，不能见我。过了几天，我又去求见，等了半天才算见到了他。他对我说，他还没有工夫读我的剧本呢。他这样对待我，使我难以容忍，我便发作起来；我对他说，他太不重视拉特尔贵族的推荐了，我就带着愤愤的口吻叫他把稿子退给我。他带着演戏的腔调说道，"好，衷心同意。"说着，就拉开自己坐的书桌的抽屉，取出一包东西来，往旁边一张桌子上一扔，用极其鄙视的口吻说道，"拿去。"我拿起一看，吃了一惊，这原来是一部喜剧，就对他说这不是我的东西，他就又扔给我另外一包，我一看仍旧不是我的稿子，他拿出了第三包，还不是我的。最后，他取出了一大堆稿件，把它们都摊在我的面前，对我说，"这里一共有七部稿子，你爱哪部就拿哪部，都拿去，我也不管。"我把我自己的稿子挑出来，就走了。我当时感到非常惊讶，哑口无语，倒不是因为他态度横蛮，而是因为想到每年竟有这么许多新创作的剧本等待上演。当然我把我的情况告诉了拉特尔贵族，向他抱怨一番。他听了并不如我所期望那样表示愤懑，反而责备我太冒失，并且说，我如果想上演自己的作品，那就得迁就一下演员们的脾气。他说，"如今没有别的补救办法，只有等候下次戏剧季节请布莱尔先生上演，趁夏天按照他的指示把剧本修改一下。"我这时面前只有两条路：要么对我的悲剧不再抱任何希望，不要再妄想名利双收；要么就吃八个月的苦，把剧本再修改好，以求侥幸上演。当时我认为后面这条路纵然痛苦，还是比较可取的，所以我就决定走这条路。

咳！我何必在这些无关紧要的细节上絮絮不休呢？一句话，我挣扎着度过了八个月极端贫苦生活，这可以算是我的"候补期"吧。"候补期"一过，我又去拜见拉特尔贵族，发现他老人家正要到国外去旅行，我急得要命，而特别使我感到难过的是布莱尔先生也下乡去了，所以拉特尔贵族就是想亲自引我去见布莱尔也是不可能的了。不过，他为我写了一封措词很殷切的信给布莱尔，提醒他答应过上演我的戏这件事。

后来我听说布莱尔回伦敦了，就立即携带书信去见他。门上人说，他出门去了；第二天一早，我又去找他，门上人又说他不在家，叫我把姓名、事由告诉他，以便转告主人。我照办了，次日我又去，门上人还是说主人不在，不过等我走后，我发现他从窗缝里在偷偷张望我。我发现这事后，很生气，就到附近一家咖啡馆，写了一封信，把介绍信也附在里面，要求布莱尔给我个直截了当的答复。我派一个脚夫替我把信送去，过了几分钟，脚夫回来，对我说，布莱尔先生请我马上过去面谈。他一见我，满口客气语，连声道歉，我一肚皮别扭立即化为乌有。他还说他曾关照门房，除我以外，别的客人一概不见，都是那门房弄错了，非常对不起我。他态度诚恳，倒弄得我很不好意思。他说他非常尊敬他的好友拉特尔贵族，极愿为他效劳；他答应尽早阅读我的作品，并和我约定时间谈谈他的印象。为了证明他对我的敬意，他还送我一张本季度的免票，可以在他的戏院里通行无阻。这件事使我非常满意，因为我最喜欢看戏，您可以想象，我是充分利用了这一特权的。我愿意到后台，就可以到后台。在后台和布莱尔谈话中我时常提到我那部剧本，问他打算何时排演，但是他总说手头事情太多，一直还没有工夫翻阅。戏剧季节很快就要过去，我开始感觉很不安，正巧我在报上发现有人写了一出新戏，写者求售，布莱尔接受了，而且也排演了，前后经过总共不到三个月。我当时的愤恨情况，你是不难想象的。我可以坦白向您承认，我当时在盛怒之下，的确疑心布莱尔对我是采取了最卑鄙、最不守信义的手段的，而后来那出戏由于艺术性不强，并未成功，勉强演了三夜就夭折了，我当时的确很高兴。不过现在事过境迁，我也心平气和了，回想起来，他那种行为恐怕还是由于他健忘的缘故，或由于缺乏审美能力的缘故，这些都是天生的缺点，值得我们同情，不应苛责。

此时，我正巧结识了一位上等妇人，她听说我写过一部悲剧，便对我说，她结识一位先生的夫人，这位夫人又和一位贵族妇人很要好，这位贵族妇人结识一个人，这人和希尔威特伯爵很熟，如果我愿意的话，她肯替我去夤缘一番。我知道这位伯爵专爱帮助文人，是举国闻名的，只要他点点头，我这部作品的身价立刻就可以升高十倍。我当即接受了她的好意，心想只要运气好，我的作品能投合他的口味，我的名声不久一定会闯出来的，我的夙愿也就会实现了。我就向布莱尔先生索回了我的手稿，交给那位妇人，她不辞辛劳，为我奔波，果然不到一个月的工夫，手稿就到了伯爵手中；又过了几个星期，我满意地听说伯爵读过了我的作品，极为欣赏。我听了，欣喜欲狂，一心只希望伯爵能对我表示关心，不过时间一过就是三个月，消息全无，我就开始怀疑（上帝原谅我！）恐怕给我送消息的那位妇人说的是假话吧，因为在我想象中，伯爵这样的人，身为贵族，很有地位，很能体贴写一部好悲剧的甘苦，懂得创作的尊严，读了我的尝试作品，备加赞赏，难道不想和作者交往吗？而且他也知道，只有经他提拔，作者才能免于贫困的。不过，过了不久我就发现我是错怪了我的朋友了。

原来其中有这样一段经过：由于拉特尔贵族礼贤下士，表示愿意促成我的剧本的上演，我受到很大鼓舞，便写了一份东西，备述我一生不幸的遭遇，呈给他，蒙他写了一封信给一位他熟识的青年阔乡绅，要求这位阔乡绅替我主持公道，同时请他又把我介绍给一位名叫马莫塞特的著名演员；这位演员当时在舞台上很红，在他演出的戏院里很吃得开，只要他推荐一部剧本，经理不敢说个不字。这位青年乡绅虽然受了拉特尔贵族的委托，但是他由于一些个人的顾虑，不敢向马莫塞特先生启口，就去找了一位他所认识的贵族，转请这位贵族把我介绍给马莫塞特先生。我和马莫塞特谈话时就谈到我的创作，他说希尔威特伯爵曾经对他提到我的作品，赞不绝口，而且还把剧本送给马莫塞特看，请他在下次戏剧季节上演；我听了此话，真是又惊又喜。这位红演员也不怠慢，推荐了我的剧本，他对我的剧本也颇有好评，我在这里就不必重复他的话了；他还对我说，如果下次戏剧季节经理还雇他演出，他愿意演这出戏。目前，他打算第二天启程去乡间休息，要我允许他在乡间仔细玩味一下我的剧本，使他有充分时间推敲，也许为了上演，有些地方还要作些修改；他还向我要了我的地址，以便和我通信，把他的意见告诉我。他对我表示的这种关切，提出的这些保证，大大增强了我的希望；我认为不仅有把握看到自己的剧本上演，而且经由最出色的演员演出，这么一来，我过去所受的焦急与苦恼岂不大大地得到补偿了吗？但是，一个半月过去了，马莫塞特先生消息全无。他临行时答应我，到乡下十天后，一定和我通信，为什么会消息全无呢？但是最后，我收到了他一封信，信里说，他对我的悲剧有几点看法，俟会面之时再和我畅谈；同时又叫我立刻去找个最好的戏班的经理，进行交涉，因为他自己还不知道冬天有没有人请他演戏呢。他信中最后这句话使我吃惊不小，我便去和一位朋友商量。这位朋友说，事情很明显，马莫塞特先生是不想实践他的诺言了，他伪称自己冬季演戏尚未把握，实际上是一种无耻的做法，想要逃避诺言；我这位朋友又说："我明明知道范德尔先生已经邀请他了，至少已经和他谈过要邀请他了。他的目的是要摆脱你，他已从一个作家处买了一部新喜剧的脚本，想演出此剧，因为这对他自己有好处。"不过老实说，我这位朋友固然一向气量很大，这回对马莫塞特先生的品质的看法未免严厉了一些，我疑心他和马莫塞特有什么私嫌，所以对他说的话并不十分相信。请您原谅我这样絮絮不休，讲了这么许多无关重要的细节，对我自己来说固然有兴趣，但是您与此事无干，听来一定会感觉索然无味。不过看您的神气，似乎并不反对，那么让我接着说下去吧。马莫塞特先生回到城里之后，对我非常客气，请我到他住所，和我谈他对我剧本的看法；但是出乎我意料，他的评语比我想象的要糟得多。不过，我进行了答辩，在我看来，是把他说服了，因为总的说来，他对我的作品还是表示了最高度的赞许。在我们争辩的过程中，我发现他的记忆力很差，他下乡去之前和我讲的一番话，他全忘记了；希尔威特伯爵对我的剧本的评价，他也说不知道；他又亲口对我说，他和范德尔先生的关系很浅，无力推荐剧本。这情况使我一则吃惊不小，二则极端苦恼。我就请教他该怎么办，他劝我去找希尔威特伯爵，请伯爵写封信给经理，推荐我，经理是不敢违抗这样一位大人物的，他还答应我也一定尽力从旁促成。我便立刻找到上面交代过的那位女友，她也马上通过一道道门路，和伯爵取得了联系。不到几天工夫，我就辗转从伯爵处得到了回信，答应了我的请求，不过要我保证范德尔先生并未约请其他作家给他写剧本，因为伯爵认为，如果没有任何成功的可能性，而就遽然代我去说项，那是有失身份的。这个回信固然令我心喜，但同时我又接到一件令我心忧的消息。原来马莫塞特劝我去找伯爵疏通之前，就曾对伯爵说过，他读了我的剧本，觉得完全不适合于舞台演出。固然这消息的真实性是无容置疑的，但是我还是相信其中必有误传之处，所以我不加理睬，便把伯爵如何答复我的话告诉了马莫塞特先生，他答应我去问范德尔先生可曾约请其他作家写剧本否。过了一二日，我去找马莫塞特；他说范德尔先生并未约好其他作家，所以他就把我的剧本当面交给了范德尔先生，并说希尔威特伯爵非常欣赏此剧，还要写信给范德尔先生作书面推荐呢；马莫塞特又叫我过三天到范德尔先生家去讨回信。我依照他的指示，果然见到范德尔经理，说明拜访的来意。范德尔说，不错，马莫塞特先生确实交给过他一部剧稿，不过马莫塞特并未提起希尔威特伯爵的名字。我就把事情的前后经过告诉了他。他说他并未约请什么作家给他写戏，愿意立即拜读我的那部悲剧，既然伯爵高见认为可以，他不敢贸然拒绝，而伯爵的意见他是极其尊重的，他并且表示愿意立即排演。他的话给我极大鼓舞，使我陶然欲醉，竟把马莫塞特隐瞒伯爵推荐一事抛诸脑后。到了约定时间，我又去拜访经理，他却出我意料说道，此剧不适宜演出，拒绝接受。我惊魂稍定，便问他反对的理由何在，他说了些含糊其词、模棱两可、不成其为理由的理由，我认定他一定是根本没有看我的剧本，而是背后有什么人在指使他或欺骗他。后来我才听说这人的头脑天生不清楚，又有些迷信，一方面他被老婆欺负，一方面又老怕地狱的火来烧他，所以脑筋就益发糊涂。我从希望的高峰骤然一下跌落到失望的深渊，在痛苦的重担之下感到自己的沉沦；我悲痛之余，追忆马莫塞特对我的行为，不由得不怀疑他是否正直。有人又对我说，希尔威特伯爵非常不齿他的为人，他反对伯爵对我的剧本的看法，这一点尤其使伯爵恼怒，这些话更增加了我对他的疑窦。正在众说纷纭，犹疑不决之际，上面交代过的那位火急脾性的朋友来看我了，我就把此事原原本本对他说了，他感到十分气愤，毫不客气地就肯定我这次失败的唯一原因就是马莫塞特从中捣鬼。他认为马莫塞特自始至终在玩弄两面手法，一方面假殷勤瞒哄我，一方面背地里使花招叫那愚蠢的经理不要上演我的戏。他不仅虚伪，而且贪婪，以致丧尽天良，不惜用最卑鄙的手段填其欲壑。他既然具有这样的性格，自然会出卖自己的荣誉，欺负我的缺乏经验，不但如此，他还陷害另外一位作家，这位作家是位已经成名的作家，也有一部悲剧要上演，但是马莫塞特已经买好了一部喜剧，一心要演它，唯恐失利，所以也拒演那位成名作家的悲剧。

这种行为简直和牲畜无二，我听了大为震动，世界虽然已经够坏的了，但是我不相信世界上会有这等事；我便和我那朋友争辩说，这种行为太愚蠢，一定会对他本人带来诽谤，为了个人利益而用这种卑鄙手段一定会招致雇主们对他的鄙弃与厌恶，丧失他们现在对他的照顾与好感，以马莫塞特先生的地位与名气，恐怕不会干出这等事来的。我的朋友大笑我思想单纯，问我可知道他凭哪种品质赢得时髦人的欢心。他说："那些公爵啊、贵族啊特意请了名厨，请他去吃饭，可不是因为他这只小小寄生虫心好啊！他们看不见他的贪婪，他们感觉不出他的忘恩负义，他的虚伪固然合乎他们的脾胃，因此能讨得他们的欢心，但是最主要是因为他是个小丑，他善于模仿村俗戏文，因此上流社会的名媛贵妇都喜欢接纳他，而相反，最有才华的诗人却得不到丝毫青睐。"蓝登先生，千万不要误会我相信这种冒渎贵族的话，他们是我们的尊长；至于把穷人说成是最为奴颜婢膝的人，这话我也不信。我认为这些说法都是感情用事的夸张之词。那人所说的那部喜剧固然事实上确实上演了，但是我却不敢乱猜马莫塞特先生与此事有关，而且我知道马莫塞特先生一直还受伯爵的器重，如果伯爵对他的为人有所不满，是不会这样的。请你原谅我这噜里噜嗦的一篇话，再耐性一会儿，听我说下去，谢天谢地，我就快说完了。

我屡次失败，对于我的剧本的上演，已经绝望，只打算找个什么工作，能够吃得上一口粗茶淡饭，也就算了。这时，我已积欠房东颇大一笔债务，他一心希望我的剧本上演，我可以用第三夜[1]所得的收入，一总还他的债，因此他见我失败，颇不甘心，又为我作了一番努力，靠拉拢关系，找到了一位时髦的贵妇人。布莱尔先生一向声称非常尊敬她的，房东便求这位贵妇人写信给布莱尔，要求他立刻上演我的剧本，她和她所有的朋友都愿意支持。为了使我的剧本上演更有把握，她还请了布莱尔手下最有名的演员们从旁赞助，一句话，多亏她全力以赴，布莱尔又接受了我的剧本，我又获得了希望。但是诚实的布莱尔先生的重要事务很多，忙碌得很（虽然表面上他似乎什么事都不干），所以没有时间读我的剧本，不知不觉演剧季节眼看就要结束了，但是他又不得不看看，因为他虽然读过一遍，却早已忘得干干净净了。

最后他总算赏脸，把剧本又看了一遍，又建议要作一些更动，写了封信给那位贵妇人，用荣誉担保，答应今年的冬天一定上演，不过必须在四月底以前把剧本改好，把清稿交到他手里。我怀着沉痛的心情，勉强接受了这些条件，并且一一作到了。不过，命运却又一次捉弄了我，发生了没有预料到的意外：在今年的夏天马莫塞特先生忽然和布莱尔先生合伙经营起剧院来了，因此当我提出履行诺言的时候，布莱尔先生便对我说，他未得合伙人的同意他是无能为力的，而他的合伙人早已约请了另一位作家写剧本了。

后来，我的好朋友房东又死了，我的景况已到了走投无路的地步，料理房东身后的人又告了我一状，把我全部衣物都没收了，又把我赶出门去，让我流浪街头，身上一件衣服也没有，一个朋友也

---

[1] 前三夜收入归剧作家所有。

没有，一点希望也没有。后来，我的裁缝又把我告了，官府把我捉住，关进了这座监狱。五个星期以来，我全靠同狱犯人好心肠，才得苟延残喘；我为了表示感谢，也教给他们一点东西，帮助他们一下，我希望他们也从我这里得到些教益。不过，他们虽然待我很好，赒济我，但是生活还是苦得难熬，最后多亏您特别仁慈，才过得这么舒适。

第二十八章

我患了很重的忧郁症，变得很懒散——
幸亏获得舅父解救——他劝我去他的东
家那里找个事，在他驾驶的船上去当医
生——他送我一大笔礼物——他请斯
特拉普当他的总管——我向朋友们告
别上船——我们的船开到了道恩斯浅
滩一带。

　　关于这段故事，我不必下什么评语，读者读了自然明白这位好
好先生由于为人单纯、软弱，所以就被一帮惯于扯谎、含混其词的
坏蛋欺骗捉弄了。我确实相信，这种坏蛋，就是对他们说"不说实
话就杀头"，嘴里也进不出一句老实话来。我对于人类这种流氓作
风，自私自利的行径，固然已经领教很多，但是听了这位才华出众
的诗人所遭遇到的卑鄙冷淡，看他在默默无闻之中消损，在肮脏的
牢狱里和困苦挣扎，仍然不由得不感到惊讶，感到愤怒。我自己身
在囹圄，不会遭受背信弃义的世界的捉弄了，这本应算是幸事，但
是我一想起可爱的水仙，她还是外界人群中的一分子，所以我也仍
然以与世隔绝为苦。当我孑然独处的时候，可爱的水仙的形象永远
和我作伴；我时时刻刻在回忆着当初她那种使我一见倾心的美妙风
韵。我一想起她的容颜就联想到我们亲昵的情景，便黯然落泪。我
时常咒骂命运悖逆，不该把美人儿从我手里夺去。我遐想一些有关

未来幸福的计划，借以自慰，但是无情的理性总来干扰，把希望所建筑的空中楼阁顷刻推翻，要我正视我当前不幸的处境。我有时也参加一些监牢里的娱乐，参加杰克逊所组织的集会，打打牌，打打台球，扔一回木球，打一回墙球，来逃避一下，但是这一切都是白费，一系列的忧郁念头占据了我的心灵，就是和麦洛波因谈话也不能把它们驱散。我每日命斯特拉普到班特寓所去打听消息，希望能听到美人的近况，但是总归失望，徒增怅惘。我那软心肠的仆人斯特拉普也受我感染，感觉难过，常常和我一道默默地坐着，一坐就是几小时，我叹气，他也陪我叹气；我流泪，他也陪我流泪。我们愈是厮守着，愈是感到不爽快。他连正经事也都无心去办了，他的主人就将他辞退；而我呢，眼看手头的钱就要化为乌有，没有把握得到救济，总之一切希望都已落空，因此，生活上就听其自然，茶饭无心，懒散度日，两个月间，也不洗脸，也不更衣，也不剃须；不吃东西，面容自然憔悴，再加污垢满脸，须发覆面，浑身上下肮脏污秽，简直可以吓死人。一日，斯特拉普来通报说，下面有个人想找我谈话，我一听很兴奋，以为是什么人替美人儿给我送信来了，两步并作一步跑下了楼，一看，原来是我的慷慨的舅父包凌先生，这真使我感到无限惊奇了！我真是欣喜欲狂，奔向前去想拥抱他，他见我奔来，轻轻向旁边一闪，拔出短刀，摆了一个防守的架势，喊道："停住，停住，兄弟，闪开点。喂，管监狱的，你怎么不注意点，我看是有个发疯的犯人跑出来啦。"我见他认错了人，不觉哈哈大笑；他一听见我的声音，才想起是我，热烈地和我握手，对我当前凄惨的处境表示关切。

我把他领到我的房间，把斯特拉普喊来和他相见，告诉他，斯特拉普是我最知心的朋友，他也就不避斯特拉普，很放心地对我说，他才从几内亚回来，一路很顺利，在船上当的是大副，船受到一条法国军舰袭击，在战斗中船长阵亡，他就接管了船，运气好把敌舰击沉；此后路上又遇到一条从马提尼科[1]开出的商船，船上装的是糖、蓝靛还有些银矿，由于他的船有一张"袭击商船许可证"，就向该船进攻，把它俘获，安全地带到了爱尔兰的金赛儿海港，政府判它为合法掠夺物；因此他不仅得到很大一笔款子，而且船主对他印象极佳，当即委他为另一艘大船的船长，上面有二十门九磅大炮，不久就要出发；此次出海好处很大，至于具体是何好处，他不能随便泄露。他又对我说，多亏我在他瓦坪住所留了一个条子，他才费了九牛二虎之力把我找到。

我听他如此交运，心中无限快慰。我也应他的请求，将我们分手后，我的遭遇一一向他叙述了一遍。他听到斯特拉普待我如此友好，就亲热地握住他的手，答应一定帮助他，使他能干出一番事业来。他又给了我十个几尼，叫我渡过眼前的难关，向我打听了送我进监的裁缝的住处，好去替我还债，临走时他还对我说，他一定要把我救出风险。

突然的转运倒把我弄糊涂了，过去多少难关都没有把我糊涂住，而今天我心上反倒涌现出无数杂乱的念头，既不能把它们分辨清楚，也不能把它们联系起来。斯特拉普见我转运，非常高兴，作出许多荒唐可笑的丑态。他端着刮脸的家具走进我的房间，也不事先通知一声，就开始在我胡须上抹肥皂，一面抹，一面激动地吹着口哨。他这一抹，倒把我从沉思中惊醒，我熟知他的脾性，在象他这样激动的情况之下，我是不敢让他刮脸的，所以请他不要给我刮脸，另外去给我喊一个理发匠来，才把胡须修净。然后又行了沐浴之礼，换上了最漂亮的衣服，专等舅父回来。舅父回来看我焕然一

---

[1] 西印度群岛中之一岛。

新，他是又惊又喜。

舅父说他已把我的欠帐还清，弄到了开释的命令，我已经解除了囚犯的身份了。不过，眼看要和患难中的朋友离别，我心里倒也有些怅惘，就请求舅父屈驾跟我和麦洛波因先生以及杰克逊在我房间里一块儿消磨一宵以资话别。我把他们两位请到，叫来好酒好菜，告诉他们我就要出狱了，他们听了，向我衷心祝贺，并且很客气地说，我走后，他们一定会感到十分寂寞的。杰克逊对他自己的不幸的处境本来也不在意，而且他为人非常散漫、淡漠、鲁莽，所以我倒也不为他而难过；不过我对诗人麦洛波因是非常敬重爱戴的，从各方面来说，他都值得我同情、照顾。饭后，客人告辞，舅父也回去，专等明早来接我。我叫斯特拉普把我几件衬衣和其他一些日用品拿来，打个小包袱，先打发他送到麦洛波因先生的住处，我自己也随后跟去了，我十分恳切地请他笑纳，此外还奉赠他五个几尼。他推让半天，才算收下，口里说，这笔债他是一世也无力偿还的。我又问他还需要什么东西，他说："你给我的帮助已经太多了！"说着，一阵心酸，竟放声大哭起来。我见此情景，也觉伤心，向他告辞，请他安息。次日一早，舅父来后，我把麦洛波因昨夜的情况向他说了一遍，感动了他那慷慨的心肠，他也学我的样子，打算送给麦洛波因五个几尼，我建议把钱附在一封信里，打发斯特拉普等我们走后给他送去，以免尴尬。

商议妥当，我正式向狱中友好告别，走出大门，正要踏进雇来的马车，忽然杰克逊在后面喊我，我连忙走回去，他低声问我能否借给他一个先令。我想这个数目可说是微不足道，而且看样子这回大概也是最后一回了，我就塞了一个几尼在他手里，他一看就大声呼喊道，"我的耶稣啊！一个几尼呢！"说着，就揪住我大衣上的一个纽扣，象疯子一样地大笑起来，等到一阵痉挛似的笑声停止，他对我说，"你真是个好人啊！"然后一松手，让我走了。舅父吩咐车夫把车赶到他的住处。到了那里，他严肃地和我讨论我目前的处境，建议我和他一起出门航海去，可以在他的船上当医生，如果我愿意这么办，他就告诉我一个办法，让我在几年之内通过我自己的勤奋发一笔财，而且如果他先我而死，我还可以承继他全部财产。他如此慷慨，使我非常感激，但是另一方面他这建议，如果我接受，必然会扼杀我和水仙之间的爱情，因而我也有些不安，便把心里想的话对他说了。他听了颇不以为然，说道，只有闲着没事作才会想到爱情，我一旦专心经商，专心想着赚钱的事，心里自然也就想不到那些无聊的事了，只有那种一心贪图快活的傻瓜，才会去想它呢。我听他这么说心里很不自在，认为他是在责备我，所以就不假思索，一口答应他的建议。他见我答应了他，十分高兴，立刻带我去见船主人，谈好条件，这么一来，我要反悔也不能够了。他也不给我一个静心思考的机会，叫我立刻开出一张足够五百名海员一年半内需用的祛暑药单，并到某批发药庄去把这些药品办好，并向药庄要两名合乎规格的人作我的副手。我正在忙着，斯特拉普忽然走进来，他听说我决定远航，两眼望着我，好象十分怅惘，呆了片刻，他表示坚决要和我一起出行，我就替他向我舅父去请求，舅父答应委他为船上的总管，并答应替他置办一套行头，还借他二百镑本钱作买卖。

我把药品买妥，选了两名同乡作我的副手，又订了一套外科用具。我舅父就对我说，他上次出海，赚了将近三千镑钱，他打算马上把一千镑送给我，再去给我赊一千镑的货物，拿到外国去卖，可以加倍获利。他说我的利益也就是他的利益，不过他暂不把他全部资财交给我，怕把钱全给了我他说出话来就会失去分量了，而且如果我不好好利用他已经赠给我的钱，他也就莫奈我何了。

他这与众不同的慷慨，倒使我很吃惊，不过我也不向读者啰唆了；我只想交代一下，他说的话都立刻兑现了，一路上要带的货物的发货单也交到我手里，我就凭单去办了货，马上装了船。在忙乱之中，我心中时常惦念着可爱的水仙，使我万分悒郁不欢，想到也许要和她生离死别，更是魂不守舍。当然我并非完全没有和她再会的希望，所以也就忍耐下暂时的别离之苦，不过一想到她要和我分别，说不定如何悲痛、如何愁肠百转，我的心就如刀割一般。我日日夜夜遍索枯肠，想方设法减少她离别的痛苦，至少也不要损害我的爱情和荣誉，结果竟被我碰上了一个办法，下文自有交代。我决定这么办了，心上倒也安定了些。

我的事情办理完毕，船也整帆待发，我想我自从入狱以来，还没有到城里去会过朋友，就决定去最后露一次面。舅父曾劝我买些贵重衣服，我也买过一些，我就选了一套最漂亮的穿上，雇了一乘小轿，来到我常去的咖啡馆。我的朋友班特正在咖啡馆中，他见我一身衣装如此华丽，大吃一惊，半响说不出话来；随后他拉住我的袖子，把我拉到一边，两眼直盯住我，对我说道："蓝登啊，你上哪儿去了？你穿得这么漂亮，是怎么回事？喔，我明白了。你刚从乡下上来吧，路好走吧？唉？你胆子可不小哇，运气不错，不过你要注意啊！水罐子固然常下井，终有一天要砸破的！"说罢，他用手指指他的领子，又结结巴巴说了一阵，我才明白原来他在疑心我在公路上干了路劫的勾当了，我就哈哈大笑起来。我也不多加解释，径对他说，他完全猜错了，我这一阵子尽和我常跟他提起的那位舅父在一块儿来着，我明天就要启程出海，所以来向朋友们告别，顺带着也来讨个帐，我既要出远门，少不得要钱使的。他听说我来要帐，有几分不自在，稍为镇定一下后，便假装发作，骂我简直太对他不起，他决不能饶恕我，为什么这么晚才来通知他，帐他是早想还的，但是通知得这样仓促，他简直措手不及啊。我见他说得如此冠冕堂皇，不觉笑将起来，顺口夸他一句为人方正，并且告诉他不必为此不安，我可以把伦敦城某商户的地址留给他，我到那里去订一笔货，待他付了款，我去提货。他说此法甚佳，并且很热心地问我商户姓名住址，记在小本子上，连说即刻把欠我的钱付给该商户。我知道只要我一转身他就会把此事忘得一干二净的，但是我也不存奢望。然后，我给所有的朋友都下了请帖，请他们当晚到某酒店小酌，他们一个个果然光临，我也便盛筵招待，他们对我也有表示艳羡的，也有表示有些吃惊的。这桌酒席直吃到午夜，我们才分手。他们一个个和我拥抱告别，险些把我窒死。次日，我和斯特拉普雇了一乘马车到格雷福斯恩得码头上了船，正好有风，在十二小时之内便启碇开船了。一路无话，船到道恩斯浅滩，被迫抛锚，等候东风把我们吹出英吉利海峡。

第二十九章

我上岸去苏塞克斯郡——和赛治利夫人商议——和水仙会了一面——回船——我们驶出英吉利海峡——我知道了我们的目的地——一条大船追赶我们——全船惊惶，船长向全船船员讲话，激励大家——追赶我们的是一艘英国军舰——我们抵达了几内亚海岸，买了四百名黑奴，驶向巴拉圭，安抵普拉塔河，[1]卖掉黑奴，获得高利。

我在伦敦时就订了个计划，现在要付诸实施了。我向船长替我自己和斯特拉普请了个假，想到岸上去住几天，等有了风再回船来。船长答应了，因为他自己遵照船主人的命令，要在道恩斯等候伦敦发出的文件，看样子一星期内是来不到的。我把我决定执行的计划告诉了我的忠实仆人斯特拉普，他就千方百计劝我不可冒昧从事；但是我既坚定不移，他也不放心我一个人去。我们雇了马匹，立刻奔赴苏塞克斯郡去寻找我那被看管的美人——水仙。从第尔出发，路程不过三十哩光景。我深知水仙的哥哥田产很大，势力范围很广，所以离他庄园还有五哩的路程便下了马，等候黄昏来临，才

---

[1] 今阿根廷和乌拉圭境。

又继续前进，趁着天色昏黑，摸到一丛小树林，离赛治利夫人住的村子不及半哩路。我们把马拴在一棵树上，径奔赛治利夫人住宅而去。一路上斯特拉普浑身发抖，结结巴巴祷告上天千万保佑我们安全。赛治利夫人的宅子是一所孤零零的房子，我们走到房子跟前，并未被人发觉，我就命令斯特拉普独自进去，如果她有客，就交给她一封信，对她说，她在伦敦有个朋友听说斯特拉普上这边来，托他顺路带封信给她。他便过去敲门，赛治利夫人在门里答话道，请来人原谅，她是个妇道人家，一个独居，来人必须先通姓名，说出来访的事由，她才敢开门呢。斯特拉普回答道，他和她素不相识，来此是来送一封信；为了解除她一切顾虑；他愿意把信从门坎缝里塞进去。说着他果然把信塞了进去，赛治利夫人读过信，信上写着我就在附近，她立刻又喊道："如果写信的人就在近边，那就请他说几句话，让我听听他的口音，我才敢请他进来。"我就把嘴对着钥匙洞说道："亲爱的大娘，你不用害怕，是我。你帮过我许多忙，请你让我进来吧。"她听出是我的声音，立刻开了门，两眼汪汪，真象慈母一样把我接了进去，生怕我被人发现，因为她是早就从水仙口中听到了我和水仙之间的关系。我告诉她，我这次来访的动机只是想在我出国远航之前再来见水仙一面，亲自向她解释一下我为什么必须和她分别的缘故，要她宽心，要告诉她此次出门有些什么好处，向她再一次宣誓我对她的忠诚，最后希望在悲痛诀别之时和她拥抱一回。我把我的目的说明之后，赛治利夫人就说，自从水仙小姐从巴斯回来之后，她哥哥看管她极为严格，只除他自己一两个亲信仆人之外，谁也不准去见她；后来管得稍微松了些，允许她会见一两个熟人；她曾到赛治利夫人家里访问过几次，不过最近有个仆人曾向她哥哥去告密，说小姐派他到驿站去投过一封寄给我的信，她哥哥听说，现在又把她看管得比早先更加严格了，连赛治利夫人都没有机会看到她。她哥哥每天只准许她在花园里和女仆散步一次，如果我想看她，只有去冒个险，偷进花园，藏在花园里，伺机和她说话，不过这是极端危险的，除非疯子，谁也不会去冒这种险。不过，此事虽然绝险，我还是决定要作。赛治利夫人和我说理，骂我，求我，斯特拉普也哭哭啼啼地求我，跪在地上请我考虑自己的安全，也考虑他的安全，千万不要冒冒失失去把性命葬送；这一切都归无效，我是一句话也听不进去，一心只念着我的情人。我命令斯特拉普立刻带着两匹马回到我们出发的客店，在那里等候我。斯特拉普最初毫不客气地拒绝执行我的命令，我就对他说，如果他不把马匹带走，等到天亮了，一定有人会发现我们的马匹，那岂不倾郡的人都要来搜捕我们了吗？这样才算把斯特拉普说服，他才肯去；临去时，他哭丧着脸，吻着我的手，流泪说道："我们能不能再见，只有上帝知道了。"赛治利夫人见我如此执拗，只得尽力出主意，帮我执行我的计划。她拿出食物来，劝我吃了些，给我铺好床，让我安息。第二天一早，我就起身，把两管手枪装上子弹，带在身上，又挂了一把匕首，就向水仙哥哥的花园后墙而去，爬过墙头，按照赛治利夫人的指点，藏在一丛矮树里。这里离住房很远，在一条小路的尽头，树丛附近有一个凹处，原是预备人们坐息的，据说水仙小姐常爱到这里来。我在这里从清晨五点钟一直等侯到下午六点钟，没有看见一个人影。过了六点钟才见有两个妇人走来，我一见，心都险些跳出腔来。那两人不是别人，正是我那可爱的水仙和威廉斯女士。我一见这情景，灵魂激动得不得了，猜想她们一定会到凹树丛里休憩，我就人不知鬼不觉地溜进到那里，把我在伦敦请画工画的一幅袖珍象（原打算在出国前交给水仙保存的）放在石桌上。我这样作，目的是想告诉她们我本人就在附近，如果不先有所暗示，我怕水仙小姐脆弱的神经经不起我突然出现的惊震。我把肖象放好，便又退回树丛藏着，好听她们谈话，相机行事。她们走了过来，我窥见水仙小姐愁容满面，但又有一种说不出的美态，我恨不得跳出去把她抱住，把她那媚人的双眸中的泪珠吻掉。她果然不出我所料，走进了凹树丛里，见桌上有东西，拾起一看。她不看则已，一看那象有些似我，吃了一惊，呼了一声"上帝！"脸上立刻出现了两朵红晕。威廉斯听她惊呼，也拿起小象一看，同样吃了一惊，喊道："耶稣啊！这可和蓝登先生一模一样啊！"这时水仙稍微镇静一下，说道："不知是哪位天使送来安慰我的愁心的啊，我真感激他这恩赐，我一定要把它当作最心爱的东西保存起来。"她一面说着，一面热烈地吻着小象，热泪夺眶而出，最后把这件没有生命的物件放进她那可爱的胸襟里。我见她一直没有变心，无限欣喜，真想出来，跪倒在她脚下。威廉斯这时头脑比水仙要冷静些，便说道，这幅小象是不会自己跑来的，想必我本人就在附近呢。温柔的水仙一听威廉斯的揣测，有些惊慌，便说道："这可万万使不得，固然说如果我能够和他有半刻的会面时间，那是天下最使我高兴的事了；不过也要看在什么地方，如果在此和他会见，那我宁可永世不见他。你要知道，他如果在这里出现，那是多么危险啊！"我听到这里，实在忍不住我感情的冲动，一下从我藏身之处跳了出来，站到她的面前，吓得她尖叫一声，晕倒在威廉斯怀里。我立刻扑上去，抱住我那灵魂的珍宝，用温暖的吻恢复了她的知觉。我真希望我有古代画师的神笔，把她睁开眼睛看着我，喊出"天哪！是你吗？"时那副又关切又狂喜又羞涩义美妙的脸庞描绘下来。

　　读者先生，我把这些柔情蜜意的细节写得如此详尽，恐怕你已经有些不耐烦了吧，不过我必须坦白说，我也实在无可奈何啊，要请你原谅。我现在就把一些不太紧要的会面情况略去不说，只交代一下：我把我必须远航冒险的理由告诉了她，她的理性是被我说服了，但是她却不能消除对我们的爱情的忧心。我们在一起谈心谈了一小时光景（她残忍的哥哥只准她散步一小时），感叹着我们的苦命，彼此一次又一次地山盟海誓。威廉斯就提醒我们说，该分手了。世界没有一对情侣象我们分别时那样悲痛，那样难分难舍的了。当时的动人情景，我这管笔是无法勾勒的，只好把帷幕拉上，读者自己想象去吧。我和水仙分别后，摸着黑回到赛治利夫人家里。她听说我此行成功，极为快慰，但见我因为悲痛而激动，便以理喻我，我的思想才渐渐平静下来。对于赛治利夫人，我无以报答，硬逼着她收下二十个几尼，以表我的心意，当夜向她告别，回到客店；好心肠的斯特拉普见我安然归来，心里一块说不出那样沉重的石头才算落了地。

我们当即雇了马匹，次日一早抵达第尔，我舅父见我老不回去，等得有些焦急了，因为伦敦送来的文件，他早已收到，我若再不回来，他就打算起锚开船了。次日，东风劲疾，我们起锚扬帆，两天两夜就驶出了英吉利海峡。

我们行到地角岬[1]以西约六百海里的海面，我舅父把我叫进他的仓里，对我说道，根据船主的命令，他现在可以把此行的目的和目的地向我宣布了。他说道："这条船是花了大本钱的，它要开往几内亚，到了那里，用船上一部分货物换一些奴隶和金沙，然后把这些黑奴运到新西班牙[2]的布宜诺斯·艾利斯。[3]我们通过自己政府和西班牙政府已经领到了上岸的护照，可以把黑奴和船上余剩的货物换成白银，我们船上有个管货员，他对那地方、语言和居

---

[1] 英国西南角。
[2] 今阿根廷。
[3] 今阿根廷首都。

民，都是非常熟悉的。"就这样，我就知道了这条船的秘密使命。我就去找那管货员，问他借了一本西班牙语法，一本字典和几册西班牙文的书，埋头苦读，在没有达到新西班牙之前，我居然就能和他用西班牙语交谈了。船到热带，我征得我舅父——船长的同意，给全船的人员都放了血，给他们泻药吃，我自己也不例外，因为北方人的体质一到热带最容易得那些危险的热病的，非这样预防一下不可。我相信我这预防措施并没有白费，因为全程上我们只损失了一个海员。

一天，我们出海已有五个星期了，只见上风处有一条大船，张起全部帆篷，在追赶我们。我舅父就下令把"边帆"也张挂起来，增加速度，把船清理一下，准备行动。但是我们发现追我们的船（用水手们常用的话说）"占了上风"，又看到它挂出了法国旗，我舅父就下令收起"边帆"，把"底帆"扯高了，把"上主帆"也反扳过来，把炮栓都拔出来，海员们各就各位。大家正在忙着执行命令，忽然斯特拉普走到后甲板来，浑身哆嗦，面无人色，简直吓得压低了嗓门问我说，据我看，我们可敌得过追我们的船。我见他那慌乱的样子，便说道："怎么，你害怕了吗，斯特拉普？"他回答说："害怕？不、不、不，我怕什么呢？感谢上帝，我没有干过昧良心的事儿，不过我看这场战斗准得流许多血呢，我看你在治伤员的时候不须要另外有人来帮你吧。"我马上了解他说这话的用意，就把他的情况向船长报告了，要求他让斯特拉普跟我和我的两个副手呆在下面医疗仓里。我的舅父听说斯特拉普如此怯懦，大为愤怒，叫我立刻把他带到下面医疗仓去，免得他那副胆小相感染了全船的人员。我找到斯特拉普，告诉他，我已求过船长，船长答应叫他帮我治疗伤员，叫他立即跟我下去帮助我的副手把器具药品准备齐全。他听了此话，自然满意，但偏要作出不愿离开上甲板的样子，说道，他希望我不要以为他怕执行甲板上的任务。他说他和任何人一样，也有赴死的决心，当然，他说此话，丝毫没有小看我和船长的意思。他这种虚伪，真令我呕心，想要惩戒他一下，便说，到下面医疗室去帮我也好，在甲板参加战斗也好，他完全可以听便。他见我不给他帮腔，害怕起来，回答道："为了帮你的忙，我还是下去的好，不过你要记住，这与其说是为了我自己，不如说是为了你啊。"说罢，也不等我答话，一转眼他就不见了。这时追我们的船在我们后面，距离不过短短两哩，我们已经可以看到它上下两排炮眼了。这一发现立刻在水手们心里发生了作用，他们竟说出这样的话来：说什么敌人一定会把我们轰个粉碎，把我们炸出水面去，谁的宝贝胳臂宝贝腿如果被炸掉，那只好讨一辈子饭；又说什么替船主干活儿受了伤，闹了残废，船主是从来不赡养你的等等。我舅父听到他们说出这种不长进的话来，下令在船尾集合，向船员们说道："孩子们，我听说你们害了怕了。我从当孩子的时候起，在海上过了三十年了，从来没见英国水手害怕过。你们也许以为我要让你们冒危险，我好从中得利吧。谁要是这么想，我告诉他，他算是想错了路子了。我这条船上的货全都是保过险的，我要是被俘虏了，我受不到什么损失。敌人比我们强，这没话说，可这又算得了什么呢？我们难道就打不断他一根大桅杆，趁机逃跑吗？他要是实在把我们逼急了，也不过是打一场。谁要是受了伤，我这个人说一是一，说二是二，该赔他多少钱，决不少赔他一分。得了，你们谁要是懒骨头，蠢货，胆小狗，那就给我滚到仓里，滚到面包房里去躲着去吧，谁要是好汉子，就跟我来，守着炮位，保卫古老英国的荣誉去！"他这一席话，滔滔不绝，正中听者的心意，人人都脱下帽子，高举起来挥舞着，向我舅父欢呼三声。我舅父立刻派小僮去取两大箱白兰地酒来，请每人喝了一碗，然后各自回到自己岗位，跃跃欲试，只等船长下令。在这整个一段过程中，我不得不承认，我舅父丝毫没有表现胆怯，一举一动都极为镇定。这时敌人已经离我们很近，他命令我就位，并下令升旗开炮，正在这时那条所谓的法国船却把法国旗降下，升起了英国旗，向我们船前方开了一炮。我舅父一见，大为高兴，立刻升起旗来，也向顺风方向开了一炮。接着，那条船就向我们靠拢过来，打出招呼，通知我们船长说，它是一条装配四十门炮的英国战船，命令我们船长放下小艇，到大船上去。我舅父立即服从指挥，并打听到军舰的舰长原是他旧日一个伙伴，两人相见，自然欢喜。他还留我舅父一同进餐，并派小船把我和那管货员接去，对我们表示十分体贴。这条战船的任务就是在马提尼科这条纬线上搜寻法国船，因此船头船尾都装饰着法国国徽的白百合花，整个船身也伪装起来，好骗弄敌人，难怪我舅父辨认不出，虽然他在这条军舰上还干过好几年活呢。我们一路作了四天伴，两位船长形影不离，后来因为路程不同，才分手了。

又过了不到两星期，我们到了几内亚，在干比亚河口附近靠岸，就在沿海作生意，向南最远到过安哥拉和本格拉等地，不到半年就把大部分货物卖掉了，买了四百个黑奴，我自己的钱都买了金沙。

帐目算清，我们即离开尼格罗岬；不到一个半月，抵达普拉塔河，途中平安，黑奴们只发了一次类似监狱病的热病，很多船员（包括我的一个副手）病死，斯特拉普也险些送命。西班牙总督检阅过我们的护照，以上宾之礼接待我们，我们几日之内就把黑奴卖了，按我们的讨价，再多五倍的黑奴也卖得出去，但是我们的大捆欧洲货物却只好用走私办法脱手，大蚀其本。

第三十章

有一位西班牙绅士请我到他庄园去作客，在那里我遇见一位英国绅士，发现一件很有趣的事——我们离开布宜诺斯·艾利斯，到了牙买加。

自从离开几内亚以后，我一直服侍着那些黑奴，着实是件苦差使，现在这批令人不快的货物已从船上卸走，我才开始享受一番，呼吸着巴拉圭的清爽的空气，很是愉快。巴拉圭这一地区素有"南美洲的蒙勃利埃"[1] 之称，由于气候宜人，得了布宜诺斯·艾利斯[2] 的称号。就在这令人陶醉的地方，我什么都不去想，只想着我亲爱的水仙；她的形象永远占据着我的心，她的魅力由于分别而更增强了。我盘算着此次出行所获的利润已超出了我的希望，我打算回到英国后，捐一个肥缺；如果水仙的哥哥还和我作对，我就偷偷和她结婚；如果添丁加口，可以靠我舅父的慷慨帮助，他现有的资财是已经相当可观的了。

我就这样打着愉快的算盘，希望着怎样享有水仙。这时，有些西班牙绅士和我们交往甚密，常常组织一些集会招待我们，有时也到很远的乡下去玩。在这些款待我们的西班牙绅士中，有一位非

---

[1] 法国南部产葡萄区，风景优美。
[2] 西班牙语，意谓"空气美好"。

常有礼貌的青年绅士，名叫安东尼奥·德·吕别拉，和我的交情特别亲密。一天，他请我们到他乡间别墅去作客，他唯恐我们不肯屈驾，就说他还打算去约请一位英国绅士，这位英国绅士在这里住了很多年，全省的人无不尊敬爱戴他，因为他为人可亲、懂道理，是个有荣誉感的人。

我们接受了他的邀请，出发到他的别墅去，到了那里还没有一个钟点，那位受人赞扬的英国绅士就也到了。他身材很高，体型极美，相貌外表极为尊贵，令人起敬，年纪已有四十开外，面部表情严肃，因而有些愁戚的样子。如在别的国度，恐怕就要被人认为是患忧郁病了，而在此地，由于他经常和西班牙人往来，西班牙人的面貌素来严肃，因此他也染了这种气质。他听安东尼奥说，我们是他同国人，便很高兴地向我们一个个问候；他还特别用眼睛盯住我看，深深地叹了一口气。他刚一进门的时候，一种深刻的敬意就在我心中油然而生，现在见他面有忧戚，这种忧戚又好象是对我而发，我也不觉为他感到忧戚。我不禁同情他，也叹了一口气。他请求主人允许他用英语和我们交谈，他对我们说，他很高兴能在这样遥远的地方遇见这么多同国人，又问我舅父（我舅父假托姓多玛）从英国什么地方来的，到什么地方去。我舅父回答说，从泰晤士河出发的，现在要回去，准备路过牙买加，想在牙买加装一船糖回去。

我们又把战争的情况详细对他说过，他就告诉我们说，他很想回国，因此他已把他绝大部分财产委托中立国船只运回了英国，如果我舅父不反对，他希望能够携带着余剩的财产搭乘我舅父的船回国去。我舅父很谨慎，回答道，就他本人说，他很愿意搭他，只要他（指那位英国绅士）能获得总督大人的同意，如果总督不同意，我舅父本人虽然十分情愿搭他，也是不敢这样作的。那位英国绅士见我舅父如此审慎，十分赞许，说道，他和总督交谊甚厚，求得总督的同意，却并非难事。说完，他就把话题转到别的事情上去了。

他在我心目中已产生极好印象，因此听他有此意图，非常高兴，万一他不能遂愿，我倒会感觉很失望的。在主人殷勤招待我们的时候，他用很不平常的钟爱我的眼光，直看着我，我也感觉他对我有一种异乎寻常的吸引力。他开口说话的时候，我总注意恭听，他那庄严的举止使我心里充满了敬畏和爱戴，一句话，在这位客人面前，我心中的感情是极度强烈的，是难以理解的。

他和我们消磨了大半日，告辞而去，临行对多玛船长（即我舅父）说，不久就来和他联系。他一走，我就问安东尼奥关于他的无数问题，但是安东尼奥都回答不上来，只说他叫罗德利哥，在这里住了有十五六年，据说很有钱，又据说在年轻时候曾有一段不幸的遭遇，因为自从他到此定居之日起，人们总是见他抑郁寡欢，若有所思，但是谁也没有敢追问他忧伤的缘由，生怕勾引起他的心事，徒然令他心里不安宁。

我心里产生了一种不可抗拒的要求，非常想知道他的生平。我一夜睡不着，心里只惦念着他可能遭遇过什么事迹，我打定主意，如果可能的话，一定要打听清楚。第二天早晨我们正在吃早饭的时候，罗德利哥派了三头鞍辔华丽的骡子来接我们和安东尼奥到他家去作客。他家离此约有十哩路程，更加深入内陆。我接到邀请，很是高兴，我们三个上骡出发，不到中午就到了罗德利哥的庄园。他招待我们极为丰盛，对我仍然是"另眼相看"。饭后，他赠给我一个戒指，上面镶着一块极美的紫水晶，这紫水晶是本地的特产。他还对我说，他当日很幸福地有过一个孩子，这孩子若活到今天，和我年纪正相仿佛，说罢，长叹一声，我不禁心头突突发跳，立时千思万虑涌上心来，只是说不出口，一味发呆。我舅父见我发呆，点了点我肩膀说道："喂，罗利，你睡着了？"我还没来得及回答，罗德利哥用急切的声调和眼光喊道："船长先生，请问这位青年叫什么名字？"我舅父回答说："他叫罗德利克·蓝登。"那人吓了一跳，叫道："仁慈的上帝！他母亲叫什么名字呢？"我舅父也有些惊讶起来，说道："他的母亲吗？她叫夏洛蒂·包凌。"罗德利哥一听，隔着桌子一把就把我抱在怀里，说道："上帝的恩典啊！我的孩子，我的孩子，难道我又把你找到了？我真是把你抱在怀里了吗？多少年来，我一直以为再也见不着你了！"他一面说，一面搂住我的脖颈，快活得大声恸哭起来。父子的情义乃是天性，在我心里也起着强烈的作用，我的眼泪也象雨点一般落满他的胸前。他心里激动，使他半晌气噎得说不出话来，最后他才抽抽咽咽地说道："天意不可测啊！亲爱的夏洛蒂，我们爱情的结晶居然还在人间呢！长得这么体面了！真想不到在这儿找着他！——上帝的仁慈真是无限，上帝的智慧是无穷的啊！这是你早就注定了的，让我向你顶礼吧！"一面说，一面他就跪倒在地上，两眼望着上苍，两手交在额前，默默地祷谢了几分钟。我也跪在地上，膜拜那至善的上帝，心里也默默地念着感谢的祝辞。等我父亲祷告完毕，我又向他行过礼，求他祝福我。他就再一次地拥抱住我，真是说不出地慈爱，又求上天保佑我，才把我从地上扶起来，把我作为他的儿子介绍给在座各人，大家见此动人场面，也都啜泣不止。我舅父当然也表示了他自己的善良心地和内心的快慰。他虽然不常见这种"令人心碎的情景"，但是他也禁不住哭哭啼啼，非常难过，用力揪住我父亲的手，哭道："蓝登哥，我见着你可真高兴啊。今天喜得和你相会，那是要感谢上帝的！"罗德利哥一听原来这就是他的妻弟，连忙过去拥抱他，说道："你就是夏洛蒂的弟弟吗？唉，夏洛蒂真没有福分啊！但是我又何必后悔呢？我们还会重逢的，到那时就再也不分别了！——兄弟，我诚心诚意地欢迎你，！——好孩子，我心里真是说不出地快活，今天就象节日一样了，我的朋友们，我的仆人们，和我一起欢乐吧。"

他派人到附近各友好处报信，吩咐准备盛大的庆祝，我的心情在这样一个重大而突然的事件面前真是激动得无法形容，以致病倒发热，不到三小时竟热得昏迷过去。盛大的庆祝立即取消了，一家人的欢欣变成了忧愁和失望。人们立刻把医生请来，在脚上给我大量放血，又把我的两脚浸在草药汤里。在我得病后十小时，在最危急之时，我发了一身汗，第二天我的病就霍然而愈，只觉得浑身懒洋洋的，倒也舒服，而且也能起来走动走动了。我得的这场热病，叫作"一日热"，在我发病的整个过程内，我父亲没有一刻离开我的病床，亲自仔细地喂我吃药，给我治疗，我舅父也是一刻没有离开。我病愈之后，立刻想到我的好友斯特拉普，决定把我的好消息告诉他，因此便对我父亲把斯特拉普对我如何忠诚，我如何感激他的情形，大致讲了一遍，请我父亲派人去把他找来，但是不要告诉他我的好消息，等我亲口对他讲。

我父亲立即答应我的请求，派了一个人，多带一匹骡子，到船上去，只说船长吩咐大副派总管跟随来人来见船长。这时，我的健康已经恢复，心境也宁静下来了，我才开始体会到这次父子重逢的重要意义，它对我有些什么好处。我每想到欢乐的事情，总是联想到我心爱的水仙。在现在的情况下，我想我有条件占有她了，她的出身和门第是高贵的，但是我现在也不弱了。在我得病昏迷的时刻，我常常呼喊水仙的名字，我父亲因此猜想我和她一定有什么亲密的关系，他后来又发现我胸口一条缎带上系着一枚小象，肯定这就是我的心上人了。后来，我舅父又证实了他的揣测。我舅父对他说，这幅小象就是我答应婚娶的那位姑娘的小象。我父亲听到这消息，吃了一惊，一有机会，即就此事详细问了我一番。我就把此事对他说了，他很赞成这件婚事，并答应尽他的全力促成。当然，我从来没有怀疑过他的慷慨，不过他亲口答应，那便更加使我快活了。我立即跪在他面前，对他说，这一来我的幸福就完美无缺了，因为，生活而没有水仙，即使享尽人间之福，对我来说也是凄惨的。他把我搀起来，慈祥地笑笑，说道，他深深了解恋爱的滋味，当初他父亲对待他如果象他对待我一样，他现在也许——说到这里，他叹了一口气，眼睛里涌出热泪，但是他克制了自己的悲伤，趁此时机，要我给他讲讲我的遭遇，因为我舅父曾对他说过，我的遭遇是多方面的，而且颇为惊人。我就挑选最重要的一些情况对他说了，他很注意地倾听着，有时表示惊讶，有时由于情况的性质不同，他也表示了一个作父亲应该表示的不同的情感。等我叙述完毕，他说：感谢上帝让我遭遇到这些不幸。他说，不幸的遭遇可以增长人的见解，改善人的心地，锻炼人的体质，使一个青年能够担当起生活的责任，同时能够知道怎样享受人生，这是在富裕的环境中所受的教育万万不能达到的。

我把他想知道的事都对他讲过以后，表示想听听他的遭遇。他答应了。他从他结婚讲起，一直讲到他失踪，这我在本传的前半部已经交代过了。他又接着讲道："从那以后，我对生活完全失望了，周围事物件件使我想起因为我父亲的残暴而使我丧失了亲爱的夏洛蒂，我不想再在那儿生活，我便把你抛下走了，当时你还是个小娃娃，我真是舍不得，心里有说不出的难过。不过，我再也没有想到我父亲的残暴居然会降到孤儿的头上的。我独自一个半夜出走，到了离家最近的一个海港，第二天清早搭上了一条船，这条船据我事先打听是开往法国去的，我和船主商量好价钱之后，就和本乡本土告别，趁着头一阵风，船就开走了，这一走就是多少年啊。船是开赴格兰维尔去的，不幸在中途，在奥尔德尼岛附近，触在一系列名叫'宝盒'的礁石上，由于风浪很大，船撞得粉碎，大船上的救生小艇也沉了，船上的人除了我以外都淹死了。我靠了一条木头，漂到了法国诺曼底省的海岸。到岸后，我立即到了噶恩城。在噶恩城我很幸运，遇到了一位过去我在旅行中认识的伯爵，我便和他一同到了巴黎，由他和其他一些朋友的介绍，我当了某贵族青年的家庭教师，后来我又陪他一同到了西班牙的宫廷。在西班牙，我逗留了整整一年，我的学生的父亲把他召回法国，我也就辞去家馆，继续留在西班牙。这是一位西班牙贵族劝我这样作的，他情愿作我的靠山，并且还把我介绍给另外一位西班牙贵族，这位贵族后来放了秘鲁总督，坚决要我跟他到任上，我便跟他到了秘鲁。但是出于我信奉的宗教不同，所以他也无法提携我，只能劝我作些生意吧。我从事商业不久，我这位靠山便与世长辞了。我身在他乡，一个人也不认识，也无朋友可以倚靠。兴念及此，我就把我的产业变卖了，迁移到了这里，这里的长官是那位总督任命的，和我交往甚密。也是天意如此，我到此后十六年间，生意兴盛，生活一向倒也宁静，只有一想起你母亲的屈死，一想起你的遭遇，我才暗自不停地悲悼。我也多次委托在法国的朋友们多方打听你的消息，他们也是无微不至地探询过，但是所得到的消息只是你在六年前出海去了，从此消息全无。这种无头无尾的消息是不能令我满意的。当然，要找到你的希望是不大的，不过我还是决定要亲自去把你找到。为此目的，我曾把两万镑钱汇到荷兰，手边还有一万五千镑，我就打算随身携带，搭乘包凌船长的船出发，不料我发现上天另有了惊人的安排，不过你可以放心，这并没有改变我回国的意图。"

我父亲讲完这段动听的生活简史之后，就去接替安东尼奥。原来我父亲讲话的时候安东尼奥正在代他执行主人的任务呢。我自己也连忙穿好衣服，准备去会见客人，正在这时，斯特拉普从船上来了。

　　他一走进我这间富丽堂皇的房间，又见我一身绫罗绸缎，呆得一句话都说不出来，瞪着大眼睛，默默地张望着周围的事物。我过去拉住他的手，对他说，我派人把他找来，是要叫他看看我今天的幸福，并且和我分享；又告诉他，我还找到了一个父亲。他一听此话，吓了一跳，半天瞪着大眼睛，张着嘴，说不出话来，最后才说道："啊啊，我明白了！可怜的水仙，去你的吧！不管是谁，都去你的吧！我的天，爱情可真叫人捉摸不透！上帝保佑我们，我们当初干了多少荒唐的把戏，发过多少誓，难道都付与东洋大海了吗？难道你想在这天涯海角落户了吗？上帝祝福你，我看我们也到该分手的时候了，我可不愿意让我这副身躯埋葬在离开本乡本土这么远的地方。把普天下的财宝都给我，我也不干。"他说了这么一大篇吃语，就开始啜泣，摆出愁眉苦脸的样子。我对他说，关于水仙的问题，关于我是否在巴拉圭定居的问题，他全想错了，然后我又很简略地把方才发生的那件大事对他说了。这位大好人听了，那种欢欣雀跃的神气，真是再可笑不过了，他同时又哭、又笑、又吹哨、又唱歌、又舞蹈。正在他狂喜的时候，我父亲走了进来，我对父亲说，这就是斯特拉普，我父亲立即握住他的手，说道："这就是那位和你共患难的好朋友吗？——欢迎你到我家来，不久我儿子就能够报答你的美意的，现在先请你跟我们来，酒饭已经备好，一起吃饭吧。"斯特拉普固然是欣喜欲狂，但是他说什么也不肯接受我父亲的邀请，说道，"这可使不得，我人小位卑，请大人原谅。"我父亲见他非常谦逊，坚决不肯越分，便命他的总管好好招待斯特拉普，不得丝毫怠慢。我父亲接着把我带到一间大客厅里，引我见过许多来客。客人们有的夸奖我，有的拥抱我，并且都向我父亲祝贺，那些祝贺的话，我在这里就不好意思重复了。

当日庆祝的详情，这里无须交代，总之一句话，是既雅致又盛大，一直继续了两天。庆祝过后，我父亲就结束了他在此地的事业，把家产都变成金、银，又到各友好处登门告别，众人无不伤心，并且都赠送了我许多礼物。我们上了舅父的船，一等有风立即驶出普拉塔河，不到两月光景就安然抵达牙买加岛的金斯敦港，抛锚停航。

第三十一章

我访问老友汤姆逊——我们开赴欧洲——中途奇遇——抵达英国——我从朴资茅斯乘马越野到苏塞克斯——和赛治利夫人谈话，得知水仙在伦敦——我获此消息，即向坎特伯雷进发——遇见老友摩根——到达伦敦——拜访水仙——把我父亲介绍给水仙认识——我父亲见她懂道理、人品美，极为满意——我们决定要求她哥哥同意我们结婚。

我一上岸就打听我的好友汤姆逊先生，听说他生活非常富裕，他岳父数年前故世后，他就继承了田产，现在就住在庄园上。我将此事告知我父亲，他以前也曾听我极力夸奖过此人，故而同意我去访问他。我立即乘马前往，几小时后就到了他的住处。

如果我说汤姆逊先生见到我非常高兴，那简直没有能表达他的盛情美意的十分之一；他和我见面时的那种情感只有一个知交的朋友才表露得出来。他引我见过他妻子，他妻子是一位十分可爱的少妇，跟前已有两个疼人的孩子。他还不知道我的境遇已经大变，很坦率地表示愿意在金钱或其他方面帮助我。我谢过他的好意，把我的情况告诉了他，他十分欣喜，向我祝贺。我在他家盘桓了一天一夜，他又陪我回到金斯敦港，来拜望我父亲，又请我父亲到他家去作客。我父亲答应了，在他家住了一星期，他把我们招待得无比地周到，临别时，我父亲赠给汤姆逊夫人一只很贵重的钻石戒指以志感谢。回到金斯敦，他对汤姆逊夫妇的盛情感到万分满意。我和汤姆逊先生交谈之间，听他告诉我说，我们的老上司欧克姆船长死了已有几个月了，他死后，有人发现他手里有些很贵重的资产，这些都是他在麦克贤的协助之下从夺获的物资中以非法的手段吞吃下来的。为此，麦克贤现在已经下了监牢，全靠汤姆逊先生接济，才得苟延残喘。麦克贤是一个朋友都没有的，事发之后，只好磕头请求汤姆逊开恩赒济他一下。既有今日，当初又何必在"雷霆号"上把汤姆逊逼得那样走投无路呢？这个坏蛋当然可以说是罪大恶极的了，不过汤姆逊对他在患难中的慷慨资助，仍然赢得我的赞许，我自己也动了恻隐之心，派人给他送去十个"皮斯托尔"，[1] 但是并没说明是谁送的。

正当我父亲和我与本地绅士们彼此亲密交往之际，我舅父写了封信，托一条我们到达后不久就开出的邮船转交给他的船主，信里说，到目前为止，航程顺利，要求船主给这条船和船上的货物保险，以防归国途中出事。他布置了这一预防措施后，即一心一意从事装货，汤姆逊先生又来协助他。不到一个半月，船上的货就装得满满的了。好心的汤姆逊也替我父亲弄到了票据，凭此到伦敦兑换金银，这样我父亲大部分金银就不致在中途遇敌遇险而遭受损失了。在我们没有开船之前，汤姆逊先生又给我们送来了各种食物，因而不仅我们，就连全船船员一路上都吃到了丰富的伙食。

一切准备停当，我们向各位贤主人告别，在皇家港上船，六月

---

[1] 钱币名。

初一那天开船回英国。喜得天气清和，一路风顺，某夜，估计已到提伯隆角附近，便把船停下，预备次日早晨装些木柴和淡水。正在等候之际，忽然有一个水手喝新酒喝得太多了些，失足堕入海里，大家想尽办法营救他，依然沉入海底失踪了。这不幸事件发生后两小时，我正在后甲板上乘凉，忽然听见好象有声音从海里发出来，喊道："喂，停船哪！"前甲板上有个水手说道："活见鬼，那是刚才掉到海里去了的杰克·马林斯拜克吗？"这件事颇令我吃惊，立即和二副和四名水手下了救生艇，朝着声音的方向划去。那声音还在继续喊叫，我们远远看见有个东西飘在海面，便又往前划，才看清原来是个人骑在一只鸡笼上呢。那人见我们划近，哑着嗓子喊道："该死的，我喊你们，你们干吗不答应啊？"我们那位二副是位名符其实的海员，一听这话，便说道："伙计们，这不是我们的人，这是魔鬼！快把艇子划回去。"水手们二话不问，服从了他的命令。我们已经划出两三丈远，我忽然坚持一定要把那人救上来，好容易才把他们说服，又向落海的人的方向划回去。等我们二次划近，向那人表示了我们的意图，那人却回答道："停住，停住，老哥，你们是什么船上来的？"我们告诉他我们是什么船，他叫道："你们这该死的船，我还当是我自己的船呢！你们开到什么地方去啊？"我们又告诉他，我们开往何处，他才让我们把他救上我们的船来。我们请他喝了口酒，让他舒适一些，他才告诉我们说，他是"维苏维奥号"战舰上的人，在希斯班纽拉岛外巡弋，二十四小时前失足落海，战舰正在满帆航行，懒得停船，就从船上掷给他一只鸡笼，他希望乘坐这鸡笼第二天早晨飘到海岬去的。不过，既然上了我们的船，他也就"既来之则安之"了，因为他满有把握会再遇见他那战舰的，如果飘到岸上，反倒有可能被法国人俘虏了去。我舅父和父亲听说后，对这人的处之泰然的态度，颇觉好笑。两天后，我们果然遇到"维苏维奥号"，就按他的志愿把他送了过去。

我们逆着风行驶了一段路程，未遇事故，然后又折向北方，正好遇上了西风，因此不到两个月时间我们就到了浅水洋，又过两天就看见蜥蜴岬[1]了。我看到英国国土时的那种愉悦心情是无法表达的。我父亲也颇为感动，斯特拉普则快活得流下了眼泪来。我们心里一高兴，水手们却占了便宜了：钉在桅杆上的那只鞋子里装满了我们的赏钱。我舅父决定立刻开往道恩斯，但是正当我们沿着外特岛航行的时候，风向变了，他只好向圣海伦港[2]方向驶去，在斯卑特亥德[3]靠岸。这一来，水手们可就遭殃了，其中有三十人立刻被拉壮丁的拉上了一艘军舰。

我父亲和我在朴资茅斯登岸，留下斯特拉普和舅父在船上看管我们的财物。我表示迫不及待地想见水仙，我父亲答应我先雇马下乡到水仙哥哥家去，他自己慢慢雇辆驿车上伦敦，在伦敦一个我指点他的住处等我。

我情急如火，当夜就雇了驿马，次日清早到了离水仙哥哥庄园三哩处一家客店，在店里一直候到天黑。我们分别已有一年半的时光，急切想见她的希望，就象苦刑一样熬煎着我。这非但没有损害我对她的爱，反而使它达到最高的强度。同时我虽然抱着极大希望，但心里有时也颇有些顾虑，怕她拗不过哥哥，已经屈服了，让我的情敌享去了这艳福。我甚至怕她已经不幸去世，所以在我摸着黑到达赛治利夫人住宅时，我半天不敢敲门求纳，生怕她对我说水仙已死的噩耗。最后，我才鼓起勇气来叩门，善心的赛治利夫人听出是我的声音，马上把门打开，热情地接我进去，拥抱我，老眼里

---

[1] 英国最南端海岬。
[2] 在外特岛。
[3] 即英国南岸朴资茅斯军港。

流出热泪来。我说道："大娘，水仙到底怎样了？还和我当初跟她分别的时候一样么？"她的回答听着非常悦耳，她说："她和从前一样美、一样健康、一样对你钟情。"她的话既使我放心，又使我高兴，我便问她今夜能否和水仙会一面。她说水仙现在在伦敦呢。自从我出国后，水仙哥哥家中起了很大变化，他本人和美林达结婚已足足有一年了，在开始时，他一心只在美林达身上，所以一度对水仙不加注意，也不闻不问；反正他父亲遗嘱上写得明明白白，水仙不得他同意私自嫁人就必须丧失她那份遗产。新嫂嫂待她也是不冷不热的。因此，在几个月以前，她就利用这自由，离家到伦敦去了，住在威廉斯女士家里，专等我回国。几月来，奎佛韦特老爷不住地纠缠她，但是她毫不动心；奎佛韦特就弄了许多玄虚，想使她相信我已不在人世；但是随他千方百计，终不成功，看来得到她是没有希望的了。水仙对他的冷淡促使他在几星期前和另一女子结了婚，也是聊以自慰吧；不过由于夫妻不和，那女子已经抛下他走了。除了这有趣的消息外，赛治利夫人又告诉我，美林达和水仙哥哥之间的关系也是毫不和美的；美林达结婚后，还是有一大批男朋友象蝴蝶一样在她身边飞来飞去，水仙哥哥很是厌恶，赶快和她一同搬到乡下来住，美林达满心不乐意，夫妻之间有如仇敌，当着客人或仆役的面就会用最肮脏的话彼此对骂起来，一点体面都不顾了。

这位善心的赛治利老太太为了要使我相信水仙对我绝未变心，拿出水仙最近寄给她的一封信给我看，信上每提到我，口吻既端庄，又温柔、又关怀。看了之后，我的心急得如同点了一把火一样，决定当夜就乘马出发，使我能够尽早给她幸福。赛治利夫人真象慈母一样爱水仙和我，见我这样焦急，便婉言提醒我道，我在出国时曾经表示决不为了满足我个人私欲，损害小姐可能继承的产业，她如果和我结婚，那就得全靠我养活她了。我谢过她对我的善意关怀，然后把我现在的富有情况用两三句话对她说了，她听了，真是感到说不出的惊讶和满意。我又对她说，我现在已有力量报答她对我的恩德，我一定要尽力使她的晚年能在安乐中度过，作为达到这目的的每一个步骤，我请她来和水仙跟我同住。可敬的赛治利老太太听了我的话，甚为感动，老脸上流下两行眼泪来，她感谢上天没有叫我辜负她第一次见到我的时候所作的预言，她用最文雅而动人的话感谢我对待她的所谓慷慨，但是谢绝了我的建议，她的理由是，她很心爱这几间草房，多少年来她在这里平静地过着孀居的生活已经习惯了。我见在这问题上不能劝服她，就坚决要求她接受三十几尼作为礼物，便向她告辞了。我打算此后每年赠她三十几尼，使她能够更舒适地养老。

我彻夜马不停蹄，次日一早到了坎特伯雷城，我下马准备另换一乘。我走进一家客栈，只见对面街上有家药铺，门上的招牌写着"摩根"的字样。我吃了一惊，心想这一定是我那老伙伴在这里落了户了。一打听，果然不出我所料，而且还听说最近他和本地一位寡妇结了婚，妆奁有三千镑。我听到这消息很兴奋，等到药铺开门，我就走了进去。只见我的老友摩根正在柜台后面配灌肠药。我一进去，就向他招呼道："您好，摩根先生。"他抬头看我一眼，回答道："先生，您好，"毫不动情地凿着臼子里的药。我又说："嘿，摩根，你忘了你的老伙伴啦？"他又抬起头来看看我，大吃一惊，喊道："上帝作——你不是——真的，我看你是我的好朋友蓝登先生吧？"我向他证明说，我就是蓝登，他一下子把药杵丢开，把药臼也打翻了，跳过柜台，他的衣服把一臼子药都扫在地上，向我扑来，亲热地搂住我，把我浑身都染上了他方才正在调配的松脂和蛋黄。我们彼此问候过以后，他告诉我说，他从西印度回来后，妻子去世，他托人在一条军舰上获得了军医的职位，干了几年，他就和一位药店老板的寡妇结了婚，他俩现在手头倒是有了一笔颇不算少的钱财，日子也过得太平安静，生意还是相当地好。他很想听听我的遭遇。我对他说，我现在没有工夫告诉他，只能泛泛地对他说，我的境况很佳，但目前实在太匆促，未能详细奉告，改日再来看他。他坚持要我和他一起吃早餐，并把妻子叫出来和我相见。他的妻子看去倒也体面、懂道理，不过岁数可相当大了。我们在谈话之间，他将出袖扣来给我看，那是我们在西印度分手时我和他交换的纪念物，他见我也小心地保存着他送给我的礼物，很是得意。我把麦克贤的情况对他说了，他乍一听很高兴，继而稍加思索，便道："他的坏心眼也得到了报应了，我原谅他，但愿上帝也原谅他。"他对欧克姆船长的灵魂表示担忧，他怕他现在正在地狱里咬牙[1] 呢。我又告诉他，汤姆逊还活着呢，他死也不相信；我又说，不过汤姆逊现在情况很好，他听了很是高兴。

我们又倾诉了一番旧日的情谊，我就向他们夫妇告辞，骑上驿马，当夜到了伦敦，找到我父亲。父亲身体很好；我把我打听到的有关水仙的消息对他说了。我父亲很溺爱我，一口同意我要和水仙结婚的意图，他说她没有陪嫁也可以，不过须得她哥哥同意才好。我父亲还答应在几日内交给我一笔钱，足够维持水仙过个时髦生活；他表示希望能见见我这样心爱的人儿。我一夜没有睡觉，赶路又赶得相当疲乏，觉得非休息一下不可，便上床去睡了。次晨十点钟左右，我雇了一顶轿子，按照赛治利夫人的指点，到了水仙的住宅，先找威廉斯。我在客厅等了不到一分钟，威廉斯就进来了，见了我尖叫一声，返身就跑。我赶到门口，把她挡住，一把把她

---

[1] 表示痛苦。

抱紧，才让她又清醒过来。她喊道："老天！果然是你吗，蓝登先生！我们小姐一定要乐疯了。"我对威廉斯说，我是怕我突然出现在亲爱的水仙面前，会在她身上产生不良的效果，所以才先找威廉斯，想和她商量一个办法，怎样逐步把我到达的消息告诉水仙。威廉斯很赞成我的作法。她凭着她自己对我的友谊，先问了我一番一路可平安的情况，才自告奋勇地去替我办了。我一人留在客厅里，一心想要看到我的情人，和她拥抱，这一股热望象一团火似的在我心里燃烧着。过了不久，我听到有人从楼上匆匆下来，又听到我那天使热切的声音说道："天呀，可能吗？他在哪儿呢？"我听到这熟悉的声昔，浑身的感官都惊觉了！她出现在我的眼前，就象一朵盛开的花那样美，我的灵魂真象陶醉了一样！

> 她步步婀娜，眼睛就如天堂，
> 举止庄严，而又含情脉脉。[1]

读者，如果你的灵魂能够体会到最微妙的感触，如果你的温柔的心曾经感受过爱情的悲欢离合的滋味，如果你曾不得已而和你最心爱的人别离过一年半之久，如果在你回来时发现那柔情的美人还象你私心所希望的那样温存而忠实——那么你就能领会得到我此刻的心情，领会我们两人那种不可言喻的至乐，领会我们如何扑向彼此的怀抱。此刻不是说话的时候，我们两人拥抱着，就象锁在一起似的，默默地沉醉在快乐中，达数分钟之久。我就这样拥抱着我的心肝宝贝，不住地凝视着她的美妙容颜，见她双眸闪烁，双颊绯红，表现出天真的爱情。我见她由于真诚的喜悦而酥胸起伏，我知

---

[1] 弥尔敦：《失乐园》（第八章，488 行）形容亚当初见夏娃时的感觉。

道起因在我——天啊，我这时的处境是无法形容的。我真想把我所写的付之一炬，从此不再提笔，因为我所写的最热情的话、最得意的辞句也不能描绘我灵魂的感受于万一。我对水仙说道："可爱的水仙啊，你就是美、爱、真的化身，你是个奇迹！我到底把你拥抱在我胸前了！我到底能够说一声'你是我的'了！监视你的哥哥再也拦阻不了我们的幸福了：命运终于补偿了我所遭受的苦痛，使我能够不辜负我的爱情了。"亲爱的水仙微笑了一下，那一笑真是美妙得无法形容。她又用迷人、柔情的眼色看着我，说道："我们是不是永远不再分离了呢？"我回答说："永远不再分离了！人间最完美的典型啊，除了死亡把我们分开，我们永远在一起了。这甘露一般的甜吻比轻风吹过橘林飘来的香气还香甜千倍，我凭它发誓，我永远不再离开你了。"

　　我第一阵狂喜过去后，我的情欲愈来愈激动，不可控制。我站在福地的边缘，有些眩晕，我的道德和哲学全都不能抵制欲望的强力冲击。水仙发觉我内心的冲突，就表现了她惯有的谨慎和庄重，用话把我的心思岔开，热心地、好奇地要求我把一路航行的详情讲给她听。我满足了她的要求，把我的经历一直讲述到目前为止。她听说我找到了自己的父亲，感到无限惊讶，她那对可爱的眼睛里流下了泪珠。她听说我父亲赞成我对她的爱情，又感到十分快慰，表示极想和我父亲见面，祝贺她自己和我走了好运，并说道，看来这预料不到的大转运只除是上帝亲自安排，人力是办不到的。我们就这样谈着心里真正想说的话，消磨了好几点钟。我又要求她答应按照我父亲认为恰当的时间尽早成全我的幸福，她允诺了。我亲手把一副珍贵的项链挂在她胸前——这是一副由钻石和蓝宝石间隔串连的项链，是巴拉圭的一位西班牙贵妇人赠送给我的——我便和她告别，答应她下午带父亲来看她。我到家后，我那慈祥的父亲热情地询问我，亲爱的水仙身体可好；为了使我更能讨水仙的喜欢，他又把一张契纸交在我手里，上面写着给我一万五千镑现款。除此之外，我自己办的货物赢利也还有三千镑。吃过午饭，我陪他到了我情人的住处，她特意打扮了一番，因此更显得光彩夺目。她的美貌很明显地给我父亲很深刻的印象。说起她的美来，我确实认为世界上的人应该算她最美不过了。我父亲亲热地拥抱她，对她说，他很为他儿子感到骄傲，因为他竟有此勇气，竟有此人品，能够追求并且配得上象她这样一位如花似玉的女子的钟爱。她听他如此称赞她，羞红了脸，用最温柔多情的眼光望着我说道，如果她看不出小蓝登先生的品质，那么她也不值得他这样对她用心了。我深深鞠了一躬表示答谢，我父亲叹了一口气，说道："我的夏洛蒂正是这样一个人儿啊！"说着，眼泪从眼睛里涌了出来，性情温柔的水仙也流了两滴宝贵的同情之泪，如果父亲不在场，我一定把它们吻干。闲话少叙，总之，我父亲对她的美貌，对她的通情达理，感到非常满意。水仙对我父亲的体贴和礼貌也同样感到非常满意。我们决定由我父亲出面，写信给水仙哥哥，表明我父亲同意我和水仙的婚事，并且作出水仙哥哥没有理由拒绝的财产安排，如果水仙哥哥竟然拒绝建议，那么我们只好违拗他的意志来完成我们彼此期望的婚事了。

第三十二章

我们大家一起很满意地消磨了一个晚上，我父亲就对水仙说："小姐，请你允许我今后把你当女儿看待，你既成了我的女儿，我这里有一分礼物，表示我作父亲的心意，你务必收下。"他说着把一张五百镑的钞票交在她手里，她一看，连忙深深万福，回答道："大人，我现在一点都不需要这笔款子，不过您既然好心看得起我，俗话说'恭敬不如从命'。加以我认为蓝登先生和我的利益已是不可分割，因此我也就更可以贸然领受了。"我父亲见她回答得又坦率又诚恳，十分喜悦，接着我们向她道过晚安，告辞而去。上文交代的那封信，根据我的请求派人火速送到苏塞克斯，同时为了成全我的婚事，我父亲租妥了一所有家具的房屋，还雇了漂亮的仆役和车马等等。

每天大部分时间，我都和水仙一起消磨，不过偶尔我也有些空闲和我的那些老朋友来往，他们见我如此阔绰，莫不惊奇。班特对我运气的好转表示特别惊讶，他设法打听其中缘故，但是没有结果，最后还是我自己认为时机已到，可以告诉他了，才告诉他的，一来我们过去是很亲密的朋友，二来免得他胡乱揣测；他和其他朋友肯定是会乱猜的。他听我叙述后，表示十分满意，我想他说满意的话也还是诚心的，因为看他的意思是有心要把欠我的那笔帐赖掉，并且还想再借一些花花。我把他带回家来一起便饭，我父亲倒颇喜欢他的谈吐，听说他经济情况很窘，就叫我暂时照拂他一下；又问他可肯在军队里混个一官半职，他（我父亲）愿意借钱给他去捐个官。后来我就找了个机会和他个别谈谈，正如我所预料，他告诉我说，他正在和他一位有钱的老伯父进行和解，和解成功便可继承遗产，但是眼前缺几块钱，希望我能借给他，他愿意立字据，将来总还。他这次需要不过十几尼，我就把二十几尼塞在他手里，他一见，瞪目呆看着我半天，才把钱放进钱包，说道："好吧，都一样，不久我一总还你得了。"我也不要他立什么借据，只让他开个便条；我接过之后，表示惊讶道，为什么象他这样有骨气的人竟喜欢游手好闲、枉度光阴呢。我又问他为什么不愿参加军队，升官发财。他说道："什么？把我的钱随便扔掉，买个小军官，让一批混蛋呼来喝去？这些人只凭了无耻的手段才爬到我上头的！绝对不干！我热爱独立自主的生活，不愿为这么个可怜的小差使牺牲我的生命、健康和乐趣。"我发现他既不愿采取这种生活道路，便改换了话题，又回到我父亲那里，他正好收到水仙哥哥的回信，回信写道：

先生：来信收到，下署有罗·蓝登的签字。这封信便是该函的答复。阁下是何许人，我是一无所知；至于令郎，或伪称令郎之人，我倒曾见过，如果他要与我妹妹结婚，所冒之险要由他自己担当。我还郑重声明，如果我妹妹不得我同意而擅自择夫，她的财产全部都将归我，她的丈夫休想得到一分钱。阁下划给他们的产业，在我看，全属子虚，阁下自己不过妄想抬高身份而已，即使西印度的财富都属于阁下，令郎也难得到我的同意和我家联姻。

奥尔逊·透普霍尔。

　　我父亲听到水仙哥哥的为人之后，对于这封很有礼貌的信倒也不觉惊奇；至于我，他拒绝了婚事，我倒反而高兴，我正好借此机会表示我爱水仙不是贪图她的钱财。我征得父亲同意，去问候水仙，并将她哥哥的回信内容对她说了，她听了痛哭失声，我就百般劝慰。我们决定两日后举行婚礼。这两天内我欢乐地期待着，心情紧张得如同拉得不能再紧的弓弦；水仙则设法说服在城里的一些亲友们，希望他们赞成这件婚事，但是随她怎么诉说，他们只是一味不理睬，有的是嫉妒，有的有成见。她以最迷人的甜蜜的神态，眼泪象露珠一样挂在她那可爱的面庞上，对我说："这回世界上的人再也不会怀疑你是无私心的了，你娶回来了一个无依无靠的乞丐婆！"她的忧愁感染了我，我把她紧紧搂在胸前，对她发誓说，正因如此，正因为她为了爱我的缘故牺牲了朋友，牺牲了家产，所以我才更加疼爱她，更加欢迎她。我的舅父是她所敬重的人，这时正好到了伦敦，我便引他见过水仙。他虽然不大易于领会细致的情感，但是对于水仙的美貌却叹为观止。他吻过她，看了她半天，转身对我说："罗利呀，你这次的缴获很可观哪，看它身子造得多精致，装配得多光彩。你来驾驶它还要说不得其人，那你只好坐贝壳下海了。——外甥女，我希望你不要见怪，不要把我的话放在心上，我是个大家所谓的普通海员，不过我和别人一样也是很尊重你的。"她很客气地接待了我舅父，并对他说，他慷慨资助过蓝登先生，她很感激他，长久以来想和他见面；她也把他当作自己的舅父看待，并请求他以后允许她也叫他舅父，随便他说什么话，她决不会见怪的。她这样有礼貌，使我舅父感到非常愉快，坚决要求在婚礼中充当女方家长，并说道，他爱她就如自己亲生女儿一样，只要头生孩子呱呱一叫，他愿意送两千几尼作为贺礼。举行婚礼的一切准备工作都已停当，决定不在教堂举行，而在我父亲家里举行。到了举行婚礼的喜庆时刻，我父亲和舅父就乘了一辆马车去亲迎水仙和威廉斯，我和一位牧师、班特、和斯特拉普在家里恭候。班特和斯特拉普从来没有见过我那迷人的水仙，斯特拉普已是焦急得坐立不安，一心只想快点瞻仰一下我老提到的这位美人。马车一到，他就占住一个窗口，好等她下车时看她一眼；等到看到了她，他把两手合十，两眼往上一翻，张着大嘴，象发痴一样，嘴里迸出一句拉丁诗来："真是神女啊！她就象狄安娜驱使着舞女们在欧罗塔斯河畔或昆图斯山坡边舞蹈的时候一模一样！"[1] 牧师和班特听见我仆人说拉丁话，很是吃惊，但是等我父亲把水仙领进屋里来后，从他们的神情看来，他们的惊讶的目标又转移了。的确，如果他们看着这天仙般的美女而无动于衷，那他们只可能是世界上最讲理性的人了。水仙穿的是一件白缎子长袍，胸口绣着金花；头顶上戴一顶法国小帽，美丽的头发从帽檐一卷一卷地垂下来，垂到她雪白的颈边，把我送给她的项链衬托得分外庄严。她神采焕发，腼腆含情，她的前胸有一层轻纱盖着，就像一片乐园的景色。这是上天赐给我的无上珍贵的礼物，我也以合乎我身份的礼节把它接受过来，牧师举行了简短的仪式，我舅父很热心地自动出来充当水仙的父亲。水

---

[1] 见罗马诗人魏吉尔所著史诗《伊尼德》第一章498—499行，写主人公伊尼亚斯看见迦太基女王代多时的联想。

仙战栗得很厉害，她似乎无力承担起生活中这样大的改变。按照天伦国法，她已是属于我的了，所以我就热烈地在她唇上吻了一下，我父亲也温柔地拥抱过她，我舅父也非常疼爱地拥抱过她，然后我引她见过我的朋友班特，班特很客气地向她致意；威廉斯则抱着水仙，泪下如雨，而斯特拉普则跪在地上，请求水仙赏他一只手吻一下，她也不摆架子，答应了他。我自己在此时此刻的情感，那是无法描写的。我们吃饭游戏一直到十点钟，我就提醒水仙不要熬夜，免伤身体，她同意，就和女仆到那早已安排好的新房休息去了。在她离开大家的时候，满脸羞红，引得我浑身血液沸腾，每一跳脉搏都比平常强烈十倍。水仙也真狠心，竟让我这样熬煎了足足半点钟，我终于忍无可忍，离开了大家，冲进洞房，把女仆推了出去，锁上房门，——天啊！这真是和一次筵席一样，比我大胆期望过的，还要甜美千倍呢！结婚是纯洁的、神秘的，不要让我亵渎它吧！让我只说一句：我是最幸福的人！

　　第二天早晨，班特在我窗外放了三四只鼓，敲打起来，把我吵醒。我把窗帘拉开，端详着我现在已经占有的天使般的美人，心里有说不出的满意之感。"美人，睡也好、醒也好，总散射出奇异的光彩。"天光射在水仙的眼帘上，把她照醒，她忽然想起身在何处，羞得把脸藏在我胸前。我真是欢喜得要疯狂了！我简直不敢相信我的感觉，我把所发生的一切都看作是梦幻了！这时，我舅父来叩门，叫我起床，说我睡得太久了。我起了床，叫威廉斯进去服侍水仙。舅父过来向我道喜，并和我开玩笑，用的全是海员的话，非常成功。不到一小时，只见我父亲领着新娘来进早餐了，大家都夸奖她的美，说道，结了婚显得更美了。在这种场合，人们总爱说些模棱两可的不正经的话，但是爱害羞的水仙听了也不见怪，她的举止是端庄的、坦然的，她的腼腆也不是造作的。为了表明我对她的爱情和尊敬，我当着众人给了她一张契纸，上面写明把我的全部财产永远交给她和她的后裔。她接过去看了我一眼，表示出最温柔的谢意，说道，我作出这种事情来，她毫不惊讶。然后她请我父亲费心把契纸代为保管一下，并说道："除了我自己的蓝登先生以外，您应当是我最能信赖的人了。"我父亲见她如此谨慎坦率，十分高兴，接过契纸，向她保证说，只要是在他保管期间，他决不让这张契纸的价值受到损失。

我们在伦敦的亲友往来并不多，所以我们仅有的一点时间都用在公共娱乐场所了。在这些地方，水仙的美貌还没有遇到过敌手，这使我的虚荣心感到满足。一天晚上，我们派仆人先去戏院占一个包厢，等我们去的时候，只见对面包厢里坐着水仙的兄嫂，他们见了我们颇为吃惊。我能得到这样一个和他相遇的机会很感快慰，特别是因为水仙来到戏院后，众人把对美林达的注意都转移到水仙身上了。不论人品和衣装，水仙在那晚上都比美林达漂亮。美林达见水仙压倒了她，很是恼怒，把个头这边转转那边转转，只是不停地转，又把个扇子半遮着面和人调情，又用鄙视的眼光瞧我们，又和她丈夫窃窃耳语，又假装格格地笑。但是不论她玩弄什么花样，都没有效果；蓝登夫人既没有被她弄得心神不宁，而她自己也没有能够掩盖住自己的烦恼，在离演完还很久的时候，她已恼火得不行了。这个存心不良的女人把我们结婚的消息传了出去，加油加醋，用尽心思诋毁我们，于是就有一批爱听谣言的人，开始仔细打听我的家产情况，但是他们一听到我在这方面完全是独立自主的，情况就和美林达所预期的完全相反了，人们不是看不起我们了，而是希望和我们交往。但是水仙的自尊心很强，并不鼓励他们改变态度，尤其不愿她的兄嫂来和她交往，因为他们恶意地散布过有损她名誉的谣言。

第三十三章

我父亲打算回到故乡去看看——我们提议陪他同去——我舅父把遗嘱修改得对我有利，决心再度出海——我们出发赴苏格兰——抵达爱丁堡——买回祖产——回到祖产所在地——在我上学的城镇上停留下来——还清欠克拉布的债——波兴夫妇和我一位堂姐的行为——我们在祖宅所受到的接待——斯特拉普和威廉斯结婚了，我父亲给他作了谋生的安排，他自己认为满意——我一天比一天幸福了。

我父亲有心回到故乡去看看，并想到我母亲坟上哭奠一番，水仙和我决定陪他一起去完成这一虔诚的使命，于是作好准备，等待出发。我舅父不打算参加，他想再度出海去碰碰运气。在他出国前，他又把遗嘱修改了一次，规定遗产都给我和我的妻子，遗嘱则交由我父亲保管。我自己也不愿自己的利益受到损失，就通知水仙哥哥把他父亲的遗嘱拿出来，当着律师的面再检验一下，我又委托法律代理人替我经管这件事。

一切安排妥当，我们辞别了伦敦的朋友，向苏格兰出发，车里面坐的是我父亲、水仙、威廉斯和我，斯特拉普和两名穿制服的仆役骑马随行。我们一路缓缓而行，所以水仙倒也不觉困顿。到了爱丁堡，我们就决定暂时休息几个星期。

在爱丁堡，我父亲听说他哥哥已经把家当挥霍干净，预备拍卖祖产，他就决定把他自己出生的地方买下来，结果他把他父亲全部土地都买下来了。

成交以后几天，我们就离开爱丁堡去接收产业，路上经过我受教育的那个城镇，停留了一夜。我向人打听，知道克拉布先生已经去世，我就派人把他的遗嘱执行人请来，把我欠克拉布的债加上利息，悉数还清，收回了借据。波兴夫妇听说我们来到，竟老着脸皮到我们居停的客店来见我们，报上姓名，请求接见，好向我父亲和我请安问好。但是，他们在我幼年无父无母的时候对我的那种无耻的行为，在我心上留下的印象太深刻了，他们今天为了图利，不惜出此卑鄙的下策假客气一番，怎么也抹煞不去我当初的印象。所以我就断然拒绝接见，让斯特拉普告诉他们，我父亲和我不愿意和他们这种卑鄙的家伙往来。

他们走后不到半小时，忽然有个女人毫无礼貌地开门闯进我们坐着的房间，走到我父亲面前，说道："叔叔，您好，我很高兴见到您。"这就是我的一位堂姊，在本传开头已经交代过了。我父亲就回答道："请问，您是哪一位？"她叫着说："哎呀，我弟弟罗利认得我的呀！——罗利，你不记得我吗？"我说："是的，你若问我，我一辈子也忘不了你。——父亲，这就是我曾对您提起过的一位在我小时候待我十分慈爱的小姐呀！"我说这话时，我父亲怒形于色，命令那女子滚出去，气势汹汹，吓得她连忙退出，一路下楼，一路骂不住口。后来我们听说她嫁了一个小军官，这小军官已经把她的产业都挥霍光了；又听说她妹妹和她母亲的当差私通，养了个孩子，后来就嫁给了他，在乡下开着一家小酒馆。

关于我们发迹的消息，已经先我们而传到城镇上；据说城里的官员们想第二天赠送我们名誉市民的资格，我父亲正确地估计了他们这番"好意"，命令仆从次日一早就套马赶路。

我们的祖产离此约有二十哩，我走到离宅子还有一哩半的地方，遇见一大群贫苦佃户，有男人，有女人，也有小孩，他们看见我们就大声欢呼，陪着我们的马车直到庄园大门口。世界上只有苏格兰的农民和地主的感情最好，这些农民爱我们几乎爱得要把我们吞下肚去。他们一向爱我父亲，不过以为他早就死了，可是现在他却来当他们的地主了，他们真是快乐得作出千般荒唐举动来。我们走进庭院，一大群人把我们团团围住，人群之拥挤，险些挤死几个人。靠近我父亲身边的人都跪下来吻他的手，吻他的衣襟，大声祝他福寿无疆。有些人也这样对待水仙和我。其余的人便在远处拍手，祷告上帝降福于我们。总之，这种场面，尽管鄙陋，却极动人，把水仙感动得直哭，我父亲本人也禁不住流了一滴泪。

我父亲把儿子、儿媳迎回老家后，便命令家人杀几头牛，从邻村搬来几"猪头"[1]的酒，请这些老实庄稼人大吃一顿，多少年来他们也没有尝过节日的滋味了。

第二天附近一带的乡绅都来看望我们，他们大都是我们的亲戚，其中一位把我那爱打猎的堂兄也带来了；他自从搬出老宅以后，就一直住在这位亲戚家里。我父亲不咎既往，善意招待他，甚至还答应替他在军队里捐个官，为此他表示十分感激和高兴。

我的水仙的美貌、平易近人、通情达理，赢得了所有人的爱戴与敬仰。她对老宅的一切和四邻也感满意，至今还不想迁移到别处去住。

我们定居后没有多少日子，我说服了我父亲和我一同到我上学

---

[1] 即"大桶"。

的村子去访问一次，村子里的重要住户都来接待我们，把我们接进教堂。村塾教师文法先生（那位凶暴的塾师已经去世）作了一篇拉丁文演说，歌颂我家的荣耀。接待我们的人们之中，斯特拉普的父亲和家人最卖力气，他们把我这位诚实的仆人看作是他们家族中占首位的上等人，因此对他的主人们也就特别表示恭敬。我们接受了本村人的祝贺后，就走了，临走留下四十镑钱，用来赒济本教区的贫苦人。这天晚上，斯特拉普因为大家都恭维了他，而且看在他的面上，大家也对我很恭维，便有些飘飘然起来，大着胆子对我说道，他私心颇爱慕威廉斯，如果水仙和我肯替他说句好话，他认为她是会接受他的请求的。我听他有此意图，倒有些惊讶，便问他可知道这位不幸的青年女子的身世，他说："我懂得你的意思，我承认她身世是很不幸的，不过这又有什么呢？我肯定她已经走上正路，否则你和水仙小姐也不会这样尊敬她的。至于人们说闲话，那是一个大钱不值的，再说，人们也不知道她的过去啊。"我对他的看法称赞了一番，并且说服了水仙，于是水仙从中拉拢，不消多久，威廉斯就答应了；在征得我父亲同意后，他们结了婚，我父亲送他们五百镑钱去开个牧场，还任命斯特拉普作他的庄园的监工。我的水仙也慷慨解囊，赠送威廉斯五百镑。他们住的地方离我们不到半哩，生活得非常平安富裕，每天替我们祷告，祝我们福寿常春。

　　如果世上有所谓真正的幸福，那我算是享受着了。最初的狂暴的情欲现在已经澄净、醇熟，变成了温存、平静的爱情，这是以心心相印为基础的，只有纯洁的婚姻才会产生这种效果。好象是命运女神决心要大大弥补她过去的残酷，我接到伦敦代理人的信，信上说道，我岳父遗嘱虽有明文规定，水仙哥哥虽然也据此提出要求，但是由于遗产有一份附件，对遗嘱条文有所解释，据此，水仙的继承权的年龄限制是十九岁，过了十九岁，财产便可由她自由处置，这样一来我肯定又可以得到我妻子的财产了。我接此消息后，本想立刻到伦敦去一趟，但是我的天使——水仙，近来时常头晕，腰围也一天天显得粗壮起来，她既怀孕，我便难于离开，希望能生出个一男半女，那我的幸福就完美无缺了。

译后记

斯末莱特是十八世纪英国优秀的小说家之一。高尔基在《俄国文学史》中曾说："继菲尔丁而起的有斯末莱特，他以绝大的魄力描写出当时英国社会的缺点，而且是第一个把政治倾向性的描写引进小说范围内的人。"斯末莱特的小说描写了十八世纪英国的政治，暴露了殖民战争的残酷，议会的腐败，政府的贪污和官吏的无能。他所描写的十八世纪"英国社会的缺点"有一定的广度；在艺术风格上，虽然说他和同时代的前辈菲尔丁有相似的地方，但是菲尔丁的叙述保持着史诗般的、缓慢的步伐，语言比较含蓄，而斯末莱特的小说则是一个情节接着一个情节，速度比较紧迫，用粗线条勾勒出贵族和资产阶级的肮脏、丑恶、凶狠的面貌。

斯末莱特（1721—1771）出生于苏格兰小地主家庭。祖父是当地一个法官，父亲因不是长子，没有继承权。作者生后不久，父亲逝世，自己成了孤儿，从此一生就和贫困打交道。他在少年时代曾到格拉斯哥跟一个医生当学徒，但他爱好文学，在十八岁那年写了一部诗体悲剧《弑君者》，并带了这部作品到伦敦去，希望上演，但没有成功。在二十岁那年，他设法当了一名海军军医助手，参加了1741年英、法争夺西班牙在西印度群岛殖民地的战争，战争结束后，他退出海军，在牙买加住下来。1744 年他携带妻子回国，从此靠行医和写作维持生活。他在 1748、1751、1753 连续发表了三部小说：《蓝登传》、《皮克尔传》、《菲迪南伯爵传》。1755 年翻译了《唐·吉诃德传》。1757 年出版了一部《英国史》，从 1689 写到出书的年份。同时，1756 年他还办了一个杂志，名为《评论杂志》，在杂志里他抨击海军将领，因此于 1759 年被捕入狱。1762 年他为托利党（贵族保守党）人办了一个周刊，名为《不列颠人》，托利党原想利用刊物进行宣传，但结果反而树敌更多，就勒令斯末莱特停刊。1763 年，由于长期在贫困中紧张写作，健康受损，他到国外休养，并写了《法意游记》（于 1766 年发表）。1765 年他回国后，仍然紧张工作，因为体力不支和肺病的缠磨，又不得不出国。他想求得意大利来亨城领事职位，但没有成功，就在来亨附近继续从事写作，完成了讽刺英国两党政治的小说《原子传》（1769 年发表）、诗歌《独立颂》和最后一部优秀小说《克林克传》（1771 年发表）。1771 年死于意大利。

斯末莱特生活的时代正是英国资本主义发展的时期。资产阶级在政治上的地位已经巩固。残酷的圈地运动已经接近完成，农村已经开始完全资本主义化，同时，进一步对殖民地的掠夺也在进行，农民继续被剥夺土地而成为劳动后备军。资产阶级用残酷的手段在国内外积累资本，给工业革命创造条件。斯末莱特最后一部小说《克林克传》正反映了工业革命开始后的英国现实。在社会上，封建的土地贵族把土地分成小块出租，自己在伦敦或国外过着寄生享乐的生活，他们和大资产阶级——金融资本家、英格兰银行的股东、大公司老板是一鼻孔出气的。自从 1689 年以后，英国统治阶级内部就是资产阶级和贵族的妥协局面，大贵族也已经资产阶级化。当然，社会上封建残余并未完全肃清，例如还有大贵族之外的中小地主，他们住在田庄上，把土地出租，在乡间佃户中还是作威作福，充当治安推事，以一种封建家长的姿态称霸一方。这些人时常成为菲尔丁、斯末莱特小说中攻击的主要对象。农村中的自耕农和小租佃者，由于资本主义扩张的结果，绝大部分濒于破产。圈地运动把他们驱离自己的土地，公地也被人夺去，不能使用，就连打鱼、打猎、砍柴都不允许，他们无法为生，或成为农业、纺织业的雇工，或被迫入济贫所。大批农民流入城市，"幸运"的成为出卖劳力的雇工或散工，不幸的则沦为乞丐、小偷、流氓，妻女则沦为娼妓。这样，阶级分化就越来越厉害了。

介乎贫富之间的是一大批中小资产阶级，就是独立经营的商人、店主、手工艺人等等。这一阶层的幅度也比较大，其中有殷实的商人、店主，他们受到大公司的排挤，但要争取发财的机会，因而要求"公平交易"。他们继承了清教徒的传统或其他反对国教的教派的传统，来抵抗和大资本家大贵族结合的国教，他们要求在议会中有他们的地位，因而反对辉格党首相沃尔波尔的政府对议会的控制，反对政府的贪污贿赂，因此也有赞成托利党的。但是他们也主张扩大帝国和殖民主义。他们有可能爬上大资产阶级的地位，也可能下降。狄福即属于这一阶层。在这一阶层的另一端，则是一些手工艺者，他们每天劳动多达十四小时，妻子儿女也参加劳动，生活可以免于饥寒。他们的命运取决于贸易是否繁荣，由于贸易不稳定，他们的生活经常受到威胁。机器的发明、廉价的自由劳动市场的存在，对他们威胁最大，因此他们为了争取生存权利，也组织起来，时常举行反对政府的起义，并且得到贫民的支持。但是贸易情况有起色，粮食落价，生活得到改善，他们的反抗意识也相应减弱。

在这样一个阶级对立的形势之中，斯末莱特所处的是怎样一个地位呢？斯末莱特的祖父虽然是个中小地主，但他自己的经济地位却是属于中小资产阶级的知识分子，因此他具有一般资本主义社会的中小资产阶级知识分子的共同点，也具有十八世纪英国社会中这一阶层的特点。从作者的全部创作中来看，从他的《弑君者》到《独立颂》，他的主要倾向应该就是反对当时大资产阶级和资产化了的贵族的联合统治。他在历史剧《弑君者》中（这是一出以十五世纪初苏格兰历史为题材的剧本），通过从英国回来登位的苏格兰王詹姆士一世的口，说道："我发现你们这可怜的国家处在疮痍和绝望之中；城镇在内战中沦落了，田野荒芜了；秩序荡然无存，文艺凋敝；无人劳动，只有一些肮脏的手在祸国殃民；没有法律来保护穷人，钳制罪恶的大人物；丑恶的饥馑和吃人的瘟疫这一双姐妹联合起来，造成一片地狱般的景象。"这是作者十八岁时写的。在他五十岁逝世那一年，他写了一首题名为《独立颂》的诗，歌颂美国争取独立的斗争。诗中谴责了历史上一系列的封建专制暴君，赞美欧洲十六七世纪以来的资产阶极民主革命，一直到他当时的意大利民族解放运动。他在诗中这样歌颂资产阶级的民主自由：

> 他[1]是我的精神向导，在我青年时代，
> 教导我去鄙视煊赫，把它看成草芥；
> 他鞭笞我，叫我口中只说真理，
> 我心里不这样想，嘴里也决不奉承。

作者的政治见解最明显地表现在《蓝登传》里。他说："每个人天生就有享受自由的权利；国王要人民效忠，他就得保护他们；

---

[1] "他"指"自由"。

如果因为国王暴虐而破坏了这种相互的关系，破坏了君民之间的契约，那么国王就应该负责任，并受法律的处罚；英国人的历次起义……是挽救天赋予人民的自由的壮举。"这是资产阶级革命时期提出的社会契约说和自然权利论的反映。十七世纪英国诗人弥尔顿在《论君权》的政论中就提出这种主张。不过斯末莱特则更接近于"光荣革命"后的洛克的政治见解。洛克反对专制制度，但主张君主立宪。斯末莱特的政治见解基本上属于洛克的范畴。

说明作者的世界观和理解《蓝登传》这部作品的关系尤其直接，因为这部小说可以说是一部自传性的小说，小说主人公的遭遇基本是根据作者自己的遭遇写的。当然这并不意味蓝登就是作者自己，蓝登的结局就是作者自己的结局；相反，小说是经过加工的，某些地方夸大了，某些地方更加集中，某些地方则包含着虚构。这样，蓝登就更加成为当时英国社会的一个典型。

在十八世纪中叶的英国，象蓝登这样的人物比比皆是，他们不是出身于豪门贵族，而是人数众多的破落贵族。这批人由于生活地位的不稳定，对现实处处不满，但他们绝不是革命的，而是想在现存秩序内向上爬，加入统治集团，要求改变现存秩序也只是从这一点出发。这些人充斥了小说中议员克林哲的住宅和海军部的接待室，徘徊在权贵府邸的门外。小说中这种人不只蓝登一个，还有汤姆逊、杰克逊、麦洛波因等等，他们都是一些飘浮在历史潮流上面的人物。蓝登是一个"出身好"，"谦卑而有品德"的青年；他的祖父是个小地主，父亲是少子，在婚姻上违背了祖父的意旨，违反了封建道德，以致弄得妻子惨死，自己也发疯"失踪"。蓝登自幼受堂兄（长孙）和堂姐妹的气，靠当海员的舅父赒济，才上了大学，后来接济中断，又去学外科医生。当时的外科医生的社会地位和理发师差不多，业务上也接近，因此蓝登就听了师父的劝告，到伦敦去求生活。在路上他遇见老同学、现在当了理发师的斯特拉普，一同到伦敦去冒险，这好比是唐·吉诃德找到了他的桑科·潘札。到伦敦后，他夤缘苏格兰议员克林哲，想求一军医之职，不成，又去投考军医，但考中之后，却无缺可补。房主人推荐他到一个法国人开的药店去当伙计，遇见了和他命运相似的威廉斯。命运好象故意要捉弄他：他想从大门入海军没有成功，却从旁门进去了——他被拉壮丁的拉进了海军，参加了西印度殖民战争，受到无数屈辱与惊险，才回到本国。刚一回到本国国土，就遇到抢劫，经赛治利夫人的介绍，给水仙的姑母当仆人，爱上了水仙，但受到地主提摩太的妒恨和迫害，逃到海滨，又被海盗俘去，挟到法国，走投无路，当了雇佣军，参加了德汀根战役，又遇见斯特拉普，决定利用这位理发师的积蓄，伪装贵族，靠欺骗发财。于是他初试锋芒，出入凡尔赛宫廷，颇有春风得意之感。回到伦敦后，他就过着流氓骗子的生活，和一班贵族骗子厮混，生活不外是骗人、受骗。随后，他尾随一个有钱而残废的女子到了巴斯，在巴斯又遇见水仙，但水仙哥哥和贵族奎佛韦特从中作梗，将水仙劫持而去。蓝登也追到伦敦，以负债入狱，亏得舅父及时把他从监狱中赎出，一同出海贩卖黑奴，在中美遇见父亲，父亲早已致富，于是父子回国，主人公和水仙结成了美满婚姻，衣锦还乡。

　　从蓝登的一生遭遇可以看出，他和一百五十年或二百年以前的"皮卡罗"（骗子）本质相同，但在表现上已有显著的不同。他们都是飘浮在历史潮流上面的人物，但历史潮流本身已起了变化，所以飘浮在上面的碎木杂草也不同了。文艺复兴时期的"皮卡罗"是封建关系崩溃时被投到社会上的一批叫化子、雇佣武士、冒险家，其典型人物即莎士比亚创造的福尔斯塔夫。他们接近流氓，破坏着一切对自己不利的东西。封建道德已经不能维系，资产阶级道德没有建立，因此他们不遵循任何道德准则。而蓝登的时代则是贵族—资产阶级的统治已经巩固，他完全接受了资产阶级一套道德标准和社会秩序，谋求个人出路。他也反封建，批判资本主义制度，但又肯定封建关系，肯定贩卖黑奴的罪恶制度。一个是盲目破坏，一个是肯定现存制度。蓝登和早一代的鲁滨孙又不同，鲁滨孙是个小商人、小店主的典型，有可能爬上大资产阶级的地位；而蓝登则是乡村小地主的次子的儿子，社会地位在下降，但他有技能，有文化修养，有强烈的"自尊心"，看不起手工业者、小商人。蓝登又不同于当时或稍后的激进民主派的知识分子如霍恩·图克或卡特莱特，因为他不接近人民运动。他和大卫·考柏菲尔有相同的地方，两个作者的意图——引起读者的同情——也是一致的，但蓝登的性格中还没有感伤主义的成分，这和小资产阶级在不同时代所处的不同的地位又是分不开的。在斯末莱特后期作品中，感伤成分开始冒头，但蓝登性格中则有更多的愤懑与不平。他和稍早的吉尔·布拉斯所采取的道德标准和遭遇也有相似之处，但是吉尔·布拉斯的流氓式的乐观主义则是蓝登所没有的，而吉尔·布拉斯的积极参加政治活动，最后成为小贵族，是和法国专制政治有关，不可能发生在蓝登身上。蓝登并不是不愿意替贵族奔走的，他趋奉斯触特威尔，愿意做驻外大使的秘书，但在英国政治舞台上贵族的势力已经是强弩之末了，所以不可能得到吉尔·布拉斯的结局。

蓝登这一典型人物只可能产生在十八世纪中叶英国资本主义社会的环境中。这一类人的出路，作者在小说中点得很充分、很清楚。一条就是投靠统治阶级，为它服务；再一条就是赌博冒险。蓝登有一定的知识，希望以此为本钱和统治阶级达成买卖关系。他早期的努力无非想在海军里求得一官半职，但这条路并不通。蓝登、汤姆逊、杰克逊、包凌、摩根等人的遭遇都说明了这一点。要作个"自由职业者"的作家，如果不同流合污，出路也只可能是欠债坐牢。这是作者现实主义成功的地方。此外就是赌博冒险这条路子。这是十足的寄生者的道路。蓝登的社会地位虽然"谦卑"，但他自认为是一个"有品德的人"，有知识分子的架子。他对自己没有受到贵族式的教育，总是显得酸溜溜的。斯特拉普和他同学，而且在一定意义上也是同行，但蓝登决不愿意做个手艺人或"下等人"，在外科医生和理发师之间，他根本没有考虑过后一种职业。可以做贵族的家庭教师（如蓝登之父），可以给资本家、大地主管帐（如汤姆逊），但要脱离后来所谓的"白领子"阶层，那是坚决不干的。斯特拉普和他的关系很微妙，既是平等的朋友，又是他的仆人，是仆人又不付工资，反向仆人求赒济，但斯特拉普主要是仆人，是他的桑科·潘札。这样的关系也就说明，在蓝登心目中，做一个自食其力的手艺人是不屑为的，虽然这不是什么真正的出路。他自己在水仙家当仆人则是另有目的，处处强调自己有教养，出身好。他在黎姆斯时盘算道："作生意吧，本钱小，海上有风险，有仇人，还有市场上的竞争，这条路不能走。回到苏格兰挂牌行医吧，医生这一行在苏格兰已有人满之患。……作官吧，我既不善逢迎拍马，又不肯鬻笔为腐败可耻的政府写文章辩护。"因此只有冒险、赌博。这一点也是作者现实主义成功的地方。作者在小说中给我们描绘了各种不同的冒险赌博的具体方式：娶阔女人、猎取遗产、到殖民地去冒险、做强盗、或竟是名符其实的赌钱。这些道路，蓝登几乎都尝试过。但主人公最后的成功则完全是作者的幻想，对社会观察不够深刻的表现。

蓝登之所以选择冒险赌博的道路是和他的人生哲学分不开的。他幼年受到封建家庭的迫害，后来在资产阶级统治的社会里到处碰钉子，因此他要求反抗。他说："我们不是那么轻易把仇恨忘掉的。"但是他的反抗手段就是资产阶级教给他的，和他所反抗的对象同样腐朽。他从资本主义社会学到的是："救人先救己"，"世界为我存在，不是我为世界存在"，"贫困犹如可怕的恶魔，必须驱除它"。一句话，就是以丑恶的利己主义之毒攻利己主义之毒。因此，为了个人利益，他可以牺牲他所推崇的原则，可以逆来顺受，可以朝三暮四。蓝登的反抗完全出于他的屈辱的社会地位。他总爱吹嘘他的才华、出身、教育、知识、勇敢、甚至漂亮的外表，以这些向封建、资产阶级社会来表白自己。他一方面表现为高傲、自尊、热爱"真理"，而另一方面也必然表现为虚伪苟且、没有原则。因此，蓝登从反抗封建家庭的不公正出发，而结果发展到贩卖黑奴起家，婚姻美满，衣锦荣归。这样的思想与行动也正是这一时代的典型产物。

在小说里，蓝登式的人物——他的影子，也还有不少。汤姆逊这青年是蓝登的同乡，也是医生，也是求官不得，而处于山穷水尽的地步。他之所以能入海军，全靠偶然与原来补缺者的姓名相同。他有一定的正义感，但性格不如蓝登"坚强"，在暴力面前无能为力，他解决矛盾的办法是投海自杀。杰克逊也是蓝登一位同乡青年医生，他的遭遇也很典型，与蓝登不同的地方是他有些纨袴习气，喜欢挥霍享乐，结果入了监牢，以至疯癫。斯特拉普则是蓝登这一阶层更"下一等"的人物，他是鞋匠之子，有一定文化，职业是理发师。他为人慷慨善良，但善良得似乎有些愚蠢，而且十分胆怯。他只能作奴仆。但他既然是好心人，就应该得好报。麦洛波因在作者笔下被写成一个学识渊博、才气横溢、道德高尚、为人谦逊的正面人物。他的命运是当时稍微进步一些的职业作家普遍遭受的命运。他的剧本稿被人丢在厨房当废纸烧了（斯末莱特的《弑君者》也被某贵族丢入厕所）。他最终的命运也只能是负债入狱。威廉斯可以看成是女蓝登或女斯特拉普，她的命运也正是小资产阶级妇女的命运。这些人物在一定意义上是蓝登性格的补充，同时通过他们，作者更广泛地反映了十八世纪这一阶层的青年的命运，拿威廉斯的话来说："瞻望前途，等待我的只是警官和监狱。"因此作者向社会提出控诉，因为这社会认为不幸就是犯罪。此外，象具有海员特点的包凌和摩根，作者都赋予他们以善良的品质和不幸的遭遇。作者对他们都表示同情，但由于他分析不出不幸的原因，所以这些人只能如威廉斯所说："我一定得亲手给自己开辟一条得救的道路。"也就是说，用个人奋斗的办法寻找出路。这种办法也是具有典型意义的。作者给其中一些人以不幸的归宿，另一些人包括主人公在内，以幸福的结局。这正说明了作者思想中的矛盾：他看出在那社会里，这种人是没有出路的，正如他自己潦倒的一生那样，但同时他仍旧幻想在现存秩序范围之内可以找到个人出路。

小说中另外一些人物，如赛治利夫人、水仙姑母、特别是水仙本人，则完全是一些幻想的、抽象的、概念化的人物，缺乏典型意义，因此也没有什么认识价值。女主人公的特点有三：一美貌；二懂道理，也就是顺从；三有教养，也就是"上等人"；而最重要的是四，有钱。女主人公的形象只说明作者思想的局限性，缺乏真实性。

小说中的反面人物塑造得比较成功。通过他们，作者揭露了十八世纪英国社会的黑暗。最突出的反面形象欧克姆，这个军舰舰长蛮横凶残，鞭死一批病兵而无动于衷，同时又是愚蠢无知，胆小怯懦，隐瞒自己天主教的信仰。他死后留下一大笔资财，表明他生前是个贪污克扣的人。他的亲信麦克贤则媚上欺下，草菅人命。新船长则是另一类型，与欧克姆成一鲜明对照，代表一种完全腐朽的阶级。他把自己打扮得香喷喷的象个女人，把别人都看成肮脏的下等动物，用望远镜了望来访者，生怕访者的"浊气"把他熏昏过去。通过这些生动形象，我们可以清晰地看到当时形形色色的魑魅魍魉的面貌。但是作者的批判是从资产阶级人道主义出发，只能指出欧克姆的凶暴不人道，不能够进一步指出欧克姆的实质和他在这一段殖民扩张的历史中扮演的角色。相反，对新船长的批判，则又从肯定殖民主义角度出发，认为象他这样的沐猴而冠的人不配成为"帝国缔造者"。

值得注意的是大多数反面人物都是贵族地主之流，如上述两个舰长，又如怯懦无能的葛奇，只注意人们衣装服饰的恰特，粗暴的水仙哥哥，凶恶、淫秽的提摩太爵士，以及蓝登的堂兄、祖父，虚伪贪财而又好色的斯触特威尔，甚至比较清醒的班特也是一个玩世不恭的厌世者。作者描绘了这一系列人物，使我们看到十八世纪作为英国统治阶级的贵族的腐朽性，这是符合历史真实的。但是另一方面，作者对贵族和资产阶级的批判常是从个人恩怨出发，从知识分子自诩的才华观点出发，因此总不能点清他们的实质，指出历史的趋势，例如对西印度殖民战争的描写，作者只从将帅不和、领导无能等角度来描写战争的失败，而忽视了战争本身的性质。揭发欧克姆的凶暴，也不是从他为谁服务的角度去观察，因此难免表面化。

但是作者所描绘的画面毕竟还是有一定的广度，而骗子小说的形式也有助于作家拓展他的批判面。主人公从苏格兰出发到了"魔鬼的客厅"——伦敦，从伦敦到牙买加、卡塔吉纳，从中美又回到英国南部苏塞克斯郡，又被劫往法国，从布隆港到阿棉城，参加雇佣军到德国德汀根打仗，打过仗到了黎姆斯和巴黎，从巴黎又回到伦敦，从伦敦到巴斯，又回伦敦，又到苏塞克斯郡，又往非洲，到巴拉圭，从这里回到英国，又回到苏格兰。他经历了三大洲，三四个国家，出入于英国贵族的府邸、政府的衙门、议员的客厅、时髦的游憩场所、小商店、军舰、公路、文人荟萃的咖啡馆、赌场、黑店、殖民者的庄园、以至监狱、妓馆。作者揭露批判比较成功的有以下几个方面：封建和资本主义关系；社会的贫困化；殖民战争和海盗行为；统治机器的腐败和黑暗。

主人公的父亲就是因为违背了封建道德，以致妻子死去，自己也一度患了精神病。主人公的堂姐希望得到祖父遗产而不住地亲吻垂死的老头子，不嫌恶臭，但是她一听到没有留给她遗产，她就晕厥过去。贵族的腐朽性和寄生性也在作者笔下受到尖锐讽刺，最成功的应算斯触特威尔。他表面象一位长者，温和、坦率、关心青年、慈祥，又有古典文学修养，但骨子里却是个骗子，寄生虫，专靠欺骗过活。他骗去了蓝登的怀表，但这还不是他最坏的品质，他主要的特征还在于他是个荒淫无耻的禽兽。除他以外，"魔鬼的客厅"还充满了大大小小的寄生虫，他们造谣言、赌博，专靠吸吮别人的血来过活。他们凶恶、怯懦又虚伪。在水仙哥哥身上体现了小地主恶霸的本色，他以金钱要挟自己的妹妹屈从他的意旨。在麦洛波因的插曲中也揭露了早期资本主义社会中文坛的商业化。甚至象包凌这样的人都不肯把钱交给自己心爱的外甥，因为钱就是权力，钱不在手，他说话就没有分量，不能控制外甥。整个资本主义社会人与人的关系都充满了欺诈、虚伪。

在这样一个社会里，受苦难的是穷人。在工业革命前夕的英国，社会两极分化是很急遽的。被剥夺了土地的农民，有的去当了兵，即使不成炮灰，也被官长折磨死。贫富的分化使一部分人挺而走险，英国的公路正是英国社会的缩影。作者通过主人公赴伦敦途中的遭遇，被走私人劫持，以及将钱缝在裤腰夹层内等等细节，充分反映了当时英国社会的现实。因此主人公曾说："天地之大，唯有英国这个国家，老实的穷人最难生存。"这还是很有概括意义的。

作者以极大篇幅描写了英国殖民地扩张的肮脏过程，从拉壮丁到在军舰上受虐待，过着非人的生活，到战争中遭到的悲惨结局；从公开宣布海盗的合法性到贩卖黑奴。通过这些描写，读者可以比较具体地认识到资本主义原始积累这一残酷过程中的这一环节，更加证明了资本主义的发展"是用燃烧着的剑与火的语言记载到人类的编年史里来的"。但是作者并没有看到殖民政策的实质，他虽然看到了残酷的一面，而且也描写了它，但也只限于这一面，他并没有接触殖民地人民受压迫的情况。作者对于黑奴问题的处理也充分暴露了他的资产阶级立场。蓝登和鲁滨孙在这一点上是完全一致的，他们的立场都是殖民者的立场。这最能说明作者的两面性，并且削弱了作品的批判力量。

作者在这部作品中也揭露了英国统治机器的腐败与黑暗，主要是政府的贪污、官吏的无能和对老百姓的欺压。在辉格党人沃尔波尔执政的漫长年代里，贪污之风、拉裙带关系等泛滥一时，作品中反映的也是真实情况。此外，对于作为统治阶级压迫工具的监狱，作者的描写也是十分真实的。最典型的要算威廉斯在狱中的生活，连寻死的自由也都被剥夺了，因而她说："只有布莱德威尔教养院（按即监狱）最接近于我心目中一向想到的地狱。"

《蓝登传》这部小说从好的方面讲，通过蓝登一生的经历，揭露了十八世纪中叶英国社会的黑暗面，这一点应予充分的肯定。但主人公对一切的愤慨完全从个人出发，得意则喜悦，失意则愤慨，而且同流合污，随俗浮沉。也就是说，作者尽管有民主倾向，还没有能透过社会现象看到社会问题的本质。正如高尔基在《苏联的文学》中所说："叛逆的个人在批判自己的社会的生活的时候，通常是……为了自己的生活的失败以及它的耻辱而图谋复仇的愿望，"很少是"出自对社会经济各种原因的意义的深刻正确的理解"。当然我们不必苛求古人，但是这一点是必须指出的。

作者的优点和弱点也体现在作品的艺术上的成就和不足之处。总的说来，斯末莱特和菲尔丁这一派小说家是介乎文艺复兴和十九世纪批判现实主义之间的小说家。斯末莱特继承了塞万提斯的传统，首先有意识地否定类似骑士传奇这类毫无现实根据的"荒唐的奇谈"，肯定小说应该反映现实。他们在人物性格的塑造上也是介乎这两个时代之间的。斯末莱特在《蓝登传》前言中所说的"寓言"手法可以概括他的特点。他的人物也有夸张，但也企图通过若干特征来刻画出人物的性格，这样的人物也具有一定典型性。文艺复兴时期英国喜剧作家本·琼生的《气质论》主张人物性格按气质划分，这种方法正是十八世纪的起点，但在十八世纪，性格刻画有了更进一步的发展，尤其在菲尔丁的评论中可以看到。菲尔丁虽然从抽象的人性出发来刻画人物，但他已注意到人物的共性与个性的关系，在他的实践和斯末莱特的实践中也体现了这一点。在斯末莱特的小说中的青年，每个人有他一定的个性特点。随着个人与社会矛盾的加深，资产阶级小说中的人物性格也更加复杂，十九世纪批判现实主义作家更以心理描写丰富了人物的塑造。

这是从发展关系上看斯末莱特创作的地位。就人物性格塑造本身而论，如上面指出，他们还缺乏深度，这是和作者的思想感情和观察分不开的。斯末莱特刻画人物的特点在于以粗犷见长，而不是象菲尔丁那样细致含蓄。这又和作者的对社会的态度分不开的。在作者给自己限定的范围之内，他也有他独到之处。他的笔触接近于素描或漫画，往往用精炼几笔就勾勒出人物的轮廓。例如拉特林给主人公介绍欧克姆和包凌的争吵，这是在作品中第一次提到欧克姆，作者写道："我们那时正在提伯隆湾抛锚，夜里三班值更，包凌大尉值中班，他守夜总是非常警惕，忽然他发现外海上有三点灯光，连忙跑下大仓请船长发命，船长正在睡觉，他只得把船长叫醒，船长正在好睡，被人叫醒便大发雷霆，对大尉泼口大骂，骂他瘟死的苏格兰崽仔，婊子养的，蠢猪，笨驴等等（我正在掌舵间站岗，故此都听见了）。大尉也就和他回顶起来，你一言我一语，顶了许久，最后船长起来，抓起一根藤鞭便抽大尉，大尉对他说，若不看在他是上司分上，他一定把他操下水去，又说一定要到岸上去和他算帐。"这段短短叙述粗线条地刻画出了两个不同性格：一个是粗暴、野蛮、自私、缺乏责任感，一个是耿直、不屈。等到欧克姆正式登场，那是大副摩根把病号名单呈给他看的时候，他的反应是："妈的！我的船上怎么出了六十一个病号！注意，我决不让我船上有一个病号，告诉你！……连你的名单一块儿给我滚开。我当一天船长，船上就不准有病号。"

其他人物的刻画也大多如此。

作者自己在小说中提到亚理斯多德、霍莱斯的创作理论，他提到人物要对照美妙、突出有力，衬托人物也要好。在小说中，作者大力下了功夫。正面人物和正面人物，反面人物和反面人物，正面和反面人物，都有比较、衬托、补充。一个欧克姆不够，再写一个怕臭味的、纨袴子弟出身的船长；一个蓝登不够，还塑造不少大大小小的蓝登；一个贵族不够，又创造了一批形形色色的贵族。作者用化整为零的办法来描绘整个一个阶级或阶层。

作者在小说中也谈到作品的布局，根据他理解的古典创作方法，他认为起局应该缓慢，引人入胜，转局要奇突，结局应感人。就全部小说来说，作者一般算是满足了自己提出的要求，至于结局是否感人，那要看是什么人。在个别情节上作者的叙述也能做到曲折有致，例如主人公和斯触特威尔一段交道。主人公如约去拜访他，不见，等他明白了必须贿赂门房，才被引进去，但又久久不见主人出来会客，却又来了一个仆人假意通火，主人公也不解其意，后来才理解也要行贿才能通报，原来这位老爷是不给房仆役工资的。主人公和斯触特威尔本人的接触也是逐步地、曲折地揭露那贵族的无耻意图的。

作者在刻画人物时很注意人物的语言，如包凌爱用海员的成语，摩根在动感情的时候爱用三个不同的词表达同一意思。这一技巧在作者写《克林克传》时更趋成熟。作者自己的叙述语言中常爱用反语来进行讽刺，例如描写行军时士兵的遭遇。作者写主人公走得两条腿里面因为摩擦以致皮都磨掉了："这件倒霉事情全是因为我身上肉太多了一些……反倒羡慕骨瘦如柴的伙伴，把他们身上的油水都榨出来也不够普通烧一顿饭用，因此就不可能把腿裆里的皮都磨掉。不住的疼痛使我一阵阵发脾气，看到我同伴们那副可怜相，一阵风吹过来就会把他们象麸皮一样吹个七零八落，却轻松愉快地干着行军的苦活……更增加了我的不快。"

但是作者的人物塑造、讽刺手法、语言运用，由于他的世界观的局限，未能深刻揭示社会实质，因此难免流于表面，流于怪诞或滑稽闹剧。

作者的创作意图是很明显的。从小说的主题思想到创作方法都是为一个目的服务：表现作者的不平之鸣，要读者"心中燃起人道的激情"。我们知道斯末莱特在青年时代比较接近普通人，在苏格兰常和农民来往，在军队中又和水兵在一起生活，并为他们治病，他小说中的正面人物也多是这样一些被屈辱被损害的小人物，作者也是在代他们呼吁，表现一定的民主倾向和反对统治阶级的政治倾向。但是在另一方面作者看不出人民群众的真正力量。在斯末莱特的小说里，已经可以看到十九世纪英国批判现实主义的温情主义和软弱性。在作者个人利益和社会发生尖锐矛盾时，作者也作出了尖锐猛烈的、虽然不够深刻或并非本质的批判。《蓝登传》基本上还是一部优秀的暴露小说，通过这部小说，读者对资本主义社会在十八世纪英国的面貌可以增加不少认识。

杨周翰 1961，9，北大。

文景

Horizon

社 科 新 知　文 艺 新 潮

蓝登传

［英］斯末莱特著　杨周翰译

出 品 人：姚映然
责任编辑：冯慧敏
装帧设计：蔡立国

出　　品：北京世纪文景文化传播有限责任公司
　　　　　（北京朝阳区东土城路8号林达大厦A座4A　100013）
出版发行：上海世纪出版股份有限公司
印　　刷：北京汇瑞嘉合文化发展有限公司
制　　版：北京大观世纪文化传媒有限公司

开 本：890×1240mm　1/32
印 张：17.5　　字 数：386,000　　插页：2
2016年4月第1版　　2017年3月第2次印刷
定 价：69.00元
ISBN：978-7-208-13614-4 / I·1491

图书在版编目（CIP）数据

蓝登传 /（英）斯末莱特（Smollett, T.）著；杨周
翰译. —上海：上海人民出版社，2016
　（杨周翰作品集）
书名原文：The Adventures of Roderick Random
ISBN 978-7-208-13614-4

Ⅰ.① 蓝… Ⅱ.① 斯… ② 杨… Ⅲ.① 自传体小说-
英国-近代 Ⅳ.① I561.44

中国版本图书馆CIP数据核字（2016）第027992号

本书如有印装错误，请致电本社更换　010-52187586